U0569251

神木市杨家城保护建设领导小组指挥部扶持项目

杨家城

乔盛 著

中国文联出版社

图书在版编目（ＣＩＰ）数据

杨家城 / 乔盛著． -- 北京：中国文联出版社，
2023.8
ISBN 978-7-5190-5205-8

Ⅰ．①杨… Ⅱ．①乔… Ⅲ．①长篇小说－中国－当代
Ⅳ．① I247.5

中国国家版本馆 CIP 数据核字（2023）第 096750 号

作　者　乔　盛
责任编辑　卞正兰
责任校对　秀点校对
封面设计　杰瑞设计

出版发行　中国文联出版社有限公司
社　　址　北京市朝阳区农展馆南里 10 号　　邮编　100125
电　　话　010-85923025（发行部）　　010-85923091（总编室）
经　　销　全国新华书店等
印　　刷　廊坊佰利得印刷有限公司

开　　本　710 毫米 ×1000 毫米　　1/16
印　　张　26.5
字　　数　414 千字
版　　次　2023 年 8 月第 1 版第 1 次印刷
定　　价　86.00 元

目　录

第一章　杨重贵探山

947 年，也是天福十二年，正是农历的五月中旬，麟州南乡牛栏川流域杨家川土豪杨宏信，面对川道里长起的一尺多高的高粱，不停地弯腰握着高粱叶子摇晃，面部表现得十分严肃。他的身旁站立着 17 岁的大儿子杨重贵、15 岁的二儿子杨重训。两个儿子看着爹的脸部表情不说一句话，深知爹此时此刻在想什么。

杨宏信摇晃着高粱叶，脑袋也随着晃起来。不一会儿又放开高粱叶，挺胸抬头，仰天叹气，他转着身体，来回扫视两面的大山。他感到出气有些困难，仿佛两面的大山要合拢起来，夹住他的身体；盖在头顶的蓝天，又像压在山顶的石板，若不是两山的支撑，也要盖在他和两个孩子的头上。天气太热了，杨宏信额头的汗珠滚到了黄土地下，渗入地层里。杨宏信憋着一肚子气，半天没有说一句话。

大儿子杨重贵知道爹心里在想啥，把身后背的弓箭摘下来，左手握弓，右手搭箭，对山头的一株野榆树，射了一箭，然后气呼呼地说：

"爹，搬家吧，搬到城里住，以便——"

"对，搬家，迟走不如早走，到了城里居住，消息灵通，交往人也广。"二儿子杨重训直接把爹想说的话表达出来。

杨宏信还是一言不发，环视着两面的大山和川道里的水浇地。听着两个儿子说话，杨宏信右手掌拍着脑门顶，长长出了一口气："上千亩山地哇，200 多亩水浇地哇，还有 200 只羊子、10 多头牛驴骡马……祖上住了 100 多年的土窑洞，全都要扔掉哇——"

大儿子杨重贵挂好弓箭，又抽出腰刀，对身旁的一株柳树身猛砍一刀说："把地卖了，回到城里住下后，再在城的附近买地。"

"爹，下决心吧，待在这山沟里，把人都闷死了，哪还知道外面发生的事情。"杨重训看着爹说，"只要进了城，啥都好办。"

"难道爹不知道？"杨宏信拍打着肩膀的黄土，又抓住了一株高粱苗，心情复杂地说，"爹实在是舍不得扔了这些水浇地哇。100多年了，你们的老爷爷、爷爷为了这些地，不知流过多少汗。今天，到了爹这一辈，要扔弃这些土地，爹心里不好受啊！"杨宏信弯腰抚弄着一株株的高粱，很难下定最后的决心。

"爹，当今天下大乱，群雄混战，刀兵四起，盗贼横行，国无宁日，民不聊生，咱就是想过太平日子，也没法过。虽然咱有耕地上千亩，不愁吃穿，可是，这日子能过多久，说不定哪天成为群雄手里的财物，要么被土匪抢走家产。"杨重贵见是说话的时候了，趁机把自己的想法对爹和弟弟讲出来。

"自唐朝灭亡后的30多年来，各诸侯国争夺天下，你方唱罢他登场，搞得天下无有一日太平，百姓到处逃荒，躲避战乱，过着离乡背井、衣不遮体的日子。皇帝在不停更换，军阀在混战，各地武装势力也趁机抢地盘，而大大小小的土匪盘踞山头、乡里，敲诈百姓。当今世道，如果没有英明之主出世，来统一华夏，国家就会走向四分五裂的状态，百姓将陷于水火之中。因此，爹，你不是一贯教导我们，大丈夫，热血男儿，要有报国之心，爱国之诚，时时处处想着国家，想着老百姓。不能再等了，是时候了，进城，早做打算。"

"好，就这么定了！"杨宏信挺直腰，听着两个儿子的表白，更加坚定了搬家进城的决心。"爹思前想后，想来想去，既进城，就全家都走，把耕地、牛羊、骡马都卖了，粮食和其他财物，能带走的都带走，以便到了城里再使用。"杨宏信望着绿油油的高粱地说，"所有的耕地，按低价卖给咱家干活的长工和那些外村的穷苦人。"

"行，把耕地全部低价卖了，不然的话，人家会说我杨家趁机发横财。"二儿子杨重训说，"反正耕地背不走，低价卖给穷人，也算我杨家积的一份德。"

"重训说得有道理。把耕地低于别人的一半价卖了。"杨宏信对大儿子杨重贵说，"爹和你弟在家处理卖耕地的事情，你先进城，打探风声，看看外面闹战乱的情况，再看看城里的地价，提前买几套宅院，好让全家人进城后居住。"

"好，我今天就走。"杨重贵挂好腰刀，向爹和弟弟告别后回到家里，又向母亲说明情况，带了银两盘缠，走山路向麟州城进发。

杨宏信打发大儿子杨重贵进城走后，带着二儿子杨重训向杨家川村里的人传出话，要低价卖耕地，卖牛羊，卖树木，卖窑洞。杨宏信对老婆刘慧娇和家人杨洪说："要走，就走得彻彻底底，不留尾巴。卖了耕地，卖了牛羊，卖了窑洞，就是断了后路，以后想回到杨家川来也回不来。"老婆抽泣着说：

"我不想走，我住惯了土窑洞，不想到城里住。"

杨宏信开导老婆说："不想走也得走。我和孩子们都走了，把你一个留在南乡土窑洞里能行吗？再说，咱这进城不是去享清福，是为老百姓着想，为国家着想。没听说过吗？麟州城的州官跑了几年了，没人管城里的事情，老百姓连国家的地方官也找不到。咱不能只顾自家，钻到山圪崂里过咱舒服日子。"

"唉，你进城能管了那么大的事？能管了州官的事？如今这世道，少一事省一事。"杨宏信的老婆劝说着丈夫。

"不行。全家都走，我不能把你留在乡下。要活一起活，要死一处死。"杨宏信对老婆说得很绝情，没有商量的余地。老婆见丈夫下了走的决心，也就不再唠叨，开始收拾财物，做着出走进城的准备。

杨宏信卖耕地的风声，很快在杨家川和附近村子传播开来。那些穷苦的给杨宏信家打工的长工，不少人跑来商量买地的事情。杨宏信对买地的长工说：

"一亩地3两银子。有银子的给银子，没有银子就打欠条，啥时有了银子再给。"

"好，这耕地太便宜了。我有现成银子，共买4亩耕地。"

"我买5亩。"

"我买4亩。"

"我不买。我只想跟着杨庄主进城。"

"对，我也愿跟杨家的领头人进城闯天下。"

"……"

一些穷苦人有的要买耕地，有的嚷着要跟杨宏信进城。还有杨氏家族的一些年轻人说得更是激烈直白：

"杨叔，进城吧，进城后你做州官，我们都跟着你干。"

"好，这世道咱庄稼人再也活不下去了。国家不像国家，州城不像州城，咱受苦人整天提心吊胆，活在混乱的世道，不能坐以待毙。"

"……"

一些外村的单身汉，一个个手提木棍、朴刀、长矛等武器，挤在杨宏信家的院子发泄。他们围住杨宏信，要这位杨家的领头人带领他们冲进麟州城，过自由日子。杨宏信面对愤慨的种田人，强压着怒火，对大家说着自己的想法：

"愿种地的，低价买我的地，留在老家；想进城的，那就跟着我杨宏信一起进城。只要我有饭吃，保准大家不饿肚子。咱家进城不为别的，就是想为天下受苦人做些事情。"

"杨叔，我想投军吃粮，咱进城后，组织杨家军，与那些土匪、州城里的恶势力对着干，为老百姓出气。"

"好，好，组织杨家军，与朝廷抗争，与土匪决战！"

"建立杨家军，好，我算一个。"

"我也算一个！"

"我也当一个！"

"……"

一连三天，杨宏信家的1000亩山地和200多亩水浇地全部卖了出去，有半数收回现成的银子，有半数打了欠条。杨宏信对那些打欠条的村民说，以后有钱的话付钱，没有的话就算他给大家捐赠耕地了。杨宏信的这一举止，更提高了他的威望，有300多名附近村子的年轻人愿跟着他进城，参加组建杨家军。杨宏信很是高兴，叫家人杨洪和二儿子杨重训造册登记，把这些热血青年集中起来，进行训练，做着进城的准备。这些来自20多个村的青年，多一半是20多岁的没有成家的后生，也有30多岁和40多岁的大龄成年人，有的有老婆孩子，有的日子过得也不错。不过，大多数人都没有文化，没有进过学堂读书。也有些人是闯荡江湖的老客，甚至干过土匪，因不愿祸害老百姓，跑回村里种地。

杨宏信进城的消息一传出，引起了麟州城南乡人的响应。尤其是那些家庭困难的没有娶过媳妇的青年人，都跑来报名投杨家军。原来，杨宏信从父辈那一代起，就有养家丁的习惯，为的是护家守院，到了杨宏信这一代，就专门请来武教头，练习拳脚、刀枪棍棒、弓箭骑射。杨宏信的两个儿子杨重贵、杨重训到了5岁，就开始演练拳脚功夫，舞刀弄枪，骑马射箭。两个儿子到了十几岁，那是方圆几十里出了名的少年英雄，一个孩子可以同时与10多个成年人对打，都是高手。附近村子的人都说，杨家到了杨重贵、杨重训这一代，可以组建杨家将和杨家军了。

杨宏信听了此话，心里十分高兴。杨家再也不能窝在山沟里当土豪了，是该到城里让孩子们见见世面，为国家做些事情。随着两个儿子年龄的增长和武艺的增强，杨宏信面对外面时局的变化，越发觉得应该让两个孩子到外面的世界见识见识。想不到他的这一举动，立刻引来村里人和周围村子里好多人的拥护。组建一支正规的杨家军，他还没有来得及考虑。这样做合适吗？官方会同意吗？朝廷又有何反应？看着报名的一个个光肩膀的青年后生，杨宏信不由得往远处想，往深处想，往大里想。是啊！杨家军一旦成立了，在方圆几十里、几百里传开来，那会带来怎样的后果。他杨宏信说到底是一个地方上的地主、土豪，最多也是一个名士和大财主，现在要带着一支农民武装进城，要和那些官方的各种人物打交道，甚至要剿灭土匪，为老百姓办事，这不是一般的搬家。说彻底，这是一次家族的大行动，大迁徙，大飞跃，是要做一件惊天动地的事情。

杨宏信从二儿子杨重训手里夺过腰刀，比画了两下，指着城北方向大声说道：

"有志的男儿们，你们都是有血有肉的热血汉子。从今天起，你们就是我杨氏家族的一员。我们这次进城，不是短期的，也不是去闲游。我们进城要干啥呢？就是要替老百姓办事，扫除人间不平，还我华夏一个太平。因此，大家要有思想准备。如果谁怕苦怕死，现在还来得及，请退出杨家军，留在家里好好种地。"

"我不怕苦，也不怕死，愿跟杨庄主进城。"

"我也不怕死，上刀山下火海也愿意。"

"走，进城去，跟着杨庄主吃香的喝辣的。"

"索性反了，如今天下大乱，国不像国，有家难保，还不造反，等待何时？"

"……"

众青年议论纷纷，说啥的也有。有些话杨宏信听见了，有些话杨宏信没有听着，只是看着院子内拥挤的人群，心情激动，控制不住感情，不停地挥舞腰刀，要大家静下来：

"小兄弟们，大家把家里的事情安顿好，给父母有个交代。我们进城不是去做官，而是替老百姓做好事。世道黑暗，国无宁日，走到哪里也不太平。我杨家军的成立，不为别的，就是要保一方国土太平，让老百姓过上好日子。"杨宏信让大家从家里搬出十几罐藏的高粱酒，让每人倒了一碗，举过头顶，对天盟誓。众人一齐喝了酒，把碗摔在地下，个个手拍胸脯，用刀刃对着脖子，表示跟着杨宏信，不怕掉脑袋，也要干到底。杨宏信走到众人面前，向众人作揖，以表谢意。大家从早上签到一直到正晌午，挤在院子内吵吵嚷嚷，手持兵器，只等杨宏信一声喊话，一齐跟着进麟州城，开始新的生活。

杨宏信看了看登记册，总共有 325 名，其中杨姓家族 125 名，张姓 50名，刘姓 30 名，王姓 20 名，李姓 40 名，贺姓 30 名，赵姓 30 名。人员平均年龄 32 岁，结过婚的占到 25%，其余都是单身光棍儿。有半数人拿着铁棍、刀、枪、木棒，也有的拿着铁锹、镢头、斧、捅火棍……还有 3 对青年夫妇，女的说啥也要跟上男的一齐进城，就是去死也要死在一起，决不后悔……这场面叫杨宏信看得淌泪。想不到自己 50 多岁的人了，竟有如此大的号召力。说一声卖地进城，有这么多青年人响应。他站到院子内的石台阶上说：

"弟兄们，给大家放三天假，回去把家里的事情安抚好，三天后都来这个院子集中出发。每人带足五天的干粮。家有粮食的自备，没有的，由杨家统一备好发放。"杨宏信说完后，叫大家各回各村各家。

众人相继离开院子后，杨宏信叫家人杨洪清点财物和粮食。杨洪是杨宏信的户家兄弟，小杨宏信两岁，为人忠厚老实，年轻时娶了个姑娘病亡后，一直没有再讨媳妇，跟着杨宏信照理家里家外的事情。杨洪实际上就是杨宏信的大管家，也会些拳脚。杨洪对杨宏信的迁家进城，表示同意，但也有不同的意见，他认为杨宏信不应该把耕地全部卖了，至少留下 200 亩，以防日后在城里待不住，回到老家也有一份田地。至于杨家的 10 多孔土窑洞，杨洪更是主张不能卖，作为老家，留个纪念。他把自己的想法对杨宏信讲了，而杨宏信不听，说是既进城就彻底，再也不回来，是死是活，只能冲在前进的路上。对于杨宏信的这番话，杨洪是深领其意的。主人不是进城居住享清福，而是要大干一番伟业，说不定在麟州城待不了两年，还要搬迁到其他地方。杨宏信的此番进城，实际上就是踏上一条干事业的不归路。他把耕地、窑洞、树木都卖了，表明一种决心，进城干不出一番事业，誓不回乡。

"兄弟，大丈夫四海为家，进了麟州，一切会有的。不知重贵进城怎样了，多买一些房舍，好安顿这 300 多弟兄。"杨宏信对拿扫帚扫院子的杨洪说，"你别扫了，这事留给其他人做吧。"

"我是想再——"杨洪抖动着扫帚，有些不忍心离开这个院子。虽然这是一处黄土院子，可地表面结实，院子内的一株老榆树三丈多高，形状像一把大伞，把院子遮盖得严严实实。杨洪在这个院子陪伴了杨宏信有 30 多年，每天都要看着太阳从老榆树梢滑向西边的山峦。"哥，我对老院子有感情，对老榆树有感情，对咱杨家川的每一寸地有感情……我是真舍不得离开这牛栏川哇。"

"兄弟，我的心情和你一样，我有记忆的时候，就有了这株老榆树。还有这 10 多孔土窑洞，这是咱杨家老祖宗留下的，有 200 多年的历史了。这土窑洞是咱杨家的立村之宝。我也不愿意卖，也不想舍弃。但想一想有多少百姓无家可归，家破人亡，妻离子散，我们能安心在家过着田园生活吗？当今天下，国无君，府无官，民无宿，谁还有心想着自己过清闲日子。我是看透了，要想改变国家这个破烂样子，每一个有良心的人都必须站出来，敢于担当，为国尽忠，为民尽力。没有国家，哪有小家。看到了吗？眼下的国家分裂成 10 多个小国家，其实就是一些军阀和政治集团，他们互相厮杀，到处抢劫，害得老百姓有田不能种，好多人四处流浪，死于战乱。我杨家决不能待在这黄土山沟里，袖手旁观。要进城，对，迟进不如早进。三天，三天后不管重贵回没回来，全家一齐出发，直奔麟州城。"

"哥，要不留几孔窑洞吧？"杨洪感情复杂地说，"你这叫卖地卖家，断了退路。好吧，就按哥的决意办。但愿车到山前必有路，进城有个好前程。"

杨宏信从杨洪手里夺过扫帚，用眼睛久久地看着，然后语调深沉地说："来，让我也最后扫一次院子吧。"杨宏信双手握着扫帚，弯下腰来，走到窑洞门口，一下接一下扫起来。院子内没啥黄土，只有风吹下来的一些榆树叶和其他杂草，还夹杂着一些脱落的鸡毛。杨宏信每扫一下，都觉得扫帚沉沉的，看着随扫帚飘动的榆树叶和鸡毛，离别之情顿时涌上心头。这个院子毕竟是他生活了50多年的地方。他把扫帚递给杨洪，来到院子一侧的石磨旁，用双手来回地抚摸着石磨扇，然后又迈着步子，绕着磨，反复转圈子，他对杨洪说：

"把这副石磨也带着，让四个后生抬着，进了城这宝贝有用处。"

"好。我也是这么想。咱这么一大家子人，吃面吃窝头，没有石磨加工不行。"杨洪也走近石磨，用脸蛋贴着石磨扇说，"这副石磨至少也用了有150年，是咱杨家的镇宅之宝。搬到城里就是传家宝，一代一代使用下去。"

杨重训看着爹和杨洪说有关石磨的来历，插话说道："爹说过，这石磨是老祖爷爷用一石小米换的，一天能加工五斗面。这宝贝千万不能丢了，我就是肩扛也要把石磨扛到麟州城。"杨重训说着卷起祆袖，往两掌唾了两团唾沫，高扬着头，从上石磨扇的两个木头橛子抓住，大喊一声："起！"把石磨扇举过头顶，绕道走了一圈，又放回原处说，"不重，一扇石磨，也就是120斤，我一个人背一扇也能背到麟州城。"

"好小子，有能耐，不愧是练过武功的人。这副石磨就交给你，是肩扛，是人抬，把石磨搬到麟州城。"杨宏信手抓住二儿子杨重训的手说，"长大啦，胳膊上有力，腿上也要有功夫，将来上战场杀敌，要比举石磨难。"

"爹，这我知道，舞刀弄枪，骑马射箭，我哥和我10岁的时候就学精通了。不是孩儿吹，只要有大刀在，几十个人休想近我身旁。"杨重训放下祆袖，从一旁土壁拿起立着的大砍刀，"嗖——嗖——"施了两招，对爹和杨洪说，"这是我杨家刀的招数吧？我闲得腿都软得走不动了，再不出去寻找打仗的机会，闷就把人闷死在这小山沟里了。"杨重训正说着，土墙木头栅栏大门口走进几个青年来，他们见杨重训舞刀，也挤了过来，拿着手里的家伙比画着：

"看我的，我学的也是咱杨家刀，36套刀法，我都精通。"

"我学的是咱杨家的枪法，48套招数，全都学会了。啥回马枪、劈胸刺、朝天挑、从下捅……没有不会的。"

"我学的是骑马射箭法，飞箭可以射中空中飞鸟，也能百步穿杨。"

"……"

杨宏信听众青年炫耀各自的本领，高兴得不时地捋着胡子笑，这些青年都是杨氏家族的后代，最远的也就是七代，有的与他平辈，有的是他的侄子，也有的叫他爷爷。按辈数排，七代以上是一个老祖宗。杨宏信为有这么一帮杨家的后代而自豪。他要离家进城了，要带走这些年轻人，心里说不出的一种感觉，他从二儿子重训手里接过大砍刀，晃了两下，对着大家说：

"我杨家自立世以来，还没有离开过杨家川，去远处杀敌立功，报效国家。今天进城，不是一般的迁家，大家跟着我，要随时准备上战场，为国尽忠。如今边塞乱世，狼烟四起，各地土匪、地方势力都在划地为己，占山为王，害苦了老百姓，我杨家决不吃着闲饭，任由贼盗祸害国家。"杨宏信用手掌摸着刀刃，跺着脚说，"要这杨家刀、杨家枪干啥？为的就是爱国保家。现在的国在哪里？哪里是我们的国？我们的家又在何方？不说大家也知道。"杨宏信又是一番的慷慨激昂，大家听得热血沸腾，个个振臂高呼，愿早日出发，进城报效国家。

杨宏信一连在家忙了四天，只等大儿子重贵探听消息回来，准备着动身进城。整个杨家川村是人流涌动，一群随时准备进城的青年舞刀弄枪，集中演练，好像立刻要上战场。

杨宏信的老婆更是忙得跑前跑后，指使着家人打包行李、手头用的财物。凡是能带走的厨房用具，锅、盆、碗、筷子、菜刀、案板、勺子、铲子、油瓶子、醋罐子……一件不少捆缚起来。睡觉的铺盖捆了十大捆。杨宏信的老婆对家人吩咐，耕地可以卖，窑洞可以卖，树木可以卖……唯有粮食、牛羊驴马不能卖，还有50只下蛋母鸡也不能卖，3头下崽母猪不能卖，她要进城后重修马棚、牛圈、猪舍、鸡窝……她对家人杨洪下了死命令，一定要把这些家畜禽带着，尤其是200只羊，一只不少，赶进城……还有近5万斤粮食，雇人背也要一粒不少背到麟州城……

杨洪对杨宏信说："哥，这么大的一次搬家行动，300多青年全部投入搬运，也要来回搬运两次。畜驮人背，至少需要半个月时间才能把粮食、财物、家畜带走。还有到了城里，买房安家，也需要时间。不能催得太急。"

"就按你说的办，时间再放宽松一些，用一个月时间，完成这次迁家任务。该带的东西都带上。"杨宏信觉得老婆和杨洪说得都有道理。粮食是命根子，这5万斤谷子、糜子、黑豆、高粱等杂粮，是救命之宝，必须全部运到城里。300多人吃饭，每人每天吃一斤粮，一个月就吃9000斤粮食。银子虽好，但集市上不一定能买到现成的米面。杨宏信对此次搬家有着长远打算，那就是走出牛栏川，再也不准备回来。

17岁的杨重贵是杨宏信的长子，是爹给起的名字。他是受了爹之命进城的。爹给他交代了两件事情，一是打探麟州城的官方消息，如今麟州城到底是归属后汉还是后周，各方在麟州设立官府没有？二是看看城里的房价如何，着手买至少能住300人的房产。杨重贵深知爹交代事情的重要性。他是大清早太阳还未露头离开杨家川的。他骑着大红马，手持大砍刀，背了弓箭，带足路费盘缠，向麟州城进发。到麟州城有两条路，一条是走牛栏川走到头，另一条是翻三条沟，五座山，走100里山路进入窟野河，再走30里沙滩才能到麟州城下。

杨重贵是走山路赶太阳西沉的时分到达驼峰山对面的河畔的。沙滩里坐落着零零星星的房舍，偶尔有男女挑河水浇灌玉米地和蔬菜园子。他一路走来，迎面遇着不少从北部沙漠里逃来的难民，哭哭啼啼，叫声不断。他问逃难的男女为啥哭，他们说："北部沙窝里出了几股土匪，抢人还打人，不给财物就杀。""为啥不到麟州城躲避呢？"他吃惊地问逃难的人。

"城里也被土匪占了，不敢去。"有一挑担子的中年男子对杨重贵说，"上山进城的路都封了，外面的人上不了山，城里的人下不了山。"

"有这等怪事？"杨重贵告别了逃难的人群，催动大红马，手提大砍刀，一定要赶天黑时分上山进城。不一会儿工夫，杨重贵来到麟州城西面的山根底，他在马上抬头仰望，石岩重叠，一层一层，时有风化石脱落下来，他急躲着乱石，寻找上山进城的道路。

杨重贵是第一次来麟州城，他对麟州城的地理位置不熟悉。过去只听爹说，麟州城建在窟野河边的东山顶上，上山的道路坎坷。杨重贵向河对岸望去，见太阳快要坠落在沙窝，他朝着河沿向南走了半里多路，终于找到一条通往山上的小道。他绕着石层和沙土夹杂的路，骑在马上走了不到50步，被路面的石块挡住，他只好下马往开搬石头。

"干啥的？"

"放下买路钱！"

随着喊声，两边的乱石堆里蹿出十几条汉子，手持刀、枪、棍棒，拦住去路。

"你们是干啥的？"杨重贵吃了一惊，心里明白，遇到了土匪。

"爷们明人不做暗事。爷们是北部沙漠里打富济贫的好汉，到麟州城为官家代收税银。"一个光头汉子，手持腰刀，指着杨重贵喝问，"你好大胆，竟敢骑着马，拿着兵器上山进城，也不向我的弟兄问一问上山走哪条路。"

"官府的税银，用不着你们收。青天白日，拦路收税，这不是土匪行为吗？"杨重贵大声说。

"好小子，给爷们讲道理。爷们替官府收银是说好听的，实话实说，爷们就是收过路钱。你要是不给，休想上山进城。"光头舞起腰刀比画着，众人也一起围住杨重贵。

"我没有银子。有也不给。"杨重贵一手握马缰绳，一手提着大砍刀，怒视着土匪。

"好小子，还想与爷们动手。"光头退了一步，用刀做了一个砍人的动作，挤着眉说道，"没有银子也行，爷们今天不与你见高低，把你的大红马留下，就放你上山进城。怎么样？"

"不行。我这是千里马，不认生人。"杨重贵忍着怒气说。

"那就不怪爷们不留情面了。弟兄们，把这小子绑了活埋了。"光头一声喊，众土匪一齐围住杨重贵准备动手。

"谁敢？"杨重贵大声吼着，右脚一抬，翻身上马，用刀拨开众土匪的兵器，向左边的石坡冲几十步远，转身掉转马头，舞起大刀，"不怕死的来，你们要是赢了我手中的刀，马和身上带的银子全归你们。如果你们输了，送我上山。"

"好小子，有种，有两下子。"光头看了看众人，盯着杨重贵说，"你想比武，那就下马来，咱一对一打。"

"好。"杨重贵见土匪认真起来，也就跳下马，让马站到一旁，自己提着大刀返回路中央，"来，你们谁先上？"

"当然是我了。"光头又指着杨重贵的大砍刀说，"你用长把大砍刀，我用腰刀，这不公平。你要真是一条好汉，也换成腰刀。"

"行。"杨重贵放下砍刀，从一土匪手里接过一把腰刀，比画了一下说，"太轻了，不足20斤，我的大砍刀在50斤以上。"

这时候，太阳已经完全坠落西边的沙窝，夜幕降临，河水发响，晚风吹起。杨重贵和众土匪走到一侧的一块平地上比起武来。那光头果然有两下子，与杨重贵一连斗了15个回合，不分胜败，而且越斗越勇。光头突然大喊一声："停！"他跳到一旁，借着已经上来的星光盯着杨重贵惊讶地说，"想不到你小子还真有些本领，老子在黄黑道上闯荡十多年来，还没有遇到一个真正的对手，那些官府的官兵与爷交手，最多也就七八个回合，不是叫败阵就是输银两，要么是人头落地。小子，你这刀法是从哪学的？"

"问啥？"杨重贵觉得这些土匪还讲些义气，以比武来赢银两，"这是我家祖传刀法。"

"祖传刀法？这是啥刀法？"光头吃惊地问。

"杨家刀法。"杨重贵随口而出。

"是哪里杨家？"光头惊讶地反问。

"城南牛栏川老杨家。"杨重贵如实地说。

"哈哈哈，难怪刀法了得，原来也是杨家的后代。"光头双手捂刀，向前迈了一步，朝杨重贵鞠了一躬大笑说，"我光头站不改姓，坐不改名。我也姓杨，祖上也是麟州城南乡下杨家，我爷爷当年带着我奶奶和我爹流落到河套平原，到我这一代已经在北方草原居住三代了。说不定我们还是一个姓杨的老祖宗。"光头忙挂好腰刀，叫众人过来认杨重贵为弟，"兄弟，不打不相识，你小小年纪，有这般武艺，为啥不去投军，报效国家。"

"报效国家？"杨重贵还是不敢放松警惕，害怕上当吃亏，他紧握着大砍刀，又反问光头，"报效哪个国家？那你们为啥不去投军，反在这里干些打家劫舍的勾当。"

"我们干这一行习惯了，看不惯那些狗官。如今这世道，官家还不如贼。"光头摸着脑袋说，"听说了吗？地方军事集团在潼关黄河渡口打了一仗，双方死伤上万人，害得老百姓都逃离家园。我们这些弟兄搞些银两准备招兵买马，南下黄龙山，举起反官反朝廷的大旗，替天行道。"光头又进一步说，"看在一个姓的情分，我们结拜为兄弟，一起南下投奔黄龙山，举旗造反。怎么样？"

"造反？造谁的反？"杨重贵感到这些土匪并非偷鸡摸狗等闲之辈，有着抱负，有着明确的目标，竟要招兵买马，举旗成为一方诸侯，与当今的后周、后汉对抗。好一伙强盗，胆大包天。杨重贵对光头他们说，"既然是造官府的反，与官方对抗，那还为啥要干这拦路抢劫的勾当，祸害老百姓？"

"小兄弟，你有所不知，这麟州城自从大唐灭亡以来，各地官方和军阀混战，就没有朝廷委派过一次真正的州官，也就是刺史。小兄弟，知道刺史吗？就是麟州最大的官。麟州成了几不管的地方，我们弟兄不借此来搞些银子，留给那些争地盘夺江山的狗官又有何用。我说小兄弟，看你也是条好汉，干脆入伙，与我们一起干。"

"不，我要到麟州城买房安家，等待家安置好后，自然会投朝廷的队伍。"杨重贵认真地说着实话，拒绝光头他们的请求。

"你还真是一个忠勇之士，认准了朝廷。可是朝廷在哪里？是后汉还是后周，或者是别的后梁、后唐的朝廷？"光头拍着胸脯大声说，"爷们闯荡世事十几年来，见的朝廷多了。有地盘，有银子，有实力，就是王。既然你不入伙，我们也不强求，看在一个姓杨的分上，我们就不与你要税银了。不过，你得送我一个礼物。"

"啥礼物？"杨重贵不明地问。

"哈哈哈，把你的大红马借老哥哥骑上一年，等我南下黄龙山势力壮大后，明年的今天来给你归还大红马。如何？"光头乐得手舞足蹈，大笑不止。

"对，把你的大红马送大当家吧！"

"这个请求不过分吧？"

"……"

众人齐声大喊着。

杨重贵不知如何对付这些土匪，与他们讲理不成，硬打也不是办法，僵持下去也没有什么好。夜色中众人的目光一齐投向了大红马。他们看准了自己的骑乘。这如何是好。

"我可以给你们一些银子，但是大红马是绝对不行。有我在，就有大红马在。"

"舍不得送这个礼物？哈哈哈……老哥哥是试探你的诚意哇。"光头走到大红马旁，拍了一掌马背笑说，"的确是一匹好马，千里马，值千两白银。兄弟，你打算给老哥哥支付多少白银？"

"你想要多少？"

"这个数。"光头伸出右掌，摆动着五指，翻一翻又说，"怎么样？舍得吧？"

"500两？"杨重贵吃惊地喊出声。

"不，我是闯道的人，知道和遵守道上的规矩。我没有那么心黑，50两。怎么样？"

"好，但是，你得等几天，我身上只带了30两银子，是上山进城的盘缠，等我家搬到城里，保准给你们支付50两白银。"杨重贵认认真真地说，"不信，你们搜我的身，搜马背上的褡裢。"

"老哥哥相信你，等你十天。不过，我这里放了你，你还是上不了山，通山上的路只有两条，一条路是这条南山路，一条是东城外的山路，西城北城你也看到了，根本就无路可走。而这上山的南山路和东山路，每条路上都有四五处卡。我这里是第一卡，只收税银，也就是进城的官税银。"光头掰着指头说，"第二卡是收水费银的，凡是上山的人和下山挑水的人，都要交一两银子；还有第三卡，收烧炭银；第四卡，住宿银；第五卡，守护银……"

"这不是明抢吗？这些人难道都是土匪？"杨重贵气愤地说。

"兄弟，这你就多怪了。这年头，其实官匪是一家，官比匪好不到哪里。匪是啥，不就是一些穷苦的老百姓。官能贪，官能公开搜刮民脂民膏，民为啥不能？"光头借着星光，像重新打量着杨重贵说，"你对土匪有偏见，老哥哥当土匪十多年了，可是从来没有抢过穷人、受苦人。懂吗？匪抢劫是有规矩的，那就是抢大户，杀富济贫。"

"那你们抢收过路人的税银又是干啥？"杨重贵争辩着说。

"这是没办法的办法。我这十几号弟兄，要吃饭，要到南边的黄龙山落草，不搞些银子能行吗？"光头说，"你是不是答应给 50 两银子又后悔了？"

"我说话算数。我只是对你们走这条抢劫道不赞成。落草为寇终究不是长远打算。"杨重贵把大红马拉到身旁，做着要上山的样子，"我可以走了吗？"

"你上不了山。那些人不会放你的。"光头挺严肃地说，"你答应给我们50 两银子，何时给，在哪里给，你得立个字据。"

"这荒山野岭的，又没纸笔，立啥字据。大丈夫一言九鼎，十天头上，对，第十天，你到山上杨家的新家来取，我保准一两银子不少交给你。"杨重贵说着拉马要走。

"这样吧，我和弟兄带你上山，也给你一路求情，让那些设卡的人放你。"光头说着替杨重贵牵马，众人借助星光投下的光亮，找道相跟着上山。

杨重贵也没有谦让，就叫光头他们前面带路，自己提着大砍刀跟在后，高一脚低两脚向山上登。道路狭仄，两边长满野草，不时有猫头鹰叫唤着飞过头顶。大约走了百十步，只拐了一个荒石土坡，随着一声锣响，两边的草丛中冲出十多个黑影，大声喝道：

"什么人敢趁黑上山？明理的放下上山吃水的银子。否则，留下人头。"

"是通吃，是通吃。"光头他们用黑道上的话回答着。

"又是你们这些爱管闲事的人，爷们收两个水费钱，你们也插一杠子，这叫爷们吃喝啥？"一个大汉手持一根三尺长的铁棍，站到路的中间喊道，"你们不是去黄龙山了吗？怎么还赖在爷们的地面上不走。道上有道上的规矩，这麟州方圆上百里，可是爷们的地界。你们这些从内蒙古来的过客，也不能通吃我麟州的弟兄们。"

"好兄弟，是这样的，这位少年好汉，与我是同姓，都姓杨，我俩已拜为兄弟，其实 100 年前我们是一个祖宗。今天这位兄弟要上山进城买房，没有带现成的银子，还请弟兄们高抬贵手，让路上山。"光头双手叉着，施了一礼，接着又说，"要不，我请你的弟兄们上山喝酒。"

"说话算数？"大汉袒露着胸脯，肌肉上长的黑毛随着说话声一跳一跳的，听得光头说放了人可以上山有酒喝，高兴地拍了一掌胸脯说，"好，一言为定，这回再给你们留一个人情。"

杨重贵看着光头与大汉对话，说不出的一种无奈。道上的人有道上人的规矩和活法。他们随意拦路抢劫，还编出许多理由来。收过路税银，收吃水费，收烧炭费……杨重贵见两伙人谈妥了，就跟着他们向山上走。可是又走了不到百十步，在一株榆树下，路当中站着一伙拿家伙的人，听得有脚步声，就一齐发喊起来：

　　"来的是啥人？"

　　"快快快给爷们留下上山烧火吃饭的烧炭银，要不然，就吃老子们两拳头。"

　　"放下买路钱！"

　　"……"

　　这伙人说得直快，意思十分明确，就是要银子，要行人付买路钱。杨重贵走在人群的中间，看到有十多条黑影，成三行拦住去路。他扭头看了一眼光头，光头笑了笑，挤到前面，又是双手一叉，鞠躬作揖说："别误会，都是通吃。是收烧炭烧火费的弟兄们吧？你们看这样好不好，我的这位杨兄弟要上山买房，准备安家。他家可是家有万贯，有的是黄金白银，只是行动不便，手头没有带现成金条银块，今晚我在山上请弟兄们喝酒吃肉，日后再由我兄弟支付弟兄们的银两。"

　　"嘿，原来是光头大哥，好，那就放人上山。不过，今晚的这顿酒肉是要吃的。"这帮土匪的领头人留着长发，上身不穿衣服，大约30多岁，手里拿一把镢头，边说边挥镢砍着路边的一株柠条，恼丧地发着怨气，"唉，又一桩买卖散了，爷们从早上等到天黑，好不容易等来一个有肉的家伙，却又被'通吃'了。"留长发者发着牢骚，显得十分不满，可又不能不遵守道上的规矩，只好以讨一顿酒肉钱放人。

　　三伙人与杨重贵相跟着，说说笑笑，吵吵嚷嚷，向山上走来。还是老一套，又走了不到百十步远，一伙人拦住去路，变着花样要钱，光头等三帮人一齐求情说话，以给酒肉吃为条件，放人上山。一直到半夜时分，杨重贵跟着几帮人才走完了卡子，上山找到一家客栈，住了下来。这伙人不让杨重贵睡，非要嚷着吃肉喝酒，杨重贵没办法，只好跟着他们来到一家小饭馆。小饭馆早已关门，光头他们硬是把饭馆老板叫起来，让给他们煮肉喝酒。饭馆小老板见是一伙土匪，有30多号人，也不敢作声反抗，只好与他的妻子和一个跑腿的小后生忙活起来。

小老板开的是炖羊肉馆，当日买活羊煮的新鲜肉。头天杀的羊肉卖完了，只好杀了一只圈里关的活羊，剥了皮子，挖了肠肚、心肺，割头，把一只全羊剁碎好放进锅里。忙完了这些活儿，鸡叫两遍了。光头他们等不上肉熟，叫老板炒了两盘豆腐，打了十斤散装的酒喝起来。光头叫杨重贵喝酒，杨重贵是一天走得又困又渴又饿，也没推让，接住半碗酒一口喝干，又自斟了半碗。

"痛快，像一条汉子，论武艺有武艺，论酒量也有酒量。"光头说着倒了一碗一口喝干净，抹着嘴角的酒珠说，"今晚放开酒量喝酒，放开肚子吃肉。嘿嘿，银子都记在杨兄弟的账上。"

"好，这小子是南乡有名的大财主，管弟兄们一顿酒饭总归管得起吧。"大汉喝着酒，往杨重贵身旁挤了挤笑说，"把你的那匹大红马卖了，够弟兄们吃喝酒肉三天。兄弟，舍得吗？"

"不行。我说过，十天后支付 50 两白银送这位同姓的杨大哥去黄龙山。至于这顿饭的酒肉钱，我也出了。"杨重贵说着从衣兜掏出一锭三两的银子对小老板说，"给，这些银子够不够一顿饭钱？"

小老板接过银子，用手掌往起扔了扔又接住，挤眉笑说："够了，够了，这还差不多，够是道上的朋友。"小老板边说边走进里面的厨房，催促妻子加炭，赶快往熟煮羊肉。

一伙人见杨重贵支付了银子，乐得一个个伸出拇指夸他够朋友，懂规矩，是一个真正的男子汉，日后一定大有出息，不是官方的大官，也是一方的大土豪。杨重贵与这伙人喝着酒，一会儿等羊肉煮熟了，自己动手舀了一碗吃起来。众人也一个个动手，拿碗抢着吃羊肉。不到半个时辰，十斤酒喝完了，肉也吃光了，众人才嘻嘻哼哼，相跟着离开饭店，各自再找地方睡去了。

不过，光头和他的另外几个弟兄硬是把杨重贵送回客栈又不肯离去，说个没完没了。第三遍鸡也叫了，表明天已经快亮了，杨重贵还是支吾不走光头他们。光头好像酒喝得正在劲上，借着酒的力量，放开了大话：

"兄弟，你家搬到麟州城后，要给麟州城的老百姓做主，不，要给全麟州的老百姓当家。如今这地方是谁也不管的独立王国，我要是有钱有兵，就住在麟州不走了。"光头拍着胸脯，骂骂咧咧地，"自从大唐灭亡后，天下是彻底的大乱了，国家乱得不像一个样子，有兵的官人自霸一方，随便起个国号，就是国家。呸，娘的，老子到黄龙山后，也拉起一支队伍，封一个国家，当两天皇帝，讨一百个老婆。"

"哈哈哈……讨一百个妃子！"

"对对对……我也跟着当几天大臣。"

"我不当官，只想买一千亩地，娶一群老婆，生一群孩子。"

"……"

杨重贵见这几个人话越说越大，简直马上就想占山为王，当皇帝，称天子。这是土匪的本性，也是酒醉人的生性。杨重贵只是感到这些人骨子里并不坏，是走投无路，生活不下去，才走上土匪的道路。啥是土匪？他以前听说过，也见过，就是打家劫舍的毛毛贼，祸害老百姓。眼前的这几个土匪，胃口大，不是给几两银子就能满足的。他们是要到黄龙山成一番气候，干一些惊天动地的事情。他们与官方是死对头，不愿投奔官方。杨重贵没有了睡意，也没脱衣服，坐到地下的木头凳子上，只管听他们放大话。

"娘的，我是看透了，不管是这国那国，都是秋后的蚂蚱，蹦跶不了几天。自古道，'三十年河东，三十年河西'。皇帝轮流当，官位挨着坐。他们都是土匪，只不过霸占了一块大地方和一些城市，就变成了皇帝。不行，老子也要当皇帝！"光头不停地吼喊，不停地拍胸口，仿佛他真成了皇帝，把谁都不放在眼里。杨重贵从光头的骂声听得出来，这个人并不是一般的粗鲁之类，他对眼下的时局有自己的看法。杨重贵一声不吭，继续听着光头放狠话野话。

"老子谁也不服气，就服气汉武帝刘彻，那才是一代真正的英明之主。还有唐太宗李世民，也算是一代英明之君。其余的皇帝，都是过路客，都是土匪，都是拦路抢劫的毛毛贼，与老子一样，吃了上顿无下顿。娘的，谁封那些人当皇帝了，还不是他们自己封的。老子也封，封一个晴天大皇帝，活他三百年……"

"活万万年，大哥，皇帝都是万岁。"

"哈哈哈……老子只想活三百岁，知足了。"光头说着说着"哇"的一声，吐了出来，身子摇晃了几下，倒在了地上，又挣扎着爬起来，扭动着身子，冲着杨重贵喊："兄弟，你……你够朋友，将……将来不成龙，也是一只虎。看得出……出来，你小子读过书，是当元帅……元帅的料，不……是当皇帝的料……我……"

"不敢瞎说。"杨重贵见光头醉成这样子，嘴里还念念不忘当皇帝。这个家伙，知道的还不少，与汉武帝刘彻比，与唐太宗李世民比。一个土匪，一个酒鬼，也能成为一代皇帝吗？杨重贵摇摇头，赶忙扶着光头坐到床沿，倒了一碗水让他喝。光头接过碗猛喝了口，又"哇"的一声吐出来，高声大骂："这客栈是谁开的？给爷喝泥沙水。呸！把爷当成啥人了！"光头嚷着要客栈老板起来，问这水为啥不澄清，就让客人喝，是不是有意瞧不起客人。

"这位好汉，你一定知道，这山上没有水，城里人们喝的吃的水，都是到山下窟野河里挑上来的水，泥沙大。"客栈老板是一位 40 多岁的中年男子，被光头叫醒后，只好给解释，"昨天挑上来的水，澄清时间短，又没烧火烫，因而不好喝，还请好汉原谅。"

"原谅个屁！喝坏爷的肚子，谁负责？"光头骂着又喝了一口咽到了肚子里，也感觉不到肚子疼，只是有一股涩酸泥沙味道，不喝吧，口渴，喝吧，又觉得不好喝，只好骂骂咧咧冲着老板发火，"爷走遍天下，见有没米没面吃的地方，还没见到无有水喝的住处。这是啥城，老百姓连水也喝不上，这个鬼地方。难怪道上的弟兄们收水银。"光头扔下水碗，对着杨重贵说："兄弟，你上山后，干脆开一家卖水店，一定挣大钱。哈……"

杨重贵这才明白，位置在山上的麟州城缺水，住户常年到山下的窟野河挑水，而河里的水泥沙大，又不净，住户只好来回走近 8 里路，用木桶到河里挑水上山，澄清再饮用做饭。吃水对于山上的人而言，好比吃油，那些道上称霸的人，还有一些闲杂人员，正是看准了山上缺水，就在下山的唯一通道南山设立卡，收取过路费，也就是水银水费。山上的住户是叫苦无声，敢怒不敢言，惹不起这些土匪，只好支付高价的水银。麟州城常住人口有 4000 多，加上牲畜，一天需要 200 担水，道上的土匪一天收银在 30 两左右。也就是说，住户们每天支付的饮用水费在 30 两白银以上。一些有权有势有胆的人和道上的勾结起来，利用路上设卡，敲诈勒索，发横财。杨重贵听着老板在介绍吃水收银的事，心里沉沉的，不时地插话问：

"难道山上就不能打井取水吗？"

"打井取水？唉，难哪……"老板对杨重贵说，"听我爷爷说，唐开元李隆基时代，山上初设麟州后，官方也准备在山上打井取水，可是山上全是石头，打不下去，取水失败，老百姓只好下山挑河里的水吃喝。听说过吗？此地的老百姓编了一句顺口溜：'吃水贵如油，人活得不如狗。'几千人生活在山上，一年四季，为吃水而犯愁，一代一代，就这么熬了过来。难啊，麟州城的老百姓受尽了罪。看看这世道，麟州如今成了几不管的地方，国家不管，地方无官，土匪、盗贼、散兵、恶人横行……这老百姓的日子怎么过啊！"

杨重贵听得不知说什么为好，他看看老板，又瞧瞧光头他们几人，急得在地下团团转。门外天已经亮起来，听得有说话声传进来。光头说昨夜喝了一个痛快，又一晚上过去了，连个觉也没有睡，今天白天就到下山的路口睡觉，说着光头拍了拍杨重贵的肩膀说：

"兄弟，记住，别忘给老哥的税银。多不要，就50两。算是供我的，日后定补报。"光头说着招呼着几个人出了客栈，下山又干他们的收上山税的勾当。

杨重贵见光头他们走了，长长出了一口气，这才感到又困又瞌睡，他支吾走了老板，又去外面的棚圈看了一回大红马，而后回到房舍，和衣躺到床上睡起来。他这一睡，睡得昏沉沉，等到醒来时，已经是吃中午饭时分。他叫来客栈老板，想要吃饭。老板告诉他，客栈只管客人住宿，不开饭店，这年头，兵荒马乱的，山上的粮油肉面，难以买到，又加吃水困难，客栈只得开店，不生火做饭。杨重贵听了，理解老板的苦衷，走出院子，见大红马在棚圈急得叫唤，知是大红马要吃草喝水，又对老板说：

"老板，给我的大红马饮水可以吗？"

"可以，只是不知这牲畜喝不喝担上来的河水。"老板说着从自己做饭的房子提了半桶水，牵马让喝。大红马喝着水，不时地打喷嚏，表达水不好喝。也许是大红马昨天走了一天太渴了，一鼓作气喝完了水，又扬蹄嘶鸣。杨重贵明白，这是大红马发出的吃草信号。它饿了。

"老板，有草吗？"

"没有，这山上的城里无草，你要喂马，可到东门外二里处的草坡上去放。那里有草。"老板手指着东门外的方向说，"山上家有牲畜的住户，都到东山坡去放牛放马，也到西山下的河滩割草。不过，天旱无雨时，山上的地里缺草，牲畜吃草也就困难了。"

杨重贵昨晚也多喝了几碗酒，又吃了羊肉，只是感觉口渴，肚子不想吃。他舀着喝了一碗没有烧的河水，向老板问了个好，牵着大红马向东城走来。由于他手里提着一刻也不离手的大砍刀，行人见了他不是躲着走，就是偷看几眼，急匆匆地走开来。他的行头和打扮，别人一看，就知道是有钱人家的阔少爷。谁敢大白天牵着马，提着刀，在这麟州的街道上行走。杨重贵见人们躲着他，也假装没看见，牵着马来到东门。他要出城，但被一伙人给拦住了，向他要出城费，也就是养马银，到东山坡放马的草费。

"岂有此理，放马吃草，也要收费？"杨重贵发怒了，冲着众人大声说道，"光天化日之下，在城门口设卡收费，是谁定的规矩？"

"怎么，你敢不交放马养马费？这是爷们定的规矩。你问一问其他人，这规矩已定下有三年了，爷们一直在这里收放马养马费、平安治安费、探亲访友费……"一位手持铁棍的汉子，满脸的不高兴，冲着杨重贵喊，"小子，小小年纪，也敢顶嘴，是有钱人家的公子吧？嘿嘿，虽看你手里拿的家伙，你若是敢与爷拼三个回合，爷不收你费，放你出城放马，你要是输了，别怪爷不客气，除了交足来回出城进城的一两银子，还得把这马留下，让爷借用骑三天。"

此人30岁左右，留着长发，后脑扎一块红布，双胳膊袖筒卷起，露出长长的黑毛，有两颗上门牙露出来。个头高，双耳大，瞪着眼，提着铁棍，带得十几个脑后一律扎红布的汉子，挡住了杨重贵。

"我不交银子，也不出借马，想比武，奉陪。"杨重贵这才明白昨晚上山时一路相遇五处关卡，都是这伙强人干的。他把马拉到一旁，拴在一块石头上，双手举刀，朝大汉迎来。

"怎么，你真的与爷比武？"大汉退了一步，招呼着其他人一起围住杨重贵，"是外来人吧？还真不懂得规矩，不知红巾爷的厉害。"大汉说着，举起铁棍，朝杨重贵劈头打来。杨重贵用刀背一挡，铁棍滑向一旁。大汉见第一棍没打着杨重贵，横着铁棍向杨重贵扫过来。杨重贵身子向后倾斜，顺手举刀拨开铁棍，然后趁机向大汉砍过来。大汉果然厉害，急一手举铁棍挡住大砍刀，一手攥紧拳头，朝杨重贵面部打来。这叫连环招，一般人是很难躲过这一拳的。杨重贵眼尖手快，也一手握刀，一手架住大汉的拳头。大汉见暗拳没有伤着杨重贵，又退了步，举起铁棍向杨重贵盖头砸了下来。杨重贵这回没有去挡驾，而是跳出三步远，让铁棍落空，而后趁大汉收铁棍时，用刀背急向大汉的右肩轻轻地砍下来，大汉急忙躲闪，还是被刀背砍着衣服，吓了一跳，跑到一旁，咧嘴大喊：

"好刀法，好小子，使用的是连环刀，是三国时期老将黄忠用的刀法。"大汉扔了铁棍，双手叉着，朝杨重贵一拜："小兄弟，姓甚名谁，你刀法是祖传的吧？我张平贵甘拜下风。"

"我站不改姓，坐不改名，本人南乡杨重贵。刀法是祖传的。这大砍刀也是祖上留下来的。"杨重贵一听大汉自报姓名，又向他作揖，也就收了刀，缓口气说，"你等有这般武艺，为何不去官方投军，报效国家，建功立业，为祖上争光。"

"唉，小兄弟，别提了，我等弟兄十几人，前一阶段过河东到太原去投后汉，谁知人家不收河西的兵，说我们地处沙漠，是土匪出身。"

"有这事，那刘知远不是开明之君吗？怎么会不收河西人投军。"杨重贵感到吃惊，手指东面的太原方向说，"刘家是正统的汉室后代，不会不收，你们再去，说明情况，一定会被收下重用。"

"不去了，不去了，就在咱麟州多自由，谁也管不着，吃香的，喝辣的，好不快活。"叫张平贵的大汉说，"兄弟你在山上吧，咱们一起替老百姓守护城门，看家守院，收些银两，也活得自在。"

"不行，不能这样做。这叫敲诈百姓，哪有站到城门，收取行人的出入费的。"杨重贵大声说，"麟州边塞重镇，后汉总有一方要接管，你等仗强收费，官方绝对不允许。我劝大伙散了，要么去投军，要么各回自家，耕田放牧，好好过日子。"

"呸，你说得好听，我等哪有家，都是光棍汉，无有家，也没有耕地，过啥好日子。"张平贵把一个三尺长的铁棍空舞动了一番说，"我没有别的本事，只会打铁舞刀弄棒。搞些银两，准备到南面的黄龙山入伙，过有酒同喝、有肉同吃的自由生活。"

又是一伙准备南下黄龙山的土匪。这黄龙山到底有多大，离麟州有多远，杨重贵过去没有听人说过。"你们谁去过黄龙山？"

"我去过。"一个约 40 岁的中年男子解下脑后头发上扎着的红布说，"黄龙山方圆上百里，南下是金锁关，再往南就是大秦川平原，到了长安城。那可是一块风水宝地，离轩辕黄帝的坟墓不远。山上有烧火的小煤窑，还有野猪、野羊、野狼、野兔、野鸡啥的。那才是神仙住的地方，比这麟州强百倍。兄弟，听说过吗？黄龙山千百年来就是聚结英雄好汉的地方。谁要投官谁去投，我是不去，我是非去黄龙山不可。"

杨重贵听众人说黄龙山的好，好像自己也真的飞到了黄龙山。天下还有这等好去处，难怪这些人打家劫舍，收取不义之财，原来都是要去黄龙山过他们的太平日子。杨重贵对张平贵等人说："你们可以去黄龙山，但是不能借此为理由，趁机在麟州抢劫老百姓，收啥这费那费。明白吗？这叫公开的抢劫。"

"兄弟，这年头不抢不盗能有活法吗？我家祖上也有几亩薄地，可是到了我父亲这一代，地都卖给了有钱人，只好离乡乞讨。到了我这一辈，讨饭都赶不上门子，只好干起道上的买卖，混日子度余生。"张平贵卷起裤腿说，"看看，这是我小时候讨饭叫狗咬的好了留下的伤疤。我妈是饿死的，我爹是饿得跳崖自杀的，我弟弟三岁时被强人抢走下落不明。你说这世道有穷人的活法吗？你家一定是有钱的财主吧？要不你能骑上这大红马，使用这黄忠刀？兄弟，说实话，你家是不是财主？"

"是，算是吧。"杨重贵听得不知是啥滋味儿，他总觉得张平贵、光头这些人虽然是土匪，干一些伤害老百姓的事情，而他们身上又有一股子正气，给这个世道带来冲击，焕发出一种精神，产生着力量。他也说不来，到底是世道变坏了，还是这些人变坏了，怎么遍地是匪，到处是贼呢？国家哇，你在哪里？朝廷啊，你听见了吗？老百姓在呼唤，在要生存，要讲理，要过上属于他们的太平日子。杨重贵浑身如火烧，冒出一身热汗，看着张平贵他们，急得直跺脚，再也找不到合适的话回答他。也许这些人的唯一出路就在黄龙山，聚结造反，与官方抗争，过着自己的山寨王国生活。

"兄弟，身上一定带着银子吧，今天请弟兄美美地喝一顿酒、吃一顿肉。这个要求能答应吗？"张平贵眼巴巴地看着杨重贵，替众人向杨重贵求情。

"行。"杨重贵拍了掌大红马的背说，"我这马还没吃草，等我到城外放一会儿马，回来再请你们喝酒吃肉。"

"我替你去放马。"一个小个子后生从杨重贵手里夺过马缰，高兴地抬腿说，"放马喂牛，是我的老本行。你们到哪家酒店吃肉喝酒，我放马回来直接去酒店找。"

张平贵对他的弟兄说："城西老王家的酒店，地方宽敞，饭菜量足，又干净。兄弟，快去替杨兄弟放马，哥等着你喝两杯。"

那后生牵着大红马，径直出了城东门，朝不远处的草坡去了。

杨重贵在张平贵一伙的推拥下，来到城西老王家的酒店，赶直走进客厅，围到一张大圆桌旁。张平贵是来这里的常客，打家劫舍搞的钱，都吃肉喝酒了。王老板年龄40岁开外，是山下窟野河畔人，两年前与妻子合伙来山上办起小饭馆，生意还算做得不错。三个月前，张平贵一伙来到山上，三天两头跑来他的饭馆吃饭、吃肉、喝酒，张平贵有时给肉钱、酒钱，有时身上没有钱了，吃了喝了，抹一把嘴唇就走，老板也不敢说，知道这伙子人是道上的，只好忍了。不过，张平贵也不是那种只吃喝不付钱的无赖，他和他的弟兄们有时带足了钱，还会多给老板算一两银子。正是张平贵有为人好的地方，王老板也就放心地给张平贵一伙人吃肉喝酒，热情接待。

"张兄弟，今天炖几斤肉？喝多少斤酒？"

"15斤羊肉，15斤白酒。我请客。"张平贵袒露着怀，喜得合不拢嘴说，"不，是这位杨兄弟掏银子，我来做东。怎么？怕我吃喝了不付酒肉钱？"

"不不不，不是这个意思。我是说让弟兄们吃好喝好，不要造成浪费。"王老板赶忙虔诚地说。

"对对对，不浪费，不浪费，那就炖12斤山羊肉，打12斤当地的高粱酒，怎么样？"张平贵拍着胸口又指着杨重贵说，"我这位兄弟，是城南第一大户，家有黄金白银万贯，是来城里买房产的。今后长住城里，一定会照顾王老板的生意。"

"那好，那好。"王老板说着与妻子一起走进厨房，把刚杀了的山羊羔子称了足足12斤，拿刀切碎，煮进锅里。为叫张平贵他们不要等得太急，王老板先炒了两碟子豆腐，称了12斤高粱酒，亲自给张平贵他们斟酒。

杨重贵看得出来，王老板畏惧张平贵一伙，说话总是点头哈腰，不敢高声，也不敢直视，是无奈地装出来的热情。杨重贵对挨着他坐着的张平贵低声说："你欺负王老板了吧？你看他那个害怕的样子。"

"兄弟，我可没有欺负王老板。"张平贵把王老板叫到跟前，倒了一碗酒递过来说，"王老板，这一碗是老弟敬你的。你说一句公道话，兄弟我欺负过你没有？我的弟兄哪一顿酒饭钱欠你的？谁敢欺负你？"

"没有，没有，张兄弟是道上最讲规矩的好汉。"王老板接过碗一口喝了，忙向杨重贵说。

"对，道上有道上的规矩，不能白吃白喝。"杨重贵也自倒了一碗酒喝了，既是对王老板说，也是让张平贵他们听着，"当今世道，天下不太平，商人挣一点钱不容易。道上的朋友也要讲道理，不准逞强欺弱，不准苦害百姓。"

"这话说得在理，我和我的弟兄也是这样做的。"张平贵吃了一口豆腐说。

"是真的吗？"杨重贵见是说话的时候了，冲着张平贵大声说，"那你们在城门'强行'收取出入费、放马费、保护费做何解释？"

"这？这……这不是穷得没法子吗？弟兄们也是为搞个饭钱。"张平贵争辩着说，"我们没有收穷人的出入费，只是收那些有钱人的和富人的保护费，而且收得也很低，每人出城和进城一次，只收得够顿饭钱。"

"有钱人和商人也不能收，收费要有道有理。"杨重贵仗着酒意说，"收税银，收取一切费用，只有官方才有这个权利。其他人是不能乱收老百姓费用的。"

"杨兄弟，这个道理我比你懂。我不是说过吗，官方在哪里？官方是谁？麟州是谁也不管的地方，既没有州官，也无刺史，老百姓有冤去找谁？再说我们道上得收取适当的保护费、税费，这有啥错？要说错，错在那些大贼盗只顾争地盘，建立啥狗日的这国那国，那些狗官管过老百姓的事吗？他们把一个国家搞得四分五裂，乱七八糟，还责怪我们道上的弟兄们是土匪，是祸害老百姓的罪魁。杨兄弟，你与其他有钱人不一样，理解我这些弟兄们的苦衷。我讲的是实情，如今这年月，穷人无出路，道上的人也没有好路可走。要说有路可走，只好聚义造反，上山为王，活出一个人样来。"张平贵说来说去，还是一句话，造反，与官方作对，过自己的自由生活。

杨重贵是不赞成张平贵的聚义造反、占山为王的生存之道。张平贵的想法和光头他们一样，把南下黄龙山，聚众造反当成唯一的生存希望。杨重贵说服不了张平贵，他也实在找不到合适的理由不让张平贵他们打家劫舍，收取啥保护费、税费。他只是看到张平贵他们身上有一些正气，同情他们的处境，可他又无能为力把他们拉到自己的生活轨道上来。他没有办法让张平贵他们也过上像自己一样的生活。他家是城南大土豪，而张平贵他们是什么也没有的劫贼。杨重贵心里七上八下，看看张平贵他们，又瞧瞧王老板，显得无可奈何。他今天给张平贵支付了酒肉钱，那么，张平贵他们明天的酒肉钱又由谁来支付呢？杨重贵找不到答案，只好喝起闷酒来。

　　过了一会儿，羊肉炖熟了，王老板的妻子舀了一盘端上来，众人争着吃，像一群饿狼，边吃边喝。张平贵拿碗挖了一碗放到一边说："这碗留给我放马的兄弟，他好几天没吃饱饭了。"

　　"对，给那位弟兄留着。"杨重贵说着停下吃肉，从袄兜掏出足有二两银子递到王老板手里说，"够不够你的酒肉钱？"

　　王老板掂量了一下说："够，足够了。"王老板说着眉脸上露出笑意，装好银子又说，"我再给弟兄们捞黄米捞饭。"

　　其实，王老板的妻子已经做好了黄米捞饭，不等王老板说完话，就端一盆金灿灿的捞饭放到圆桌。张平贵见了黄米捞饭，首先挖了一碗，吃了一口说："好东西，有半年没有吃了，是本地特产。弟兄们，好好吃，今天是杨兄弟请大家吃饭喝酒，大家放开肚子吃肉，放开量喝酒。娘的，咱们这些人，有今天，没明天，死了也不要做饿死鬼。"

　　"老兄，说一点儿吉利话，你准备到黄龙山还不是为寻一条活路，不要再说死不死的。"杨重贵看时间不早了，那位给他放马的小兄弟还没有回来，有些心急，便对张平贵说，"那兄弟能找到这家饭店吗？"

　　"能找到。你放心好，保准让你的马也吃饱。"张平贵就着羊肉吃完黄米捞饭，又自倒地喝了半碗酒说，"今日酒喝了，羊肉也吃了，黄米捞饭又塞肚子里了，是这半个月来吃得最香最美的一次，这份功劳全记在杨兄弟的账本上，日后我张平贵发迹了，定当补报。"

　　"大哥，我不图你补报，但愿你和弟兄们今后有一条好出路，能吃好喝好，过上好日子。"杨重贵放下碗筷，走到门前，向外张望，看那位给他放马的弟兄回来没有。他顺手抄起一旁立着的大砍刀，做出要去寻找放马的弟兄的样子。

"兄弟，别急。我那兄弟一会儿就会让马吃饱草回来。大哥再最后用你的酒敬你一碗。"张平贵拦住杨重贵，把酒碗举到杨重贵面前。

"我不喝了，我得去找马，还要到山上转一转，看看有谁卖房。"

"卖房的到处都有，好多人家在这里待不下去，卖了房到别处谋生。有银子何愁买不到房子。"一位汉子说，"我带你去城东门里买，那儿房子好，价格又低。"

"我要买几十间房子，能住下300多人。"杨重贵如实地说，"我家族人口多，这次从南乡迁到城里，男男女女，老老少少，二三百口子人，来了没地方住不行。"

"这么多人，你杨家是全村人搬迁，二三百口子人，一天吃300斤米。好大的家庭，不愧是大土豪。"张平贵有些羡慕杨重贵，面带笑容说，"兄弟，你家人多财多，进城安家后，一定要几个护院守家的人吧？要不，我和弟兄们不去黄龙山了，留下给你当保镖，怎么样？"

"这？"杨重贵推开酒碗，犹豫了一下说，"实不瞒大哥，我家原有十几个护院守家的人，这次进城一个也不少带进来。眼下还不准备扩大增加人员。"杨重贵觉得这用人的事情要爹说了算，自己不能自作主张，把一些刚认识的道上土匪用为保镖，万一这些人本性不改，见财生疑，里外勾结，抢劫起来，如何是好，他只好直接拒绝了张平贵的请求。

这边杨重贵正与张平贵等人谈做杨家保镖的事情，突然见那位放马的小兄弟满脸是血，哭哭啼啼，喊叫着跑了进来。"大哥，不好了，不好了，马……马被又一伙道上的贼抢走了，还打伤兄弟。"

"有谁这么大胆，敢抢我张平贵朋友的马。"张平贵叫那小兄弟说清楚，"是哪股道上的土匪干的，马现在何处？"

"那伙人也有十几个，领头的是一个大个子，上身不穿衣服，长发披肩，满脸发黑，自称是府州第一好汉，他和他的弟兄抢了大红马朝东面的山路走了，这会儿估计走了有5里多路。唔……"那小兄弟说着又哭起来。

"青天白日，朗朗乾坤，公开抢劫，还有没有王法。"杨重贵听说大红马被府州的土匪抢走了，火冒三丈，手提大砍刀，跑出门外，直向东城赶来。

张平贵等人也随其后，一起跑着出了东城门，朝一条土路，向东面的山峦追去。杨重贵跑在最前面，大约追了有五六里路，在一黄土坡的拐弯处，追上了那伙抢马贼。

"前面的好汉听着，大白天来麟州城抢马，是何道理。"杨重贵快步赶到那伙人的前面，拦住去路，挥刀大喝。

"你是何人？多管闲事。"大汉手使一杆方天画戟。骑在抢的大红马背上，并不把杨重贵、张平贵他们放在眼里，反讲了一通大道理，"自古以来，谁也生不带来任何财物。这马怎么会是你家的。分明是上天送我吕爷的。小子，听说过吗，我乃府州吕家，是三国时期吕布的后代，吕爷好不容易找到了自己的赤兔马。哈哈哈……"

"胡说，亏你还是吕布的后人，你要是知趣，把马交我，咱井水不犯河水，大路通天，各走一方；你如不识好歹，那要看我手中的大砍刀答应不答应。"杨重贵向前跨了一步，横刀站到路中央，与赶到的张平贵他们一字儿摆开来，拦住去路。

称吕爷的大汉招呼着他的团伙，也一字儿摆开架势，准备打斗。"吕爷不给你马，看你把吕爷怎么样。"大汉挥舞方天画戟直向杨重贵刺了过来。

杨重贵举刀拨开方天画戟，又趁势砍向大汉，大汉急用方天画戟支开大砍刀，仗着骑马上，又劈头向杨重贵刺来。杨重贵忙跳出圈外，吹了一口哨"嘚——"大红马听是主人发出的口令，前蹄直立，两条后腿着地，站了起来，把大汉重重地摔在地下，杨重贵和张平贵一齐举起兵器，朝大汉逼过来。大汉一点儿也不怕，拾起方天画戟爬起来，又羞又气地说："这马不听我的话，是你吹口哨让马把吕爷摔下来。爷不服，有本事与爷拼一百回合。"

"看你也是一条好汉，怎么竟干偷鸡摸狗抢劫的事，有辱你吕家的多少世英名。"杨重贵收回大砍刀，笑着说，"这马本不归你。你还是到别处拿钱买好马去吧。"

大汉不住地喊着"爷不服、爷不服"，边说边招呼他的十几个弟兄快步朝东面的山路走了。

望着府州第一好汉灰溜溜地离开，杨重贵和张平贵他们大笑不止。"这家伙，还自称府州第一好汉，是吕布的后代。吕布是哪里人，他的后代怎么会跑到府州呢？吹牛都不会吹。"杨重贵夺回了大红马，与张平贵他们转身又回到麟州城。他到了客栈，张平贵他们也与他暂时告别，回自己的地方睡觉去了。

杨重贵累了一个晚上，又与张平贵他们和府州大汉折腾了一番，回到客栈就上床睡觉。这一觉睡得不浅，醒来的时候又是一个半夜。他舀着喝了一碗河里挑上来的水，到外面的棚圈看了看大红马，又回到房间，提上大砍刀，走到院子，赶直出来街道。星光照得山城朦朦胧胧，参差不齐的房舍点缀在狭长的山头。不时有狗叫之声传来，夹杂着女人的哭声和风声，搅动得夜晚失去了宁静。杨重贵是一刻也不离大砍刀，他把大砍刀扛到右肩，借助着星光，从东城走到西城，又从西城返回来，走到南城，看看哪里有合适居住的房子。高低不平的土石铺的街道，忽左忽右，没有一条是直的，像蜘蛛网似的密布在山头。南门和东门敞开着，半夜里也有人把守着收取出入费。城里住的老百姓大都白天各忙事情，只有在晚上才挑着桶下山到河里挑水，因而那些道上的土匪一类的人，一天 12 个时辰轮流在城门和半路收取吃水费。杨重贵身边不时地有人走过，有的人见他夜里出来扛一把大刀，吓得赶快走开。他在南门外转了一圈，往回返时，被几个收费的汉子拦住。杨重贵挥着刀说自己也是"通吃"，到城外看看夜景回城晚了。那些人见杨重贵提一把砍刀，也就不敢再提收费的事，放他进了城。

杨重贵回到客栈不多时间，天已经亮起来。他到外面，找到一家卖粥的铺子，随便喝了两碗，付了钱，来到东城与西城的接合部，看着有一片不住人的破房子，转过来，转过去，看了几遍。他觉得这块地方不错，不知房子的主人哪里去了，是否出卖。他从破墙走进院子，看着门窗破烂的房子，不由得一声叹气。突然一间房子里跑出三条汉子，手持棍棒，大声质问杨重贵：

"干啥的？"

"不干啥。"杨重贵立着大砍刀说。

"不干啥，提刀私闯民宅，又是为啥？"其中一条汉子仔细打量着杨重贵笑问，"是不是也想打房子的主意？小子，这一片房子是爷们三人用 200 两银子买的。你想租用还是购买？"

"真的是你们的房子？"杨重贵惊奇地问。

"那还有假。你是哪里人？要想买这一片房子，至少要300两白银。"那汉子直接索要银子。

"这里一共有多少间房子？"

"50间。每间6两银子，合起来就是这个数。"汉子右手伸出三个指头比画了一下又说，"小子，你小小年纪，买得起吗？你买这么多房子干啥？"

"你问干啥？到底卖不卖？"杨重贵大声说。

"当然卖，可是你有银子吗？你的银子在哪里？拿出来让爷们看看。"汉子不停打量着杨重贵又问，"你不会也是道上的贼吧？大白天，拿这么一把大刀。"

"好汉，大砍刀是我防身用的，用不着害怕。既然买房，自会有银子。"杨重贵感到这三个人不像房子的主人，肯定是一伙不务正业的人，他们怎么会有这么多不住人的旧房子，这里面必有缘故。杨重贵走到一间房子门口，朝里面看了看，见堆放着一些乱七八糟的家庭用具，还有几双小孩穿的旧鞋扔到地下的一角。蜘蛛网罩着房顶的大半。他猜房子的主人一定离开这房子有一段时间了，走的时候很着急，连家庭做饭用的灶具也没有来得及带。杨重贵对那三人说："这房子有没有主人的房契？"

"啥房契？"又一个汉子说。

"就是住房子的凭证。"杨重贵认真地说。

"爷们没听说过住房还有啥凭证。小子，你到底买不买？别没有事来找事。"那汉子说得不耐烦了，瞪着眼大声说，"你要也是道上的通吃，有屁就放。爷们没闲工夫磨嘴。"

原来又是一伙土匪，一定是赶走了房子的主人，把房子作为生钱的买卖。杨重贵正要继续问话，突然敞开的院墙蹿进五六个人，他们边跑边大喊："快，走吧！房子不要了，到南边的黄龙山去，那里有房子住，有吃有喝。"

那三人听了，也不再与杨重贵搭话，跟着那些人相拥着跑出院子，朝南城跑步走了。

又是一伙到黄龙山的人。黄龙山有什么吸引这些人的东西。望着远去的那伙子人，杨重贵这才醒悟过来，这房子的主人很可能是被这些人赶走的。杨重贵离开破房子，想打问真正的主人，他沿着通往西城的沙土路，肩扛着大砍刀，急匆匆地朝西城赶来。映入他眼帘的都是一些破旧的房子，有的是石头墙，有的是土坯墙，有的住着人，有的空闲着，沿途不时有要饭的小孩拦住他要钱，他只得把一些碎银拿出来给了这些饿得面黄肌瘦的孩子。孩子们高兴地给他磕头。杨重贵心里酸楚楚的。他看到麟州城与他未来之前想象的麟州完全不一样。西城与北城连接，城边就是重叠的悬崖，无有上山路，也没有城门，城墙边实际上就是高崖畔，有的地方垒了石块，算是城墙。西城墙没有人守护，只有一些躲避战乱的外来住户，建立临时土房子住着。杨重贵走到石墙边，手摸着黑红色的石块，看得出这里曾发生过的战争痕迹。有些白骨夹在石块中间，像野兽的骨头，更似人死后的尸骨，白花花的，在阳光下发出幽深的光泽。一闪一闪，使他看得记忆仿佛回到了上千年之前。杨重贵越看越浑身打战，心潮奔放，情感难以控制，土匪、游民、散兵、乞丐、穷苦人……一齐拥挤在这么一座山城上，说不定哪一天，他们会自相拼命，或是遭到外来的袭击，鲜血染红山城。他俯视山下的窟野河水，像一条黄色的丝带由北向南飘去，岸边的树木、杂草、庄稼给这条川道带来难见的生机。零零星星散落在川道里的房屋，冒着青烟，表明着这里住着生息的人们。从时间上判断，已经是响午时分。杨重贵感到出气很困难，在这样一个地方全家要长期住下来，可以想象到未来日子的艰难。然而，麟州毕竟是坐落在边墙（长城）脚下的一座边塞重镇，是汇集几省的战略要地。他深知爹在麟州安家的长远打算，不是来这里享福的，要在这成就一番事业。

杨重贵又看看凌空飞翔的野鸟，心情又变得激动起来。他要找一些麟州城的长期住户，或是读书的文化人，了解麟州的历史、地理、文化、自然等知识，为全家搬迁麟州城后做准备。杨重贵沿着残缺不全的石墙，转身沿着土石道向东城走来。他感觉到有些饿，走到一家小饭馆，要了一碗粥吃了后，又回到客栈，找老板问起麟州城的过去。

"小伙子，这麟州城早在秦始皇时代就修建了，秦始皇的大公子扶苏还来过这里，他的大将蒙恬还在这儿打过仗。"老板神秘地说，"这里原叫新秦，是唐开元李隆基时代起名为麟州。听说，这里曾发生过战争，死过许多人。到西城墙看过吗，那些死人的尸骨是守城的将士把死了的人当石头塞到墙上，以此来抵挡攻城的敌军。"客栈老板看来对麟州的往昔略知一二，他有声有色地说："那西城墙的黑红石块，都是人血染红的。半夜里还能听到屈死鬼在西城墙嚎。知道西汉的张骞吗，他出使西域时还路过麟州城。对了，汉刘秀当年屯兵起家时也在这里住过。五年前，北面沙漠里的一股土匪曾冲进麟州城，屠杀了数百人。麟州城如今成了谁也不管的地方，刺史府也荒废了，被道上的土匪占了，搞得城里城外的老百姓不得安宁。"

杨重贵听着客栈老板在讲麟州的往事和现状，心里压着一肚子火，他不知用什么方式来表达对这座城镇的敬意。他是第一次到麟州，所见所闻，给他启发深刻。他继续听着客栈老板说。

"如今山上住的大户有几家，是他们出钱雇了一些人轮流着守城。可是，那些道上的人太强势，不把大户的守城人放在眼里，整天在城门和道路设卡收税费和过路钱。否则，就杀人灭门。"客栈老板说，"我这小小的客栈，每十天要交一次地皮费，要不然，那些人来了就住着不走，还要吃饭喝酒。这世道是真正的乱了。听说了吗？据说南边建立了好几个国家，都在忙着争地盘，相互打仗，据说是西汉老刘家的后人，正在招兵买马，前些天北乡来的几个后生，听说后到河东投军去了。小伙子，看你打扮，骑的好马，使的好刀，一定有武艺，为啥不去河东投军？"

"我行吗？"杨重贵被客栈老板问得无言可答，这话刺痛了他的心病，更是激发了他爱国爱家的情怀。这次他替爹先回城打听消息，就是想知道外面那些国家到底建立得怎么样了，他们之间又到底发生了什么，是相互打仗，互相残杀，害苦百姓，还是各自治理所管辖的区域。从麟州的现状看，各方所谓的国家都来不及派人管理麟州，他们有更重要的战略要地在争夺，在争人口，争资源，争财富，争人心。杨重贵是从小读史书的，他对国家的概念知道一些。这些新建的国家，说到底就是一伙有野心的人与另一伙有野心的人在争夺地盘，在建立属于他们自己的王朝，搅动得华夏不得安宁。乱世是华夏千百年来的特色，盛世是很短暂的。前后汉近 400 年，几乎都是在战争中行进的。三国是一个乱局，是十几路诸侯最后争夺的结果。汉朝早就灭亡了，可是汉氏后代的刘氏家族又建立今天的后汉。灭亡了的又在恢复，没有灭亡的都在抗争。这就是今天的华夏，今天的世道。杨重贵按捺不住激动的心情，向客栈老板表达着他对历史和现实的看法。"国家在我华夏大地，只能有一个代表人民的合法政权，出现几个国家或多个国家，那只能给人民带来灾难。唐朝结束后前后兴起的国家，到底哪一个是为老百姓着想的，都打着为民的旗帜，实际上都在发动战争，抢夺资源，坑害老百姓。国家的任务不是发动战争，而是防止战争，让老百姓过上太平日子。"杨重贵与老板来到院子外，站到院墙口，望着破烂不堪的麟州城，唉声叹气，"国家哇，你到底怎么啦，为啥乱成这个样子？"杨重贵手里提着大砍刀，有浑身的劲儿没处使。

"小伙子，看得出来，你有一颗报国心。不管是哪国，都需要你这种年轻人。"客栈老板走到棚圈旁，指着大红马说，"现在天气还早，我到城外给你去放马。"

"不用，我自己去。你去了，那些道上的人要你的出入费。"杨重贵从客栈老板手里接过缰绳，说了一番感谢的话，牵着大红马走出院子，又扭头对客栈老板说，"老板，麻烦你打问一下，看有没有卖房的人，我准备买几十间房子。"

"几十间？"客栈老板很惊讶，想这小子果然不是庸人，出口买房几十间，客栈老板走到杨重贵面前，又重新打量着杨重贵，"你说的是真的？"

"当然是真的。"杨重贵肯定地说，"买卖还能有假。"

"唉，这山上城里城外空房很多，主人都逃难走了，不少房子被道上的人、散兵、乞丐占着，就连当年的刺史府也叫一伙土匪占了。"客栈老板手指着南城方向十几间房子说，"看见了吧，那就是唐朝时的刺史府，有十几间小平房。几年前，从南边来了一伙土匪，一直占据着，他们住在麟州，啥坏事都干，老百姓敢怒不敢言。"

"有这等事情。简直是无法无天。"杨重贵骂着说，"这都是国家不管的后果。"杨重贵把话题又说到买卖房子的事上来，"还请老板帮我打听打听，看看哪一块的房子最好。"

"唉，要说房子的地势好，就说南城和东城的房子好。南城的房子，旧刺史府是最好的了，可惜被那伙占着。"客栈老板大胆地说，"你若是出一个好价钱，那伙人一定会把旧刺史府卖给你。"

"掏钱买国家的刺史府？"杨重贵有些吃惊，与道上的土匪买官房，这不是认可土匪的行为吗？"老板，这可是官房，土匪只是临时的霸占，我掏钱买合适吗？"

客栈老板大笑着说:"啥官房,啥刺史府,不就是十几间破房子吗。这些年来强人和土匪轮流着抢着住,成了无主的房子。好不容易是你掏钱买,这有啥不可以的。兄弟,你真要买的话,我先与那些人交涉一下,看他们的胃口有多大,要多少两银子。"

"也好,有劳老板了。"杨重贵又补充了一句话,"我家人多,连雇用的长工、家丁在内,有二三百口子人,进城后需要几十间房子,你给我多看上几家的房子,事成后重谢你。"

杨重贵又与客栈老板说了一阵子买卖房子的事情,牵着马朝南门走来。那些守城门的道上人看见了杨重贵牵马提刀,一脸的怒气,猜想不是好惹的茬儿,也就随便问了两句,放他出城。有一守城的道上的人认出了杨重贵,对同伙说:

"别与他见高低,这小子是山腰第一卡光头的把兄弟,惹不得。"

杨重贵听见了,也不搭话,牵着大红马朝山下走来。他要找一块有草的地方,让大红马好好地吃一顿。杨重贵走的是上山的那一条路,朝山下没走几十步,就遇到了一伙设卡的人。可能杨重贵天黑上山时有光头的关系,他们没有看清楚杨重贵。现在杨重贵牵马提刀下山,他们以为是发财的机会到了,十几个人一拥而上围住了杨重贵,有的要买路银子,有的要大红马,有的竟提出要杨重贵的大砍刀。杨重贵已和这些道上的人打过了多次的交道,也就没有把他们放在眼里。这些人不就是趁火打劫,要几两银子,图吃喝一顿,热闹一番。

杨重贵一手牵马,一手举刀,对着众人说:"你们到底是要银子,还是要马要刀,派一个代表说话。"

"要银子。"

"马也要。"

"还要女人。"

"嘻……"

众人还是乱说一顿,气得杨重贵发起脾气来,他单手挥刀舞了一下,朝为头的猛虚晃一刀刺过来,吓得为头的倒退几步,差一点儿摔到路边乱石堆。

"好小子,你动真的,爷们还没有动手,你倒反要杀人。"为头的大呼着叫众人一齐动手，把杨重贵拿下。可是，众人你看看我，我看看你，只是发喊，不敢靠前，害怕杨重贵的刀落到自己头上。

"不怕死的过来，我杨重贵使用了祖传宝刀十多年，还从来没有伤过人。今天谁要是敢动手，别怪我不客气，我这宝刀不杀好人，但像你们这些山贼，来一个杀一个，来一双杀一对。"杨重贵把大红马牵到路边的草丛里，双手举刀，大声喊着话。

众人见杨重贵怒气冲冲，举着大砍刀，随时会对准他们任意一个人砍下来，也就软了，有的厚着脸皮说他们只是为要几两银子，喝一碗酒，到窑子里逛，活一回人，死也做一个风流鬼。有的反把设卡收银当成是正当的活计，说官方的官能贪，朝廷的皇帝能打仗杀人，他们为啥不能设卡收几两银子混口饭吃……

杨重贵听众人这么一说，也就无言答对，脾气也减轻了。又是一些土匪歪理，让他心里难受。他看着这些见银子和女人发疯的人，不知说啥为好。土匪有土匪的生存之道，生财之理。他们抢人的理由很充足，那就是因为国家混乱，不去管理，还有贪官横行。可是，在麟州，老百姓不但见不到朝廷的所谓官家人，连地方上的贪官也找不到。当一个国家到了在地方上连一个任何官员和吃皇粮的人也找不到的时候，这个国家的统治机器实际上已经失灵了。国家只是一个虚设的摆设。面对土匪，杨重贵脑子里想的全是一些怪问题。国家，皇帝，大臣，官员，土匪，盗贼，老百姓……这之间相互到底是一种什么关系呢？难道国家混乱必定是遍地土匪和盗贼吗？

杨重贵重重地把刀尖狠插到地下，手指着众人大声质问："你们为什么要当抢劫贼呢？为什么？"

"为什么？那你又为什么骑大马耍派呢？"为头的见杨重贵与他们讲开了道理，也就围住杨重贵讲理，"自古以来，难道富人就是富人？穷人就是穷人？劫贼就是天生的劫贼？实话告诉你，爷们也不愿干这种道上的勾当，爷们原也都是有家，有老婆孩子的人，可是，这世道兵荒马乱的，老百姓能安下心来种地吗？你不做贼，贼就祸害你。富人吃好的，穿好的，还不是穷人给他们挣来的。"

"对，穷人想活，这世道只有一条路，当山贼。"又一个土匪手指着杨重贵说，"抢到地下的是王，抢不到天下的是贼。爷们只能做贼。谁叫他皇帝老爷不管民间的穷人疾苦？"

"歪理，全是歪理。"杨重贵嘴上这么抗争，而心里认为这些自称贼的人讲得又有几分道理。这麟州城里城外，到处有多少人做贼，他们是公开地抢劫，抢劫又铮铮有理，好像这世界就是他们的天下，谁也管不着，谁也不能管。杨重贵怜悯心一动，又从衣兜掏出几两碎银，递到为头的土匪手里："给，算我交的过路费。"

"这还差不多，早掏出银子，何必失了和气。"为头的土匪吹了一口银子，笑着对杨重贵说，"是真银子，小子，一定是大户人家的公子吧？想不想与我这土匪交个朋友。知道吗，有钱人要结交无钱人，特别像我们这些道上的人。"

"不交，你们若是改了抢劫的毛病，咱们结拜弟兄也行。"杨重贵认真地说。

"我们不抢不劫，你让我这些弟兄吃啥喝啥。我们的地都卖了，房子也卖了，老婆孩子到处要饭吃，你让我们耕种谁的地？"为头的又是一顿满腹牢骚，骂骂咧咧，骂了皇帝骂贪官，骂了贪官又骂有钱人，"这世界上，财是大家的，钱是大家的，房子是大家的，衣服是大家的……皇帝也是大家的，谁抢到手就成了谁的。"

"就是嘛，这女人也是大家的，凭啥皇帝有几十个、几百个女人，老子怎么一个也没有。不行，老子也要抢十个八个女人做压寨夫人。"

"对，有钱，有女人，那才活得像一个男人，比不上皇帝，也活得有一个人模样。"

"……"

众人一阵比一阵说得难听，说得极端。杨重贵看看天色不早了，不愿再与这些人纠缠，牵上马，提着刀，挤出人群，做出下山的样子，然后他又对这些人说："记住，我杨某人天黑后还要上山，不要一天收第二次过路费。"

"兄弟，放心吧，我们懂规矩的，记住你了，保准你十天之内来回下十次山，上十次山，不收你第二回银子。嘿嘿……"为头笑着让路叫杨重贵下山。

杨重贵知道，这下山的一路还有几处关卡，每一处如果不交银子，都很难过去。只有光头他们那一处好说，肯定不会收取他银子，其余的又要磨嘴皮，弄不好，还得动刀动武，厮杀一番。杨重贵想避开道路，走荒山野岭，找一块草地，让大红马美美地吃一顿。可是，道路旁再无小路，全是乱石杂草，有些草马不肯吃，他只好牵着马走原下山的道路。他又走了一个弯，果然又碰着了一伙人，不用细问，也知他们是干啥的。原来道上的土匪设卡不在固定的地方，他们一天换一个地方，随便往道路中央一站，拦住行人，就强行收过路费。连同光头他们在内，上山的道路一共有五帮人在收取过路费、税银、保护费。杨重贵主动对这些土匪说：

　　"我交过银子还不到三天，今天就不交了，我是下山放马的，还请道上的兄弟放我下山。"

　　"噢，原来是光头的结拜兄弟，好说好说，下去吧。不过，五天以后，别忘了请我的弟兄喝一次酒、吃一次肉。"为头的说着招呼着他的手下让开路，叫杨重贵下山。

　　又是提出喝酒吃肉，这条件不答应，恐怕下了山容易，返回来上山就难了。杨重贵看见几个挑水的男子上山来了，那些人又是纠缠了一番，勒索了一些钱，才放人们挑水上山。杨重贵又气又羞，这种土匪强行收取保护费的做法，必须彻底改变，否则，老百姓就没办法活下来。可是，他没有这个本事改变这种现状，遍地是匪，遍地是道人，就是把他们中间的杀了十个八个，也不解决问题。要根本改变这种混乱的局面，还得依靠国家的力量，依靠朝廷派官员来，代表老百姓的利益，对社会秩序进行整治。想到这里，杨重贵也就不再恨这些土匪了，他想再在城里住两天，把买房子的事情能够定下来，尽快回到南乡家中，叫父亲他们搬家进城。

　　杨重贵没有下到山底，而是走到一个拐弯的地方见一黄土坡长着白草，就把大红马牵了过去，放开大红马让它吃草，自己拿了一块光滑的石头，擦起大砍刀，他从地理位置上判断，自己所处的地方在南山坡的半山腰，离山根底的窟野河还有一里多路。他磨着刀，思绪万千，心事重重，想入非非。偌大的一个华夏，到处狼烟，战火燃烧，官民互不相顾。如此长久下去，亡国亡族，也不会多久。大丈夫生在战乱，就得为国着想，为民着想。他恨不得马上飞回南乡，让爹和娘、弟弟他们带领家族一同进城，寻找治理麟州的办法。如果再不扭转麟州城的局面，不光城里的人待不下去，乡下的人也会逃离，到那个时候，麟州就真正成了无有人烟的荒野之地。

杨重贵"嚓——嚓——"磨着大砍刀，手背的筋一鼓一鼓地挤到皮肤，血管也涌动着热血突出来弯弯曲曲的，像放大了的河道和川谷，潜伏在他的手背。杨重贵是不戴帽子的，头发披到脑后扎了一块灰褐色土布，打了一个结。四方的脸盘呈现的国字突出来，把一个鼻子挺得高高的。一身青灰色衣打扮，看上去就是一个正年轻的小伙子。如果不是手里提着一刻也不离身的大砍刀，会被别人认成是一介书生。杨重贵放马一直到太阳落到窟野河西岸的山峦、沙丘，才牵马提刀，一步一步地向山上走来。那些设卡收银的道上人见是他，又纠缠了一顿要吃肉喝酒，然后放他上山。杨重贵没有直接回客栈，而是到东门来找张平贵他们。天完全黑下来了，杨重贵来到东门，正遇张平贵他们拦住一些逃难的住户要出城，他急走到张平贵面前，用好言相劝。

"老兄，别为难他们了，放他们出城吧，你看他们扶老携幼的，一个个面黄肌瘦，待到城里无法活下去。"

"兄弟，你劝劝这位爷吧，我们手里哪有银子，有银子的话也就不走了。"一位逃难的女人向杨重贵求情。

张平贵听杨重贵这么一说，看着城门洞拥挤的人群，长叹一声："罢罢罢，不收银子，放人，都放了。"

逃难的人随着张平贵的弟兄们闪开，一齐相跟着出了城。他们借黑夜逃离城去谋生。杨重贵正要拉着张平贵去小饭馆吃饭，又见十几个男女背着一些破旧的行李进城来了。张平贵看着杨重贵，显得失意，苦笑一声："老兄今天好人做到底，索性放他们进城吧。唉，都逃走了，还收谁的银子。"张平贵手一摆，让他的弟兄们放人进城。

"这就对了，看看他们都是一些穷人，哪有银子。"杨重贵一手牵马，一手提刀，走在前面，请张平贵一起去吃饭。张平贵甚是高兴，招呼着十几个弟兄跟着杨重贵朝东门里不远处的一家小饭馆走来。杨重贵说："今晚不喝酒，只吃饭。"

张平贵说："行，那就只吃羊肉、黄米捞饭。"

杨重贵把马拴到外面的一块石头上，与张平贵等众人一齐走进小饭馆。

老板是一对中年夫妻，见进来一伙人，挤满了房子，吓得不敢吭声，躲到一角直喊饶了他夫妻俩，说他们小饭馆生意不好，一没肉，二无酒，只有十多斤黄米和去年冬天存放的白菜。

"掌柜的，别怕，我们就吃黄米饭就白菜，给你付碎银。"杨重贵叫张平贵带着弟兄们到院子外等着，自己好言对小饭馆夫妻俩说明情况，"我这些弟兄虽是道上的人，但是他们不白吃老百姓的饭，也不抢劫，只是收点进城出城费。"

小饭馆夫妻俩听了杨重贵的话，也就不害怕了，手忙脚乱烧火做饭。一会儿黄米捞饭和白菜炒熟了，小老板和他的妻子把黄米捞饭盛在一大盆里端到院子，又把白菜也盛到一个破烂的盆子里，一齐端到外面，然后拿了十几个粗瓷碗和筷子递到众人手里。大家中午也没吃饭，从早到晚饿了一天，见了黄米捞饭就像饿狼见了羊羔一样，抢着吃起来。不一会儿，饭吃饱了。杨重贵给小老板支付了碎银，牵马提刀，带着众人离开小饭馆。杨重贵对张平贵说，让他的弟兄们各自到住处休息，他要和张平贵单独拉话。张平贵叫他的弟兄们先回自己的住处睡觉，今晚不出动收取过路进城出城费，他要跟杨重贵好好拉一晚上话。

众人走了，张平贵替杨重贵扛着刀，跟在杨重贵的身后朝客栈而来。大约走了半里路，他们到了客栈，杨重贵把马拴到棚圈里，与张平贵相跟着走进房子。房子里原有一半土炕，地下又安了两张床。客人很少，只住着杨重贵一人，客栈老板只收杨重贵一个人的房费。张平贵来了，客栈老板也不过问，给杨重贵提了一罐热水放到地下就走了。

杨重贵和张平贵没有睡意，两人各坐在一张床头，拉起话来。杨重贵问张平贵：

"今后有何打算？"

"我想过了，两条出路，一是南下，带着弟兄们到黄龙山入伙；二是如果兄弟一家进城安家后，收我张平贵和我的弟兄，我就不走了，给杨家干啥活儿都行。"张平贵唉声叹气地说，"老哥哥也不愿过着叫众人臭骂的买卖，可是，实在没有办法，回老家没有耕地，进城做生意无有本钱。我就是一个铁匠，然而三年多不干活儿了，现在铁锤也不会使了。"

"你是铁匠出身？"杨重贵惊奇地问。

"是呀，这有啥惊奇的，不就是一个二把手铁匠。不过，我会打造镬头、锄头……还有刀等兵器。"张平贵拍着胸脯说，"我当年给一财主人家打造镬头20把，而财主只给三把镬头的钱，我要20把镬头的钱。财主怎么也不给，反叫他家的家丁把我打了一顿，推我出门。我咽不下这口气，半夜里翻墙进了财主家，一铁锤打死财主，逃出来。我闯下了祸，财主的家丁到处捉拿我捉不着，就把我的老婆孩子活活打死。唔……"张平贵说着哭起来，"从那以后，我逃离老家，出来闯荡，结识了一些朋友，开始给有钱人干短活儿挣钱度日，可是，挣的钱养活不了自己，干脆就入了道，干起了山贼的营生。"

杨重贵听了，不吭一声。过了好一会儿，他咬紧牙说："这样吧，你先不要到黄龙山去，留在我家，找一个活儿干，保准让你吃饱肚子。"

"行，那我就不到黄龙山，跟着你一齐回南乡，帮你搬家。"张平贵思索了一下又说，"只是我的十几个弟兄怎么办？他们可是我过命的弟兄，在我困难的时候救过我的命。"

"这样吧，你先别让他们走，暂时住到麟州城，也不再收啥出城进城费，等我家搬来城后，再做安排。"杨重贵舀着喝了一碗瓷罐里的水说。

"他们一天不收几个钱，一天也活不下去，不能每顿饭跑到饭馆抢着吃吧？"张平贵溜下床，急得在地下转，"这怎么办呢？"

"我身上还有20多两银子，分一半让他们拿着先吃饭用，等着我们从老家搬家回来。"

"好，这太好了。还是兄弟够朋友。那我们何时动身回你老家？"

"越快越好。"杨重贵和张平贵话越拉越多，后来话又扯到山下收税银的光头身上。张平贵对杨重贵说："我认识光头，他叫杨三毛，人称光头。他嫌爹娘起的名字不好听，就叫别人叫他光头，也不说自己的真名。"

"我说呢，那天他与我要结拜弟兄，也不说其名，只叫他光头，原来嫌名字不好听，他要银子50两，给他的弟兄搞路费，要南下到黄龙山。"杨重贵也溜下床，借着星光，开了双扇门，对张平贵说："你们都想去黄龙山，那儿有啥好？"

"听人说自由，大碗喝酒，大碗吃肉。痛快。"张平贵从墙壁抄起自己的三尺铁棍比画着舞了一舞说，"你答应了给杨三毛50两银子？"

"答应了。他说等我十天，我从南乡搬家回来给了他银子就走。"杨重贵也抄起刀，两人相跟着出来院子乘凉，"我说话算数，不会撒谎。"

"你家还真是大财主，一定银子不少。"张平贵舞着铁棍说，"我要是有许多银子，就把这座麟州城买下，自当山大王。哈哈哈……"

"哈哈哈……老哥哥真想当山大王，动不动就去黄龙山，你要真有本事，就在麟州城干一番事业。"杨重贵给张平贵鼓劲儿。

"唉，可惜小时候家贫，没有读一天书。只认得三个字，就是张平贵。人家谁看得起我。我一个铁匠，除了会打铁，就是会舞铁棍，哪有那么大的本领占山为王。"张平贵说着实话，停下舞铁棍说，"兄弟进城要当王称霸，哥哥我跟着你干到底。"

"不敢乱说，我没有这个想法，我只想有机会报效国家。"杨重贵左手提着刀，右手掌拍着胸脯说，"我家真要进了麟州城主管一方，你的事由我爹来做主。"

两人说着又走出院子，站到街道石墙的一侧，看着三三两两的行人，来回走过。有挑水的，有挑担的，有进城的，有出城的，各自为了生存奔波。杨重贵看着此情此景，又伤感起来："看见了吧，麟州的百姓日子越来越不好过。山上没有水源，长年到山下河里挑水，而道上的人又收水费，这苦日子何时才熬到头。"

"是哇，山上的吃水贵如油，不知老先人们怎么会选择了这么一座山头修建城堡。"张平贵看着土质的弯曲街道上行走的人，又想起了刚分手的那十几个红巾扎发弟兄，"不知我那些弟兄们睡下没有，我们现在去看一看。我担心他们随时都有下山南下黄龙山的可能。我真不想让他们走。结拜把子几年了，从来也没有分手过。"

"那好，我们去看看，我给他们10两银子，让他们再坚持几天。"

两人边走边说，来到西城一片破房子区寻找那十几个红巾扎发的弟兄。张平贵在前面带路，杨重贵紧跟身后。因为两人各带着兵器，过往的行人见了吓得跑开，以为遇到了土匪劫贼。他们来到十几个扎红巾头发弟兄的住地，找遍房子只找到三人，那三位弟兄说，其余的弟兄在饭馆与他俩分手后回来住地，只坐了一会儿，就商量着连夜下山去黄龙山了，他们说在麟州再也混不下去了。抢又不能抢，偷又不能偷，干活儿没有人要，只能等着饿死。他们要活命，只好与大哥不辞而别了。

"唉，我来晚了一步。"张平贵急得直跺脚，"说好杨兄弟给大家 10 两银子，怎么不等天亮就走了。"张平贵说着就要去追赶他的弟兄们去，被杨重贵挡住了。

"让他们去吧，就是我再给 10 两银子也留不住他们。往后的日子还长着呢。也许他们真能到黄龙山找到一条出路，活出一个人样来。"杨重贵掏出 10 两银子递给张平贵，张平贵又把银子交到一位弟兄手里说：

"拿着，够你们三个人开销十天。我和杨兄弟天亮后就下山，帮助杨兄弟迁家进城。你们三个人一定坚持到我们回来。记住，这十天之内，不准出去苦害百姓，也不要到城门收取啥保护费了。"

拿到银子三位弟兄感激不尽，一齐跪下，向杨重贵磕头，表示一定等他们全家进城来，从今以后，再也不干偷鸡摸狗的坏事。杨重贵又用好言安慰了三人一番，与张平贵转身离开破房子，从原路返回客栈。这时候，天色已经到了下半夜，鸡也叫了三遍，离东方发白不远了。杨重贵说：

"我俩睡一会儿吧。"

"好，睡一会儿吧。"张平贵也重复着说，"休息好天亮了赶路。"

"路上不要误事，我俩一天就回到了我村杨家川。"杨重贵穿衣服躺到床上，嘴上说睡觉，就是翻过来翻过去睡不着，越想越觉得有许多事情要办。买房子的事情还没有着落，就这么回去叫爹搬家进城，那么多人一齐进城往哪儿住。虽然山上有旧房子、空房子多，可是那都是有头有户的，没有几十间房子，全家人到了怎么居住。

"大哥，我还是先拿出剩余的银子买几间房子，然后再回去请父亲搬家。"

"你向谁买？那房子的主人早跑光了。山上的房子根本就没人买。你有银子，啥时候都可以买到几间、几十间。山上如今是房子多，人口少。来的人只住几天就走了。道上的人这些天为了阻止城里的人出逃，只准来人上山进城，不准城里的人全家下山。否则，就拿房子和家产、银子做抵押。"张平贵接着说，"还是天一亮就下山回家，把家搬进城再买房子。"

"好吧，那天一亮就下山。"杨重贵合住眼，强迫自己赶快睡着。

杨重贵和张平贵不说话了，各自强迫自己睡觉，快天亮才睡着。他们俩一觉睡得太阳照遍了山城，方才醒来。两个人起床后结算了住宿费，各拿上自己使的兵器，出了院子，张平贵说他来牵大红马，让杨重贵骑上，杨重贵说啥也不骑，两个人离开客栈，到一家粥铺一人喝了一碗粥，支付了碎银，赶忙下山。那些喝过杨重贵酒的设卡道上人，见了杨重贵，又有张平贵相随，也就再没提收银子的事，放杨重贵下山。到了最后一道关卡，也就是光头杨三毛的地盘。杨三毛见杨重贵下山来了，又喜又急，离着十几步就向山上跑来，大声说道：

"好兄弟，你怎么还没有下山回家，给我的 50 两银子啥时兑现？"

"大哥，你放心，我这就回家，保准五天后给你带来 50 两银子。"杨重贵忙向光头杨三毛说。

"不行，我等不及了。五天后给我 50 两银子，可是这五天弟兄们要吃喝花费，去哪里找银子。你不是不让我收税银吗？这几天我听你的话，就没有要上山人的半两银子。"杨三毛双手按在杨重贵的两个肩膀上，几乎是带着哭声求情，"兄弟，你身上还带多少银子，干脆 50 两银子不要了，你现有几两给上几两，我和弟兄们今天就走。"

"今天就走？"

"对，我不能在这里当土匪强盗，要赶快赶到黄龙山，招兵买马，干一番大事业。"杨三毛着急地发喊着。

"我就这么多银子了。"杨重贵从衣兜掏出仅剩的不到 10 两银子，交到杨三毛手里，"带着吧，够你和弟兄们一路上的饭钱。"

"谢过兄弟了，若以后我杨三毛成了气候，一定亲自来麟州拜见兄弟。我是在麟州一天也待不下去了，我不想再让老百姓骂我是土匪。"杨三毛装好银子，挂好腰刀，招呼着他的十多个弟兄，向杨重贵合手作揖，然后又对张平贵问了几句客套话，扭头走在前面下山，跑着步走了。

杨重贵看着远去的杨三毛他们一伙人，心里说不出的一种滋味。麟州留不住这些人，麟州也不能留这些人，他更无能为力满足杨三毛他们的胃口。杨重贵对张平贵说：

"走吧，回南乡老家。"

"走走走。"张平贵嘴上说走，而一双眼睛呆呆地盯着远去的杨三毛他们的背影，站着一动不动。

"老哥哥，你是不是也想——"杨重贵停住话。

"是……不是……"张平贵显得有些没有主张，他对于杨三毛他们的急速离去，表示了同情又羡慕，若不是有杨重贵的挽留和杨家的吸引力，他会毫不犹豫地跟着杨三毛他们南下黄龙山，寻找另一条出路。

"别想了。或许杨三毛真的能闯出一条谋求生活的好路子。不过，咱麟州也有优势，地广人少，处于边塞，又能种田，也可以做买卖。"杨重贵叫张平贵骑马，自己跟在后面走。张平贵说啥也不肯，一定要杨重贵骑马，他牵着马走。两个人让来让去，最后谁也不肯骑，由张平贵前，杨重贵跟在后面。两人牵马下了山，沿着河畔的土路，朝下游走来。大约走了20多里路，迎面遇到一些逃难的乡下人，杨重贵一打听，这些人是到麟州城的。

"你们到麟州城？"

"对，去找活儿干。"

"为啥不在家种地？"

"今年天旱，雨水少，山梁地受旱，收成无望，趁早进城找活儿干，挣几两银子。"

"……"

杨重贵又问了几个人，回答是一样的，大多数人是进城找活儿干的，也有的人要到北部的沙漠，去河套平原谋生。麟州城南人大都在家待不下去了，外出找活路。杨重贵和张平贵看着逃难的老少男女，不知说啥为好。他们躲开迎面来的逃荒人，继续沿着河畔土路南行。他俩走得并不快，不时地看着河滩沙地里受旱的庄稼，发出几声感叹。他们的身后也有从麟州城逃出来的男男女女，一去打听，有的是要返回城南老家，有的要过黄河东岸，有的是要南下或到黄龙山，或去长安。他们对杨重贵、张平贵说，麟州是连一天也待不下去了，待下去只有一条路，等死。逃回老家，或许会有一条生路，活得像个人样。

听了逃难人的话，杨重贵更是心如刀割。麟州的老百姓活到了这步路上，自家能帮助做些啥，就是把全家的积存全部拿出来救济，也是杯水车薪。麟州的出路在哪里？麟州的老百姓到底怎样求得生存。

杨重贵想着想着，又被迎面而来的又一帮逃难的人惊呆了。大逃离，是麟州面临的处境困局，谁也阻挡不住。张平贵看出了杨重贵的心思，转身拍了掌马背，放快了脚步，催促杨重贵快走，别再想那些皇帝老儿管的事情。

"兄弟，我不走，我就跟着你。"张平贵表着决心说。

"你是好样的，兄弟敬佩你。"杨重贵说。

"敬佩我啥，我是真的不想离开麟州。跟上杨三毛他们到黄龙山，那是实在没办法活不下去。"张平贵说着心里话，"天底下到处都一样，穷人是穷人，富人是富人，不……杨老弟家除外，杨家对穷人好。"

"你不要躲着话不敢说，这穷人和富人想得不一样是事实。你看看现在的局面，穷人想的是逃，富人考虑的是守家。一个逃，一个守。能一样吗？"杨重贵把左肩扛的大砍刀换到右肩扛着，对张平贵说，"这就是今天的社会现实，穷人逃，富人守，而土匪抢，官方乱。怎么办？"杨重贵又不说话了。

两人一路牵着马，一路向南走，说不完的话。

第二章　迁家麟州城

　　杨重贵进城一共走了五天时间。回到杨家川的时候，爹已经把耕地都卖光了，树木也卖了，只有 200 只羊、10 多头大畜、50 只鸡、3 头生崽母猪、5 万斤粮食不能卖，打包了十几捆行李，就等出发进城。杨重贵把张平贵介绍给爹和全家人，杨宏信是自然高兴，这么大一家人，多一两个人也不多。杨重贵把进城打探的情况如实向爹和全家人说了，并说了进城后的困难，面临的处境，以及进城后应该首先做些什么。杨宏信听了，拍着胸脯说：

　　"进城后肯定有困难，有困难也要进城。如今不是一个麟州乱，而是哪里都乱，走到哪里都有土匪，有盗贼。爹是下了决心，离开牛栏川，到麟州干一番事业。"杨宏信到麟州到底干什么事业，自己心中也没数，但是，有一点是明确的，就是想为国家分担忧愁，为老百姓做一些实事，"告诉所有准备进城的人，后天早上吃了饭，一齐动身，直发麟州城。"

　　看着爹发出了第三天出发进城的号令，杨重贵和弟弟杨重训，还有管家杨洪忙又检查带的全部财产，并把主要的十几个领头人叫来，详细做了分工，谁是背运包裹行李的，谁是赶羊、赶大畜的，谁又是带笼子里的鸡的，特别是对运粮食的人，用大畜驮银子的，进行了仔细的安排，并抽 100 多名青壮年，组成护卫队，保护搬家顺利进行，以防在途中遭遇土匪强盗袭击。

　　"大家都听着，进城的路上不太安全，随时都会遇到土匪的侵扰，要高度警惕，做好厮杀的准备。"杨重贵对麟州城和沿途的情况介绍了一番说，"麟州城和乡下一样，也在闹饥荒，城里吃粮困难，有银子也很难买到粮食。所以这 5 万斤粮食一定要一粒不少运送到城。"

　　"放心吧，大公子，我们一定把粮食运送到城。"

　　"几个土匪，算个啥，就是官家的军队来了又能怎样，弟兄们手里的刀枪不是摆设。"

"杨家军这 120 条汉子，还怕几个土匪不成？就是秦琼再生，我也与他拼 300 个回合。"

"对，早进城，早踏实，也让弟兄们在麟州城长长见识，开开眼界。麟州城没有了官家，难道就真的成了土匪的乐园，我杨家要进城管一管。"

"……"

众人又是一阵议论纷纷。杨重贵对爹说："房子的事情没有最后落实，主要是一些住户逃走了，也找不到与谁买房子。"

"杨叔，房子的事情好办，先去了找空房子住下，等房子的主人回来再支付钱也不晚。那座山头，至少有四五百间不住人的空房子，主人都走的走，逃的逃，有的房子根本就没有主人。还有一些官房，过去是兵营，自从南边的战事起后，驻军都撤走了，除了少数房子被土匪、盗贼、游民住着外，大部分都空着。我们去了，住下后就是我们的。"张平贵对杨宏信仔细说着麟州城的住房情况，要杨宏信不要为住房的事情多操心，集中精力处理家里的有关事项。

话题又说到运送 5 万斤粮食上来。杨宏信认为，一人背 100 斤粮食，300 人一次也才背 3 万斤，一次根本运送不了这么多粮食。因而他提出分两次运送，第一次运送 2.5 万斤，第二次再送 2.5 万斤，其余的行李包、财物、牲畜呀、猪呀、鸡呀随着第一次运行粮食的人走。尤其是银钱细软，第一次一定要带走。杨宏信同时决定，他和大儿子杨重贵、新来的张平贵、老婆随第一批运送人员进城，留杨洪、二儿子杨重训和 30 名家丁暂时不走，看护着没有运走的粮食，等第一批运送粮食、财物的到了城，把粮食、财物放下后，赶回杨家川运送第二批粮食时，一同进城。杨宏信这个搬家进城安排是有道理的。不过，杨重贵又提出走近路，也就是走山路进城，路程虽然近一些，可是道路狭仄，翻山跳沟，人背着粮食，行路艰难，是不是可以走牛栏川，过栏杆堡，再翻山路又好走一些。而杨洪提出不同意见：

"近来，听到过栏杆堡的人说，牛栏川上游土匪出入，拦路抢劫，栏杆堡大约住着几百散兵、土匪、闲杂人员，他们聚集两山，筑堡修寨，自称为王，如果运粮食走此路经过，恐多有不测。"

"我听说了，不就是一些乞丐和散兵吗，成不了气候，他们无非是要粮食、要银子，再说有咱家的这100多号杨家兄弟护着，也不怕一些毛毛贼。我看就走大路，看谁敢动我杨宏信一根指头。"

"爹，还是走近路，避开那伙土匪，免得多事。"杨重训着急地对爹说。

"你怕土匪？"杨宏信质问二儿子杨重训。

"我怕个啥？我是说不要与那些土匪纠缠，耽误路程。"杨重训被爹一激，发起怒来，"我手中的刀也不是捅火棍，这么多年练武，我还没有上过战场，心里正发痒着。如果正遇到土匪抢劫，我会第一个冲上去。"

"好小子，有种。这才像我杨宏信的儿子。"杨宏信最后拍板说，"就走牛栏川大路，后天一早准时出发。"

全家人听了杨宏信的吩咐，各自吃过晚饭休息。第二天早上全家人起来，吃过早饭，又把众人叫来，进一步做了进城的明确分工，检查所带的财物、粮食以及所牵走的大畜、猪、羊、鸡……

整个村子里人来人往，熙熙攘攘。杨家要搬家进城，这在方圆几十里是一件大事。有来送行的，有来还账的，有来交地租的，也有青年后生来参加杨家军的。到了离进城的最后一天，赶吃晚饭的时分，又有20多个穷苦的青年农民参加了杨家军。杨宏信清点人数，进城带走的总人数超过了300人。这是一大家子人，比杨家川全村的人口还多。第二天就要出发了，杨宏信和老婆、大儿子杨重贵、二儿子杨重训、管家又是拉话到半夜才入睡。

第二天清早，全家人吃过了饭，杨宏信夫妇、杨重贵、张平贵带第一批运送财物、粮食的人出发。全村人和周围村子的人都来送行。杨宏信走出院子，又转身走进来，朝那十几孔窑洞看了许久，然后又弯腰鞠躬三次，才慢慢地拖着沉重的步子走出院子。一位家丁早已给他牵好了马，在石墙外等候。杨宏信骑的是一匹白马，平时在村里很少骑，只有到远处出门骑白马。他走在人们的前面，也不骑马，与步行的老婆、牵马的杨重贵、步行的张平贵相伴着一起出了村。他让老婆骑马，老婆不肯，他硬是把老婆扶上马背，跟在后面走。杨重贵不忍心看着爹步走，把自己的大红马让给爹骑，杨宏信不骑，杨重贵一定要爹骑，父子俩礼让几回，最后还是杨重贵说服了爹让爹骑着大红马，与娘在前面同行。

按照杨宏信的严格分工，搬家进城的人一路走是有次序的。除杨宏信、杨宏信老婆、杨重贵、张平贵在前面带的十多个人带路外，紧跟在后面的就是护送银子、细软、行李、财物的人，第三批是护送粮食的，第四批是护送大畜、羊子、猪、鸡的，最后一批十多人是断后的，以防有人在后面抢劫。一支搬家队伍，浩浩荡荡，出了村子，沿着弯曲的川道土路，前后拉了有二里多路。离远看，好像一支远征的队伍；往近看，才看清楚搬家的人群。杨宏信和老婆骑在马上，显得威风凛凛，精神抖擞。可是，仔细看上去，又有几分疲惫。从准备搬家进城以来，两口子没少操心，整天想的是如何把全部家产带走。

杨重贵手提着大砍刀，身后紧跟着使铁棍的张平贵，两人紧随杨宏信两口子身后，不敢拉开距离。跟在他们身后的是十多位手提腰刀的杨家军汉子。原来，杨宏信把运送的队伍距离拉得太长，万一有小股土匪抢劫，走在前面的100多杨家军弟子来不及返回追赶，所以把100多人又分为10组，分别安排在运送队伍的中间，各护各的，以防失盗。杨宏信是一个出门有经验的人，见过世面，与社会上和官方的人也有交往。对于黑道上的匪患，也是有过较量的。运送队伍走了约十多里，路过一个村子，引来不少人观看。人们在指手画脚议论，杨家搬家好气派哇，还有家兵护送。有的人说还是麟州城好，要不然，杨家为啥要搬进城居住。城里就是比乡下好。

杨宏信听道路两旁的人在议论，也没有搭话，只是挥手表示敬意。过了这个村子，没走五里路，又遇到一个村子。好像这些村子里的人都知道杨家的搬家队伍今天要从此经过，男男女女，都跑到道路两旁围观。有的年轻人干脆混进护送财物的人流跟着走，离开了家人。

到了中午时分，大约走了30多里路，来到了离栏杆堡不远的一片森林。大家口渴舌干，见有溪水流淌，又有树荫，建议休息一会儿，吃了干粮再走。杨宏信对大家说，也好，那休息半个时辰。正在说着准备进入树林，突然，树林里一阵锣响，冲出几个骑马的汉子带着上百号人，拦住去路。为头的赤着上身，留着短胡，满脸黢黑，手持一把长柄斧头，大声喝道：

"我乃隋朝瓦岗寨程咬金再生，知趣的放下买路钱，不明世事的，请把人头留下！"随着叫程咬金汉子的吆喝，100多名小兵围了过来。

杨宏信见状，叫大家不要慌，护住粮物。早有杨重贵和张平贵挺身而出。护送粮物的120多条汉子，见只有少数劫匪，一个个紧随杨重贵、张平贵冲了出来。

"你是何处劫贼，竟敢口出狂言，大白天拦路抢劫。"杨重贵虽然不骑马，手提大砍刀挺身而出，又有张平贵和120多名杨家军助阵，用刀尖指着汉子说，"你不到周围村子打听打听，我杨家行得端，走得正，岂怕你一群毛贼。"

"小子，你有本事与大爷拼100回合，要不就乖乖把粮食、猪羊放下，逃命去。"大汉见来的人多，又有手持腰刀的众人保驾，只是叫骂，也不敢轻易动手。

杨宏信在马上施礼说："我看你众人也一定是穷苦人出身，不与打斗，给你们一千斤粮食，10只羊如何？"杨宏信骑在马上，见这伙劫贼穿得破破烂烂，年龄不等，不像是一些惯匪，动了同情之心，没有和老婆、杨重贵商量，自作主张与土匪讲和。

"不行，要放下所有的粮食、牲畜、猪羊、财物，方可过路。否则，我手里的斧头不答应。"大汉骑在马上，没有丝毫的让步，看着如此多的财物，贪心不足。

"好汉，你若不听劝，只好动武比高低了。"不等杨宏信说完，张平贵双手舞起三尺铁棍冲了出来，厉声高叫：

"毛贼，认识打铁匠张爷爷吗？"说着朝马上的大汉举铁棍捅了过来。

大汉依仗自己骑在马上，并没有把张平贵放在眼里，举起长柄斧头朝张平贵砍了下来。铁棍与斧头相撞，迸溅出一串火星，两人都感到对方的力量之大，各自暗暗吃惊，遇到了对手。张平贵是投了杨家，第一次与劫贼相遇，想在杨宏信、杨重贵父子面前表现一番武艺，求胜心切，急跳到大汉的马后，转身对准马的屁股就是一棍。那匹灰色马挨了铁棍，受惊往前一蹿，把马上的大汉摔在地上。张平贵急用铁棍来打，大汉往起一跳，站立起来，举斧头架住铁棍，嘴里大声喊：

"偷袭座骑，不算英雄好汉。爷不骑马，也不怕你。"骂着把斧头舞得高高的，对准张平贵砍了下来。张平贵急忙扭身躲开，用铁棍挡住斧头，两人一来一往，斗了有20多个回合不分胜败。一帮劫贼见领头的不能取胜，又有一骑马的汉子跳了下来，手持一杆长矛，袒胸露怀，赤着脚片，冲了过来，一声大喊：

"谁还敢来厮杀？"

"我敢。"杨重贵见了，忙举大砍刀迎了上来。

刀与矛齐举，两人一来一往，斗了有十多回合，不分高低。

杨宏信和老婆，还有双方所有的人看得目瞪口呆，惊叹不已。杨宏信心里暗暗吃惊，这么有本领的两条汉子，怎么当了土匪，太可惜了。他急叫杨重贵、张平贵停止打斗，与两条大汉讲和。

"我看你们也是实在没有出路才做山贼的，凭你们的本事是夺不走我这么多粮食、财物的。"杨宏信提高声音说，"你两人听说过南乡杨宏信吗？如果没听说过，也不为怪。我杨宏信活了50多岁，还没有向恶人土匪低过头。不如这样吧，你俩和你们的手下都跟着杨宏信进城如何，保准你们有吃有穿。"

"跟着你一个老头？你有啥本事？"使斧头的大汉对着杨宏信不以为然地说。

"你能胜了我儿子，我就把全部财物送给你，要是胜不了，就乖乖跟着我杨宏信走。"杨宏信说完捋着胡子笑起来。

"好，那我与你儿子斗20回合。我要是输了，就认你当爹。"大汉又羞又气，满不服输，举着斧头放弃张平贵，冲向杨重贵，杨重贵也不与另一汉子纠缠，急忙与使斧头的大汉厮打起来。

大砍刀与斧头一来一往，打斗了20余回合，分不出高低。大汉见不能取胜，又不愿放弃这么多粮食、财物，给他人去做儿子，急跳出圈子，放下斧头，大声喊道："小兄弟，敢与我空手摔跤吗？摔三跤，谁赢两次为胜。"

"敢。比就比。"杨重贵把大砍刀扔到一旁，又把身上挂着的弓箭也摘了下来，交到一兵卒手里，与大汉摔开跤。

双方的所有人都看杨重贵与大汉摔跤。四只脚，四只手，脚蹬地，手挽手，两人都鼓足了劲儿，拼力想压倒对方。大汉果然厉害，双臂有力，差一点儿把杨重贵抱起来扔到地上。杨重贵双脚腾空离地，把重心放到胸脯，乘势向前猛压，把大汉的头部压住，大汉感到出气困难，向后退了两步，不慎仰面倒地。

"好！好！好！杨公子胜了第一局！"杨家的人举手呼叫起来。

大汉输了第一局，恼羞成怒，急爬起来，又用力抱住杨重贵，想一把推倒对方，挽回第二局。杨重贵心想要想胜大汉，只能智取，不可力敌。他趁大汉抱住自己的腰部，把膝盖抬起来，朝大汉的肚子猛顶，大汉疼得大叫一声，被杨重贵又乘势一推推倒在地。

"不算，用膝盖顶人，不是好汉。"大汉再次爬起来，扑向杨重贵，"你若这回赢了我，我就甘心服输，与你拜把子，结为兄弟。"大汉说着绕到杨重贵的后面，猛抱住腰，想把杨重贵摔倒。杨重贵抓住了对方心急的弱点，趁着双脚离地，双臂一展，用后背的力猛撞大汉，大汉防不胜防，被倒压在地上。

杨重贵乘势站起来，大笑着问大汉："服不服？"

"不服……服……"大汉站起来，双手叉着，面向杨宏信，满脸通红说，"我叫程万保，窟野河西山人。"

"我叫李俊，南乡黄河岸边府州人。"又一大汉自我介绍。

叫程万保的汉子拾起自己的斧头，叫李俊的汉子手持长矛，各自看了看杨重贵和张平贵，齐声对杨宏信说："愿拜杨庄主为义父。"

杨宏信万分高兴，急下马安抚程万保、李俊，两人还是有些不自在，急跪下给杨宏信磕头，杨宏信忙扶起两人，仔细打量，内心说不出的喜悦。收了两条好汉，又作为义子，自然是一件喜事。杨宏信对程万保、李俊说：

"既然投了杨家军，就跟我一同进城，在城里长期打算。"

程万保看着杨宏信，又瞧了眼李俊说："我们弟兄两个在栏杆堡已住半年，还有些事情没有处理完，想再多住几天。"

"对，我再住3天，把这里的事办完，就带着弟兄们到麟州找义父。"李俊也想多住几日，不愿马上跟着杨宏信走。

"那好吧，给你们10天的时间，把山寨的事情安顿好，再到麟州也不晚。"杨宏信分别拍了拍程万保和李俊，叮嘱他们再不要干道上的事情，两人一口答应，表示从今以后一定跟着义父干到底，就是开荒种地也愿意。杨宏信又询问了两人，两人羞答答地说，他们已经断粮一天了，今天是断粮第二天，手下的100多号弟兄挖野菜度日，今天出来抢劫也是实在没办法。

杨宏信听了，马上让杨重贵、张平贵叫众人给程万保、李俊搬了20包粮食，大约有2000斤，又拉出5只羊，交给程万保、李俊，好言安慰，让他们好好吃饱肚子，恢复身体。两人很是感动，又是下跪磕头，并叫杨宏信老婆为义母。大家重又在树林里坐下休息吃干粮、喝水。吃完干粮、喝完水后，杨宏信带着杨重贵、张平贵一行人马、物资、粮食、牲畜走大路出发，程万保、李俊一直把他们送过了栏杆堡才止住步。

杨宏信是一路精神抖擞，收了程万保、李俊，给杨家增加了力量。过了栏杆堡，通向麟州城朝西边的山坡盘旋而上，进入了40里山路。太阳已经西斜，无论如何一天是到不了麟州城，人多，带的财物也多，走起路来前呼后拥，速度放不快。赶天黑的时候，到了一座长满树木的山头。杨重贵对爹说：

"就在这里过夜，明早太阳出山时出发。"

杨宏信听了大儿子杨重贵的建议，叫大家紧靠大路，依林休息，并叫一部分人轮流值班，不敢睡觉，防止有贼人抢劫。不一会儿，夜风吹起，把一天的火热降了下来。有的人累得喘不过气来，坐着就睡着了。有的抱着粮包躺下。在星光下，一座座山头被树林裹着，显得格外沉静。杨宏信和杨重贵、张平贵还有杨宏信老婆等十几个人一点也没有睡意，相互拉着话，说着进城后应该做的事情。半夜里传来狼的叫声，而且不只是一只狼的叫声，是一群狼的嚎叫声，越传越近。随着狼的叫声，马、牛、驴也叫起来，划破了寂静的夜晚。杨宏信忙叫大家抄起兵器，连同赶羊子的人们照看好羊子，以防野狼偷袭羊子。

果然，狼的鼻子很灵，嗅到了羊的味道。有数十只野狼直扑羊群而来。杨宏信、杨重贵、张平贵等杨家军的人都拿起武器，驱赶野狼。这是一群饿疯了的野狼，有十多只，它们的眼睛发出蓝光，张着大口，躲开人们的驱打，直扑羊群。

狼是怕人的。这种动物的本性是野，见了人有畏惧之心。可是，这种畜生若是饿急了会偷袭人住的村庄，把吞噬的对象投在羊子和猪等弱势家禽身上。羊子是野狼最爱吃的美餐之一。据说一只狼饿急了可以把一只羊一次性吃光。有一只领头的狼冲进羊群，叼住一只白母羊，用牙齿的全部力量撕咬白母羊，使白母羊身上的血冒了出来，立刻倒地。杨重贵看见，手舞大砍刀，朝野狼劈了下来。

"嚎——"随着一声惨叫，野狼的脑袋被砍得掉了下来，尸体与头分离，躺在羊群里。

可是，野狼太多了，它们很勇敢，吃不到羊子不罢休。有一只野狼咬住一只羊子的脖颈，也不跑，摇着脑袋猛力吸喝羊血。羊子很快死掉。有的野狼见人驱赶，发起了向人的进攻。有的狼前爪腾空，直扑人的身上，似乎把美食转移到人身上。

"畜生，这还了得，统统杀了！"杨宏信大声喊道。

100多条杨家军汉子，各持腰刀，听杨宏信发出怒吼声，一拥而上，围住群狼，一阵乱刀，砍得野狼有的躺倒死了，有的嚎叫着逃离，解了羊子之危。然而，有三只羊子还是被野狼咬死，有半数羊子被冲散，跑到树林里。大家清点了一下，有四只野狼被刀砍死，其余的逃走。有的人浑身沾满了狼血、羊血，有的人叫狼爪抓了，胳膊流着血。大家花了好长时间，把被野狼追散的羊子重又赶在一起，吃着干粮，等待着天亮。

到了后半夜，风停了，剩余的野狼也逃走了。除一部分人看护着物资、粮食、羊子、大畜外，其余的都和衣就地躺倒休息，很快睡着了。天快亮了的时候，杨宏信叫醒大家，开始赶路。

一路上，见到一些逃难的人从北部而来，又有一些逃难的人从南乡走来。南来的，北往的，各自逃生。扶老携幼，男男女女，到处是逃荒的人们。杨宏信看到这种场面，心如刀绞，唉声叹气。他催促着大家快走，今天赶在太阳落山之前，无论如何也要赶到麟州城。

有些逃难的人，看见杨宏信是一户大财主搬家，就求告着请求收留他们，愿为杨家当牛做马，也心甘情愿。杨宏信的老婆是个菩萨心肠的女人，见了逃难的人哭着求情，就答应收留他们。一路上，赶到了窟野河东岸的一个村子，杨宏信又收留了男男女女30多人。

"快了，再走25里，就到了麟州城的山底下。"杨重贵对走得乏困的人们说，"看见了吗，对面那座像骆驼一样的山，就是驼峰山，山的北部就是大沙漠。"

"好啊，此山有贵气，看上去形状不一般，一定有宝贝。"

有的人望着山说山里有宝，附近村子的人就有福气，有饭吃，有房子住。

大家议论着山的伟岸，边走边扫看着河两岸的沙滩、高山。不过，大家看到最多的还是沿路逃难的人，哭哭啼啼之声，与河水发出的涛声混合一起，发出轰鸣杂声，让他们心酸。

杨宏信和老婆双双骑着马，紧跟身后的是杨重贵、张平贵，一言不发向北进发。而身后跟着的运送粮食、财物、大畜、羊子、猪、鸡的人，有的叫唤，有的吆喝，有的吹着口哨，有的互相说话，沿着东河畔沙土路，浩浩荡荡，拉开两里路。好气派的一支杂牌军。那些逃难的人看着，就想混进来，寻找一条活路。到了太阳快落山的时分，大家总算到了麟州城的山根底，不少人累得满头大汗，筋疲力尽。杨宏信正要叫大家寻路上山，只见上山的岔路口冲出几十号人，各持棍棒、刀枪，拦住去路，口出狂言，要所有的人交出买路钱，否则插翅也休想飞上去。又是土匪。娘的。杨重贵舞动大砍刀冲了过来，叫为头的答话。

"路，是天下人的路，城，是全麟州人的城，为啥要挡去路？"杨重贵大声说。

只见一骑驴的汉子冲到前面，双手挺一根长矛，拦住杨重贵答道："我是守城的将军，奉后汉皇帝之命特来保护麟州的安危。凡是要到麟州城落户安家的人，每人交白银五两，粮食百斤。这是规矩。"

"胡说，三天前我在麟州城还没有见啥后汉派来的官员，也没有官方的要收取粮食、白银，你何方山贼，竟敢冒充后汉皇帝，在此作恶。"杨重贵叫大汉快快让路。

"实话告诉你等众人，爷原是后汉军队的人，只因打仗败了，才一路来到塞外。爷们是昨天到的，爷住下就是爷的地盘，爷说了收银就收银。别人能收，爷为啥不能收？"大汉说着招呼着他的几十号弟兄，把上山的路堵住，丝毫不做让步，摆出一副死战不退的样子。

"好汉，你叫啥名字？"杨宏信跳下马来，走到前面，拦住杨重贵叫他先不要动武，以好言相劝，如果实在说不通，再作厮杀。

"老掌柜，我叫郭玉方，秦川道上人。来此占山收银收粮，也是无可奈何。当今天下，国家无主，民不聊生，官方各顾各的，我不收银收粮，吃啥喝啥。"叫郭玉方的大汉自我介绍，讲了一番收银收粮的理由，看着杨家身后众人护送的财物、粮食、猪羊，眼里充满了喜悦的光泽。

"如果人人都当贼人抢劫，这天下岂不更乱了吗？你作为一个堂堂的男子汉，放着阳光大道不走，为啥偏要来此地做贼。你认为我们会给你银子、粮食吗？"杨宏信捋着胡须，手指着身后的粮食包、财物、大畜、猪、鸡说，"粮是我家种地产的，银是我家做买卖挣的，牛羊是我家喂养的，凭啥要给你们？"

"凭啥？就凭我手中的长矛，凭我浑身武艺，凭我有投军的五年资格。哈哈哈……你们是何方人氏？"郭玉方腰缠一块黑布，头扎一条白布，骑在驴背，自鸣得意，不把杨宏信一家放在眼里。

"我乃麟州城南杨宏信，今天搬家进城，是为百姓着想，个人并不想捞到啥好处。还请郭好汉让出一条路，放我全家上山。"杨宏信想说服郭玉方，觉得此人口出狂言，想必真有些本领，不然也不会从秦川道上一路打杀到塞上。

"杨财主，看你是一个通情达理之人。那我把话再讲清楚一些。你进城是为老百姓，难道我来此处不是为大伙着想。我这几十号穷弟兄，也不愿落一个山贼土匪的骂名，可是，到此地要生存，到哪里找粮食，哪里要银子？"郭玉方看见杨宏信身旁的杨重贵、张平贵等人一个个手持兵器，摆出一副厮杀的样子，也不惧怕，也不后退，与杨宏信争辩道，"如今这世道，谁有银子谁就是爹，谁有粮食谁就是主，像我等一无银子，二没粮食，只能做贼。"

"为何不在老家种地好好过日子？"杨宏信大声质问。

"那你为啥搬家进城、不在老家种地？"郭玉方一点儿也不示弱，振振有词，大声抗争。

"我不是告诉你了吗，我此番搬家进城，就是要为麟州老百姓办一些实事。"

"啥实事？"

"我暂时还没有想好。不过，我上山后会马上整治混乱局面，稳定逃难的老百姓，让大家有田种，有房子住，有饭吃。"杨宏信对郭玉方说，"我杨宏信说到做到，绝不允许道上的人和土匪抢劫老百姓。"

"你说的为老百姓办实事，我不敢相信。你要真的办实事，就把你带的银子给我的弟兄送上 100 两，粮食赠送 2000 斤如何？嘿嘿嘿……我郭玉方说话算数，保证不为难杨财主，绝不多要半两银、一粒粮食。"郭玉方笑着，表达了自己的最低愿望。

"我若是不给呢？"杨宏信认真地反问。

"杨财主，那……那这条上山的路上，不是我和我的弟兄们人头落地，就是你杨家所有的人血染这沙石路。反正，不是你死，就是我死，死了的是贼，留下臭名，活着的是人，是有福的人。怎么样，杨财主，你看着办吧？"郭玉方摆弄着长矛，表现得很沉重，"杨财主，你和你的家人可要想好，先不急于上山，咱也不必马上交手决斗。我给你一家今天一晚上和明天白天一天的时间，好好在山下想一想。反正，我不怕死，不给银子，不给粮、猪羊，不上山在此也能活，我的弟兄一天没吃饭了，反正熬不过两天，饿死是死，抢银抢粮被杀也是死。"

"赖皮。"一旁的杨重贵听了，气得直骂，"赖皮，天底下哪有你这种无耻的人。"

郭玉方坐到路中间挡道，他手下的几十号人也像他一样，一齐坐到路上挡住，以死来抗争，表示不给他们银子和粮食，死也不让路。

杨重贵和张平贵等人见了，一个个咬牙切齿，手舞兵器，要与郭玉方决战，抢道上山。杨宏信面对郭玉方的耍赖，又见大家以武力解决问题，忙制止杨重贵、张平贵他们，不要急，最好是和郭玉方和解，好言相劝，让其让道，以免双方人员伤亡。

"郭玉方，我念你是一条好汉，不想与你为敌。我的粮食是给全家人吃的，留出一部分还赈济百姓，你夺粮抢银。我是不答应的。"杨宏信双手捋着胡须，以真心打动郭玉方让道。

"不让，死了也不让。必须给粮给银。"郭玉方指挥着他的手下把一条上山的路塞得无法行走，以死来要挟杨宏信给他粮食、银子。

"你不要太无理，就凭你几十个毛贼就能挡住上山的路吗？有本事与我拼50回合。"张平贵手持铁棍冲到郭玉方面前，"来，咱比一比高低，你若赢了我，给你粮食、银子，你若赢不了，快快让路滚蛋。"

"爷今天饿得没有气力，怎和你比？"郭玉方站起来，吃力地手持长矛说，"要比也行，把你们带的粮食让爷做得了吃饱饭，再来比试。"郭玉方果然说的是真话，饿得实在没有力量打斗了。

"那好。拿带的干粮来，让他和他的手下吃饱，再比武决一高低。"杨重贵急叫人把他们带的一些干粮递到郭玉方手里，分给其手下的人吃了，然后叫所随人员退到几十步外，护住粮食、财物、牛羊，然后在山下的一片沙滩，与郭玉方正式比开了武。郭玉方吃了干粮，又喝了一碗河水，舞动长矛，走到阵前，大声喊道："杨家要说话算数。我胜了，就送我白银100两，粮食2000斤，我会让道，离开麟州。如果我败了，也会让道，只不过是我的人头落地，死无怨言。"

张平贵也不答话，抢出阵前，直扑郭玉方。长矛与铁棍交织一起，一来一往，借着夜晚的星光，双方斗了30余回合，不分胜败。郭玉方见不能取胜张平贵，天色又黑，施展不开长矛，急叫点起火把，再进行决战。张平贵听了，也觉得夜晚缺少亮光，打斗不便，也提议点起火把决战。不一会儿，众人扎起十多个火把，照得山下如同白天，看见河面的波光闪烁。郭玉方看着火光，感到杨家人多势众，不宜恋战，必须速战速决。郭玉方仗着自己的矛长，没有把张平贵使的三尺铁棍放在眼里，他在不等张平贵靠近身时，举长矛直刺张平贵心窝。张平贵眼尖手快，急躲过长矛，扑近了郭玉方，举起铁棍就打。郭玉方忙身子一扭，躲了过去，一手趁机抓住了张平贵手里的铁棍，猛力争夺。张平贵见郭玉方握住了自己铁棒的一截子，也趁郭玉方争夺铁棒之际，一只手抓住了郭玉方的长矛杆。两个人齐声大喊，互握住对方的兵器，推推拉拉，各不相让，直扭打在一起，扔了兵器，抱成一团，摔开了跤。两个人厮打成一团，用脚踢，手抓，口咬，谁也不能取胜，急得双方的人都喊起来。

杨宏信暗暗吃惊，郭玉方果然是一条好汉，这么打斗下去，必有一伤，不会有好结果。他急叫张平贵住手，赶快停止决斗。张平贵听了，只好挣脱郭玉方，跑回阵前。郭玉方见张平贵退回了阵，急拾起长矛，晃了几晃，又挑战杨家的人："谁还敢再战，不敢战，就交出银子、粮食。哈哈哈……"

"我来！"杨重贵见张平贵斗不过郭玉方，手心直发痒，也不顾爹的阻拦，挥刀冲出阵来，"郭玉方，认识杨家杨重贵吗？"

"你是何人？"郭玉方挺着长矛大声问。

"我是杨重贵，今与你决一高低。"杨重贵举着刀，扑向郭玉方。

郭玉方用长矛架住杨重贵的大砍刀，大笑着说："你两个一齐来，我也不怕。"说着对准杨重贵刺了过来，杨重贵躲过长矛，转身向郭玉方一刀砍去，而郭玉方用长矛一拨，大砍刀滑了过去。杨重贵见刀没有砍着郭玉方，反叫郭玉方的长矛把大砍刀拨开了，暗暗叫奇。好一个郭玉方，不愧为秦川道上的一条好汉，这长矛使得神出鬼没，让人防不胜防。郭玉方与杨重贵两人打斗了30余回合，不见输赢。郭玉方大喊叫停，说他的肚子又饿了，再给他吃一块白面饼子，保准打败杨重贵。

"好，好，再给好汉吃一块饼子。哈哈……"杨宏信忙叫人把一个大圆饼递给郭玉方，郭玉方一边吃着一边笑着，说是白面饼子真好吃。

"我就是输了也值，死了做个饱鬼。"郭玉方把一个饼子吃了，脱掉上衣，双手又抄起长矛，扬言要单战杨重贵。杨重贵觉得郭玉方实在好笑，吃着自家的饼子，还要与杨家决一高低。这样打斗下去，也争不出一个高低，反叫郭玉方笑话杨家无人。

"郭玉方，你敢比弓箭吗？"杨重贵大声问。

"怎么？你想比弓箭？这是爷的短处，爷不会射箭。"郭玉方有些尴尬，显得有些失落，"就比刀枪。是不是笑话爷不会使用刀？来，咱交换使用兵器，我使用你的刀，你拿着我的长矛。怎么样？"

"行！"杨重贵说着把刀递给郭玉方，郭玉方也把长矛递到杨重贵手里。两人边说边又交开手。

两人各持对方的兵器打斗了50回合，不分胜败。张平贵见杨重贵没有取胜，叫杨重贵停下，自己再来战郭玉方。

杨重贵跳出圈子，让张平贵把自己顶替下来。

"不算好汉，想用车轮战赢我。"郭玉方接着张平贵又打起来，两人又战30余回合，不见高低。双方看的人都大声喝彩啧啧赞叹。好一个郭玉方，接连独战张平贵、杨重贵，也不畏惧，越战越勇。

"如果给我喝三碗酒，你杨家的人一齐上阵，也休想战胜我。"郭玉方边喊边战着张平贵，叫杨宏信赏他酒喝。

杨宏信叫家人把带的酒给郭玉方倒了两碗，让他喝了再战。郭玉方喝了酒，抹着嘴角的酒珠，哈哈大笑说："我已经三天没喝酒了。这酒果然是粮食酒，有劲儿。"郭玉方喝了酒，又与张平贵打斗起来。两人又是一阵激战，斗到又一个30回合，仍见不出高低。张平贵见两人都不能取胜，只好叫暂停。郭玉方同意，跳到一边，擦着胸脯的汗水，冲着杨宏信喊：

"我从秦川一路打到高原，还没有对手。你杨家的刀法、枪法、棍法，都厉害。"郭玉方提出让他的弟兄其中一人与杨宏信手下的其中一人决斗。

话音未落，郭玉方的阵前跑出一人，手持朴刀，双手举着叫阵。杨宏信见郭玉方不服输，又叫其他人比武，只好答应。早有杨家的一条汉子冲出，舞起腰刀，与郭玉方的弟兄打斗起来。两条汉子，滚杀在一起，双刀齐举，风声嗖嗖，亮光逼人。火光之下，两条汉子光着上身，打斗了有80回合，不分高低。

杨宏信是又惊又喜，难怪郭玉方逞强称霸，敢公开拦路抢劫，其人原来真有真实武艺。他正要叫停，郭玉方手下又跑出一位持朴刀汉子，早有杨家军的阵前迎上一条好汉来，双方又是一阵猛斗。第二对好汉斗不到10个回合，郭玉方的阵里冲出第三位手持朴刀的汉子，杨宏信的身后也急跳出一条汉子，接住厮杀。就这样持续双方增人打斗，一直到了有10对好汉决胜。尘土扬起，刀光闪闪，喊声大震，惊得所有的人目瞪口呆。杨宏信急叫杨家军停手，叫回10位汉子，向郭玉方施礼说：

"郭将军真是一条好汉。你看这样好不好，你要的白银和粮，我全给你。只是有一条，今后不再做道人，早去投军，报效国家。"

"投军是不会去的。我和我的弟兄们自由惯了。只要给我银子和粮食，我就离开麟州，到河东去。"郭玉方向杨宏信说着自己的想法，"要么杨庄主收下我和我的弟兄，郭玉方甘愿服输。"

"你真的愿意？"

"愿意。就怕杨庄主的手下不愿意。"郭玉方手指着杨重贵、张平贵说，"不知二位意下如何。"

"好，爹，就收下郭将军吧。"杨重贵见郭玉方愿意投杨家军，好不喜欢。

"我也欢迎郭将军投杨家。"张平贵对郭玉方的急速转变态度，甚是高兴，想不到郭玉方还是一位有情有义的汉子。不打不相识，这一场恶战，反打成了一家人。

杨宏信急忙叫人拿酒犒赏郭玉方的人。大家一齐喝了酒，又吃了杨家送的饼子，一个个手舞足蹈，表示愿意投杨家入伙。郭玉方见杨宏信收了他本人和弟兄们，忙一齐弯腰鞠躬，表示诚服。杨宏信得了郭玉方，喜得不住地捋着胡须，急叫杨重贵、张平贵招呼人们运送粮食、财物、牛羊上山。可是，还没有迈步，大家刚挑起担子，山上又冲下一帮人来，离远就喊：

"上山者且留下上山钱，否则，休想上山。"为头的又是一个赤身大汉，手持两把戒刀，带着大约100多人直朝杨宏信他们冲了过来。

郭玉方见了，急挺长矛与他的弟兄拦住来的这伙人，高声大喝："山有山规，道有道路。你等无名小贼，来麟州没有两天，也敢在山上拦路抢劫。听说过秦川郭玉方吗？爷今已投杨家，谁敢动杨庄主的财物，要看我手中的长矛答应不答应。"

赤身大汉听了，嬉笑不止："我以为是哪路神仙，原来也是同道弟兄。你投杨家不关我事，我抢行路之人银子、财物也是为了活命。咱井水不犯河水。你多管啥闲事。"大汉舞起两把戒刀，不以为然地说。

郭玉方用长矛挡住大汉，想说服大汉不要动手，让道他们上山。大汉不听，见拿不到财物、银子，恼羞成怒，扑向郭玉方。郭玉方接住大汉厮杀起来。两人斗了十余回合，大汉渐渐支撑不住，跳出圈子，招呼着他的弟兄们，气愤不平地骂着："一桩美事，叫这恶煞给冲了。"说完带着他的弟兄趁着星光逃走了。

此时，已是半夜时分，杨宏信叫大家继续在山下休息，等到天亮了再上山也不晚。

杨重贵对爹说，山上还会遇到道人和土匪、强人，叫大家不敢松懈，轮流看护粮食、财物、牛羊而休息。郭玉方的投入，使杨家的队伍又增加了人，杨宏信对越来越增加的人，既高兴，又犯愁。人员是扩大了，而吃饭的人也增多了，加上在栏杆堡收留的程万保、李俊他们，总人数超过了400多人。杨宏信本想叫大家休息，可是，不等休息，又来了一群逃难要上山的人，被一伙人拦住又收银两，嚷得他和杨重贵、张平贵他们不得入睡。郭玉方说这山上至少有十几股来路不明的道人和土匪，为头的都各有一些本领，他们的目标都只有一个，那就是抢劫来往行人的财物，有钱的给钱，有物的给物，什么也不给的，只能挨打，有反抗者，只能是被打死。

"若是把他们逼得走投无路，他们就会硬拼命玩命，给麟州带来更大的危险，那样治理起来更困难。"

"你说得对。对于这些道上的好汉，只能招抚，不能硬拼。"杨宏信说，"等上山以后，忙与各路的道人和土匪交谈。"

到了天亮，大家各自吃了带的干粮，舀着喝了河水，开始寻路上山。

上山的路，来来往往，上上下下，不时有人流拥挤。杨宏信带着200多号人，令杨重贵、张平贵、郭玉方他们前面开路。按照杨宏信的交代，不要与道人、土匪、强人纠缠，以好言劝之，或给予少许银子、粮食，让他们让道。杨宏信上山施舍的做法，很快传遍了山上山下，那些道上的人和土匪、强人，还有来往逃难的人，都挤在路的中央，等待着杨宏信的施舍，得到施舍银子、粮食的人让开了道，没有得到的就站在当路，等待着施舍。他们是得不到施舍，绝不让路。这些饿得发疯的人见了银子、粮食什么也不顾了，以堵塞路为条件要银子、要粮食。

杨宏信带的粮食、银子原是准备上山安家后，供全家人开支的，想不到在上山的途中遇到各种人的强行争夺。他感慨万千，只好拿出一部分银子、粮食施舍各路众人，以求得他们让路上山。从早晨到中午，走了三个多时辰，总算到达了山上。到山上后，杨宏信和老婆走在前面，身后紧跟着杨重贵、张平贵、郭玉方等一行人，后面是留下的粮食、财物、牛羊。到了南门，又被一行人拦住。对方早已探得杨家要上山进城安家，因而在城门一字儿摆开，端着盆子，请杨家施舍粮食。杨宏信无奈，只好又交给这些人一部分粮食。这些人得到粮食后，让开城门，放杨家大队人马进城。

杨宏信上山进城，不到吃一顿饭的工夫，传遍了全城。人们传播着，南乡土豪杨宏信全家搬家进城，给麟州城带来生机。有的人说杨家粮食堆积如山，足够全麟州城的人吃两年。一时间全城沸腾，赞美着杨宏信。其实杨宏信带的第一拨人护粮食、财物进城，只带了25000斤粮食，等到了山上施舍下来，也就剩1万多斤粮食。杨家目前遇到的困难很多，首先居住的房子没有着落。300多人，有老有少，有男有女，只能找没有人住的房子，暂时安顿下来，等买好房子后再搬家。

山上到处是空房子，杨宏信派出杨重贵、张平贵、郭玉方三路人联系购买房子。有的房子主人逃走了，只好住进去，等待着主人回来，或是购买，或是租借，再做长远打算。一些得到杨家施舍的人，主动为杨家寻找住的房子。直到晚上，杨家有半数人找到了房子住，有半数人只能站到院子内或街道旁歇脚。杨宏信和老婆住到城南与东城接合部的一个小院里。小院有五间正房，东西厢房各三间。看得出来，这家人家原也是一个生活过得富裕的户子，只因战乱和山上缺水，而全家逃离。杨宏信站到院子的中央，借助星光对杨重贵、张平贵、郭玉方他们说：

"这家主人迟早要回来的，我们只是暂住。我们就是睡在大街上，也不能强行夺老百姓的房子。凡是空着的房子，一律造册登记，将来等房主回来了，支付银两。"

"爹放心，我们不会白住老百姓的房子，也不会强行抢住老百姓的房子。城里城外有一半房子是空的，有的房子主人离开几年了，很难找到主人，我们只好先住下，等以后主人回来了，如果对方卖，我们就买，若对方不卖，我们就先支付租房费，然后把房子交给主人。"杨重贵已经对山上的住房做过了解，因而他提出先住下，再做长远打算，他还提出杨家可以购买地皮自己修建房子，"等过上一阶段，我们可以购买一部分地皮，自己动手修建房子。"

"这是一个好主意，只是眼下就要房子住，来不及修建。"杨宏信最担心的是两件事，"首先要解决全家人的住房困难，其次是处理好与道人和土匪、强人的关系，恢复麟州城的秩序，不能叫道人、土匪、强人、散兵作乱，搞得老百姓不得安宁。"

"爹说得对，赶快让人回家叫第二批运粮队进城，等人马都到齐了，要一边在附近山头购买耕地，生产粮食，一边演练人马，也好保护城里安全。"杨重贵手提着大砍刀，身后背着弓箭，进一步对爹说，"那些道人和土匪、强人、散兵，他们虽然一时得到了我家的施舍，表示不与我们为敌，可是，他们挥霍完粮食、银子，尽管不与我家作对，他们还会抢劫老百姓，胡作非为。因而要彻底消除匪患，只有建立我杨家的一支杨家军。"

"重贵说得对，爹也是这么想的。尽快叫你弟重训护送第二批粮食、财物进城，顺便叫栏杆堡的程万保、李俊他们也一同上山进城。"杨宏信对程万保、李俊他们放心不下，刚刚收留了他们，不知他们是否愿意舍弃栏杆堡的山寨，回城共议治理麟州的大业。杨宏信在院子内走了几圈后对杨重贵、张平贵、郭玉方三人说："今晚上你三人轮流带着人巡城，一个时辰换一班，防止有道人、土匪、强人、散兵抢粮抢物、抢牛抢羊，还要制止东城门、南城门那些人强行收取保护费。"

"好，这事爹就放心了，我和平贵、玉方两位大哥一定不敢放松警惕，看护好粮食、财物。"杨重贵叫爹和娘早点休息，自己和张平贵、郭玉方带着十几个挂刀的汉子，又到其他房子查看住下的杨家人。他们三人带的十几个人从南城查到东城，又从东城查到西城，见大部分的人都住到了房子里，只有一些家丁和郭玉方的弟兄还没找到房子，在街头和院落等待安排住房。

郭玉方见自己的弟兄们没有找到房子，走到一个弟兄面前，抬脚踢了一下屁股骂说："笨蛋，难道还要等杨庄主给你们找房子住。"

"大哥，我们找了几家的房子，不是主人在，就是被道上的其他人占了，我们不能再抢老百姓的房子。"被揍的兄弟委屈地叫唤着。

"我让你抢老百姓的房子了吗？那空着的官房为啥不能住。"郭玉方又冲着他的弟兄喊。

"大哥，这不能责怪弟兄们，弟兄们也是出于对老百姓的考虑，才一时没有找到房子。"杨重贵制止着郭玉方打他的部下。

三人带着弟兄们边说边走，一直到后半夜，由杨重贵巡查，张平贵、郭玉方找房子休息。

第二天天亮后，杨宏信让张平贵带头，带领第二批人赶快返回杨家川，把剩余的粮食、财物往城里搬运。打发走运粮的人后，杨宏信吃过早饭，引着杨重贵、郭玉方又去外面找房子。

山上城里城外，人来人往，人口流动大，加起来也就是4000人左右。吃粮困难，吃水困难，是麟州城最突出的矛盾。杨宏信的上山，给一些人带来生存的希望，他们盼望杨家能够拯救山上所有难民，把麟州城的局势稳定下来。

杨宏信带着杨重贵、郭玉方看了一些空房、破房，逐一统计能住人的房子。他想用银子把这些不住人的房子买下来，供杨家几百口人居住。

山上城东门内百十步远，住着一家财主，一边开着染坊，一边种地，日子过得丰衣足食。这家的主人姓王，有两个儿子，一个女儿，在山上已住多年了。王财主叫王元魁，为人有些心机，会与道上的人和土匪周旋，保得一家太平无事。杨宏信的到来，打破了王家独占麟州的威风。

"这是一个啥人，派头如此大，几百号人搬家，连牛羊都赶进城了。"王元魁50岁开外，头戴一顶礼帽，夏天也不曾换下来。他对两个儿子说，"看见了，杨家这次进城，声势浩大，财大气粗，还养着兵丁。这往后麟州的天下要归杨家了。"王元魁迈着步子，在院子内来来回回走着，想着往后与杨家的打交道相处。"自古道，一山不容二主，有杨家的势力在，从今后王家就失去往日的气派。"王元魁一连在家想了三天，寻找着与杨宏信见面的机会，试探杨宏信搬家进城有何打算。

王元魁曾请过一个私塾先生，给两个儿子和女儿教字。他的三个孩子算是读书之人。王元魁希望两个儿子通过读书，求取功名，进入仕途，做大官，光宗耀祖。怎奈时局混乱，打碎了供子读书做官的梦想。

王元魁为了保住挣下的资产，守住家业，与道上的人、土匪、强人、散兵都有交情。他不怕这些人骚扰他，他害怕的是那些冒充官方的人来敲诈。

"守义，你到杨家打探一下风声，看看杨家到底进城想干啥，是长期居住，还是短期停留。"

"那还用问，肯定是长期居住，要不然不会把牛、羊、猪、鸡都赶进城了。"王守义读过史书，也练过功，马上刀、枪、棍、棒都会使用。他的弓箭也射得准，一心想求取功名，出人头地，为王家光宗耀祖。

"守义，你都18岁了，在家继续待下去不是长久之策，要想方设法，到南面与后周联系，图取功名。"王元魁对大儿子语重心长地说，"当今世道，读书不做官，又有何用。爹不希望你做一个土财主印染坊的掌柜的。你赶快到杨家看看，看看他们一家究竟来麟州干啥。"

"爹，你不必操别人的心了，想着如何办好印染坊，耕种300亩耕地。如今灾民难民遍地，有粮食比有白银黄金还重要。"王守义对爹讲着自己的想法，"东边有后汉，西边又有强族人，这天下不太平，谁将成为华夏的真正之主，现在还很难看出。爹把全家的耕地种植好，印染坊办好，就是对麟州的百姓最大的造福。"

"造福麟州百姓，爹没有这个想法，爹只想你兄弟两个早早图取功名，为我王家祖宗争一回光。"王元魁在院子内不停地转着圈走动，"现在就去，以拜访的名义，看看杨家的动向。"

王守义拗不过爹，只好答应到杨家看看去。

王守义佩带着腰刀，出了自家的院子，朝东城与南城的接合部来。他经与众人打听，找到了杨宏信住的房子。他直向房间走去，推开双门，见一老者正坐到一把凳子上，赶忙施礼说："城内王元魁的长子王守义特来参见杨庄主。"

杨宏信见来者年轻，与他的大儿子杨重贵不差上下，忙以礼相迎，让座到一把凳子上说："参见就不要了，王财主的长子有何话说。"

"杨庄主，那我就开门见山直说。"王守义提高声音说，"当今麟州城道人、土匪、强人、散兵横行，搞得老百姓不得安宁，请问杨庄主住下后，有何治理麟州的良策。我听说了，杨庄主从上山的那一刻起，已经给灾民、难民，还有道人、土匪等各路人施舍粮食上万斤，白银数百两，取得了民心民意。这种施舍行为今后还会继续吗？"

"公子问得好，不过，我不是专门做施舍的，只是看着百姓饿得吃不上饭，才做了一件应该做的事情。公子家既是财主人家，想必一定也做过施舍的事情。"杨宏信觉得这位年轻人气度不凡，说话直抓要害，是一个才俊，"请问令尊对治理麟州有何高见。杨宏信愿听各方意见，为麟州的百姓尽一份责任。"

"我爹没有啥高见，只是觉得麟州的百姓生活贫困到极限，如果国家再不出来治理，老百姓会大逃离，到时麟州城内外，以及乡下都会变成空野荒芜之地。"王守义拍了拍自己腰间挂的腰刀说，"麟州继续这样下去，我就投军去，或是后汉或是后周，为国家尽力。"

"好，热血男儿，有志气。麟州有你等青年，未来是有希望的。我若是小20年，也会去投军，报效国家。"杨宏信对王守义的拜访感到非常高兴。

"杨庄主，有空的时候到我家做客，我和我爹会用麟州的白酒款待你。"王守义又与杨宏信说了一番报效国家的话，告别了杨宏信，从原路回到自家。

王守义把见到杨宏信以及与杨宏信的对话给爹都说了，王元魁听了，心里产生了几分醋意，他跺脚摇头，惊叹不已说：

"爹就猜想，这杨宏信在南乡不当大土豪，全家搬回城肯定有打算。从今往后，麟州城头成为姓杨的天下，咱王家要活在杨宏信的手下。"王元魁对大儿子王守义说，"你要尽快到外面投军，好捞取一官半职，也给咱王家争光，让杨家看看咱王家，咱不能就只开染坊和种地。"

"爹，杨宏信是一个有想法的人，杨家来了几百号人，还养着兵丁。他手下的两个儿子能文能武。还有杨宏信收了一些道上和土匪群里的好汉，势众粮多，必成一番气候。"王守义是一个正直的青年，知书达理，他知道爹让他打探杨家消息的真正意图，"不过，爹也用不着操心，杨家住下后，对稳定城里的百姓也有好处。"

"有啥好处？"王元魁直来直去对大儿子王守义说，"一山不容二虎，有杨家的天，就没咱王家的地。咱是老住户，祖宗三代就住在麟州。唐朝设州府时，刺史大人也不敢小看咱王家。唉，这倒好，杨宏信来了没几天，又是施舍粮食，又是给穷人救济银子。这叫啥？这叫收买人心。"

"爹，杨宏信这样做也是一件好事，不必计较。杨家干他杨家的事，咱开咱的染坊和种地。"王守义力图说服爹，不要与杨家计较。

"说得好听，井水不犯河水。井水满了，就流到河水里。咱是老户，杨家是新户。看杨家这阵势，是想武力霸占麟州。不行，咱王家是麟州响当当的大户，不能被杨家压得连头也抬不起来。"王元魁说话有点急，在大儿子面前也不把话藏着。杨宏信一家从山下往山上走的那一天，王元魁就知道了。谁有这么大的阵势和力量，连道上的好汉和土匪都阻挡不住。杨家上山后找房子住的事，早惊动了王元魁。杨家100多名挂腰刀的汉子走过街头，王元魁看得真真切切。天哪，这是从天上掉下来的一路人马。啥是土豪搬家，分明是来抢麟州的。王元魁心里不是滋味，不甘心从此失去麟州第一大户的位子。原来，王元魁瞒着两个儿子和女儿，与道上的人和土匪也有往来。山上住户到山下河里挑水，那些收水银的道人和土匪，把收的三成银子送给了王元魁。杨重贵收了张平贵，杨宏信收了郭玉方等道人、土匪，使王元魁收取银子的财路受到堵塞。王元魁就想不明白，像张平贵、郭玉方这样的土匪怎么竟跟着杨宏信跑了。

"孩子，这麟州的世事要变了，变也不能让麟州的权力落到一个外来的土豪手里。自古道，州有州官，县有县官。麟州是朝廷不管的州，多年没有朝廷任命的官了。哼，这回杨宏信进城，一定是冲着麟州的宝座而来的。要不然，他带兵丁干啥？他收留道人、土匪干啥？这老鬼有野心，想当麟州王。"

"爹，你扯远了。杨宏信只不过是一个南乡的土豪，有钱有粮，他进城或许就是为做生意，干一些施舍、赈济的好事，不可能称什么王的。"王守义对爹开导说，"我看杨宏信说话坦诚，对人热情，不可能有别的图谋不轨的想法。"

"知人知面不知心，还是提防着一些好。"王元魁走到地下的桌子旁，拿起上面放的一本《论语》，翻了一翻说，"从今天起，咱王家也要征召兵丁，派人巡城，重新登记城里所有的户籍，凡是常住人口，每人每年收白银一两。"

"爹，这怎么行哇，这不是敲诈老百姓吗？"王守义对爹的提议表示反对，"城里的老百姓连饭都吃不饱，水费交不起，哪有多余银子交。再说，咱家收住户的银子，是没有道理的。"

"啥道理不道理的。我王家帮助住户巡城，处理日常事务，收取银子是合理的。"王元魁对大儿子王守义不赞成他的做法表示极大的不满，"亏你还是读书之人，老百姓嘛，总要有人管，你不管他们，他们就乱了，就想上天。爹是想明白了，只要挣到钱，还能不感激咱。就这么定了。赶快叫你弟来，多写张布告，贴到街头，招募兵丁，越多越好。这年头，没钱不行，没兵更不行。有了兵，咱就再也不怕道上的人和土匪。过去，爹也不愿意与道人、土匪勾勾搭搭，可是，没办法呀，他们手里有刀，不听他们的，就要人头落地。这回咱也招兵买马，发展队伍，看谁敢欺负咱。麟州不能成为外来人的天下。"王元魁说着拿来纸笔，亲自磨墨，动笔写起布告，内容如下：

　　今天下大乱，群雄并争，土匪横行，民不聊生。吾麟州乃边塞重镇，长期陷入无地方官员治理的混乱状态。为使麟州百姓安居乐业，不再受战火侵害，吾王元魁决意重振家业，广招兵丁，有四方英雄豪杰，欢迎前来相投。

　　　　　　　　　　　　　　　　　　　麟州员外　王元魁

王元魁一连重复写了三张，高兴得舞着毛笔哼起小曲来。一会儿，他老婆张莲英、二儿子王守成、女儿王香兰外出回来，不等王元魁问话，老婆张莲英急忙说：

"你不到街头去看看，待在家写啥呢？满城人都在议论，南乡新来的土豪杨宏信把半座麟州城买下了。"

"我知道，我不是正在想着对策，招贤纳士，扩大家业。"王元魁把布告递到大儿子王守义手里，让马上到墙头去张贴。他叫老婆打好浆糊，叫二儿子王守成、女儿王香兰一同去。"动作要快，只要有人知道，一传十，十传百，肯定有英雄好汉前来投靠。"

"现在的人，谁有钱投靠谁，谁有势力就依属谁。杨家初进城，又是买房，又是扩充势力，连张平贵、郭玉方都投靠杨家了。"张莲英唠唠叨叨，也替老汉帮腔说，"这世道变了，杨家来了没三天，连道上的收水银都不让，这不是断咱的财路吗？"

"休想。王家不会被外来人吓倒。"王元魁打发儿女们去张贴布告后，话题一转，扯到了给两个儿子提婚的事上，"兄弟两个都是大人了，也该早早订婚完婚，少我一件心事。"

"都是你惯坏了孩子，要兄弟俩去投啥军，成啥龙。凭咱王家的影响和实力，早给两个儿子娶过了媳妇。"张莲英 50 岁左右，保养得好，看上去像40 岁的女人。在麟州城，凭借老汉的能力，她是数一数二的女中人杰。虽然小时候读书少，却也认得字，看得懂《论语》。她和老汉一样，对两个儿子寄予厚望，只是不想让两个儿子远离家门，想让他们在麟州守着她和老汉。可是，她也希望两个儿子有出息，谋个公差，光耀门庭。大儿子 18 岁了，二儿子 17 岁了，女儿 15 岁，三个孩子一个比一个聪明，张莲英是逢人便夸她生养了三个好儿女。

"你放心，过两天我就请起媒人，给守义提亲。"王元魁对老婆说，"城里乱哄哄的，一些富户都逃到乡下去了，你看谁家的女子合适。"

"东城外做豆腐的李二怀的女儿怎样？"张莲英高兴地说，"那女子水灵灵的，长得好看。不知咱守义看上看不上。那女子叫李美蝉，真的漂亮，就是不识字。"

王元魁摇着头说："李家家贫，一个做豆腐的人，人穷志也短，与咱王家不相称。"

"啥相称不相称的，有钱有势人家的女儿早已嫁的嫁，走的走，方圆几十里，也难找到好人家的女孩。"张莲英爬上炕头，坐到白羊毛沙毡上，冲着地下的老汉说，"就这样吧，赶快请媒人，明天上午就到李家提亲。"

"管他行不行，先提亲试试再定也不晚。"王元魁突然话题一转说，"不知杨家家族里有没有合适的女孩，要是有的话，不妨也去提一回亲。"

"想得美，你这是啥意思，攀富？还是打坏主意？"张莲英直接点明老汉的真实想法。

"你不懂，这叫和亲结盟。"王元魁嘿嘿地笑着。

"别瞎操心了，杨家就是有女孩，也不一定与咱家和亲。杨家势大，咱攀不上人家。"张莲英失意地说。

"好吧，咱还是到李家提亲。我这就去城西请孙寡妇当媒人。"王元魁叫老婆给他准备好二斤鸡蛋，一罐白酒，他亲自去请孙寡妇做媒人。

张莲英听了，忙跳下炕，走到西房，称了两斤存放的鸡蛋，又搬了一罐白酒，来到正房，交到老汉手里："叫孙寡妇多操操心，保准李家能够答应。"

中午时分，王元魁带着鸡蛋、白酒，来到孙寡妇家。孙寡妇正在上厕所，王元魁只好站到院子里等。孙寡妇上完了厕所从厕所出来，见王元魁东张西望的，拉下脸皮斥责道："大白天的，跑到寡妇的门上干啥？"

"妹子，是这样的。我请你当媒人，给我大儿子守义提亲。"王元魁满脸堆着笑，把鸡蛋、酒罐一起递到孙寡妇面前，"这是一点小意思。"

孙寡妇接过鸡蛋、酒，一下子变得高兴起来。"我还以为你老不正经的打我的主意。哎，原来是给你家大少爷提亲。好说，好说。"孙寡妇忙把王元魁让进屋里，把鸡蛋、酒放到桌子上说，"是谁家的女孩？是城里的还是乡下的？"

"是城东门外李二怀的女儿。"王元魁说。

"做豆腐的李二怀？"孙寡妇故意装作惊讶的样子说，"这能成吗？王家是城里有名的大户、员外，李家一个穷做豆腐的，这？"

"我也想过，是有些不太合适。可是，我家守义年龄大了，城里又没有合适人家的女孩，只好掉价提亲。"王元魁显得无可奈何，"不过，李家女子美蝉人长得俊，这是真的，算是咱麟州城的一枝花。"

"那倒是，王员外有眼光。你家守义同意吗？"孙寡妇受到了抬举，乐得哼着小曲，不时提些问题，"不知李家的女儿订婚出去没有。要是有人提前上门提亲订婚，你的鸡蛋我就白吃了，酒也白喝了。嘻嘻……"

"没有听说过，你只管去提亲，凭我家的实力，李二怀肯定会同意。让他的女儿到我王家享清福，还有啥不愿意的。"王元魁很自信地说，"至于李家要的彩礼，你尽管答应，我王元魁不是那种小气的人。"

王元魁又和孙寡妇说了一阵子，掉头出门，沿着街道看来来往往的人。果然见挂腰刀的汉子三个一伙，五个一群，到处巡城，人们都在议论杨宏信进城的话题。王元魁停下脚步，凑近人群，插言去问。有的说，杨宏信是外来人，强龙压不住地头蛇；有的说杨宏信有钱有粮，养的兵丁，谁也比不过他的势力，将来麟州城的天下就是姓杨的……说啥的也有。王元魁听到人们的议论，心里很不舒服，赶紧躲开人群往家走。回到家，见去外面张贴布告的大儿子守义、二儿子守成也回来了，又见老婆与女儿说话，他把到孙寡妇家请媒人的事说了一遍。

"怎么样？孙寡妇答应了吗？"张莲英问老汉。

"答应了，她说保准说成。"

王守义听爹娘给自己请媒人提亲，提的对象是城东门外做豆腐的李二怀之女，心里高兴，嘴上却反对："我不订婚，我要投军去，报效国家。"

"哎呀，孩子，报效国家也要成家立业，你都18岁了，早该订婚结婚，现在谈成了，赶冬天就结婚。"张莲英指责着大儿子王守义，"这事再也不能推了。李家的门槛是低了一些，可人家也是正派人家，再说做豆腐的有啥不好，咱还是开染坊种地的。"

"娘，我又不嫌人家是做豆腐的，你把话扯到哪儿去了。"王守义看了看爹，又扫了一眼弟弟王守成和妹妹王香兰，然后对着娘说，"其实，我也觉得李家人不错，只是我订了婚，一旦出门投军走了，这不把李家姑娘坑了吗？"

"投军是后面的事，眼下你得订婚。别说了，爹和你娘给你做主了。"王元魁喜得脸腮的肌肉抖动起来，自己拿出酒罐倒了一碗喝，自言自语地说，"就看孙寡妇本事了。"

一家人吃过了中午饭，已是大半后晌了，太阳西斜，开始往窟野河对面的沙丘跌落。

王元魁家三个院子，连成一片。中院是五间正房，东西厢房各两间，都是石头垒的墙壁。院墙是一半石头，一边土坯，大门是栅栏。第二院也是五间正房，只是结构差一点，是土坯墙。也各有东西厢房三间，没有院墙，院子就连着外面的街道。第三院是一排八间的房子，石头根基，土坯墙，没有院墙，面对街道。第一院是王元魁和老婆、孩子住着，第二院是仆人和雇的家丁住着，第三院是染坊的工人和种田的长工住的。总共算起来，全家也有30多口人，是麟州城的数一数二的大户。王元魁在城外的东山耕种着300多亩耕地，长年雇短工。染坊的工人也有10多个，主要是印染土布，把白色土布，根据用户的需求染成红、绿、黄、紫、蓝色。

王元魁不愁吃穿，不缺钱花。除了有种地、染坊两大收入外，还与道上的人、土匪、强人合伙收取保护费、出入城费、吃水费，收入不少钱。

杨宏信的进城，似乎要打破王元魁的这种富贵生活。王元魁有些坐卧不安，张贴布告扩大招收家丁是他应对杨宏信进城所做的第一步。给大儿子提亲订婚是他从长远考虑出发，为王家传宗立代。作为一个世居麟州的财主，他不能让外来的杨宏信家抢占了风头，他要拼搏，他要竞争，他要干出一番事业给全麟州的人看，他王元魁才是麟州的真正大户，麟州数一数二的霸主。

王元魁叫来四个家丁，对着他们发话："从今天开始，每两人一组，隔四个时辰，轮换着巡山巡城。"

"老爷，这合适吗？"

"老爷，咱家从来没有巡城巡山呀？"

"是啊，这巡城巡山是官方的事。"

"……"

王元魁又喝了一碗酒，火气涌上心头："啥合适不合适的。没看见吗，杨宏信刚上山，就派出家兵巡山巡城。这是谁给他的权力。听我的话，今晚上就开始巡山巡城，如有不听话者，或是有滋事打斗者，偷鸡摸狗者，一律处罚。"

"爹，我们是不是做得有些过分了。如今全城乱哄哄的，道上的人、土匪、强人、散兵横行，我们家的力量，能应付得了吗，那些人怎么会听我们的话呢？"王守义着急地对爹说，"不是孩儿怕招惹是非，只是这样一来，那些人把怨恨集中到我们头上。"

"爹有办法，道上的人、土匪这些人，爹会对付他们。道有道规，只要他们不再公开白天抢人，咱就不与他们纠缠。懂吗？巡山巡城只是做一做样子，一来是给老百姓看的，二来是给杨家人瞧的。明白吗？这叫作好人，取民心。哈哈哈……"

"爹，我明白了，只是这样一来，咱家的人手不够，麻烦的事可多了。"王守成对爹也表达着自己的看法。

"我看爹做得对，早该这么做了。这些年山上乱哄哄的，老百姓过的日子一天不如一天，还经常受道上的人、土匪、强人、散兵欺负，再不管麟州城的老百姓就会全部逃离。"女儿王香兰也站出来说话，"人家杨家一上山进城，就打出赈济老百姓的旗帜，发放粮食上万斤，白银数百两，还派人巡山巡城，马上就赢得了老百姓的拥护。"

"这叫收买人心。"王元魁听女儿这么一说，更是心里不舒服，他不能从此就沉没下去，甘心做一个不闻世事的土财主，"杨宏信会来这一套，爹也会，只是爹没有给你们挣下那么多钱，还有那么多粮食。街头的人议论，杨家第一批运粮的人进城就运来两万多斤粮食。"

"是啊，爹，我看杨宏信为人正派，又有眼光，咱家不能与他家计较，人家是大土豪，刚刚进城，肯定要做一些有利于老百姓的事情。今后，咱家要多与杨家合作办事，共同为老百姓谋福利，让老百姓过好日子。"

"你说得也许对，和杨家合作，杨家愿意吗？看看杨家那阵势，哪像一个土豪，完全就是一个地方大员，养着兵，广积粮。杨宏信想干啥？此人不简单。"王元魁对着老婆、三个儿女、四个家丁说。

又拉了一会儿，王元魁打发四个家丁去巡夜，叫两个儿子和女儿去睡，自己才和老婆上床睡觉，又是拉不完的话。

早晨起来，孙寡妇煮了一碗鸡蛋汤喝，浑身来神，又借着身子发热，喝了一口酒，更是精神抖擞。她还有用途，老有老的福气。她空着手，出了家门，放快脚步，赶直来到东城门外。太阳已经升起一竿高了，映照得山城一片通红。李二怀家就在东城门外200步远的一侧。孙寡妇走进院子，见有不少人出出进进来买豆腐。李二怀住的是三间正房。一间是女儿住，一间是他和老婆崔彩梅住，另一间是豆腐坊。院墙是用柳树枝扎的篱笆，大门也是一扇柳树枝篱笆。孙寡妇不时地对那些认识的人打招呼，表示问候。

孙寡妇直接走进中间房，见崔彩梅正在收拾家务。崔彩梅认识孙寡妇，只知道她叫孙寡妇，从二十几岁就守寡到现在，也不知道她的真名叫啥。孙寡妇一年也不来她家串门，也不来买豆腐，崔彩梅见是稀客，热情招呼着：

"孩子她姨，你怎么一年不到我家走一回。"

"唉，我不是忙吗。"孙寡妇说。

"忙啥呢？"崔彩梅问。

"给人家当媒人，做好事。"孙寡妇见是说话的时候了，笑嘻嘻地说，"妹子，我来给你和李大哥报喜啦。"

"报喜？"崔彩梅放下扫地的笤帚，让孙寡妇坐到炕上，惊讶地说，"这年份兵荒马乱的，穷卖豆腐的，有啥喜事？"

"妹子，话可不能这么说，我就开门见山直说吧，城里王元魁王财主家的大少爷看上了你家美蝉，王家托请起我当媒人提亲，这还不是大喜事？"孙寡妇坐到炕头，手拍着大腿说，"我仔细想过了，你家美蝉与王家大少爷守义年龄相仿，正好一对儿。"

崔彩梅听了，一惊一喜，太阳刚出山，有人上门求婚，真是喜事。独生女儿15岁了，还未有人上门提过亲。这头一次提亲，竟还是城内有头有脸的王财主。崔彩梅满脸堆笑，谦逊着说："这是大事，我做不了主，要美蝉他爹同意。"说着转身去隔壁的豆腐坊叫李二怀。她对老汉低低地说："快到中间房，孙寡妇替王元魁家上门提亲。"她拉着李二怀过来中间房。

孙寡妇见李二怀来了，嘴一努，身子一扭，双手合拍，亮开嗓门说："哎呀呀，只顾挣钱发财，也不考虑女儿的婚姻大事。"

"一个穷做豆腐的，能过了穷日子就算不错了，发啥财。"李二怀搓着双手站到地下搭话。

孙寡妇盘腿坐到当炕，鼓舌弄齿，话题就往正题上扯："王元魁与你交儿女亲家，你不会吃亏，人家是大财主，耕种的300亩地，又开办的染坊。这你一定知道。再说王家大少爷守义，一表人才，文武双全，将来天下太平了，求个一官半职，保准没问题。我想过了，美蝉这闺女肚里带来时就有福气，今年是她订婚成婚之年。"孙寡妇夸了一遍王守义，大包大揽，好像这桩婚事她说了算。

"王家的大少爷人品不错，王元魁也是城里有名望的人。我一个做豆腐的，就怕高攀不上人家。再说我家美蝉不识多少字，就怕王家大少爷王守义看不上。"李二怀自卑地说。

"有钱有地有粮不假，可是，王家的大少爷也是一介俗人，将来可能成龙变虎的，现在还不是待在家。这桩婚事就这么定了。你两口子开个彩礼价，要多少银子，多少粮食，多少布匹，多少斤牛羊肉，多少罐子酒……"

"这……"李二怀看着老婆崔彩梅，急得说不上话来，这门儿女亲事也来得太突然，他没有任何心理准备。他和老婆可以答应，可也得征求女儿的意见。"看一看我女儿美蝉的心思，孩子毕竟大了。"

"那是自然的，快去叫美蝉来。"孙寡妇是紧追不放，趁热打铁，要一次性把这门亲事说成功，也在王元魁面前有些资本。

"我这就去叫美蝉。"崔彩梅边说边走出正房，到隔壁美蝉的房子叫女儿。她进了女儿住的房子，见女儿正坐到地下的凳子看一本书。她一把夺过书，翻一翻，看不懂，又递到女儿手里问："这是啥书？你认得几个字，能看出啥样子来。"

"娘，这叫《论语》。"李美蝉兴冲冲地说。

"这是哪来的书？"崔彩梅好奇地问女儿。

"不告诉娘。我借的别人的。"李美蝉笑着对娘说。

"对娘还保密。不说就不说，娘也不多问。看书识字，是好事，娘不反对。"崔彩梅见了独子女，疼爱得不得了，忍不住用手去抚摸女儿的头发，"美蝉，你长大了，也该谈婚论嫁了，你爹和娘商量过，给你找了一个人家，是城里人，有名望有势力的王元魁财主的大儿子，提亲的媒人孙寡妇你姨刚来咱家，你过去见一见。"

"娘——"李美蝉大吃一惊，孙寡妇怎么跑到门上来提亲了，爹和娘怎么就答应，"我不见。"

"听娘的话，见一见媒人。"崔彩梅拉着女儿的手就走。

"我不见，我不见。"李美蝉沉着不走。

母女俩一个拉，一个退，在西房间拉扯。在中间房等着的孙寡妇等不上崔彩梅叫女儿来，急跳下炕，手拉着李二怀走出正房，往西房走来。她走进门，见崔彩梅母女俩为见她推拉着，放开李二怀，笑嘻嘻地冲着李美蝉说：

"美美，你的喜事临头，你还傻愣着。王家大少爷王守义可是城里数一数二的人才，你嫁到王家，享一辈子福。"

"我不——"李美蝉一句话还没说完，就被孙寡妇打断了。

"你这孩子，好不懂事，女孩子家，长大就得嫁人，不能和父母待一辈子。听姨的话，点个头也行。"孙寡妇动手抚摸李美蝉的头发，献殷勤地说，"多俊的姑娘，看这脸蛋儿，嫩得能掐出水来，还不把王家大公子守义的魂勾走。"

"姨，你说啥呢。我年龄还小，不嫁人。"李美蝉拒绝着孙寡妇。

"还小？我13岁就嫁人了。女孩子13岁，就是大人了。你15岁了，还不找人家，等到啥时候？女孩子到了18岁，就是一碗黄花菜，凉了。嘿嘿，这么聪明的孩子，怎说一些没头脑的话。"孙寡妇摆出一副长辈的样子，一定要说服李美蝉答应这门亲事，"是嫌王家没钱没势，还是嫌王家大少爷守义人品不好，模样长得差？"

"不是，我不想……"李美蝉一再拒绝。

"你这孩子，好不懂事。自古以来，女子大了就得嫁人。"孙寡妇夺过李美蝉手里的书，看了看书皮见是《论语》，惊奇地又叫起来，"哎呀呀，还看这书哩，难怪不想早嫁男人。怎么？想考女状元？嘻嘻，也好，嫁到王家，你更能读书，专门到学堂去读，成不了女状元，也当一个女秀才。怎么着，答应了吧，姨这就给王家大少爷去回话。"

"姨——"李美蝉从孙寡妇手里夺回书，急得不知道说啥话，她看看爹娘，用眼神表示了对这门婚事的不同意，希望爹娘能理解她，"爹——娘——我……"李美蝉两眼一闪，淌出泪珠。

"同意啦？高兴啦？嘻嘻，女孩哭，是高兴也哭，激动也哭。我就说嘛，见了喜事还有不高兴的女孩。"孙寡妇看着李美蝉淌眼泪，乘着女孩子心里的矛盾心情发起最后的进攻，"王家有钱有势，与刚到城里的土豪杨宏信差不了多少。孩子，你放心，你不能白嫁给王家，姨想好了，给你爹你娘要彩礼50两白银，3000斤粮食，5匹布，2只羊，5罐酒。让你爹娘享享清福。"

"姨——我不订婚，也不嫁人。"李美蝉用手背擦着眼泪，咬紧牙说，"我真的不想——"她又停住了想说的话。

"你真的不想？还是真的看不上王家少爷守义？"孙寡妇有些急了，想不到美蝉这孩子还挺犟。孙寡妇心里不由得生起了闷气：哼，一个穷做豆腐人家的女孩，有啥抬价的资本。王家那么大的家业，还不比做豆腐的家业多。孙寡妇心里这么想，可也不好把话全端出来，只是一个劲儿地劝说李美蝉："孩子，你好好想一想，不要把话说绝，听听你爹娘的意见。女孩子家，到谈婚论嫁的年龄，就不能再推迟。人这一辈子，误过了黄花年龄，后悔也来不及。"孙寡妇面朝着崔彩梅说，"美蝉她娘，你说是不是，咱都是过来人，再想回到十几岁能成吗？再想当大姑娘上轿有机会吗？唉，人哇，要知足，坐在福中知福才行。"

"对对对，美蝉她姨说得对。做女人多不容易。要会做人，明事理。女孩子，早嫁人，早成熟一天，早过两天日子。"崔彩梅也附和孙寡妇，说服女儿同意这门亲事。王家的家业、势力、财产都是李家不可比的。再说王家大少爷也是气度不凡，能文能武，哪方面都配得上美蝉。"美美，听娘的话，你早点有头主了，嫁人了，娘和你爹也就放心了。娘和你爹就你这么一个女儿，将来还要靠你和女婿养老防老。"

"娘，我真的不想嫁人，再过两年嫁人也不迟。"李美蝉一个劲儿地争辩着。

"娘也不是现在叫你出嫁，只是让你订婚，等过两年再结婚。"崔彩梅接住女儿的话题说。

"对，先订婚，结婚的事推后再说。"孙寡妇急忙说，"就这样吧，订了婚，收了彩礼，把王家白花花的 50 两银子拿到手，再说日后结婚的事。"

"孩子，听你娘和你姨的话，你就答应了吧。"李二怀也在打劝女儿答应这门亲事。

"我不听，我不听，我不订婚。"李美蝉叫爹的话反激怒了，又是一阵掉眼泪，气得走出了门外，跑到豆腐坊，给等着买豆腐的卖开豆腐。

李二怀、崔彩梅、孙寡妇三人也急得紧随李美蝉身后，追到了豆腐坊。崔彩梅夺下女儿手中拿起的秤，拉着女儿出了豆腐坊，低低地叨咕："孩子，娘和你爹都是为你好，你不是小孩子了，该订婚了。听话，不要耍小孩子脾气。你给娘说实话，真的看不上王家少爷守义？"

"娘，不是，我——"

"那你是怎么啦？"崔彩梅压低嗓子，害怕那些买豆腐的熟人听见，叫人家笑话母女俩为给女儿订婚的事发生吵嚷，"美美，你与王家大少爷守义一定认识吧？"

"认识，可是，我——"李美蝉停住了难说的心事。

"女孩子害羞，心里高兴，嘴上说不，姨说对不？"孙寡妇又是先发制人，非要李美蝉表个态。

李美蝉对孙寡妇的轮番进攻，实在找不到对付的办法，只好用行动来表示谢绝。她急摆脱三人的纠缠，快步出了院子，朝东门洞走来。她在前面走，后面孙寡妇、爹娘跟着追。她边走边左右看，寻找想找的人。她到了东城门洞停住脚，不停扫看守城门的人，见不是她要找的人，着急得直摇头叹气。她的举动，被赶来的孙寡妇和爹娘看得清清楚楚，明明白白。女孩子的表情，是藏不住内心的秘密。孙寡妇是久经红尘的风流女人，对女孩子的心思，只要说上几句话，见面打个招呼，就猜测得八九不离十。她对李美蝉的左顾右盼，心神不定，早已猜透是为啥。

"我说呢大侄女，是有相好的了？说老实话，看上的人是干啥的？难道是守城门的那些收费的道上的人？"

李美蝉一言不发，还是在看着来往的行人。

"要么是谁家的少爷公子？"

李美蝉还是一句话也不说，眼泪哗哗地寻找着她要寻找的人。她来城门洞外面慢慢地走到里面，又从里面转身走到外面，寻觅着她心中的那个人。

"孩子，你傻看啥，这儿人来人往的，你看啥呀。走吧，赶快回家。"李美蝉扭捏着身子，不肯离开，又在看那几个守城门的人。这是几个新换的守城门人，不收取行人的进出城费，是这两天刚由杨宏信派来的。原来的那些守门人不知哪里去了。尤其是李美蝉要找的那个彪壮的汉子，更是不见影子。

他到哪里去了？李美蝉用行为暗示孙寡妇和爹娘自己有了看准的男人。她的眼神把一切想说的话都折射出来，只是她嘴上不说。找不到想找的人，李美蝉心里十分着急，很是难受。看着守城门的人中有拿铁棍的，李美蝉不由得多看几眼，不愿离开。

"喂，姑娘，看啥呢？是不是看上这位爷手中的铁棍了？哈哈……"

"不是看上铁棍了，嘿嘿……是想肉棍哩……"

"……"

李美蝉听了，似乎不明白下流话的意思，还是孙寡妇嘴快心明，马上讥笑道："呸，守城门的穷鬼，也想癞蛤蟆吃天鹅肉。不要眉脸的东西。"孙寡妇边回骂边手拉着李美蝉往李二怀家走。李二怀和老婆崔彩梅听得守城的那些人说脏话，也不敢去顶嘴，跟着孙寡妇、女儿离开城门洞。

孙寡妇扯着李美蝉，不冷不热地咒："这一定是杨家新派来的守城门人，虽然不收进出城门费了，可是这些人也不是些好种，都是野鬼，没人调教。哼，我看过几天，短不了还要收取啥费的。"

李二怀听刚才新来的守城门的人戏弄瞎说他女儿，心里很生气，脸涨得通红，快到自家门口了，冲着女儿说："不在家好好待着，跑到外面做啥。这世道，那些男人都学坏了，油腔滑调的，一个女孩子家，听他们瞎说啥。"

"就是嘛，这些杨家的人，与道上的人和土匪没两样，一个个贼眉鼠眼的，见了女孩恨不得一口吃了。"孙寡妇一只手拖着李美蝉，直到进了栅栏才松开手，"大侄女，见了世面了吧，知道那些人说的是啥意思？"

李美蝉摇头。

"唉，不懂事的孩子，那些人的话是粗的脏的，但理是对的。女孩子家，到了一定年龄，就要嫁男人。明白吗？女孩子只有嫁了男人，才晓得啥叫女人。"孙寡妇挤着眼笑嘻嘻地说，"直说吧，女孩子家只有叫男人睡了，才明白了怎样做女人，啥叫女人。"

李美蝉还是一句话不说，站到院子，隔栅栏墙，向城门洞张望。

孙寡妇是非要把李美蝉心中的秘密解开不行，鼓动她三寸不烂之舌，软一阵，硬一阵，不时地向李美蝉进攻："美蝉，听姨的话，趁早答应王家的亲事，嫁王家大少爷守义活一回人。姨明白，你一定看上了原来守城门的一个男人，那人年龄多大了？哪里人？家里有没有妻子儿女？家穷还是家富？人品又怎样？有啥本事？你说实话。"

孙寡妇这一连串的问话，问到李美蝉的心病处。是呀，他是哪里人？年龄多大了？家中是否有妻子儿女？他家的日子过得怎样？这些问题，她可没有来得及问他。她就是到城里转时，每次见到他用一双炯炯有神的目光看着她，然后手里的铁棍一指，也不收她费，让她进城。她出城时，他又是铁棍一指，让她出城回家，也不多废话。那一次，守城的另两个人说她瞎话，他狠狠踢了那两个人各一脚，对她表示道歉，再没有说多余话。她感激他，敬佩他。那根铁棍，在他手中，看上去多么好看，明晃晃的，还有着花纹。她真有些后悔，也不好意思问他姓甚名谁。她只是看懂了他的眼神，看清楚了他袒露的胸怀，看见了那根足有三尺长的铁棍。

他是一条好汉。一定是。那根铁棍舞动起来多么好看。她对他的了解只有这么多。眼神，胸脯，铁棍。

如今，他消失了。她到哪里去找他呢？她怎么才能向他表白自己的心思呢？

李美蝉走到篱笆墙，手扳着柳枝，眼泪汪汪地看着东城门。

孙寡妇把李美蝉的一举一动，哪怕是脸部的一丝变化和两眼挤出的泪珠都看得仔仔细细，一清二楚。这孩子，一定是被原来守城门的那个男子勾住了魂，迷住了窍，不然的话，也不会爱得发傻发呆，如此坚决不同意与王家大少爷守义定亲。女孩子哇，初爱，对，新潮语言叫啥初恋，印象就是深刻，爱到了骨头缝里。孙寡妇走到李美蝉身旁，又用手抚弄着李美蝉的头发关切地说："孩子，你给姨说，是不是有相好的了？他是做啥的？"

李美蝉心中的人只有她知道。那个守城门的手持铁棍的汉子，他到哪儿去了？李美蝉陷入了情网。她一会儿摇头，一会儿点头，表现得精神恍惚，神情紧张，她无法回孙寡妇的话。

孙寡妇是揣摩女孩子心思的高手，哄劝着李美蝉说："不管你过去看见谁，心里想过谁，那不叫爱，那是胡思乱想。你看上人家，人家一点儿也不知，哪还能叫爱？叫相好的？哎，懂吗？好孩子，只有和男人睡过觉，那才叫相好的。不提了，姨给你介绍的王家大少爷，你也认得，与你年龄相仿，正合适。就这么定了。姨这就给王家去回话。"孙寡妇又对李二怀、崔彩梅说了几句好话，边笑边走出院子。

"姨——我——"望着孙寡妇走出院子的背影，李美蝉惊慌地喊出声。她是同意与王家大少爷守义订婚还是不同意，她也说不清楚，没有主张，只是傻呆呆地淌着眼泪，双手紧紧地握住篱笆柳枝，看着东城门洞发痴。他到哪里去了？

这是回城第几天了，杨宏信忙得也忘记了。手头要办的事情太多，安顿大家住房子的事情解决得差不多了，派人巡山城的事也办了，大畜、羊子、猪、鸡的栏圈也找到了，总算把一大家子人安置下来。尤其是巡山巡城的事，派出去的几帮人与原来那些巡山巡城的道上的人、土匪、强人、散兵发生了冲突，经过几番协商，终算平息下来。让杨宏信最感到头疼的事情还是赈济难民、安抚灾民，这是摆在他面前最棘手的问题。杨家第一帮进城人带的两万斤粮食，有一半已发给了那些难民和灾民，其中有一部分粮食落到了道上的人、土匪、强人、散兵的手里。他们也是人，也是穷光蛋，要稳定麟州城，首先要解决这几种人的生存、吃饭问题。他们是靠抢劫为生的，硬拼和厮杀会把仇恨越结越深。因而杨宏信对道上的人、土匪、强人、散兵采取的办法就是安抚、收留、劝走……

麟州城道上的人、土匪、强人、散兵好像永远也安抚、收留、劝走不尽，每天都有这几种人滋事，甚至上门和杨宏信讨粮食、讨银子，而且还讲出许多理由来。这让杨宏信感到非常为难，心里很是不乐意。把我杨宏信当成救世的菩萨了？啥人也跑来要饭吃、要钱花。如此下去，自家怎么能承担得起。杨宏信心里这么想，可是，又不能发火，也不好对家人说。眼下，局势乱哄哄的，为了稳定麟州人心，减少城里人逃离，他只能尽最大努力拿出一部分粮食和银两安抚各种各样的人，然后再做长远打算。

自从进城以来，杨宏信晚上就没有脱衣睡过觉。一天要接待一批一批的难民、灾民，还有那些道上的人、土匪、强人、散兵。多亏了大儿子杨重贵给他当助手，替他接待那些来找他的各种人。张平贵带的一帮人回南乡运送第二批粮食、财物走后几天了还没回来，杨宏信心里有些着急，不会路上出了麻烦吧？有二儿子杨重训、管家杨洪，再加上张平贵护送，一定不会发生什么意外，就是真的遇到土匪，他们三人一定能对付得了。杨宏信是睡不着觉，吃不进饭，是被老婆强行往嘴里喂饭。还有一件叫杨宏信牵挂的事情是进城时路过栏杆堡收留的程万保、李俊等100多号人，他们说好这几天进城与杨家会合，可是也不见人来。

时间一天一天过去了。麟州城的混乱秩序逐步在好转。杨宏信把第一批进城的杨家军分成若干个小组，分别由杨重贵、郭玉方带领，不分昼夜巡山巡城，有力地威慑了那些各种作乱的人。公开抢劫的人少了，收取各种费用的人也少了。特别是收水费的四种人，见了杨家的巡山巡城人吓得都躲起来。

又是一个早晨起来，杨宏信让杨重贵在家接待来人，叫郭玉方带领一帮人在城内巡城，自己带了四名家丁，各持腰刀，下山来查巡是否还有人收取老百姓挑水的水银。他们一行五人来到南门，见是自家的人守城，问了几句话，出了城门，沿着土石混合的道路下山。一路上，早有上上下下的人们在挑水，他们见到杨宏信询问有无收水银的人，都齐声回答说：

"没有了，那些人被杨庄主的人赶跑了。"

"杨庄主，你真是麟州百姓的救命之人。"

"杨庄主，那些土匪、道上的人都学乖了，不但不收水银，还帮助我们挑水。"

"……"

杨宏信听了，心里舒服多了。他走到一挑水上山的中年男子面前，拿勺子舀着喝了一口河水，涩酸涩酸的，皱着眉头对挑水的中年男子说："一定要澄清水后再烧开喝，不要喝生河水，这样喝会生病的。"

"你是杨庄主？"

"我是，不要叫我庄主，就叫我杨宏信好了。"杨宏信觉得他进城后，再叫他庄主有些不太合适，他现在给大家做不了主，当不了家，不能叫庄主。过去在南乡，在杨家川，周围村子的人叫他庄主，倒也没啥，现在不行了，偌大的一个麟州城，有着几千人口，能人还有，富人还有，这城里的庄主不是随便好当的。

"兄弟，你叫我杨老哥也行，反正不能叫庄主。"杨宏信又补充着说。

"好的，杨老哥。"挑水的中年男子边叫边吃力地挑水沿着山路往上走。

杨宏信一行五人朝山下走着，不时地与挑水上山的人打招呼。麟州城里的人好像都认识他，一见到他，马上放下水桶，给他鞠躬，施礼，让道。人们还是叫他杨庄主，甚至称他为大恩人。也有外来逃难的难民三三两两地结伴往山上走，杨宏信见状，紧皱眉头，问他们是哪里人，为啥要到麟州城来。大家的回答各不相同，有的是乡下无地耕种离乡，有的是因欠债而逃，有的是从外地逃来的，也有一些道上的人和土匪、强人、散兵装扮成逃难的人，给杨宏信撒谎说他们是做生意的买卖人。

"贩卖土布的，混口饭吃。"

"做羊皮生意的，弄几个零花钱。"

"嘿，贩卖食盐的。"

"……"

上山的人各说各的，都说他们是正经的买卖人。杨宏信听他们当中一些人的口音，是从南边来的，不是当地人。上山的人中间也有人挂腰刀，提棍棒的，面带凶相，瞪着眼睛看杨宏信，有的人还质问杨宏信：

"长辈，你是哪个道上的？"

"我是麟州城南杨宏信，请问壮士是哪条道上的，还是哪座山上的？"

"晚辈从无定河畔来，居无定所，行无踪迹，靠山吃山，靠水吃水。今同弟兄们来麟州为的是讨碗饭吃。"身挂腰刀的汉子对杨宏信说，"长辈想必一定是银多粮广。看你这派头，带的兵丁护卫，一定是当地大员外、大财主。晚辈等刚到此处，还请长辈多多照顾。"

"照顾？"杨宏信心里暗想，又是一帮外来的道上之人，他们来到麟州只能给老百姓增加负担，扰乱城里秩序。杨宏信用好言回答："好汉们，麟州地广田瘦，人稀粮少，百姓日子过得艰难，还请大家到了此地，遵守行规，不要惊动百姓，多做善事。"

"那是自然，我们有的是力气，靠劳动挣粮挣钱，还请长辈放心。"汉子等一行人边说边寻路上山。其中一条汉子向上走了十几步远，扭头对杨宏信笑说："长辈，小子们在麟州若是混不下去，一定会到员外门上讨碗酒喝。嘿嘿……"

杨宏信没有回答，引着四位兵丁又继续向山下走来。快到半山腰的一个拐弯处，只见王元魁的大儿子王守义挑着一担水迎面走来，还没等杨宏信开口，王守义放下水桶，闪到一旁，双手抱拳，向杨宏信作揖施礼：

"杨庄主，你初到山城，就治城有方，这几天上山的公开设卡收税银、水银的人不见了，减轻了城里百姓的负担。你这是又在亲自巡山？"

"对，我看看还有没有再乱收银钱、苦害百姓的。怎么，王家公子，你还亲自担水。"杨宏信自从前几天王守义登门拜见他后，一直记着这位青年才俊。有见识，有远见，是一条好汉，当今天下混乱，正是用人的时候。"公子，你不是说要准备投军去吗，怎么还不动身？"

"我是要投军去，可这些日子家中有些事情走不开。再说我要打探清楚，到底去投哪家官军。华夏大动荡，到处都有人拉起国家的旗号招摇过市，欺骗百姓，我得选准真正为老百姓办事的主，也就是老百姓眼里的真龙天子。"王守义站到路边的石头上，双手拿着担杖，腰间还挂着腰刀，对杨宏信说开了自己的心里话，"自从大唐灭亡后的40年，纵观华夏，无有一天宁日。各地群雄称霸，自立山头为王，老百姓生活于战乱之中，到处逃难。今我麟州无国管辖，道上的人、土匪、强人、散兵、游人、闲人到处肆意作乱，无人管理，只要有良心的正义人，谁也看不下去。我是看明白了，投军就要投英明之君，为国出力，死而无怨。"

"公子不愧是读书之人。"杨宏信高兴地捋着胡须，右手伸出大拇指夸王守义，"王元魁有你这样的儿子，家业一定会蓬勃发展，国家也一定会走向大治太平。有时间的话，再到我家，与我大儿子重贵交流交流。你们年轻人，有热情，有思想，有见识，能够团结一致，一定能干出一番事业来。"

"杨庄主，你过奖了，你才是我们晚辈学习的楷模。杨家上山还不长时间，稳定住了城里的局势，老百姓有了喘息的机会，做生意的人也能照常开业，老人、孩子、妇女也敢走上街头。一正压百邪。杨庄主需要晚辈做什么，尽管吩咐，我一定会尽力帮忙。"王守义真诚地表达着自己的真实想法，并向杨宏信提出自己的建议，"麟州城里城外要彻底治理好，必须有像杨庄主这样的人来当家，建立起一支守护城池、防止外来入侵的军队。对，建立一支地方武装力量非常重要。晚辈看得出来，杨庄主正从这方面去努力，杨家的兵丁，严守规矩，不祸害百姓，为大伙儿着想。"

"公子，说得好，与老夫想到一处了。不瞒你说。要在麟州站稳脚跟，想真正为老百姓办事，就要实行文武双治。没有兵，没有军队，说不上治理。拿什么力量治服那些道上的土匪、强人、散兵……特别是怎样应对西边远道来袭的强族。"杨宏信像找到了知己，把满腹的话全部端出来。

俩人正在说拉着，一群上山的男男女女走过来，杨宏信止住了话，看着这些上山的人们，心里格外地高兴，他忙与上山的人们打招呼。一些男女看着杨宏信身边站着几位挂腰刀的汉子，知是巡山的守城人，也就放心往上走。王守义看着外来人往上走也很是高兴，又与杨宏信说了两句话，挑起水桶往山上走去。

杨宏信望着王守义挑水上山了，又有一拨一拨的人群涌向了山上，感到特别的欣慰。他捋着轻风吹动的胡须，迈开有力的步子，稳健地迈着步子带着四名兵丁走下山。到了山脚底，杨宏信到河上游和下游岸边的沙滩地里，老百姓正在地里干活儿。河对岸的沙滩也有不少人忙碌着。看到此情此景，杨宏信精神振奋，满脸的笑容。他来到麟州才十天，城里城外出现了暂时的稳定局势，怎能不叫他高兴。他带着四名兵丁沿着狭仄的沙石路，向下游走了不到半里路，突然，迎面跑来回老家搬运粮食的两名家丁，见了杨宏信就上气不接下气地说：

"杨庄主，二少庄主让我俩回来禀报，运粮食的人到了栏杆堡北面的树林休息时，遭到土匪和难民的哄抢，有一半粮食被抢。二少庄主重训和张平贵不敢硬拼，怕伤着难民，眼看着粮食被抢。二少庄主传话，他们想沿途用银子收购一些粮食运回，会迟回麟州城几天。"

又一个传口信的人报告："在制止土匪和难民哄抢粮食的过程中，二少庄主重训还受了伤。"

"有这事？"杨宏信吃了一惊，又丢了上万斤粮食。可是，他急也没有办法。二儿子重训做得对，不能用武力对付那些抢粮食的难民，那样做会引发更大的矛盾，死伤无辜的老百姓。"怎么，栏杆堡寨的程万保、李俊和山寨的弟兄没有一起来？"

"我们路过栏杆堡寨时，去找二位好汉了，他们原本是愿意一同随着运粮人员进城，可是程万保因他的压寨夫人不愿离开栏杆堡，只好放弃进城。"又一个报信的人说。

"那李俊为啥不来？"杨宏信着急地问。

"李俊因练武闪了脚，行动不便，说他养好伤后就进城。"报信的人又说，"程万保的压寨夫人其实是一个有武功的女人，与程万保住在一起。那女人年轻风流，很有一些手段，硬是给程万保灌了迷魂汤，说啥都不愿进城，要当山寨的皇帝娘娘。那女人叫赵红霞，号称二十里红，整天缠住程万保享受山寨皇帝娘娘的生活。"

"唉，这个程万保，怎么会被一个女人纠缠住呢。"杨宏信听了报信人的话，心急如焚。杨重训、张平贵不能按时运回粮食，半路又遭土匪和难民纠缠，而程万保、李俊二位又不能前来麟州城报到，这让他非常难过。粮食是命根子，城里需要大批的粮食，否则，好多人因买不到粮食会逃离，刚刚稳定的局势又会发生混乱。有了粮食，才能安定民心。城里需要粮食，而乡下也急需粮食，要不然难民不会半路哄抢粮食。至于土匪，那也是由难民、灾民、流民、散兵、闲人等组成的，他们抢粮，也是因吃不上饭而被逼出来的。杨宏信急掉转头，与四名兵丁和两名报信的一同上山。上山的路，被来往的行人拥堵得放不开脚，杨宏信只好随着上山的人，一步一步艰难地向上走着。有人丢东西了，大声喊起来。有人饿急了，动手抢别人身上带的干粮，双方为一块窝头，厮打起来。有的女子因走得慢，遭到一些闲人、散兵的明调暗戏，暗自叫苦。杨宏信对一路上发生的事情都看在眼里。这些琐碎的事情他忙不过来去管。直到中午时分，杨宏信才上山回到家。

吃中午饭的时候，杨重贵、郭玉方也分别巡城回来。杨宏信把第二批粮食运送途中遭哄抢的事情对杨重贵、郭玉方说了，要他俩动动脑筋，看有什么办法把被哄抢的粮食弥补回来。

"爹，要不这样吧，让玉方哥带着一些弟兄去接重训弟、平贵哥，再拿出一部分银子，在南乡收买一些粮食，好运回城以解城内百姓闹粮荒危机。"杨重贵替爹想着办法，"要不，我带人去买粮运粮。"

"你不要去了，还是让你玉方大哥去。"杨宏信又对着吃饭的郭玉方说，"贤侄，你意下如何？"

"我没意见。我去。"郭玉方拍着胸脯说，"那些土匪好对付，还不是一些偷鸡摸狗的闲人，有几个是拉开弓射了箭的。我一定把被抢的粮食追回来。南乡的土匪，没有几个成气候的，除了程万保、李俊外，再就是黄河边天台山的孔愣头、孔愣子兄弟俩有些本事，再的都是一些草包、酒囊饭桶。我今天下午就出发。"

"好，多带几个弟兄，你见到重训、平贵他们，最好避免与土匪、道上的厮杀。记住，要以理说服人，有些粮食追不回来就算了，千万不能与土匪、道上的人结仇。"

"放心，庄主。我手中的长矛不会伤害无辜的人。"郭玉方吃完饭，收拾着所带之物，挑选着带了十多个弟兄，持矛告别了杨宏信、杨重贵父子，下山赶路。

"要抓紧一边训练兵丁，一边巡城巡山，保护老百姓安定下来。东城门、南城门，一天12个时辰，要轮换地派兵丁守护着，所有过去各种人强行收取的费用，一律取缔，尤其是不准任何人收挑水的吃水银、进城费。"

"爹，放心吧，孩儿按照你的吩咐，已经从到了城里的第二天起就开始执行了。老百姓对禁止一些人收取各种费用非常拥护，出城逃脱费的人越来越少。"杨重贵这些日子也是和衣而睡，不脱衣服，晚上睡两个时辰，其余时间带着兵丁不是巡城巡山，就是处理一些具体事情。特别是住房问题，大部分房子是经他手了解、登记，与房子主人商量后买下的，有的是租赁的。杨重贵的双眼明显带着血丝，叫杨宏信好心疼。

"重贵，不要太劳累了，该休息就休息，事情不是一天两天就能做完的。"杨宏信看着大儿子杨重贵，心里说不出的难受。

"孩子，你爹说得对，事情再多，也要一件一件去做，累垮了身子，得了病，再休息，也就迟了。"刘慧娇更是疼爱儿子，走到杨重贵面前，握住大儿子的手，"今天后晌就不要出去了，在家好好睡一觉，晚上巡山巡城的事，让那些兵丁去做。唉，这么大孩子了，也该定亲成婚的了，娘还等着抱孙子哩。"

"娘，话题扯到哪里了，过些日子等稳定下来，我马上去投军，婚姻的事先放在一边。"杨重贵对娘认真地说。

"扯到哪里了，定亲成婚是大事，你都大人了，还没定亲，让娘怎么放心。"刘慧娇抚摸着大儿子的手背，"看看，这些日子瘦多了。不行，赶秋天一定把亲事定下来，过了年就给你成亲。"

"听你娘的，抽时间请起媒人，给你提亲。这城里大户人家多，一定有适合的女子。"杨宏信提到给大儿子提亲，心里很高兴，不时地捋着胡须说，"爹都五十好几的人了，黄土掩到了胸脯，也等着要孙子哇。"杨宏信思考了一下说，"不是大户人家的女子也行，只要你看得上，穷人的姑娘也行。"

"爹，我不想定亲，我想等弟弟他们进城后，赶快去河东太原投刘知远去，早一点儿为国家效力。"杨重贵吃完了饭，挣脱娘的手，拿起一旁立的弓箭，挂在身后，又抄起大砍刀说，"我一会儿去练兵，把能上战场的人都集中起训练，以防外族来犯城池。"

"对。要天天练兵。你统计了，连在路途运粮的弟兄们加起来，总共有多少兵丁？"杨宏信问大儿子。

"我统计，加上咱杨姓的 120 号人，再加收留的南乡的青壮年，连同张平贵、郭玉方的弟兄们算起来，总共有 400 人。如果把栏杆堡程万保、李俊他们的 100 多号人马算起，至少有 500 人。"杨重贵掰着指头给爹说，"这是一支不小的力量，只要加强训练，严格管理，一定能守好城。"

"好哇，有这么一支力量，就不怕有外族人来侵犯，更不惧那些土匪来袭城。等你弟重训、张平贵、郭玉方他们回来，你把所有的弟兄分成几个组或队，分别由你、你弟、张平贵、郭玉方统领。记住，买一些布料，统一制作服装，使用的兵器也要统一，持刀的为一队，拿矛的为一队，使棍棒的成一队。既然是兵，就得有兵的样子，不能各穿各的服装，像普通的老百姓。"杨宏信说到高兴处，自己倒了一碗酒喝了接着说，"乱世天年，要想保一方平安，手里必须有打仗的队伍。等买下了地，产下粮，还要扩大招收兵丁，至少发展到 3000 人的兵力，能够遇到强敌拉得出去。"

"爹说的是，孩儿这就去练兵。"杨重贵走到门旁，又抄起大砍刀，出了外面，叫几个兵丁赶快鸣锣，集中兵丁，到操场上统一训练。

杨重贵走到门外后，杨宏信对老婆刘慧娇说："城里大员外王元魁派大儿子来咱家探望，我也趁着去看望一回王员外，与他交流，看如何治理城池。还有我想打问一下，城外附近村子有无出卖土地的人。我想先在附近的村子买下几百亩耕地，等有钱了，再多买一些耕地、大畜。现在家里养了这么多兵丁，吃饭的人多了，没有粮食不行。"杨宏信说着，叫了两个家丁，让老婆准备了两斤鸡蛋、两罐酒带着，出门朝王元魁家而来。

不一会儿，杨宏信带着两名家丁和礼物来到王元魁家。王元魁和老婆张莲英不认识杨宏信，不过，经大儿子王守义介绍，马上手忙脚乱，收下礼物，请杨宏信上炕叙话。

"王员外，前几天你派大儿子守义看望我杨某人，我本想早就来登门拜访，只因进城时间不长，有许多事情要做，只好推到今天才来。请受杨某一拜。"杨宏信双手抱住，向王元魁施了一礼。

"哎呀，杨庄主你让你的孩子们来就是了，还劳驾你亲自登门，失敬，失敬。"王元魁客套回礼，"我这里有礼了。"说着叫老婆赶快叫家人炒两个菜，抱两罐酒，"我与杨庄主好好痛饮两杯。"

张莲英忙叫着家人到厨房准备去了。正好王元魁的大儿子王守义、二儿子王守成、女儿王香兰从隔壁的房子谈论国事吵嚷着过来，叫爹决断投军的事情。王守义见是杨宏信，忙站到地下抱拳施礼："杨庄主亲临寒门，有失远迎，还请杨庄主见谅。两次亲自听到杨庄主教诲，真是三生有幸。"

"大公子真是聪明之人，有着报效国家之赤心，不愧为我麟州英杰。"杨宏信当着王元魁的面，把他的大儿子王守义夸奖，这让王元魁感到实在是不好意思。王元魁面对杨宏信嘴上虔诚地说：

"犬子空有一番报国的志向，只是无门投靠。当今天下之乱，国人不安，我等边塞荒芜之人，谈国事也是空论。"王元魁摆出一副有学识的架势，直接把话题扯到国事上来，"杨庄主为南乡第一土豪，又距河东较近，一定打听到外面的许多天下大事。以杨庄主之见，谁有可能夺得江山，成为真正的真龙天子？"

"哈哈哈……王员外是一个关心国事的人。如今天下，群雄割据，各占地盘，很难一时分出高低。杨某不才，还请王员外发表自己的高见。"

"我爹最多就是一个山野的土财主，哪有什么高见。"王守义不等他爹回话，首先替他爹客气着说了一番谦逊的话，"杨庄主，在晚辈看来，从历史的角度看，战国末期之争，最后秦灭掉了六国，实行全国统一，但是，秦朝的统一做得并不彻底，统一文字，实际上没有真正执行下去。"王守义向炕沿靠了靠说，"华夏真正统一文字是在西汉和东汉。前后汉通过近400年的历史，在文字领域进行长期的改革，确定了大汉文字的统一，也使疆域得到了完全的统一。一个国家的统一，文字的统一很重要。否则，文字不统一，会给国土面积的不统一埋下祸根。从三国起到两晋、南北朝、隋唐的朝代更迭，原因是多方面的，但是主要的是各地之间文字符号的不统一带来的。"

"大公子讲得有道理。如今国家不能够统一，也有地区之间文字不统一的原因。"杨宏信听了王守义的一番高论，觉得这位年轻人果然见识与众人不一般，是一个难得的奇才。这样的人才能为国家所有，是国家的幸运。"王员外，大公子有如此奇才，何不叫去投取功名，为国效力，光宗耀祖？"

"不瞒杨庄主，我正有此意。只是当今到处混战，一时很难判断出谁是真正的英明之主，因而我家守义迟迟不能出去报效国家。"王元魁话题一转说，"我听说杨庄主也有二位虎子，为何不叫去投归朝廷，建功立业？"

杨宏信拍了拍胸口，坦诚地说："我与王员外所见略同，在对孩子们未来发展方面，我主张不论是男子还是女子，都有为国尽力的职责。我主意已定，等安家稳定下来，让大儿子重贵尽快到河东太原府投军。"

"你是说让你家大公子投奔后汉刘知远？"

"对。听说刘知远广纳贤才，又是大汉后裔，举着恢复大汉的旗帜，一定能统一华夏，成为一代英明君王。"杨宏信发表着自己的真实想法。

两人说拉的工夫，张莲英让家人端上了两碟子炒好的菜。一个是豆腐，一个是大白菜。家人拿来酒罐，给两人倒上酒。杨宏信见地下站着王员外的两儿一女和老婆，让他们一起上炕坐下喝酒，王元魁制止说：

"今天是老朽专门接待杨庄主，家人和孩子们就不上坐了。"王元魁叫老婆到外面去，留下三个儿女在地下服侍他和杨宏信。杨宏信见王元魁的三个孩子站到地下看他和王元魁喝酒说话，显得有些不大自然，忙对王元魁说：

"那请大公子、二公子、千金每人喝一碗酒。"

"可以。"王元魁说话了，王守义、王守成、王香兰各自动手，每人拿碗倒着喝了半碗，又站到地下听爹和杨宏信拉话。三人不时地插话问一些问题。

"杨庄主，麟州局面失控好长时间了，你有何办法治理这种混乱的局面。"王元魁把话题扯到正题上，试探杨宏信到底来麟州入住的真正意图。

杨宏信放下酒碗，不时地习惯性地将着胡须，稍作沉思，答道："我暂时还没有想出啥好的治理麟州的办法。我只是一个普通的人，进城是想做一些事情。如今的麟州，上无朝廷统领，下缺老百姓支持，真正要管理起来很难。我进城派人巡山巡城，制止道上的人、土匪、强人、散兵胡乱收取老百姓费用，也是无奈之举。老百姓的日子过得本身贫困，如果长此下去，麟州老百姓就会全部逃走，最后留下一座空城。再说，城里的人逃到乡下，乡下的人又往哪里逃？往城里逃？逃来逃去，还是在麟州大地上到处乱窜，过着牛马不如的日子。所以，要从长期看，要让老百姓不逃离家园，只能是让城里的人安心做生意，开铺子，办实体，叫乡下的人有田耕种。"

"说得好。我敬你一碗。"王元魁听了杨宏信的一番话，心里暗吃一惊。杨宏信进城果然有长期想法，对城里城外的百姓做什么，提出了符合实际的做法，难怪杨宏信一上山，就派人巡山巡城，强行取缔了收取各种费用。杨宏信是自己的同路人，也是竞争对手。此人的进城，对自家往后的发展家业是有益还是有害，现在还不能过早下结论。不过，有一点可以看出，杨宏信的为人是坦荡的，不是那种小肚鸡肠之类，从他给难民、道上的人、土匪、强人、散兵施舍粮食、银两的做法来看，这是一个有度量的人，有眼光的人。但愿他上山进城，能够给王家带来机遇。王元魁喝着酒，心里七上八下，专挑好话对杨宏信说："杨庄主，老朽不才，也对国事略知一二，如有用着我的地方，尽管说话，我全力支持你进城治理麟州。"

"不敢，不敢。治理谈不上。我只是尽自己所能，为麟州百姓做一些实事。麟州地灵人杰，人才辈出，有识之士、能人多得是。我杨宏信愿与各位英雄豪杰、优秀人士一道，共同为麟州的未来尽一份力。"杨宏信说到此处，放下酒碗，面对地下站着的王守义、王守成、王香兰三兄妹说，"麟州的未来，还寄希望于你们这些年轻人身上。"

"我等愿为麟州的未来效力。"王元魁的二儿子王守成在家里也挂着腰刀，拍了拍腰刀说，"杨庄主，只要国家需要，我第一个站出来，让干什么就干什么。这个世道，太不公平了，我与我哥哥的想法一样，想投军报效国家，战死沙场，决不后悔。"

"对，我虽然是一个女孩子，也愿为国家尽力。杨庄主，如果你家招收女兵，我第一个报名。"王香兰年少气盛，看上去像一个软弱的女子，说出话来却气壮山河，竟然要当女兵，这让杨宏信和她爹王元魁听了大吃一惊。

"你当女兵？"王元魁冲着女儿吃惊地说道，"不得乱说，女孩子家，瞎说啥当兵不当兵的。投军是男人的事，哪有女子从军的。"王元魁斥责着女儿。

"有，花木兰就是一个。"王香兰一把抽出二哥腰间的腰刀，比画着说，"我也会使刀舞棒。"

"不敢胡来。放下刀。"王元魁嘴上这么说，心里却夸奖女儿做得好，表现得好。

"好样的，女子有志不比男子差。"杨宏信问王香兰，"一定读过书？"

"读过。小时候读过《论语》，还看过《大学》。"王香兰自豪地说，"国家需要我，我就去投军。"

"女孩子家，不敢乱说。"王元魁叫女儿把刀递给二儿子又说，"这孩子从小惯坏了，整天跟她的两个哥哥学啥舞刀呀弄棒呀，还学啥骑马射箭。"王元魁对女儿在杨宏信面前的表现甚是满意，女儿给他增了光。

杨宏信话题一转，说到了儿女情长方面，问王元魁的大儿子有没有定亲，如果没有的话，他愿做媒人，给王守义提亲。

"感谢杨庄主，我家守义刚定亲。女方爹就是城东门外的开豆腐坊的李二怀。"王元魁自我介绍着。

"那好，那好。"杨宏信又被王元魁劝喝了一碗酒，看天色不早了，赶快谢别王元魁父子，带着两个家丁往回走。

王元魁父子四人把杨宏信送到院子门口。

杨宏信走十几步又掉头说："王员外改日一定到贫舍来做客。"

"一定。"王元魁招了招手表示同意。

杨宏信消失在参差不齐的居舍间。

第三章 红尘袭麟州

　　杨重训、杨洪、张平贵、郭玉方带着 100 多号人，一路上走走停停，与难民、灾民，还有一些道上的人、土匪、强人、散兵纠缠不清。面对各种各样的抢粮要粮的人，他们是软不行，硬不行。原计划两天时间赶回麟州，结果走了五天都不能赶回来。装运的 2 万多斤粮食，有一半施舍了逃难的人。路过栏杆堡时，张平贵把杨宏信的口信传达给了程万保、李俊，让他们放弃山寨，一同进城，可是程万保的老婆赵红霞说啥也不让程万保走，如果程万保要走，她就另行嫁人。程万保没办法，只好暂时放弃回城的打算。程万保、李俊是过命的把兄弟，程万保不走，李俊也就不走。两人只好表示道歉，在栏杆堡山寨留下来，继续做他们的山大王。

　　不过，程万保、李俊对杨重训、杨洪、张平贵、郭玉方几人说，请转话杨庄主，他们绝不再做山贼、抢劫老百姓，好好种田、放牧，过自由清闲的日子。张平贵等没有说服程万保、李俊同行，只好带着人，背运着粮食，翻山越岭向城里进发。他们一路上遭遇多次哄抢粮食的难民、灾民、土匪、强人、散兵，到了第六天中午时分，才赶到麟州城，把粮食交给杨宏信清点。

　　杨宏信听了杨重训、杨洪、张平贵、郭玉方的详说，虽然又损失了 1 万多斤粮食，也没有责备他们。只要每一个人安全地回来，就算是幸运。杨宏信急叫杨重贵安排众人入住，先住下来，再安置要做的事情。一家人忙得不可开交，山城里又增加了 100 多人。

　　只说张平贵把粮食交给杨宏信，也没有吃中午饭，悄悄地躲开杨家的人，手持三尺铁棍、满头大汗，袒露着胸脯，慌速赶到东城门。他快步走到做豆腐的李二怀家的院子栅栏外，站住向里张望，不敢擅自闯进去。有买豆腐的人出出进进，见他站到一边张望，也不敢与他搭话，马上就提着豆腐走了。张平贵看了好长时间，也不见他想要找的人，急得在篱笆外走来走去，不时地拿铁棒在地下戳。又过了有半个时辰，太阳已经西沉，张平贵还是绕着篱笆转来转去，不肯离开。这时候，李二怀从豆腐坊走出，看见篱笆外有一汉子向里张望，觉得此人是冲自家来的，放慢脚步，又返回豆腐坊，提了二斤豆腐，走到篱笆墙隔墙说：

"好汉，我家就是穷做豆腐的，家中没有啥值钱的，拿着二斤豆腐吃吧。"

"这……"张平贵满脸冒汗，显得惊慌又尴尬，一手提着铁棍，一手挠耳抓腮，"我……我不要你家的豆腐。我……"

"好汉，你饶了我家吧，真的，我就是一个本本分分做豆腐的，没有银子。"李二怀仔细打量大汉，好像从哪儿见过，可是，一时又想不起来。"这年头，银子、粮食都被有钱人和土匪、道上的转走了，我家是真拿不出银子给好汉。"李二怀求告着说。

"我……我不要你家的银子，也不要你的豆腐，我……我就是在这儿路过看看，没啥事情。"张平贵不敢讲出真话来，支吾着说些无关紧要的话。

"好汉，你不要银子，也不要豆腐，那要啥哇？"李二怀说着话，猛感到心窝涌起一股热血，意识到此人来他家院子外东张西望，必另有隐情。难道大汉是冲老婆来的？不会吧，老婆40多岁的人了，为人正派，良善，绝对不会有外遇。看样子，大汉也就是30岁左右，会不会是对他女儿美蝉打主意呢？李二怀想来想去，对，一定是与女儿美蝉有关。可是，女儿刚刚订婚，已经是有头有主的人了，不可能与这么一个陌生的汉子有啥关系。李二怀是思前想后，寻找大汉在他家篱笆下窥视的原因。

"好汉，你能不能说句真话，到底到我家有啥事？"

"没事，没事，我只是看见你家的篱笆墙好奇，路过看一看。"张平贵不愿讲出实情，心里想这种情感方面的事情能一两句话说清楚吗，再说他与那个女子只见过几面，还不知道人家姓啥叫啥，怎么好当面说明白呢？他猜测给他豆腐的人一定是他要找的女孩的父亲，是把他当成难民或是道上的人了。"不过，请你放心，我不是道上的人，也不是散兵，更不是土匪。我……我是杨家的人。"

"你是新到城里的杨庄主的人？"李二怀吃惊地问。

"对，我是杨家新招的守护家的兵丁。我……我叫张平贵，原来在东城门守护城门，干过一些收费的瞎事。"张平贵大胆地自我介绍着，"不过，如今我改邪归正，再也不做道上的事情了。"张平贵举起铁棍说，"我得靠本事吃饭，靠劳动挣钱，我不会再抢劫老百姓。杨庄主说了，为人要走得端，行得正，多做善事。如果你家需要我下山挑水，尽管说，我一定帮忙。"

"不用，不用。好汉，这二斤豆腐你还是收下吧，难怪我看见你面熟，原来你在东城门收费。"李二怀硬把二斤豆腐隔篱笆递出来。

"我……我就不客气了。"张平贵早已饿得肚子咕咕叫，接过豆腐，当着李二怀苦笑了一声，"我这就吃。"说着张大嘴，咬了一口吃起来。"好……好豆腐，真香哇。"张平贵当着李二怀的面，狼吞虎咽把二斤豆腐吃了，看得李二怀眼珠子快要突出来。

张平贵吃了豆腐，还是不走，他一定要等到他想看的人出来。李二怀是疑惑心慌，这大汉豆腐也吃了，还不快走，难道真的是与他女儿美蝉有啥瓜葛。这时候，李二怀的老婆崔彩梅走出院子，见老汉与一个陌生的汉子说话，也走过来问长问短。

"好汉，你有啥事？"

"没啥事。我是路过看看你家卖豆腐。"张平贵找着话题说，"你家的豆腐真好吃。"

"卖豆腐有啥好看的。你是想吃豆腐吧？"崔彩梅不知道张平贵已经把二斤豆腐吃了。

"吃过了。不吃了。"张平贵实在找不到话题，只是拿铁棍戳着地下的沙土。

李二怀看着老婆低声说："这好汉可能是——"

"可能是啥？你快说呀？"崔彩梅心里猜着了七八分，难怪女儿不愿与王家大少爷王守义定亲，原来暗里看准了这么一个汉子，"他是不是来找美蝉？"

"可能是，给他吃了二斤豆腐他还不走。"李二怀压低声音对老婆说。

"啥可能是，就是看准了咱的美蝉。美蝉死死活活不答应王家这门亲事，我猜测背后有了相好的。"崔彩梅对着张平贵说，"好汉，你今年多少岁了？"

"29岁。"张平贵答。

"哪里人？"

"北乡人。"

"现在干啥？"

"在杨庄主手下做事。"

"你会使铁棍？"

"会。"

"你认识我女儿？"

"我……我认识。"张平贵对答着，感到浑身热血涌动，他明白李二怀老婆问他话的意思。

"你知道我女儿叫啥名字？"崔彩梅进一步问道。

"这……这我……还真不知道。"

"你知道我女儿多少岁了？"

"这……我也不知道。"

"你知道我家老汉姓甚名谁？"

"我……不知道。"

"你啥也不知道。那你来我家站到篱笆墙外傻看啥？我看你就是一个叫花子要饭吃的，别胡思胡想，来我们穷人头上撒野。"崔彩梅对张平贵的回话很不高兴，这么一个缺心眼、没头没脑的人，连她女儿的名字、年龄都不知道，还想跑来占便宜。疯子，不是一个好鬼。崔彩梅说出了难听的话，想赶快打发走张平贵。

张平贵听崔彩梅说自己是叫花子，到她家撒野，强忍住怒火，拍着胸脯说："我不是叫花子，是来你家——"

"来我家干啥？来吃豆腐？豆腐你不是吃了吗？还没吃够，再拿上二斤去吃。"崔彩梅生气着说。

"我不是还要吃豆腐，我是想看——"张平贵不好意思说下去。

"嘿嘿，想看我女儿，对不对？"

"对……对对对，我就是想看一眼她，我——我们在东城门见过几次。"张平贵终于鼓足勇气，把想说的话表达出来。

"你叫啥名字？"

"我叫张平贵。"

"张平贵，我告诉你，我女儿已经定了亲，是有头有主的人了，你别再瞎打主意，往后不要再来我家纠缠。"崔彩梅手指着张平贵说，"看你也是一条汉子，也不与你计较。听明白了吗？我家女儿要嫁人了。"

"这……这怎么可能呢。我——"张平贵听了崔彩梅的话，急得直抓头发，找不到合适的语言表达。他举起铁棍，用力朝地下打去，打下一道沙土壕，激起的沙土飞到李二怀、崔彩梅身上。两人被张平贵的举动吓得退了一步。张平贵接着又用力向地下砸了一棍，"嘭——"响声震得小院发出声音。不料，张平贵这两棍惊动了在房子里看书的李美蝉。她先是听爹娘在院子外与人说话，也没有当回事情，以为是与前来买豆腐的熟人拉话，接着听到院子外两声"嘭——嘭——"响，不知发生了什么事情，她忙放下书，走出门外，看发生了什么事情。当她刚跨出门槛，就看见爹娘正与站在篱笆墙外的一个男人搭话。她又往近走了几步，突然发现这人面孔好熟悉，在哪里见过。与王家定亲的不愉快事情，使她这几天吃饭都不香。她再仔细一看，心里一怔，差一点儿喊出来：这不是东城门守城收费的那个人吗？是他，没有错。熟悉的眼神，熟悉的脸腮，熟悉的铁棍。就是他。他怎么现在才来呀，这些天他到哪里去了？

李美蝉心事重重，走近篱笆，望着张平贵，满肚子的话说不出来，满肚子委屈倒不出来，急得直搓手心，看一看爹，瞧一瞧妈，低下头，又抬起头，看着张平贵。

张平贵一时喜得扔下铁棍，忍不住喊了一声："真的是你？"

"是我。我叫李美蝉。"李美蝉忙把自己的名字告诉张平贵，担心以后没有机会告诉对方自己的名字。

"我叫张平贵，在新来麟州的杨庄主手下办事。"张平贵也趁机说。

崔彩梅见女儿与张平贵搭好，又看看两人的神情，心里一切都明白了。原来女儿不愿意与王家大少爷王守义定亲，就是因这个张平贵。崔彩梅急得一个劲儿地赶张平贵走：

"人你见了，走吧，我家女儿早已定亲了。"说着推着女儿就往屋走。李美蝉沉着身子，挪着脚步，不愿意回家，扭头看着张平贵，双眼一闪，掉出泪来。

张平贵见李美蝉淌眼泪了，心里好不难受。难道他俩就这样分手了？李美蝉到底和谁定亲了，李二怀没有告诉他，崔彩梅也没有说。张平贵拾起铁棍，用力朝篱笆砸去，"呼啦啦——"柳枝篱笆被砸开一个豁口，张平贵身子往起一跳，蹿进了院子。李二怀、崔彩梅见了，吓得不敢靠近，只是挡住女儿，不让张平贵靠近。张平贵也是性急，做出这粗鲁的举动，他进了院子，也不敢上手抓李美蝉，只是一个劲儿地喊：

"我……不信，我不信你家女儿会定亲。"

崔彩梅对张平贵的砸篱笆墙撞进院子，又害怕又羞气，急得大喊起来：

"快，有贼进我家抢劫啦！"

崔彩梅这一喊，招引得外面的行人跑了进来。张平贵对自己的一时冲动，感到后悔，见来了许多人围观，提着铁棍，挤开人群，边往出走边说：

"我不是贼，我是来看李家女儿的。"

"看人家女儿？看人家女儿干啥？大白天的，就来抢劫。"

"哎哟，这不是守东门的那个好汉吗？怎么跑到人家院子里来看姑娘的脸蛋。"

"嘻嘻，是想女人想疯了吧！"

"……"

众人你一言，他一语，气得张平贵急走出院子，朝南门而来。虽然被赶出了李家院子，但是，张平贵毕竟知道了曾在东城门洞认识的女孩叫什么名字。尤其是李美蝉的表情和眼泪，说明了她是对自己有情的。那么，李美蝉还为啥要与别人定亲呢？对，一定是她的父母做的主张，要么就是男方家仗着势力逼成亲的。不行，自己不能就这样撒了手，与李美蝉各走各的路。张平贵扛着铁棍，放慢脚步，边走边思索着，心里空空的，像少了肝肺似的。怎么办？找杨庄主，看看有什么办法，能挽回李美蝉。

张平贵回到杨家住的房子时，已经是太阳快落山了。他走进杨宏信住的房子，只见杨宏信的老婆刘慧娇，杨宏信不在。他抿了抿嘴，话到嘴边又咽了回去。

"平贵，有啥事？你巡山回来了。"刘慧娇亲切地问张平贵。

"有……有一件事，不知道——"张平贵又停住了话。

"有啥话说呀，给婶娘还不敢说。"

"婶娘，我——我——"张平贵双手抱住铁棍，满脸通红，舌头僵得不会说话。

刘慧娇是一个很明事理的女人，看见张平贵害羞的样子，猜想到一定与风尘之事有关："平贵，你给婶娘说，是不是有了心上的人了，还是看上谁家的姑娘了？"

"还是婶娘了解我。"张平贵鼓足勇气，把认识李美蝉的前前后后经过说了一遍，着急地又说，"她现在定亲了，也不知道是和谁定亲了，这可怎么办呀？"

"原来是这么回事，你先不要急。回头婶娘到李家仔细了解，到底李家的女儿是真的定亲了，还是为打发你走。婚姻之事，不可太急。"刘慧娇又说，"你没对李美蝉的爹娘发脾气吧？"

"没有……没有，我就是一时心急，砸烂了李家的篱笆墙。我再啥也没做。"张平贵气呼呼地说，"李美蝉的妈也太小瞧人了，她骂我是贼，大白天抢劫。"

"哈……你砸烂人家的篱笆墙，人家还不心急，等着抢她女儿成亲。你呀，也不动动脑筋。你快去吃饭吧，等明天，我去李家看看。"

张平贵害羞地离开杨宏信和刘慧娇住的房子，又来找杨重贵。他想把心里放不下的事也说给杨重贵这位小兄弟听一听，看一看他有什么办法。张平贵来到杨重贵和杨重训兄弟俩合住的房子，推开门见兄弟俩都不在，知是巡山或是办事情还没有回来，只好走到街头，提着铁棍，转过来转过去。有的熟人见了，忙与他打个招呼走开了。张平贵没有到杨家开的大灶吃晚饭，而是满城跑地转悠，他像失去魂，不由自己支配，不知不觉来到了西城墙。此时，天色已晚，星星挂上了天空。他不饿，因为那二斤豆腐还没有在胃里消化。他背靠石墙，朝东望去，夜幕下高低不平的房舍透出的灯光忽闪忽闪，刺激着他的神经。李美蝉的眼泪像淹到了他的胸脯，湿漉漉的，让他站不是站，走不是走。一个打铁匠，从未见过女人，好不容易看上一个姑娘，还被人家抢走了。好不丧气。他恨自己行动慢了，要是不回南乡跟着去运送粮食，提前早见李美蝉几天，也许还有成的可能。如今，李美蝉与人家定亲了，还有什么办法挽救回来。希望就寄托在婶娘身上了，看能不能说服李美蝉的爹娘，与前面的断了亲事。

张平贵思前想后，绞尽脑汁，想着如何把李美蝉抢回自己身边。他越想越心急，心越急，就骂出口："娘的，是哪个狗娘养的，把老子的女人抢走了。不行，老子就是拼命也要把李美蝉夺回来。"他骂了几声，又觉得好笑，然后自己扇了自己两个耳光。没出息，女人是抢的吗？能抢来的话，还用自己打了十多年光棍儿？再说这事情也不能责怪李美蝉的爹娘，人家根本就不认识自己，连自己也没有见过，李美蝉也没有对她爹娘说过自己，这怎么能怨恨李美蝉的爹娘。千错万错，错在自己行动迟了，错在自己家贫人穷。

张平贵的脊背像被什么东西碰了一下，感觉有点疼，他急用手去摸，抓住一块尸骨。星光下尸骨发出紫蓝色的光泽，张平贵长叹一声，真晦气，他明白这是死人的骨头，不知是哪朝哪代的将士守城死后被当石头做了墙。人啊，这就是活到头的归宿。张平贵又把尸骨垒到石墙上，从原路往回返。他走了有一里路，只见路旁的房子透出光亮，院子内有人影出来，还听到有女人说："别吃了肉，就忘了香。记住，过两天再来。"

张平贵感到好奇，站到不远处院墙外路边呆看着说话的地方。他正傻看着，有人又说话了："看啥？想吃肉，还是想喝酒，进房子来好好看。"随着声音，一个女人走到张平贵面前。

张平贵吃了一惊，慌乱地倒退了两步，认不得这女人是谁。

"没见过老娘是不是？看来你是刚到城里的吧？你也不打听打听我孙寡妇是谁。"这女人正是给王元魁大儿子王守义提亲的孙寡妇。她有她的生活习惯，谁也不知道她为啥守寡，是何年何月守的寡，她到底嫁没嫁过男人，与男人睡过觉没有，谁也不清楚。孙寡妇这几天正为给王家、李家说成亲事而得意扬扬，她不仅拿了王元魁的两斤鸡蛋、两罐酒，她还拿了王元魁五两银子、五斤羊肉。这份礼物不轻，她硬是凭着三寸不烂之舌，封住了李美蝉的嘴，使李美蝉有话说不出来，闷着一肚子气，被说合定亲，成了王家未过门的媳妇。

孙寡妇是征服女孩子的高手，也是征服男人的女光棍儿。不管是什么样的男子，遇到她都栽到了她的脚下。孙寡妇走近张平贵，仔细一瞧，惊叫一声："这不是在东城门收费的军汉吗？你叫啥名字，跑到姑奶奶门上想干啥？"

"我……我是守城门的军汉，不过我现在不干了，给新到城里的杨庄主干事。"张平贵急忙又补充一句，"我叫张平贵。"

孙寡妇见张平贵手提铁棒，心想这汉子一定是一条光棍儿，熬不住了，来占她的便宜，便拉下脸说："黑天黑地的，你到我一个寡妇门上干啥？"

"不干啥，我只是路过。"张平贵老实地说。

"不干啥？那你东张西望地看啥。你刚才看见啥了？"孙寡妇以为张平贵看见了刚才出去的人。

"啥也没看见，我就是路过这里，回去找杨庄主。"张平贵说着想转身走。

孙寡妇一听张平贵是杨宏信府上的人，又见长得壮壮实实，心里动了想法。"哎哟，你到了杨家府上，听说杨家的粮食堆放得如山，白银黄金往城里搬运了十天十夜。怎么样，给你一月多少银子？"孙寡妇说着就抓住张平贵的上衣袖，往房子里拉。

张平贵是想走又不好意思，只好任由孙寡妇拉进房子。房子亮着灯。炕头的被子乱堆着。灯光下，张平贵看清了孙寡妇的面庞，水嫩嫩的，显得最多也就是三十八九岁。孙寡妇的水蛇腰一扭一扭的，胸脯挺得高高的，一说话露出齐齐的白牙。头发是披着的，遮了半个脊背。孙寡妇双手把张平贵按到地下的一只凳子上，笑嘻嘻地说：

"是给杨府看家守院，一月挣的银子一定很多。是吧？"

"没……没有。"张平贵结巴地回答着，看着孙寡妇的神态和模样，惊慌的心"怦怦"地直跳。他想赶快走，可是双腿发软得抬不起来，手里的铁棍也被孙寡妇夺下。

"这里没有狼，拿着一根铁棍，怪吓人的。"孙寡妇双手夺过铁棍，比画了一下，大声惊叫，"哎哟，这么重，有40斤吧。难怪杨家看上你守院护家，你肯定有些本事。"

"我……我只会使铁棍。"张平贵坐到凳子上，双腿有些发颤。

"看你还是男子汉大丈夫，嘻嘻，从来没沾过女人吧？"孙寡妇把铁棍立到一旁，轻轻地拍了拍张平贵，"想喝酒，还是想吃肉？"

张平贵一言不发，看着孙寡妇发愣。

"愣啥，说话呀，想不想喝酒，酒可甜哩，想不想吃肉肉，肉肉可香哩。"孙寡妇抓住张平贵的手又是"哎哟"一声，"难怪使铁棍呢，肉墩墩的，硬铮铮的，双手往起举两个人也能举起。呔，傻瓜，说话呀，身上带不带银子？"孙寡妇说着就去摸张平贵的上衣口袋。摸了一会儿，啥也没有摸到，生气地朝张平贵的裤裆捏了一把，"穷光蛋，就长得一根讨女人喜欢的铁棍棍。嘻嘻……"

张平贵又是一惊，双腿夹紧，浑身像着了火，想一把抱住孙寡妇又不敢，急得直头额冒汗。他的这一变化，怎能逃过孙寡妇眼睛。孙寡妇是啥女人，是把男人骨头一见面就能数见是几根的高手，像在男人肚里走了一回的蛔虫，她早把张平贵的心思看得透透的。哼，穷鬼，啥没事，分明就是想来吃老娘的肉肉的。看这傻鬼的样子，一定是还没有睡过女人，是一个雏男。

"还傻啥？不带银子也行，下次来了记着带上。我可不是那种见银子就可以上身的女人。听见了吗？"孙寡妇说着又扭住张平贵的耳朵，一直拉到炕沿，才松了手，"傻鬼，还要老娘给你教。"孙寡妇上了炕，解开上衣的纽扣，露出一对白奶来。

张平贵见了，再也忍受不了，虎一样爬上炕头，扑向孙寡妇。他此时什么也不愿想了，好像他面前的孙寡妇就是李美蝉。张平贵力大无比，几下子就把孙寡妇的衣服剥光，然后自己也脱了衣服，压倒孙寡妇。他感觉云里雾里的，说话也不由自己，边哼边喊："美蝉，我一定要娶你——"

"你说啥？"孙寡妇猛听到张平贵喊李美蝉的名字，马上醋意大发，气得脸色发白，她用手狠狠地捏了一把张平贵，疼得张平贵惊叫一声，滚到一边。

"呸，不要脸，你刚才叫谁的名字？"

"谁的也没有。"张平贵忙掩饰着，悔恨自己不该在这样的场合下当着孙寡妇叫李美蝉的名字。可是，这也不由他，他也说不清楚自己为啥叫李美蝉的名字。

"你个没良心的东西，白吃肉，还嫌肉不香。说，你为啥叫李美蝉的名字，是不是看上她了？"孙寡妇忙穿上衣服，手指着穿上衣的张平贵骂，"瞧瞧你的模样，还想睡人家黄花大闺女。知道吗？李美蝉早已和王元魁的大少王守义定了亲，再过些日子，就正式成亲入洞房。"

"啊——"张平贵跳下炕,几乎急得要疯了。

"走,找杨庄主去,欺负我一个寡妇,咱让杨庄主评评理。"孙寡妇拽着张平贵就走。

张平贵是又气又怕又急,不知怎样对付孙寡妇,他真想抄起铁棍一棍打死这婆娘。可是,他没有这个胆量,打死人是要偿命的。他一手抄起铁棍,一手推着孙寡妇:"放开,我走,我——"

"走,走就走,找杨庄主说说理。"孙寡妇一手紧紧地拽住张平贵的上衣袖,在前面走着。

张平贵没办法,只好跟着后面走。他心里是后悔死了,真倒霉,上了这婆娘的当,见了杨庄主,这不把人羞气死。

"姑奶奶,你真的要见杨庄主?"

"当然是真的,你白占姑奶奶的便宜。"孙寡妇死死地拽住张平贵。

"你想要啥?"

"要啥?要银子,二两。"孙寡妇伸出两个指头,"要是换成别的男子,最少也得五两。"

"我……我没有银子,我……"张平贵是急得像一只猴子,走不是走,站不是站,面对孙寡妇显得无能。他心里想,要是年轻十岁,他一铁棍就结束了孙寡妇的命,叫她胡搅蛮缠。可是,他如今是杨家的人,是杨家守院护家的,又受到杨宏信父子的信任。怎么办?就这么被孙寡妇拖着去见杨家父子,这还不把人羞辱死。"姑奶奶你饶了我吧,我真的没有银子,等以后挣到银子,保准给你二两。"

"你没银子,还敢钻姑奶奶的被窝?你没银子,你的主人有。嘻嘻,看你这个熊样,还想要人家黄花大闺女。"孙寡妇扯着张平贵,恐怕张平贵挣脱跑了。这是她捞银子的好机会。

"那我过两天借银子送给你,行不?"张平贵一个劲儿地求饶着。

"不行,过两天你不认账怎办?"孙寡妇让张平贵前面走,自己拽着张平贵的后袄襟紧跟着。"你也别害怕,男子汉做事,敢作敢为。"孙寡妇又是一声"嘻嘻"说,"我只认银子,也不会为难你。到了杨家,我自会说话。"

张平贵是满脸通红,心里七上八下,找不到摆脱孙寡妇的办法。不一会儿,到了杨宏信、刘慧娇夫妇的住地,只见两口子都在,又有杨重贵、杨重训、郭玉方也在。孙寡妇放开张平贵，首先诉委屈，她冲着杨宏信夫妇说："你家的这位兄弟，借了我的二两银子有半年多了，说是请弟兄们喝酒，到现在这么长时间了也不还。我一个寡妇人家，挣钱也不容易，只好来杨府向杨庄主讨债。"

"有这事？"杨宏信听了，看了一眼张平贵说，"是这样吗？"

"是……是……"张平贵长出了一口气，谢天谢地，这婆娘还真会说话，没有叫自己当面出丑。

杨重贵见是一个女人来向张平贵讨债，赶快接过爹的话说："好好，我替平贵兄支付银两。"边说边从上衣口袋掏出一些碎银递到孙寡妇手里，"拿着，足有二两银子。"

孙寡妇接过银子，满脸堆笑，冲着杨重贵说："你是杨庄主的少爷吧？"

"对对对，他是杨庄主的大儿子。"张平贵急忙插话。

"还是杨大少爷聪明，会做事。"孙寡妇打着圆场说，"我也是穷得没办法，为二两银子，也不值得和杨庄主讨。可是，我也是揭不开锅，急着用银子买米面。"孙寡妇装好银子，还在东看看，西瞧瞧，没有丝毫要走的样子。她仔细观看杨重贵、杨重训兄弟俩，长得个子高高的，浓眉大眼，个个都是长方脸，英俊威武。她灵机一动，对着杨宏信夫妇笑说："大公子有未过门的媳妇了吧？啥时成亲，到时请我这穷寡妇也喝一杯喜酒。"

"没有。"杨宏信不由得捋着胡须，如实地说，"犬子还没有定亲，整天忙得顾家中的事情。"

"杨庄主，我给人说了20多年亲，做了半辈子媒婆。不嫌弃的话，我给大少爷当红娘，找一个合适的姑娘。"孙寡妇自我推荐着，"我别的本事没有，就会当媒人，说合亲事。杨庄主不给我银子，我也愿意当红娘。"

"谢过你的一片诚意。"刘慧娇忙接过话说，"我家初搬到城里，还有劳你多操心，有合适的姑娘，给我家重贵、重训兄弟俩介绍给谁也行。"刘慧娇对突然上门讨债的孙寡妇开始感到很不舒服，又听孙寡妇自我推荐是媒婆，给她大儿子介绍姑娘，眉脸笑意泛起，忙让孙寡妇坐到凳子上说话。

杨重贵见来了一个要债和说亲的女人，觉得很不自在，忙向爹娘说："说亲的事推后再说，眼下当务之急是安置难民，治理城里秩序，让老百姓安稳过日子。"

"哎哟，还是杨大少爷知文懂理，想的是老百姓的事。这样吧，今天天不早了，改日我再来拜访，保准给大少爷介绍一个满意的姑娘。"孙寡妇说着站起来，走了两步，看了一眼还在发愣的张平贵说，"嘿，我也是过不了日子，有钱的话，那二两银子就不要了。记住，以后没钱花，我有了钱，还会借给你喝酒吃肉。嘻……"说完，孙寡妇闪出门外，消失在夜幕里。

孙寡妇走后，刘慧娇又提起给张平贵说亲的事。她把情况如实给杨宏信说了，杨宏信听后，觉得孙寡妇拉着张平贵来讨二两银子，有些莫名其妙。这个孙寡妇，长得一张利嘴，讨了银子，又做好人，还要给他家儿子当红娘。杨宏信看看两个儿子，又瞧瞧张平贵和郭玉方，有许多的话要说。尤其是张平贵，刚到杨家，年龄也不小了，是该找个女人，好好过日子。杨宏信当着张平贵的面，同意第二天让老婆刘慧娇到东门外李二怀家了解一下情况，为张平贵说合亲事。

张平贵听了要给自己说合李美蝉，急得忙说："婶娘，李二怀的女儿李美蝉是由孙寡妇当红娘，介绍给王元魁的大儿子王守义，这事可不好办呀。"

"有这事？"杨宏信听了，看着老婆说，"如果真的是这样，这事情就不好办。人家已经定亲了，再去提亲，岂不是自讨没趣！"

"是呀。平贵，这是孙寡妇对你说的？"刘慧娇焦急地问。

"对，是孙寡妇亲口说的。不……不过，李美蝉对我是一片真心。"张平贵鼓足勇气说。

"你见李美蝉了，她怎么个对你一片真心？"刘慧娇又问张平贵。

"她……她见我就掉泪了。"张平贵害羞地说。

"你呀，是被李家姑娘迷住了。好吧，明天上午婶娘到李二怀家走一回，看看人家到底是啥意思。"刘慧娇见时间不早了，叫杨重贵、杨重训、郭玉方和张平贵早点儿去睡，好明天忙各自的事情。

众人临出门时，杨宏信又交代，明天四人各带十多个兵丁，分头巡山巡城，安抚百姓，坚决把各种乱收银现象制止住，对逃难的难民一一进行登记。四人领命后，各回自己的住地去休息。

杨宏信和老婆刘慧娇躺下后，有说不完的事情商量，从给张平贵提亲到给两个儿子介绍姑娘，又到给郭玉方找姑娘成家，话越说越多，儿女情长，牵挂着杨宏信和刘慧娇的情感。重贵、重训是自己亲生的儿子，张平贵、郭玉方虽是刚投杨家的，可也是两代人，有父子之交，母子之情，他们的个人婚事不能不管。

刘慧娇睡不着，推了推杨宏信说："张平贵肯定是找孙寡妇给他当红娘，说合李二怀女儿。"

"有可能，可是，李二怀之女不是已经和王元魁的大儿子王守义定亲了吗？这事情再不好说呀。"杨宏信感到这是一件麻烦的事情，弄不好，还要与王元魁结下疙瘩，"好一个张平贵，怎么就看上李家的女儿呢？"

"男女之间的事，说不明白。看平贵那样子，被那姑娘迷得发傻。若不去给说合，会伤透平贵的心。"刘慧娇翻了个身，揉了揉眼说，"睡吧，子时过了，天亮了你还有许多事情要做。"

"好，睡吧。"杨宏信用口吹灭油灯。

两口子一觉醒来，天色已亮，双双急忙穿上衣服，到集体灶房吃早饭。吃过了早饭，杨宏信与杨重贵、杨重训、张平贵、郭玉方各持兵器，带领十多个兵丁，去巡山巡城，刘慧娇叫两个女仆带路，朝东门外走来。她们边走边打问李二怀家住的地方。有知道李二怀家住址的人告诉了刘慧娇，三人一行径直向李二怀家走来。

栅栏大门敞开着，刘慧娇走在前，后面紧跟两个年轻的女仆。进了院子，有买豆腐的几个人走出来，刘慧娇主动和他们打招呼，表示问候。快走到中间房子门口时，只见门朝里开了，崔彩梅提着半口袋黑豆走出来，看见有人进家门，忙放下口袋问：

"你们是？"

"我是新到城里杨宏信家的内人，特来你家看看。"刘慧娇忙自我介绍。

"哎哟，是杨家府上的人，快进家。"崔彩梅喜出望外，想不到杨家府上的女主人上门来看望自家，急忙让进屋上炕，倒水让喝。

刘慧娇接过碗喝了一口水，问了几句有关做豆腐卖豆腐的话后，转到正题上来：

"你家是老城里人？"

"对对对，在东城门外住了三代了，我家那口子是第二代。"崔彩梅忙回话。

"几个孩子？"

"就一个独生女。生了几个，只活下来一个。"

"一个孩子，一家三口人，日子还能过下去吧？"

"过得下去。只是这年月，被道上的人、土匪、强人、散兵骚扰，各种税费出得多。"崔彩梅诉起了苦，"一年做豆腐，本可以挣十多两银子，可是，都被那些人讹诈去了。"

"从今以后，再也不用受那些人欺负了，好好做豆腐，过安稳日子。"刘慧娇坐到地下的凳子上，看着家里的摆设，语言温和地说，"你家女儿做啥呢？上学堂没有。"

"不做啥，也没有上学堂。如今城里的学堂关停着。就是开办着，我们也上不起学堂。"崔彩梅一听刘慧娇问女儿的事，心里咯噔一下，想到那个张平贵说是杨府的人，难道是杨府的女人来找岔子？

"你家女儿多大岁数？"

"15岁。"

"不小了，定亲没有？"

"定了。女婿是城里王员外的大少爷王守义。"崔彩梅直接点出来，想把刘慧娇后面的问话挡回去。

"噢。好人家，王元魁——王员外是城里数一数二的大户，你家小姐找了这样的人家，一辈子穿吃不愁。"刘慧娇掩饰内心的矛盾，有话不好说。人家女儿已经是定了亲的人，有了头主，这怎么再好开口呢？唉，这个张平贵哇，真犯傻。

"是不愁。王家大少爷又有文化，还有武艺，我家女儿美蝉可喜欢哩。"崔彩梅一个劲儿地夸女儿如何如何喜欢王家大少爷，"两个孩子，天生的一对儿。我两家商量过了，打算冬天就正式结婚成亲。"

"噢，那好，那好。你女儿呢，我瞧瞧。"刘慧娇有口难言，找不到合适的话。

"在西屋。"崔彩梅说着到西屋叫来女儿李美蝉，对着刘慧娇夸自己的女婿，"我家姑爷，还写得好毛笔字，比我家美蝉大三岁。"

"真是一个好姑娘。"刘慧娇看着李美蝉，心里盘算，难怪张平贵丢了魂，原来果然是一个仙女，水嫩嫩的脸，白生生的，像一个鸡蛋。刘慧娇也嘴上夸赞着李美蝉。

"我家美蝉，小时候读过两年冬书，识得几个字。"崔彩梅向刘慧娇介绍着女儿，"可惜，世事乱哄哄的，学堂也停办了，念不成书。要不，我女儿考个女秀才。嘻……"

"那是哇。我没女儿，有的话，也会供上学堂的。"刘慧娇找不到合适的话，也没办法提给张平贵说亲的事。人家姑娘已经定亲，再去说是自讨没趣。她把满肚子的话装到肚子里，只得顺着崔彩梅的话说，"成亲时，别忘了请我杨家喝你女儿的喜酒。"

"一定，一定请杨家和老姐姐。"崔彩梅见刘慧娇不提给张平贵求亲的事，甚是高兴，忙攀刘慧娇，"我说呢今天一大早，外面树上的喜鹊叫，原来老姐姐来我家。"

李美蝉听到妈和来的陌生女人谈论自己的婚事，满脸的愁云。虽然与王元魁的大少爷王守义定了亲，两人见过两面，说过话，一起还在王家吃过饭，但是，她对这门亲事不满意，她也说不来王守义哪个地方不好，反正是看见王守义不顺眼。她心里装着那个守城门的汉子。自从昨天见过张平贵后，越发对张平贵思念起来。她埋怨张平贵不早点来见她，为啥不请媒人提前提亲。李美蝉也不知道刘慧娇到她家里来干啥，只是礼节性地叫了一声刘慧娇"姨"，便停住话，站到地下，一言不发，傻愣愣地听娘和刘慧娇说话。

"美蝉，这是你刘姨，是新来城里杨府的杨太太，还不拜过刘姨。"崔彩梅催促女儿参拜刘慧娇。

李美蝉又叫了一声"刘姨"，弯腰低头，表示问候参拜。

刘慧娇再也憋不住了，错过了机会，再也没有说的时间，她也不管崔彩梅如何看待，急问李美蝉："你认识在我家做事的张平贵？"

"认识，我认识。他怎么样了？"李美蝉着急地问。

"他很好，今天带着人巡山巡城去了。"刘慧娇说。

"昨天，他饿了，来我家要吃豆腐。"崔彩梅往开岔话题，不想让扯到女儿的婚事上来。

"张平贵是一条好汉，人直，心善。"刘慧娇趁着赞美张平贵，她从李美蝉的神情和话语里，能感觉出来张平贵说的是实话，李美蝉对张平贵有意。可是，一切都晚了，李美蝉已与王元魁的大少爷王守义定亲，已是不能挽回的定局。刘慧娇又与崔彩梅母女寒暄了几句，找借口说忙，就出了院子。刚走到栅栏口，迎面正好走来王元魁和大儿子王守义还有孙寡妇。

刘慧娇不认识王元魁，倒是在她家见过王守义来拜访老汉。崔彩梅一见王元魁和王守义、孙寡妇三人一起来自家，早明白了八九分，急忙请三人进家，一边送刘慧娇走。刘慧娇对孙寡妇到李家，猜到了是为啥事，只好与三人打了个照面，出了院子，回家来了。不用多问，肯定是为王守义和李美蝉成亲的事。

刘慧娇回到家里，心里是七上八下的。事已至此，给张平贵说合回李美蝉的希望很小。到吃中午饭的时候，张平贵带着巡山巡城的人回到家。刘慧娇单独把张平贵叫到一旁，说明情况，叫张平贵铁了心，不再去想与李美蝉的事。

"男子汉，大丈夫，能屈能伸，不要为一女子，而耽搁了前程。婶娘包了，给你再找一个如花似玉的姑娘。"刘慧娇安慰着张平贵。

张平贵听了，只是点头，没有啥话说，他一时是很难忘记李美蝉的。这时，一旁的杨宏信听见了，也走过来用好言抚慰张平贵："堂堂七尺男儿，不要为儿女情长影响了前程。有大叔和你婶娘在，不愁你婆不到媳妇。好好干，争取今年年底给你定一门亲成婚，然后去投军，为国效力。"

"我听大叔和婶娘的，不再去纠缠李美蝉。"张平贵拍着胸脯，表态力求上进，为国出力，"好，到时候，我与重贵兄弟、郭玉方弟一起去投军，杀敌立功。"

"这才像一条好汉。男人嘛，要先想国家，其次才考虑家里的事。"一边的杨重贵听见了，也凑过来说，"等把家里的事安顿下来，麟州的秩序稳定了，我们弟兄几个一起到河东太原府投军，早早为国做贡献。"

"说得好，爹就盼着这一天到来，我杨家世居麟州，不能坐在家中只顾自家享乐。天下兴亡，匹夫有责。"杨宏信站到院子内，当着众人又说开了自己的想法：

"我想过了，眼下正是庄稼成长期，咱卖了老家的地，要在城东山附近买几百亩庄稼地，要不然，几百口子人吃饭，到时粮食怎么解决，又怎么安顿难民。银子会花完的，粮食也会吃光的。要保证今秋收回几万斤粮食，只能买一部分灾民的庄稼地。"杨宏信习惯地捋着胡须，表现得有些焦急。"买地的事，由我和杨洪来办。另外，开办两家饭馆、一家客栈、一家药店、一家打铁铺。"说到此处，杨宏信看着张平贵说，"办铁匠铺的事，就交给你了。"

"这事我包了。老本行，立炉就开业。"张平贵高兴地拍着胸脯说，"我手下还有几个打过铁的兄弟，把他们一起叫来。"

"我是这样想的，开铁匠铺从两方面考虑，一是打造一部分农具，庄稼人用的镢头、锄、锹、菜刀、剪子等；一部分是兵器，给兵丁充实武器，将来一旦有外族入侵，也好防城使用。"

几个人正商量着买地办实体的事，突然，院子外跑进两个人来，见了杨宏信弯腰作揖，结巴得说不上话来。杨宏信问两人有啥事，慢慢说来。

两人这才冷静下来说，他俩是栏杆堡寨程万保、李俊的手下，因看不惯程万保、李俊又抢劫老百姓财物而跑来投杨庄主。程万保、李俊曾向杨宏信保证再不抢劫，还表态过几日来麟州投杨宏信。可是，还不到半个月，这两个人出尔反尔。杨宏信听了，很是生气。

"好个程万保、李俊，也算堂堂男子汉，怎么又干起打家劫舍的勾当。不行，我去收拾这两个人。"

"爹，你不必亲自去了，让我和郭玉方兄去好了，我们一定说服程万保、李俊他俩赶快来麟州，他们又抢劫老百姓，肯定是没有粮食了。"杨重贵挺身而出，看了一眼郭玉方。郭玉方明白，也马上表态：

"我愿与重贵弟一同前往，说服程万保、李俊早早归来。"

"好，就这么办。记住，避免与程万保、李俊厮杀，想尽办法说服两人放弃打劫为生的勾当，来麟州城做正经的事情。"杨宏信给杨重贵、郭玉方交代着。

刘慧娇在一旁插话说："程万保、李俊两条汉子，当时立誓投咱杨家，怎么会反水，是不是被那个叫赵红霞的女人挑拨离间，又犯老毛病了。"

"一个女人家，不可能影响程万保、李俊两条汉子，他们肯定是另有原因。"杨宏信说着，催促杨重贵、郭玉方赶快动身。

杨重贵、郭玉方拜别杨宏信夫妇，又对弟弟杨重训和张平贵交代了一番，好好帮助爹娘巡山巡城，立刻回家穿好衣服，背上弓箭、各持兵器，带了几个随从兵丁，牵马出发。

杨重贵、郭玉方走后，杨宏信叫张平贵选择地方，尽快开办铁匠铺。张平贵领了杨宏信的指令，带了几个人出了院子，去选地筹办铁匠铺。杨重训看着哥哥杨重贵、郭玉方、张平贵都有事情去做了，忙主动向爹要任务：

　　"爹，我做啥，还是去巡山巡城吗？"

　　"对，巡山巡城的任务就交给你了。记住，多带一些人，分成几股，对上下山的路，一刻也不能放松，防止那些道上的人、土匪趁机再抢劫收税银。"杨宏信又对杨重训叮嘱，"东城门、南门12个时辰，轮换着守着，决不能有任何抢劫的事情发生。还有，对每一片住宅区，每一条街道，都要巡查，防止有人进老百姓家中偷盗。"

　　"我记住了，请爹放心。"杨重训向爹作别后，到了兵丁住的大院，叫了40名兵丁，分成四组，由他带一组，另三组由三个小头目带领，分别去东城、西城、南城巡查。因北城在山脚下，无人居住，又陡险，也就没有派人去巡查。杨重训自带一组到上山的路执行巡查任务。

　　杨家的家丁和兵丁，经过回城十多天的训练，逐步走向规范化。尤其是杨氏家族的120条汉子，统一换了新衣、新鞋，一律拿着腰刀，站队排在院子内，好不威风。他们出去巡山，或20人一组，或30人一组，给麟州城带来一道风景。老百姓看见杨家兵、杨家军，感到安全多了。那些道上的人、土匪、强人、散兵也不敢公开抢劫，收取什么税银、要进城出城费。老百姓对杨宏信父子的进城，人人称赞，个个叫好。只有一些道上的人、土匪、强人、散兵不高兴，认为杨家的到来，断了他们的财路，背后恨得咬牙切齿。不过，大部分道上的人和土匪因张平贵、郭玉方投归杨宏信，感到再继续下去干抢劫的勾当也没有出路，他们走的走，散的散，只有少数死了心的道上的人、土匪不甘心退出麟州城，失去生财之路。

　　杨宏信打发杨重贵、郭玉方、张平贵、杨重训忙各自的事情走后，带着老婆刘慧娇来到兵丁住的地方，把那些没有去执行任务的兵丁叫到一起，站到院子内，向他们讲了一番不扰民的话后，亲自从一个兵丁手里接过一把腰刀，向他们比画了两下，让他们开始练武。兵丁们见杨庄主亲自教他们练武，个个精神抖擞，高喊着口号，练起了武来。除过杨重贵、郭玉方带走几个兵丁，张平贵叫了几个人，杨重训带走40条杨氏汉子外，还有280名兵丁在院子内操练。他们的任务就是每天操练，巡山巡城，保卫麟州城的安全。

杨宏信对着众兵丁说："养兵千日，用兵一时。当今天下大乱，国无宁日，四方豪杰并举，各地土匪作乱。我杨家此次进城，不谋富贵，不为钱财，只求保一方平安，为百姓办事。谁若欺负百姓，抢劫百姓，祸害百姓，我杨宏信决不轻饶。各位好汉都是穷苦人出身，就要为穷苦人着想，为穷苦人做事。"

"我们愿为老百姓守城做事！"

"决不允许贼人祸害老百姓！"

"请杨庄主放心，我们一定守好城！"

"……"

杨宏信看着众兵丁，心里很是高兴。刘慧娇见着兵丁们一个个生龙活虎的样子，又在烈日下训练，十分疼爱这些年轻人。她走到一位年轻人身旁，亲切地问：

"是杨氏家族的人吧？"

"是，按辈数，我叫你婶娘。"

"好好好，杨家有人才，好样的。"刘慧娇又问了几个兵丁姓啥叫啥，然后走到杨宏信跟前说，"这些后生，个个能吃苦，有武艺，是麟州的福气。"

"是啊，将来一旦发生外来入侵，全靠这些年轻人。"杨宏信走近兵丁们面前，举起刀，让大家跟着自己喊口号：

"保家护国！"

大家一齐喊："保家护国！"

"保境安民！"杨宏信喊。

"保境安民！"众人齐喊。

"……"

"……"

杨宏信和众兵丁喊了一会儿口号，又开始操练。大家两人一组，相互对打。阳光下，刀光闪闪，刀声嗖嗖，好不惊人。有来往行人看见，一齐围在土坯墙头围观，称赞不绝。直练到太阳西沉，个个满头大汗，杨宏信叫大家休息，今天练武到此结束。杨宏信与老婆刘慧娇又用好言安慰了一番众兵丁，然后离开演练场回到家中。

杨宏信坐到地下的椅子上，刚喝了一碗水，外面急急忙忙跑来几个兵丁，有的头部带伤，有的衣服撕烂，进门就向杨宏信报告：

"杨庄主，出事啦！"

"出啥事啦？"

"东城外遇到王元魁家的巡城人，见我们就驱赶，我们讲理，他们就出手打人。"一个头目说。

"有这等事情，王元魁乃开明人士，也是大户人家，怎么可以派巡城人打人。"杨宏信气愤地说，"王家共有几个人巡城？"

"到东城门巡城的有八个人，都带着腰刀和长矛。他们看样子，早有准备，是专门和我们惹事的。"又一个兵丁擦着眉脸的血说，"我这伤是被王家的两个巡城人用手抓破的。"

"我的胳膊被砍了一刀。"又一个兵丁捂着伤口说。

杨宏信和老婆刘慧娇急叫家人给受伤的兵丁包扎伤口，让他们不要过分激动，他会找王元魁理论这事。王元魁派人巡城巡山，杨宏信是没有想到的。他上次到王家登门拜访，对王元魁的印象不错，认为王元魁是知书达理之人，也没听王元魁要说巡山巡城的事情。怎么突然派家丁巡城巡山，还出手打伤自己的人。杨宏信感到事态复杂，王元魁为啥也要派人巡城巡山，无非是要显示王家的实力存在，或许还有图财的想法。不管怎样，出手打杨家的人是错的，此事不能就此不理不论。杨宏信给受伤的兵丁包扎好伤口后，叫大家回住地休息，自己找王元魁讲讲道理。

太阳完全落山，夜幕降临，杨宏信随便喝了一碗粥，正准备动身到王元魁家去，听见外面传来脚步声，接着有人敲门大声喊：

"杨庄主在家吗？"

"在，进来说话。"杨宏信隔着门搭话。

随着门朝里推开，一起走进三个人来，领头的正是王元魁，不等杨宏信说话，王元魁首先说：

"杨庄主，刚才东城门发生的斗殴事件你一定知道了。我的巡山巡城人员与你家的巡山巡城人员发生了打斗。我知道这事后狠狠地训斥了一顿我家的人。我是来给杨庄主赔不是的。"王元魁说着把带的两人每人屁股踢了一脚骂道，"还不快给杨庄主认错。"

那两个被踢屁股的人急忙跪地磕头："请杨庄主惩罚，小的们知错了，往后再不敢动手打人。"

杨宏信看着眼前发生的这一幕，不知说啥为好。他心里的火气渐渐平息下来。不管怎样，王元魁带着参与打斗的人专门来认错，是君子做事，敢做敢当。

"没有关系，今后不要发生类似的事情就好了。"杨宏信扶起那两个磕头的人，用好言安抚，"我回头好好教训我的人。"

王元魁见是说话的时候了，也不用杨宏信和老婆刘慧娇让座，自己坐到另一把椅子上，面对着杨宏信说："为了今后不再发生杨王两家巡山巡城的人冲突，我是这样想的，咱把城里城外，上山的道路分成若干段或是若干片，分别由杨王两家各自的人巡山巡城。你看这样做合适不合适？"

"这？"杨宏信被王元魁突然的问话问得不知怎样回答，稍作沉思说，"两家分段分片巡山巡城，没有什么不好，只是容易产生摩擦，少不了为巡查的事发生争执。"

"这你放心，我王元魁会说服我的人，凡是不属于王家管辖的段、地片，决不插手。我王元魁说话是算数的。"王元魁把想要说的话全部端出来。

杨宏信找不到不让王元魁的人巡山巡城的理由，王元魁毕竟是久居城里的老财主，家底厚实，有一定的实力，他只好先答应下来："既然王员外也要过问巡山巡城的事，我杨宏信表示赞成。不过，不管是我家，还是王家，巡山巡城要安民稳民，为老百姓办事，不能假借巡山巡城，让手下的人趁机胡作非为，扰乱秩序。"

"这是自然。其实杨庄主未到麟州城时，我王家也派人不定时巡山巡城。你杨家来了，带头巡山巡城，我哪有不尽力之理。"王元魁说到此处，对站在地下的两个手下说，"听清楚了吗？往后巡山巡城，要守规矩，不能与杨庄主的人争地盘。"

"是是是，老爷，我们听你吩咐。"

"一定，好好巡山巡城。"

王元魁的两个家丁对答着。

对于王元魁的先发制人，杨宏信只能做出让步："那王员外想巡查哪一片地方呢？"

"就东城内和东城外三里的地方，再把西城分一半，你看如何？"

"好吧，东城外住户多，王员外可要多操心。"杨宏信心里想，王元魁这是想捞取好处，挑了人多的地方和最繁华之地作为巡查区域，不愧是江湖老手。特别叫杨宏信感到惊讶的是王元魁的人打了自己的人，还主动上门，表面上是认错，实际上是向他要控制麟州城的权力。好一个土财主，有野心。

王元魁又与杨宏信扯了一顿安民抚民的话题，带着两个家丁走了。

王元魁走后，杨宏信把杨重训、张平贵叫来，把王元魁的家丁撕打自家的巡山巡城的人说了一遍，又把王元魁上门赔错提出分开段、片巡山巡城的事仔细说给两人听，看他俩有啥看法。杨重训听爹一说，发起脾气来：

"王家不安好心，王家要出来巡山巡城，安抚民众，麟州城也不至于到今天混乱不堪，难民逃离，恶人横行。这老东西分明是想借巡山巡城为名，捞取不义之财。"杨重训把腰刀解下放到地下的桌子上，自己拿碗舀着喝水。

"不行，不能让步王元魁这老东西，王家也巡山巡城，这岂不乱套了。他家趁机敲诈老百姓钱财，让老百姓还误认为我们也趁火打劫。"张平贵祖露着胸怀，直来直去地说。

"可是，我们也没有正当的理由不让王元魁派人巡山巡城。他家世代居住麟州，有一定势力，只能让步。"杨宏信又说了一番与王元魁分段分片巡山巡城的事情，又把话题转到办铁铺、饭馆、客栈、药店上来。杨重训向爹保证，这些事情就不必让爹操心，他会尽快派人把这些事情办好。

杨宏信反复交代完这几件事后，又提起了买地的事。

"爹想过了，要拿出一部分银子，先买两百亩地。今年雨水少，天旱，秋田作物受影响，北部地区老百姓不少人家卖地。如果老天能在半月之内下雨，还有一半的收成。要是不买地，今年生产不来粮食，明年的吃饭就成问题。"杨宏信心里一直装着买地的事。卖了南乡老家千亩耕地，一直是他的一块心病。两万多斤粮食发放难民，若是秋天颗粮无收，明年就是大灾之年。杨宏信为买地的事犯愁。

"我明天就带着杨洪和几个人到城东山一带去买地。"杨宏信又叫家人把杨洪叫来，要跟他商量明天一起去买地的事，"再不能推了，先买上200

亩，等秋后再买 300 亩。杨洪，你看怎样？"

"行，迟买不如早买。现在卖地的灾民多，价钱不会高。"杨洪插话说。

"我们不是趁天旱，收买老百姓的耕地，我们是从打粮食的长远考虑来买地的。买地价钱一定要公平，咱不会低于市场价。"杨宏信说到买地，就想到管理耕地，"我们派一部分人专门种地，生产粮食，解决吃饭问题。"

"好，就这样办。"杨洪赞成杨宏信的做法。

大家又说拉一顿，时间不早了，各自回住地休息。

第二天早上，杨宏信早早起床吃过饭，叫上杨洪，带了 6 个民丁，3 匹马，驮了银两，出了东城门，朝东山走去。他们走了十多里路，看到一些老百姓在地里锄草，也有的城里人跑到村里买地。杨宏信走到一个村里，老百姓听说城里来了买地的财主，不少人跑来卖地，换取银两。杨宏信以每亩耕地五两银子，当日买了 100 多亩耕地，到天黑的时候，杨宏信一行又来到一个村子住下。第二天又用现银买了 100 多亩耕地。两天两次共买长庄稼的耕地 230 亩，共花银子 1150 两。杨宏信拿到买地的契约，支付了银两，往耕地上做了标记，到第三天返回城里。

买了 230 亩庄稼的耕地，杨宏信心里踏实了一些，在兵丁里抽 50 人，专门白天到城外东山一带一边照料耕地，一边锄草，晚上再返回城里。他把 280 名兵丁分成五个组，每组 56 人，每组轮流到城外照看庄稼地两天，进行屯垦，保证种地、练兵两不误。兵丁们也喜欢这样轮流种地、练兵的生活方式。一连十多天，兵丁们也就习惯了，种地，练兵，日子一天天过去了。

杨宏信对兵丁们轮流种地、练兵的生活方式很满意，只是近来有两件事不顺心，使他烦恼。一件是杨重贵、郭玉方到栏杆堡请程万保、李俊回城，不但没有把两人带回城，而且程万保、李俊把杨重贵、郭玉方强行挽留在栏杆堡寨住了十多天才回到城。杨重贵、郭玉方对杨宏信详细介绍了程万保、李俊不回城的主要理由。程万保、李俊当初拦路抢劫杨宏信的粮食、财物，因打不过杨重贵、张平贵而心服，又得到杨宏信的粮食、银两资助，表示愿意投奔杨家，回城驻扎。可是，当杨宏信进城后，程万保、李俊大吃大喝把粮食吃完、银两花光，又干起了打家劫舍的老本行。加之程万保娶了赵红霞为老婆，赵红霞过惯了自由的生活，说啥都不让程万保走。

赵红霞是一个把世事看透的女人，不到 30 岁，经历的事情不少。她是看准程万保的。

不仅如此，程万保打出了"通天天王"的大旗，在栏杆堡山寨竖起来，又聚结了上百名逃难的灾民，加上原来的人，总人数达到300多号，不光在身旁的大路抢劫过往行人，还跑到几十里外打土豪，吃富户。程万保又封李俊为"通神地王"，封赵红霞为"皇后娘娘"，在栏杆堡当起了土皇帝。

杨宏信、刘慧娇、杨洪、杨重训、张平贵他们听了，一个个惊得目瞪口呆。这个程万保，要往出惹大祸，这皇帝是随便当的？还有一件是与王元魁分城划地各治麟州。巡山巡城的人向他反映，王元魁派出去的人明里是巡查制止乱收税银税费，暗地里又与道上的人、土匪、强人、散兵勾结，加重征收税银税费，增加老百姓的负担。王元魁这样一搞，不明真理的老百姓以为杨宏信的人搞敲诈勒索，使老百姓对杨宏信进城产生不满。不光是这样，王元魁还出人，到乡下去征收人头税、大畜税、土地税，甚至还强行收取男女之间的通婚税。这样一来，从城里到城外，不少人对杨宏信产生了不信任，认为杨宏信与王元魁一样，也是吃喝老百姓的活阎王。

杨宏信先是骂程万保，山大王的本性难改，迟早会出大乱子，接着骂王元魁坑害老百姓，贪财不要脸。对于程万保和李俊两人的行为，他认为还可以做说服工作，劝说两人放弃栏杆堡山寨，回城投奔杨家，不再干打家劫舍的事情。

"等秋收结束后，我亲自到栏杆堡寨，规劝程、李两人，他俩的本质还是好的，只是过惯了自由放荡的生活，才干土匪的勾当。至于打出'通天天王''通神地王'的旗号，只不过是江湖之人的瞎闹梦想。皇帝哪有那么好当，占个山头就想当皇帝，那人人都当皇帝了。这个程万保，说好几天后就进城，怎么就违背了诺言。"杨宏信对大家说，"李俊人不错，只是离不开程万保，注重感情，他也够为难的。"

"爹，我和玉方兄千说万说，让程万保放弃山寨，他就是不听，说是还要建立什么'自由国''盛世国'，当真正的皇帝。"杨重贵动情地说，"程万保不识几个字，只是手下有几个乡间落魄读书人给出点子。他根本就不知道啥是'自由''盛世'，啥'通天''通地'的。他还想做程咬金，过两天混世魔王的日子。这家伙是一个怪才，为我所用，说不定还真能干出一番事业来。"

"程万保是一个粗人，赵红霞说啥他听啥，所以他把那个女人捧为'皇后娘娘'。"郭玉方也插言说，"论武艺，程万保最多与我打一个平手，算不上麟州第一条好汉，不过，其举止不一般，敢自立为王，与官家对抗。"

"这就是程万保的长处，敢当皇帝，天不怕，地不怕，聚众造反。"杨宏信将了将胡须，"这样的好汉，我杨家一定要收留，不能发展到一定势力叫官方消灭，到那时就太可惜了。"杨宏信转了话题说，"最棘手的还是王元魁暗里征收税银。官方几年不收银税了，他一直与道上的人、土匪、强人、散兵勾结趁机打着官方的旗号收取税银，苦了麟州百姓。我得与他讲讲道理。"

"怎么讲？王元魁不承认，找谁去说，那些被敲诈的百姓是敢怒不敢言，说出来害怕王家的人暗地下毒手。"杨重贵对爹和众人说，"我们要找到王元魁暗里收税银的证据，是很难办到的。"

杨宏信皱着眉头说："我找王元魁再说一说，看其态度如何。如果他听进我的意见，改了就好，要是不听，一定得找到证据，让王元魁出丑丢人。"

此时，正是晌午刚过，大家又开始各忙各的事情去了，只有杨洪和刘慧娇在身边，杨宏信对杨洪交代，检查一下客栈、饭馆、药店办得怎样，不能再拖，办起后，好安排一些人干活儿，挣些银子，增加收入。还有办铁铺的事，杨宏信一直牵挂着，打造农具，可供千家万户，也能制造兵器，供兵丁使用，一举两得。杨宏信又打发走杨洪检查办客栈、饭馆、药店的事后，正准备到演练场看兵丁操练，突然门外一阵脚步声传来，接着有人大喊：

"给杨庄主报喜啦！"

随着喊话，门被推开。杨宏信和老婆刘慧娇吃了一惊，一看进来的是孙寡妇，只好让其坐下说话。

"大喜事！大喜事！"孙寡妇坐到椅子上，一个劲儿地喊"报喜""大喜事"。

"有啥喜事？"刘慧娇急忙问，心里却想，这个女人，卖啥关子，有啥就说嘛。

"真的是大喜事！"孙寡妇故意拉长腔调，自己动手倒了碗水喝了一口笑说，"我可不是来寻的喝河水的，我是来喝喜酒的。"

"说吧，说来我听一听，杨家有啥喜事。"杨宏信忍耐着性子，问孙寡妇到底喜从何来。

"是这样的，我到王元魁家串门，看到他的女儿王香兰，长得如花似玉，一个美人坯子。我说给他家女儿找个人家吧，王元魁和他老婆张莲英一口答应——"孙寡妇说到此处神秘秘地满脸堆笑说，"我知道杨庄主的大少爷和二少爷都没定亲，这王家的女儿配杨庄主的大少爷或是二少爷正合适。我对王元魁两口子说了，他两口子都高兴得满口答应，愿与杨家交亲，结为百年姻缘。这还不是天大的喜事。嘻嘻……"

"这……"杨宏信听了，不知怎样回答孙寡妇。

"是……是喜事。"刘慧娇也被这突如其来的提亲喜事惊呆了。她看看老汉，又瞧了一眼孙寡妇，也找不到合适的语言。孙寡妇内心是怎么想的无人知晓，但是其表面的行为是该称赞的，人家主动上门给两个儿子提亲，总不能不领人情吧。

孙寡妇不愧为麟州说媒的大能人，她见杨宏信夫妇俩面带喜色，又说不出些啥话来，只是感到意外，便趁机把王家夸了一番，又对杨家赞美了一遍："杨王两家交亲，是最合适的，是天安排的。一家是大土豪，一家是大财主，真是上天定下的。怎么样，杨庄主，你说话呀？同意的话，我马上给王元魁回话，喝喜酒，把亲定下来。"

杨宏信觉得这门亲事来得太突然，且不说杨王两家交亲的事，单就王元魁的为人他就不赞成，王元魁假借巡山巡城，收取老百姓银两，他窝着一肚子火，要找王元魁理论，而孙寡妇却上门提亲，把王家女儿嫁给他儿子。这不是与作恶的人交亲吗？不交亲，也不好给孙寡妇说，他也不能当着孙寡妇的面说王元魁长短。还有即使交亲，是给大儿子定亲还是给二儿子，这要征求两个儿子的意见。杨宏信不说话，只是半闭着眼睛，捋着胡须听孙寡妇一个劲儿地说。

"杨庄主，你表个态，到底愿意不愿意交这门亲？"孙寡妇佯装生气地说，"我可是为杨庄主着想，你家两位少爷人优秀，配王家闺女最合适了。那王香兰小时候上过学堂，知书达理，又贤惠，还会舞刀弄枪，是杨家最合格的媳妇。"

"孩子他姨，交亲订婚是大事，你等我两口子与孩子们商量再说，看给重贵提亲好还是重训好。"刘慧娇推诿说。

"唉，儿女婚姻大事，爹娘说了算。这还用商量，肯定是给你家大少爷重贵提亲呀。"孙寡妇看着杨宏信说，"我可不是为讨碗酒喝，也不是为挣二两银子。我是真为杨家好。"

"这我理解，我家重贵17岁了，是该定亲娶媳妇了。不过，这件事必须征求重贵同意。"杨宏信思考来思考去，还是觉得不能推开这门亲事，只要重贵愿意，看上王元魁的女儿，他不会因与王元魁的不和而拆散这门亲事。

"好，你两口子好好给你家重贵说，我这就去给王元魁回话，就说你家同意交亲。"孙寡妇站起来，挤着眉眼，满脸笑容，走到门槛，又回头说，"我征求王家同意了，一会儿就给杨庄主你两口子回话。"孙寡妇说完急急跨出门外，快步朝王家而去。

孙寡妇走了，杨宏信对老婆刘慧娇说："这事怎么办好，王元魁真的同意与咱交儿女亲家，咱又怎么对王元魁坑害百姓的事情揭发。"杨宏信站到地下来来回回走着，不知如何处理这件事情。

"那又有啥，只要重贵和王元魁的女儿王香兰愿意，总不能为大人的摩擦耽搁了婚姻大事。"刘慧娇收拾着地下桌子上的碗说，"大人的事是大人的，不能把儿女婚事拉扯起来。"

"理是这么个理，就怕王元魁借儿女婚姻更加胡来，放肆地榨取老百姓血汗。"杨宏信说着自己的真实看法，"王元魁不见咱的话，表示同意这门婚事，就是想傍上咱杨家，任意胡作非为。"

"王元魁要干啥事，不在攀不攀咱杨家，或许他与咱交了儿女亲家，还会见好就收，不再干那些坑害百姓的事情。"刘慧娇对老汉认真地说。

"你说得也有道理，王元魁是王元魁，他女儿是他女儿，不能捆缚在一起。既然你觉得可以交这门亲事，就把重贵马上叫回来，看孩子的意见怎样。"杨宏信忙叫来家人，叫到外找巡山巡城的大儿子重贵赶快回家，有急事商量。

过了一会儿，杨重贵跑得满头大汗回来，进门就问爹娘："有啥急事，催得这么急。"

刘慧娇把孙寡妇上门提亲的事情对大儿子重贵说了一遍，又高兴地说："王元魁的女儿能文能武，人也长得俊，娘和你爹商量过了，只要你愿意，这门亲事就定下来。"

杨重贵听了，急得直摇头："我不同意，我不定亲，我等秋收结束后，到了冬季马上过河东到太原府投军，定了亲，岂不缚住了我的后腿。"杨重贵对突如其来的亲事毫无思想准备。爹娘是怎么想的，怎么就能答应这门亲事？说实在的，他只听说王元魁有个能文能武的女儿，到底长得啥模样，人品怎样，他还没有见过面。再说眼下刚进城不久，要办的事情很多，而自己要定亲，是不太合适的。杨重贵态度坚决地向爹娘说："这桩婚事我不同意。我要投军去。"

"投军也能定亲。"刘慧娇见大儿子重贵不愿意定，心里有些着急，"你不着急，娘想要孙子。听话，订婚结婚了，你再投军也不晚。"

"不行。娘，我的婚事我自己定。我连王家女儿面都未见过，怎么可能定亲哇。"杨重贵加重语气说，"还有王元魁派人勾结道人、土匪、强人、散兵敲诈老百姓，这样的人，怎么能与咱杨家交亲？"

"孩子，爹也是这么想的，王元魁胡作非为不假，不过，他女儿是他女儿，孩子没有错。你若是找这么一个能文能武的媳妇，也是咱杨家的光荣。"

"不，反正我不愿意。我也说不出为啥不愿意，就是觉得这门亲事来得太突然，叫人感到莫名其妙。"杨重贵心事重重地说。

"有啥突然的，你已是大人了，早该定亲成家。"刘慧娇想说服大儿子答应亲事，走到大儿子跟前，抚摸着衣服说，"成了家，有了媳妇，不用娘再给你缝衣服了。"

"娘——"杨重贵急得说不上话来，一声长叹。

"你真的不愿意？"杨宏信见大儿子一脸的不高兴，也不愿过分地为难孩子。

"真的不愿意。爹——"杨重贵又是一声长叹。

"那——那就给你弟重训定亲了。"杨宏信觉得既然大儿子重贵不愿意，就给二儿子重训介绍。王元魁的女儿既然文武双全，又有模样，就不能让外人说合走了。孙寡妇的一片心，他领了。尽管这门亲事有些不尽如人意，但是，不能因王元魁的为人影响了两个孩子的前程。

"爹——重训会同意吗？"杨重贵吃惊地问爹，"我们为啥非要与王家交亲不行？王元魁是啥人，爹不是不知道。"

"王元魁的为人爹清楚，不能因他坑害老百姓，就连累他的孩子。王元魁的两个儿子可是好样的，他们没有参与干坏事。他女儿更是一碗清水。你的婚事你自己做主，重训的婚事爹和你娘必须决定。"杨宏信反复强调着自己的看法。

"对，重训和王香兰同岁，正合适。"刘慧娇赞成老汉的意见，既然大儿子不愿意，就给小儿子。反正不能让王家女儿向外跑了。

"再没有啥，我去练兵场了。"杨重贵说着转身走出院子。

杨宏信又让家人叫二儿子杨重训赶快回家，有事商量。家人应声而去。刚又打发去叫二儿子重训，孙寡妇就呱呱地从外面叫着来了。不过，这回不是她一人，她还把王元魁的老婆张莲英、女儿王香兰一并叫来。三人跟着进了门，孙寡妇抢先说："杨庄主，我把王香兰娘俩请到你家了，这喜酒我喝定了，二两银子肯定要往袄兜装。"

张莲英和王香兰是被孙寡妇硬拉扯到杨家的，她把到杨家提亲的事给在家的张莲英、王香兰说了一遍，娘俩也没说答应，也未表态说不愿意，她只是说到杨宏信家串门儿，说说话儿，看看杨家住的新地方。走在路上，才告诉娘俩是提亲，王香兰当即表示不同意，扭头就回家。孙寡妇想着法儿，扯住王香兰，连哄带说硬是把王香兰和她娘拉到杨家。

刘慧娇见张莲英、王香兰娘俩，急忙让座。杨宏信也显得有些不自然。王香兰果然人挺聪明，先叫了一声杨宏信"伯伯"，又叫刘慧娇"姨姨"，显得很大方。这两声叫，把杨宏信、刘慧娇两口子乐得喜上眉梢。王香兰果然生得天庭饱满，地阁方圆，小小年纪，透出一股英气。王香兰虽是女孩子，身上还挂了一把短刀，袖口紧扎，头戴帽子，像时刻准备上战场一样。杨宏信是有七分喜欢王香兰的。刘慧娇更是欣喜若狂，心里想："这姑娘，到我家还带刀，好像要打架似的，真是杨家的好儿媳！"她忙招呼着张莲英、王香兰娘俩喝水："澄清过的水，天气炎热，喝吧。"

王香兰没等她娘喝水，自个儿端起水就一口气喝了半碗："真是好水，澄清过的水。"

孙寡妇见是说话的时候了，直奔主题，笑着说："我对她娘俩都说了，人家可是诚心看上了杨家，愿与杨家结百年之好。"孙寡妇又对着张莲英说："杨庄主是咱麟州的大土豪，家财万贯，为人亲善，行善积德，百姓拥戴，你家香兰到了杨家，真是掉到了福窝子。杨庄主的两位少爷，那是能文能武的高手，前程无限。你家香兰相准老大就跟老大，看准老二就随老二。"

"姨——我不嫁人。"王香兰嘴噘了噘，瞟了一眼孙寡妇。

"现在不嫁，往后终究还是要嫁的。趁早把婚事定下来，也免得叫你爹娘操心。"孙寡妇走到王香兰跟前，轻轻地拍了拍王香兰的肩膀笑说，"女孩子家，只有定了亲，嫁了人，才懂得真正活人做人。不能光一天在家骑马射箭，舞刀弄棒的。"

王香兰没有见过杨宏信的两个儿子，她也不清楚孙寡妇到底把她说合给杨家的大少爷还是二少爷，心里七上八下，埋怨孙寡妇没有把话说明白，只是嘴上说"不定亲，不嫁人"。可是，她内心还是想见一见杨家的两位少爷。她有点儿脸皮发烧，眼看娘不说话，那意思是叫娘先说话表态。

张莲英是理解女儿心思的事，有点儿怨气说："孩子她姨，你家两位少爷忙啥哩，忙在巡山巡城？"

"对。整天忙杂七杂八的事情。"刘慧娇明白，张莲英是想看看她家两个儿子。大儿子明确表态不愿意交这门亲事，只能由二儿子来扮主角了。"一会儿，我家重训就回来，让两个孩子先见见面。"

张莲英一听杨宏信的二儿子马上回来，心想，杨家是先要给二儿子定亲，自然是愿意的。

孙寡妇不等张莲英说话，又抢先说："两个孩子同龄，都是15岁，最好不过了。同龄同龄，一辈子有金有银。"孙寡妇说着"嘻嘻"大笑，逗得众人也跟着笑起来，只有王香兰抿着嘴，瞟了孙寡妇一眼，挪了挪身子。

杨宏信看时候不早了，还不见二儿子重训回来，心里有些急。这小子，办事也太认真了，连谈婚定亲大事也不管。杨宏信看着老婆刘慧娇说："再派人去叫重训。"

"我回来了。"杨宏信话音刚落，杨重训一只脚踏进门槛，应声说道，"爹，娘，有啥事？催得这么急？"

"重训，给你道喜啦！"孙寡妇见了杨重训，心花怒放，鼓唇摇舌，尽浑身招数，要把这门亲事说成。她对着王香兰说："孩子，看看，杨家二少爷，生得端庄，长得英俊，千个人堆里都挑不出来。你打上灯笼能找到这样的女婿吗？"

王香兰看着杨重训，说不上话来。

杨重训看着王香兰，也是两眼直愣愣的，找不到话说。

四只眼睛，连成两条线，一会儿，两人同时急避开目光，都眉脸窘得绯红，不知往哪里躲藏。

孙寡妇、杨宏信、刘慧娇、张莲英四个人对两位年轻人的神情变化，看得清清楚楚。有经验的过来人看年轻人的那种第一次初爱的神态，一看就明白是怎么回事。孙寡妇笑得合不拢嘴，一个劲儿地说："天生的一对，地配的一双。这是杨王两家的福。看来，我挣二两银子挣定了。重训他娘，你说是不是？"

"是是是，少不了你的银子。"刘慧娇看着二儿子，瞧瞧王香兰，心里美滋滋的。她再不用多问二儿子，也知孩子心里想的是啥。她斜眼老汉，用目光说话，想让老汉说句话，表个态。

杨宏信明白老婆的眼神是啥意思，捋一捋胡子轻轻地一笑："只要两个孩子愿意，我当老的没有意见。"杨宏信既是对孙寡妇、张莲英说，也是让两个孩子听。

孙寡妇是急于早点儿把这门亲说成，又是主动出击，拍了一下自己的胸脯说："我看这样吧，两个孩子愿意，两家大人都同意，这门亲事就定下来，三天内正式举行订婚仪式。"孙寡妇一手拉着王香兰，一手扯着杨重训，笑嘻嘻地又是一串子笑声，"嘻嘻，你两个好好谈谈心，多拉拉话，要不，出院子比武，看看谁的刀法好。嘿嘿……"

孙寡妇的这一举动，逗得杨重训、王香兰怪不好意思。两人又是四目相望，急速闪开，羞涩地闭嘴，气也不敢出，害怕对方听到自己的心声。

"我看行，后天就后天，举行订婚仪式。"刘慧娇对着张莲英说，"他姨，你看呢？"

"行，就这么吧，不过，我还得回去征求孩子他爹的意见。"张莲英心里还有话要说，又在众人面前不好说出来。

众人又拉了一阵子，孙寡妇带着张莲英、王香兰娘俩离开杨宏信家。

王元魁给老婆吹胡子瞪眼睛发了一顿脾气，心情渐渐平静下来，想来想去与杨宏信交儿女亲家，总觉得有些不太合适。杨宏信是他的竞争对手，自己怎么又把女儿嫁给杨宏信的二儿子。唉，输气，输气哇。张莲英看出老汉的心思，指责着老汉说：

"你呀，真个倔脾气，这么一大把年纪了，与杨家赌啥气。你能比过杨宏信？人家有钱有粮，又有人，养的兵。现在城里城外的人都夸杨宏信好，咱交上杨家这门亲，有啥不好？"

"好个啥？我就是看不惯杨宏信，他凭啥巡山巡城。要不是我力争，能让咱也巡山巡城？杨宏信又是在城外买地，又是招兵，扩大势力，好像这麟州城就是他杨家的天下。"王元魁一连两天唠叨着不让女儿王香兰与杨重训订婚，他要面子，要争足理。他心里也明白，交杨宏信这个亲家，不失他的身份，两个孩子年龄相仿，最好不过了，只是心里这口气输不起。还有孙寡妇的嘴，能说会道，硬是把杨家夸上了天，把杨宏信赞成神。呸，一个刚来麟州城的外来人，不仅要占麟州，还要把自己的女儿夺去，这这这……王元魁是思前想后，就是嘴上不表态，"不行，我不同意。"

"别倔了，赌啥气。孩子的事，我做主。杨重训那孩子，长得高大英俊，说文有文，论武有武，这样的女婿，你到哪里去找。"张莲英亲手拿来酒罐，给老汉倒了一碗酒说，"喝吧，喝了好好睡一觉，明天啥都想开了。与杨家交了儿女亲家，就是一家人，别再想不开。"

王元魁端着酒碗大口大口地喝着，把一碗酒喝完了，浑身来了劲儿，放下酒碗说："我与做豆腐的李二怀交儿女亲家，也不觉得丢脸，就是与杨宏信做儿女亲家心里不舒服。女儿小，不懂事，我就怕孩子到了杨家受气。"

"瞎操心，受啥气。人家杨宏信两口子还能小瞧咱女儿？杨家家大业大，需要人，咱女儿是受气的人？我看她不胡来就好了。咱从小把女儿惯坏了，一个女孩子家，舞刀弄棒的，像一个男人。你就放心好啦，明天让孙寡妇给杨家回话，后天举行订婚仪式。"张莲英劝说着老汉，"女儿的婚事定了，今年咱就给守义结婚，明年春给守成定亲。你再不要与杨家赌气了，好好地过咱的日子。"

"过日子？没有银子过啥日子？"王元魁说。

"咱做生意挣，咱办的染坊不是一年挣100多两银子。"张莲英说。

"那几个银子能做个啥。你不懂。巡山巡城才能挣大笔银子。"王元魁仗着酒劲儿给老婆说，"麟州是谁也不管的地方，官家如今不收税，这正是咱挣银子的好机会。杨宏信没有到麟州前，咱家与道上的人一起挣了一笔小钱，本来还能挣大钱，偏偏杨宏信来了，还搞啥施舍，赈济穷人，散发银子，收买人心，搞得咱挣点小钱都难。你说我能不生气吗？"王元魁又倒了一碗酒喝，索性大声喊起来，"杨宏信办饭馆、客栈、药铺、铁匠铺……摊子是越铺越大。不行，咱也办一个药铺，再开一个饭馆。"

"你别逗好汉了，能把染坊办下去就不错了。"张莲英手指头戳着老汉的头额说，"别喝了，睡吧。想开来，不要人老了犯傻。与杨家交亲，就是修路架桥，对咱王家还是李家，都有好处。看看杨家的两个儿子，还有那100多号杨家的汉子，个个长得威武。依我看，杨家将来一定成一番大业，到时咱也跟着沾光。"

"哼，就怕光沾不上，还带来灾难。"王元魁没好气地说。

"竟说些不吉利的话，有啥灾难。我看人家杨宏信两口子知文懂理，为人正直，不是那种六亲不认的人。再说女婿是你的吧，好女婿赛过亲生儿。"张莲英打断了老汉的话。

"你呀，就是为杨家说话，好好好，我说不过你。我把话都说了，女儿愿意，我阻止不了。反正，以后过不在一起，不要怪我这个当爹的。"王元魁向老婆做出了让步，实际上也是向杨家让步了。不过，他又一想，觉得杨家还有做得不周到的地方，他不能就这么说一句话把女儿给杨家定亲为未婚妻。"你明早上叫孙寡妇来，我还有话说。"

"有啥话？"张莲英瞪了一眼老汉说，"钱迷，就记得捞银子。孙寡妇早给杨家又传过话去了。要彩礼银50两，猪1头，羊3只，布2匹，酒5罐……嘿，这下你满意了吧？"

"这是必须的，我不能把女儿白给人。"王元魁一听银子50两，两眼眯成缝，嘴角露出笑意，"嘿，也让杨宏信出点儿血。这个孙寡妇，又要向咱伸手了。"

"还能少她的说媒钱，杨家给了她五两，咱又给了五两，她才左右说合好。"张莲英说孙寡妇是一个两边都吃的人。

"孙寡妇那张嘴，死人能说成活人，她就是替杨家说话，把咱的香兰给灌了迷魂汤。"王元魁虽然感到心理平衡了，就是嘴上不认输。

"杨家给了50两银子，很不错了，咱守义定亲，给李二怀多少银子，才 5 两。"张莲英劝着老汉想开来，不要为银子多少瞎胡想。

"李二怀是啥人，他是一个穷做豆腐的，他女儿给咱守义，是他家前世修的福。我五两银子都不想给，硬是孙寡妇那张嘴忽悠的。李家若是像杨家一样，我保证不要一两银子。"王元魁酒后吐真言，他觉得与李二怀交儿女亲家，有些丢面子，要不是儿子同意这门亲事，他是不会答应的。

两口子说拉着正要准备睡觉，门外响起敲门声，"爹，娘，睡了没有？"随着说话声，王香兰推门进来，劈头就问，"又是说我定亲的事？"

"对，我和你爹商量过了，明天叫孙寡妇给杨家回话，后天举行定亲仪式。"张莲英看见女儿从门口进来，急忙把定亲的事说了。

"杨家同意吗？"王香兰问娘，"定亲仪式也不能催得太急了，我还没准备好。"

"要准备啥，定亲又不是结婚，穿上一身新衣服就行了。"张莲英对女儿说。

"对，穿上新衣服。结婚时再向杨家要三套新衣。"王元魁见女儿同意定亲，也就没有再阻拦，叫女儿快点去睡。王香兰又向爹娘说了几句，到自己的房子去睡了。

王香兰刚出去，王守义、王守成兄弟两个走进来。他俩是从东城巡查刚回来，进门就对爹发火：

"爹，咱是不是收税银子了？"王守义质问爹。

"没有。你听谁说的？"王元魁回答。

"守东门的人说的，说是爹让他们收取出进城的税银。"王守成也没好气地对爹说。

"别听那些人瞎说，他们是嫌给咱家干挣的钱少，故意给爹抹黑。"王元魁急转话题对大儿子说，"你到东城巡查，多到你老丈人家走走，多关心他家的生活。爹和你娘商量好了，今冬就给你娶媳妇。"

"爹，又把话题扯到哪儿了？我要推迟结婚，准备冬天南下去投军。"王守义与爹争辩着说。

"你投军爹支持，可是必须完了婚再走。爹和你娘都 50 多的人了，等着要孙子。"说到此处，王元魁又给自己倒了碗酒喝起来，"爹算是想开了，这年头，做官没银子不行，在家过日子，没银子更不行。爹和你娘累死累活，还不是为你们弟兄两个好。这杨家来了，世道也变了，收几两税银都不让，说是敲诈老百姓。呸，自古以来，收国税银是天经地义，又不犯法。"王元魁见了两个儿子，一听收税银的事，又唠叨起来杨家长杨家短。"唉，不提了，偏偏女儿看上了杨宏信的二儿子，爹还能有啥话说。"

"爹，你怎么还不明白，收税银是国家的事，是官府的事，咱一个平头老百姓，有啥权力征收老百姓的税银。在这件事情上，杨宏信做得对。"王守义反驳爹的话，走过来夺过爹的碗，"少喝一点儿吧，喝多了身子受不了。今后给咱派出去的巡查人员安顿好，绝不能强收老百姓的税银。否则，老百姓逼急了，要么逃离麟州，要么聚众闹事，影响城里秩序。"

"好好好，你说得对，这事就这么办。"王元魁嘴上对两个儿子说不收税银，心里却想的是另一套："黄毛小子，懂个屁，不明事理。趁如今麟州没有官府，不弄几个钱等到何时？杨宏信称好汉，装清白，让他称去，装去，反正我王元魁不会当好人，假装正经，拿出自己的银子赈济人。杨宏信哪来那么多银子，还不是他在乡下当土豪，勒索的受苦人的血汗钱。他回到城里，来不了一两银子，用不了半年，能在这座干石山上待得住？嘿嘿，他杨宏信别再称啥大能人。"王元魁这些话是没办法给两个儿子讲的。他清楚，两个孩子受古书教育的影响，像一对儿傻子似的，就想着当无名英雄，做杨宏信那样的好汉。唉，这兄弟俩，怎么就听不进爹的话呢？往后杨王两家交了亲，这三个孩子还不都被杨家的家风给熏陶坏。王元魁思索了一会儿，不再说话。

"爹，我也想早点到外面投军去，只要是为国家出力，我都愿意。"王守成拍着腰间挂的腰刀说，"待在家里，整天闲着没事，还不把人闷死。"

"闷啥，天天读书练武，天天到外巡山巡城，有啥不好。不行，你兄弟两个，只准一个到外面投军吃官饭，一个守在家，照看咱的家业。没事干，就到染坊与那些干活儿的人一起去挑水，一起去贩布。给你哥结了婚，你也马上定亲。"王元魁对二儿子教训了一番，摇摆着身子说，"钱难挣，屎难吃。这年月，挣二两银子不容易，看那个孙寡妇，削尖脑袋想着法子挣钱。一个寡妇，都想着挣钱，你兄弟两个怎么就想不开呢。钱哇，难挣哇——"

"爹——"王守义见爹三句话不离钱，不知怎样说服爹，急得在地下转。

"爹这大半辈子，与钱打交道，知道没钱的苦衷。杨宏信凭啥进城一手遮天，老百姓跟着跑，不就是手里有钱吗？他出手大方，动手就给张平贵、郭玉方那些土匪银子，收买人心。连到黄龙山当土匪的杨三毛，杨宏信都给资助银子。你兄弟俩知道吗？听说杨宏信又收留栏杆堡寨的土匪程万保、李俊等。有钱能使鬼推磨。爹要有上千两白银，这麟州城的一半房产也买来，道上的人、土匪都会跑来给爹下跪叫爷。"王元魁对银子的理解有着他自身的感受。银子是万能的，钱是通天的，这个东西可以换来人心，甚至能买来官爵，撬动江山发生倾斜。在人类生存的这片土地上，再没有比钱厉害的武器。杨家进城抖威风就在于积存了银子、粮食，才使万民拥戴他，抬举他，赞美他，连土匪都被杨宏信收买了，还有谁见了银子不爱呢？王元魁站起来，摇晃了一下身子，走到门槛，头探出外面，仰望着满天的星斗，长叹一声。在这座干石山上要想立住脚站稳脚跟，必须有挣钱的本领，必须有人人见了动心的白银黄金。自古道，白银黄金能买活人心。这是千年不变的道理，皇帝也改变不了。要不然，国家为啥征收老百姓的税银呢？王元魁双手托着门框，头抬得老高，对紧跟在身旁的老婆、两个儿子说："听说过吗，天上太白星、北斗星、文曲星、牛郎星、织女星……它们哪一个不爱钱。对，天上还有贪钱星、爱钱星、求钱星、追钱星……哇——"王元魁说着吐了出来。

"爹，你胡说啥。"

"爹，你醉了。"

"爹不醉，爹不胡说，你们看，那一颗就是贪钱星，偏西的那一颗叫爱钱星……"王元魁说着说着双腿一软，栽倒在门槛上。

这一夜，王元魁睡下后，梦里说开了胡话。张莲英几次听王元魁在说："银子，我的银子……"

第二天，王元魁起床后，老婆说他说了一夜梦话，王元魁说他没有说，他就是梦见贪钱星降落到自己怀里，逗得老婆都大笑不止："你呀，迟早往钱上死。"

"说得对，人为财死，鸟为食亡。谁不爱钱？杨宏信不爱钱？那他买地做啥，办饭馆、客栈、药铺、铁匠铺又为啥。"王元魁吃过早饭，让老婆快去叫孙寡妇，让杨宏信家把 50 两银子、1 头猪、3 只羊、2 匹布、5 罐酒，无论如何赶今天天黑时分送到家来，否则，明天的定亲仪式就不举行。张莲英见老汉催得急，忙叫家人收拾碗筷，自己准备亲自去叫孙寡妇。张莲英正和老汉说着到孙寡妇家，门外传来脚步声，随着敲门声，门被推开了，孙寡妇一步跨进来说：

"我这就去杨庄主家，叫他家今天把彩礼钱和其他物品送过来。"

"今天不送来，休想定亲。"王元魁似乎酒劲儿还没有过去，用手掌拍着桌子说，"50 两银子必须是纯银，一两也不能少。还有一头猪，至少杀 120 斤肉，三只羊每只杀肉 30 斤，两匹布，纯棉花的，五罐酒必须是当地的纯粮食酒。"

"哎哟，我说王老爷，你干脆再要上晒干的雪花半斤，桶粗的牛毛三根，天大的镜子一块……嘻……"孙寡妇厚着脸皮，也不怕张莲英吃醋，伸出右手的两个指头，在王元魁的头额轻轻地戳了一下笑说，"还想要啥，我一定给你把话转达到，就怕杨庄主给你有钱也买不来。哎哟，昨天晚上喝醉了吧，满脸的酒气，呛死人。"孙寡妇边说边用手掌捂住自己的鼻子。

"孩子他姨，你也不用为难杨家，再啥也不要了，只把原来说好的 50 两银子和其他东西要来就行了。"张莲英瞟了一眼老汉说，"咱是交儿女亲家，又不是结冤家。"

"对，这话说得好听。不能死记住个银子。50 两不少了，能买 10 亩地。"孙寡妇鼻子一哼，冲着王元魁笑说，"我给你两家说亲，才挣得五两银子，我也不嫌少。人哇，要知足，不能心太贪了。"其实孙寡妇不只拿了王元魁的五两银子，还要了杨宏信的五两银子，只是不对双方说明罢了。孙寡妇又摆了一顿自己的功劳，夸了一顿杨宏信的二儿子如何如何好后，扭着水蛇腰出了门外，又转身笑说："等着，赶后晌一定把 50 两银子送来，其他的礼物一样不少。嘻嘻……"

孙寡妇从王元魁家出来后，赶直朝杨宏信家走来。不一会儿，就到了杨宏信家。杨家因明天要给杨重训和王香兰举行定亲仪式，全家人清早起来就各忙各的事情。孙寡妇见杨宏信和老婆，还有杨洪在家，进门就说：

"杨庄主，我这个媒人当得好难，两头跑，两头受气。王家催了几次，50 两银子今天天黑以前必须送到王家，还有一头猪、三只羊、两匹布、五罐酒……一样不少。"孙寡妇摆出一副神气的样子，又像受了委屈，给杨宏信和他的老婆刘慧娇摆功劳。"唉，我都把嘴皮子说得起了泡，王元魁那个钱眼子，非要150两银子，我硬是好说歹说，把那100两银子给抹掉。那老东西见杨家从乡下赶回200多只羊，非要十只山羊羔子不行，我又凭老脸皮，好话说了千千万万，最后少到三只羊……"孙寡妇挤眉一笑说，"王元魁那个老不死的，想在女儿身上发大财，幸亏地上没有晒干的雪花，不然的话，他非要二斤不行。那老鬼还提出要10两黄金，被我狠狠地臭骂了一顿。唉，我这媒人做得真难哇。"

"孩子他姨，辛苦你了，你看看这样行不？再给你二两碎银，你买件衣服穿。"刘慧娇爬上炕，从墙角的箱子拿出二两碎银递到孙寡妇手里。

"哎哟，老姐姐，我可不是那种爱钱贪钱的人，我只是说当媒人的难处。"孙寡妇接过银子装入怀里，满脸含笑，冲着杨宏信说，"都准备好了，咱上午就把所有的礼物送到王家。明天的喜酒我要多喝几杯。"

"准备好了，一会儿就全部送到王家，让我家管家杨洪带领众人一起去送彩礼。"杨宏信对孙寡妇的办事是满意的，并不在乎她多要二两银子，只要把王家女儿能给自己的二儿子说合成，就是再多出几两银子、几只羊也没有关系。杨宏信叫杨洪去催促办事的人，东西都备好后，马上给王家送过去。

整个上午，杨家除了郭玉方去演练场训练兵外，都在为明天给杨重训定亲的事忙得跑前跑后。快到中午时分，杨家把所有彩礼都备齐了，叫杨洪带头，杨重训、张平贵带20个人，赶着活猪、活羊，抬着布、酒罐，来到王家。

王元魁拿到了50两银子，手摸着布匹，看着院子外的猪羊，喜得咧嘴大笑："这还像个大土豪的样子，说话算数，和我王元魁交亲，连50两银子也舍不得，就不是真心交。"王元魁一看是中午吃饭时间，见杨家来了20个人，忙叫老婆告诉家人，准备饭菜，款待杨家的人。特别是杨重训也来了，王元魁更得显示一下未来老丈人的热情。杨洪见王家要准备饭菜，忙制止说：

"饭就不吃了，几步路，抬腿就回到家，不麻烦王员外了。"

王元魁见杨家人给了银子，放下彩礼就要走，又挽留几句客套话，送杨洪、杨重训、张平贵他们走出院子。

第二天中午，按照麟州城儿女定亲的传统习惯，杨家、王家两家的人和主要亲戚朋友，都在男方家吃饭喝酒。杨宏信叫杨洪统计了一下人数，两家出席定亲的人有400多人。杨宏信让家人宰了10只羊、2头猪，买了30罐酒，让两家的人都高高兴兴吃喝了顿。杨家院子里人流涌动，出出进进，全城的人都知道今天杨宏信的二儿子杨重训与王元魁的女儿王香兰定亲。两家财主，结交成亲，人们都在议论着。

孙寡妇是最为关注的人，她一手拖着杨重训，一手拉着王香兰，走到杨宏信、刘慧娇、王元魁、张莲英面前："这两个孩子是天地配定的，文武双全，将来定有好前程，我这半辈子，说成了许多亲事，唯有这门亲事让我最高兴，我今天要放开喝酒，看看两个孩子比武。"

"对对对，让重训和香兰比比武艺。"

"好，让大家看看！"

"……"

杨重训穿一身新衣，戴着头盔，腰刀挂在身上，好像要上战场。王香兰身穿红袍，也挂着腰刀。两人出现在众人面前，被孙寡妇推拉在一起，显得有些害羞。在双方父母面前，他俩还是孩子。从认识到今天定亲，他俩还没有单独见过面，也没有说过一句话。当着众人的面，他俩不知说啥为好，在他俩看来，定亲就是把亲戚朋友请来，大家热热闹闹吃饭喝酒，开心地逗乐。杨重训看着王香兰笑一笑，表示说话，王香兰盯住杨重训笑一笑示意问好。没有语言，只有激动和兴奋。今天是他俩大喜的日子，应该相互之间对对方说句关心的话，可是，他俩谁也不说，只是相互之间傻看。孙寡妇硬是把两人的手往近靠了一靠，两人急速地收回手。众人喊着让他俩比武，两人只好来到院子，抽出腰刀，对打起来。

刀碰刀，一缕火星，"咔嚓——咔嚓"直响。

杨重训今天的比武，心里有些不太愿意，一个男人，与自己的未来媳妇比啥武。因而他只是出虚招，有意往王香兰的腰刀上砍。王香兰也明白，杨重训在让着她，她也不愿放开架势，使出刀术，真的去拼，两个人一来一往，对打了十多个回合，停下手来。众人说两人在虚打，没有表现出真正的本领，这话惹得一旁的张平贵发起火来：

"谁有能耐，与我拼上 300 回合。"张平贵舞着铁棍站到院子喊，身边的几个杨家军的汉子，你看看我，我瞧瞧你，想在今天给大家助兴，一齐大声喊着："我们来。"

四个手提腰刀的汉子，仗着三分酒意，扑向张平贵。张平贵见状，大喝一声，与四个汉子对打起来。四人打一人，张平贵是感到有些乏力，斗了有十余回合，他渐渐地招架不住，跳出圈外说：

"你四个人打我一个人，算啥好汉。有本事一对一。"

四人笑着说他们不是张爷的对手，敢于认输。张平贵边说边挤开大家，到里吃肉喝酒去了。杨重训和王香兰停住比武，在孙寡妇指使下，开始给双方的爹娘和主要亲戚朋友敬酒。酒敬到杨重贵、张平贵、郭玉方三人面前，三人一齐自己端起酒碗喝，孙寡妇对三人说：

"我再给你仨每人介绍一个女子，我可不是为了银子。"

杨重贵和郭玉方听了只是傻傻地笑，唯张平贵红着脸，连看都不敢看孙寡妇一眼，恨不得挤出人群，逃离得远远的。他深知孙寡妇的厉害，自己倒霉，栽在了孙寡妇的手里，这辈子抬不起头。

张平贵一言不发喝闷酒。

杨重贵和郭玉方也在喝闷酒。三人各怀心事。尤其是杨重贵感到不是滋味儿。他想不到自己拒绝了王家，而兄弟重训又与王家女儿王香兰定亲。他的心思早被孙寡妇看透：

"嘻，不要急，姨给你介绍一个更漂亮的姑娘，保准让你满意。"孙寡妇说着就伸出指头戳了一下杨重贵的脸，"天下到处是美女，命好的人，一定会找到好媳妇。"

杨重贵低下头一言不发。

郭玉方听了孙寡妇又给杨重贵介绍姑娘，猛喝一口酒，拍着胸脯，斗胆地大声喊："给我搞一个女人，给我生一群孩子。"

"哄——"

"哄——"

逗得众人哈哈大笑。"郭玉方，你是憋不住了吧。有本事，去抢一个黄花闺女。"

"对，抢来也算好汉。"

众人你一言，我一语，在拿郭玉方开玩笑。郭玉方也不当回事，边喝酒边争辩道："娘的，老子要是当山大王的话，就抢十个女人做压寨夫人。"

"哥，你喝多了。"杨重贵听郭玉方说混账话，忙制止他少喝酒。

一旁的张平贵自己一连喝了三碗酒，浑身着火似的，听众人在说郭玉方，不知哪来的一股气，放下酒碗，提着铁棍，挤开人群，出了院子，摇晃着身子，朝东门外来。不一会儿，张平贵来到李二怀家的门口，绕着篱笆和房子转了一圈，站到篱笆墙下，向里张望。此时，天色尚早，太阳还高高的，映照得山城通红。李二怀家今天没有人来买豆腐，豆腐都被杨宏信家一次性买去了。

李二怀家的正房门敞开着，屋子里的李二怀和老婆崔彩梅从里面就看见篱笆墙下有人窥视，开始还以为来了讨饭的。夫妻俩走到门旁仔细看，才看清张平贵，吓得面如土色。"张平贵哇，我家女儿已经是有头有主的人了，你又跑来想做啥？"夫妻俩吓得连门也不敢出来。

张平贵仗着酒胆，今天是一定要看到李美蝉。虽然他知道李美蝉定了亲，是王元魁未过门的儿媳妇，可是他就是想看一眼李美蝉。他没有别的想法，只是想隔着篱笆墙望一眼，他就心满意足了。他越是想看，越是等不上想看的人，他看见了李美蝉的爹娘就站到中间房子的门槛，想李美蝉今天一定也在家。不行，他今天是非得见李美蝉一面，哪怕不说一句话，瞭上一眼，死了也不后悔。

张平贵手提着铁棍，一头插到地下的沙土里，袒露着胸怀，闭住出气声，一动不动地傻站着向院子里张望。

屋子内的李二怀看着不知如何是好，急得直冒汗。老婆更是慌慌张张，担心张平贵闯进院子无理取闹。崔彩梅对老汉说：

"你给他送出去一块豆腐。"

"他这回不是要吃豆腐，他——"李二怀害怕地说。

"要不，你去叫杨庄主家的人，叫他家来人把这不要脸的东西带回去。"

"我怕他不让出去。"

"……"

两口子面对着篱笆外的张平贵不知怎样对付。好在女儿住在隔壁的屋子关着门，要不然这该死的东西闯进来，要出人命的。

外面的张平贵站得直直的，一定等着见李美蝉。大约过了两个时辰，太阳开始西沉，张平贵实在腿累得站立不住了，索性坐到地上，抱着铁棍，双眼透过篱笆柳枝与柳枝间的缝隙，一个劲儿地向院子内呆看。娘的，这半天都不出来，难道她不在家。张平贵心里骂着，双眼一闪，身子躺倒，睡着了。

屋子里的李二怀和崔彩梅看见了，吓得直哆嗦。

"你赶快到杨庄主家叫人，把这该死的带走。"

"好，我这就去。"

李二怀放轻脚步，跑步出了院子，直向杨宏信家跑来。他到了杨家，杨家的定亲仪式早已结束。他向杨宏信说明情况，杨宏信听了，气得胡子都竖起来。

"没出息的东西，跑到人家院子去干啥。"杨宏信叫大儿子杨重贵带上几个人，快去李二怀家把张平贵带回来。

李二怀带着杨重贵等几人赶到家时，只见张平贵正睡到篱笆墙外打呼噜，脸部靠着地面沙土，铁棍扔到一旁。杨重贵不明白张平贵为啥要跑到李二怀家耍酒疯，感到有些不可理解。

"平贵哥，快起来。"杨重贵边往起拉张平贵边说。

张平贵沉着身子，翻了一个身，大喊一声："我的女人，我要见我的女人！"

张平贵随着大喊，醒了过来，立起身，看着杨重贵发傻。

这时候，屋内的李美蝉听到外面说话声走了出来。张平贵看见了，傻傻地看着，说不出一句话。

杨重贵这才明白了张平贵酒后往李二怀家跑的原因，一把扯着张平贵就走。张平贵拾起铁棍，又看了一眼院子内的李美蝉，无可奈何地被杨重贵几个人推拥着走了。

院子内的李美蝉泪汪汪地不说一句话，站到篱笆下望着张平贵被众人带走。

第四章　杨重贵完婚

夏天过去了。秋天也过去了。

进入寒冬腊月，西北风卷来，刮得麟州城头黄土飞扬，杂草飘零。大清早，杨重贵起来饭也没有吃，也没叫弟弟重训和张平贵、郭玉方他们一起去练武，独自持刀背弓，牵马出了城东门，飞身上马，朝东面的山峦驰去。

太阳从东方升起，正好迎着向东快马疾跑的杨重贵。阳光照射到杨重贵的眉脸，融化了刚刚冻结的冰层，像汗水一样的水珠，淌入他的脖颈，他感到热乎乎的。太阳如一个火球，冉冉上升，照耀得杨重贵有些睁不开眼。他手搭凉棚，向东望去，山峦套着山峦，山峦支撑着天穹，一眼望不到头。中间是山峦，两侧是两条深沟。大约急走了有20多里山路，他骑马沿一条小路向北面的山沟下来。沟道里时不时有三五家人家点缀在沟道的石畔，也有台田，收秋后的玉米秆还没有割掉。大红马见了玉米秆，就赖着不走。杨重贵明白，大红马要吃草。他把大红马拉到玉米秆地里，让大红马放开肚子吃一个够。

过了半个时辰，大红马吃饱了，跑到还没有结冰的河床喝水。喝完了水，大红马尾巴一扬，脖子伸展，"嗷嗷"地叫了两声，那意思是催促主人上背赶路。好一匹大红马，知人性，识人言。杨重贵持刀上马，顺着一条向东走的人行大道，毫无目标地疾驰。到哪儿去？不会一直走到黄河岸边吧。大约又疾走了30多里路，沟道显得宽阔，一个有30多户人家的村庄出现了。这个村庄人家不少，是他一路见到的最大的村子。

田野里，几只小白兔在寻找收割遗落掉的白菜叶子啃吃。那些兔子吃白菜叶的姿态特别好看。杨重贵看得眼睛都发傻了。多么可爱的小白兔哇！他跳下马，放慢脚步，把刀放下，弓着腰，双手展开，准备抓住一只小白兔带回家。快到小白兔们跟前，那些小白兔很机灵，蹦，蹦，蹦，三蹿两跳就又跑到另一块地里。"鬼东西，看你再跑。"杨重贵取背上的弓箭下来，搭箭上弓，瞄准一只小白兔，"嗖——"一箭射去，一只小白兔尖叫一声，朝山坡跑去。

几乎同一时刻，"嗖——"一株老榆树的背后射出一支箭，从杨重贵的右耳边射过，差一点儿射掉他的右耳。好险哪！

"何方毛贼，竟敢射杀姑奶奶的白兔。"随着喊声，老榆树后闪出一位年轻的小姑娘，看上去不超过 15 岁。

杨重贵大吃一惊，倒退两步。飞来的箭差一点儿要了他的命。他定神一看，只见姑娘又朝天空飞过来的一只麻雀"嗖"地一箭，麻雀应声栽了下来，落到他的面前。杨重贵又是一惊："好箭法，好箭法。"不由得失声喊出。

"你是干什么的，为何箭射我家白兔？"姑娘手提弓箭走到杨重贵面前，话音很是不客气。

"我……我只是想……"杨重贵也答不上来为何箭射白兔，出奇地傻看着姑娘，"啊呀，这么漂亮，俊板板的，是天女下凡吧！"他又是失声喊出。

"我看你就是一个贼！"姑娘望着倒在山坡的小白兔大喊。

"我是贼？不要诬陷好人。"杨重贵争辩道。

"你就是贼，要不然，为何打我家兔子的主意。不行，赔，放下白银五两，不然的话，休想走出这条沟。"姑娘大声喊着。

"岂有此理，一只兔子值这么多白银。不赔，看你能把我怎么样？"杨重贵口气硬起来说。

"那就把你的大红马留下，否则，就割你的一只耳朵。"姑娘说这话时一只手捂住嘴轻轻地笑。

"你这不是讹诈人吗。我的大红马，日行千里，夜走八百，值 1000 两白银。你一只兔子值多少钱。"杨重贵寸步不让争辩着。

"那就把你的弓箭扣下来，回家拿五两白银来赎，然后把我的小白兔选择一块坟地埋了。"姑娘很认真地说。

"不行，我家离这里远，再说一只兔子也不值五两白银。还要选择坟地埋。"杨重贵心里觉得姑娘讲得也有些道理，她一定是过分疼爱她的小白兔，他是故意这么说看看姑娘到底想把他怎么样。

"毛贼！我看你就不是一个正经东西。平白无故，射杀人家的兔子，还强词夺理、油嘴滑舌。不要走，吃姑奶奶的两拳头。"姑娘说着背好弓箭，卷起袖筒朝杨重贵扑了过来。杨重贵觉得好笑，急一躲闪，让姑娘扑了一个空。姑娘又转身挥拳扑过来，杨重贵又是一闪，然后飞身上马，让马兜着圈子，气得姑娘大叫。姑娘打不上杨重贵，转身跑回家，从牲畜圈里牵出一匹大白马，手持一把大砍刀追出来。

不好，这姑娘这回是真要与自己拼命了。杨重贵急掉转马头，催马向北面的山上奔驰。他在前面骑马跑，后面姑娘骑马追。两匹马一直跑上一座山头，又翻过一座山头。

怎么办？这样跑也不是办法，姑娘是占不了上风绝不罢休。杨重贵骑的马快要跑到一座庙前，急下马把马拴在一株榆树上，快步走进庙的大门，然后又把门关住，用肩膀扛着。那姑娘见杨重贵躲进了庙里，实在觉得好笑，这家伙，脾气够倔的，死不认账，以为躲进庙里就完事了。

姑娘也下马，也把大白马拴在榆树上，将大刀立在榆树身，急忙朝庙门过来。她用力推庙门，推不动，知道那家伙用身体扛着，她不服气，用足力气，肩膀头扛着庙门。

突然，两扇庙门同时拉开，姑娘不及提防，用力过猛，闪了进去，在几乎失去重心，将要摔倒的一瞬间，被杨重贵双手拦腰抱住。

"姑娘，我认输了，小心摔倒碰伤了身体。"杨重贵满脸含笑说。

"你……你这个偷兔贼。"姑娘挣不脱，急得举起拳头，擂杨重贵的肩膀。她感到自己也太任性了，争来争去，还是让不知姓名的家伙占了便宜。"放开，这不算本事，用闪门计捉弄人，算什么英雄好汉。"

"嘿嘿……闪门计？我还是第一次听说，兵书里的三十五计怎么没有闪门计呢？"杨重贵搂着姑娘舍不得放开，只是惊讶地问闪门计是啥计。

"兵书里没有，加上闪门计不是就有了。"姑娘也"咯咯咯"地笑着说，"是你创造的闪门计。"

"是啊，是我们俩共同创造的闪门计。今后兵书里就增加成三十六计。"杨重贵趁机用指头戳了一下姑娘的脸蛋放开来说，"姑娘，你真有本事，文武全才。请问尊姓大名。"

"你还没有告诉我你叫啥名字呢。你不先告诉我，我就不告诉你。"姑娘羞红着脸说。

"我麟州城南人，叫杨重贵，是我父母的长子，今年 17 岁……"杨重贵还想自我介绍下去，被姑娘打断了。

"我又没问你年龄多大。多情，自作多情。告诉你，我叫佘赛花，也叫折赛花，府州孤山人。"姑娘说出了自己的姓名。

"好名字，赛花，真是赛过大地上所有的花朵哇。能告诉我你多少岁吗？"杨重贵着急地问。

"15 岁。"

"你去过麟州吗？离你村孤山不远，也就是 60 多里路。"杨重贵这样问是想引起佘赛花对他的进一步了解、好感、加深印象。

"没去过。可是我去过黄河东岸，去过府州、保德州，还坐过船。"佘赛花也尽量寻找话题，让杨重贵加深对自己的印象。

两人说着相跟着出了庙的大门，一起抬头看，上面写着"七星庙"三个大字。

"杨重贵，啥叫七星庙？"佘赛花有意问。

"可能是为天上的北斗七星修建的庙吧？"杨重贵猜测着答。

"啥可能，就是七星北斗庙。"佘赛花很是高兴，想不到今天遇到这么一个倔家伙，她心中对杨重贵产生了七分的爱意，只是不好意思说出来。鬼家伙，用闪门计趁机把自己抱在怀里，使自己不得脱身。如果他要是不抱自己，那她就要吃大亏，重重地摔到地下。总之，杨重贵占了便宜，她做了他的俘虏，撞到他的怀里。他这一抱，到底是啥意思，是耍弄自己，还是看准了她。佘赛花要让杨重贵表个态，不能就这么不明不白地让这家伙占便宜，一走了之。自古以来，一个女孩子，是随便让一个男人抱的吗？

"杨重贵，再问你一个问题？"佘赛花面对面问杨重贵。

"啥问题？"杨重贵假装不明白。

"你家里有些啥人？"

"啥人？都是人呗。"杨重贵装得傻乎乎地发愣。

"别装糊涂。家里除了父母还有些啥人？"佘赛花紧追不放。

"父亲，母亲，还有一个弟弟。"杨重贵如实地回答着。

"再没有其他人了？"佘赛花又进一步追问。

"没有了。再有就是少个——"杨重贵故意不往下说。

"到底是没有了，还是有，老老实实回答。"佘赛花向杨重贵迈近一步，压低声音说，"别哄我，我可不是随随便便的女孩子。懂吗？"

"我懂。再有就是我缺少一个媳妇。"杨重贵只得老老实实地回答。

"鬼家伙。"佘赛花话题一转，认真地说，"如今天下大乱，刀兵四起，国不像国，军阀混战，生灵涂炭，老百姓无家可归。你有武艺，人又年轻，为何不出去投军，报效国家？"

"我早有此意。大丈夫生于乱世，是为国而生，是为民而立，两年前我就要到太原或长安、开封投军，只是我父母担心我年龄小，不让我去。再说——"杨重贵的话又被佘赛花打断了。

"再说啥？如今你是大男人了，还是一个小孩子？我 15 岁了，都觉得长大了。男子汉大丈夫，要有一颗报国之心，爱民之心。"佘赛花不停地说着。

"这些道理我都懂。只是我父母让找对象，娶过媳妇再出去投军，为国家出力。"杨重贵说这话时双眼死死地盯住佘赛花，希望佘赛花能够给他一个令他满意的答复，这个来自少女的答复是他渴望已久的，只是过去没有遇到心里如意的。现在，机会来了。上天给他赐予了一只来自月亮上的玉兔。他鼓足勇气问佘赛花：

"你有意中的郎君了吗？"

"啥郎君？我有的话，还与你拌啥嘴。没心眼的鬼家伙。"佘赛花从杨重贵的眼神能够读懂，这是一双如饥似渴的眼睛，一双放射出光芒的眸子，他的那两只抖动的手随时有可能又做出不规矩的动作向她发起进攻，甚至会像刚才七星庙大门口发生的那一幕，突然把自己狠狠地搂在怀里，用牙齿把她的脸腮肌肉一口一口啃吃掉。想到此处，佘赛花心窝一阵颤动，脸颊感到发热，不由得身子向前倾斜了一下，差一点儿撞到杨重贵的怀里。

"你没有郎君就好，那咱俩——"杨重贵紧张得不好意思说下去。

"那咱俩定亲，成就百年之好。"佘赛花鼓足勇气，严肃地讲出来，"走，咱到庙里下跪，让上天作证，互相永不背叛。"

"太好了。和我想到一起了。走！"杨重贵不由得用右手抓住佘赛花的左手，朝着神像下跪一起宣誓。

"我俩自愿订婚，不求荣华富贵，只为日后成家生儿育女，报效国家，一心为民，死而无怨。"

两人宣誓完，又磕了三头，相跟着出了七星庙，各骑上马，不紧不慢地并列走着。

"那咱啥时正式结婚入洞房呢？"杨重贵问。

"急啥呢。"佘赛花斜了一眼杨重贵说，"父母对咱俩的事情一点儿也不知道。这样吧，还得按照咱地方规矩来，你回去叫你的父亲请起媒人，到我家正式提亲。我父母同意了，先订了婚，再定结婚日子。"

"那你父母要是不同意，那怎么办呢？"杨重贵有些着急了。

"傻瓜。我的婚事我做主。懂吗？形式和规矩还是要走的。我父母可没有那么死脑筋。只要我看上的郎君，他们一定会满意。"佘赛花用刀把轻轻地戳了一下杨重贵的脊背又说，"你今天回家，最迟不要超过后天，你与媒人一起到我家提亲。"

"好，一言为定！"杨重贵高兴地喊起来。

"一言为定。"

两人骑着马消失在山沟里。

杨重贵赶天黑的时分回到家。杨宏信正为找不到大儿子杨重贵着急。他回到家了，父亲和母亲，还有弟弟重训和张平贵、郭玉方他们也都放下心来。杨宏信埋怨道：

"大清早就出去，这一天到哪儿去了？"

"是哇，又遇着土匪、强盗怎么办？"刘慧娇唠叨着给大儿杨重贵舀稀饭吃。

"爹，娘，我今天遇大好事啦。"杨重贵虽然饿了一天，滴水没沾嘴唇，可是浑身是劲，满脸的喜气。他喝了两口粥说：

"我遇到——"杨重贵有意停下来，让父母着急。

"遇到啥啦？不会真的是遭遇土匪吧？"杨宏信吃惊地忙问。

"是不是遇坏人啦？"刘慧娇急火火地追问。

"遇到我前世修来的媳妇啦，长得太像九天仙女啦！"

"嘿嘿……"杨重贵嬉笑着说。

"你瞎说啥？哪有这等好事。"杨宏信不相信大儿子说的话是真的。

"对，你出去就遇着满意的媳妇，还用你爹请媒人到处给你提亲。灰小子，给爹娘还说捣鬼话。"刘慧娇也觉得大儿子是在撒谎，让她和老汉耳朵听了高兴。

杨重贵几口喝完一碗粥，然后自己又舀了一碗喝了半碗，不饿了，这才摆出一副严肃的面孔，把早上到孤山箭射兔子，引出佘赛花追赶自己到庙里，他用闪门计制服佘赛花，然后两人互吐真言，愿结为夫妻百年之好的事情详细地对父母说了一遍，然后又急忙说：

"婚姻大事，做儿子的怎敢欺骗爹娘。爹，娘，我俩还商量了，赶后天咱要请媒人正式到孤山佘家上门提亲求婚，否则，时间拖得长了，万一——"

"万一姑娘变卦，或者是父母不同意可就麻烦啦。"杨宏信乐得拍了下胸脯，双手捋着胡须，乐呵呵地说，"好，太好啦，我家重贵的婚姻订了，这是上天给我杨家送来的媳妇。"杨宏信对老婆说：

"明天请孙寡妇和杨洪当媒人，筹备好2只羊，2头猪，5匹绸，再加50两白银，保准让咱的新亲家满意。"

"爹，人家佘家也是有身份的人家，方圆几十里，有名有威望。赛花说，她爹可要面子，若是礼不到，规矩不到，就不会答应这门亲事。"杨重贵对爹认真地说。

"儿子，你放心，孙寡妇和杨洪会说话，会办事，爹心里有数。"

"对，就让孙寡妇和杨洪当媒人，一回说不成，跑上两回，嫌礼少，咱再多备几只羊。"刘慧娇为大儿子的婚事着急地说。

杨宏信当即找来在另一间房子住的杨洪，说明情况，要杨洪马上去请孙寡妇，明天准备聘礼，后天带着重贵到孤山佘家提亲。一定要做到十拿九稳，把这门亲事定下来。至于何日结婚，等待正式订婚再说。

"你们不必多操心，既然重贵兄弟和那个赛花姑娘双方愿意，又对神灵宣誓永结百年之好，这事就像成了一样，咱们只是走一个形式。佘家既是大户人家，那佘老先生一定是明事理的人。赛花姑娘一定会说服父母，同意这门亲事。"杨洪蛮有把握地说。然后，杨洪出了院子，来到孙寡妇家，说明情况。孙寡妇一听，咧嘴大笑说："我说中午睡觉梦着发了财。原来是给杨庄主的大少爷定亲。好，我去。不过，五两说媒银子不能少。"

杨洪说："事办成之后，肯定给你五两银子。"

这一夜，直到鸡叫头一遍的时候，杨宏信全家人才入睡。

第二天，也就是离过年只有七天了，杨宏信一家从清早起来，吃了饭，就忙碌开来。杨宏信叫了两个守护院子的人杀了两只羊，自己带了杨洪和两个守护院子的青年后生，带足银两，下山到其他村庄买猪肉。

杨宏信四人下了麟州城，沿着窟野河畔，走了十多里，来到一个村子，打问着要买杀好的全猪。他们打问来打问去，跑了十多户人家，才买得一头重 120 斤的全猪，缚在马身上驮着。他们又向南岸，在只有两户人家的一个小村，拿 3 两银子买了 80 斤重的一头全猪。这一头猪是小了一点儿，斤两不多，可也是全猪。这年头，能买来全猪已经是不错了，哪有 200 多斤重的全猪。杨宏信又把第二头全猪也绑到马背上驮着，赶天黑的时候回到麟州城。

猪肉全备好了，羊肉备好了，绸缎、白银都准备齐全了，杨宏信喜得不住地捋胡子。看来，从南乡山沟迁家到麟州城的决策是正确的。二儿子定亲了，大儿子的婚姻也定了，这是头等大事，只要大儿子结了婚，杨家的第三代人就会来到这个世界。他已经是年过半百的人，一心想报国为民，可是这国不让他报。自己的国家在哪儿呢？每每想到报国，就想到了给大儿子和二儿子订婚成亲的事情。男子汉大丈夫，既要为国尽忠，也要为家尽力，尤其是对待儿子的婚姻大事上不能马虎。杨宏信一时高兴，让家人给他炒了一碟白菜与杨洪、重贵、重训、张平贵、郭玉方他们喝起酒来。麟州的粮食酒很有些年代了，从新秦堡改为麟州城就有了。地道的粮食酒，味纯，香美，喝上一斤都醉不了人。

杨宏信一连喝了三碗酒，足有二斤多，感到有满心窝子话要说。他喝着喝着，嘴不由心控制了：

"重贵，重训，听着，结……结婚后给老子生一群孙子……"

"爹，喝醉了。"杨重贵和杨重训夺下父亲手里的碗，搀扶着父亲到和母亲的房子去睡。

这一夜，杨宏信说了不少梦话：报国，杀敌，娶两个儿媳妇……生十个孙子，全是带把的……

又一天过去了，清早的太阳依旧还是老样子，金灿灿地从麟州城的东方山峦升起来，给冬天的塞上高原罩上一层金黄色的光泽，忽闪忽闪，照得人们几乎睁不开眼睛。

杨宏信酒醒了，按照他的话说，他根本就没有醉，不要说是喝二斤酒了，三斤五斤也醉不了。麟州的酒好哇，不会醉人。

按照杨宏信的安排，杨洪和孙寡妇带着杨重贵，还有两位守家看院的一行4人，驮着猪、羊、绸缎，带着50两白银，吃过早饭，就下了山，沿着朝东的一条深沟向东面走来。道路还算宽阔，人马行走还畅通。他们一行走了三个时辰，到后半晌时分才到达孤山村。

佘赛花和母亲、父亲佘德扆等家人十多口早在村口的大路口等候。双方见面，寒暄几句客套话赶快往佘赛花家走来。佘赛花家五间正瓦房，东西厢房各三间，青砖包大门，青石板铺的院子，隔墙还专门有养牛、养马、养羊的棚圈，大门外的一丈远处垒的一大堆黑炭，一看就是生活富裕的人家。几只小白兔在院子内蹿出蹿进，又引起杨重贵的遐想。

主人把客人带的东西放到厢房，把两匹马让家人拉到隔壁的棚圈吃草，然后才引客人进到正面的房间，让座、泡茶。佘德扆也是一个长胡子人，只是胡子还没有全白，他坐到主人的太师椅子上，开口就对杨洪和孙寡妇说："我家赛花把他俩相爱的情况都对我说了，我和孩子娘对这门婚事没意见，只是杨家来提亲，除了带的两头猪、两只羊、五匹绸缎外，还有啥礼物？"

"另带白银50两，一并作为聘礼。"杨洪从提前放好的口袋里取出银子，放到圆桌上。

"这也是聘礼？"佘德扆拿起银子又扔下，佯装生气，"不行，太轻了。"

"爹，这还轻——"佘赛花对爹的出言感到吃惊，"不是说得好好的，杨家只要给一份聘礼，略表心意就行了，怎么50两白银还嫌少？"

"我佘家不缺猪、羊、绸缎，也不缺银子。"佘德扆捋着胡须，品了一口茶水，慢条斯理地说，"这门亲事我同意，对未来的女婿也满意，只是这聘礼——"

"那到底想要啥聘礼？"孙寡妇忍不住地追问。

"要……"佘德扆看了一眼一旁坐着的杨重贵，又瞧了一眼女儿，认认真真地说，"要桶粗的牛毛三根，晒干的雪花四两，天大的脸盆一个，地大的照脸镜子一块，还有——"

"这不是为难人吗？"杨洪一下子脸变色了。

孙寡妇"嘻嘻"一笑说："行，要长城的金砖十万块也行。"

"哈哈哈……"佘德扆大笑着捋着胡须，一把拿起银子，站起来大声说，"猪羊肉、绸缎我收下了，这白银万万不成。我佘家不是那种见钱不要命的人，我爹当过府州刺史，我也干过团练。这门亲事，女儿说了算，银子就退回去。"

"哈哈哈……老先生真是会逗，我还以为真要桶粗的牛毛三根。"杨洪急忙对杨重贵说，"还不快谢过岳父大人。"

杨重贵才反应过来，急忙跪下给佘德扆磕头，嘴里不停地说着："爹……爹，重贵这里给您有礼了。"

佘赛花见状，也忙下跪给爹磕头，笑得合不拢嘴。

佘德扆亲手扶起未过门的女婿和女儿："爹是同意了，还要看你娘愿意不？"

佘德扆的老婆也是一个聪明的女人，她一听老头子把事情推到自己头上，急从一旁坐着的椅子站起，把女儿赛花搂在怀里，瞧了一眼杨重贵说：

"听说这未来的姑爷好箭法，打兔子是一把好手。我倒想看看他的箭法到底怎样，他要是能到外面把天空中的麻雀射下一只来，这门亲事就算定了，啥时正式结婚也行。要是射不准，可别怪我老太婆不讲情面。"佘德扆的老婆显然是对杨重贵一箭射死她家的兔子念念不忘，记在心里，她要为女儿挣回面子来，"哼，算啥好汉，近距离射杀一只兔子，有啥逞能的，有本事像我女儿一样，射天空中飞行的麻雀。"

杨重贵一听，脸唰地红了，心里明知这丈母娘是在考他的杨家箭法。他在这个时候，绝不能胆怯。他拍了一掌自己的胸脯，从背后取下弓箭，对众人说："现在天还没有黑下来，正是麻雀飞着回窝时分。走，我给各位表演一番我的箭法。"说着扭头走出外面，众人也嚷嚷着一齐跟出来。他们一直走出大门，见旁边的一株老榆树上落满麻雀，有的麻雀飞来飞去，叽喳着回窝。杨重贵拈弓搭箭，也不瞄准，转身180度，"嗖——"一支箭飞向树枝，朝空中射去，没有射中麻雀，众人一个长长叹气。还没等众人喘过气来，只见箭倒掉下来，射中了一只空中飞过的麻雀，摔落到地下。

众人大惊失色！你看看我，我看看你。这是啥箭法，有如此神力。佘德扆的老婆惊得傻呆了，看着杨重贵不由得"啊"了一声，又瞅了一眼女儿赛花说："没有哄娘，姑爷真的好箭法，只是白白地少了一只小白兔。唉，这只麻雀太可怜了。"

"好，别再为难我女婿了，回家喝酒吃饭。这门亲事就算正式定了。"佘德扆高兴地拉着杨洪的手。

晚饭是丰盛的。佘德扆命令把杨家带来的羊肉拿出一只，全部切碎，煮上一锅，吃炖羊肉，另炒了一个绿豆芽、豆腐、粉条、鸡蛋，配了四个热菜。佘家是专门有厨师做饭的，平时佘德扆的老婆也不动手做饭，只是有亲戚来，吃饭人多了，帮一把手。佘德扆老婆今天是特别的高兴，亲自下厨炒菜。喝的酒，当然是从附近的麟州乡间的酒坊买的。快过老年了，佘德扆提前半个月让管家赶着两匹马，驮回两大篓子酒，足有200多斤。佘德扆爱喝酒，老婆也是半斤八两，至于女儿赛花，也是好酒量，小小年纪，就有一斤酒的量。

佘家今天是张灯结彩。天黑后，院子吊起了四只大红灯笼，照得院子的青石板亮闪闪的。今晚兔子不回窝，在院子里跑过来蹦过去撒欢。不一会儿，菜全炒好了，端到正房客厅的圆桌摆了开来。席摆了两大桌，佘德扆、老婆、女儿赛花、杨洪、杨重贵、孙寡妇等客人一桌，佘家其他家人一桌，开始了喝酒吃肉。

佘德扆按照当地的习惯，拿出三只能盛半两的白色小酒盅，自斟了三杯，先给客人敬酒。杨洪年龄大于杨重贵，当然是首先给这个媒人敬酒三杯。杨洪也没有推让，接过酒杯，"咕咚""咕咚""咕咚"三口饮了三杯酒。敬第二个人当然是孙寡妇了。孙寡妇接过酒杯说："佘老先生，你女儿的亲事定了，我这媒婆你拿啥感谢？"

"这……"佘德扆感到没有了面子，这个媒婆怎么向他要钱，"这样吧，我给你二两银子。"

"不行，五两。杨家给了五两，女方家也是五两。"孙寡妇"嘻"了一声说。

"好好好。"佘德扆叫人取五两银子给了孙寡妇。

接下来轮到杨重贵了，可是，当地喝酒有规矩，辈分大的人不能给晚辈敬酒。虽然，杨重贵还是未正式结婚的女婿，可是今天是喝订婚酒，佘德扆自然是不能给杨重贵敬酒。要敬也行，那杨重贵要首先自斟三杯酒喝了，才能喝老丈人的敬酒。这三杯酒也叫免罪酒，意思是喝了这三杯酒表示小辈认服长辈，再长辈敬酒不损长辈的形象了。杨重贵不懂这个喝酒规矩，是由佘赛花教的，杨重贵接过三只空酒杯倒满，三口喝了三杯酒，又倒起三杯，表示佘德扆给他敬的酒喝了。佘德扆敬完一轮酒后，说现在自由了，喝酒没有那么多规矩，谁想喝多少就喝多少。

酒喝到正酣畅的时候，杨洪才提出啥时候结婚，是不是今天就一并选定一个日子，早一点儿结婚，也省得双方父母操心。佘德扆喝得喉咙发热了，拍了拍自己的脑袋笑着说："对，把结婚的日子也定了，迟结婚不如早结婚，我还等着抱外孙呢。哈哈哈……"

"爹——"佘赛花见爹有些醉了，看了一眼娘，意思是让娘来定个日子，表一个态。

"我女儿过罢年16岁了，也不小了。姑爷不是说他早出门投军去，为国家尽一份力。我看一过年就结婚。"佘德扆给自个斟酒，喝了一杯说。

"好，那就定在明年正月初二。"孙寡妇见是时候了，也自斟一杯酒喝了抢话说。

"正月初二？时间有些太紧张了吧。今天就是腊月二十五，只有七天时间，来得及准备吗？"佘德扆的老婆看着大家说。

"来得及。正月初二就初二。"佘德扆又是拍着脑门顶表态拍板，以显示他主人的身份重要。

杨重贵的双眼投向佘赛花。

佘赛花的双眼也投向杨重贵。

一对年轻人的目光成为两条直线重叠在一起，把两个的心也串连在一起。

杨重贵仗着酒量，这才想起给佘赛花的父母和另一张圆桌喝酒吃饭的佘家其他人敬酒。他一个人接一个人敬酒，佘赛花紧伴在身旁给倒酒。两人同时敬酒，表示着他俩已经是即将结婚的一对正式新人。

杨洪是一个办事细致的人，他不敢放开酒量喝酒，害怕万一喝醉酒后失言误事，他要把结婚的许多细节定下来。比如，男方家吃几顿饭，请多少人，派几个人来娶新娘，女方家准备几顿饭，有什么人参加，让谁去送女。别看这是一些细节，儿女婚姻事上，这些事情也很关键，一个环节出了差错，会产生不好影响。再说杨家、佘家两家都是麟州、府州有影响的人家，给儿女办婚事，总要像那么一回事情。

　　经过一番商量，决定男女双方家各吃四顿饭，男方派4个人来娶新娘，女方派4个人送新娘。另外，男方家还请一班鼓手唢呐班子助兴，一同来娶新娘。

　　为了安全，以防万一，男方家还要派出20名兵丁护卫相伴。

　　"这就好啦，与我想的一样。"佘德扆对男方家杨洪、孙寡妇提出的这些结婚细节表示满意。

　　"对哇，这年头，世事难料，到处乱哄哄的，土匪、强盗横行，多来几个护身人员最好不过了。"佘德扆的老婆说。

　　"别麻烦杨家带那么多护卫人员了。有土匪、强盗又怎么着？难道我的大砍刀是摆设？即使真的路上碰着十个八个毛毛贼，我也对付得了。"

　　"哎哟，赛花哇，别说这些不吉利的话。终身大事，还是多留心想得周到一些。重贵，娶亲时，就派20个护卫人员，我心里也踏实。"佘德扆的老婆对杨重贵叮嘱。

　　"好，没有问题。要不，我亲自披甲戴盔，引着护卫队来。"杨重贵着急地说。

　　"说的啥话，哪有姑爷亲自娶媳妇的道理，咱麟州、府州两地自古以来也没有这规矩。就这么吧，多来几个保护人员就好了。"佘德扆又端起酒杯喝着，对这门亲事表达了十二分的满意。

　　这一夜，孤山村的佘德扆家的小院四只大红灯笼高高挂起亮着。到了后半夜，竟然传出酒曲声：

　　　麟州的羊肉哎麟州的酒，
　　　喝不够来哎吃不够；
　　　羊羔子上树哎吃柳梢，

年轻人看见哎年轻人好；

大红马骑上哎满山梁跑，

满口口白牙哎对着哥哥笑；

蓝天上白云哎满天飘，

哥哥妹妹哎永相好——

　　杨宏信一家迁到麟州城已经有半年了。这段日子里，麟州城一改往日的萧条，变得热热闹闹起来。杨宏信家的到来，不只是给原住户人家壮了胆，带来了一些欢声笑语，也给他们带来了长期在麟州城安家的信心。杨宏信落户麟州城招引来不少周围村子的人也迁家麟州，特别是那些过去给杨宏信家干活儿的长工，主动又跑来给杨宏信家干杂活。也是麟州城该过一段安宁的日子，自杨宏信一家到了麟州城，就再没有大的匪患侵扰，山头上的老住户们说，杨宏信给他们带来了平安，是一条驱邪的真龙。

　　临过年了，杨宏信家忙着给大儿子杨重贵准备着操办婚事，那些认识杨宏信的南乡人听到喜讯，三三两两专程赶来提前庆贺。杨宏信高兴，凡是来人就煮羊肉摆酒招待。山头上人来人往，上上下下，方圆几十里村子的人家都知道城南来了一个财主杨宏信，为人好，性豪爽，要给大儿子娶媳妇啦。杨宏信乐得喝着酒，捋着胡须，站到西城墙的底下，远视着窟野河对面的沙丘、山峦，心花怒放，沉浸在幸福的激流里。是哇，他已经年过半百了，从小读过史书，空有一番报国之心，大半辈子在南乡种地务农，挣下一份丰厚的家产。他把自己全部的事业和厚望寄托在两个儿子身上，希望两个儿子继承自己的夙愿，早日报效国家，建功立业。大儿子重贵结婚了，就让他两口子一起去投军。杨宏信得知未过门的儿媳妇佘赛花小小年纪，文武双全，精通箭法，百步穿杨，有射空中飞来之物的本领，很是喜欢，想不到儿子重贵自己找了这么一个有本事的媳妇。二儿子杨重训比大儿子杨重贵还定亲早，等给大儿子杨重贵结了婚，过上半个月，再给二儿子杨重训结婚。

　　好哇，杨家增加人口了，马上会有第三代人。杨宏信手按着挂着的腰刀，绕着城墙转，杨洪和张平贵、郭玉方其他几个护卫人员跟在身后。

　　"兄弟，准备得怎么样了？"杨宏信问杨洪。

"差不多了。新房已经打扫干净，吃饭用的水也准备了十大缸，猪肉、羊肉、粉条也备办好，豆腐已经和李二怀定做了200斤。新郎、新娘穿的衣服也缝好。老叔就放心好啦。"杨洪高兴地答。

"还有安全的事情也要做到万无一失，不得大意。"杨宏信一行转悠到东城来，指着土墙说，"乱世天年，天下不太平，强盗横行，不敢掉以轻心。兄弟，看家守护人员，要天天训练，夜夜轮流防守。麟州城这个地方，可是各方势力和土匪盯着的一块肥肉。等过了年，给重贵和重训结婚了，给咱贴布告，再招200兵丁，组建咱杨家的一支队伍，以防有人来偷袭山城。"

"老哥说得对，我抓紧去办。"杨洪把杨宏信的话一一记在心里。这招兵买马的事情，可是大事，再扩充200人，不是一个小数目，这是一支队伍哇。看来，老哥是有更深层的考虑，不仅仅是为看家守院，吓唬吓唬几个毛毛贼。杨洪心里想。

杨宏信回到家里，亲自去看新房，只见老婆、大儿子重贵收拾新房，很是喜欢。他不见二儿子重训，就问大儿子杨重贵："你弟弟重训呢？怎么不帮着忙家务活。"

"爹，弟弟带着几个人，骑马下山，说是打猎去。"杨重贵对爹说。

"这地方有什么猎可打的，过年了，快要娶媳妇了，不要惹祸。"杨宏信生气着二儿子重训下山去打猎，他又对大儿子说，"刚才爹给你杨洪叔、平贵、玉方说了，等给你和重训娶过媳妇，明年再招兵买马，建立一支500人的队伍。"

"500人的队伍？"杨重贵吃了一惊，不由得喊出声，"招这么多的人干啥？难道咱家要建立一支家族军队？"

"对。就是这个意思。重贵，你想一想，这天下乱哄哄的，有人，有刀，有粮就是草头王，谁的势力大，谁就可称霸一方。咱不要说称霸一方了，咱能把自己的家业守住，把附近的老百姓保平安就行啦。光只咱父子几人的力量不够，再说，过了年，你结婚了，你们一走，谁来守这个家？爹反复考虑过，没有一支看家守院的队伍可不行，咱在麟州迟早要被外邦和土匪吃掉。"杨宏信说着自己的心里话。

"爹说的是。"杨重贵认为爹有远见，想得周到。杨家要在麟州城安定下来，没有一支武装力量是万万不成的。招兵买马的事，宜早不宜迟，不能拖到明年，说办就办，否则，夜长梦多。杨重贵向爹讲了自己的看法。

"是哇。这事拖不得。爹想过了，趁你结婚之际，来的客人多，亲戚多，朋友多，就把招兵买马的事情讲出来，肯定有人参加。还有，过了年后，爹准备亲自去栏杆堡劝说程万保、李俊他们早点来麟州城。占山为王，终究不是长远之策。"

"好。那就趁早多制兵器，招来兵也有个使用的，让大家练好本领，以防万一。"杨重贵对爹说，"我明天带人下山，到外村多买一些镢头、锹、耙、锄等工具，既能当劳动的工具，也能做打仗的武器。"

"马上就过年了，给你娶媳妇，你不要去了，叫你杨洪叔和平贵、玉方去吧。"杨宏信说。

"没事，过年还有三天，结婚还有五天，这几天待在家也是闲着，我带人下山买兵器。"

杨家的过年筹办喜事，变成了一场购买兵器，招募人员，准备打仗的行动。

三天过去了，杨宏信又招收了50多人，大都是20岁至35岁的青壮年，且有一半因家贫没有娶过媳妇。已是年三十了，这些人还扔下家人来杨家当兵丁护卫人员，杨宏信很是感动。他亲自给大家训完话，让二儿子杨重训和杨洪把这些人安置住下来，吃了晚饭，在演练场点着火塔，他拿出大刀舞起来，给大家教刀法。

"弟兄们既然来了我家，就不是外人，把这里当成是自己的家。大家学本事，学会刀、枪、棍、棒，各种兵器都要会使，天天要早起，坚持练武，特别是要会骑马射箭，攀崖穿山，练就能跳能跑的本领。这样一旦有贼兵来袭，就可以迎敌。否则，只能做贼兵的刀下鬼。"杨宏信看着每一个人，说了一番，便舞起大刀，左三砍、右三砍、上三架、下三挡，转身，迈腿，把刀舞得风声"嗖嗖"响，看得众人拍手称绝。

"老爷的刀法，果然是名不虚传。"

"老爷，你这是啥刀法？"一个新来的人问。

"啥刀法？"杨宏信笑了笑，"哈……你说啥刀法？以后就叫杨家刀法。先教给大家杨家刀法，过几天还教杨家枪法、棍法、箭法……"杨宏信边说边舞刀，大家只拿着棍棒当刀使，跟着比画着。虽然是年三十晚上，杨宏信还在忙着给新招的人教刀法。

"枪法、箭法，让我的两个儿子教你们。平贵教你们棍法，玉方教你们长矛法。今晚的年三十，每人喝半斤酒，不能醉。吃饱喝足了，轮流值班巡城，不得大意。要知道，越是平安喜庆的时刻，越是提高警惕，以防贼人来袭。"杨宏信捋着胡须认真地说。

"老哥放心，巡城的事，我已做了安排，共有400名护城人员，每50人一个组，每一组巡一个时辰，三组轮换着巡查，不分白天晚上。"杨洪走到杨宏信面前说，"结婚的事情全都准备好了，后天一大早太阳没有出来，娶新娘的人就出发，我带头去娶，带20名护卫人员，以防半路出现意外，保证赶后天正月初二太阳落山前回到家。"

"好，有你办事，老哥放心。"杨宏信又对身旁的大儿子重贵、二儿子重训和张平贵、郭玉方说，"你们几个要带头学本领，提高武艺，给大家教使用各种兵器，把我杨家刀法、枪法、棍法、箭法教给每一个护卫人员。"

"爹，你放心好了，我知道该怎样做。"杨重贵手提着大刀站到父亲一旁说。

"爹，我的箭法虽然不如我哥哥，可也能够在百步之内射中对方的头盔。射左耳朵，不会射了右耳朵。"杨重训也对父亲解释着说。

张平贵、郭玉方也向杨宏信表了一番决心，练好功、带好兵。

"这些日子来，麟州城一直太平无事，我总觉得有些太安静了。官方人员都一直没有来麟州，这些国家的军队也没有来过一兵一卒，爹老是心里不踏实，咱不得不做好防备。"杨宏信对两个儿子和张平贵、郭玉方等众人说，"麟州虽然地广人稀，不怎么肥沃，可历来是兵家必争之地。秦朝在此设新秦堡，西汉张骞出使西域路经此处，大将卫青出兵新秦，大战新秦堡，东汉刘秀养兵屯粮新秦堡——唐朝唐玄宗时代改设麟州，唐肃宗李亨屯兵屯粮麟州，还有刺史郭锋战死于麟州……这一连串的事件说明了什么？说明了麟州不仅是兵家的用武之地，也是一块风水宝地。比如麟州的煤炭，北部地区沿窟野河两岸遍地都是。这煤炭是宝贝疙瘩哇，能烧火取暖做饭，当柴烧，还能冶炼钢铁、黄金。知道吗？唐肃宗李亨登基后，专门在长安修了一条炭市街，以表达对麟州的思念之情……"炭火旁，杨宏信说得激动起来，"麟州城是边塞重镇，我杨宏信一定要在此立足，上对得起国家，下对得起麟州百姓。"

半夜了，远处传来放炮的响声，震动得夜晚骚动起来。杨宏信说："咱家也放几个吉祥炮，祝福明年风调雨顺，全家太平，麟州太平！"

爆竹点着了，噼里啪啦地响开了，火苗飞到天空，与星星搅浑一体，映照得天穹特别好看。

麟州人过年的传统。大年三十晚放花炮，也不知是何时形成的规矩，而过年摆火塔的习俗也很有些年代，大概要追溯到战国的末期，至少是从秦太子扶苏来此地就有过年放炮的习惯，不过，那时火药还没有发明，制花炮的原料可能就是用煤炭粉做引火之物。总之，在火药发明后，麟州一些乡间开始生产花炮，过年放花炮已经成为一种必不可少的习俗。

到了下半夜，一家人都入睡了，唯有守护人员还在巡城。他们从东门巡到西城，又从西门巡查到南城。由于北门在半山腰下面，巡查人员没有来得及巡查。正当巡查人员到北门巡查的时候，从东门的土墙"嗖——嗖——嗖——"翻进几个黑影。

"干啥的？别动！"

"什么人？说话！"

黑影伏在地下一动不动。

"咚——咚——咚——"

巡查人员急一边敲起铜锣，一边舞刀持棍向黑影围了过来。星光下，张平贵、郭玉方和巡查人员看见了，原来是 6 个男人，手里并不持有武器，见了巡查人员，缩成一团，头都不敢抬。

此时，杨宏信和杨洪、杨重贵、杨重训领着另外 200 名兵丁守护人员也赶到。

"说话，到底是干啥的，大年三十晚，深更半夜，翻城进来，想做啥？"杨重贵走到 6 人面前，一把抓住一人的头发提起来一看，对方大概只有十六七岁，与自己的年龄差不多。

"我……我们实在饿得受不了了，趁老年，出来弄一点吃的。"

"对对对，我们不是强盗，就住在山下的村子，想到杨庄主老爷府上弄一点儿吃的。"

"饶了我们吧，我不是贼。"

"唔……"又一个人哭了起来。

杨宏信走到6人面前，提着灯笼看清了每个人的面孔，这是6个十几岁的青年人，是为了来他家弄吃的。他们是饿疯了，才在这大年三十晚上做出如此的举动。杨宏信不知说啥为好，胸脯里像压着一块石头。

"爹，放了他们吧，他们是想要点吃的东西。"杨重训说。

"当然要放。"杨重贵看着6个青年人害怕的样子，对父亲和杨洪说，"给他们拿一些米面，让下山回去。"

"好，就这样。"6个人想都没有想到杨家不但没有杀他们，还给他们6人一人二升米，让回家做饭吃。他们带着米，磕了头，感激地下山了。

整个后半夜，经历了一场贼翻墙事件后，全家人再也没有闭上眼睛。第二天正月初一，吃过早饭，一家人又为给杨重贵娶媳妇的事忙碌开了。大清早就在门框两边贴了对联，然后又到东门贴两副大对联：

天下大乱百姓遭殃何时休
国泰民安人民期盼幸福年
横批是：报国无门

对联是杨宏信编的，大儿子杨重贵写的。对联贴好后，招引来其他人围观。大家议论纷纷，有咒的，有骂的，有冷言冷语的，发泄对世事的不满。

"妈的，这么多年，朝廷连州官也不派来，这麟州还是一个州吗？"

"是呀，州有州官，县有县官，这些年来，朝廷连一只狗也不拉来。"

"国家也没有了，哪还有朝廷。咱麟州到底归哪一国管辖？"

"没人管，咱麟州就自立为一个国家。"

"呸，谁瞎说哇。这国家是随便立的？"杨宏信站在东门一侧听得众人议论，走过来说："老乡们别再乱猜想了，虽然说如今天下乱纷纷的，分裂成10多个国家，可是咱麟州还是麟州，该种地的种地，该做生意的做生意，该挖煤的挖煤，咱们不能趁机给国家添乱。"杨宏信改了话题说，"明天我大儿子重贵娶媳妇，咱麟州城内的新老住户都来参加，借这过年之机，请大家好好地喝两杯。"众人围过来表示，一定参加杨宏信大儿子杨重贵的婚礼。

从上午到下午太阳落山，杨府先后来了10多拨要饭的乞丐，杨宏信打发杨洪给凡是来的乞丐每人赏米1升，白面馒头2个，让回家过年。这些乞丐有附近村子的，也有外地来的流浪人员。看着此情此景，杨家父子三人心事重重，唉声叹气。到处是贼，遍地是要饭的乞丐，这世道再发展下去，老百姓不是死于战乱，就是饿死。

晚上的饺子，父子三人也没吃好。刚端起碗，就有一伙山下几个村子乡亲跑来躲藏，说是南边来了一帮百十来号人，说兵不像兵，说官方人也不像，进村就抢粮抢物，不给就打人。看样子，是一伙势力很大的土匪，挨村挨户要粮要物要钱。

"狗日的，这伙该死的土匪，连年都不让老百姓过。"杨宏信一听，气得胡子抖动起来，急得团团转，怎么办？该不是程万保、李俊两个作乱吧？这些土匪到了山下，说不定随时会上山来。他急把这些扶老携幼的老乡安顿得住下，叫张平贵、郭玉方关了城门，加强巡查，以防土匪攻上山来。

"该死的土匪，搞得我杨家的婚礼都没办法进行。"杨宏信的老婆刘慧娇咒着。

正月初一这天晚上，杨府一家人和城里的所有人家都不敢入睡，男人们和年纪小的妇女都抄起了兵器，上了城墙，严防土匪来偷袭。杨重贵和弟弟杨重训两个全副披挂，武器不离手，骑着马来回在城门巡查。冬天的夜长，冻得守城人员浑身哆嗦，可又不敢烧火塔，以免引来土匪。

到了天快亮的时分，各家各户守城的人才回到家，杨宏信急令杨洪等人带着鼓手班子到孤山娶儿媳妇。杨宏信放心不下，又增派了张平贵带的30位守护人员一同前往。杨洪他们走后，杨宏信一家忙碌得不可开交，大家分头负责，除让400名兵丁守护人员巡城而外，安排了做饭的人、迎亲的人、待客的人，山头上热热闹闹，准备着婚事。

这桩杨佘两家的儿女婚礼，一切按照当地传统的规矩进行。娶新娘的人到达孤山村，已是中午时分，女方家早已把酒席备好，只等娶新娘的人到来吃了酒席就出发。杨洪他们娶亲是抬了花轿的，由4个轿夫抬着来的。佘家怕耽搁行程，让迎亲的吃完酒饭，就赶紧启程。

杨洪他们把轿子抬到大门口，等待新娘佘赛花换好嫁衣化妆上轿。佘赛花不化妆，也不换嫁衣，反而穿上了平时练武的衣服，头戴头盔，穿了一件长风衣，背好弓箭，手提大刀，到棚圈牵出自己心爱的大白马，喊了一声：

"走，启程回麟州——"

"赛花，你这孩子，怎么这么倔，今天是你的婚礼，你穿戴这身打扮，像个啥？"佘赛花的母亲急忙制止女儿牵马，让换嫁妆服。

"娘，不换，这身衣服最好。我也不坐轿，骑我的大白马，一个多时辰就赶到麟州。"

"好吧，由赛花决定。"佘德扆对女儿的心情非常了解。这孩子，好强，不爱走过场，坐啥轿，别人抬着，自己坐着，这个公平吗？佘德扆猜想女儿一定是这么想的，也就没阻拦，忙叫众人启程赶路。

四个轿夫抬着空轿在后面走，其余的人都骑着马走在前面。不一会儿，佘赛花打了一马鞭大白马，马狂奔起来，向西疾驰，杨洪、张平贵等众人也只得催马追赶。离远看，三十几匹马奔跑开来，一溜烟尘，好像有大队人马经过。

大约一个时辰多一点儿，娶新娘的和送新娘的一行人到了麟州城下的三岔口。天还没有黑，村里的人见有马队而来，急忙躲藏，他们以为又是土匪来抢劫。就在这时候，从北面沿窟野河一侧，又一群马队飞驰而来。杨洪觉得不对头，赶紧让佘赛花和送新娘的亲戚绕道上山，自己和张平贵等守护人员断后。佘赛花也不清楚来的是些什么人，想要看个究竟，让送她的娘家人先上山，自己也留在后面压镇。杨洪、张平贵见佘赛花不走，急得大喊："快走，再不走就来不及了。"杨洪拦住佘赛花的马头，叫迎娶新娘的人赶紧推着佘赛花上山。佘赛花拗不过杨洪，只得跟着其他娶新娘的人和送她的娘家人绕道上山。

说时迟，那时快，后面大约有 50 多人骑马追上了杨洪、张平贵他们，为头的大声喊道："把马留下，把钱放下，否则，一个个做刀下鬼。"这些人说着就把杨洪和张平贵等守护人员围住。这些人一看，拦住的人手里一个个持着刀枪，觉得找错了目标，是不是土匪遇着了强盗，是一条道上的人，不停地大声问："你们是干什么的？"

"你们是干什么？"杨洪双手握着刀质问。

"爷们坐不改姓，站不改名。爷们是从东边来的后汉的皇家军，因打仗走散了，要几个买路钱混饭吃。"

"胡说，既是后汉的皇家军，跑来塞上高原干啥？朗朗乾坤，光天化日之下抢劫，天理难容。"杨洪大声斥责。

自称后汉的皇家军这伙人见好说不起作用，一齐操兵器向杨洪、张平贵他们围了过来。杨洪和张平贵他们催动马匹，迎了上来，双方厮杀成一团。对方是50多骑，胜过杨洪他们人数。不过，那些人也不敢往杨洪和张平贵他们身上真的砍刺，只是来虚招，嘴里不住气地喊："不给马，给钱也行，没有钱，给粮也行。"杨洪觉得对方不完全像凶狠的土匪，可能真还是后汉的皇家军。他用刀架住领头的那人的枪问：

"真的是后汉的皇家军？"

"那还假？你当爷们是山贼土匪？要不是巡查麟州这个鬼地方，爷们也不至于叫契丹军的人马打散，落魄成这个样子。"领头的人停住手，发着牢骚说。

"停！停！停！"杨洪这才叫自己带的守护人员停下来，仔细盘问这些人。这些人一再表明是后汉的皇家军队，来塞上的麟州巡查。

"既然是后汉的巡查人员，那为啥要抢劫呢？"

"我们不是说了吗？爷们没吃没喝，又找不着路，跑到北面的沙窝子里，有一天多没吃饭了，实在找不到吃的，就宰马烧着吃。"后汉巡查人员倾诉着他们的苦衷。

杨洪认为他们讲的是实情，与张平贵商量一下就招呼他们上山，先吃饱肚子，再商议巡查的事情。

杨洪、张平贵带着后汉的一行50多人的巡查队追上了佘赛花他们，说明情况，相随着来到山上，绕道东门进城。今天山上分外热闹，各家各户全来参加杨家大少爷杨重贵的婚礼，远处的亲戚还有一些附近村子有头有脸的人也赶来祝贺，山头大约聚了有五六百人。杨重贵也没有穿新结婚衣服，一身戎装，戴着头盔，剑不离身，弓不下背，随时防止有贼寇来偷袭山城。佘赛花骑着大白马，神气地进了东门，招引得看热闹的人议论纷纷：

"这新娘子，不坐轿，骑着马，背着弓箭，手里还握着大刀，好不威风。"

"是哇，这新娘配新郎，正好是一对，都爱舞刀弄枪，拉弓射箭，还怕有毛毛贼来袭山城？"

"好一朵牡丹花，真是有倾国沉鱼落雁之色，是杨家的福气运气。"

……

在人们的议论声中和鼓手班子的吹奏相伴下，佘赛花下了马，与杨重贵手挽着手走向准备好的洞房。

杨宏信忙得不可开交，招呼着客人吃饭。这时他才发现杨洪和张平贵带来一些陌生的人，他问明了情况，主动走到后汉巡查一行人员面前，让他们先喝酒吃饭，其他公事完了再说。后汉一行50多人一个个都饿慌了，他们边大碗喝酒吃肉，边不住地夸赞杨宏信是有本事的人，是后周的最忠实臣民。

"我还没有投告后汉，怎么就成了后汉的臣民呢？再说后汉的皇帝叫个啥，长得啥模样，在哪里建都，杨某一概不知。"杨宏信问了几句后汉巡查人员，让他们好好地吃喝，今天不谈国事，就又忙招呼别的客人去了。

洞房里看热闹的其实没有几个人，来的亲戚、朋友、客人见新郎、新娘浑身穿的只有军人才穿的服装，弓箭不离身，宝剑手里拿，也不敢靠近。大家都心里明白，这世道天下不太平，随时可能有官方的军队和土匪、强盗来攻打麟州城。杨家是时时刻刻准备着打仗。城里的住房不多，附近村子来的客人喝了酒、吃了肉就下山返回各家去了，只有远处来的亲戚、客人住到了城里的客栈。

洞房花烛夜，除了门外鼓手班子演奏了几曲，只有一些女亲戚来看望了新娘几次，说了些客套话走了。

杨重贵心里高兴，佘赛花也高兴，今晚是他俩人生中最激动的日子。他俩现在就成夫妻了。可是，谁也笑不出声，别人都走了，俩人没有拥抱，没有马上上炕睡觉，却为今天山上来了一伙后周的不速之客而放心不下。这些人到底来山上干什么？仅仅就是为弄一顿酒饭吃吗？他们巡查什么？他们从中原跑到北方来打仗、巡查，还有什么别的想法？如果有的话，麟州危在旦夕，大祸临头。杨重贵和佘赛花两人在地下走动着交流着看法。

"不行。今晚我俩亲自去山城巡查。"

"好，我也是这么想的，千万不要让贼人钻了空子。"

寒冷夜晚，洞房里蜡烛灯光亮着，一对新人带着兵器悄悄地去了院子，巡山去了。他俩首先来到东门外，刚走了100多步，只见李二怀家的篱笆墙下，站着一个人，向院子内张望。

杨重贵感到惊奇，急问："谁？"

对方不回答。杨重贵大步走过来，星光下看清了那张模糊变形的脸："哥，是你。你真丢了魂。"

"兄弟，我就是想在这里站一会儿。"张平贵跑了一天，娶新娘回来多喝了两碗酒，又想到李美蝉，不由自主跑到李二怀家的篱笆墙。

"走吧，回家吧。"杨重贵、佘赛花拉着张平贵离开李二怀家的篱笆墙外。

大家都吃过早饭，杨重贵、佘赛花才揉着眼睛起了床。家人和同辈的年轻人逗笑两人，两人也不在意，吃了饭后找爹商量巡山的事情，还有如何对付后汉的巡查人员。杨宏信领着两个儿子、儿媳、杨洪来到后周巡查人员的住房，接着昨天的话题，就麟州的归宿问题交谈起来。

后汉巡查人员带头的说，他们是奉刘知远圣旨，收归后汉的城池。"只要归顺后汉，可做一个知县，如果杨庄主愿归顺后汉，可做麟州知县，我们回去禀报高祖。"

"知县官有多大？我没做过官，恐怕当不好这个知县。"杨宏信对自称是后汉的巡查人员不相信。后汉刚建立，这些人怎么会跑到麟州来封他一个知县呢？不相信，赶快把这帮人打发走，免得节外生枝，说不定这伙人是哪里来的土匪。杨宏信假装答应当麟州知县，又拿出20两白银说："麟州地广田瘦，又人口稀少，杨某不才，权且愿做麟州知县，等日后粮草丰富，储备丰盛，再报答各位的提携之恩。此银是一点小意思，各位路上买酒喝。"

众人一听，这是打发他们上路，也就再没多言。领头的接过白银，招呼着众人告别了杨宏信一家，下山到别处巡查去了。

其实这伙子人还真是后汉的人，有两个是钦差，专门负责到各地抢占地盘，封官许愿。那些军事人员都是后汉的士兵，是被打散结集起来的。他们打着后汉的旗号，到处混吃混喝，甚至瞅准机会，抢劫民财。他们原本是准备抢劫麟州城的，只是因杨宏信早有提防，又见杨家娶新娘的人一个个手持兵器，才不敢动手。他们给杨宏信封知县，倒是真的，是按照刘知远的旨意封官许愿，收买人心。

杨宏信打发走了后汉的人，对俩儿子和儿媳佘赛花、家族兄弟杨洪、张平贵、郭玉方等说："后汉的人来抢地盘，打麟州的主意，招兵买马的事情要继续做，趁着参加婚礼的人们还没有走，今天吃中午饭的时候，就当着客人的面宣布，凡是愿留在山上加入队伍的，给他们家里送五升米，不愿留在山上入伙的，也不强求，发给三升米。"

杨宏信的这一做法，杨重贵、杨重训弟兄俩当即表示同意，杨洪、张平贵、郭玉方也赞成，只有新娘佘赛花没有发表意见，她觉得她是一个刚过门的媳妇，在这样的大事情上不便表现得过于突出。招兵买马，这是朝廷的事情，也是国家的事情，杨家与佘家一样，只不过是地方上的一个富户，最多也算是土豪，养活一支军队干啥？如果是招收几十个看家守院的兵丁，这也是常事，而杨家要广招兵马，占据麟州，这可不是一般人的作为。佘赛花心里这么想，可不敢嘴上说出来。

杨重贵看出了佘赛花的心思，对着佘赛花接过爹的话说："当今天下，群雄并争，鹿死谁手，谁胜谁负，不得而知。老百姓要吃饭，老百姓要种田，老百姓要住房，这些轮流做皇帝的人能给老百姓带来吗？不能，老百姓只有依靠自己，团结起来，守家护村，不受土匪强盗侵扰。咱招兵扩军，不为别的，就是要守住麟州这一方水土，保老百姓太平，安安稳稳种田放牧，安居乐业，过上好日子。"

"就是嘛，没有武装力量，拿什么让老百姓安居乐业？"杨重训接住哥哥杨重贵的话说，"要招兵，至少招收一支2000人的队伍，不管哪方势力来侵犯，咱都能对付得了。"

"不要叫外面的势力小瞧咱麟州。麟州是麟州老百姓的麟州，不是哪个皇帝的麟州。"张平贵拍着胸口大喊。

"扩军了，我就能当将军了。"郭玉方高兴地说。

"说得好，麟州就是咱麟州老百姓的家，这个皇帝，那个皇帝，都想把麟州划入自己的地盘，可是，这些皇帝管过麟州百姓的死活吗？一个个的皇帝死了，有几个真正地治理过麟州。他们除了在麟州打仗，就是在麟州屯粮，给麟州百姓带来灾难。"杨宏信捋着胡须感慨万千。

中午时分到了，附近村子的人又赶来吃杨家的婚礼饭。今天的午饭是猪肉炖粉条、豆腐、黄米捞饭。饭，大家放开肚子吃，酒，放开酒量喝。酒喝到兴致，杨宏信端着酒碗对大家说："今有一事，与各位乡亲、朋友商量，自从大唐哀帝李柷仙逝登天 30 多年来，世事全变了。一些地方上的军阀、豪强，他们各打出建国的旗号，打着为老百姓的旗号，相互勾结，相互火拼，相互争战，搞得天下不得安宁。我大麟州位处塞上高原，是长城与黄河交汇处的军事要塞，各方势力都钉住当作一块肥肉，你也来抢，他也来占，就是不给麟州老百姓办实事，害得我麟州 4 万父老乡亲吃不饱，穿不暖，有的连房子也没有，露宿野地。看着此情此景，我杨宏信心疼啊，难受啊！"

杨宏信喝了一碗酒，仗着三分酒意接着大声说："天下兴亡，匹夫有责。我已决定，从今天起，招征兵马，接管麟州事务，一直等到有真君委派朝廷命官来之日，在这一段日子里，大家有何困难，有何事情要办，尽管来找我杨宏信。"

"好好好！有杨庄主坐镇麟州，看谁还敢再欺负咱麟州的百姓。"

"我报名。"

"我也报名。"

"我算一个。"

"我也算一个。"

"……"

吃完饭，喝完酒，杨宏信清点人数，足有上百人应征报名入伍。年龄小的只有 13 岁，年龄大的有 40 岁，大都是附近村子的种田人，也有一些做小生意的买卖人和曾干过土匪、当过兵的人。不管是什么人，只要改邪归正，愿意加入队伍，杨宏信都把他们留下来。

杨重贵和佘赛花的婚礼，变成了一次征召建立军队的誓师会、动员会。按照传统的婚礼习惯，新娘佘赛花今天要返娘家，新郎一并跟去。杨宏信今天是特别的高兴，既娶回了儿媳，又新招收了上百人，他让大儿子杨重贵带着佘赛花返孤山佘家，自己和二儿子杨重训、张平贵、郭玉方训练新招的人，又叫杨洪处理婚礼并办完后续事情。

杨重贵、佘赛花是在和娘家送新娘的人一并陪同下返孤山的。他们赶太阳落山时分到达孤山，佘德扆和老婆一家盛情款待了新女婿。吃过夜饭，佘家安排杨重贵单独睡觉。杨重贵怎么也睡不着，快到半夜时分，村子传来狗的狂吠声，紧接着有人大喊，土匪来了，土匪来抢劫财物了。杨重贵是单独被安排在西房睡觉的，听得嘶喊，急忙穿上衣服提刀跑出外面。这时，佘德扆和老婆，还有女儿佘赛花也都起来跑到院子。不一会儿，有人在大门上喊，并把大门用棒砸得"嗵嗵嗵"响："知趣的，乖乖地交出白银黄金，交出粮食布匹，不识时务的，死路一条。"

喊声夹杂着砸大门声响彻夜空。贼人看起来人数多，点着的火把映得天空通红。不时有人被打得号啕大哭的声音传来。杨重贵气得喊："走，出去看看这伙子强盗到底是些什么人。"佘赛花也不害怕，手提着她使用的大砍刀，随杨重贵一起打开大门，冲出外面。

"大胆毛贼，怎敢无礼，若不滚开，大刀决不留情面。"杨重贵、佘赛花两人冲出大门外，举着明晃晃的大刀，把围堵大门的十几个贼人惊得退了几步。这时候，这些强盗只见冲出两个一男一女的年轻人，并不在意，还在口出狂言，只要愿出白银黄金，可免性命，不然的话，就放火烧房子。

"看刀！吃姑奶奶一刀。"佘赛花听了，双手舞刀，大跨一步，朝一个领头的劈下来。这一刀，其实是虚晃，是刀背落在了领头的强盗左肩膀。这叫刀下留情，也是有意不杀贼人，给一个下马威。那人挨了一刀背，疼得"哎呀"一声，倒退几步，差一点仰面朝天。杨重贵也趁着众贼惊慌，用刀背朝众贼猛扫过去，砍得众贼趴下直求饶命。

"滚！就你们这本事，也来抢劫。今天把你们的命且留下，若再敢来孤山抢劫百姓财物，绝不轻饶。"众贼一个个夹哭带号逃走了。

对于佘家来说，遇到这种抢劫的事情并不奇怪。大概每年至少经历几次强人明火抢劫的事情。抢劫的事情发生多了，佘家也不以为然，村里的老百姓也就习以为常了。反正贼人来了要钱要粮要布匹，只要满足了强人的要求，命是可以保住的。乱世天年贼人强人遍地。大家都是人，都要吃饭，只是得来钱财的方式不同。

盗贼被打退后，佘家一家人也不敢入睡，以防这些亡命之徒二次返回来偷袭。佘德扆和老婆、女儿、女婿还有几个家人看望了几家未被抢劫的人家回到家，又去隔壁的棚圈给大畜喂了草，然后才放心地关住大门重新入睡。

经过了两晚上的折腾，杨重贵确实累了。他也不敢脱衣服，和衣上炕睡下，身旁放着大刀，马上就进入梦乡。他一觉醒来，已是太阳出山了，他忙跳下炕，正好佘赛花来叫门，他开了门，揉着发红的眼睛问："你睡着没有？"

"睡着了。梦见强盗又返回来抢东西，把我的一只鞋给抢走了。"佘赛花手指着穿着的鞋说，"这梦还梦得真怪，鞋被贼人抢走了。难道我俩今天返麟州又会遇到抢劫的贼！这贼也是个好色的贼，抢一只女人的鞋干啥？嘿嘿……"佘赛花边说边笑起来。

"今天回麟州，当心一些。只要有马有刀在，一群毛贼算个啥。这些人也是饿疯了，走投无路才干这种缺德被人唾骂的事情。"杨重贵跟佘赛花来到正房，见早饭做好了，也不用老丈人、老丈母娘礼让，自个儿动手抄起筷子，拿起馒头就吃起来。

吃过了早饭，佘德扆的老婆又给女儿打包了一些女孩子家带的针呀线呀手帕一类的东西，千叮咛，万嘱咐，叫女儿在婆家，一定好好过日子，给娘早生一个胖外孙。

"娘——就记着给你生胖外孙，我还要——"佘赛花停住话，跟着杨重贵走出大门。家人早已把姑爷的大红马和佘赛花的大白马牵到大门外。佘赛花和杨重贵今天又是一身行装打扮，里身穿了棉衣，外面套了盔甲，最外面披着战袍，手提大刀，一齐上马，然后双手合拢，向父母告别，他们催马出了村子，向西面的大道进发。

两人骑着马一路走一路说，不紧不慢，说到他俩的订婚、结婚，说到贼人抢劫，说到后汉派人巡查封官，话题到这里，又提起走太原投军的事情。到了中午时分，不知不觉就来到了麟州城的西山下。窟野河水正结着冰，有人破冰挑水，有人在枯干的河道拾煤，也有放牧的赶着羊群在两岸的草滩放羊。春天的气象还没有到来，天气冷得人直捂脸。他俩因赶路，浑身冒汗，不感到冷。他俩绕道寻路上山，不一会儿回到家，杨宏信和老婆自然是喜上眉梢。大儿子杨重贵的婚礼总算举行完了，儿媳妇也回来了，杨宏信喜得不停地捋着胡须。

可是，二儿子杨重训的婚礼还没有定具体时间。杨宏信赶快叫人请孙寡妇来，与王元魁商量给杨重训、王香兰结婚的事情。

孙寡妇早就等不及了，跑到王元魁家，凭借三寸舌头，说得王元魁、张莲英两口子高高兴兴，答应正月十五日给两个孩子结婚。

杨宏信一家又是忙碌了好几天，宰猪杀羊，买酒，买粉条，与李二怀家定做豆腐。

杨重训和王香兰的婚礼规格与哥哥杨重贵、嫂子佘赛花的婚礼一样，也是请了好几百人，吃了四顿饭。凡是来的人，放开肚子吃肉，放开酒量喝酒。正月十五日，麟州城好不热闹。杨重贵怕张平贵喝醉酒，再跑去李二怀家做傻事，一直跟着张平贵，不让他多喝酒。

"兄弟，我不会醉，我也再不会去——"张平贵给杨重贵做保证。

但是，杨重贵还是不放心，紧紧盯着张平贵，以免张平贵再闹出笑话来。

杨重训与王香兰的婚礼，到了最后，又演变成一场招兵买马的活动。又有200多人参加了杨家军的队伍。到此为止，杨宏信的家族队伍发展到600多人。

一连20多天，杨重贵、佘赛花，杨重训、王香兰两对新人沉浸在新婚的喜悦日子里。不过，两对新人并没有天天睡懒觉，吃好的喝好的，而是每天早起床，与张平贵、郭玉方他们教兵丁按时训练，打拳，舞刀，弄棒，骑马射箭。全家人除了刘慧娇外，全都参加训练。整个山头，从早到晚，喊声阵阵：杀！杀！杀！

看着两个儿子娶回了两个能文能武的媳妇，杨宏信欢喜过后，又犯起愁。他为张平贵、郭玉方两人着想起来。尤其是张平贵，30岁的人了，还是光棍儿，喝酒后就往李二怀家跑，闹出一些有伤风化的丑事。杨宏信把孙寡妇叫来，当面直说：

"孩子他姨，给张平贵、郭玉方每人介绍一个姑娘，保证给你10两银子。"

孙寡妇听了，皱着眉头说："不行，20两，给他们这些光棍儿说媒，每人是10两。"

"10两就10两。"杨宏信痛快地说。

"先要交银子。"孙寡妇是又喜又忧。给这两个军汉找女人，不是那么好找。再说张平贵这个人，与她有过寻欢之事，她怎么给他找女人呢？孙寡妇心里有些为难。但是，为了银子，为了过日子，她只好答应下来，"不过，杨庄主，我可把丑话说到前面，给张平贵、郭玉方找女人，可不那么容易，人家谁家还有二十大几岁的黄花闺女，等着送上门。没有，我只能从那些死了男人的女人中找，对，就是从我们这些寡妇群里选。嘻……"孙寡妇话说得难听，叫杨宏信、刘慧娇听了不是滋味儿。

一旁站着的张平贵、郭玉方一听，眉脸通红，急得说不上话来，不知是感谢孙寡妇，还是想揍这婆娘一顿。

杨宏信看了看张平贵、郭玉方一眼，认真地对孙寡妇说："有好的合适的没有男人的女人也可以，最好是大姑娘。"

"那是自然，有黄花闺女，我肯定不介绍寡妇。嘻，像我这种寡妇人家谁要。"孙寡妇不害羞地把自己推出来，说得杨宏信、刘慧娇、张平贵、郭玉方都很不自在。

杨宏信当即叫家人取来 20 两银子，交给孙寡妇，让半年之内给张平贵、郭玉方说合成媳妇。

孙寡妇拿着银子，哼着小曲离开杨宏信家。

张平贵、郭玉方两人对杨宏信是感恩不尽，下跪磕头。

第五章　自封麟州王

948年正月，杨重贵向爹又提起到太原投军的事。

杨宏信说："听走太原的人回来说，刘知远当后汉皇帝以来，日子过得并不好，经常受到大辽等国的欺负，自身的江山也难保。"

"正是在这个后汉危难的时刻，我去投军才有意义，使刘家看得起我杨重贵的真心。"杨重贵对爹说。

"你说得对。爹也是这么想的。大汉江山从汉高祖刘邦创立近400年后灭亡，是我华夏的正统皇室宗亲。后汉举起大汉的旗号，是顺民心的。爹就想不通，为啥还有那么多的人想灭掉后汉，又建立自己的国家。"杨宏信叹着气说，"不管怎么，后汉是正统大汉宗亲，咱就应该拥后汉。"

"那爹同意我去太原投军后汉？"杨重贵急切地问。

"不急。再等一等。爹没有猜错的话，后汉会派人来咱麟州收买人心，扩大地盘。"杨宏信非常自信地对大儿子说，"太原离麟州近，麟州这么重要的战略要地，后汉一定不会放弃不管。我要是刘知远的话，会亲自来麟州巡查，占据这片风水宝地。"

杨重贵经爹这么一说，也就心里明白，暂时不再提走太原投军的事情，每日与媳妇佘赛花、兄弟杨重训和弟媳王香兰、叔父杨洪以及张平贵、郭玉方组织人员练武。地畔草芽吐绿的时节，太原后汉皇帝果然派了两位使者来麟州，传达了刘知远的口头圣旨，收麟州归后汉国土，封土豪杨宏信为麟州知县，等日后建功后，封为麟州刺史。

杨宏信得到刘知远的封赏，真还高兴了几天，可是，还没有等他高兴的笑声落地，后汉的使者第二次来麟州巡查来了。这次巡查人员来了一行五六人，当面宣读了刘知远的口头圣旨，其内容大概是："麟州降为县级编制，杨宏信正式出任知县，待上交国税 1 万两白银，粮 1000 石，朕亲自为他晋级加官。"

杨宏信一听，气得胡子都倒竖起来，真想扑过去把宣读口头圣旨的人揍一顿，又怕翻了脸，不好收场，与后汉彻底闹翻了。

妈的，刘知远奸猾，把麟州降级为一个县，口头上给老子封一个知县，还让纳税一万两白银。好一个狗皇帝。杨宏信心里在骂，可不敢发出声来，只得表面应承下来，赶快打发这些使者走。

其实，各势力集团派出所谓的使者、巡查人员，名义上是封官许愿，实际上是为收买民心，抢占地盘，扩大势力。对一些战略要地、肥沃之乡，能用文的手段抢占更好，文的不行，就发动军事进攻，为了争夺中原、江南一些战略要地、鱼米之乡，各方动用军队拼得你死我活。像麟州这样的边塞之地，虽是军事要塞，但是，北方辽邦进犯之时，各国也不会派大军远征，进行所谓的平叛。而正是各国皇帝对麟州等边塞城池采取如此的对待态度，才使麟州进入各方势力都不管，也不派刺史等地方官员。

杨宏信打发走后汉的使者后，与俩儿子、儿媳、杨洪、张平贵、郭玉方商量怎么应对后汉的封官许愿，到底答应不答应做后汉的官。杨宏信说："按常理，我应该做后汉的官，哪怕就是一个小小的知县，毕竟是后汉皇帝下圣旨许愿的。可是，后汉势力单薄，后汉高祖刘知远已经驾崩，内部力量又互相争斗，很难巩固后汉的江山。后汉显然没有把我放在眼里，两次派巡查人员和使者来，都不怀好意，并不是真正让我做官，治理好麟州，为麟州百姓办事，而是看重了麟州的白银、粮食，甚至是遍地的煤炭——"

杨宏信还要继续说下去，被大儿子杨重贵打断了："爹，以我之见，咱就做咱麟州之主，种好粮田，放牧养殖，植树造林，办窑烧瓷，屯粮屯军，再加一条屯水，把麟州建设好，巩固好，等待有真正的皇帝出世，国家建立，再去投军效力国家也不迟。"

"爹，以我之见，你应该——"杨重训话到嘴边又咽回去。

"说，说下去。以你之见，应该怎么样？"杨宏信追问二儿子。

"以我之见，我认为爹谁也不投靠，爹应该以咱麟州为家，自立为王，要么就自封一个刺史或是太守什么的。反正，天高皇帝远，谁也管不着，把咱杨家的大旗挂在麟州城头。"杨重训讲出了自己的心里话。

"对，大叔当了刺史，我就当将军。"张平贵举着铁棍说。

"好，我也当大将军。"郭玉方乐得直拍脑门。

"我看行。爹就该做麟州刺史。"佘赛花也插话说，"那些地方势力能当皇帝，爹做一个刺史为啥不行。"

"不敢乱言，这刺史要皇帝任命，哪有自封的。"杨宏信嘴上这么说，心里也觉得二儿子和大儿媳妇讲得有几分道理。谁封皇帝的宝座了，哪个皇帝不是自封的？自古以来，抢到天下的是王，抢不到的便是贼。贼做大了，抢到了天下，就变成了王，当上了皇帝。杨宏信将着胡须，在地下来来回回走动着，掂量着二儿子和大儿媳妇的话。

"那不是要造反吗？不是要自建国家当土皇帝吗？"杨重贵说，"不做后汉、后周的官员可以，但是也不能走得太远，麟州管辖不过连谷、银城、新秦三县，疆土也方圆只有数百里，一旦宣布独立，各国都会派兵来征讨。那时，仅靠咱麟州的力量难以抵挡各方的大军进攻，等于是自取灭亡。因而，走独立建国的路万万不可。咱可以打杨家的大旗，组建自己的军队，壮大势力，实行自治，不受各国管辖。爹可以做刺史，或者太守，给连谷、银城、新秦三县委派县官，而不能有当皇帝的想法。"

"说得好。还是重贵讲得入理。就这么定了。爹做一回麟州的刺史，尽管是自封的，可也是地方的父母官哇。你们还有啥建议，一并讲出来。"杨宏信说到高兴处，从桌子上提起酒罐倒了一碗一口饮了，"重贵，你还有啥好主意。"

"爹，我觉得当务之急要做十件事情——"

"哪十件——"杨宏信打断大儿子的话忙问。

"儿以为，当前最重要做好下列几件事情，"杨重贵也端起碗喝了一碗酒，看了众人一眼接着说，"第一件：继续征招人员，扩军强军，尽快让栏杆堡程万保、李俊来投，还有把天台山孔愣头、孔愣子两兄弟也收编，到年底组建一支2000人的武装力量，确保麟州城和所属三县的平安。

"第二件：要一边买地，扩大粮食种植面积，一边组织人员开荒，保证有足够的粮食储备，至少在两年颗粒无收的情况下，全州40000人有饭吃。

"第三件：开展商贸经营，可以把麟州的羊皮、羊毛、羊绒贩运到边塞其他地方买卖，换回布匹，公开建立集市，让老百姓自由买卖，特别对粮食、盐、油等生活必需品，鼓励商人进行交易买卖。

"第四件：发展畜牧业，除了多养猪、羊、鸡等家畜家禽外，还要多养马、牛、骡子、骆驼，尤其是马、牛两种牲畜作用非常之大。马可以建立马军，牛可以用来耕地。麟州北部沙漠草原地区，支持农牧民养牛养马，要么以官方的名义，建立类似畜牧场一样的集中地，统一由官方管理。

"第五件：办几座瓷窑，利用麟州生产煤炭的优势，烧铸各种瓷器，一来可以进行买卖，换取银两，二来作为盛水的工具，在麟州城山上储存人畜饮用水，以防外界势力突然围城，断了水源，引发水荒。

"第六件：开展植树种草。塞上高原一年四季，雨少天旱，与自然长起来的草木少有关。树木多可以调节气候，增加降雨量，还可以防止山洪暴发，草场多，可饲养牲畜。

"第七件：打通道路，目前南部山区道路行走不方便，村与村之间，甚至房与房之间，连最起码的羊肠小道都没有，这很不方便乡民的出行。

"第八件：开展学习汉字活动。识字认字，是汉高祖刘邦起就开始的活动。以后历朝历代也推行过学习汉字活动，但是，咱边塞地区认字的人还是很少，一个村子也只有几个人识得几个常用字。大部分的乡民不识字，妇女更是识字的少。

"第九件：鼓励吸引外来人员落住麟州城。麟州作为一座边塞城镇，常住户不到 1000 户，人口也只有 4000 多人，只住我杨家一家富户可不行，要把乡间有钱有财有粮的大小土豪和其他人员多吸引，至少常住户达到 1500 家，人口 7000 人。"

杨重贵说到此处，双目盯着爹又接着往下说，"这第十件也很重要，要加强麟州城的建设，既要修建民房，也要扩建兵营，现在的住房显然不够，连 500 人的军队也住不下。还有西城、东城、北城、紫锦城的城墙高低不等，有的地段连石墙也没有，遭到战争的破坏。一旦发生大规模的外侵，仅凭现有的城墙根本无法阻挡对方的攻入。要把民用房与军事用房隔开来，不能混在一起。若有外侵，对方打的是军人，而不是贫民。现在军民混合住在一起，很不安全，会给老百姓带来很大的威胁……"

"重贵，你讲的这十条，条条在理，爹就按你讲的，一条一条去落实，去实施。"杨宏信对大儿子杨重贵讲的这十条，口服心服，不愧是我杨宏信的儿子。儿子的私塾没有白读，不光会骑马射箭，舞刀弄枪，动脑子、出主意，谋方略，也有两下子。杨宏信用自信的目光打量着大儿子杨重贵，孩子长大啦，翅膀硬啦，该出窝啦。人常说，好男儿15岁就当家，重贵今年18岁了，是一个真正的大人了。他的想法，他的意见，不只是对一个家而言的，而是站到麟州的全局乃至华夏的形势看待问题。十条哇，条条在理，句句暖心，催人奋进。杨宏信对杨洪说："刚才重贵讲的你都记住了吗？你就多替老哥操些心，正式把这个杨家的大总管当起来，一条一条盯住去做。"

"老哥放心，我会按照重贵提出的十条，一条条对照，全面铺开来进行。"杨洪拍着胸脯表态，"我生是杨家的人，死是杨家的鬼。为了麟州百姓，为了这个破烂不堪的国家，我杨洪舍出身子，跟老哥一家拼到底。"

"好！老哥要的就是你这句话。"杨宏信又对众人说，"大家都要齐心协力，为麟州的未来着想。"

这是杨宏信上山以来举行的一次非常重要的会议。会议对麟州目前的局势做了分析和对今后一段时期应该做的事情提出总结了十条。这十条应该是具有实际的可操作性，是麟州发展的奋斗目标。杨重贵是这十条提出的主要人员，简称"麟州十条"。

"爹，我们是为麟州老百姓做官造福，而不是拉杆子当山大王，当一天和尚撞一天钟。只要我们把麟州的事情办好，不管将来归属哪一个王朝，哪一个皇帝也奈何不得我们。因为我杨家是为了百姓，为了国家。"

正说着话，门开了，杨宏信的老婆刘慧娇走了进来，接住大儿子的话说："我杨家不做山大王，不当草寇，要当保国忠良，一心一意为国家，为老百姓办事。"

"说得对，咱不做山大王，也不当流寇，现在这样做是为了日后报效国家。"杨重训接住娘的话说，"大哥讲的十条，就是我杨家当务要做的和今后要做的事情。我觉得爹做这个刺史也是应该的。"

全家人最后形成统一意见，让杨洪书写文告，向连谷、银城、新秦三县百姓送发，让老百姓人人知道，求得支持。会后，大家各自忙碌起来。正是春耕时节，天气逐渐暖和，杨宏信亲自组织劳力，对去年到麟州来新买的土地抢墒耕种，又动员全州家家户户开展春耕生产，不能让一寸粮田荒废。有田的，没有牛犋耕的人家，杨宏信派人协调，让有牛的帮助耕种。对有耕地，没劳力的户，有劳力的就帮忙耕种。杨宏信站在麟州城头，通过杨洪、杨重贵、杨重训两个儿子，两个儿媳佘赛花、王香兰以及张平贵、郭玉方把一项一项的生产任务落到实处。土地是老百姓的命根子，误了啥，也不能误了耕种庄稼。有些乡民因贫穷，卖了耕地，没有土地耕种，杨宏信就动员土地多的小土豪、大土豪把一部分地给租去耕种，到年底粮食产下来还地租。但是有一条，地租要合理。杨宏信把他的这一春耕生产活动，叫作"生产运动"。对于那些连耕地都租不来的户，就鼓励开荒，秋天粮食打下来，全部归开荒者所有，还不收税。这样一来，好多没有地的户连同有地的户全都开荒种田，有的男劳力一天能开荒两亩地。种庄稼是有季节性的，误过了时节，就误过种植庄稼，因而杨宏信有时骑着马，带着几个人跑到栏杆堡检查开荒，看老百姓对开荒种田到底热心不热心。他又去窟野河两岸的荒坡查看，发现到处都有乡民在开荒种粮，这才高兴地捋着胡子笑起来："我这个刺史还真管用。"

到了农历的四月中旬，谷子、高粱、豆类作物都耕种上了，根据统计回来的数字，全州共种粮田24万亩，如果亩产平均400斤，人均就生产粮食1600斤，一个人一年吃400斤粮食，足够吃四年。为了实现这一目标，杨宏信对侄儿杨洪，两个儿子重贵、重训，儿媳佘赛花、王香兰以及张平贵、郭玉方下了命令，今年不管天塌下来，也要实现粮食总产人均1600斤的任务。杨洪对杨宏信表决心，只要天下雨，不干旱，无涝灾，霜期来得晚，保证没有问题。

轰轰烈烈的生产运动在全麟州展开。北部风沙区的农牧民也围沙修田，种植庄稼。有条件的户还喂养了上百只羊、十几头牛、马。杨宏信叫大儿子杨重贵负责抓北部风沙区的种地、养羊、养牛、养马、养骆驼、栽树等各项生产事宜；叫二儿子杨重训负责在窟野河上游两岸利用当地的煤炭，建窑烧瓷器；叫杨洪负责麟州城的修建；叫张平贵、郭玉方负责练兵守城的事情。他自己负全责，一家人忙得不可开交。

到了农历的四月中旬，杨家增加了一件喜事：佘赛花怀孕了。首先知道的当然是佘赛花，她将怀孕的事告诉了杨重贵，杨重贵告诉了母亲，母亲又告诉了父亲……

一传十，十传百，一天的时间，佘赛花怀上孩子的喜事传遍了麟州山头。

刚从乡下检查开荒回家的杨宏信听老婆说大儿媳妇佘赛花怀孩子了，高兴得几乎跳起来。

"拿酒来！"杨宏信一连喝了三碗酒，不由得喊出声，"我杨家有第三代了，我杨宏信有孙子了。"

佘赛花怀上了孩子，一刻也没有停止忙活家中的事情，除了帮忙做饭之外，还到建设修建民房、兵营的工地上转转，指点指点，协助杨洪照料施工。佘赛花自结过婚，不管是家里还是下山骑马射箭，一直穿的是戎装，头戴盔，身披甲，箭不离身，刀不离手。她很清楚，麟州城随时都会有外来入侵的可能，她要做好随时打仗的准备。她怀上孩子，又喜又急，喜是当孩子母亲了，急是孩子一出生就处于战乱，往后的日子怎么过。

"总是要过的。"杨重贵高兴地说，"孩子出生后，让他也知道这天下并不太平，从小就经受艰苦生活的磨炼，长大成为国家有用的人才。"

"对，说得好。我孙子出生后，也要好好读书，不但学文，还要学武，长大保家卫国，建功立业，为我杨家光宗耀祖。"杨宏信对大儿媳说，"从今天起，赛花就不要干活儿了，也不必整天骑马弄刀，多休息，多加小心——"

"爹，没有关系，锻炼锻炼身体，对胎儿发育有好处。"佘赛花含羞着说，看了一眼身旁的杨重贵。

"爹说得对，以后还是尽量不要干过重的体力活儿，这些活儿留下我来做吧。"杨重贵对媳妇说，"这样吧，你和弟媳香兰把山上的住户不认字的乡民集中起来，抽时间给他们教字，学文化，也是一件有意义的事情。人不识字，见识短，脑筋反应慢，对啥也不知道。"

"好，这个任务交给我和香兰来完成。保证半年，不，保证赶咱孩子出生时，把山上不识字的男女，每人教会300字。"佘赛花高兴地向男人保证。

"对，就让赛花和香兰当先生，给山上所有不识字的人教字。"杨宏信笑得两眼眯成缝，"三年，保证三年，让我全麟州的人都会认字，都有文化。"

一场识字活动的风暴在麟州城头刮起。识字的挂帅主角是杨家的大儿媳妇佘赛花和二儿媳妇香兰。

庄稼刚种完，除了佘赛花和王香兰给城里住的不识字的男女教字外，杨宏信按照大儿子的"麟州十条"，展开全麟州范围的春季植树造林活动。由于经过长时间的战乱，麟州的自然森林和草场遭到严重破坏。麟州城的西、北、南三面乱石荒坡，原是长了不少树木的，为麟州城披上了一身绿色的衣服。但是，到了唐朝的后期，狼烟四起，攻城的一方为了突破城防工事，四面放火，把林草化为灰烬。尤其是东门外 200 多步远的 3 株西汉张骞栽种的大松树，也被烧得连根部也不存在了。

战争给麟州带来的每一次浩劫都是灾难的。攻方一旦突破城垣，不是抢劫，就是屠城，连老百姓也不放过。

"当年张骞亲手栽的 3 株松树，长得有 3 丈多高，并排而列，老百姓把 3 株松树称为麟州的镇山之树、福禄之树、生命长青之树，是麟州的宝，麟州的魂。如今，3 株松树不见了，只是剩下根部被大火烧焦的秃渣。那些该死的强盗，该死的败家子，连几株树都不放过。"杨宏信手握一株大儿子重贵从北部风沙区带回的松树苗说，"再在原来的地方，栽上 3 株松树，过上 500 年后，就是参天的古松。"

"爹说得对，再种 3 株松树，栽 50 株，500 株，一定要长成大树，留给子孙后代。"杨重贵挖着坑，挥汗对爹说，"一株古松，不遭到人为的破坏，可活 3000 年，甚至更长的年月。目前，大地上寿命最长的树就是柏树和松树。榆树只能活到 300 年左右，水桐树也就是 100 年，枣树可活 150 年……"

"你是怎么知道的？"杨宏信惊讶地问大儿子重贵，"你对每一种树的生性知道得还不少。"

"爹，这是杨洪叔告诉我的。"杨重贵催促兄弟杨重训赶快挖坑，"今天无论如何也要把这一批松树种完。特别是在原 3 株松树的地方，把松树烧死的根部挖了，浇进水，再把松树栽上。"父子三人和其他人七手八脚挖坑的挖坑，扶苗的扶苗，浇水的浇水。水都是从窟野河用马驮上来的。山上的水，贵如油。栽一株松树，付出的代价不小。杨重贵握着松树苗，不慎被枝梢划破右手的食指，鲜血流了出来，滴到松树坑里，渗入浇湿的泥土。

杨宏信看见了，心疼地说："这株松树一定长得快，长得旺，有神气，有灵气。我儿子的血，流得值。"

3株松树栽好后,大家又忙栽别的松树。整个上午,头顶的阳光金灿灿的,轻风扑面而来,杨宏信带着两个儿子在栽植松树。

杨重贵看着栽起的一片松树,语调沉重地说:"但愿战争今后不要祸及松树,也不要祸害所有的森林。麟州城头往起栽一株树不容易,没有三十年五十年是长不起成材的大树的。森林是自然界必不可少的绿化带,是大地的绿装,是调节气候、增加雨量的重要来源。麟州城要栽树,全麟州的荒地都能栽起成片的树林,是我麟州百姓的福气。"

一连三天,父子三人带着30多人,在麟州城的西、北、南三面的荒石乱坡栽了1000多株松树,还有2000多株榆树。完成了栽树的任务后,父子三人一致认为,栽树容易,护树难,往大养树更难。放牧损害树苗是一回事情,而主要是来犯麟州者不管是哪一路的贼盗,他们首先就是放火烧山,把用火攻当成夺取城头的主要手段。如今,麟州城和城外的几面高山深沟没有树木,其中的原因就是多次遭到纵火烧山,有的地方连杂草都不生长。黑红黑红的石头、石岩、石层、石壁到处是火与人血焚烧后的残存物,像古化石一样镶嵌在麟州城的断墙残石上。

杨重贵拾起一块黑红色的石片,向空中甩出去。石片飞向天空又成弧形坠入山底,发出一种长久而深沉的声音。他的眼前,仿佛看到有上万人在四面围城攻城,不要命地舞着刀枪、棍棒,冒着山上滚下去的飞石,在后面督战人员的督战下,奋力地向山头猛攻。他的脑子里犹如万马奔腾,翻江倒海。他再定神向北看去,仿佛一座一座的秦边墙(长城)烽火台冒出烟火,在警示和告诫人们,有外敌正从塞外压了过来。麟州城危在旦夕。他大呼一声:"杀!"

"重贵,你是怎么啦?"杨宏信被大儿子重贵的举止和喊声震惊。这孩子,没有经历过战争,反被战争的烟火笼罩了眼睛。好小子,有你打的仗。

又一个黎明的早晨到来,杨重贵吃了早饭,对给老百姓教字的媳妇佘赛花叮嘱了几句,忙带上几个施工人员跑到工地。他仔细看了正在修建的刺史府,感到有些不太合适,尤其是地基建在表面的土层,没有任何承受力,如果房墙全部用石头,肯定地基是不行的。这个主体建筑,选在南城,父亲给它起名紫锦城。刺史府占地面积不大,但是紧靠南门,安全方面很难有保证。父亲说,刺史府修在离城门近的地方,便于老百姓来办事,一开城门就到了，这也是为老百姓着想。父亲讲得有道理。

杨重贵对父亲提出建议，刺史府修建的石头改用砖头，这样显得齐整、庄重、大气，父亲同意他的建议。

实际上，在山头修建建筑群，不管是用石料还是砖头、瓦，都要到山下去开采，或是砖窑烧砖烧瓦，成本是很高的。烧砖烧瓦，需要大量的黏土，也就是胶泥土，而且还要大量的水、煤炭、特制的烧炉。烧砖烧瓦是一个完整的流程。杨重贵带着张平贵、郭玉方和砖瓦匠来到山脚下，沿窟野河向下游走了20里路，来到一个叫泥湖村的地方，找到一片适合烧砖烧瓦的黏土，动手修建砖窑，准备烧砖。一连五天，杨重贵他们吃住在砖窑工地，直等得砖坯制出来，放入砖窑点火烧上，才回到麟州城。第一窑砖烧好后，杨重贵、杨重训兄弟俩和张平贵、郭玉方他们带领100多人用牛马驮、人背，把砖运到山上。人从20多里的路途往回背砖是一件非常艰苦的事情。烧砖工人一天往返三次，从早到黑背砖。杨重贵、杨重训兄弟俩和张平贵、郭玉方也同大家一样背砖，压得脊背都红肿起来。

看着两个儿子背砖，杨宏信有说不出的一种感觉。自己的儿子不带头，如何叫其他工人去背砖。麟州刺史的儿子不好当。杨宏信站到修建施工现场，手摸着背上山的砖头自发感叹：当年秦始皇修边墙，他的长子扶苏还亲自跑来边关勘探地形、抬石、挑水、搬运土方，自己的儿子为修建麟州城背砖又有何不可。自己上了年纪了，不然的话，也要亲自到砖窑背砖。杨宏信用手指弹着砖头，发出"当当当"的响声。这声音告诉他，这砖是烧得最好的砖，上等砖，优质砖，筑墙结实，不易沙化。酱红色的砖在夕阳下折射出红色的光泽，一闪一闪地闪烁着幽深的古朴的图案。杨宏信把砖头轻轻地按到自己的脸颊，来来回回地拉动了几下，感到脸颊火热热的。砖啊，来之不易，从20多里的山下烧好，靠人背，靠畜驮，才能运到山上。这每一块砖头都渗入劳动者的血汗，比黄金还值钱。人言金砖贵，土砖更贵啊！杨宏信的举止，引起身旁杨洪的关注：

"老哥，你怎么啦？是不是砖头的质量有问题？"

"砖的质量好，没问题。老哥是在想修窑盖房可不容易，这每一块砖需要多少工序才能烧出来，再从砖窑运回工地又费多大的精力。这烧砖头哇，就是造黄金哇。"

"是哇。老哥，烧砖是一个完整的作业流程，需要红胶土、水、煤炭，烧到窑里，还要掌握火候，观察颜色，按照时间出窑。"杨洪也拿起一块砖头说。

两人正说着砖头的有关制造和质量问题，杨重贵和杨重训兄弟俩以及张平贵、郭玉方相跟着来到工地。天色已晚，兄弟俩叫干活儿的人员和爹、杨洪回家吃饭，明天再接着干。刺史府的主体地基，按照杨重贵的建议，又往下挖了三尺多深，挖到了硬土上，才用石头做地基。地基做起来后，全部用红色砖头筑墙。现在已做好地基，就等待着用红砖筑墙了。

"爹，今天就做工到此结束，明天正式筑墙，全部改用红砖。走吧，大家回家吃晚饭。"杨重贵招呼着建房施工人员。

晚饭是黄米捞饭就炒豆腐，大家吃得非常可口。杨重贵今天和弟弟到泥湖背了三回砖，又饿又累，狼吞虎咽吃了一大碗黄米捞饭。吃完了晚饭，杨重贵和媳妇佘赛花回到自己的住房。

佘赛花对杨重贵说："识字的人来的少，头一天只叫来5个女人，男人们一个也叫不来，都忙着种地、植树，在工地上干活儿。5个女人，都是在40岁以上，我和香兰给她们教了一整天，她们连'一、二、三、四、五、六、七、八、九、十'十个数字都认不会。她们数数能数到一千以上，就是见了数字不认识，她们只会写一、二、三，连四都不会写。写四就写四画，写五就写五画，嘿嘿，这老刘家当年坐了近400年的大汉江山，造字改字了几百年，怎么就把数字没有按照'一''二''三'编写出来。唉，这些大姐姐们，怎么能想得出来，数字还能按数字大小一画一画往上排列。那写到一千万、一亿还不把地球排满。"

"哈哈哈……教字活儿不好干吧？你以为别人的脑袋都和你的一样精明。字，在不识字的人头脑里，就是一些陌生的怪物。五是个啥？她们当然会理解成'五画'，牛是个啥？她们的头脑中那就是一头完整的牛。马，就是一匹马站到面前。什么是字？好多人不但不认识，连最基本的符号概念也没有。我小时候认字时，先生给我教'日'字，就画了一个太阳，教'月'字，画了一个月亮……"杨重贵对佘赛花说。

"嘻嘻嘻……那教'人'字，就画一个人，教'刀'字就画一把刀，对吗？"佘赛花笑着说。

"是哇，我就是这样开始认字的。你要有耐心，有决心，慢慢地给她们引导，把对汉字的认识从教'一、二、三、四'开始，一个字一个字教。特别是要给她们教会自己的名字是哪几个字，是哪里人，把'麟州'两个字一定要教会。一个人活一回，连自己的名字都不认识、不会写，连是哪里的地名也不会认，不会写，就不能算是真正地活了一回人。现在越来越多的人都会认字写字，还能用字写文章作词作诗。比如唐朝，出了许多大诗人，他们可都是认字识字的高手，是把汉字运用到顶峰的文化大师。而我们麟州认字识字的人还占不到总人口的百分之一。十个人中连一个会认字会识字的人也没有。这可不行呀，一定要改变这种状况。你和弟媳香兰要下大决心，组织山上的姐妹们，哪怕一天给她们教会一个字，也是收获。"杨重贵鼓励着佘赛花说。

　　"是哇，不识字、没有文化的人，与识字的人、有文化的人的头脑里装的世界也不一样。他们没有文化概念，不知道外面的世界有多大，人与人交流用文字是最基本的成分，可惜，这些人不识字，连自己的名字也不会写。他们种田，不会写田字，他们吃饭，不会写饭字，他们穿衣，不会写衣字，他们作为人，连人字也不认识……整个是一个只会干活儿的傻子。"佘赛花坐到炕头的油灯旁，拨弄着灯芯说，"我在6岁的时候，父亲就教我识字，我到了10岁的时候，认会了2000多个汉字，还看过手抄本流行的唐诗。我还看古代的《诗经》《礼记》。"

　　"你说得对，所以叫你当麟州城的首任先生，集中精力，给乡亲们教字，争取用半年时间，使每个识字的人认得300个字。"杨重贵也跳上炕，收拾着被褥说，"你想好没有，咱的孩子出生后，给起个啥名？"

　　"你看呢？要不，叫爹给起一个好听的名字。"佘赛花用手捂了一下小腹说。

　　"行，那就叫爹给孩子起名字。"杨重贵今天有些累了，睡下后眼皮就睁不开。佘赛花推了推他接着说："山上的男人忙着开荒、植树、修路，有的在工地上干活儿，白天还能找到一个人，女的大部分也去干活儿，只有少数女的又对识字没兴趣，你看是不是改到晚上，一家一家上门教字。"

　　"行。你和香兰商量一下，看怎么好就怎么教。"杨重贵翻了一个身说，"等刺史府和其他建筑修建起，孩子出生了，我就到太原投军。"

"我也去，当女兵。"佘赛花也躺下说。

"你不能去，在家照料孩子。"杨重贵说。

"不行。我一定去。孩子让爹娘照管。"佘赛花坚决地说，"不去投军打仗，白学了一身武艺。"

"你真的也想到外地投军？"

"真的，那还哄你干啥？"

"那好，等孩子出生后，过上三个月，到了明年的春天，咱俩一起到太原投刘知远。"杨重贵揉着发瞌睡的眼说，"就不知道后汉收不收咱。"

"后汉不收，咱还可以投别的地方，反正要找一个真正的英明之主，报效国家。"佘赛花说着自己的看法，"反正咱们一家人都守在麟州。家里的事，麟州的事，有父母和重训，还有杨洪叔他们干就足够了。"

"我也是这么想的。只要父亲按照'麟州十条'去做，麟州的事情一定能办好，咱在不在身旁都一样。咱俩正年轻，正是出去大干一番事业的时候。男儿有志在四方。"

"那女儿呢？女儿有志就守家？"佘赛花碰了碰杨重贵说。

"我不是这个意思，我是说男人就应该多为国家大事着想，到国家最需要的地方接受锻炼。如今，天下一直混乱不堪，各方势力都在抢地盘，不要说治理国家，使老百姓过上好日子，就是英雄豪杰想为国家出力也找不到一个去处。麟州地处边塞，各方势力都想管，又都不管，咱杨家接过来管，是正常的，是合情合理的，爹当这个刺史，也是出于无奈，如果咱杨家也不管，麟州会一直混乱下去，经常遭到土匪、强盗的侵扰，老百姓永无宁日。我建议的那'十条'，也是从麟州的长远发展和老百姓的利益着想。我相信，咱俩即使离开，有爹和重训在，有杨洪叔帮助，他们一定会把麟州治理好。眼前，全麟州的'十条'大事，最主要的一条就是种田多打粮食。老百姓吃饱了肚子，才能谈得上去做其他事情。"杨重贵对佘赛花说着自己的想法。

"你说得对。麟州有许多事情要做。就说爹这个刺史吧，自己封的，也得像个刺史的样子。刺史一级地方官员，处于国家最高层政权与最底层政权的中间，对上面负责，对下要尽职，比如连谷、银城、新秦三县，现在只是一个虚设，连知县也没有。知县要皇帝任命，可麟州归哪一个国家管辖都定不下来，哪还顾得管一个县官的任命。那些后汉所谓钦差，巡查人员，名义是代皇帝来宣读圣旨，任命知县，实际上是来麟州要银子。他们说话不算数，如果他们说的话是真的，为啥不把皇帝封赐知县的大印交出来。骗子，都是一些骗子，骗皇帝，骗百姓……"佘赛花双手轻轻地捂着小腹说，"麟州这块地方太重要了，爹做得对，就应该当刺史，让那些所谓的皇帝看看，我杨家是真干事、干实事的人，是爱国爱民的人，不是那种占山为王，当混世魔王的过路客。"

"好，不当混世魔王，要做老百姓拥护的官，爱戴的王。不管别人怎样看待，咱首先要有主心骨，一心一意为老百姓。咱麟州三年不纳老百姓的税，咱杨家吃的喝的、一切开支连同刺史府公职人员的花费，全由咱杨家自己支付。咱杨家自己种田、烧砖、养羊、养牛、养马，做一些小买卖，足够公差人员的开支。我想过了，后半年就整顿三县，配备知县，正式对外办公，让老百姓有冤喊冤，有苦诉苦。有州官没有县官，这还叫啥麟州。反正官是咱杨家自封的，再封三个知县有何不可。"杨重贵说得反而没有了睡意，盘坐起来接着说，"我明天就对爹说，准备选派三县知县，对外履行公务。"

"早该这样做了。嘿嘿……我要是没有怀上孩子，自愿报名，到三个县任何一个县去当女知县。"佘赛花笑着说。

"你去当县官？还不笑掉世人的大牙。"杨重贵对媳妇佘赛花要去当知县的话觉得好笑，他知道媳妇这是逗他玩，并非真的要去当知县。两口子又说笑了一些其他话睡了。

第二天起床吃过早饭，佘赛花叫上王香兰去到乡民家教字，杨重贵随同爹来到建筑工地。施工人员正在催促着工人加快干活儿，杨重贵与爹挨着查看原来修建起的兵营和民用住房。"这些房子大都简陋，石头垒的墙，上面盖些木头，铺料石板。"杨重贵对爹说，"这些房子建筑不稳固，遇到下雨天就会漏水，一律改为砖头墙，瓦盖顶。"杨宏信同意大儿子的建议，就让施工人员把凡是石板铺的房顶都换成新烧的瓦。父子俩又来到修建刺史府现场，亲自搬运砖头，垒墙铲泥。大家见刺史亲自来干活儿，热情高涨，一个个忙碌得不停手。

杨重贵把爹拉到一边，低声地说："刺史府正式运转起来，连谷、银城、新秦三县也要对外宣布办公，可是，知县从哪里选，爹要心中有数，早做准备。"

"爹想过了，新秦县本就在麟州所在地，新秦县的知县由爹兼任，其余连谷、银城的知县就在麟州公开考试选拔。"杨宏信得意地捋着胡子说，"考试选知县，隋朝已开先河。老子今天就做一回。"

"爹，这样公开考录知县，声势大，要传到后汉皇帝的耳朵，还不给爹定谋反罪？"杨重贵惊讶地对爹说。

"爹还怕后汉皇帝定罪？爹自封麟州刺史不是罪责更大吗？球毛，别管那些皇帝，他们做他们的皇帝，咱做咱的州官县官。"杨宏信骂出了一声地方土语逗得杨重贵笑出声来。爹这样有文化的人，也会骂出粗话，难听的话。他还是第一次听到爹骂出如此粗野的语言。既然爹定了要通过全麟州考试录取两县知县，这只能走一步看一步了。"考试录取知县，自有其好处，所有参考的人平等竞争，择优录取，优胜劣汰，谁也没有意见，不存在任人唯亲，拉什么裙带关系。皇帝钦点任命，也可能把一些笨蛋无能之辈推到知县的宝座，啥事也干不成，叫老百姓骂。"对于爹的这种举止，杨重贵表示了赞成。

"爹，这会把最优秀的人才选拔出来，免得叫人家说咱杨家自封了州官，又封知县。"杨重贵拔出挂着的剑挥舞了一下继续说，"考试是最公平的，谁有本事谁来当知县，就是皇帝也说不出一二三。这是一件大事，宜早不宜迟，赶忙张榜公布，让麟州的人都知道。"

"好，就这么定了。你和杨洪、重训负责出题、监考，爹负责面试，叫平贵、玉方做好城防事务。十天，对，就十天之内完成考录知县的任务。"

一场通过考试录取知县的浪潮在麟州城头涌起了。

张贴的公告是用麻纸做的，由杨重贵、杨重训兄弟俩拿毛笔一张一张写出来，总共写了30张。两张贴到麟州城的墙头，其余18张散发到连谷、银城两县和一些人口较多的村庄。在麟州城的山下的大路和通往府州的要道也各贴了一张。公告贴出来后，那些识字的人看了感到震惊和好笑。自古以来，知县是皇帝亲自选定下圣旨任命，哪有民间自己招考录用的。

这个杨宏信，自封刺史，又做主张考录知县，这不是反天了吗？这世道，国不像国，州不像州，县不像县，全乱套了。

杨宏信不就是一个土豪吗？有啥本事当麟州的刺史，又有啥能耐和资本招录知县。这知县是公开考试选拔的吗？

一些乡间有文化的小土豪、绅士议论纷纷，对杨宏信公开考录知县的举动表示质疑。

连同杨宏信的亲家王元魁也理解不了：这个老疯子，真的想当土皇帝！

杨宏信不管别人怎么议论，他不在乎，考录知县是板上钉钉了。定了，改变不得。夏季到了，刺史府完工了，虽然看上去简单，却也像那么一回事，五间房子大小，一律红墙红顶，全部用红砖红瓦建成，好不气派。

刺史府的建成，给杨宏信和全家人增添了喜气。杨宏信又见儿媳妇佘赛花的肚子明显地凸了出来，高兴得又自倒一碗酒喝起来。

"重贵，考录知县的事情准备得怎么样？"

杨重贵见爹这么高兴，也兴冲冲地对爹说："都准备好了，只是——"

"只是啥？"杨宏信急着问。

"只是报名想当知县的人太多了，总共全州有42人报名应考知县，其中还有6人是外州的，栏杆堡寨的程万保、李俊，天台山的孔愣头、孔愣子也报了名，还有3人是南面黄龙山来的土匪头子，其中有杨三毛。"杨重贵如实向爹报告。

"哈哈哈……土匪头子也想考知县？"杨宏信一听忍不住笑出声，又"咕咚"喝了一碗酒说，"这知县就那么好当？"

"爹，我初步当面测试了一下，这些人中间多半人识字不多，最多也就识得二三百字，会写一个简单的家书，至于程万保、李俊、孔愣头、孔愣子、杨三毛他们，根本就不识字，他们连公告也不认识，是听别人说麟州公开考录知县而来凑热闹。"杨重贵谨慎地说。

"他们来应聘知县，爹欢迎，设酒宴款待他们。敢来应聘知县的土匪，说明有魄力，是条汉子。爹就喜欢这种敢作敢为的人。程万保、李俊两条汉子，爹正想亲自去请他们上山。他们终于在栏杆堡待不住了。"杨宏信不住气地喝着酒。

一旁的佘赛花见公爹正在兴致上，也助着兴说："爹，我也报名考知县，哪怕当不了正的，当个副的也行。嘻嘻嘻……"

"这可不行哇，孩子，先不说你是个女的，你要真的当知县，外人还不说咱杨家没有人了，让一个怀孕的媳妇出来当啥知县，岂不让天下人耻笑咱杨家。"杨宏信对佘赛花说。

"爹还封建呢。女子当一个知县有啥大惊小怪的，花木兰还带兵打仗呢，武则天还当女皇呢，我当一个小小的知县就不行。咯咯咯……"佘赛花是带着一连串笑声表达出自己的心愿的，逗得一旁的王香兰也嘻嘻大笑。

正是晌午时分，外面火辣辣的。杨宏信对大儿子杨重贵筹备考录知县一事非常满意。刺史府修建好了，他搬进去，再配备好两个县的知县，他就是名副其实的州官。他喝得有了几分醉意，也让两个儿子和杨洪、张平贵、郭玉方喝酒。众人趁着杨宏信高兴，也就一人喝了一碗酒，各忙各的事去了。

佘赛花最后一个离开公爹，往出走时，还嘴里念叨着："小瞧女人，哼，将来我还要挂帅领兵出征呢！"

杨宏信发出考试招录知县的公告刺激着王元魁的神经。王元魁坐卧不安，说不清是犯愁还是喜悦。他拿着外面墙头贴的公告，看了一遍又一遍。好一个杨宏信，自己封自己为刺史，还又录取选用知县，也太不把他这个亲家放在眼里。他原以为与杨宏信交了儿女亲家，就是一家人。既然是一家人，就应该是有钱同花，有福同享，有事同商量。可是，杨宏信自封麟州刺史这么大的事情也不与他打一声招呼，这还是亲家吗？

王元魁把公告反复端详着，越看越生气，越看越觉得心窝闷得慌。

"拿酒来，我要喝酒。"家人忙抱来一罐酒，给他倒了一碗。王元魁"咕咚""咕咚"喝了一碗酒，又自己倒了一碗，冲着老婆张莲英喊："叫守义、守成来商量大事。"

"两个孩子练武去了。"张莲英夺下老汉手里的酒碗怨道，"发啥火呢？想当知县想得疯了。"

"老子就是想当。"王元魁又从张莲英手里夺过碗喝了一口酒说，"杨宏信能当刺史，我就不能当个知县？"

家人急忙去叫王守义、王守成，王元魁边喝酒边发着脾气。

不一会儿，王守义、王守成回来，看见爹喝酒骂人，知道是为啥。

"你兄弟俩练啥武，你们看看，杨宏信自当刺史后，也不把咱王家放在眼里。现在他又招录知县，也不与爹商量，还有爹这个亲家呢。"王元魁说着站起来，从墙壁摘下挂的腰刀，挥舞了一下说，"爹还不老，还不到 60 岁，爹也有报国之心。"

"爹，你别生气，杨叔叔当刺史尽管是自封的，可他有实力，有群众基础，老百姓拥护他。"王守义对爹劝说着。

"他有个屁，难道爹就没有。"从来不说粗话的王元魁也忍不住骂开了难听的话，他发了一顿脾气后，又对大儿子说，"你也不小了，你妹子都嫁人了，你赶快结婚，也了结爹的心愿。"王元魁又把话题扯到大儿子王守义的结婚上来，"下个月就结婚。老子要是当不了知县，你兄弟俩也参加考试，咱家总要有人参与办麟州的事务。"

"爹，我不想结婚，也不想参与麟州的事务，我想尽快去投军，早日为国效力。"王守义说。

"爹，我也去投军，为国家做贡献。"王守成也说。

"为国效力，为国做贡献，你兄弟俩连麟州的事情都插不上手，何谈为国家办事了。"王元魁手指抹着刀刃说，"爹反复想过，要想在麟州过好日子，就要管麟州的事情。杨宏信凭啥呼风唤雨，不就是进了麟州城插手麟州的事务吗？他如今是自封麟州刺史，城里城外的大事小事，啥事也管，修路呀，种树呀，开荒呀，烧砖呀，招兵买马呀……好像朝廷委任的一路诸侯，成了麟州名副其实的麟州王。爹就是看不惯他这种做法。自从香兰嫁到他杨家，叫香兰当啥先生，给人家教书识字。你兄弟两个武艺不比杨宏信的两个儿子杨重贵、杨重训差，可是，杨宏信啥时叫过你弟兄俩一起商议过麟州的事情吗？"

"爹，杨叔叔不叫我们参与麟州的事务自有道理，你也不必计较。"王守义劝说着爹，"你想参与麟州的事务，可以找杨叔叔把自己的想法讲出来，好好商量，千万不要伤了两家的和气。"

"我去求杨宏信？杨宏信明知他办的是国家大事，他又为啥不主动来找爹？咱家也是麟州城一个富户，不愁穿吃。杨宏信要是眼里有爹，早就上门来请爹一起商量麟州事务。"王元魁对杨宏信没有主动来找他商量麟州事务感到愤愤不平，特别是杨宏信对他的两个儿子也不多关照，心里更是恼火。毕竟是儿女亲家嘛，怎么就不替他想一想。王元魁手指抹着腰刀说："别看爹老了，没有练过武功，若有贼人来袭城，爹照样冲上城头杀敌。杨宏信能啥？不就是仗着两个儿子和招收的张平贵、郭玉方能吗？"

"爹，人家杨家手下还有姓杨的 120 条汉子，个个武艺高强。杨重贵娶过佘赛花，我妹又嫁到杨家后，杨家的势力是一天比一天强大了。现在养兵有上千人，威震城里城外，四面八方。咱王杨两家，只能修好，不可对着干。"王守义说。

"爹不是和杨家对着干，而是杨家眼里不把咱王家当回事。"王元魁放下腰刀，拿起桌子上的布告，手指着对两个儿子说，"你们看看，啥'凡是麟州 12 岁以上男性公民，都有资格报名应考连谷、银城两县知县，外籍人员有文化者也可报名应考'，这分明是不把爹和你兄弟俩放在眼里。连谷、银城两县的知县公开招录，那新秦的知县呢？不就是他杨宏信自己兼任吗，要么就是让他的儿子当。呸，杨宏信要是胸怀宽阔的人，就应该让爹做一个副刺史或者是新秦的知县。"王元魁把自己的想法直接对两个儿子讲出来。"爹读过书，也会舞刀，当个知县有啥难的。"王元魁放下布告，又倒了喝了一碗酒，有几分醉意了，"唉，天下最容易做的事情是做官，天下最不容易做的事情是挣钱。"

"爹，你喝多了。"王守义夺下爹手里的酒碗。

"爹，别喝醉，喝多了伤身体。"王守成也劝说着爹。

"爹不醉，爹这大半辈子，没有醉过。爹啥事都清明，从来不嫌贫爱富，年轻时就没有想当过官。自从杨宏信进城后，爹也说不清楚，这把年纪了反想做官。唉——"王元魁叹了一口气，坐到椅子上，看着大儿子王守义说，"爹要是做不了官，你一定要做，为我王家争气。老二——"王元魁又手指着王守成说，"你做不了官，就好好做生意挣钱，把家业守住，比不上杨家，也不能比他人差。"王元魁又从王守义手里夺过酒碗喝了一口，"爹想过了，凭着老脸，加上和杨家是亲戚，主动去找一回杨宏信，自荐当麟州副刺史和新秦知县。"王元魁喝到兴奋处，冲着家人说，"快叫孙寡妇来，商量给守义娶媳妇。"

杨宏信自封麟州刺史和招录连谷、银城两县知县刺激着王元魁，杨宏信给两个儿子娶过媳妇更是触动着王元魁的神经发麻。尽管杨宏信二儿子杨重训娶的是他的女儿，杨重训是他的女婿，可是，王元魁还是觉得又输了一口气。杨宏信的两个儿子成家了，自己的两个儿子还没有，尤其是二儿子还没有订婚。两件事情，都让王元魁心神不安。

"不行，下个月就给守义娶媳妇。"王元魁站起来摇晃着身体。

不一会儿，家人叫来了孙寡妇，还没等王元魁开口，孙寡妇扎了一指头王元魁的头额，"嘻"的一声说："等急了吧，是想儿媳妇了吧？这事包在我身上，保准半个月之内，把李二怀的女儿邀请到王家来。"

"我就是为守义娶媳妇的事找你。你这个媒人好人做到底，你给杨宏信家当媒人，给我王家也不能落后。"王元魁躲闪着孙寡妇说，"那就按你说的，下个月农历六月初五，给我家守义娶媳妇。"

"哎哟，我说王员外，你也太心眼稠了，六月初五是杨庄主、对杨刺史招录知县的日子，你凑啥热闹呢？"

孙寡妇又狠狠地戳了一指头王元魁的额头："怎么，是不是也想当刺史、当知县？嘻嘻，当不上，急得浑身还挠哇。给守义结婚的事，推迟一天，放到农历六月初六。"

"不行，坚决不行，就定在农历六月初五。他杨宏信考录他的知县，我娶我的儿媳妇，谁也犯不着谁。"王元魁自鸣得意，又拿碗倒酒喝。

"爹，就推迟一天，杨叔叔一家也好参加我的婚礼。"王守义劝着爹说。

"就这么定了。孩子他姨，你快去和李二怀商量娶亲的日子。不能再推迟了。"王元魁又喝了一口酒，下着最后决心，"这个日子不能改。吉利。杨宏信选一天招录知县，我为啥不选一天娶儿媳妇。"

"老不正经的，赌啥气。你把孩子结婚的日子与杨家招录县官的日子放在一起，咱家的亲戚和朋友都去看招录知县去了，谁还来咱家。"张莲英生气地跟老汉说。

"谁赌气呢。杨宏信眼里有我的话，就不会这样做事。我娶儿媳妇难道还要和他商量。"王元魁放开嗓门大声说，"杨宏信当他的刺史，我开我的染坊。"

"别生气了，就按王员外你说的，六月初五就初五。我这就去和李二怀商量。"孙寡妇一把从王元魁手里夺过酒碗假装生气说，"我还没吃晌午饭，也不让我一口酒喝。"孙寡妇说着喝了一口酒，挤了挤眉说，"我现在的当媒人钱又增加了，过去是五两银子，如今还得多给二两。"

"你——"王元魁气得说不上话来。

"给，给你二两银子。"张莲英忙从柜子里拿出二两银子递到孙寡妇手里。

　　孙寡妇接过银子，展开眉头说："我这钱挣得也不容易。李二怀的女子李美蝉从小读过书，虽然守义能文能武，可是，李美蝉心里总是不大愿意，另有心上人，还是好说歹说，硬把她给说服了，同意嫁给守义。唉，你说这个媒人当得难不难。本来，今年正月守义就可以娶媳妇，而李美蝉就是不愿意。我昨天还去过李二怀家，费了好大劲儿，才使那丫头不变心。"孙寡妇摆了一顿自己的功劳，证明她加挣这二两银子是应该的。

　　"姨，李美蝉真的不愿意与我成婚，那就不要勉强。"王守义听了孙寡妇的话，觉得这桩婚事有些不太顺心。既然李美蝉看不上他，也就不要硬往一起扯。

　　"说的啥话，李美蝉只能嫁到王家来。大少爷你别多心，我费了九牛二虎之力，就是为你好。"孙寡妇扯了扯王守义的祅袖，"现在生米做成熟饭，李美蝉跑不了，她是嘴皮子上硬，实际上心里爱大少爷。"孙寡妇转脸一笑说，"女孩子家，入了洞房就成了一只兔子，由你摸。嘻嘻，姨这就去李美蝉家。"孙寡妇边说边闪出门，出了院子。

　　孙寡妇走后，张莲英招呼全家人吃了晌午饭，王元魁叫大儿子王守义继续去巡山巡城，自己带着二儿子王守成到染坊查看了一遍，然后叫王守成去练武，自己独自来到杨宏信家。

　　杨宏信一家人都到外面各忙各的事情了。连杨宏信的老婆刘慧娇也去给士兵们洗衣服。家里只有守门的家人，王元魁说明来意，要见杨宏信，家人说杨刺史要很晚才能回到家。王元魁把话留下，说他晚上再来拜见亲家。

　　王元魁回到家，对老婆张莲英说："这个杨宏信，派头还真不小，不知到哪里去了，我到家里都找不着。"

　　"你别找他了，当啥县官的，好好地把咱的染坊办好、地种好就行了。"张莲英劝说着老汉，"这大把年纪了，从来也没吃过皇粮，现在这乱世天年，还往官场挤，图个啥？"

　　"你不懂。人这一辈子，就图一个功名利禄，有吃有穿。咱有吃有穿不假，可功名利禄与咱无缘。杨宏信不也是老大年纪了吗，可他抢着当麟州刺史。他能当，我为啥不能？当了刺史，当了知县，就有大把大把银子往家里搬，就有人抬着你走。我是想开了，如果杨宏信六亲不认，不给我一个知县当，我就叫咱的守成去当知县。等守义结婚了，到后汉投军，谋求一官半职，也为咱王家争光。"

王元魁整个下午与老婆说的就是两件事：做官，给大儿子办喜事。

快到傍晚的时候，孙寡妇来了，进门就呱呱地说："成了，成了，李二怀答应农历六月初五出嫁女儿。"

"美蝉愿意吗？"张莲英着急地问。

"愿意，愿意。我把守义夸了一番，美蝉就乐得笑了。"孙寡妇坐到椅子上又说，"我加挣你家这二两银子真不容易，在你王李两家跑来跑去，腿都跑断了。这样吧，今晚的晚饭我就在你这吃，赶快做饭吧，我连晌午饭还没有吃。"孙寡妇嚷着要吃饭。

不一会儿，家人做熟了黄米捞饭炒豆腐，孙寡妇自个儿舀得一碗边吃边说："等你家守义婆过媳妇，我再给你家守成介绍一个姑娘。"

"好哇，他姨，少不了再给银子。"王元魁又拿碗喝着酒，也没让孙寡妇喝。

孙寡妇见王元魁喝酒，有些不乐意，就自己拿碗倒了酒喝。"嘻，这酒就算提前我给守成说媳妇的酒。"孙寡妇边吃饭边喝酒，显摆着她的功劳，"我是这样想的，给守义的结婚饭吃四顿，一顿也不能少，该请的亲戚、朋友、熟人，一个也不能少。"

"这是自然，要好好热闹一番。还要雇两班鼓手班子，摆起火塔，吹整整一天一夜。"王元魁也是个每天不离酒的人，他把一肚子火集中到办好大儿子守义的婚礼上来。既然李二怀同意嫁女儿了，他就要大操大办婚礼，以显示王家的威风。王元魁当面叫来管家和其他家人，吩咐下去，安排给大儿子结婚的一切吃的呀喝的呀穿的呀用的呀……

王元魁当着孙寡妇的面安排完后，两个儿子一前一后也回来了。孙寡妇看见了王守义，站起来走到王守义面前，轻轻地戳了一指头脸腮说："嘻，你就等着入洞房吧，李美蝉可是一个美人，虽然出身寒门，也知书达理。大少爷是个有福人，还不叫我一声姨。"

"姨——谢过你了。"王守义很不自在地叫了一声孙寡妇"姨"，自己拿起饭筷吃饭。

孙寡妇吃饱喝好后，哼着山曲出了门槛，借着星光又扭头说："王员外，过两天我会来，准备一罐好酒。"说着"嘻嘻"地出了院子。

　　送走了孙寡妇，王元魁扔下饭碗酒碗，向老婆、两个儿子说了几句无关紧要的话，赶快出了院子，朝杨宏信家来。他今天是一定要见到杨宏信。

　　到了杨宏信家，杨家全家人也是刚吃完饭。王香兰见爹来到杨家，十分高兴，问候了几句，就到自己和杨重训住的房子去。王元魁见杨家两个儿子都在，杨宏信的老婆刘慧娇、大儿媳妇佘赛花、管家杨洪也在，实在不好开口。杨宏信想王元魁亲自上门来，一定有要事商量，就叫其他人都各自回自己的住房，只留下老婆刘慧娇，与王元魁说拉起来。

　　王元魁见其他人走了，提高嗓门，看着灯光下的杨宏信说："咱亲家俩就打开窗子说亮话。我想了好几天了，一直没有机会给亲家说。你家进城，我从心里高兴，你家巡山巡城，我也支持，你如今自封麟州刺史，我也没有意见，你又招录知县，我也不反对，只是……只是我觉得你办这么大的事情，也给我这个亲家打一声招呼，我给你顶不上大事，小事也能帮一下忙。"王元魁说到此，停住话等待杨宏信的反应。

　　"哎哟，亲家哇，我一天从早到晚，忙得团团转，也就忘了与亲家商量。"杨宏信听王元魁话里有话，赶快表示歉意。

　　"我就有话直说吧，你当刺史，我也不能闲着，我大事做不了，给你当一个跑腿的总能行吧？"王元魁说话气粗，两眼直盯着杨宏信。

　　"那是当然。不过，亲家也知道，我这个刺史，没有哪一个朝廷赐封，就是自己自封的，你也别在意。"杨宏信对王元魁说，"我实在看不下去麟州这个乱局，才出此招数。我并不是为啥刺史，我只想给麟州老百姓办实事，改变现状，让大家都过上好日子。"

　　"这我不反对，我只是想在你手下做差事。"王元魁步步紧逼。

　　"做差事？"杨宏信反问一句说，"你就不必劳神了，好好经营你的染坊，耕种土地，至于给我跑腿的，我怎敢劳驾亲家哇。"

　　"说来说去，你是不想让我出来做事。你是嫌我年纪大？还是没有能力？"王元魁有些憋不住了，看了一眼刘慧娇又说，"你当刺史，又招录知县，需要好多人，多我一个，有何不可？你当我是庸才？我除了不会武功，写写画画，指指点点，吼吼喊喊，我都会。你要真把我当亲家，就让我当一个——"

"让你当知县？"杨宏信说。

"对，就是知县。"王元魁紧追不放。

"县里的知县还空缺吧？连谷、银城，还有新秦不是缺少三个知县吗？我去哪一个地方担任知县官都行。"王元魁自荐说，"我快60岁的人了，经验丰富，又会做事，当一个知县能力是绰绰有余的。"

"知县要公开考试，既要考书面文字，还要面试，最后的科目还要比武。你行吗？"杨宏信也只好摊牌直接表达出他的意见。他心里对王元魁出来参与考录知县一事很不满意，下面有老百姓早就反映，王元魁与道上的人，还有土匪勾结起来，收取老百姓的银两。对此，他很是恼火，只是因没有证据，加之又有亲家这层关系，才没有去过问这件事。现在王元魁竟然提出要当新秦、连谷、银城三县的知县，真是岂有此理，脸皮也太厚了。杨宏信强忍住怒火，反复对王元魁开导："招录知县是透明的，你可以参加，但是，我不能保证你入选。"

"这是啥话，你不同意，我还参加啥考试。"王元魁气得脸色发白，反讽刺开了杨宏信，"就你杨家的人能当官，我王家的人就不行？"

"我没有说王家其他人不行，你可以叫守义、守成参加。"杨宏信如实说，"这两个孩子文武全才，可报名应试。"

"算了吧，应考还不是形式，考不考一个样，还不是你说了算。不考了，反正你看着办。"王元魁边说边扭头就走，表示了极大的愤慨。

杨宏信想挽留王元魁多坐一会儿，王元魁心里不服气，骂骂咧咧走了。

王元魁回到家，把杨宏信不同意他参与应考的事对老婆张莲英说了，整个晚上睡不着，一会儿骂，一会儿喝酒，两个儿子反复劝说，到了第二天天亮了才睡着。一连三天，王元魁一边准备着给大儿子守义办婚事，一边派人打听杨宏信招录知县的消息。到了农历六月初四这天，王元魁派人请杨宏信全家参加大儿子王守义、李美蝉的婚礼，并要求至少来100人。杨宏信接到王元魁的邀请书，知道王元魁的本意，这让杨宏信感到为难。招考知县在即，王元魁偏偏把王守义、李美蝉的婚礼与招考知县的日子放在同一天，这不是明明给他难看嘛。他不去参加婚礼，显得不近人情，他去参加婚礼，招录知县的事怎么办。杨宏信是左右为难，最后决定由杨洪、老婆刘慧娇、张平贵、郭玉方等 100 人参加王元魁大儿子的婚礼，他和两个儿子杨重贵、杨重训，两个儿媳佘赛花、王香兰等 100 人出席招考现场。两部分人员分开后，不料张平贵站出来说：

"我不参加王元魁儿子的婚礼。"

"为啥？"杨宏信问。

"没有为啥，反正我不去，我参加招录知县，我也想当知县。"张平贵绷着脸说。

"哈哈哈……你也想当知县？"杨宏信大笑着反问。

"好，就让平贵哥参加吧。"杨重贵知道张平贵不参加王守义、李美蝉结婚仪式的真正原因，就劝说爹让张平贵参加招录知县考试。

"平贵，别开玩笑，弄武艺，你有两下子，这不假，可这考知县是要考文采的，要做文章，你斗大的字不认两个，能行吗？"杨宏信不明白张平贵要参加应考知县的真正理由，只好糊里糊涂答应下来，"你可以比武，作文就不要参加了，凑凑热闹，与各路英雄会会面。"

"玉方，你就不凑热闹了，还是参加王员外大儿子的婚礼吧，咱要给王家留面子，不要叫人家说杨家不领人情。"杨宏信劝说郭玉方，郭玉方很不情愿地最后答应参加王元魁大儿子的婚礼。

整个农历六月初四这一天，杨家为准备第二天的招录知县和参加王元魁大儿子婚礼的事忙得不可开交。

考录知县的考场就设在麟州山头的新修的刺史府。总共报名的 42 人都提前来到刺史府的门外等候。参加应考的人都在急切地盼望早点儿进入考场。栏杆堡寨的程万保、李俊、赵红霞，天台山的孔愣头、孔愣子先后赶到现场。黄龙山来的杨三毛和另两个土匪头子赤膀露胸脯，一人屁股后挂一把腰刀，面带凶相。其中一个手里拿着不知从哪里找来的一张公告，让身旁的另一个前来应考的识字者再给他念一遍公告，那人好奇地盯住土匪问：

"你连字都不认识，考啥知县？"

"不识字就不能考？瓦岗寨的程咬金不识字还当皇帝。狗日的，老子皇帝还想当……当个知县算个球。"那个土匪头子骂骂咧咧着喊，"再给我念一遍，应考注意啥事项。"

"好，我给你念：

招 录 公 告

兹定于天福十三年农历夏季六月五日上午，决定公开考录知县两名，具体事项如下：

凡是麟州籍十二岁以上男性公民，都有资格报名应考连谷、银城两县知县，外籍人员有文化者也可报名应考。应考人员除笔试外，还要面试，尤为有武功者、武艺超群者，优先参考。

麟州刺史府

"娘的，这公告上写得明明白白，有武功者优先应考。老子一掌可以推倒一堵墙，一脚能把一株碗粗的水桐树踹倒，怎么不能报考知县？有文化识字的人算个球，舞刀弄枪才是真本领。"

杨宏信、杨重贵、杨重训、张平贵、佘赛花、王香兰几人见那汉子不住气地骂，一起走过来劝他不要骂了，进考场参加笔试。

这时，杨重贵看见了杨三毛，两个见了，拥抱在一起："老兄你也来考？"

"我是来看红火热闹。"杨三毛说，"我的这两位老兄非要赶来应考，我只好陪他俩前来。"

"可以理解，考吧。"杨重贵说。说着大家走进考场。

"老子只识三个字，自己的名字，连皇帝两个字也不认识。但是，今天这个考知县，老子是考定了。"大汉说着走进了考场，自己找凳子坐下。考试题是用毛笔写在一张麻纸上的，整个考题只有两道：

一道是写文章，题目是怎样当好知县；

又一道是问答题，全华夏有多少人？

大家都坐好后，门外进来十几个手持腰刀的士兵，站立两旁，看样子，谁要是大闹考场会被立马拉出去，不斩首也打个半死不活。杨三毛和他的两个长兄，还有程万保、李俊、孔愣头、孔愣子等没文化的人见此阵势，也就乖乖地坐下看别人答题。

因为他们的确斗大的字不识半筐，双眼傻乎乎地盯住墙壁贴着的考题。

其实，不识字的人还大有人在，他们都怀着各种心态报名赶来应试。

是为一种热闹，一种好奇，更多的是为了发泄一种气愤，一种对这个世道的不满。怎样当好知县，太有意思了，主题明确，谁也没当过知县，怎么就知道怎样当。显然，这是出此题者对应考人员智慧和能力的一种测试，是让大家公开发表当知县的意见，为了体现一种公平。多数有文化的应考者都是沿着这个思路去做文章的。

从大秦朝建国以来，做官者不论职位高低，都必须德才皆有之。德为先，才相跟，二者缺一不可。答题的时间为一个时辰，以门外头顶的太阳升高位置计算时间。考场内算安静，程万保、李俊、孔愣头、孔愣子、杨三毛等属于土匪一类的人也不敢大声喧哗，他们只是悄悄喃喃地说：

"华夏有多少人呢？"

"这怎么能知道哇，咱又没去统计，谁知道有多少，总有几千万吧？"

"这是啥意思？作为一道考题，怎么会是问一个国家有多少人呢？"

"是哇，有多少人，一千万还是两千万、三千万……谁也不一定知道。"

"不对，此题另有隐情。"

"啥隐情？"

"不告诉你。我会答这道题，肯定是满分。"

"可是，你不会写字，会答又能怎样？"

……

考场引起了一阵议论声。

"杨大人，我不识字，不会笔答，我可以当面回答第二道题吗？"

"好！允许你当面回答。"杨宏信捋着胡须，对着问话者说。

"我要是答对了，你就得录取我当知县。"

"不行。因为你无法答下第一道题。如果你第二道题能答对，到外面与我决战30回合不分胜败，可以给你一个武教头当，或者可以让你带500士兵。"杨宏信认真严肃地说。

"行，杨大人，你可说话算数。那我答题了。"

"答吧！"

"华夏只有两个人，一个男人，一个女人。对不对？"

"好，你答得好！你这不识字的土匪，脑筋转得挺快的。"杨宏信对这个黄龙山来的土匪刮目相看，想不到这家伙还能如此快速答出了这道题的标准答案。

考场里一阵骚动。

众人的目光一齐投向黄龙山的土匪头子。

又是一阵沉默的寂静。大家的目光移开了答题的土匪头子，开始答题。

一个时辰过去了，杨宏信叫立刻收卷，有些没有答完题的唉声叹气，表示遗憾。其实，每个应考者答的只有第一题写文章，第二题已经公开，谁都会答。就是第一道题，有三分之二的人没有答，因为他们中间有的不识字，有的识得几个字或几百个字也答不上来，即使识字要写好一篇文章没有写作基本功也写不下来。

笔试结束了。那位答对第二道题的黄龙山土匪头子嚷着要与杨宏信比武，杨重贵一把抓住他的手说："你敢与我比武吗？"

"敢！谁不敢是龟孙子。"土匪跟着杨重贵等众人来到外面，举起腰刀喊，"来，我与你拼上 30 回合。"

"300 回合也行。"杨重贵摘下挂着的腰刀，与土匪头子斗开来。

土匪头子果然有两下子，先向杨重贵虚晃一招，紧接着趁势用刀尖刺向杨重贵胸脯，杨重贵身子一斜，躲了过去，翻转身朝土匪头子握着刀用力撞去，"咔嚓"，刀碰刀，一缕火星，土匪头子总以为第一刀杨重贵躲不过，不想对方躲过了刀，又反给他来了一刀。这一刀好厉害，土匪头子心里明白，这是给他刀下留情，故意砍到刀刃上，如果对方下狠心，这一刀会砍准他的胳膊。这土匪急了，猛又向杨重贵连砍三刀连环刀，杨重贵三刀都躲过，右手用刀架开土匪头子的刀，左手掌对准土匪头子左肩膀连环打了三掌。这三掌连环掌，打得土匪头子蒙了，不由得双腿失去平衡，向后倒退了几步，差一点栽倒。众人一起喊着鼓掌：

"好掌法，打得好！"

土匪头子又羞又气索性扔了刀，朝杨重贵扑过来，双手抱住腰，要把杨重贵摔倒。好家伙，果然力气大，把杨重贵抱得双腿离了地面。那土匪头子抱起杨重贵，又用力往倒摔杨重贵。杨重贵在被对方往地下摔的那一刻，猛地来了一个急转身，双手撑地，两脚朝天，两只脚直向对方的头砸去。"砰——"一声闷响，对方的脑袋挨了两脚，双眼冒火花，摇晃着身子，愣到一旁发傻，然后醒悟过来，双膝跪地，连声称服："小的认输，这个知县不当了。"

"哈哈哈……"

"嘿嘿嘿……"

围观的众应考者发出一阵一阵的笑声，而与杨三毛相跟的另一个黄龙山的土匪头子一言不发，跳了出来，举刀大喊："我来试一试杨家的刀法。"说着向杨重贵扑过来。杨重训见状，急抽刀拦住大汉："休得逞强，杨重训来也。"

"你是啥人？"大汉问。

"我乃杨重贵兄弟杨重训，你若能胜了我，麟州的知县就给你让一个位子。"杨重训自信地说。

"说话算数？"大汉质疑。

"当然算数。来吧。"杨重训举刀应答。

大汉急转了一个360度的圈，迈着弓箭步，由慢到快，突然向杨重训发起攻击，他首先来了一个连环刀，向杨重训一连砍了五下，然后不等杨重训出手，反主动退步，又是一个360度大转圈，接着又是一个五连环。这是啥刀法？杨重训心里一怔，这家伙果然了得，刀法熟，心眼多，进攻了就退，让对方没有进攻的机会。杨重训边思索边寻找破对方刀法的绝招。他使出杨家刀法，一进一退，虚晃着刀主动发起进攻，对方的连环刀果然使不上，他瞅准对方主动又退转360度的大圈时，也来了一个转身转圈，横举着刀直扑对方的怀里，说时迟，那时快，把刀背架在了对方的脖子上，大喊一声："看刀！"

"啊！"大汉惊叫一声，以为完了，定神又一看，对方是用刀背架在自己的脖子上，这才明白过来，对方是让着他，故意不伤害他的性命。又是刀下留情。"罢罢罢，认输了。"大汉又是一声长叹，跪到地下，"服了，杨家刀果然名不虚传。"

大汉的话音刚落，天台山的孔愣头跳了出来，手舞着弓箭大喊："你杨家刀法精，箭法怎样，敢比射箭吗？"

"敢，我来与你比箭法。"佘赛花见众土匪头子与杨家二兄弟比了刀法又比箭法，急走到场子内，拦住了第三个孔愣头。

"你与我比？"孔愣头一惊，见是女的，好像小肚子突出，怀了身孕，表示出大男子气概，"好男不与女斗，还是让杨家的男的来。"

"你敢小瞧我？"佘赛花大声说。

"那怎么个比法？"孔愣头问。

"任由你定。"佘赛花说。

"你往空中扔石头，我用箭射。"孔愣头得意地说。

"行。"佘赛花捡起一块石片，用力向空中投去，孔愣头急拉弓射箭，"嗖——"一箭射去，正准石片，石片成几块掉了下来。

"好，好箭法！"

轮到佘赛花射箭了，她自己捡起两块石片，一前一后向空中抛出去，然后急先射一箭，接着又射一箭，两支箭一前一后分别射中两块石片，并且穿透石片，连石片带箭掉到地下。

"神，太神了！"

"神箭！"

孔愣头见状，惊得半天发傻站着不动。

程万保、李俊、赵红霞、孔愣子、杨三毛和另两个黄龙山的土匪头子都一个个伏在地下，甘愿认输。尤其是程万保、李俊、赵红霞三人跪到杨宏信面前，表示心甘情愿来投杨刺史，接受调遣。孔愣头、孔愣子兄弟俩也磕头，愿来投杨家父子。杨宏信大喜。

比武结束了，杨三毛向杨重贵父子告别，要去黄龙山，杨重贵也没有挽留。杨三毛说："日后有需要的地方，黄龙山弟兄们愿效犬马之劳。"说完，杨三毛和另外两条汉子告别而去。

书面考试结束，只用一天时间，杨宏信父子三人就把卷子全看了。杨宏信从挑选的十份优秀卷子里，批准十人参加面试。面试还在刺史府，杨宏信与十个人逐一进行对话，询问他们如何治理县、治理州、治理国家的有关情况，大家一一地回答着，都答得八九不离十，让杨宏信满意。杨宏信突然问：长城兴建有多少个烽火台？黄河水为啥是黄颜色的？煤炭又为啥是黑色的？骡子为啥不生骡驹子？十二属相里面为啥有鼠没有猫？还有孔子长有几根胡子？诸葛亮的扇子是鸡毛做的还是雁毛制的？一连串的问题把十位面试者问得目瞪口呆，相互之间，你看看我，我瞧瞧你，不知怎样回答为好。

又是智力答题，测试脑筋急转弯。这些题与当县官有啥关系？怎么没

第五章 自封麟州王

195

有，一个知县连孔子的胡子也不知道长几根，怎能当好知县。长城到底建有多少烽火台，这些细节问题平时怎么没有留意呢？黄河水颜色为啥是黄色，不就是因水含泥沙太大嘛。那么煤炭的颜色又为啥是黑色呢？这个问题确实不好回答，麟州人家家户户都烧煤炭，可对煤炭颜色形成的道理实在是回答不上来。不过，大家一致认为，煤炭里有一种成分是显黑颜色的。到底是啥成分，不得而知。总之，煤炭的构成和颜色的发黑是有着一定科学内涵的。杨宏信对应试者回答有科学内涵这个词语表示了赞赏。"科学内涵"这四个字在当时的科学技术发展的条件下能够第一次从这些麟州人嘴里说出来，足见麟州人的聪明，是有着一定的创新思维和创新理念的。

大家争吵了半天，有的问题回答得对，有的问题离题较远，争争吵吵，也不知主考大人杨宏信到底是怎么想的，面试这么一些怪题、偏题、难题。对于大家的回答，杨宏信基本上是满意的。面试这些题就是在测试大家的应变能力，并不是有意考大家。杨宏信决定十个人都录用，除选出来两位知县外，其他八人都作为公务人员留用。

"各位，请安静，大家的面试都过关了。至于孔子的胡子长几根，我替大家回答，长的只有两根，一根是男人的雄性胡子，一根是女人的雌性胡子。大家说对不对？"

"原来答案是这样，有几分道理。"

"孔子的思想，孔子的哲学，就是专门论述男人与女人共同治理国家的道理。孔子的胡子就是孔子的思想来源，孔子哲学产生的基础。对不对？"

"好！精辟。那骡子为啥不生小骡子呢？"

"因为骡子对爱情冷淡，看透了动物界雌雄恩恩怨怨的尘世悲剧，因而发誓不谈对象，不谈恋爱，不生儿育女……"

"哈哈哈……"

"嘻嘻嘻……"

面试是在幽默的逗笑声中结束的。

两位录取的知县各带三名刚一同录取的公务人员立刻上任，不得有误。杨宏信用毛笔亲笔写了委任状，落款处写上麟州刺史杨宏信。

麟州刺史杨宏信公开招录知县的事情不到十天，很快传遍了附近的其他州县。官方在议论，民间在纷说，说好道歪的都有。大约过了有20天的时间，杨宏信自封刺史和录用县官的事情也传到了长安、太原、开封等城市。后汉的大臣们听到后，感到震惊，这个杨宏信，放着皇帝的封赐知县不做，自己搞啥鬼名堂，封啥刺史，任命啥知县官。后汉隐帝刘承祐，也顾不得领兵讨伐，亲自写了圣书，准批杨宏信为麟州刺史，从即日归顺后汉，然后派两名使者昼夜赶路，往麟州去宣读圣旨。

几天以后，杨宏信接待了后汉使者。

后汉使者一直住在麟州山上，等待杨宏信的亲笔回信。

"我还是那句话，就做自封的刺史，自己招录知县最好。"杨重贵对爹说，"后汉自称国，说不定是草头王，咱等真正出了英明之主再去投靠也不迟。"

"我看，不如答应后汉。汉是正统，咱是汉人，理应答应后汉才是正确的选择。"杨重训说着自己的看法。

"不答应，爹能自封刺史，为啥不能自封帝王，咱也建个国号，把杨家的大旗竖起来。"佘赛花气呼呼地说。

"对，把杨家的大旗竖起来，独立建国。"张平贵大声说。

"我也赞成，建立麟州国。我程万保也能当开国大将军。"

"好，建成麟州国，我也当大将军！"孔愣头也大声吼喊。

"……"

"不能胡来。赛花说得离题远了。咱杨家不当反贼，不当反王，也不做山大王。"杨宏信纠正着佘赛花的话，知是儿媳妇在发怒气，心中未必真的是让杨家人当皇帝。

一家人说来说去，最后还是由杨宏信拍板决定，答应做后汉的刺史，接受后汉的管理。

杨宏信做后汉的刺史，把麟州交给后汉的理由只有一条，那就是认为刘知远是正统的刘氏的血脉延续。

杨宏信自封麟州刺史，又招录了连谷、银城两县知县，威名大震，不少人慕名来投。特别是程万保、李俊、赵红霞和孔愣头、孔愣子两股势力的归顺，使麟州城里的兵力增加到1500多人。杨宏信又考虑到王元魁这股势力，虽然没有答应王元魁本人参加知县应试，不让他料理麟州事务，可是，把王元魁的两个儿子王守义、王守成编入了杨家军序列，平息了王元魁的怒气。

面对麟州城所处的现状和外部环境，杨宏信经和杨洪、刘慧娇、杨重贵、杨重训、佘赛花、王香兰、张平贵、郭玉方、王守义、王守成、程万保、李俊、赵红霞、孔愣头、孔愣子等众人反复商量，决定正式宣布做麟州刺史，制作红旗两面，一面刺绣"忠勇报国"，一面刺绣"保国为家"，挂在最高处的东城城头。宣布了各位人员的官职。

杨宏信：任麟州刺史，统领麟州各路兵马大将军；

杨　洪：任麟州刺史总管兼粮草官；

刘慧娇：任麟州刺史府内府管家；

杨重贵：任麟州刺史府左将军；

杨重训：任麟州刺史府右将军；

张平贵：任麟州刺史府前将军；

郭玉方：任麟州刺史府后将军；

程万保：任麟州刺史府镇东将军；

李　俊：任麟州刺史府镇西将军；

孔愣头：任麟州刺史府镇北将军；

孔愣子：任麟州刺史府镇南将军；

佘赛花：任麟州刺史府帐前巡察将军；

王香兰：任麟州刺史府帐前监管将军；

王守义：任麟州刺史府演练将军；

王守成：任麟州刺史府巡城将军；

赵红霞：任麟州刺史府巡城游击将军。

以上除过杨宏信、杨洪、刘慧娇而外，其余13人都封为将军，官职一样，不分亲疏，不分高低，不分大小，听候杨宏信调遣。在杨洪等众人的提议下，又对从老家南乡带来的杨氏家族的其他120条汉子，进行造册登记，按辈分排列，独立划成一队，作为刺史府护卫。

杨氏家族的120条汉子是：

宏字辈共55名

杨宏光　杨宏雄　杨宏亮　杨宏峰　杨宏军

杨宏德　杨宏义　杨宏林　杨宏秀　杨宏旗

杨宏石　杨宏明　杨宏法　杨宏静　杨宏山

杨宏坚　杨宏志　杨宏伟　杨宏利　杨宏克

杨宏岚　杨宏俊　杨宏连　杨宏史　杨宏来

杨宏佩　杨宏朋　杨宏品　杨宏启　杨宏秋

杨宏仁　杨宏川　杨宏夏　杨宏天　杨宏太

杨宏书　杨宏松　杨宏特　杨宏景　杨宏榆

杨宏贵　杨宏牛　杨宏杜　杨宏修　杨宏楷

杨宏世　杨宏仙　杨宏新　杨宏迁　杨宏群

杨宏严　杨宏威　杨宏尹　杨宏优　杨宏玉

重字辈共 65 名

杨重厂　杨重益　杨重礼　杨重群　杨重连

杨重宽　杨重万　杨重千　杨重路　杨重赐

杨重俊　杨重南　杨重何　杨重金　杨重银

杨重灿　杨重仓　杨重井　杨重水　杨重冰

杨重宪　杨重力　杨重磊　杨重成　杨重星

杨重导　杨重缔　杨重带　杨重校　杨重习

杨重顿　杨重朵　杨重儿　杨重尔　杨重放

杨重方　杨重应　杨重沸　杨重风　杨重鹏

杨重福　杨重富　杨重荣　杨重格　杨重高

杨重公　杨重恭　杨重固　杨重关　杨重冠

杨重国　杨重华　杨重和　杨重田　杨重喜

杨重志　杨重远　杨重武　杨重文　杨重品

杨重合　杨重护　杨重化　杨重辉　杨重环

杨宏信宣布正式组建杨家军当日，就分兵四路，从山上到山下，开始巡查。绣着杨家旗的红旗，随处可见，给麟州增添了庄严的气氛。麟州进入了文武兼治的时期。

第六章　希望的曙光

950 年 12 月，后汉灭亡。951 年正月，后周建立。

麟州这个仅投靠后汉一年的塞上地方政权一时又陷入了政治危机。杨宏信想不到刘知远创建的后汉仅仅三年多就完蛋了。

杨宏信陷入了痛苦之中。不过，有一件事让他高兴，他的儿媳佘赛花生孩子了，而且还是生了一个儿子。杨宏信一连多日喜得合不拢嘴。杨家的第三代人终于来到了这个世界。杨宏信当爷爷了，他已是有资本的杨氏家族最大的长辈。

杨宏信把大家叫到面前，商量着今后何去何从的发展方向。后周灭掉了后汉，正在以得胜之师收归后汉的土地和地方政权。说不定哪一天，后周的大军会兵临麟州。怎么办？

杨宏信把自己的想法讲出来："你们说一说各自的看法，后周会把咱麟州怎样？咱应该怎样应对？"

"爹，我认为后周暂时不会把咱麟州怎样。"杨重贵给爹敬了一碗酒说，"后周虽然灭掉了后汉，但是，自身也元气大伤，军队损失过半，他不会马上对后汉所管辖的地方州县发动用兵方式收归。自古以来，攻心为上，攻城为下。郭威没有那么傻。如果他用武力征服地方，当初就不会派使者来说服咱麟州归顺。得民心者得天下。方今天下大乱，中原、南方各方势力发展，互相竞争，抢占地盘，后周的强敌在中原和南方，而不是北方地区未收归的地方势力。当然，后周不会放弃对麟州的收归，还会派使者来游说，或者派一支部队来武力恐吓，但是，不会急于马上用兵对一城一地发起强攻。边塞地区有十几个州，我要是后周皇帝，想的是如何收回这十几个州，而不是一个麟州。爹，我们现在的主要任务，还是屯军屯粮，按照'麟州十条'做自己的事情。只要我们强大了，不管哪一方势力主宰国家，我们都是有底气的。"

"说得好。爹也是这么想的，郭威那个老匹夫，他不敢把咱麟州怎么样。咱麟州如今兵力增加到 2000 余人，城墙也补筑起来，粮食储存得足够吃一年，即使后周来大军围城，也能抵挡两个月。"杨宏信仗着酒意说，"要我杨家归顺后周，永远做不到。"

"爹，我们也不能公开与后周叫板，看看其他几个国家怎样发展。现在的时局还很难判定谁胜谁负，以孩儿之见，后周等其他国家都是过路客，是兔子的尾巴长不了。天下不可能一直混乱下去，总会有英明之主、杰出人才在乱世中产生，统一国家，还老百姓一个太平。"杨重训也自舀一碗酒喝着说，"咱今天的麟州，也不是刚上山时的麟州，后周想要吃掉咱也没那么容易。"

"要我说，干脆宣布麟州建国，杨刺史当皇帝，我们都做大臣。"程万保嚷着说。

"对，宣布独立，谁也不依靠。"张平贵也跟着喊。

"不可乱说。"杨宏信制止着众人。

……

杨宏信与众人一直在商讨着如何应付后周的对策。

时间一天一天过去了。

麟州城一天一天在变化发展着。

不久，杨重贵的媳妇佘赛花生下了第二个孩子，而且又是男孩。

杨宏信高兴得站到山头要跳起来。他给两个孙子起名大郎、二郎，还说要生十个孙小子，再生三郎、四郎、五郎、六郎、七郎……

也是杨家的福气，两年了，后周既没有派使者来说服杨宏信归顺，也未派军队前来镇压。麟州是真正的无君主管辖的独立世界。

"这倒好，清静，过咱的盛世太平日子，省得有朝廷束缚，还不知道又发生什么事情。"杨宏信说，"后周看来是南面的战事吃紧，后院在起火，要不然，不会放手对塞上十几个州不管。如果后周真的不管，那就麻烦了，北面和西面的外邦外族就会趁势向南扩张。麟州夹在中原与北方的中间地带，虽是弹丸之地，可也是一块肥肉，各方势力会拼命来争来抢。"

杨宏信住到刺史府，每天与大家都在商量着麟州的大事和国家的大事。他每天都到刺史府转一回，然后沿着城墙走一圈，察看城防。有时候，又下山到窟野河沿岸的村子走一走，看一看，询问老百姓的生活怎样，粮食够不够吃，房子遮不遮风，孩子们能不能到学堂读书……杨宏信牵挂着麟州的百姓，牵挂着与麟州有关的一切大事小事……

在两个儿子的建议下，经过两年多的努力，实施人口迁徙工程，麟州城的常住户增加到1300户，人口除过军队和公差人员外，发展到5000人。而且老百姓的住房，统一由刺史府修建，刺史府出钱，老百姓只出义务工，就可以每家每户得到新房。山上的住户，自己买到附近山头的土地耕种，缺少劳力的户，由劳力多的户帮助耕种。杨宏信自己兼着新秦知县，一天到晚忙得转不停。

杨重贵又对爹提了一条建议，每个月逢一的日子在麟州举行一次集市，让周围几十里的乡民、商人来此赶交易大会，进行粮食、皮毛、盐酒、酱醋等农副产品的买卖。通过办集市，活跃市场，促进物资交流，繁荣经济。这是一条好建议，又是出自杨重贵之手，杨宏信对大儿子看得非常重，这不仅仅是带兵打仗的料，也是出谋划策的幕僚，将来一定会成为国家的栋梁之材。

杨宏信说办就办，他以麟州刺史的名义，向全州三县6万多人口发出倡议，为了繁荣经济，搞活市场，每月逢一举办集市。倡议发出，大部分乡民响应，第一次集会，山头来了大约1万多人，男男女女，老人孩子，大畜家禽，摆摊设点，把个麟州拥挤得水泄不通。上山的人从路上挤得上不去，就攀着石头，从荒坡里往上爬，从悬崖壁向上登。山上山下，到处是人。麟州城出现了有史以来的第一次真正的繁华。有卖笤帚、扫帚的，有卖辣椒、花椒的，有卖小米、豆子的，也有卖食盐、香油、蜡烛、花炮的……

为了给集市带来一份更亮的景观，杨宏信的老婆刘慧娇和大儿媳妇佘赛花利用三天时间，用一块红缎子，绣了一面长一丈二、宽四尺五寸的旗，红底黄字，突出斗大的一个"杨"字，高高地挂在刺史府院子内新栽起的一条柳杆上面，在柔风的吹拂下"哗哗哗"地发响。赶集的人们看着高悬的旗，不免发出几分敬佩感。杨家到底是干大事的。那个杨字绣得真真切切，闪闪发光，比一条龙也好看。

杨宏信今天是特别的高兴，防止万一喝多酒影响自己的形象，清早起来就对老婆、两个儿子、儿媳说，今天他不喝酒，就用白开水代酒来庆贺集市的创办。以防有人捣乱或是土匪抢劫，杨宏信特意安排了1000士兵，由张平贵、郭玉方、程万保、李俊轮流负责巡查。又特意在西城架起三面锅，烧水免费给渴了的乡民喝。山上缺水，但不能渴了赶集的乡民。杨宏信办好了这些事情，与两个儿子穿了便装，挤到人群，看个究竟。

　　父子三人来到一个卖羊肉的乡民面前。这是一个年龄40岁左右的乡民，他卖的是煮熟的羊肉，一碗两个铜钱，还是唐朝使用的硬货币。他与老婆两人吆喝着，吸引得不少人来吃炖羊肉。那女人声音喊得特别脆。

　　"炖羊肉哎——一碗两个铜板，不好吃不要钱哎——"

　　"是吗？有这么好吃吗？我来一碗。"一个30岁左右的留发者要了一碗吃起来。吃完后一抹嘴说："不好吃，不好吃。"边说边掏钱，掏了半天也没有掏出一个铜钱，"欠下，今天爷忘记带钱了，下次买一并付上。"

　　"怎么不给钱哇，没钱就不要吃。"一旁的一个人看不惯说。

　　"怎么啦？爷今天就是有钱也不给。"那人冲着众人喊。

　　"不给就不给吧。"卖羊肉的汉子说。

　　杨宏信看到眼里，低低对身旁的大儿子说："拿钱了吗？替那吃肉的人支付了。"

　　"拿着。"杨重贵掏出两个铜板，塞给卖肉的汉子说，"拿上，卖肉挣钱不容易。"

　　不想，那位吃肉不掏钱的人却不领情，瞪了一眼，咧嘴骂起来："你有钱？你替所有吃肉的都掏了钱。爷今天是真的不带钱。你当好汉，让爷当孙子。"

　　"话不能这么说，你没有钱就别逞强，吃了人家的肉，就要付钱。"杨重贵对那人说。

　　"好好好，今天是爷做错了，爷认孙子。你叫啥名字，明天爷专门到你家还钱。"那人嘴上说硬话，满脸却羞得通红。

　　"不用了，能认识到错了就对了。咱麟州的乡民要买卖公平，吃了人家的要掏钱，拿了人家的东西要归还。"杨重贵边说边看着那人走了。

　　杨宏信和两个儿子正要离开卖肉的小摊子，不想身旁走过几个人，其中有两个男的认出了杨宏信，开口就说：

"杨刺史，你也来赶集。来，我请客，请你喝酒吃肉。"其中一个人35岁左右，手里提着一罐子酒，见了杨宏信就是一个鞠躬，"杨刺史，你忘了，去年春上开荒，你还到过我村帮助我家种过田呢。"

"有这事？"杨宏信高兴地问着。

"有哇，你帮我家掏了一上午荒地，连饭也没吃。今天我补请客。"那人又对众人招手喊，"大家快来看，这就是咱的父母官杨刺史！"

这一喊，提醒了众人和卖羊肉的夫妻俩，大家一起围住杨宏信父子三人问长问短，非要凑钱请杨家父子三人吃肉喝酒不行。那卖肉的汉子说，今天的客他请，大家放开肚子吃，他今天杀了两只山羊羯子。

"不行。酒肉钱由我杨宏信掏，我请各位乡亲。如果不让我请客，我就不吃肉不喝酒。这是咱麟州刺史府定的规矩，公差人员不能白吃白喝老百姓的饭，谁要是白吃白喝，轻者罚款，重者辞退。"杨宏信这么一说，大家也就不敢再说请杨家父子吃肉喝酒了。

围观过来的人一共9人，加上卖羊肉的夫妻俩和杨家父子3人共14人，杨宏信担心众目之下与众人吃肉喝酒会引来许多围观者，因而压低声音立了一条规矩，不准再当着来人叫他刺史，喝酒只一罐，谁也不能醉。大家一一答应着，盘腿坐地，每人端了一碗羊肉，边吃肉边喝酒。杨宏信边吃边问今年收成估计怎样，现在家中还有没有余粮，各村办不办学堂，大家参加识字活动没有……杨宏信和两个儿子一一地询问着，众人一一地抢着回答，有的说粮食够吃，有的说还有些紧张，有的说参加了识字活动，能认会500个字……杨宏信父子三人听了很是高兴，不由得与大家碰碗喝酒。不知不觉，那汉子带的一罐酒喝完了，嚷着要再去集市买两罐酒，杨宏信见众人喝得正兴致，也不好制止，就让大儿子杨重贵再去买两罐酒。

不一会儿，杨重贵抱着两罐酒来了，大家喜得眉飞色舞，不住气地夸赞刺史平易近人。杨宏信原是规定今天不喝酒的，可是经不住乡亲们的打劝，也就放开酒量喝起来。杨宏信对身旁的二儿子杨重训说："张平贵、郭玉方、程万保、李俊四人去巡山，守城，爹还是不放心，今天赶集的人多，你再带上1000士兵，到山下5里外的大路小道巡查，爹担心北面的强盗或是其他地方的土匪趁机偷袭山城。"

"爹，我这就走。"杨重训向众人双手一拜，扭头走了。

杨宏信让二儿子杨重训又巡山走了，才放下心，与大儿子杨重贵一起坐下来，和众人边吃肉边喝酒，边拉家常。正在这时候，走过4个女人，见众人就吵嚷着说：

"在这里吃肉喝酒，也不怕贼把我抢走。"

"是呀，这没死的野鬼，说是去撒尿，原来在这里图红火。"

"你能吃肉喝酒，我为啥不能，反正今天是头一次赶集，清闲一天，赶晚上回家也行。"

"怎么光吃肉喝酒，不唱酒曲。我来给你们助助兴，咱只图红火只图醉……"

原来这4个女人是这众人里4个男人的老婆。她们见自己的男人喝酒吃肉，也就兴致来了。其中一个女的认出了杨宏信，就是给她家开荒的杨刺史。

"杨刺史，我今天拿你的酒敬你一杯。"

"好好好。"杨宏信见这些男人的女人也来了，显得更是随和，不要扫了这些女人的兴致。

大家又喝了一碗酒，有的女人提议唱酒曲，杨宏信也不好制止，就任由大家使开性子热闹。

蓝天上白云哎跑得欢，

杨刺史是哎为民的官；

星星绕着哎太阳转，

杨刺史帮咱哎种粮田；

窟野河水做饭哎香又甜，

杨刺史哎好人缘（好人品的意思）；

烧火数上哎百花炭，

杨刺史领咱哎加油干——

一位女的喝完后，端起一碗酒给杨宏信敬过来。杨宏信接住一口喝了，高兴得一个劲儿地捋胡须，乡亲们是唱给他听的，也是赞美他的，还没等他开口，一位男子端起碗唱开来：

马驹驹爱吃哎嫩草草，

受苦人围着哎杨刺史绕；

太阳上来哎满洼洼红，

跟着杨刺史哎有前程；

麟州城头红旗哎哗啦啦飘，

家家户户的日子哎过得好；

眉头展开哎心里笑，

跟着杨刺史哎朝前跑——

杨宏信接住又一口气喝了一碗，高兴得手舞足蹈起来。我也给乡亲们唱一曲酒歌：

山连着山来哎川连着川，

我与乡亲们哎肝照着肝；

铁钉子钉住哎青石板，

我与乡亲们哎一起建家园；

大汉的江山哎万万年，

誓为国家哎洒血汗；

黄米捞饭哎就山药蛋，

做官要做哎为民的官——

杨宏信唱完，给每人敬了一碗酒，准备与儿子一起告别乡亲们走，怎奈大家围住父子俩，又是敬酒，又是唱酒曲，杨家父子无法脱身。一位女子又端起酒给杨宏信唱起来，杨宏信是不听也不行：

玉米开花哎一簇簇毛，

老百姓就看见哎杨刺史好；

拽住沙柳枝枝哎轻轻地摇，

杨家哎才是真土豪——

那女人还要唱下去，杨重贵忙接住就唱：

> 手扳长城哎望星空，
> 老百姓是杨家的大恩人；
> 端起酒碗哎开城门，
> 永远与乡亲们哎心连心——

大家正在唱酒曲喝酒，突然挤进一个女人，嬉笑着说："杨刺史喝酒唱酒曲，好自在。"杨宏信抬头一看，见是孙寡妇，忙说，"你也来喝一碗酒。"

孙寡妇自己倒一碗酒喝了，说："我也唱一句酒曲。"

> 太阳落到哎西山畔，
> 淌着眼泪哎想野汉——

"哄——"逗得众人笑起来。杨宏信趁着说："孩子他姨，给我刺史府的单身汉张平贵、郭玉方、李俊、孔愣头、孔愣子他们介绍几个女人。"

"行啊，拿银子来。"孙寡妇笑着说，"我不能白当红娘，我要吃饭花钱。"

"那是自然，银子少不了你的。"杨宏信捋着胡须说。

杨重贵只唱了两句，被孙寡妇打断，他给每人敬了一碗酒，改了话题对大家说：

"如今后汉已亡，天下并不太平，我麟州自处一方，受到南北夹击，乡亲们趁现在局势还没恶化，赶完集回去抓紧秋收，把到嘴的粮食抢回家，有条件的村子，利用学堂，识字学文化。秋收结束后，再开展一场植树造林活动。"大家见杨刺史的大儿子认真起来，也就再没有劝酒。杨重贵取出铜板，向卖羊肉的乡亲付了钱，手拉着爹离开众人。走了十几步远，又回头对大家说："下次来赶集，到刺史府来做客，我请大家喝几碗。"大家齐声答，下次赶集一定到刺史府看看。

太阳开始西斜，杨宏信和大儿子杨重贵仗着酒兴，又到别处看看赶集的人们。在西城区，好多赶集的人渴得抢水喝。原准备的三口锅给乡亲们烧水喝，不能满足喝水人的需求。缺水是山上千百年来难以改变的局面。家家户户的存水只够一天的饮用。今天山上来了上万人，一人喝一碗水，需要喝多少碗啊！看着乡亲们抢水喝的场面，杨重贵抬头看一看天空，又低头俯视山下的窟野河，心里非常地沉重。"水啊，麟州城的水，何时才能彻底解决了呢？"

"爹，山上要是有一股清泉，该有多好啊！"

"是啊，重贵，爹有时候也这么想，自古以来，水往低处流，人往高处走。"杨宏信手指身下的窟野河说，"若是水像人一样，也往高处流，那该有多好啊。可惜，水这东西清澈能见底，多少年来，是一直从高处向低处流动的。如果水能向高处流，恐怕太阳也要从西边出来了。"

父子俩在为山上的饮水困难而发愁，引出水是向下流还是向上流的话题。他们希望水是向上向高处流动的愿望是美好的，至少是对水流现象的一种渴望，一种希冀，一种梦想。杨重贵在想，若是能用一种超级的用具，把窟野河水舀着盛起来一下子端到麟州城头，那该有多好啊！可惜，他不是神仙，他没有这个能力，他也无法找到这么大的超级用具，能够把一河之水引上山来。

"爹，当年大禹治水，李冰修渠道，咱也要来一个治理窟野河，说不定山上还真会有水。"杨重贵看着满山头的人流涌动，动情地对爹说。

"你的想法也许是对的，等再过五百年、一千年，后人说不定真还能把山底下的河水引上山顶。如果真是这样的话，那样的社会是一个什么样的社会？而那个时代的人也许脑量发达超过今人十倍二十倍。"杨宏信接住大儿子杨重贵的话题说。

太阳西沉到西边的窟野河沙丘，赶集的人陆陆续续离开了麟州城。这是杨宏信自封麟州以来的第一个赶集日，老百姓利用这个赶集日交流农副土特产品，也交流丰收的喜悦，交流生活的憧憬。

杨宏信、杨重贵父子俩直到满天星星闪现的时分，还站在西城城头谈论着有关引窟野河水上山的神话。

秋收季节到了，杨宏信按照两个儿子的建议，抽调 750 名士兵，参加秋收活动，挽糜子，割谷子，先把自家种的秋作物抢收回来。对缺乏劳力的户，统一由刺史府调动，又把750名士兵分成若干组，深入各村各户，帮助乡亲们秋收。乡亲们打下粮食，主动给刺史府和新秦、连谷、银城三县交纳粮食，作为公差人员的俸禄支出。杨重贵、杨重训兄弟俩又对爹提出一条建议，把粮食和饲草不能全部集中储存到山上，应分出一半储藏到城北沟对面的山头，以防外来势力围城，外面有粮草接应。杨宏信听了，认为两个儿子提得好，立即行动，派人到城北沟对面的山头建了粮库、草库，因而把此地起名为草垛山。

草垛山与麟州城形成掎角之势，一般外来的人很难发现北面是山丘的地方有一个较大的粮库、草库。杨宏信派了张平贵、郭玉方、程万保、李俊4人带500士兵，日夜轮流着照看着草垛山。这是山上近8000军民的命根子，2000牲畜的救命草。不得有失，确保安全。杨宏信给两个儿子和张平贵、郭玉方、程万保、李俊、赵红霞、孔愣头、孔愣子所有士兵下了死命令。麟州在，草垛山在。草垛山失，麟州也就丢。

杨重贵、杨重训又对爹提出一条具有战略意义的建议，要充分利用边墙烽火台，作为报信的信号台，一旦遇到外来入侵，也及早准备。兄弟俩对麟州城南面的地形进行了反复的观察，建议把500士兵埋伏到城南的一条叫麻堰沟的地方。一旦有外来势力攻城，伏兵就可从背后偷袭敌人，形成内外夹攻，打退敌方。杨宏信觉得两个儿子提的这一条尤为重要，让孔愣头、孔愣子兄弟俩马上挑选500士兵，进驻麻堰沟掩藏起来，平时也就住在那里，埋锅造饭，作为防城的一支外围部队。

安排好这些事情后，秋收也就结束了，天气逐渐变得凉起来。佘赛花提出一个建议，山上现在人口猛增，不只是成年人识字、学文化的多，有不少孩子也需要认字读书，要再增加两个专门教书的先生，正式办立一所成人与孩子混合的学堂，每天按时开课识字，再也不能由她登门上户教字了。

"好哇，赛花的这个建议提得好。我也这么想过。让赛花、香兰两人常年登门教字，哪能忙过来。干脆腾出几间房子，创办一所学堂。"杨宏信高兴地大声说，"这事就这么定了。两个儿媳妇，两个教书先生。"

佘赛花提出办学堂的建议，杨重贵表示了支持。这是一件有远见的大事情。教育孩子学文化、读书，关系到子孙后代的前途。一个人没有文化，等于是瞎子、聋子、傻子，凡是在朝廷做官者、地方任职者，哪一个不是读书人，没有文化的贫民子弟有几个人挤进公门？没有。没有文化把成千上万的老百姓的孩子毁了，他们只配做牛做马，一辈子耕耘土地，永远做受苦人。杨重贵对全家人发表着自己的看法，认为赛花提出的办学堂这件事情应作为麟州全州推广的一件大事来实施。

也许是秋收结束了的原因，今天赶集的人来得特别多，估计男男女女超过一万人以上，而且女人和小孩子也不少。从山底到山头，到处是人，卖吃喝的，摆小摊的，把东门外和南门外的道路两旁的地方也挤占了。那些骑马的，赶牛牵驴的，把牲畜拴到东门外的一片空地，全都挤进了城。天气晴朗朗的，没有一丝云朵。十月下旬的秋天，算是深秋，太阳当头挂着，暖烘烘的，地面不凉不热，真是秋高气爽，碧空透亮，万里清静。麟州城头人山人海，人头攒动，呈现出盛世太平的景象。刺史府院子内高高飘扬的红旗，把一个杨字盘托映射得分外好看。杨宏信雇用了两班子鼓手班子，从上午太阳升起一竿子高就吹打起来，吸引得赶集的一帮接一帮朝杨家的房子涌来。鼓手班子吹奏的是河东调，也就是太原一带的晋剧。雄浑、高亢、委婉、悠扬，听得人如醉如痴。

孙寡妇真还说话算数，她给张平贵介绍了一个城里女子，可那女子看不上张平贵，孙寡妇就把女子说给了郭玉方。女子叫王春花，同意嫁给郭玉方。杨宏信非常高兴，对郭玉方、王春花的婚事说办就办。

婆新娘其实也简单，王春花是在几位娘家的女戚陪同下步走到杨家的。王春花直接走进洞房，也不用人抱，进了洞房就脱鞋上炕。郭玉方见媳妇娶回来了，自然是一番高兴，不过，他今天没有穿新郎服，而是和平日一样，盔甲不离身，腰刀不离手，时刻保持着临战状态。王春花见郭玉方这身打扮，也能理解。自己的夫婿，有武艺，自己十分地满意。酒席是在院子外摆设的，凡是住在麟州城内的人，一户一人，这样算下来，加上杨家的人，雇用的帮工，还有刺史府、新秦府的公差人员算起，不下500人。特别是那些认识杨宏信的人和一些乡民，也都赶来祝贺，这样一算，赶来吃饭喝酒的不少于1000人。杨宏信笑哈哈地看着一批接一批吃饭喝酒的人说："来的客人多好，我杨家不嫌吃饭喝酒的人多。人多，热闹！"

正当杨宏信忙于应酬客人吃饭喝酒时，身旁挤过10多个乡民向他反映情况，说是他们想识字、读书，就是村里没有学堂，没有先生，问这事情怎办，刺史府还管不管，他们可是响应杨刺史的号召，主动要求识字读书的。杨宏信听着众人的反映，马上回答道："三天以后派先生到你们村，建起学堂，正式开课识字、学文化。"杨宏信让他们一人喝了一碗喜酒，那些人高兴得蹦跳着走了。

杨宏信又忙于接待客人。而郭玉方和王春花在新房里待不住，相跟着出来院子，挤开人群，赶直来到西城人多的地方，东看看，西瞧瞧，招引众人围观。好多人是不认识郭玉方的，也不认识王春花是谁，只是看见这对男女穿戴不一般，在人群里显得十分特别。好多人看一眼，也就不在意了，而有几个好色无赖之徒，见郭玉方独自领着一个女子逛，醋意大发，一起围了上来，说一些难听的话。起先，郭玉方和王春花也不在意，在这麟州城的山头上，谁还敢把他这位刺史府的后将军怎么样，再说凭他郭玉方的武艺和手中这把腰刀，十个二十个人休想占他的便宜。

"喂，你们转啥呢？是一对新人吧？请爷们喝上一顿酒。"

"对，要不然，让这女子叫爷们一声哥！"

"嘻嘻嘻……嘿嘿嘿……"

"……"

一连串的难听话刺人耳朵。王春花是不会武艺的，只是一个大家闺秀，想不到在这结婚的大喜日子，有人当着自己的新郎官面在耍笑自己，她满脸羞红，气得躲到郭玉方身后。

"你们几人想干什么？"郭玉方忍住怒火大声斥责。

"不想干什么，就想请你俩赏一碗酒喝。要心疼酒钱，那就让女子给爷们唱支歌，助一助兴如何？"一个光头的30多岁的汉子说。

"好，跟着我到家里喝酒。"郭玉方忍着性子说。

"你家在哪里？"

"到了就知道。就在这山上。"郭玉方手指着东城说。

"说话算数？"

"算数！"

郭玉方和王春花前面走，几个人真的跟在后面朝东城而来。不一会儿，到了杨家的院子，吃饭喝酒的人还在热闹之中，郭玉方和王春花带来的几个不速之客，见众人正在吃饭喝酒，又见刺史杨宏信正在招待客人，你看看我，我看看你，好像才明白过来，眼前的这对青年原来是新郎新娘，吓得挤开人群，扭头就跑。看来，这几个人还不算很坏，只是一些社会上的混混，耍小流氓，也许他们真的就是想借机喝一碗酒，只是出言吐语粗俗一些罢了。郭玉方安慰着王春花，让她别记在心上，以后尽量少到外面人多的地方。

一天的赶集完了，一天的婚礼放开来吃饭喝酒也完了。杨宏信的老婆刘慧娇埋怨郭玉方和王春花："结婚的大喜日子，不给亲戚朋友敬酒，不待在洞房交谈心里话，跑到外面的集市瞎逛啥。如今这世道乱，一对新人在集市转，有失脸面。"

到了晚上，亲戚客人大都走了，只留下杨家一家人。杨洪对杨宏信说："我今天巡山，发现有一些可疑之人，不像是来赶集逛会的本地人，听口音像南边长安一带的人，也有些人的口音像河东太原来的人，因为咱这是开放的自由市场集市，人家又没有公开的不轨行为，咱也不好仔细盘查这些人。总之，我觉得这些人来到麟州一定有啥重要事情。"

"你说得对，说不定这些人是后周的探子或是别的势力的奸细。咱要提高警惕，时刻坚守山城，昼夜巡查。"杨宏信对众人说，"不要被表面的盛世太平蒙住了眼睛。"

"爹，以我之见，所有的城墙，每隔十步插一面旗，作为疑兵，放哨侦探人员，还要到河西岸设暗岗，一旦发现有敌来犯，即刻点火为号，告知城里守防人员。"杨重贵用布子擦着自己的腰刀说，"不知后汉灭亡后其他人怎样了，怎么说溃散就连一个活着的人也没有了，真是国亡家破。咱麟州也不能这样长期下去，一个没有朝廷支持和统领的地方迟早是要垮台的。"

"是哇，爹也经常这么想，后汉不能就这么被后周轻而易举灭掉了。"

……

众人的话题越拉越多，最后又扯到办学堂的事情上。第二天上午，杨宏信叫杨洪通知各家各户，到刺史府院子开会，就办学堂的事情向大家讲了几条：

1. 由刺史府出钱，聘请两位先生教书识字。

2. 其余两名先生由杨家佘赛花、王香兰担任，不挣钱。

3. 上午和下午小孩入学，晚上集中一个时辰，组织大人读书识字。

4. 所有参加读书识字的大人和小孩，一律实行全免费。

5. 凡是不参加读书识字的大人，每人罚粮食一斗。

杨宏信宣布完后，叫杨洪又腾出五间房子作为学堂，从即日起开始报名。大家听了都很高兴，大人替小孩报了名，又自己报了名。报名的大人有260名，其中女的120名，小孩350名。数字统计出来后，佘赛花对爹说："这么多读书识字的大人、小孩，五间房子不够用，至少也得十间。"

杨宏信又叫从士兵住的营房腾出五间房子作为学堂。这样一来，学堂的房子达到十间，只是两处房子分别在两个地方，相距有半里路。佘赛花说："没有关系，我和香兰，还有另两名先生分开来教学，再说跑几步路也不算啥。"

学堂解决了，另两名先生是从乡民们中间推选出来的乡村识字的人，也只有念过三年私塾，算是有文化的秀才。佘赛花与王香兰分为一组，另两名先生分为一组，各负责一个学堂。

开学的第一天，按统计的孩子应该来350名，实际到了的只有200名。就是这200名书生，分到两处，各100名，桌凳都解决不了，急得佘赛花、王香兰团团转。这可怎么办呢？到哪里去找这么多桌子、凳子。她俩忙到刺史府来向爹报告，杨宏信一听，拍了一掌脑袋说："这么大的事情，我倒遗忘了。是啊，没有桌子、凳子，这怎么能行。先把咱家的饭桌、椅子、刺史府的椅子拿出来用，不够的，到各家各户借用，等请木匠做好桌子、凳子后，再把借用乡亲们的桌凳归还了。"

杨宏信说办就办，叫公差人员首先搬刺史府的椅子和自家的饭桌、椅子，然后由他带头，两个儿媳妇和公务人员挨家上门，借用桌凳。整个上午，麟州城内各家各户都在寻找桌凳，往学堂里搬。大多数人家把仅有的一两只桌凳拿出来，供孩子们读书用和大人们自己读书用。

一场声势浩大的读书活动在麟州城掀起了。杨宏信隔一天就亲自跑到学堂看两个儿媳教书，了解学堂还缺少什么。看着孩子们在读书，大人们在晚上识字，杨宏信内心说不出的一种喜悦。想到这里，杨宏信又为后汉的灭亡而惋惜。一个朝代结束了，一个国家也随之消失了。而老百姓是永远不能随着这些王朝的灭亡而停止了耕地种田。国家灭亡了，老百姓到哪里去？老百姓哪里也去不了，还在原来的土地上耕种、奔跑、忙碌……国家与老百姓的关系到底是一种什么关系？

老百姓永远是土地的主人，永远是善良的耕耘者。没有了国家，没有了朝廷，没有了统治的政治集团，老百姓依然还得立足于黄土地早出晚归过日子……

杨宏信站到刺史府的地下，把众人叫来，谈论着麟州的事情，谈论着国家面临的处境。

"爹，你少为国家的事情操心，如今各国之间谁胜谁负还不知道，后周现在看得势了，说不定哪一天后周又被一个国家吞噬掉。咱还是把咱麟州的事情办好，让老百姓有饭吃，有房住，有衣穿，能上学，就算是对国家最大的贡献。"杨重训揉着发困的眼睛说，"百姓安，天下安，百姓乱，天下乱。如今是百姓安，天下还是乱，国不像国，各方你争我斗，相互攻打，抢占地盘，自立为国。战争打什么，打的是老百姓的粮食，老百姓穿的衣服。咱麟州是暂时太平了，说不定明天就有外来势力抢占山头，咱现在能让孩子们读书和大人们识字，还能每隔十天在麟州赶一次集，算是在天堂上过日子。"

"你说得对。爹也是这么想，仅仅是咱麟州的百姓过上太平日子不算天下太平。天下太平，百姓安宁，是全国性的，而不是一城一地的繁荣。咱这小小的一座州城，管理的也就几百里地，遇到敌方大军来侵犯，很难存在下去。因此，爹还是过去说的那句话，你兄弟两个其中一个要做好到外面投军的准备，找到英明之主，报效国家。"杨宏信几天不喝酒了，觉得有点酒瘾，直呛得咳嗽。杨洪见状，忙从一旁的柜子里取出一小罐酒，打开盖子，端到杨宏信面前：

"哥，少喝两口。以我之见，我杨家一方面派人到外面寻找刘家失散人员，一方面继续招兵买马，加强军事训练，做好反外侵的准备，要立足打大仗，打恶仗。如果我杨家养兵能够达到上万人，来犯之敌有十万之众也奈何不得。"

"说得好。"杨重贵拍着手掌说，"如今我杨家兵不过3000，粮不超万石，一有强敌来犯，必陷困境之中。我以为我们一面要建立麟州，一面要向东发展，寻找合伙势力，最好是能够找到光复汉室的其他力量，加入其中，为国家出力尽忠，这是上策。如果一味地长期固守麟州，总有一天会被外部力量吃掉。"

"你们弟兄两个都讲得有道理，咱再看看外面的动静，马上行动。扩大招兵的事情，现在就开始，凡是麟州乡民有投军者，给其家属每年赠粮五斗，并由刺史府出人帮助其家人种田。"杨宏信喝着酒说。

"对，招军上万，我就又能当大将军了，当天神将军。"程万保也喝酒狂喊。

众人正说拉之间，突然外面传来喊声，紧接着有人击鼓。鼓声震得"嗵嗵嗵"响，这鼓声告诉杨宏信，有人来喊冤告状。鼓平时是不敲的，只有老百姓来告状才击鼓。杨宏信听到鼓响，与众人一齐走出外面，只见有七八个男女不停地击鼓，看到杨宏信，都一起跪到地下喊冤：

"杨刺史，我来喊冤！"

"杨刺史，我来告状！"

"杨刺史，我有冤诉！"

……

杨宏信让大家都起来，一起带进房子，站到地下两旁，一个接一个说。因为椅子都给学堂搬去了，不只是告状喊冤的人站着，连同杨宏信、杨重贵、杨重训、杨洪、张平贵、郭玉方、程万保、李俊等公差人员也一个个站立地下。来告状的人不明白，堂堂刺史府怎么连坐的一把凳子都没有，都感到有些好奇。杨宏信摆了摆手，让来人一个说了再接着一个说。

"我先说。"一个年纪约 40 岁的男子说，"杨刺史规定咱麟州的百姓不纳粮，不交税，可是连谷的知县借修县衙为名，每家每人收粮食一斗，每户交白银一两。谁家要是不交，就把耕种的土地全没收归县衙。我家 5 口人，要交 5 斗粮、一两银。我家要交上 5 斗粮，明年的口粮就不够吃。我家没有，县衙不仅扣除了土地，还抓我坐了 5 天牢房，打得我浑身是伤。"

"有这种事情？"杨宏信听了，胡子气得倒竖起来，"你们几个说说。"

"杨刺史，我家的情况也是，我家人口多，全家 8 口人，交了 8 斗粮，一两银，我也是拒绝交，被县衙的人抓去关了 5 天牢房，把我的腰背都打肿了。"另外一个 40 多岁的汉子说着，卷起衣服，露出受伤的腰背，疼得直叫唤。

"杨刺史，这日子没法过了，我家总共产的 2 石粮，让县衙拿走了 5 斗和一两白银，明年粮食肯定不够吃。"又一个女的说，她是一个死了男人的寡妇，一人抚养着两个老人和两个孩子，少 5 斗粮，就少了一口人的全年粮食。寡妇说着哭起来。

其余的几人哭诉的是同一件事情，杨宏信相信乡亲们说的是真实的，他忍不住大骂起来："好个连谷知县李如平，竟敢在青天白日下，背着我这个刺史，另搞一套，强行征收老百姓粮、银，还打骂老百姓，这不反了天。"杨宏信对大儿子杨重贵说，"你去连谷县走一趟，传我的话，让李如平把强征的老百姓的粮食、银两全部退清，他要是胆敢违抗，你带上公差人员和 200 名士兵，把这狗日的就地宰了，提头示众，以谢百姓。"

"我去，我去收拾狗日的李如平。"李俊站出来喊。

"你不要去，就让重贵去。"杨宏信说。

杨重贵见爹怒气冲冲，让他执行这项任务，也没有推辞，带上百姓离开刺史府，骑上马，带了 10 多位公差人员和 200 士兵往连谷县赶。杨重贵他们走到离连谷县还有 50 里路，天色已晚，只好找了一个村子，在老乡家的旧房、空房过夜，并吃了自带的干粮。老百姓听说杨刺史派自己的儿子亲自去连谷县督促知县给老百姓退粮退钱，纷纷跑来喊冤。第二天天刚亮，早霜还没有散去，杨重贵等一行人就往连谷赶。到了连谷县城，已是中午时分。早有老百姓把县衙围得水泄不通。骂的，哭的，喊的……人们一齐拥挤在县衙大门外拼命地击鼓。可是知县李如平和公差人员都躲在院子内不出来。众人见麟州府来人了，一齐围了过来喊冤叫屈。杨重贵一身盔甲，手握大刀，身后挂着弓箭和腰刀，他跳下马，带着公差人员和士兵，一下子把县衙给包围了。

"大胆李如平，赶快出来，否则，罪上加罪，绝不轻饶。"杨重贵边喊边用刀把敲击大门。里面的人听得刺史府来人，又见士兵把县衙也包围了，觉得事情不妙，急忙打开大门。

李如平穿戴着自制的七品县官服，手里握着一本书，听衙役说刺史府来人了，并带有士兵把县衙包围起来，开始不相信："何方强盗，竟敢侵犯县衙。"当李如平一看是刺史的大公子杨重贵，吓得扑通跪地，直喊公子别见怪。

"大胆李如平，你知罪吗？"

"下官不知。"

"谁让你强征老百姓的粮食、银两？"

"我这也是没办法，州里不给我一粒粮食，也不支付一人铜板，我和弟兄们都要吃饭，都要养活老婆孩子。不从老百姓身上要，到哪儿找粮食，寻银钱？"李如平哭诉着，一边不住地磕头，"请大公子明察。"

"这？这这这……"杨重贵觉得李如平说的是事实，一个知县加上 15 名公差人员，一年往少说也要吃 16 石粮食，再加上他们的老人、家属、孩子在内，这是一笔不小的开支。州里没有给县里划拨一粒粮食，到哪儿去搞。当初，他父亲公开招考录用知县时，只给了两个知县一张委任状，其余的一无所有。就连县衙的办公地方都是两个知县到任后自筹粮钱修建的。当知县不容易啊！

杨重贵扶起李如平，不知用怎样的语言来回答老百姓和李如平。那些吓得浑身打战的连谷县衙的公差人员，一个个哭丧着脸，以为刺史的大公子会拿他们开刀问罪。

"这样吧，你先把征收的老百姓的粮食和银两如数退了，至于县衙公差人员应征的粮食、银两然后再想办法解决。"杨重贵面带温色对李如平说，"也为难你了，你也别害怕。不过，这事你应该先报告刺史府，再做出决定。"

"是是是……"李如平见大公子杨重贵轻饶了自己和公差人员，忙招呼着给乡亲们退粮退银。

一场征收粮食的风波平息了。

连谷县知县李如平免于撤职，也没有追究责任。

杨重贵对李如平提出几条建议：

1. 要实行屯粮制，也就是开荒种田，办农场，由县府公差人员自己开荒自己种田，收回的粮食支付县衙公差人员的俸禄。

2. 在州、县没有找到真正的国家靠山之前，不准征收老百姓的税，也就是不准征收老百姓的粮食、银钱。

3. 尽快兴办学堂，让乡亲们的孩子能读书，大人有书读。

4. 县府所在地应像州府所在地一样，建立集市，增强物资交流。

5. 春秋两季要动员乡亲们植树造林，并要多栽植花果一类的树木，增加乡亲们的收入。

杨重贵要求李如平一件一件落实，尤其是第一条，开荒种田，到了明年春耕时节，每个县衙公差人员保证开荒 10 亩，人均生产 10 石粮。李如平一一答应着。杨重贵还让李如平派上 10 位公差人员，牵上 10 匹马，到州府借粮。

"李大人，听明白了，是给你借粮，而不是白送。明年秋季粮食丰收了，一粒不少归还州府。知道吗？州府的粮食哪里来的？都是搞开荒种田自产的。州里今年开荒种田 2000 亩，产粮 2000 石，就这样也难支付公差人员和军队的开支。"杨重贵要李如平向州府看齐，开荒种田，兴办学堂，植树造林。杨重贵临离开连谷时又对李如平叮嘱："今后老百姓来告状，不管告得对与不对，一律不准打骂，不准关押坐班房。"李如平铭记在心，争取将功补过，把连谷的事情办好，让杨家父子放心。

连谷县征收老百姓的粮食，县衙还打骂关押了老百姓的事件教训是深刻的，杨宏信心里很不是滋味儿。虽然他派去大儿子杨重贵处理了征粮风波，可是他在责怪知县李如平的同时，也在检讨着自己。这件事的发生与他这个州官有责任，州里没有给县里一文钱、一斤粮，县里只能征收老百姓的粮食、银钱。这责任主要在自己。县官是他录用任命的县官。李如平没有实行开荒种田，这责任也不在李如平，因为他并没有给县里下达开荒种田的具体任务。杨宏信听了大儿子杨重贵对连谷知县李如平的处理意见，很是满意，认为大儿子做得对，既给老百姓做了交代，也安慰了县衙的公差人员。县衙公差人员一年领不到一文的俸禄，还能坚持上班，这是很不容易的。

一天后，杨宏信又派二儿子杨重训到银城了解情况，看有没有强征老百姓粮食、银钱的事情发生。杨重训带的 10 多位州里的公差人员去了银城经过了解，没有发现银城知县张君禄强征老百姓粮食、银钱的事情。张君禄向杨重训汇报，县府的一切开支，是来源于老百姓，但是，他不是强征，他是针对一些富户、土豪、大户人家，让他们自愿资助政府渡过难关。

"二少爷，老百姓自愿资助粮食、银钱，这不为过吧？再说，这都是富户、土豪、大户人家自愿的，县里一点儿也没有为难他们。对，用新名词说，这叫资助。县衙不会忘记他们，给那些富户、土豪、大户记功……"

"哈哈哈……好你个张君禄，你吃大户吃出一套歪理，吃得让人家有口难言。刁吏，真是一个刁吏！"杨重训对银城知县张君禄的做法显然表示了赞同，"吃大户，大户愿意，大户也能拿出多余的粮食，这是两全其美的事，有何不好。"

"嘿嘿嘿，二少爷，我也是没有办法，才出此下策。"张君禄说，"咱是凭着良心给国家办事，也是给老百姓办事。这世道，国家亡的亡，跑的跑，散的散，咱这最下层的县里能自觉替国家和老百姓着想，已经很不容易。想一想，那些土匪、强盗，整天抢老百姓，谁去管，没人管。咱还能为老百姓办些事情，与富户人家集资一点儿粮食、银钱也没有啥。"

"别说了，你拿土匪与官府比？那还要官府干啥？从明年起，银城也要开展屯粮，进行开荒种田，实行粮食自给，尽量不再搞集资的事，以防引起富户、土豪、大户人家的不满，引发动乱。"杨重训打断张君禄的话说，"粮食自给、银两自筹是州、县两级府衙做的事情，不要再把眼睛盯在老百姓身上。"

"对对对，下官明白，一定照办。"张君禄点头答应着，觉得杨家二少爷讲得有道理，不愧是刺史的儿子。有头脑，有思想，看问题深刻。

杨重训回到麟州，向爹详细介绍了银城的情况，杨宏信对银城的工作比较满意。拿一点土豪、富户的粮食、银钱，没有什么大不了的。这些土豪、富户有的就是靠雇长工剥削老百姓的粮食、血汗钱，县府向他们集资也是合理的、正常的。杨宏信对二儿子杨重训说："张君禄这家伙有头脑，点子多，没有让爹失望。你对他讲了吗？明年要开荒种田，不少于100亩，还有兴办学堂，植树造林……"

"都讲了，那家伙满口答应照办。"杨重训对爹说，"张君禄吃富户的办法也不是长久之计，他答应明年起开荒种田，粮食自给。官方不收税，老百姓是满意，可是，官方的各级衙门公差人员仅靠开荒种田行吗？爹，我在想，县府、州府要是能经营一些直接挣钱的类似农场的一些实体，可以减轻开支压力。"

"你说得好，用一句啥新名词表达准确更合适。对，工厂，办工厂。让一些乡亲们专门饲养大畜，由州、县统一收回皮、肉，办起工厂，再卖给老百姓，从中多余的利润就是挣的钱。好，办工厂好。"杨宏信高兴得手舞足蹈起来。

"把森林统一由州、县管理，砍伐的木材，由类似工厂的实体经营，不也能创收吗？"杨重训说。

父子俩正说到有关办工厂创收的事，杨洪急匆匆地走进来说："山上的吃水成了大问题，有的户没有大畜，靠人力下山到窟野河挑水，挑一回水来回得花一个时辰。年年月月如此下去，有的老百姓会搬到山下去住。"

"是哇，麟州城最大的困难是吃水，要是山上有一股清泉冒出来，该有多好。可惜，上天不让山上有水。"杨宏信又为吃水问题犯着愁。上万人的吃水问题如何解决，没有别的办法，只能靠大畜到山下窟野河驮，靠人力去山下挑。除此，还能有啥办法呢？

三人正说到吃水困难，又见杨重贵巡山回来，全身武装，面带喜色，进门就说："刚才你们说的我听清了，是为吃水问题犯愁吧？我有一个想法，可以解决吃水问题。"

"快说，你有啥好办法？"杨宏信急着问。

"爹，你们都跟我到西城墙看看就明白。"杨重贵说完自己扭头出了门。杨宏信、杨重训、杨洪，还有几个公差人员一起来到外面，跟着杨重贵往西城赶。不一会儿，他们来到西城墙下。杨重贵手比画着说："看看，此处是石层，如果能挖一个直洞到山根底，让河水灌进洞底，用绳子挽住木桶，吊到洞底，装满水往上提，将是怎样的一番情景呢？"

"噢，你是说打井取水。这办法好是好，可挖洞要费很大精力，没有一年两年的时间，恐怕很难挖到下面。"杨宏信用脚跺着地面的石层说，"这要石匠一寸一寸地往下凿，特别是挖到中间地带，上面的人还要用绳子系住筐子，往上吊凿下的碎石块。"

"是啊，这是一项艰巨的工程。洞口宽至少也要5尺，人可以回旋开来。"杨重训接住爹的话说，"从山顶到山根河水的表面，往少说也有400步，半里多路，凿这么深的洞，这是一个奇迹。"

"对，绝对是前无古人的大胆举措。"杨洪捡起一块石片，用力投向山底说，"没有神仙之力，恐怕很难办成这样的事情。"

"神仙是不存在的。神仙就是我们自己。"杨重贵蹲到地下，拿石块画了一个大圆圈说，"只要功夫深，铁棒还能磨成针。只要坚持，每天往下挖一寸，一个月就挖3尺，一年就能挖3丈多深，如果花五年时间，十年时间呢，再往远说，一代人挖不下去，两代人挖，两代人挖不下去，三代人挖……总之，只要每天坚持挖，总会挖到河底的。"

"你的想法太大胆了，也太神奇了。想引水上山，改变山上大家吃水难的处境。爹坚决支持。从明天就开始，请来10位石匠，轮番作业，歇人不歇工，争取赶今年过年就挖下3丈深的水井。"

父子四人和其他公差人员越说越激动，仿佛脚踩的石层裂开了一个洞，冒出了桶粗的一股水，向空中飞溅。水对山上的人来说，就是生命的源泉。杨宏信对大儿子杨重贵语气沉重地说："这项造福后代的工程就由你来负责，不管遇到多大的困难，也要坚持挖井取水。"

其实，这件挖井取水的工程，杨重贵从上山的第二天看了山上的地形后就想到了，只是觉得当时条件不具备，每每想到这件事情就咽回肚子里。近来山上好多人家跑山下取水难的辛酸事刺激着杨重贵的神经，他再也忍不住讲出这挖井取水的下策来。

又一天过去了，太阳像一个斗大的火球缓缓地坠向河对面的山峦和沙丘，那红红的余晖折射出的晚霞映红了半边天空，时有凌空的飞鸟掠过寻找着回窝的路径，给即将来临的夜景增添了绚丽的姿色。杨宏信、杨重贵、杨重训、杨洪父子几人和张平贵、郭玉方、程万保、李俊、赵红霞、孔愣头、孔愣子等人的身体在夕阳的映照下显得更伟岸清晰。他们一个个回头望去，麟州城上空升起一片青蓝色的烟雾，给笼罩的城头带来幽深的神秘色彩。

杨宏信手指着东面的山头说："草垛山的粮草一定要储存好，那可是山上数千人的命根子。"

"爹放心，守护粮草的郭玉方带500士兵，都在山里潜伏藏着，一天四班轮换，确保万无一失。"杨重贵又指着南面的山峦说，"掩藏在麻堰沟的500名士兵，生活也够辛苦的，虽然不缺水吃，却也住的全是草棚子，冬天到了，大家会冻得难熬。"

"是哇，为了麟州的安全，难熬也得熬，孔愣头、孔愣子你们对士兵好好讲一讲，这样野外宿营，是暂时的，一旦形势好转，就会接弟兄们上山住热房子。"杨宏信环顾四周夜幕降临的景色，有一种人生到了最后阶段的感慨。自从自己全家上山以来，他自封了麟州刺史，做了一些老百姓满意的事情，他如释重负。可是，后汉的灭亡，使他感到失去了一种强大力量的支撑。他这个麟州刺史要当到何年何月。说不好听的，自封麟州刺史与土匪占山为王又有什么区别呢？他说不清楚。只是他不抢老百姓的财富，不向老百姓摊派税收。一个没有国家和君主管理的地方政权有谁来承认呢？

杨宏信倒背着双手，迈着步子，踏着脚下的黄土和石子混合的道路，艰难地往刺史府走着。他为大儿子提出了一条打井取水的宏伟构想而自豪。不管在高高的山头打井取水会不会取得成功，这总算是一件有战略眼光的举止。打井取水，也就是引水上山。如果能把河水大量地引上山来，不光是解决了人畜的吃水困难，还能修造粮田，灌溉庄稼。这是多么伟大的事业啊！

杨宏信带着众人直接到了刺史府，又说起明天请石匠的事情。

"爹，这事你就放心好了，明天我派出5路人，专门到附近村子请石匠，每请一个石匠，一天给支付一升米，一个月再给一两白银。"杨重贵兴致勃勃地说。

"好，不能亏待了打井的石匠。"

两天后，杨重贵派了5路人，每路人2个为一组，共请来12名石匠，这些石匠年龄最大的50岁，最小的18岁，是从6个村子请来的。他们带着石匠工具，铁锤、铁棍、铁凿、铁铲等手头用的工具一起来到麟州。杨重贵专门找了三间房子，先让12人住下。一夜无话，第二天吃过早饭，杨重贵带12人一起来到西城的石层顶，察看选择挖水井的地址。石匠们看了要从山顶往山底打井的地形，一个个惊得目瞪口呆，半晌说不出话来。这可能吗？这么高的石山，要一凿一凿往下挖，这要挖到何年何月。杨重贵看出大家的心里想法，手指着山头说："只要坚持，一凿一凿往下挖，不管花多少时间，总会挖下去的。大家不必担心。至于工钱，我再重说一遍，每人每天挣小米一升，一个月白银一两，决不拖欠。"

"杨少爷，我们不是担心粮和钱的事，我们是怕挖到中途挖不下去。"

"为啥？"杨重贵问。

"也不为啥，只是有一种担心。"一位上年纪的石匠说。

"大家不要担心，放开胆子干，总有一天会挖到山下的。"杨重贵鼓励着大家。

12位石匠分成6个组，2个人一组，一组干2个时辰；3组为一个队，一个队负责打一孔井，两个队打2孔井。一个队一天干三个时辰，除此，12

名石匠分工外，杨重贵又从杨家军 120 条汉子中抽调来 20 人，专门负责搬运挖下的石块，负责安全、后勤保卫的事情。

挖井的工程正式开工了。杨宏信来现场给大家鼓劲打气，讲了打井引水上山的重要性："这是一项造福子孙后代的工程，只要能把井打到山底，就可以把窟野河的水吊上来，解决山上万人的吃水问题。多少年来，山上的人祖祖辈辈依靠人畜到山下的河里驮水挑水，太不方便了。特别是遇到外侵和土匪围山，城里的人因无水而有的活活渴死。所以，我杨家下决心要打井到山底，引水上山，解决千百年来人畜饮水难的问题。"杨宏信说到激动处，拔出腰刀，抓住自己的长胡子，一刀割下去，对天宣誓，"此项打井引水工程，只能成功，不能失败。否则，我杨宏信无脸见麟州父老乡亲。"

"爹，别割了自己的胡子呀。"杨重训急忙接过爹手里割下的胡子，动情地说，"我杨家决心打井引水上山，这是立城建城护城保城的百年大计、万年大计。一代人挖不下去，两代人挖，两代人挖不下去，三代人挖……"他重复着爹和长兄杨重贵说过的话在鼓励石匠们。

"好！好好！我们一定不辜负杨刺史的厚望，坚持挖井打井不止，挖不成井，不下山，不回家！"

"对，水井挖不成，誓不把家归！"

……

众石匠被杨家父子的精神感动，表示一定要把水井挖下去才回家。杨重贵为了表达对石匠的敬意，让公差人员抬来一罐酒，每一个人敬一碗："喝，一切话和期望都在这碗酒里。"12 位石匠，12 条汉子，虽然是初冬了，天气寒冷，可是他们个个卷起袄袖，接过酒碗，一口干了，大声喊道：

"打不成水井，誓不休！"

"打井下山，引水上山！引水上山！"

……

喊声震荡着山头。山上的人们都跑来看一场无有准备的打井引水工程开工仪式。大家都举着拳头，亮开嗓子，拼命地呼喊。有的人激动地跳起来，围住杨宏信父子，热泪盈眶，口里不住地喊："麟州城有盼了，要把水井打到山下的窟野河，这是老百姓千年盼来的福气哇！"

男女老少，数千人拥挤到山头，参加了这一历史性的打井引水工程开工仪式。这是老百姓对新生活的一种渴望方式，是对未来生活的一种期盼。他们相信能从高高的石山上依靠原始的铁凿、铁棍、铁锤就可以打下去近二里距离的水井。这种构想虽然是古朴的、原始的，甚至是没有科学依据的，可毕竟寄托了老百姓对掌握未来科学技术的一种追求，一种渴望，一种欲望。杨宏信父子几人和参加打井的12位石匠，他们不可能掌握必要的水文、地质、勘探、钻孔、气候等科学知识，他们只是凭一种热情和对改变旧生活方式的梦想做出如此大胆的举止，要把水的流向改变运动方向而造福人类。

开工仪式过后，石匠们埋头苦干。最初的破石是在山头的表层，进展的速度是快的。一天就挖下三尺深的坑。原因是地面的石层不坚硬，又是在地表面，搬运挖下的石块容易，石匠们凭着热情，挖出了直径宽4尺、深3尺的圆坑。首战告捷，石匠们高兴，杨家父子高兴，跑来看惊奇的乡民们也高兴。"有希望，有盼头，一定要挖下去。"人们又一次欢呼起来，为打井引水上山工程而激动。

到了第二天，井坑又向下推了二尺，第三天推了一尺，第四天又推了一尺，第五天到了推进八尺的时候，遇到了坚硬的石头，而且里面凿下的石块还要上面用绳子系着筐子吊下来，装上石块，吊上去往外面运。这是非常消耗力量的劳动。有功效，没进度。而且铁凿碰着石头，飞溅出一缕缕的火花，生硬的石头把发热的铁凿都碰得卷了回去。石匠们不得不停下工来，到外面请张平贵和他的铁匠铺铁匠，把铁凿重新打制后再去挖井。就是说，石匠在井里作业，铁匠在外面用煤炭架起火炉，不停地打凿，才能保证挖井顺利进行。越深难度越大，一次只能下去两个人，而且身体回旋余地小，边凿边用筐往外面吊运碎石片。这种艰难的作业，一天最多只能凿一尺左右，且累得石匠们直喘气。原规定每两人一组，一组一次下去4人，一次干一个时辰，可是石匠们闷得慌，只看见锅盖大的一片天，只好改为每半个时辰换一组，这样人拽住绳子，上面的人往上吊，一上一下，又耽误不少时间。两孔井同时开工作业，山头一旁插有两面红旗，标志着此处是重要工地，其他闲人不要靠近。

半个月过去了，两孔井同时打下去有一丈多深。杨宏信探头朝里张望着，向作业的石匠喊话：

"里面冷不冷？"

"不冷，还发热呢！"

"累了就休息一会儿，不要累坏身子。"

"放心，杨刺史。我们不累，就是有点胸闷。"

"那把水吊下去，多喝几口水，解渴。"

……

石匠们在井下面最大的困难是出气和吸气困难，再就是大小便比较麻烦。小便可以在里面随便撒，而大便不能，只得吊上来到外面方便了再吊下去。这样折腾起来，也耽搁时间。但是，石匠们的劲头十足。杨宏信叫每天下井的石匠，在临下井时每人喝一碗酒，以增加热量。寒冬腊月，天空阴云密布，飘起了雪花。这是山上人们最企盼的日子。人们可以拿出能接雪的器具，把积雪储存起来，当饮用水。可是，雪不是每天都下的，一次下一两寸就不下了，而且太阳出来，山上的积雪马上就融化了。打井取水才是长远之策。杨宏信站到井外面的井口旁，看着下面结冰的窟野河，感慨万千，说不出的喜悦。虽然，他无法判断水井何时才能打到下面，使河水引上山头来，但是，他相信打井是一定会取得成功的。就是每天挖一尺，有两年的时间足可以挖到山下的。

外面负责吊石块的石匠，看到杨宏信来到这里看望他们，给他们带来美酒，高兴地唱起"石匠歌"：

炭火红红的红哎——

铁锤轻轻地举哎——

生铁变成了钉哎——

锤子铸上了钢哎——

一缕火星飞向天哎——

一滴汗珠化成铁哎——

一刀劈开怪石哎——

一锤打出一片光哎——

井下作业的石匠听到外面的石匠在唱，高兴地敲击着石井壁也唱起来：

铁锤砸得哎大地摇，

麟州男儿哎多自豪；

挥汗打井哎冲天笑，

引水上山哎立功劳——

　　歌声传遍了山头，传到了山上的每一个人的耳朵里。人们为打井引水
的石匠而祝福祈祷，祈祷土地爷、山神爷、河神爷保佑打井取水的石匠们平
安。农历腊月十一日，又是麟州赶集。杨宏信要叫前来赶集的乡亲们观看打
井引水工程。这是他对麟州百姓许下的愿望，他一定要叫美好的蓝图变为现
实。正是晌午时分，送饭的公差人员把热饭送到工地，石匠们开始吃饭。还
是老习惯，吃饭前规定每人喝一碗酒。杨宏信看着石匠们喝酒，心里头热乎
乎的。正在这时候，杨宏信和公差人员和石匠们几乎同时看到河对面的信号
台点着了火。紧接着北面的每一处烽火台也起火冒烟。

　　"不好，有大敌来侵！"

　　人们几乎同时喊起来。紧接着麟州城山头的鼓声响起，向人们报警有
敌来犯。杨宏信带着公差人员赶回刺史府，看到大儿子杨重贵、二儿子杨重
训、杨洪、张平贵、程万保、李俊还有大儿媳妇佘赛花、二儿媳妇王香兰已
经披甲戴盔，手持武器，正在调集士兵，准备四面布防。杨宏信和众人尽快
登上最高处的箭楼，向远处的窟野河西面山头望去，隐隐约约看见有人马闪
现，战旗飘舞，眨眼间，河西的山坡上到处是敌军，分成四路下到河滩，准
备过河。

　　来者凶猛，整个十里河滩，遍地是敌军，往少说也在两万以上。敌军
过河后，呈四路把麟州形成包围态势。也就在杨宏信刚刚布防完，两人骑马
飞快地冲上山来，直冲进南门，赶直来到刺史府。两人下马急忙给杨宏信父
子报告一件大喜事。原来这是杨宏信早在一个月前派往河东太原的探子，打
听外面的战况和有关后汉灭亡之后刘氏家族的下落。两人急忙向杨宏信父子
报告：

　　"20天前，刘氏族人——刘知远之弟刘崇与儿子刘钧起兵，一直从河南
打到河北，又由河北打到河东太原。经过三天三夜的激战，打退了后周，占
据太原，建立北汉，宣布建国。眼下，北汉刘崇、刘钧父子发出文告，令凡

是过去归属后汉的地方州、县，赶快到太原报道接旨，接受新的委任，治理本州、县……"

刘崇当了北汉皇帝，让杨宏信父子等众人大为高兴，因为刘崇不光是后汉刘知远之弟，而且还在天福七年，也就是 942 年，为后晋来麟州当过不到一年的刺史。

"终于等到这一天了！"

"老百姓有盼了！"

……

杨宏信明白，眼前的来敌不用问一定是后周的人马来抢占麟州。

"誓死保卫麟州！"

"保卫麟州，打退后周！"

"……"

第七章　东渡投北汉

后周军马踩着冰层过了河，一路走草垛山沟直插东沟攀东面的后山，从东面对麟州形成包围，一路赶直进了草垛山沟，从城北门包围麟州，一路从南面的山峦围住麟州城，又一路从麟州城的正西悬崖壁对麟州形成包围。四路人马，各有马军、步军参与，围好城后，只等发起总攻。后周军大约有2万人，分别由四员战将挂帅，他们是奉了郭威的旨意，要不惜一切代价拿下麟州城，以打退刚刚建立的北汉向河西的扩展。

形势十分严峻。万分危急。

麟州城守兵总共有2000人，500人在草垛山掩藏，由郭玉方带领守卫着粮草库；500人在麻堰沟掩藏，由孔愣头、孔愣子带领作为接应城中的预备队。城中守城的只有1000名士兵。杨宏信把1000名士兵又分成两部分，每部分500人，让500人又各分成250人，分别设防四面，剩余120名杨家军护卫队作为机动预备队。麟州城虽然易守难攻，地势险要，但是，也不是坚不可摧，攻不上去。每一道城门与城门之间，相隔一段长长的墙。有的是石墙，有的是土墙。每段墙头也就是一丈高，有些石墙是在石岩层上面垒起来的，便于设防。有的石墙低，敌方可以从山下的石岩爬上来，越过石墙，冲进城里。全城防线约9公里，1000人设防，无论如何也有些少。士兵们都是拿几件武器，把刀、枪、箭、棍，摆在预定的地方，使用了刀，再使用枪，危急关头再使用箭、石头……

杨宏信对四座城门做了分工负责防守。

杨重贵、张平贵设防西城。程万保、赵红霞设防北门。佘赛花、王香兰、王守义设防南门。杨重训、李俊、王守成设防东门。杨宏信在中军来回指挥督战。城里所有的老百姓，所有老人和儿童待在家里面，凡是能参战的男女都动员起来，分为若干组，随时做好上城墙打仗的准备。城门紧闭，刺史府旗杆上绣的杨字大旗招展，刺史府门口的鼓高挂起来，下面有三两个士兵，手拿木棍，随时敲击，发出打仗的命令。

日头移向西边的天空，预示着时间已是冬日的午后。围城的后周军在领队的指使下，一齐喊话：

"杨家父子，快快开门投降，不然的话，打破城池，玉石俱焚！"

"杨宏信，识时务者为俊杰，当初你投靠后汉刘知远父子。刘家父子灭亡后，你不归顺后周做臣子，反占山为王，当草寇、土匪。今日后周军到此，还不赶快开门受降，更待何时！"后周的两万士兵一起大喊，几乎震得山摇地动，草木跌倒。

杨宏信父子听到对方喊话，气得怒火从胸膛燃烧，也让士兵对骂：

"后周的将士们听着，郭威老匹夫以为灭掉了后汉，就抢占了全部的后汉土地，就可以横行霸道，欺世盗名，奴役所有的老百姓。今我北汉王朝建立，上符合天意，下顺从民心，正在收复失去的土地。"

"打倒后周！"

"推翻郭威老贼！"

双方士兵在骂了一轮的口水战后，都忍着怒火，等待各自的主帅发出开打的命令。

后周大军完成了包围麟州城的任务后，并不急于攻城。他们早已在几个月前派出探子对麟州城的地形、布防做了侦察。他们对麟州城缺水的困难也是了解的，知道是依靠人畜到山下的窟野河取水。因而他们做出了围而不攻，让城中断水后自乱或投降的阴险计策。他们在下河取水的要道伏了重兵，一层一层，直到河边，目的就是要困死守城的将士和百姓。

天色渐渐地黑下来，后周军队还是不发起进攻。杨宏信看出了后周军队的意图，传令城中所有士兵和百姓节约用水，至少要坚持三天有水喝。守城士兵轮换休息，不要过于消耗体力，准备打持久战。到了半夜时分，后周军突然锣鼓齐鸣，喊声四起，点着火把，开始从四面进攻。可是，后周军刚冲到离城墙不远的地方就停下来，灭掉火把，静悄悄地一动不动。

"狗日的，用疑兵骚扰，让我方士兵不得入睡，他们好趁机攻城。想得美。"杨宏信命令东门守将杨重训和李俊也用同样的办法扰乱对方。杨重训、李俊、王守成抽了50名骑兵，一人拿一个火把，操一把腰刀，突然杀出东门，直冲入敌阵，趁黑乱砍乱杀，一直冲出有二里路，突破敌方的包围，然后50骑又转身杀了回来，把敌人刀砍的砍，马踩的踩，鬼哭狼嚎喊声一片。杨重训、李俊、王守成亲自带的50骑一个人不少，又冲杀进城来。

经过这么一次交锋，敌方不敢靠近城墙围城，攻打东门的敌兵退了一里路，轻易不敢冒进。快到天亮的时候，围攻南门的敌军突然发起进攻，佘赛花、王香兰、王守义见状，急令士兵登上城墙，一人身旁堆一堆石块，等敌人到城下只有十几步远时，士兵们一齐向敌人投石块，打得对方哭声喊声不断。敌人是做试探性的进攻，受到阻击后，马上停止进攻，退离南城门和南城墙有半里路远。

南城门停止了响动。

后周军对北门的进攻也是试探性的。因为北城门和北城在半山腰，设防很困难。设防士兵其实都在山顶的最高处筑了第二道石墙防线守着。第一道防线根本不需要人去坚守。只要守住山顶的最后一道防线，敌人就是占领第一道防线和城门也没有多大实质性的用途。北门的真正防守要地是最高山顶的第二道石墙。因而杨宏信由程万保一人来设防是有考虑的。果然，敌人占领北门和第一道墙后，就再也攻不上山了。山顶上随便投下去一块石头，都能砸死几个人，因而攻北门的敌人只能空喊着冲呀杀呀，就是不敢再往上攀半步。

北门也折腾了一番后静下来。

天完全亮了，守城的士兵不敢离开半步，靠做饭的士兵做熟饭送给城防工事吃。今天是麟州的集，由于受后周大军的围城，到了半前晌时分也没有一个人敢上山来了。经过一晚上的折腾，后周军认为摸清了城内的设防，开始了四面同时进攻。尤其是西面四里长的防线，敌人冒着山上滚下来石块的危险，前面的倒下去了，后面的涌上来，反复地冲锋。敌人发现了守城的兵力不多，是一个人当作十个人在作战，因而从四面进攻，企图一举拿下麟州。后周军边往上冲边放箭，不断有士兵中箭倒下。有的城墙被后周军突破，一下子涌上来了上千敌军，杨宏信急令120名杨家军汉子投入战斗，经过交手，艰苦作战，终于又把突破的城墙口堵住。但是，士兵死伤惨重，有500多名士兵受伤，有30名杨家军汉子战死。然而，后周军又发起新一轮的攻势。他们采取边围城边进攻的方法，不给城中有喘气的空隙。

西面、北面，敌人全是用步兵进攻，因为马军发挥不了作用。东面和南面，敌人采取步兵和马军轮番进攻。每次进攻，敌人冲到外墙根，发生兵器对打。有的空隙处，由于设防薄弱，敌人又冲了上来，守城的士兵奋起反击，与敌人进行肉搏，经过一番血战，再次把敌人打出去。而每次打退敌人，都付出了惨重的伤亡代价。敌人打的消耗战，企图用不停的轮番进攻方式，把城里的守军消灭。

杨宏信统计兵力，能作战的士兵，加上轻伤员也只有300人左右，兵力损失了三分之二。这仅仅是第二天白天的战斗。到了晚上，敌人没有发起进攻，只是向城里放射带有宣传品的箭，煽动士兵投降，给予奖赏白银。"狗娘养的，硬的不行，又使软的。"到了第三天，后周军又开始四面进攻。杨重贵对爹建议，"如此打下去，很难守住城，赶快点火为号，叫分别掩藏在草垛山、麻堰沟的士兵，用疑兵之计扰乱敌人，以减轻敌人对城中的压力。"杨宏信认为，这样会暴露草垛山的粮草库位置，敌人一旦发现，会先抢粮草，这样损失更大。杨重贵对爹反复说："现在也只有这一条办法，否则，用不了两天，敌军破城后，粮草还是要丢失的。"杨宏信听从了大儿子的建议，急令点火为号，让草垛山、麻堰沟的士兵用疑兵扰乱敌人。两地掩藏的郭玉方、孔愣头、孔愣子看到信号火堆后，急分头出动，敲锣擂鼓，一齐大喊，果然引诱攻城敌军退到城下，当他们去追赶麟州军的援军时又不见了。如此反复数次后，后周军醒悟过来，知道外围的是麟州的少数疑兵。因而后周军又集中主力四面重新包围麟州。郭玉方、孔愣头、孔愣子用疑兵计不管用后，只好分南北两路，从后周军背后拼力冲过来。后周军掉头集中力量与这两小股疑兵作战。可惜，终因兵力太少，有800名士兵战死在山底下，鲜血染红了结冰的河道，只有郭玉方、孔愣头、孔愣子带着不到200名受伤的士兵冲杀上城。望着山下战死的士兵，杨宏信心如刀割，寻找不到退兵之策。

第四天，又是一个苦战的日子，城中的年轻老百姓也投入了战斗。仗打得十分地艰苦。尤其是西城战线太长，敌军从各个墙头跳入城内，士兵以一当十，以十当百、当千与敌人展开血战。杨重贵、张平贵的披甲都被敌军的血染红了，在眼看敌军大部队涌上来的关键时刻，那打井的12名石匠，紧紧靠在一起举铁棍、铁锤，一齐向敌人冲杀过来。他们如猛虎一样，一锤一个，把涌上来的敌人，不是砸得脑浆流出，就是口吐黑血倒地。杨重贵、张平贵看到石匠们的英勇作战，指挥剩余的士兵奋力杀敌，终于又一次把敌军赶出城内。

到了第五天，杨重贵对爹建议："做好最坏的打算，准备突围。留得青山在，不怕没有柴烧。"杨宏信清点兵力，能参战的士兵和新编入的乡亲们，也只有500余人，死亡的士兵无处掩埋，受伤的士兵得不到治疗，山上的水断了。如此奈何？不突围，只能等死。杨宏信只好同意大儿子的建议，不过他提出分头突围的方案。由杨重贵、杨重训、佘赛花、王香兰、杨洪带领所剩杨家军从南门突围，如果突围成功的话，一定沿窟野河下游东进，抢渡黄河，去太原投北汉刘崇父子。一路由杨宏信、张平贵、郭玉方、程万保、赵红霞、李俊、孔愣头、孔愣子和12名石匠带领500士兵向东门突围，向东去投靠府州，保护家属。杨宏信这样安排好突围分工后，等待天黑下来后分头行动。

然而，后周军好像发现了麟州军的突围计划，他们在付出了沉重的代价后，仍然不甘心，想马上攻破城池，活捉杨家父子，即使抓不到活人，也要找到尸首，以便回去请功。后周军的主将认为攻破麟州城和消灭杨家军，已经是眼前的事情了。

正是晌午时分，后周军展开了又一轮的全面进攻。杨宏信想突围都来不及。后周军采取的还是老办法，四面进攻，四面都是重点，从城门到城墙，一起冲来，企图一举突破防线。城南门外后周军挤得水泄不通，连马军都冲了上来。守城的士兵一个与一个的距离相隔有二十几步远，也就是每个士兵要守防二十几步的城墙，才能保证城墙不被突破。后周军见攻打城门不开，就集中力量主攻城墙，突然，后周军背后锣鼓齐响，喊声震天，两支人马分别从西城底和南面的山峦冲来，给后周军致命的打击。两支人马直冲到山头，打退攻打西城和南城的后周军，然后又直冲东门外和西城墙，与城里的杨家军里外夹攻，打退了后周军的进攻。两支人马趁后周军败退，又趁势追赶，一直把后周军全部追赶过窟野河西岸。后周军也不清楚是哪里来的生力军，救了麟州城，他们只好朝南面退去。

打退后周军的两支部队原来是占据黄龙山的杨三毛他们。杨三毛与另两个土匪头目上次来麟州参加竞考落榜后，回到了黄龙山一直招兵买马，扩大势力。他们对杨家父子留下了深刻的印象。当后周军北进路过黄龙山时，他们就判断后周军必定是北上抢占麟州等周边城池。于是他们倾巢出动，带领 8000 多士兵，分两支部队尾随，专等在危险关头，突然杀出，解救杨家军和麟州之危。

杨家父子对黄龙山土匪的英勇壮举，深表感激。想不到黄龙山土匪形成如此大的势力，总兵力达到 8000 多人，打退了后周军。杨宏信亲自为杨三毛和众头领、所有的士兵摆了庆功宴。在饮酒的感谢宴会上，杨宏信主动提议，让他们三位留下来，一人当一个县的知县，可是，三位首领谢绝了。

"知县就不当了，喝上三天酒就满足了。我们还是回黄龙山。不过，有一条我们记着，不抢穷人的财物，只吃大户富户。"

"对，还是当土匪自由，不受那么多条条框框制约，想喝酒就喝酒，想吃肉就吃肉。"

……

杨三毛他们临离开麟州时，又把他们的一半兵力赠送杨宏信，表示对杨家父子为官一方，为民造福的真诚敬意。杨宏信是万分感动，一再挽留三位好汉入伙麟州，成就一番事业。然而三位好汉一再谢绝："不做官，不图名，不争利，只想占山为王，做一辈子的土匪。"

杨宏信等麟州的头面人物亲自把黄龙山的三位好汉送下山，又送过窟野河，直送到南下的大道望不见才返回麟州城。

送走了黄龙山的三位好汉和几千人马，杨宏信心里受到了强烈的刺激，忍不住第一次哭出声。为了麟州的百姓，那么多士兵倒下去了，如果不是黄龙山的好汉相救，他和他的两个儿子，以及全家人、满城的百姓都死于乱刀之下。黄龙山的真是一群英雄好汉，要比后周那些士兵好得多。这个世道，兵与匪是完全颠倒了。杨宏信得到了黄龙山 4000 兵力的补充，总兵力达到了 4500 人。他们掩埋了那些死去的士兵，又想着麟州城未来的命运。

杨重贵建议爹尽快决定，与北汉刘崇、刘钧父子取得联系，尽早归汉。杨重贵提出，由他和佘赛花、杨洪、郭玉方、程万保、李俊带领 50 名杨家军汉子渡过黄河，去太原投北汉；由父亲杨宏信和兄弟杨重训、张平贵、孔愣头、孔愣子等人守城等待北汉来收归，暂时不放弃城池投靠府州。杨宏信同意这个建议，叫杨重贵又带领 1000 士兵，与佘赛花、杨洪他们准备出发，自己留守麟州。杨宏信对大儿子杨重贵千叮咛万嘱咐，克服一切困难，一定要渡过黄河，到达太原，投靠刘氏父子。这是麟州的出路，麟州的希望。把麟州交给国家，由国家来统一管理，他再也不愿做这个无君主的刺史，早点儿让老百姓过上太平日子。

杨重贵铭记父亲的教诲，做着出发前的准备。他真不愿意离开父母，扔下自己的大儿子大郎、二儿子二郎，两个孩子还小，只能留给父母来抚养。他不知道自己和佘赛花、杨洪、郭玉方、程万保、李俊等他们这一路去太原，会遇到怎样的艰险。他多么想留下来与父亲、兄弟一起共守麟州，为麟州的老百姓做一些实事，可是，眼前的处境逼使他不得不走，不得不去太原投靠刘氏父子。这是一次东征，也是一次远征，虽然只有 1000 多里路，但是，一路有高山，有河流，有峡谷，还有难以预测的后周军围追堵截。太原之行，责任重大，使命光荣，关乎着麟州 6 万百姓的归属和生死命运。尽管后周在黄龙山土匪部队和麟州百姓的共同打击下败退了，但是，他们说不定何时又卷土重来，仅依靠父亲、张平贵、孔愣头、孔愣子他们和几千士兵是很难守住麟州的，要真正做到麟州不再被后周侵犯，只有把麟州交给北汉，由北汉这个合法的国家出面，才能抗衡后周，保住麟州。

杨宏信对大儿子杨重贵一遍又一遍叮嘱着："此行太原，只许成功，不许失败。否则，休回河西见家乡父老。"

"爹，我要是办不成此事，就自跳黄河而死。"

"休说这不吉利的话，马上出发。"杨宏信给凡是跟着杨重贵出发到太原的士兵每人敬了一碗酒，祝他们平安无事，英勇杀敌，为麟州百姓争光。

杨重贵要走了，还要做几件事情，一是他到城东四里远的官村附近埋葬遇难的士兵，向他们烧纸下跪，表达哀思；二是到城东门百步之遥的地方，照看他亲手栽起的三株松树，做最后一次的培土，并给每株松树浇了一盆水；三是到西城顶打井的地方，让绳子把他系住，拿铁凿在每孔石井凿了几下，表示他走后，继续让别人打井取水上山的决心。杨重贵做完最后三件事情又用了半天的时间。

东去的队伍要出发了，程万保、郭玉方要走了，两个人的女人可急了，赵红霞说啥也要跟着走，郭玉方的女人也要同行，说死也要死在一起。杨

宏信只好同意两个女人一起走。这样一来，到太原的女性加上佘赛花一共
3 人。

农历的腊月二十六，离过年只剩下了四天，杨重贵两手抱着两个儿子，
站到父母面前，把两个儿子每人吻了吻，交给父母，向父母深深地鞠了三个
躬，又向弟杨重训握手告别。他是在刺史府向父母、兄弟告别的。佘赛花、
杨洪、郭玉方、程万保、李俊、赵红霞等 1000 多士兵，有的骑马，有的步
行，带着路途上吃的粮食和盘缠银两，排成两队，准备从南坡寻路下山。

杨重贵他们一行上千人出了南门，正从南坡准备下山，突然后面王元
魁、张莲英、王守义、王守成、李美蝉等人追来。王守义全身披挂，手持长
矛，大声喊：

"等等我，我也去太原投北汉。"

"你也去？"杨重贵吃了一惊问，"那你媳妇怎么办？"

"我们商量过，美蝉留在家，照料我爹娘。"王守义骑马走到杨重贵
面前。

"投军，是我多年的愿望。我爹也支持我。"王守义看看爹说。

"对，好男儿志在四方，我支持守义投军，报效国家。家里的事情，有
守成、美蝉做。"王元魁感情很复杂，对杨重贵说，"让守义去吧，你们弟兄
们在一起，也有个照应。"

"那好。守义，出发吧。"杨重贵向王守义招招手，又向王元魁、张莲
英、王守成、李美蝉告别。

此时的李美蝉已怀有身孕，很不愿意让男人走。但是王守义投军心急，
只好以泪相送。

杨家、王家两家的人直送杨重贵、王守义等一行人下了山，望不到影。

寒冬腊月，天寒地冻，北风呼啸，冻得士兵们浑身哆嗦。沿途的村庄
老百姓，看到一支部队路过，举着杨家旗，都端着热水给士兵们喝。有的乡
亲们已经准备好了过年的馒头、年糕，也拿出来给杨家军吃。乡亲们知道杨
家军最近打了一次恶仗，死伤不少人，争抢着把年轻的后生送来当兵。杨重
贵接受了乡亲们的好意，到达黄河岸边时，走了两天。黄河渡口的西岸，已
被后周军查封，所有过河的船只全部集中起来扣押，河西的老百姓不准过河
东去，河东的人也不允许过河西来。凡是能过河的渡口，都有后周的军队看

守着。麟州城所属的百里黄河沿线，全被后周军占领。原来，后周军攻打麟州城败退后，一部分兵力退到榆州一带，一部分布防到麟州的黄河西岸，以防杨家军退到河东，投靠北汉。后周军征讨攻打麟州的主将本想一举攻克麟州，建立奇功，不想偏遇黄龙山的大股土匪全部出动，解救了杨宏信父子，使他攻打麟州的计划破产，因而他们施出了第二条措施，布防千里黄河，坚决不准杨家军退到黄河以东，投靠刚建立的北汉。如果北汉得到杨家军，就会如虎添翼，很难消灭。因而，后周军在得到郭威的圣旨后，要侄子柴荣，亲自布防黄河西岸，严防杨家军渡过黄河，与北汉军会合。

　　杨家军东渡投靠太原北汉，是做出的一次战略性的选择，不只是为了保全麟州和保护麟州的百姓，也是为北汉政权增加新的力量。尤其是像杨重贵、佘赛花这样的年轻将领，一旦找到了效力的国家，会发挥出巨大的力量。在后周的郭威、小柴王柴荣的眼里，杨家军实质上还是一股土匪性质的部队，他们长时间不受任何一方国家政权的管束，养成了一种自由、好斗的劣根性。特别是杨家父子如果投靠了北汉，就会给北汉王朝平添了几员大将。后周也很想把杨宏信父子收归，可是，几次都没有成功。想不到大军最后的进剿反逼使杨家父子和他们的杨家军公开与后周对抗。

　　后周的掌朝人下了决心，不能使杨家父子投降，就必须把杨家父子彻底铲除，以绝后患。

　　杨重贵、佘赛花、杨洪、王守义、郭玉方、程万保、李俊、赵红霞他们率领的1000人马来到黄河西岸，离远就望见渡口有后周军把守，而且每一处渡口与渡口之间，都有栏杆围着。腊月里的黄河，水面漂浮冰凌，相互冲击，撞到石岩，发出咔嚓、咔嚓的响声。白天渡河根本不可能，只能是在晚上偷渡。但是，没有渡船怎么办？必须先抢回渡船。而要抢渡船，只能打仗。不知道后周军在渡口到底有多少伏兵，如果一处只有几十人或上百人，那就有胜算的把握，如果对方潜藏重兵，少不了一场恶战，并不一定抢得到渡船。杨重贵派出两路探子，去找当地的老百姓，了解清楚后周军的布防情况。还有河东岸有无守军，如有，是后周的人马？还是北汉的？也一定要侦察仔细。如果后周军连河东岸也占领，渡河的困难会更大，付出的伤亡代价也会更大。

　　天色渐渐地黑下来，烟雾笼罩着黄河上空。两岸的峡谷绝壁，插入天穹，给古渡增添了厚重的神秘色彩。杨重贵站到天台山的山顶上，身旁站着他的妻子佘赛花和杨洪等重要将领。山顶上没有人家，只有孤零零的两处破庙和一些房子，都是孔愣头、孔愣子兄弟俩住过的。此山离附近的村子也有几里远。山底下就是滚动着流漓的黄河。人一旦不小心滚下去就会掉入黄河必死无疑。这座山位于黄河与窟野河的交汇处，中间冲击起一片沙丘，沙丘上长着一些枣树、柳树，有十多户人家就在这沙丘上生存着。杨重贵他们骑的马上不了山，只能留在窟野河边，让士兵看护着。

夜晚完全到来的时刻，各处的黄河渡口一齐点着了火塔，映照得岸边和黄河水面真真切切。后周军是怕杨家军趁黑偷渡，燃烧煤炭火塔。每过半个时辰，还有人敲锣打鼓，以助军威，吓唬偷渡的人。

站到山顶的杨重贵他们，看得清楚，听得清楚。他们只能等待探子侦察回来报告详细情况。

眼前的出路只有一条，渡河，东渡，东进。退，只能是坐以待毙，自取灭亡，失去麟州，失去了6万老百姓。杨重贵影影绰绰看着河西岸的树林似乎有人影在晃动。他凭借一种直觉判断，山下的这个渡口必有后周的重兵设防。如果再找一个渡口也像这个渡口一样有重兵布防怎么办？硬打，硬拼，估计是很难避免。自己手里只有1000人啊，打胜当然可以渡过去，万一打不胜呢，恐怕后退都没有退路，只能倒在这黄河岸边，给杨家军写上悲壮的一页。

后周军以黄河为界，构筑起陕西与山西之间的千里河堤防线，一是防止刚建立的北汉向黄河西面扩张，二是防止有义军偷渡黄河投奔北汉。像麟州这样的地方，原本是后汉遗留下来的一块地方，如果被北汉占据，等于在后周土地上挖了一块。病重的郭威和他的义子柴荣下决心设防黄河，决不允许杨家军有人渡过黄河，把麟州拱手献给北汉。杨重贵率军投奔北汉，这件事情在后周的意料之中。年到了，后周军在黄河西岸构筑了千里防线，而且有些地方后周的部队渡过了河东，在黄河东岸也做了布防。杨重贵的东渡之行晚了一步，是后周做好布防黄河渡口才行动的。形势对杨重贵他们十分不利。如果公开强渡，双方打起来，胜算几率很小。杨重贵他们站到山顶，被西北风吹得浑身发冷，他们一行拥挤进破庙，以遮挡寒风。到了半夜时分，两路到沿河岸侦探的探子回来报告，后周军每隔三里就设一个哨，而且渡船全部集中到一起，有大批士兵看守。附近沿河 30 里的岸边，至少有 5000 后周军设防，其中 2000 是马军，来回奔跑巡逻。

听了探子的报告，杨重贵决定等天亮后下山，亲自去侦察。杨重贵他们挤到破房子里，朦朦胧胧睡了一会儿，等天亮便下了山，在窟野河岸边的一个村子，与临时住的那 1000 士兵一起吃了早饭后，又翻过天台山，下到黄河岸边，潜入一片枣林里，向后周军停船的地方移动。在离岸边 100 步的地方，一个拐弯的回水湾，停放着 20 只木船，旁边大约有 200 多人守着。杨重贵、佘赛花、杨洪、王守义、郭玉方、程万保、李俊、赵红霞他们一一地记在心里。离停船的地三里之处，是一个村子，大约住有 2000 后周军，他们是作为守护船只和渡口的预备队。杨重贵又叫探子找到两个老乡，详细了解了情况。老乡告诉杨重贵，就是抢到船，没有船工也过不去。船工都被后周军抓了起来，关在离黄河岸 20 里远的一个叫黄家墕的村子。那里关押着沿河 10 个村子的 100 多名船工，过年都不让回家。

听了老乡的讲述，杨重贵做出决定，要渡过黄河，必须抢到船只，而要抢到船只，首先要去关押船工的黄家土马救出船工。他不知道有多少后周军在看守着船工。杨重贵他们悄悄地退出枣林，走原路翻过天台山，来到窟野河边，与士兵们会合。今天已经是农历的二十八日了，后天就是大年三十。他要争取在明天天黑以前救出 100 名船工。快过年了，他得让士兵们吃一顿饱饭，也好行动打仗。村子不大，只有 30 多户人家，士兵们都住在老乡的空房子和存放饲草的窑洞。带的干粮，已经吃完，只好拿银子向老乡们买粮做饭吃。窟野河两岸的老百姓这两年经过开荒修田，粮食基本上自给，他们感谢杨家父子不收税，不纳粮，听说杨家军要渡过黄河投奔北汉，抢着给士兵们做饭吃。杨重贵不让士兵白吃老百姓的饭，按人给老百姓支付银两。听说杨家军要到黄家墕抢救船工，好多老百姓都愿带头做向导。农历的二十九日清晨，士兵们吃饱肚子，在杨重贵、佘赛花、杨洪、王守义、郭玉方、程万保、赵红霞的带领下，马军、步军一齐出动，向黄家土马而来，大约离黄家墕只有 3 里路程了，部队停下来。杨重贵派出探子进村侦察，然后将情况尽快汇报。四名探子，悄悄地来到村子，发现这个村子地处高山，下面是深沟，有一个村子叫石沟村。探子们从荒坡溜进一户人家，询问后周军关押船工的情况。那老乡告诉探子说，黄家墕关押船工只是一个幌子，后周军只派了十来个士兵假装看守着，实际上 100 多名船工被关押在石沟村。探子听了老乡的讲述，慌忙出了村子，来见杨重贵，说明情况。

"狗娘养的，差一点儿上了当。"杨重贵骂出一句脏话，让老乡带路，朝石沟村而来。快到了石沟村，部队停下来，杨重贵又派探子进村侦察，一定要搞清楚船工关押在什么地方，有多少后周军防守。

杨洪对杨重贵说："还是由我带两名探子去侦察，看个仔细。大白天救人，如果不能突然发起攻击，与敌纠缠，很容易暴露目标，陷入敌人的包围。这里离黄河岸边不远，一旦打响，双方进入相持状态，敌军援兵赶到，营救船工的计划就会落空。这事责任重大，我去最好。"

"那就劳驾仁兄亲自去侦察了。"杨重贵看着杨洪带着 4 名探子向石沟方向走去，手里捏着两把汗。所有的士兵都蹲到地下，马军下了马，士兵们把马嘴用绳子捆住，以免马的叫声惊动了敌方。

一场营救 100 名船工的战斗正在悄悄地进行着。

石沟村四面是山，中间是一个小盆地。离远望去，山峦把村子遮得严严实实，根本看不见一个村子会坐落在此地。后周军正是抓住了这一地理特点，才把 100 名船工关押在此处，并且表面放出风来说是船工关押在黄家墹村。杨洪他们 5 人从一条小道溜下半山腰，发现他们去的山头上有一处明哨，站着两个后周军，各挂一把腰刀，不停地来回走动。他们又向沟底的村子走去，发现村头的大路口，也有一处明哨，有四个后周军扛着长矛在巡逻。看样子，后周军布防得十分严密，仅他们来的路上就布防了两处明岗，那掩蔽的岗哨和掩藏的士兵又在哪里？后周军显然把关押 100 名船工当作一项重要的军事任务来实施。到底后周军在此处有多少人，杨洪他们无法了解到。

"不行，必须抓到一个活口，彻底了解清楚情况。"杨洪 5 人又从原路往回返，准备对山头那个后周军哨兵发起突然攻击。他们 5 人手握腰刀，弓着腰，一步一步向山头靠近，等到后周军两个士兵面向另一个方向看去，他们 5 人猛地跳起，从两个哨兵背后蹿出：

"放下武器！"

"别出声，要喊一声，一刀宰了你！"

两个后周军哨兵惊吓了一跳，还没明白过来是怎么一回事情，就被刀架到脖子上了。杨洪他们押着两个俘虏返回来见杨重贵他们。两个俘虏十分狡猾，开始怎么也不说实话，说他俩只是放哨，不知道船工被关押的地方，也不了解总共有多少兵力看守。杨重贵亲自审问了俘虏有半个时辰，两个俘虏就是不讲真话。杨重贵越是好言相劝，两个俘虏越是撒谎，杨重贵没有办法，只好叫士兵动武，把刀架到脖子上，厉声斥责：

"说不说？再要是说假话，马刀可不讲情面。"

"我……我们真的不知道，只是负责站岗。"一个后周哨兵说。

杨重贵实在忍无可忍，向手持腰刀的士兵示意了一下，士兵早已等得不耐烦，对准另一个后周军士兵的右耳，扑哧一刀，把一只耳朵削去。那家伙疼得直叫唤，手捂住耳朵，跪地求饶。

"给他把伤口包扎住。"杨重贵大声喊道，"杨家军不杀好人，但是，对顽固抵抗的敌军，不得不严厉惩罚。"两个后周军士兵见杨家军真的动刀了，也就老老实实交代。根据两个后周军士兵的交代，石沟村共关押了100名船工，在村子正中的一院不住人的三孔窑洞里，除过8处站岗的明哨、暗哨外，村里共有500名士兵守护，都是步兵，是五天前从榆州调来的。

了解清楚了情况，杨重贵叫两个士兵带路，1000士兵分成两队，每队各马军200名，步兵300名，从东西两个方向，朝石沟村包抄过来，快到村子，站到另一处山头的后周哨兵发现了，鸣锣报警，杨重贵命马军在前，步兵在后，一齐往山底冲杀下来。后周军的500士兵见有两个方向冲下来杨家军，也分成两股拼命抵抗。后周这些士兵还真是训练有素，虽然从兵力上杨家军占优势，两个对付一个，但是，后周军死战不退，前面的倒下了，后面的又冲过来；双方打得都十分艰难，不断有士兵中刀、中枪、中箭伤亡，杨重贵亲自舞刀骑马，带领骑兵冲在前面，向抵抗的后周士兵猛力拼杀。后周军都是步兵，经不住马军冲击，阵脚乱了，杨家军的步兵趁势猛攻，打散了两股抵抗的后周军。杨重贵急忙寻找关押的船工，在一处破旧的院落的三孔窑洞解救出100名船工。这些船工每天只给吃一顿饭，还吃不饱，饿得没精打采，有的人连腿都抬不起来，杨重贵找到老乡，让给这些船工做饭吃。杨重贵开始打扫战场和清点自己队伍的人数，此战共杀死后周军150名，杀伤200名，逃走150名，而自己阵亡士兵110名，伤号250名，双方算是打了一个平手。虽然对方溃散了，可是杨家军也付出了血的代价。

杨重贵叫士兵们也吃一顿饱饭，然后赶快离开石沟村，带着 100 名船工向黄河岸移动，争取大年三十晚，趁后周军守防不严，抢到渡船，突然发起渡河。吃过饭后，已经是太阳西沉的时分，杨重贵、佘赛花、杨洪、王守义、郭玉方、程万保、李俊、赵红霞他们一刻也没有停留，登上一座土山，离开石沟村，急速向东面的黄河边赶路。天色越来越暗，又不敢点火把，只能借助天空的星星投下的微弱之光，摸黑前行。250 多名伤员，有重伤的，有轻伤的，轻伤的可以自己行走，重伤的还要人抬着走。看到这种情景，杨重贵心里十分难过。这些伤员失去了战斗能力，带着是很难冲杀过黄河的，只能去送死。杨重贵叫队伍停止前进，与佘赛花、杨洪、王守义、郭玉方、程万保、李俊、赵红霞他们商量安置伤员。

　　杨洪提出建议："250 名伤员必须留下，让轻伤的伤员护送着重伤员返回麟州。目前，后周军集中主力布防黄河与在太原南面的北汉作战，暂时抽不出主力攻打麟州。再说麟州城中杨重训和王香兰、张平贵、孔愣头、孔愣子等近 3000 名士兵防守，一般的后周小股部队是攻不破山头的。"

　　"好，就这么办。把伤员留在麟州养伤，决不能让他们落入敌人之中惨遭杀害。"杨重贵把所有的伤员集中起来，对大家讲道，"各位受伤的弟兄，大家都是我杨家军的优秀士兵，想不到在石沟一战受伤，我不能带大家去送死，只好把大家留在麟州养伤，等伤好后与家父一起守城。麟州是我们的大本营，是生养我们的地方。请大家相互照顾，现在就返回麟州城。"

　　"杨将军，我们誓死跟你杀过河东，投奔北汉，为麟州百姓寻一条光明的道路。"

　　"对，我的右手残了，可左手还能舞刀，还能打仗。"

　　"打过河东去！"

　　"打过河东去！"

　　……

　　受伤的士兵喊成一片，不愿返回麟州城。杨重贵深情地说：

　　"弟兄们，大家的心情是可以理解的。而战争是无情的。正式渡河战斗会更残酷，还会有更多的弟兄受伤，甚至是阵亡。无论如何，大家要头脑冷静，从长远战略看问题，麟州是后周与北汉交织相近的争夺地方，是杨家军的发源地，这片土地我们丢不得，大家留下来，任务会同样艰巨，也会遇到打恶战。等我到了太原，见到北汉之主，就会派大军打回麟州的……"

经杨重贵再三劝说，受伤的伤员只好答应留下来返回麟州城。杨重贵又怕伤员途中受到后周的袭击，派了100名士兵护送伤员回麟州。此时，杨重贵身边的士兵只有550人。在一条山顶的岔路口，杨重贵目送着100名士兵护送着伤员向麟州城方向缓缓地移动。

夜风刮起了，吹得士兵们骨头发麻。100名船工非常感激杨家军解救他们，大部分船工要求参加杨家军东征，杨重贵很是激动。这些船工年龄大的50多岁，年龄小的只有十七八岁，他们一个个都是优秀的船工，能在夏季的黄河里来回畅游两次。船工们表态，一定要把杨家军护送到黄河东岸。

杨重贵、佘赛花、杨洪、王守义、郭玉方、程万保、李俊、赵红霞一行550多人，借着星光，赶半夜时分就来到了黄河岸边的山顶——天台山。他们在山顶掩藏起来做好第二天抢船的准备。第二天清晨，杨重贵、佘赛花、杨洪、王守义、郭玉方、程万保、李俊、赵红霞他们和士兵、船工们吃了干粮，分成三组下了山。到山脚下，离黄河渡口停船的地方大约有一里路，发现有几十名后周军士兵看护着船只。离岸边船只不远的地方有一个村，大约50多户，洒了一河滩。村通往渡口的路上，不时有后周军的士兵巡逻。尽管今天是大年三十，人们都在家里忙碌着过年，可是，渡口边的气氛显得十分紧张。杨重贵他们把马嘴用绳子扎住，让马也伏地卧下，观察着动静。550多人掩藏在山根下，随时都可能暴露目标。杨重贵把三个组重新做了调整。自己和郭玉方带一组和船工先行抢船只，杨洪、程万保、李俊、赵红霞带领第三组断后，阻挡追赶的后周军，佘赛花、王守义带领第二组，一旦抢船成功，首先过河，占领对岸的渡口，掩护第一批船只返回河西接第一组和第三组渡河。大家分工已定，分头准备。

杨重贵、郭玉方和200名士兵、100名渡工刚运动到船口200步远的地方，后周军就发现了，他们一边鸣锣敲鼓，一边挥刀舞枪冲了过来。杨重贵、郭玉方和士兵们迎头而上，双方打了起来。后周军值班看护船只的只有40多人，经杨重贵、郭玉方等200多名士兵猛冲猛打，伤的伤，死的死，逃的逃。杨重贵、郭玉方率领士兵和船工冲到渡口，急忙掩护第二组上船过河。就在这惊喜的时刻，船工们惊叫起来，原来后周军害怕杨家军和其他义军抢船偷渡，把船上的桨折断投入河里卷走了。船没有了桨，等于失去了方向和动力。最好的船工也难摆渡没有桨杆的船。

"狗日的，这些该死的后周军。"

"怎么办？怎么办？"

杨重贵和士兵们着急得大喊。

"只能砍树，制作桨杆，别无选择。"有的船工说。

"可是，这要耽误多少时间。后周军大队人马会马上赶来。"

杨重贵着急地问："砍树连制造桨杆需要多少时间？"

"一个时辰。对，一个时辰足够了。"船工们齐声答。

"好，我们坚持守一个半时辰。"杨重贵又调整人员，由他和佘赛花、杨洪、王守义、郭玉方、程万保、李俊、赵红霞带450名士兵抵抗后周军，剩余50名杨家军汉子和50名士兵100名船工砍树，加快制作桨杆。杨重贵刚分工完，还没等摆布完阵势，大约有3000多名后周军赶来了。

450名对抗3000人，一场恶战在河滩的枣树林展开了。马军基本上是施展不开的，只能弃了马，当步兵作战。后周军都是步兵。领头的将领看见杨家军人少，分扇形向杨重贵他们包抄过来，企图逼使杨家军跳河淹死。杨重贵看出后周军的险恶用心，原来他们先设防的少数士兵，只是作为诱饵。杨重贵鼓舞大家，不要慌，敌方兵力再多，也不可能几千人同时靠近身旁。大家站成一条线，等待着后周军扑过来。后周军见杨家军临危不乱，也不敢贸然冲击，只有一个领头的出来挑战，杨重贵手下的郭玉方见了，早等不及了，猛地冲出去，两人打了起来。刀对枪大约战了不到五个回合，郭玉方一枪刺死了后周军的头领。后周军见了一下子跳出十几条汉子扑了过来，杨重贵手下的王守义、程万保、李俊一起冲出，双方对打起来。后周军仗着人多，为首者把手一挥，大队士兵一齐冲杀过来，杨重贵、佘赛花、杨洪三人指挥众士兵奋起抵抗。双方厮杀在一起，喊声大震，刀光闪闪，枪刺舞动。有的丢了武器，与对手抱成一团，用拳头砸，用牙齿咬，整个树林里黄尘滚动，鲜血飞溅。这边正在厮杀，那边50名杨家军和50名士兵掩护着100名船工满河滩找树。树找到了，又没有砍树的工具，只好跑到村里与老乡借斧头，与木匠借铁锯。等把砍树的工具找来，才开始砍树，制造木桨。

后周军看到杨家军分两批人作战，一批与他们厮杀，一批人在砍树制造木桨，方明白过来。原来他们设计的要把杨家军赶到河里淹死的计划看来很难实现。这些杨家军人数尽管少，而作战勇猛，宁死不退。后周军虽然人数多，可大都在外围助阵，靠不得前面拼杀。领头的后周军将领慌了，忙分开兵力，让一部分士兵追杀砍树制造木桨的船工。

保护100名船工砍树制造木桨杆的50名杨家军和50名士兵，见后周军朝100名船工冲过来，拼力抵抗，奋起拼杀，挡住了后周军。一边是苦战，血战，拼命战；一边是砍树，制造桨杆。时间就是生命，时间就是你死我活的分界线。船工们明白，每延长一截时间，都有杨家军的士兵流血倒下。他们也没有来得及数清渡口到底有多少只船只，反正制造好一只船上的桨杆，马上渡一批人过河。一只船需要两只桨杆，一条大桅杆，也就是橹，把握方向的舵。

船工们用斧头砍，用锯子锯。有的船工被冲杀到面前的后周军活活砍死，有的受了伤，仍冒死制造桨杆和橹。整个河滩进行着一场实力悬殊的生死战。佘赛花、赵红霞和郭玉方的女人被后周军发现，他们争先恐后向她扑过来，企图捉活的。佘赛花挥舞大刀，车轮一般旋转，砍杀得后周军死伤几十人，其余的见她作战如虎，不敢靠近。杨重贵、杨洪、王守义、郭玉方、程万保、李俊他们背靠着背，分别抵抗着水一样涌来的后周军。这些经过训练的后周军在为首将领的指挥下，死死缠住杨重贵他们，杨重贵抢起大刀，左右开弓，一连砍倒十几个后周军，杨洪、王守义、郭玉方、程万保、李俊也趁机向后周军猛砍。后周军在倒下一堆尸体后，死不退却，又重新组成队形朝杨家军冲杀过来。杨家军中不断有人受伤和阵亡。一个多时辰过去了，船工们终于制作好两只船上的桨杆和橹，奋力向渡口跑来。后周军紧追不放，杨家军死战抵抗，给船工留下制造桨杆的时间。

杨洪看见了已经制造好的桨杆和橹，让杨重贵和佘赛花、赵红霞、郭玉方的女人带一部分士兵赶快上船，自己和王守义、郭玉方、程万保、李俊断后抵抗后周军。杨重贵、佘赛花、赵红霞、郭玉方的女人以及几十名士兵，杀开一条血路，直奔渡口，跳上船只，后周军紧紧追赶，也跳上了船，双方在船上又是一阵苦战血战，杨重贵挥舞大刀，飞似的旋转砍杀，把跳上船的后周军一个个砍杀得掉入水中。佘寒花、赵红霞、郭玉方的女人登上了另一只船，紧随的只有20多名士兵，后周军追了过来，佘赛花又是一阵猛砍，才把追到船上的十几个后周军杀死。杨重贵和佘赛花分别乘着一只船，每只船上大约各坐 20 多人，船工们安装好桨和橹急忙开船。其余的造桨和橹的船工不断有人被后周军杀害，杨洪、王守义、程万保、李俊等人为争取时间，直战得身旁只留下 20 多个士兵，边战边退到渡口，跳上只安装了桨而没有来得及安橹的木船，两个船工撑开桨划出一丈多远，没有上来船的郭玉方和士兵与后周军在河岸坚持厮杀着。后周军向郭玉方乱箭射来，可惜郭玉方一员猛将，永远地倒在了黄河渡口。郭玉方的女人见老汉倒地死了，大声哭着跳河自尽。大部分的杨家军除了分乘三只船逃脱的，其余的都不是战死，就是受了重伤，没有一个做俘虏的。除了有 10 名船工划船过了河东而外，其他的船工都被后周军杀死。

最先渡河的是杨重贵坐的那只船，紧接着是佘赛花坐的第二只船，杨洪坐的船因为没有橹的掌舵，被结冰的河水冲出三里多远才到河东。幸亏河东没有后周军，只有少数的北汉不到 30 人的一支巡查部队，他们早已看到河对岸的厮杀，猜想一定是投北汉的义军和杨家军。对于杨重贵、佘赛花、杨洪、王守义、程万保、李俊、赵红霞他们一行 70 多人，北汉的士兵感到惊讶，看这些浑身沾满血的人，他们表示了疑惑。杨家军占据麟州，有粮有兵，为何要在过年的日子来到河东，他们不能够理解。

杨重贵向北汉的士兵说明情况，要到太原投北汉，把麟州一并交给北汉王朝。北汉的士兵还是不相信，让他们先登岸住下来，等向上面报告后才能放行。杨重贵只能如此。大家下了船，10 名船工要求加入杨家军，说他们回到河西等于是送死，无路可走，只能选择投杨家军，一起到太原投北汉。杨重贵答应了 10 名船工，让他们加入自己的部队。

杨重贵站到河东岸的土塄，回头望着对岸枣林里已经停止的战斗，为失去郭玉方夫妇等将士而痛心。他不免一声长叹，失声痛哭，双膝跪地，隔着河向对岸一连磕了三个头。佘赛花、杨洪和王守义、程万保、李俊、赵红霞等每一个士兵也跪下向对岸磕头。是对岸已经死去的人掩护了他们，为他们渡河赢得了时间。

"弟兄们啊！再见了，等杨家军到了太原，投靠了北汉，一定率大军杀过河西，为你们报仇。那时候，就在这黄河岸边的树林里，为弟兄竖一块高高的石碑！"

杨重贵口里大声地抽泣着表达着自己的感情。他想不到从麟州带的

1000名弟兄到了黄河东岸，仅剩下不到80人。杨重贵跪在地下双手抹着满脸的血迹，久久不愿站起离开。身旁站着的北汉士兵被杨重贵、佘赛花、杨洪、王守义、程万保、李俊、赵红霞他们的精神感动，用好言相劝。人死是不能回生的。大年三十，遭遇如此惨败，一定会有后福。

杨重贵他们用简单的方式祭奠完死去的郭玉方夫妇和弟兄们，跟着北汉巡查的士兵，来到老乡家，老乡们给他们腾出房子，烧火做饭。因为是大年三十，村里的老乡家家户户都准备了肉、白面、黄米、粉条、豆腐、豆芽等好吃的东西，大部分人家还买了酒。老乡们听说是河西的杨家军与后周军作战，打了败仗，死了不少人，很是同情，都争着把家里好吃的东西拿出来，慰劳这些打击后周军的河西汉子。

吃了饭后，已是傍晚。除夕夜到了，在这个跨年的日子，人人应该高兴，可是，杨重贵、佘赛花、杨洪、王守义、程万保、李俊、赵红霞他们高兴不起来。离开麟州城才几天，损失了900多名弟兄，本想带着一支部队去太原拜见北汉刘崇、刘钧父子，给北汉增添一份力量，而渡河一战，几乎把士兵全部阵亡，杨重贵心里难受极了。

老乡拿来了酒，杨重贵喝不下去，又带着佘赛花、杨洪、王守义、程万保、李俊、赵红霞等人来到河畔。向对岸望去，不见了灯光，望不到人影，只有模糊不清的高山的倩影。除此，耳边听到的是冰凌撞击岸边石岩发出的响声。杨重贵心如刀割，为死难的弟兄们难过。这个夜晚，不知有多少家庭处在悲痛之中。想着想着，泪水涌了出来。不知道爹和弟弟重训这几天怎么样了，不会再有后周军去围城吧？他思念着麟州的爹娘，思念着两个小儿子，思念着麟州的6万百姓。此去太原，出师不利，渡河一战，损失惨重，真是无脸再见家乡父老。过了一会儿，村子里传来放花炮的响声，标志着过年的到来。他与佘赛花、杨洪、王守义、程万保、李俊、赵红霞等人在岸边待了一会儿回到住地。睡下后，杨重贵翻来覆去睡不着，佘赛花好言相劝了许久，才慢慢入睡。

第二天是正月初一，村里的老乡包了饺子给杨重贵他们送来。杨重贵决定吃了饭就走，免得给老乡们增加麻烦。可是，北汉巡逻的士兵不让他们走，必须等到上面的准允。杨重贵他们只好又住了一天，到正月初二得到北汉军的上面批准才放行。他们一行75人，40人骑马，35人步行，走一会儿，步行的 35 人换上马骑，骑马的人又步行。一路上大家来回轮着骑马。走了一天，大约行走了 60 多里山路，没有遇到任何麻烦。第三天，正月初三，杨重贵他们住在一个山顶村庄，老乡听说是河西来的打后周军的杨家军，主动腾出房子，让杨重贵他们睡觉。到了半夜，突然，村子里狗吠起来，紧接着有人大声敲锣大喊：

"后周军来啦，后周军抢财物啦！"

杨重贵、佘赛花、杨洪、王守义、程万保、李俊、赵红霞马上起来，叫起士兵们，走到院子，做好厮杀的准备。不一会儿，有后周军的十几个士兵冲进了杨重贵他们住的大院。双方见面，各自吃了一惊，厮打起来。后周军先进来大院的人少，又不防备，很快被杨重贵他们消灭，只有一个掉头逃脱，边跑边喊："有北汉军，快来杀啊！"

杨重贵他们上了马，一齐冲出了，借着星光，寻找道路，尽快脱围。然而，来抢劫老百姓的后周军看见了杨重贵他们人少，大约有四五百名士兵追了上来，杨重贵他们不得不战。又是一阵混战，直打到天亮，双方才停下来。杨重贵清点人数，又有 20 名士兵阵亡，10 名士兵受伤。后周军走了以后，杨重贵他们掩埋了士兵的遗体，离开这个村子，带着 10 名伤员，向太原方向进发。

三天后，杨重贵一行人来到一个较大的村子。这里是北汉军与后周军交战争夺的地方。杨重贵在进村之前，留了两名士兵站岗，然后让伤员骑马进了村子。正是中午时分，老百姓都在家里吃饭，有的人看到来了一支人数不多的军队，以为是土匪来抢劫，因而都大声喊着，有的关住大门，有的弃家逃跑，有的人结集成十几人，手抄着棍棒、铁锹朝杨重贵他们冲过来。

杨重贵见状，急命士兵不要还手，以免老百姓产生更大误会。

"老乡，我们是河西来的杨家军，是专门打后周军的！"

"大家不要怕，我们不是土匪，也不是后周军，是咱老百姓的队伍。"

……

不管杨重贵他们怎么解释，那些人就是不相信。对于河西的杨家军，他们没有听说过。他们只认北汉的军队。这些受土匪和后周军欺负的老百姓，三天前刚刚遭遇了土匪的一次抢劫，有的人家过年做的好吃的东西都被土匪抢走了。因而对于这些外来的陌生军人，他们从心里仇视。杨重贵说服不了老百姓，只好与佘赛花、杨洪、王守义、程万保、赵红霞他们带着伤员和士兵，出了这个村子，继续赶路。他为刚才发生的一幕而后怕，万一老百姓真动起手来，后果不堪设想。好在那些老百姓只是赶他们走，没有动手厮打。老百姓的误会，给杨重贵他们带来了重重困难。

赶天黑的时候，杨重贵他们来到一个小山村。村里的老百姓见了他们，用一种惊恐的目光打量他们。这是些什么人啊！是后周军还是土匪。杨重贵从老百姓的目光里明白了老百姓的恐惧心理。

"老乡，我们不是土匪，也不是后周军，我们是从黄河西岸来的杨家军，也就是义军，是专门到太原投北汉的军人。"佘赛花用温和的语言给老百姓解释。

"看，义军里还有女兵。真的是义军，是投北汉的军队。"

老百姓们大都消除了疑惑，用好奇的目光打量着佘赛花、赵红霞，打量着杨重贵、杨洪、王守义、程万保、李俊和一个个士兵。老百姓给杨重贵他们腾出住宿的地方，杨重贵他们要求只住存放柴草的空房子，不住老百姓住的房子。虽然是立春后的春天，可是，这里的气候与塞上高原一样寒冷，杨重贵他们住冰冷的房子里打颤，尤其是伤员疼痛难忍，不能入睡。到了第二天早晨，老乡们给杨重贵他们吃了早饭，杨重贵准备行走。可是，有几个重伤员连马背也上不去。怎么办？

"把我们放下吧，别再拖累大家了。"

"对，我愿住下，伤好给老乡们当干儿子，打短工。"

……

几位重伤员齐声说。

老乡们见这些重伤员实在走不动，都愿意接收他们。

杨重贵含着泪水，把6位重伤员交给6户老乡，让他们照料，等他到太原找到了北汉朝廷，过一阶段就会接他们来。杨重贵把带的剩余的银两全部交给了老乡。

又出发了，方向不变，朝着太原。希望就是太原。到底离太原还有多少路，杨重贵他们不知道。总之，他们还没有走出大山，还在大山里周旋转圈子。

一行几十人，多数骑着马，走得慢慢悠悠，衣服也破烂不堪，除了手拿的兵器证明他们是一支军队而外，外人会把他们当成一群讨饭汉。说他们是土匪也不像，因为土匪也比他们穿得干净。又走了两天，来到了平原地带，老乡告诉杨重贵他们，离太原只有七八十里路，一天就可以到达。大家听了，都精神振作起来，从一条土质的大道向太原方向进发。

正走之间，突然从两旁的树林里杀出了两支人马，打着后周的旗号。后周军见他们只有几十骑人马，也不搭话，直朝他们冲杀过来。杨重贵、佘赛花、杨洪、王守义、程万保、李俊、赵红霞急忙和士兵们抵抗。寡不敌众，力量悬殊太大，只交了三个回合，杨重贵手下又有多人阵亡。他叫大家不要恋战，夺路突围，向太原方向跑。经过拼命厮杀，杨重贵、佘赛花、杨洪、王守义、程万保、李俊、赵红霞等士兵摆脱了后周军，一刻也不敢停，一连冲出 10 多里路。杨重贵清点人数，除过他和佘赛花、杨洪、王守义、程万保、李俊、赵红霞而外，只有 18 骑骑兵，其余不是战死就是受了重伤被俘。

正是晌午，大家口干舌燥，只得在路边的水渠找水喝。好在这里的天气比麟州暖和了，渠水上的冰已经融化。大家喝了水，给马捡路旁的一些柴草喂了，又向太原方向奔驰。他们想今天赶天黑时分一定到达太原。

杨重贵、佘赛花、杨洪、王守义、程万保、李俊、赵红霞他们来到一个村庄，下马询问老乡到底到太原还有多少路程。老乡告诉他们，最多只有 30 里，骑上马只用半个时辰就可以赶到。

"我们要到太原了！"

"是啊，到了太原，好好睡个觉。"

"对，让刘崇、刘钧父子请咱喝杯酒！"

"我想喝当地的酒！"

"哈哈哈……"

大家充满了激情，想象着到太原后的美景。23 条汉子，两个女人，25 骑马，边走边说，盼望着早点赶到太原。道路两旁的地里，可以看清楚刚刚吐绿的麦苗。正月里看到麦苗返青，证明此地气候的确暖和多了。他们都感到身体热乎乎的，额头冒着汗水，经过多日的奔波、征战，虽然 1000 人的队伍只留下 25 骑，可是大家总算马上要实现到达太原的目的。这是多么激动人心的时刻。刘氏天下，正统的代表国家的合法王朝。投入这样的国家怀抱，这是杨重贵、佘赛花、杨洪、王守义他们梦寐以求的，也是杨重贵父亲杨宏信所嘱咐的。投奔北汉，意味着麟州有了最终的归宿，新的转折，新的生活。

杨重贵、佘赛花、杨洪、王守义、程万保、李俊、赵红霞他们在马背上边走边说着，感叹着。正在他们高兴地谈笑之时，突然，一阵锣响过后，两边的树林里冲出无数北汉的士兵，他们刚想张口说明情况，两边的北汉士兵一阵大笑，紧接着这些士兵猛然抽动手握的绳子，把杨重贵等25人全部用绊马套绊倒。说时迟，那时快，北汉士兵如猛虎一样扑过来，把杨重贵他们连拖带拉，一个个用绳子捆缚起来。

"放开我们，我们都是来投北汉的人。"

"快放开，我们是黄河西岸麟州杨家军，专门从千里之外来投奔北汉王朝。"

"胡说，啥羊（杨）家军马家军，我看你们不是土匪，就是后周军的探子。"

"少与他们啰唆，抓回去再审问。"

……

杨重贵他们是有话说不清，这些北汉的士兵根本就不知道华夏还有一个麟州，更不晓得杨家军是什么军。在他们的眼里，杨重贵他们就是后周军的散兵，要么是一股明火抢劫的土匪。好在他们在大路上布下了绊马套，要不就让这伙子来路不明的人逃走了。

杨重贵他们不仅后背双手牢牢地被捆缚住，还被布条蒙住了眼睛。他们的马都被北汉的士兵抢着骑着。一路上，杨重贵他们再三说明情况，北汉士兵就是不听，谁要是说得多了，就用马鞭子抽，用脚踢。快天黑的时候，杨重贵他们到了太原，被这些北汉的士兵押到一处兵营，交给上司处理。

蒙在眼睛的布条抽开后，杨重贵他们一个个双眼直冒火花。他们的兵器也被扣在兵营里。北汉兵的上司是当地人，手里握把刀，对着杨重贵他们比画，让他们老实交代，是不是后周军的散兵，杨重贵反复说明情况，让放开他们，捆绑的时间太长了：

"快放开我们，我们真的是麟州来的杨家军，要见刘崇帝。"

"瞎说，世祖帝是你们随便见的吗？这里是太原，不是麟州，也不是中原。这里是姓刘的天下，哪有什么杨家军马家军说话的份。"

看来，北汉兵营的这位上司也不理睬杨重贵他们。北汉的这些士兵，根本就没有把麟州放在眼里，更没有看得起杨家军。

"关到牢里，听候再审。"随着大声的责骂声，杨重贵一行25人全都被关在一处临时的牢房里，不过，他们被解开了绳索。

"放老子们出去，老子们是堂堂正正的杨家军！"程万保大声骂着。

"狗日的，千里路上冒死来投，却遭到如此对待。"李俊也大骂不休。

"是哇，这北汉的士兵也太不讲理了，说啥都听不进去，真把咱当成后周军和土匪了。"王守义对大家说。

夜黑了，牢房里黑乎乎的，饿得大家直发慌。

"老子们要吃饭，老子们要上茅厕！"程万保不停地骂。

大家一起大喊，那些看守的士兵就是不理，还时不时骂几句难听的话：

"你们不是要见世祖皇帝吗？别做梦了，等天亮了，就把你们押到东山去修战壕。"看守的士兵说，"不杀你们就够好了，叫你们去修战壕是高抬你们。别再说见大汉皇帝的梦话了。"

大家一晚上饥饿得睡不着，直等到天亮，才被带出来吃了饭。领头的士兵说："你们到底真投北汉还是假投北汉，就看你们的表现了，要是今天去了东山好好地干活儿，过几天就把你们引见侍卫亲军都指使。"

"谁是侍卫亲军都指使？"杨重贵问。

"这你都不知道？还来投北汉。"士兵认真地说，"皇帝的亲儿子呗。"

侍卫亲军都指使是什么官，杨重贵确实不知道，难道刘钧担任这一职务。杨重贵想，刘崇毕竟对麟州有感情，当过一年的麟州刺史，也算是麟州的父母官。自己的父亲这个刺史虽然是自封的，可是，毕竟在为麟州的老百姓办事。他要想尽办法先见到刘钧，说明情况，然后再见刘崇，把父亲的愿望转告刘家父子。

"好，那我们就去修战壕。不过，你们尽快禀报朝廷，我有重要事情相告。"杨重贵这么一说，佘赛花、杨洪、王守义、程万保、李俊、赵红霞和18条汉子也就不说什么了，跟着领班的士兵向太原东山走去。走了一会儿，杨重贵突然记起了一件事，大声喊道："把我们的马，还有兵器保管好，若是丢了，我们宁死不屈，也不去修战壕。"

"放心。你们的25骑马好好的，都在栅栏圈喂着，兵器也存放在营房，丢不了。"那带领杨重贵他们去修战壕的几位士兵说，"看来这些人还真有来头，到了这个份上，还记着战马和兵器。"

杨重贵他们一行25人来到东山，只见有好多民工正在挖战壕，防止后周军的侵犯。北汉刚攻克太原半年，还处在后周大军的包围之中，虽然向黄河沿岸派了驻军，但是，太原以北和以南大部分地方还被后周军占领。后周军与北汉军相互交织在一起，形成对峙状态，久持不下。刘崇、刘钧父子整天急着招兵买马，派人接管地方政权。北汉正处于用人之际。

杨重贵看着太原东山的地形，又看看太原城，不由得吸了一口凉气。他对佘赛花、杨洪、王守义、程万保、李俊、赵红霞他们说："此地果然地理位置重要，若是让后周军占了，太原就无险可守。我们先委屈几天，帮助修战壕，也熟悉了解太原地形，与士兵们多了解情况。"

杨重贵说着拿起铁锹铲起土来。

大家一个个都卖力地干着活儿。

杨重贵问领头的监工："后周军近日攻打过太原吗？"

"攻打过。昨天还在东山经历了一场大战，多亏刘侍卫亲军都指使亲自指挥作战，才打退了后周军。伙计，你是来投军的，有你的仗打。"领头的士兵说。

杨重贵深感到面临的处境，他们还没有见到刘崇、刘钧父子，就被不明不白地拉来修战壕。一旦后周军来进攻，他们没有选择，只能临危参战。这样也好，也有个作战立功的机会。干到下午后，在工地吃过了饭，杨重贵向监督他们干活儿的士兵提出要求，归还他们的战马和兵器，如有后周军来攻城，他们愿与士兵一起作战守城，宁愿战死也不退。

"不行，你们想打仗，手里的铁锹、镢头也可以使用。守城，还骑什么马。"有个士兵凶狠地说。

第一天的修筑战壕过去了。晚上还是回到原住的兵营里的临时牢房。第二天早晨吃过饭往战壕走，杨重贵他们一再要求带上自己的兵器，以防后周军进攻，他们也好出一把力。监管的士兵害怕杨重贵他们拿到兵器作乱，坚决不给，杨重贵反复表明心迹，一定要求带上兵器，以防打仗备用。监管的士兵们经过一番商量，同意将杨重贵、佘赛花、杨洪、王守义、程万保、李俊、赵红霞他们的兵器归还，其他18条汉子的兵器不给，等修完战壕，打退后周军再交还兵器。

谢天谢地，总算拿到了自己的兵器。杨重贵叫18条汉子暂时委屈一下，如果后周军打来攻城，先拿铁锹、镢头对付着。第二天又是一天的拼命挖战壕，大家一个个累得满头大汗。第三天挖战壕到了中午时分，探子向挖战壕的民工们说："后周军马上打过来，请民工退出战壕。"杨重贵他们主动请缨，要求与士兵们一起守城作战。为头领队同意了。

后周军采取的是四面围城战术，尤为重点是东山，只要突破东山，居高临下，一举可夺太原。东山守卫的汉军约有1.5万人，在长达4里的战壕上守卫着。后周军是一边鸣锣敲鼓，一边呈波浪式的队形向东山冲过来。双方短兵相接，冲杀在一起，战壕里打成一片，鲜血横飞，尸体堆积，双方都在争夺战壕。杨重贵、佘赛花、杨洪、王守义、程万保、李俊、赵红霞七人紧紧挨着，与18条汉子坚守一处战壕，他们没有贸然冲出去，只等着后周军冲上来，一阵猛砍，打退对方；一会儿，对方的队形呈梯队又攻上来，杨重贵他们与18条汉子，又是一阵猛砍猛砸，后周军倒下一大片，惊得不敢朝他们守的战壕发起攻击。杨重贵他们打退了攻打自己阵地的后周军后，又一起向旁边攻上来的后周军猛杀过来，不少后周军士兵不是丢了脑袋，就是拦腰成为两截，有的士兵掉了胳膊，嚷喊着退出战壕。杨重贵、佘赛花、杨洪、王守义、程万保、李俊、赵红霞他们带领的18条汉子，一直冲杀过一条战壕的一半，足有2里路，杀得后周军死的死，伤的伤，逃的逃，最后不得不全线撤退。

东山主攻的后周军一败退，攻打南面、西面、北面的后周军也相继退走了。

太原又一次解危了。

守卫东山的将领看到修筑战壕的民工里竟有如此打仗的好汉，急亲自来见杨重贵。这时，刘钧带的护卫军也赶到了东山，他见后周军败退了，很是高兴。守卫东山的将军向刘钧报告了战况，特别夸赞了杨重贵他们和18条汉子。

"这些民工真了不得，用铁锹、镢头打退了后周军，给他们尝碗酒喝。"

杨重贵见是说话的时候了，走到刘钧面前，鞠了一躬，急忙说道："麟州刺史杨宏信长子杨重贵特来参见皇子……"杨重贵把父亲自封麟州王到后汉纳召到后汉灭亡、麟州面临的处境以及前来投靠北汉的愿望全部讲出来后又说,"目前,麟州6万父老乡亲盼望着北汉接收麟州,回到北汉的怀抱,为国家出力。还望速派人员到河西接管,否则,后周军会抢战麟州。"

刘钧听了,感到莫名其妙,他曾听父亲刘崇说过河西有个麟州的地方,父亲在后晋为官时,还到麟州做过近一年的刺史。这个地方不是后汉灭亡后让后周占领了吗?怎么又出来一个忠实于北汉的自封刺史呢?

刘钧一时也摸不着头脑。不管怎样,这些人初来太原,参加了太原保卫战,还算立了功,先让张元徽的马步军都指使安置下来,至于接管麟州,一时忙得顾不来,先得收复汾州、宪州、隆州、蔚州、沁州、辽州、并州……然后才能考虑收复远处河西的麟州。刘钧对杨重贵讲了一番目前的主要任务后说:"先住下吧,其他事情回头再议。"

杨重贵、佘赛花、杨洪、王守义、程万保、李俊、赵红霞他们总算见到了北汉的二号人物,未来的皇帝。

过了几天,后周军的又一支人马来攻打太原,杨重贵见又是立功的时候了,忙对张元徽说:"杨重贵愿领本部将领和18骑杨家军出城退敌。"

"只带18骑?"张元徽吃惊地问,"军中无戏言,就凭你带的十几个人就能退了后周军上万之众?"

"杨重贵愿以人头做保。"杨重贵领了军令状,让佘赛花、杨洪、赵红霞跟随张元徽在城头观阵,自己和王守义、程万保、李俊带领18条好汉,一人一骑,飞奔出城。后周军看到城里只跑出十几骑人马,根本没有放在眼里。杨重贵他们也不搭话,分成两路队形,直冲后周军阵营,遇旗便砍,逢人就杀,直冲军中,左砍右刺,杀得后周军人仰马翻,阵脚大乱。后周军的主将想控制住局面也来不及。杨重贵他们越战越勇,吓得后周军赶忙撤退。城头上张元徽看见了,急下令城中伏兵趁势杀出。佘赛花、杨洪、赵红霞也随着骑马出城,冲入后周军追杀。经过一番激战,后周军仓皇逃命,退出50里外才停下来。后周军此战损失人马2000。

杨家军果然厉害。张元徽急忙给刘钧报告战况。开始,刘钧还有点不相信,18骑人马就敢冲敌阵,而且还杀了对方几员战将,死伤士兵2000多人,当仔细听了张元徽的报告,不得不信。但是,刘钧受父亲刘崇的影响,对河西麟州来的投奔者产生怀疑，认为河西地区多年战事频发，本地人匪气严重，既不投靠这一方，也不依附另一方，占山为王，是一些靠不住的匪兵。虽然，杨重贵来太原两次立功，杀退后周军，可是对这些河西来的粗野匪气之人不得不防。

杨重贵还提出一个要求，请北汉王朝正式下旨委任他父亲杨宏信为麟州刺史，并马上派人一同接管麟州。刘钧听后拿不定主意，觉得杨重贵讲的不是没有一点道理，人家好心把一个州送给北汉，为何不去接管呢？刘钧让杨重贵、佘赛花、杨洪、王守义、程万保、李俊继续在张元徽麾下待命，自己直接去见父皇。

刘钧向刘崇专门禀报了两次打退后周军的实情，把杨宏信委派大儿子杨重贵等人来投奔太原的愿望详细告诉了父皇。刘崇听后，勾起他对麟州的回忆。那是一段艰难困苦的日子。尽管时间不到一年，可是困难重重，遇到来自北部外邦和南面其他势力的多重夹击，尤其是地方上的土匪强盗，搞得彻夜不得安宁。他最后不得不主动离开，回到太原辞职，当了后晋别的地方的官员。对于麟州不能说没有一点儿感情。如今，他已是北汉的创建者，第一任皇帝，收复麟州当然也是重要事。但是，当前他得先把忻州、代州、岚州、宪州、隆州等9州收复回来，才能集中兵力杀过河西收复麟州，顺便攻打府州、榆州，扩大北汉疆域。

刘崇是熟读兵书的，算是马背上的皇帝，对北方的战局和黄河中下游的战况、局势也十分清楚。他认为北汉目前的敌人只有一个，那就是后周的郭威。后周不除，北汉的政权就会一直受到威胁。因而，他攻占太原后刚建立政权，就派人向北方的辽国讲和、求救，甚至愿称臣辽国为君。他要联辽抗后周。他的重点敌人、对手是后周，只要把太原周围的后周势力消灭，把后周军赶到太原以南500里之外，那么，河西塞上高原的麟州、府州、榆州也就唾手可得。

刘崇的算盘打得蛮不错。对于给麟州委任刺史一职，他觉得尽管杨重贵刚到太原初建奇功，但是，还不足以换来给他父亲杨宏信一个麟州刺史的官位。就让这个土豪去继续当他自封的麟州王！

刘钧领了父皇之命，把父皇的旨意传达了杨重贵。这叫杨重贵大失所望。他不知道父亲和兄弟重训他们还能不能守住麟州。听刘钧这么说，他也觉得站到北汉王朝的全局看，目前收复忻州、代州、岚州、宪州、隆州等地是最重的任务。眼下，太原城都处在后周的四面包围之中，哪还有力量顾得出兵麟州，接管麟州。杨重贵一言不发，只好和佘赛花、杨洪、王守义、程万保、李俊、赵红霞及18条汉子在张元徽麾下听候差遣，寻找战机，打退后周军，早日平定太原以北地区，以便腾出力量，去河西接管麟州。

第八章　忠魂的绝唱

　　坚守麟州的杨宏信，等不上大儿子杨重贵去太原投奔北汉的消息，积劳成疾，重病缠身，每天要两个公差人员搀扶着去刺史府办理公务。老婆刘慧娇和杨重训多次劝他在家休息，他就是不听劝阻，拖着病体，到刺史府处理日常公务。有时候，还要公差人员搀扶着到城头的四周看看，他放心不下麟州城的防务，唯恐后周军攻上山来。

　　农历六月上旬的天气，山头上中午暴晒，杨宏信拖着病体，站到刺史府的一侧，手摸着红砖，心事重重，焦急不安，他多么盼望着大儿子杨重贵给他捎来一封信，哪怕是一个口信也好。杨重贵到底去太原情况如何？见到刘崇、刘钧父子没有？刘家对大儿子投奔北汉到底接纳没有？刘崇对自己当这个麟州刺史到底持什么态度？还有，北汉到底愿意不愿意接管麟州？这一连串的问题压得他心里喘不过气来。他到底得了啥病，请的一个老中医告诉他，是心病，也就是心理发生了急症。老中医告诉他，遇事不能着急，想问题不要太多，要安心静养。此类病没有特效的药可治，只能是慢慢地静养。老中医还说，他的尿道系统也有毛病，不能过于吃甜食。要他在饮食方面也要注意。杨宏信听了，疾病反而更加重了，双腿也浮肿起来。他是多么盼望大儿子杨重贵投奔北汉有个着落，也渴望北汉王朝正式给他一个麟州刺史的任命书。

　　他这个麟州刺史，说白了就是一个自封的草头王，任何一个王朝也不承认。刘知远父子的江山也太短命了，只有三年。虽然，麟州的百姓认可他，拥戴他，他也给麟州的百姓做了不少好事情，可是，官不能离国家啊！他不能带着草头王，甚至是土匪的帽子去见阎王。他是堂堂正正的男子汉，是老百姓拥戴的麟州父母官，不能就这样不明不白地离开这个世界。杨宏信轻轻地抚摸着红砖，仿佛要在这些红砖的内在结构里找到答案。

不过，也有让杨宏信高兴的事情，那就是两个孙子大郎、二郎一天天在往大长，现在开始学识字了。还有二儿子杨重训的媳妇王香兰也身怀有孕，这给他活下去又注入新的动力。做爷爷的资本就是看着有一大群孙子围在身边，自己的事业后继有人，包括对自己资产的全部继承。他真不甘心自己的身体垮下去，因而这些天忍着病痛，挣扎着身子，坚持到刺史府，接待来办事的乡亲们。杨宏信手抚摸了一会儿红砖，又叫来二儿子杨重训、张平贵，陪他到西城走一走，他要亲自看打井的进度。

"重训，打井取水的工程再也不能拖下去了，一定要抓紧时间，让石匠们好好地干。"

"爹，你放心，打井的工程又恢复有半个月了，两口井现在打下去已有一丈五尺深。"杨重训对爹老实地说。

"太慢了，开工这么长时间，才打下去一丈五尺深，按照这样的速度，要挖到何年何月。"杨宏信着急地说。

"爹，挖井的事急了不行，越往下挖，难度越大，里面地方太小，石匠周旋不开身子，而石头又硬，要一凿一凿往下挖。"杨重训对爹劝说着，希望爹不要为挖井的事情急坏身体。

"走，快扶我到打井现场。"杨宏信艰难地迈着步子，一步一步走出了刺史府。

"爹，我背你。"杨重训要背着爹走。

"叔，我来背你。"张平贵也急忙说。

"不用。我能走。"杨宏信怎么也不让，坚持要自己走。

杨重训看着爹实在难以行走，只好牵来一匹马，让两个公差人员扶爹上马，骑着朝西城打井工地走来。马走得很慢，杨宏信心急，他明白这是二儿子杨重训关心他，故意不让马走得快。在短短的不到二里的路程上，杨宏信一边看一边说，这里要加防工事，那儿要墙筑得高一些。他看着士兵在日夜守城，关切地问大家生活怎样，饭吃得饱不饱，衣服脏了能不能洗，每天保证有没有水喝。当士兵们回答他能吃饱饭、喝上水，也能洗衣服时，他满意地捋着胡子笑起来。他对士兵们鼓劲儿说：

"咱麟州有盼了，要找到自己的国家了，真正地成为国家的一部分。北汉已经在太原建都，不久，就会来接管麟州，那时，你们这些当兵的就是国家的军人。"

士兵们听杨宏信这么一鼓动，热情高涨起来："我们要有自己的国家啦！我们要加入北汉啦！"

山头上到处是喊声，到处是拥戴杨宏信的赞美声。

杨宏信骑着马来到了西城，下马后赶直走到一口井旁。外面的几个人正用筐子往上吊挖下的石块，大家见杨宏信刺史来了忙围了过来，像盼望到亲人一样。杨宏信问候了几句地面的工人，又弯腰扒到井口，头探进去，对着井底的石匠喊话：

"弟兄们，我是杨宏信，来看望大家啦！"

"杨刺史，你身体不好，怎么还来看望我们。"

"请放心，我们一定挖井不止，一直挖到山底下，引水上山。"

井底的石匠对外面的杨宏信大声说着。

"好好好，有你们这话，我就放心了。"

挖井的人还是原来那12名石匠，他们还是三班轮换着干。每班一天两个时辰。石匠对杨宏信说，吃的喝的都好，活儿也不算重，就是井底施展不开来，有力出不上，出气困难，心头闷得慌。

杨宏信听了，也不明白人在井底为啥出气困难的道理。这是一个地质学和气压学方面的常识，杨宏信和他的二儿子杨重训、张平贵他们是不掌握这方面的知识的。他们只知道在地底下打井取水，对于人在井底下呼吸困难的常识一点儿也不懂。石匠们的反映并没有引起他们父子的重视。杨宏信只是说大家在井底下实在闷得慌，就出来地面休息一会儿再下去挖。

两个石匠被筐子吊了出来，大口大口喘气，脸色惨白，忙喝地面放着的水，以缓解气喘。

挖井，最困难的是解决通风和换气问题。杨宏信面对两位喘气的石匠只能用好言安慰和鼓励，给他们亲自递过水碗让喝水。挖井取水上山，这是麟州城数千军民的头等大事。杨宏信对于大儿子杨重贵提出的挖井引水上山工程深信不疑，认为这是造福麟州城军民的一件幸福事。只要坚持挖下去，就一定会挖到山底下的窟野河底，能把水直接用桶吊上来，再也不用人畜到山底担驮水了。

杨宏信探头望着井底，真恨不得跳进去，自己亲自拿铁锤劈石，拿凿凿石。里面清楚地可见井壁铁凿凿下的石印。杨宏信看到了挖到的地方，堆着一堆石片。铁棒还能磨成针，为啥石头就不可以挖下去成井呢？他坚信持之以恒的道理。愚公还能移山，只要他儿孙三代坚持挖，就一定会从麟州城头挖到山根底。水啊，是麟州城乡亲们世世代代盼望已久的幸福之源。只要有了水，麟州城里的人就可以在山上一代一代生存下去。杨宏信俯视着挖了一丈五尺深的井，好像看到一股清泉从井里冒出来，他的眼前一亮，激动得老泪流出。

　　"后生们，要克服一切困难，一定要挖井到山下，把水引上山来，改变山上乡亲们吃水的困难。"杨宏信坐到井口旁，不时用手掌捂住胸脯，大口大口地喘着气，"我是老了，可能看不到挖井成功，引水上山的那一天了，但是，你们这些年轻人，要有信心，坚持下去，挖井成功。"

　　"杨刺史，你放心，我们就是拼着命也要打井下山，取水上山，造福子孙后代。"

　　"对，打井不成功，誓不罢休。"

　　"打井成功，为死去的守城士兵争光。"

　　……

　　在现场的几位石匠激动地表态，发誓要打井成功，把水引上山来。杨宏信听了石匠们的表决心，满意地捋着胡子。他挣扎着身子站起来，走到护城的石墙下，远望窟野河对面的宽阔河滩神情凝重地说："麟州城要是修建在那里多好，平坦，宽敞，能修建好多好多的房子。可惜，敌人和盗贼猖狂，不允许我们在川道里安家。"杨宏信的目光是望得很远的，他知道无论是地方政权所在地还是老百姓住的房子，修建在平坦的地方出行居住方便的道理。战争把人的视角改变了，特别是对居住地的选择，总以为在地势险要的地方栖身就可以阻挡住一切来犯之敌。人类在这种冷兵器时代的思维模式大概从最早的原始社会就形成了，屈居山洞就可以挡风避雨、防止强敌攻击，以求得生存和发展。麟州城最早的一批先民选择此地安家也许正是为了防止一切强敌的侵犯而无奈登上山顶。到了杨宏信上山的时代，杨宏信和大多数人一样认为居高临下，身处险境就可以防止外来侵袭，求得生存和永远生活下去。因而杨宏信采纳了大儿子杨重贵的建议，决心把挖井引水工程一代一代进行下去。他也想到山下的平坦地方建立刺史府，修建一座新城，让乡民们生活在一个有水喝的地方，可是，形势和时局不允许，战争和动荡不允许。自从他上山以来，外来势力没有少侵犯麟州城，尤其是后周的那些强盗围城攻城，断路断水，逼得乡民们喝雨水，喝自己排的尿。

战争与动乱何时才能结束。北汉建立政权，为什么还不赶快派兵来接管麟州。他老了，也许活不到今年的年底，可是，他盼望有北汉委任他为麟州正式刺史的文书。他不能带着强盗和土匪的罪名闭上眼睛。俯瞰着山下长长的窟野河两岸绿色风景，他有点儿情绪失控。麟州城若不是处于战乱年代，他要动员一切力量，在山上或是在山下，要修建更大的麟州城，让老百姓都住上新房子，有吃有穿，过上太平幸福的日子。那时候，他要骑上大马，带领弟兄们，沿着边墙（长城）跑一趟，看看边墙到底有多长，或者带着一支马队，沿黄河岸南乡走一走，也知道黄河到底有多少弯……

他甚至还想着骑上大马带领他的马队向华夏的最南进发，跨过长江，到大海边看看，看看世界到底有多大……

他想啊想啊，想着想着心窝一阵颤抖，双腿发软，支撑不住，倒在了地下。

"爹，你太累了，不能再坚持下去了。上马，回家休息。"杨重训、张平贵和两个公差人员急忙扶起杨宏信。

"我不累，歇一会儿就没事了。"杨宏信被扶起来，靠着石头城墙，露出半个身子，还在观望着窟野河的风景，他动情地说，"人要是能变成神仙的话，手一指就把窟野河的水引到山顶上来。吹一口气，就变化成一块云，下起大雨来。人啊，唉，人啊，除了会打仗、杀人、放火，还能会做什么呢？"

"爹，想得太多了。也许到一千年后，水就可以由低处向高处流，人可以向空中挥一挥手，就能下起大雨。未来的社会，人居住的一定是好大好大的房子，骑的马也比现在的马快。"杨重训也情绪激动地说，"那时的人们，都可能肩膀生出翅膀，还能飞上天，到月亮上与嫦娥相会……"

"对，那时的人们都长着飞毛腿，日行千里，夜走八百。"张平贵跳了跳高兴地说。

"哈哈哈……"

"嘿嘿嘿……"

石匠们、公差人员还有守城的士兵听了，一个个都乐得大笑不止，也七嘴八舌地说：

"那时的社会，咱麟州的人，一定天天喝酒唱酒曲，骑上天底下最快的马跑遍全世界。"

"对，男人都能娶媳妇，不用再打光棍儿。"

"对对对，女的都能上学堂读书，把全华夏的字都识遍。"

……

一场浪漫主义与理想主义的旁白和对话，表达是随意的，也是赤诚的，从心底里发出的对最高生活方式的追求和呼唤。因为在山上吃水困难，由打井想到人到有水的地方住，人可以翻手为云，覆手为雨；因为孤守山崖，什么地方也去不了，就想到未来的社会是骑乘的天下最快的马可以跑遍世界。这是一些敢想的麟州人，也敢去追逐时代奋进的麟州人，他们从识字、开荒、种田、挖井开始，不安于现状，决心干出一片属于自己的天地。他们对北汉王朝抱有最大的心愿，那就是真正地成为国家，尽快平息天下大乱的局面，让麟州的老百姓和天下的老百姓都过上盛世太平的日子。

在临离开西城时，杨宏信又对二儿子杨重训叮嘱，对12名石匠的生活要多加关照，让石匠们除过按时正常地挖井外，还要加强练武，做保卫麟州的好士兵。那一次后周军来攻城，多亏了12名石匠的英勇作战，才打退了突破西城的敌人。如果不是挖井任务繁重，杨宏信就会把12名石匠专门调到军队，进行专业训练，成为出色的军人。

"杨刺史放心，我们一直抽时间练武。"

"对，我使的是流星锤。"

杨宏信满意地又捋起了胡须，他被张平贵扶上马，慢慢地往家里走。回到家中，刘慧娇已经做熟饭，他只喝了一碗汤，就喉咙痒得咽不下去，胸脯也疼痛得难受。老婆给他煎了草药吃，他躺到炕上怎么也睡不着。这时候，二儿媳妇王香兰映着肚子，身边跟着两个侄子来见他。杨宏信看见两个孙子和即将临产的二儿媳妇，心里一阵高兴。他把大郎、二郎搂在怀里，抚摸着两个小家伙的头，充满了对生活的无比信心。他要坚强地活下去，看到麟州回归北汉，看到大儿子杨重贵领兵回到麟州来见他，看到西城山头的两口吃水井打到山底，取水上山，看到两个孙子长大，看到又一个孙子来到这个世界也长成一个大人……他想看到实现的夙愿太多太多了，特别是他要看到麟州6万父老乡亲家家有房住，人人有衣穿、有饭吃，孩子们都能上学堂读书……他理想中的麟州就是一个没有盗贼、没有抢劫、没有贫困、没有战乱、没有人压迫人、没有人欺负人的社会。这是一个多么美好的社会啊！他多么想看到，想与麟州的父老乡亲一起在这样的社会度过晚年。可惜，他疾病缠身，行走都不方便，估计阎王爷留给他的时间不会太多了。想到这里，杨宏信不由得把两个孙子搂得更紧了。孙子是爷爷生命的延长，是爷爷未来的期望。他只能把自己未竟的事业寄希望于两个儿子和孙子身上。

杨宏信放开两个孙子，对站到身旁地下的二儿子杨重训说："你打发两个精明的士兵，专门去一趟太原，打听一下你大哥、你嫂子、你杨洪叔还有王守义、程万保、李俊、赵红霞他们的情况。这些天来爹一直放心不下，渡河战斗死了郭玉方夫妇和倒下去那么多人，不知他们还有多少人能够到达太原。"

"好，我明天就派人去太原了解情况。凭着大哥、大嫂、杨洪、王守义、程万保、李俊、赵红霞他们和杨家军的武艺，绝对不可能在渡河战斗中全部阵亡，大哥、大嫂和杨洪叔他们一定冲杀到了太原。至于大哥、大嫂、杨洪叔他们不来书信，也不派人回来报信，一定另有原因。爹不必过分操心。从目前时局看，北汉王朝在北方坐天下一定是十拿九稳的。这半年了，后周军也不来侵犯麟州，说明后周兵力不足，战线在收缩，正面的主战场上并没有得到多少便宜。刘崇、刘钧父子，他们一定会想着麟州，想着接管麟州这片土地……"

"爹也是这么想的，刘崇足智多谋，深计远虑，他曾做过麟州刺史，说起来也算爹的前任。他不能放着这么一大块地方不管，白白地让给后周。"杨宏信支撑着身子爬起来，背靠墙壁，双手捂住胸脯说，"后汉灭亡，北汉兴起，说明什么？说明后汉本不该亡，只是刘知远父子太无能了，才只坐了三年多天下，如今北汉建立，有刘崇、刘钧父子执政，一定会统一天下，赢得全国老百姓的支持。唉，不知你大哥、你大嫂、你杨洪叔他们到底去没去太原。"

"爹，尽管放心，大哥、大嫂、杨洪兄、王守义、程万保、李俊、赵红霞他们带的是咱杨家军的精锐，即使遇到强敌包围，也一定会突围出去。咱杨家军里那几十条麟州汉子，对付三千五千敌军不成问题，再加上大哥、大嫂、杨洪叔刀法精熟，武艺超群，就是有千难万险也会闯过去。"

"是哇，咱杨家军那几十条手持大刀的汉子，没有三五千人是对付不了他们的。爹把他们打发去跟随你大哥、你大嫂、杨洪他们去，就是要投奔北汉，杀敌立功，报效国家，扬我杨家之威。"杨宏信说得激动起来，又把两个孙子搂在怀里，对大郎、二郎说，"快快往大长，长大也带兵打仗去，成为杨家的一条汉子。"

站到地下的王香兰见爹如此疼爱两个孙子，不由得双手去抚摸自己的大肚子，她心里在说："我怀的一定也是带把的，生出来也是一个儿子，将来长大也是杨家的一条汉子。"王香兰避开爹的目光，看着婆婆。

杨宏信的老婆知道二儿媳妇王香兰想说啥，急忙插嘴说："香兰马上临产了，看那肚子尖尖的，一定怀的也是小子，将来也是我老杨家一条硬汉子。"

"哈哈哈……对对对，生下来长大了，一定是能文能武的英雄好汉。"杨宏信被老伴儿逗笑，乐得大笑不止。是哇，又一个孙子即将来到这个动荡的年月，这是传递他杨家香火的又一位继承者。

杨宏信面对二儿媳妇王香兰腆着的大肚子，不能不产生这么多的联想。我的孙子，我的骨血，我的生命的全部期望。人到了这个年龄，走到了重病缠身生活不能自理的时候，联想多于现实，想入非非。杨宏信看着二儿媳妇王香兰的肚子，突然对二儿子杨重训说："孩子出生了，如果是男娃，就起名杨光宸。发扬光大的光，光荣的光，光明的光，金光万道的光——"杨宏信还想说下去，可是，实在没有精神再讲出来。头一歪，靠在墙壁上。

"爹——"

"爹——"

杨重训大吃一惊，忙跳上炕，抱住爹的腰部，轻轻摇着。杨宏信并没有昏迷，也没有失去知觉，他只是感到累。他睁开双眼，对二儿子说："阎王爷说还不到请爹赴宴的时候，爹一定要看着我孙子出生，看着你大哥、你大嫂、你杨洪哥他们从太原捎来的家书，看着麟州回归北汉——"杨宏信又一次累得闭上双眼。

过了一会儿，杨宏信又睁开双眼，伸手抚摸着紧靠坐着的两个孙子大郎、二郎，对二儿子说："那 12 个石匠，是打仗的料，好好宽待他们，让他们每天坚持练一个时辰的武。还有，你要每天亲自巡查一次城，防止后周军偷袭。爹总有一种不祥的预感，后周军早晚还要来侵犯麟州。要吸取教训，多准备储水，山上至少要储备上万人 10 天够吃喝的水。还有办学堂的事情，也不知道麟州其他地方办没办，一定要叫全民识字，提高文化水平。还有植树造林、村村修路、开荒种田的事情，一件不少的……"杨宏信说着说着，眉头紧皱，双手又捂住胸脯，咳嗽起来。

"爹，你休息吧，这些事情儿子都明白，都会一件一件做好。"杨重训轻轻给爹捶着背。全家人都为杨宏信的病而犯愁。杨重训打发的一个公差到东城住的那个老中医家叫老中医快来，再给爹把把脉，看还有什么好药能用。

过了一会儿，老中医来了，把了一阵子脉，老中医说："脉跳得慢，说明心脏的功能在减弱。不过，还是那句老话，病人不能过喜过忧，要像常人的心态一样，不要胡思乱想，不要饮酒，不能大声说话，尽量多休息，养神，静心，不要与外界多接触。"

杨宏信听了，急得就摇开头。不让饮酒，他可以办得到。不饮就不饮吧，饮了一辈子酒，就爱这一口，如今有病不能饮了。为了身体，罢罢罢，坚决戒酒。可是不让他与外界接触，还不能大喜大忧，大声说话，这不是要把他活活地闷死吗？人不能不想问题啊！尤其是眼下，大儿子去太原投北汉半年多，音信全无，这能让他放心吗。还有西城山头打井取水工程，这项工程一天不结束，一天就牵扯着他的心肺。开荒种田、植种造林、修路、办学堂、城防事务……哪一件事情不操心能行？杨宏信对医生说："这病真的不能多想事情吗？"

"对。杨刺史，中药讲的就是精、气、神。心静，就是养心，而养心，要气顺。气顺畅，精则旺，神则振。气乃身体之魂，人少气，则无精无神，而无精无神，人即无力，只要气通，精和神就合而为一，有了精神，人也就没有疾病了。所以，养心，静心，实则养心。心乃人体之中枢供血循环系统，每时每刻都在不停地运行。所谓脉跳，即心脏跳动。心脏跳动脉律正常，人就恢复正常。因而杨刺史目前要以养心静心为上，其他的事情让别人去做。只要坚持 100 天，心就恢复了正常跳动。切记，万不可再劳神费心。"

杨宏信听了老中医的一席话，觉得讲得不无道理。可是让他静养 100 天，这实在是为难他。不过，为了延长生命，为了实现那么多奋斗目标，他下决心听从老中医的话，从今天开始，不出家门，就住在家里吃喝，除了到外面的茅厕而外，哪也不去，坚持 100 天，直到深秋后再到外面处理公务。他对二儿子杨重训说：

"儿子，爹在养病期间，一切事务由你来处理，特别是要监管连谷、银城两个县，做好正常的公务，解决关心老百姓关注的问题，不要放任他们。特别是马上派人到太原与你大哥他们联系，让刘家父子接管麟州。这件事解决不了，爹这心怎么能静下来哇。"杨宏信尽量控制感情，给二儿子杨重训交代着工作。

"爹，儿会把这些事情一件一件办好，你就放心在家养病。"杨重训为了不让两个小侄子大郎、二郎影响爹的情绪，让母亲把两个孩子带到另一间房子，也叫媳妇回自己住的房子，以免刺激爹的情绪。爹什么事情都在考虑，连未出生的孙子也给起好了名字。杨光扆，这个名字不错。爹是花了一番心思的。让杨家的事业后继有人。

其他人都走开后，只留下杨重训和张平贵。杨重训对爹说："我猜想大哥、大嫂、杨洪叔他们一定遇到了困难，不然的话，早该派人回家报信，说明情况。刘家父子考虑的是整个国家面临的局势，不会把一个小小的麟州放在心上。除非大哥、大嫂、杨洪叔他们给北汉立了功，取得刘家父子信任，方能答应委任爹为正式麟州刺史，或是派人员来接收麟州。看当下形势，北汉与后周正在太原四周激战，北汉是一时三刻没有时间顾麟州的事情。不然的话，大哥、大嫂、杨洪叔他们早派人送回信了。"

"爹想来想去，麟州的出路只有一条，那就是投靠北汉。后周是靠不住的，郭威奸诈，治国无能，养兵不管，到处烧杀，这样的国家迟早要完蛋的。当初咱拒绝后周的招安是对的，爹不后悔。做人不能有二心。后汉灭亡，并不能证明整个大汉都灭亡了。现在不是北汉王朝建立了吗！国家还是有希望。爹是铁了心，跟北汉跟定了，不管北汉承认不承认爹这个刺史，咳……"杨宏信又是一阵剧烈咳嗽。

"爹，不用说了，我和平贵哥陪着你休息。"杨重训扶着爹躺到枕头上，跳下炕，拿了把椅子，放到炕沿下面，紧靠着爹坐下，不再寻话题说话，好让爹安安静静睡觉。

"重训，你快去办理公务，千万不要守着爹，有你娘陪伴着爹就是了。你赶快派人到太原，今天连夜就出发。"杨宏信催促着二儿子。

杨宏信又看着守在自己身边的张平贵，双眼一闪，差一点儿流出泪来，他握住张平贵的手说："平贵，老叔对不住你。看你这么大年龄了，还是光棍儿一人。老叔心里难受哇。"杨宏信又对二儿子杨重训说，"你去请孙寡妇来，爹求她办一件事。"

"我这就去。"杨重训知道爹要说啥，叫张平贵照料着爹，自己急忙出了门，去叫孙寡妇。不一会儿，杨重训到了孙寡妇家，孙寡妇正在家。

"哎哟，稀客呀，又请我给谁说媳妇。"孙寡妇直言快语把话挑明。

"姨，我爹叫你去。去了就知道。"杨重训好言相请。

"我猜哇，不是给那个讨厌的张平贵说媳妇，就是为孔愣头、孔愣子弟兄俩讨老婆。"孙寡妇拍了掌大腿笑说，"我好人做到底。不过，丑话说在前头，说成一门亲事，给我十两白银。"

"行，姨，快走。"杨重训催促孙寡妇出了门，赶直来到他家。

杨宏信见孔寡妇来了，面带笑意，在张平贵的搀扶下侧身坐起来："孩子他姨，我又求你了，你看看，张平贵、孔愣头、孔愣子这些好汉，自跟我杨宏信后，出生入死，打打杀杀，不少吃苦，他们年龄都不小了，你接触的人多，又能说会道，给他们介绍——"

"杨刺史，杨大哥，你啥也不用说了。上次我给郭玉方介绍了一个姑娘，听说他过河东太原，作战死在路途，那个姑娘跟着他跳河死了。多好的一对夫妻。"孙寡妇抿抿嘴又说，"我今儿当着张平贵兄弟把话说明，他这女人不好找，30岁的人了，人家哪有十几岁的姑娘愿意嫁他，就是给我50两银子也难说成。不过，看在杨大哥的脸面上，我再试一试。"

"好好，老哥哥就要你这句话。咳……"杨宏信说着咳嗽起来，用手拉了拉张平贵说，"还不谢过你姨。咳……"

张平贵听杨宏信叫他称孙寡妇为姨，不由得"啊"了一声，差一点喊起来。他看了一眼孙寡妇，急避开孙寡妇的目光，脸红得发烧。那次糊里糊涂地与孙寡妇发生肉体接触之事，永远是他心里的耻辱。他不明白当时怎么

第八章 忠魂的绝唱

267

就不由自己控制与孙寡妇做了那样的事情。

"还愣着看啥，你不谢我也好，我给你说不来媳妇可不要埋怨我。"孙寡妇"嘻"的一声，挤了挤眉说，"是不是还想着李美蝉？别做梦了，人家已是王家的媳妇，已经怀孕，肚子都凸了出来。"

孙寡妇这么一说，张平贵更是羞愧得不知往哪里躲藏。杨宏信听孙寡妇话里有话，急制止孙寡妇再不要东拉西扯了："孩子他姨，过去的事情就不提了。咱麟州要守得住，还全靠张平贵、孔愣头、孔愣子这些后生。他们可是我这个刺史亲自封的将军。咳……"

"哎哟，老哥哥，我这个媒婆也难当。前两天王员外又请我给他二儿子守成当媒人说媳妇，我是怎么也推不开。不是我爱银子，是银子追我哇。嘻——"孙寡妇手捂住嘴笑，扭头对一边愣着的张平贵说，"张将军，只要你叫我一声姐，我保准给你说成一个西施、杨贵妃。嘻——"

"这？"张平贵傻愣愣地张开嘴，急得不会说。

"这可使不得。咳……"杨宏信忙咳嗽着对孙寡妇说，"按辈分，你叫我哥，就不能叫平贵称你为姐。辈分不能乱来。咳……"杨宏信看了一眼张平贵说，"快谢过你姨。"

张平贵还是发愣，叫不出口。

孙寡妇又是"嘻"的一声："既然人家张将军不叫，也不要为难。啥不叫也行，反正不要忘了我的情就好了。"孙寡妇狠狠地瞅了张平贵一眼，转身对杨宏信说，"丑话说前头，我是不见银子不做媒。"

"好好好……咳……"杨宏信示意杨重训拿银子，杨重训急忙跳上炕，在娘的箱子里拿出十两银子交给孙寡妇。

孙寡妇拿着银子，走到门槛，又扭头对杨宏信说："你的三位将军中，给谁说成也一样，我不敢保证就先给张将军。"孙寡妇说着脚迈出门外走了。

孙寡妇刚走，刘慧娇、王香兰来了。杨宏信把请孙寡妇给张平贵、孔愣头、孔愣子说媳妇的事又说了一遍。刘慧娇说这事早该办了，再也不能推迟。

杨宏信又对杨重训交代，让孔愣头、孔愣子兄弟俩分别在草垛山、麻堰沟各带 500 士兵，长期掩藏，以做接应城里的后备军，叫张平贵、王守成和杨家军其余好汉日夜轮流地守城。叮嘱完这些事情，杨宏信不停地咳嗽着又对杨重训说：

"派两名杨家军汉子，连夜出发到太原，一定要找到重贵、赛花、杨洪、王守义、程万保、李俊、赵红霞他们，早点把消息带回。咳……"杨宏信又是一阵咳嗽，软得没有力气，背靠在墙壁。

杨重贵把爹的话一一记在心上，与张平贵分头去办事情。

北汉军与后周军在太原周围数千平方公里的疆域展开了你死我活的战斗。刘崇决心以太原为中心，把后周的势力从塞北赶到太原以南600里之地，因而他派两路大军发起了对忻州、代州、岚州、并州、宪州的战役。而后周的战略意图是夺取太原以北各州，占领塞北高原长城沿线，从北面压过来，形成对太原的南北夹击，攻克太原，彻底消灭北汉政权，统一北方。

郭威是很有雄心的，图谋一统天下，不能说是一个没有眼光的帝王。与郭威形成对抗的北汉之王刘崇，誓死坚守太原，实现先北后南的战略，把后周军挡到黄河以西和黄河以南，建立以太原为大本营和首都的北汉政权，实现统一华夏的宏图大业。

两个帝王，都快50岁了，英气不减当年。刘崇的数十万大军分多路在太原周围广袤地区占据，寻找战机，抢州夺城，钉住太原。郭威的二三十万大军也分布在太原周围，对抗着刘崇的大军。双方打得交织在一起，不分胜负。这种战争状态是郭威和刘崇都不愿意看见的。郭威着急，刘崇也着急，仗打到这个份上，不见高低，双方谁也不甘心。总体看，双方兵力差不多，但是，从作战的带队将领看，刘崇能征善战的将领要少一些。因而刘崇当务之急，就是网罗人才，选拔将领，能够带兵打仗，与后周军进行殊死的搏斗，最后实现战略意图。

杨重贵的影子又一次出现在刘崇儿子刘钧的眼前。刘钧走进父皇的军中大帐，也就是皇帝的宝殿，对父皇进言道：

"儿观看了杨重贵那小子多日，确实有两下子。那两次退敌，绝非偶然。杨重贵天天练武，刀法精通，号称杨家刀，他的媳妇佘赛花刀法熟练，箭法神奇。那个杨重贵的族兄杨洪，也是一条好汉。还有王守义、程万保、李俊也是河西好汉，以及杨重贵从麟州带来的那18条汉子，儿亲眼见他们练刀法，果然厉害，个个刀法出奇，能单手挥刀，横着削苹果为两瓣。以儿之见，可令杨重贵带领3000军出城北进，与其他军配合，参与收复忻州、代州、岚州、并州、宪州的战役。如杨重贵胜，建立功勋，则委任他父亲为麟州刺史，若杨重贵败，问罪责之，或杀或留或打发走，任由父皇发落。"

"好，吾儿言之有理。既然杨重贵有真本领，不妨让他带一支人马出征，眼下正是用人之际，疑人不用，用人不疑。河西麟州一带的人，为父了解，粗野，豪爽，勇猛，虽有一些匪气，却也有真英雄之气概。就让这小子带领3000军出征，他要是能胜了，收复回北部的两州，就直接提拔为保卫指挥使，带兵万余，驻扎在雁门关一带，确保太原之北大后方安全。"刘崇听了儿子刘钧的话，马上做出起用杨重贵的决定。不过，他又思考了一下说，"为父要亲自召见这小子，看看他长的是一个啥模样。"

杨重贵正在练兵场上与佘赛花、杨洪、王守义、程万保、李俊、赵红霞以及18条汉子练刀法，突然来人叫他，说是世祖召见，让他马上去。杨重贵听了，很是高兴，等了5个月了，终于有见刘崇的机会。他来到刘崇的中军大帐内，伏地参拜。

"哈，果然是一条好汉，长得一表人才。"刘崇看着杨重贵，心里有七分喜爱。个高，长方脸，大圆眼，肩宽，背后挂着箭，威风凛凛。"杨重贵，朕听说你刀法精熟，能把空中飞来的苹果削为两瓣，是真的吗？还有你的箭法神奇，可射天空一切飞禽。有这事吗？"

"皇上，小的不敢夸口，只能当场表演，成功为实。"杨重贵想着必须在刘崇面前显露两手，方能取得刘崇信任。

"好，那就到中军帐外当场表演一番。"刘崇亲手拖着杨重贵出来院子，让左右拿来一颗去年产的红枣，让杨重贵刀砍，"小子，敢砍这颗枣子吗？"

啊？杨重贵吃了一惊，想是现在还不是生产苹果的季节，刘崇才临时改叫刀削红枣的。他定了定神说："敢。"杨重贵从一位护卫手中接过他觐见刘崇时被扣下的刀，比画了两下，"开始吧。"

杨重贵说话的工夫，一个护卫把一颗枣子向空中抛起，杨重贵对着即将落地的红枣，轻轻地用刀横扫过去，并喊了一声："开！"枣子落地了，分成两瓣展示在刘崇和众人面前。

"果然厉害。好刀法，神刀法。哈哈哈……"刘崇笑得合不拢嘴，抬头看看天空，天空没有飞禽飞过，便大声说，"再投一颗枣子，让这小子用箭射。"

杨重贵把刀交给一位护卫，取下弓箭，准备射击红枣。一位护卫又把一颗红枣直抛向空中，呈弧线飞旋。

杨重贵急开弓搭箭，也不瞄准，转身射击，随口喊了一声："着！"

箭穿透红枣，在不远处落了下来，惊得众人目瞪口呆，一个劲儿地拍手叫绝。

刘崇见了，高兴得连叫杨重贵三声"龟孙子"。"有如此神刀法，神箭法，为何早不快说。"刘崇当场宣布，"朕命你自带 3000 驻军，到太原以北，帮助其他将领，收复忻州、代州、岚州，如获成功，直接提携你为保卫指挥使。愿意吗？"

"在下愿意。"杨重贵忙下跪磕头谢别，领到带兵号牌，离开刘崇的中军帐，回到他临时住的地方，只见佘赛花不停地呕吐。他问佘赛花是不是中风感冒了，佘赛花笑着对他说："你又当爹了。嘻……"

杨重贵一听，又惊又喜。这么快就又怀孕了。马上要出征，佘赛花还能一并同行吗？他担心地说："我要带兵北伐，那你怎么办？"

"你真笨，谁说怀孕就不能出征打仗了？"佘赛花止住呕吐，拍了拍胸口，"好好的一个活人，吐两口酸水有啥大惊小怪的。"佘赛花抢着说。

"我是说你肚子内的孩子，会不会因奔跑而受到影响。"杨重贵关切地对佘赛花说，"离家这么长时间了，我真想咱的大郎、二郎。"

"我更想。但是，为了国家，我们只能离别孩子，离别父母，奔走于异乡。"佘赛花动手做饭，听说要出征，高兴得掩饰不住内心的激动。丈夫和她、杨洪叔、王守义、程万保、李俊、赵红霞和 18 条汉子终于又有出头的机会了。

杨重贵原是在马步军都指使张元徽手下听候调遣的一般士卒，一下子被提携成带 3000 人马的独立一路领兵将领，而且还没等打了胜仗就许愿等打完仗后直接提拔为保卫指挥使，这让张元徽也感到有些眼红。好在张元徽是此次北伐的主帅，杨重贵只作为一路人马将领，还是在他手下听候调遣。北伐的第一站是忻州，张元徽只带 1 万马步军为先锋，让杨重贵和他的部下随后跟进。

忻州城是几得几失，目前又被后周军占领。北汉原有攻城的部队攻了两天两夜不能取胜。张元徽到了后，绕城察看了一遍，决定从东门攻入。战斗从早晨打响，士兵们冲到城壕边，被城上的乱箭射得不能靠近。一度时期，张元徽的敢死队登上城头，又被城中的援兵追赶出来。仗打到中午，太阳暴晒，还是没有攻进城。张元徽急招杨重贵，问有什么好办法攻进城，杨重贵看了看东门地形说："用弓箭手封住城头的后周军箭手，大队人马趁机从城门突入，方能取胜。"张元徽听后，就让杨重贵自带 3000 人马攻城。

杨重贵打出"杨家军"旗帜，让举旗的士兵紧随自己，然后挂刀取弓，与佘赛花同时向东城高悬吊桥的绳子射击，两支箭"嗖""嗖"两下，射断了绳子，吊桥掉了下来，铺在护城河上面，杨重贵大喊一声，王守义、程万保、李俊、赵红霞等争先恐后，冲过吊桥，以扇形围了过去，有的攀城墙，有的推城门。后周军被杨家军射去的神箭吓得惊呆了，还没有反应过来，杨家军破门而入，直取城头，18 条汉子，个个手舞大刀，一阵猛砍，打退了东门守城军。张元徽看着杨重贵成功突破东门，指挥大队人马杀了进去。

后周军见失了东门，只好退到西门抵抗，怎奈杨家军来势凶猛，追上就杀，捉着就砍，杀得后周军只有招架，没有还手。其他北门、南门的后周军见北汉军冲进了城，逃的逃，降的降，溃不成军，各自逃命。张元徽打完仗清点人数，杀死后周军 3000 多人，擒获 4500 人，逃走 4000 多人，自己只死伤 200 多人。微风中，杨家军的战旗飘扬，鲜艳夺目。张元徽对杨重贵说："这一仗杨家军立了头功，但是，不能把功劳记在杨家一家人头上，尤其是杨家旗打出来有些不妥。"

杨重贵说："这是为了鼓舞士气，没有争抢功的意思。"

张元徽说："那好，打仗时可举杨家旗，平时不能在军营里竖起杨家旗。明白吗？旗代表着一路大军的主帅，一般将领是不能竖立军旗的。"

杨重贵听了，只好答应，让士兵把杨家军的旗收起来。

一会儿，作为总监军的刘钧到了，张元徽把杨重贵带本部人马先攻进城的战况复说了一遍，刘钧听后，甚是满意，让一边加防城池，一边乘胜攻打代州。于是张元徽留一部分人马坚守忻州，大队人马向代州赶来。大军走了一天一夜，赶到离代州十里的一个村子休息吃饭。张元徽对杨重贵说：

"这回你带本部人马打先锋，我带大军为后应，一举攻克代州。"

杨重贵接受了任务，让士兵们吃饱，休息了半个时辰后，骑马出发，直奔代州。杨重贵、佘赛花、杨洪、王守义、程万保、李俊、赵红霞及18条好汉等3000人马首先到达代州南门。早有探子报告了代州守城后周军主将，城头上战旗插遍，站满士兵，锣鼓齐鸣，已做好打的准备。杨重贵站到离城门百步之远，大声喊道：

"北汉大军到此，守城后周军快快开门投降，免于一死。否则，打破城池，定不轻饶。"

城头上看见城下举旗的是杨家军，有从忻州逃回的士兵早已报告了守将，忻州城就是被杨家军带头攻破的。守城后周军将军听了破口大骂：

"杨家军的杨重贵听着，你乃无名小卒，怎敢在阵前放肆。你可打破忻州城，但你动不了我代州城的一块石头。"后周军将军说着便派一员副将开门迎战。

来将骑一匹枣红马，手持长枪，引军出城，也不答话，挥枪直朝杨重贵扑过来。程万保见了拍马舞斧来迎，两马相交，斧枪齐举，寒光闪闪，战了有五个回合，后周副将渐渐支撑不住，准备掉转马头，退出战场，返回城中。赵红霞见是机会，催马赶来，手举大刀，从后面砍下去，把后周副将劈为两半，其他后周士兵见状，掉转头往城里跑。城头上主将见副将死了，又止不住后退的士兵，急得直叫士兵放箭，试图阻挡北汉军。

杨重贵叫举旗的士兵把大旗向后一招，3000士兵在佘赛花、杨洪、王守义、李俊、赵红霞和18条汉子的带领下，如猛虎一样冲进城。后周军在城内大乱，前后不得照顾，各自逃生。后周主将见北汉大军已入城，带着一队亲信人马，杀开一条路，夺西门而出，朝岚州方向逃去。

代州回到了北汉的手里。

刘钧赶到后，又是对杨重贵的一番大加夸赞，直接代父宣读圣旨，正式加封杨重贵为保卫指挥使，除带3000本部人马外，再带5000骑兵，共领兵8000余人，稍作休整后，直接进军西面吕梁山一带，攻克岚州，把后周军彻底赶到塞北高原以北地区。

杨重贵领命，大赏部下，让士兵们在代州休整一天，准备粮食，用两天的行程，赶到岚州，与后周军进行北部地区的最后一战。当天休息下后，佘赛花的身子明显有些不适，还是不时地吐酸水。杨重贵心疼地说：

"孩子在肚子里受委屈了。不知道这小家伙能不能经受得住考验。"

"一定能。"佘赛花止住呕吐说,"快过去呕吐期,再坚持一天就没有事了。想必这家伙出生后长大了,也是一块打仗的料,还在娘肚里刚形成,就在马背上出生入死。"

"哈……是,准又是一个带把的,起名叫三郎。我杨家后继有人。"杨重贵抚着佘赛花入睡后,自己又到杨洪和18条汉子睡的地方与大家交谈起来。

杨洪说:"忻州、代州两次战斗,打出了我杨家军的军威,连后周军都知道了我杨家军。刘崇说话当真,果然不食前言,还没有把三城全部拿下,就下发圣旨,宣布兄弟为保卫指挥使。啥叫保卫指挥使,我理解就是皇帝身旁的最大护卫官。"

"咱倒不是真想当这个保卫指挥使,只是为国家社稷着想,为天底下的老百姓着想,特别是咱麟州的老百姓,还处在战乱中,我真担心这些日子麟州不知发生了怎样的事情。等攻克取得岚州后,让世祖尽快任命我爹为麟州刺史,接管麟州,让咱麟州回到北汉,也了结我爹的心愿。"杨重贵着急地说着。

"对,回归北汉,是咱全麟州父老乡亲的愿望。"王守义也发自肺腑地说。

杨家军18条汉子在代州做了两天的休整后,把代州的防务交给了张元徽,带领8000大军昼夜兼程,直奔岚州而来,一路上老百姓见是北汉的大军,都拿出好的东西来犒劳。杨重贵他们在路途一连走了三天,赶第四天天黑到了离岚州10里的一个村子。士兵们架锅做饭。守城的后周军大约有5000多人,有一部分是从代州、忻州战败逃回的。岚州守城后周将领发出动员号召,誓与岚州共存亡,坚决守住岚州。

第二天上午,杨重贵亲自到城周围察看了地形,认为先打东门和北门,放着西门和南门让敌逃窜。杨重贵、佘赛花、李俊带领2000军攻打东门,杨洪、王守义、程万保、赵红霞和18条汉子带2000军攻打北门,其余4000士兵作为总预备队,在东门和北门突破后,分别从两门进入,扫除残敌。杨重贵布置完任务后,大家分头行动。此时已是上午申时,举杨家军军旗的士兵骑着马,紧跟在杨重贵后面,来到东门。城上后周军早做了防备,守城士兵布满城头,弓箭、滚石摆放城墙,只等北汉军进攻。

杨重贵走到离东门城壕吊桥 150 步远近，与佘赛花对眼一视，各自取弓搭箭，射向吊桥的绳子。吊桥板随着箭声掉了下来，铺在了城壕两边。与此同时，杨重贵令 500 名弓箭手一齐向城头射去，掩护步兵和马军攻城。大家随着箭如雨点一样射击城头，飞快抢过吊桥，用木墩戳开城门，一拥而入，直冲城头，与守城后周军厮杀起来。在混战中，李俊被后周军乱箭射中头部，落马阵亡。杨重贵看见，急来救李俊，可已来不及。杨重贵急命打开城门，预备队一齐冲进了城。整个城内，喊声震天，双方厮打在一起，杀得到处是尸体。后周军已经大乱了，将领已经顾不得死战，带领少数士兵突围出西门逃走。

　　经过一个多时辰的激战，杨重贵清点人数，共杀死敌军 2000 余人，伤 500 多人，共有约 2500 多名后周军逃窜了。自己的伤亡也不小，除李俊牺牲外，还有 800 多名士兵阵亡，1000 多人受伤。好在拿下了岚州城。杨重贵急令探马飞马向代州的刘钧、张元徽报告战况。杨重贵一边开始清扫战场，掩埋双方士兵遗体，抢救伤员，一边安抚百姓，把后周军抢的老百姓的粮食送还各家各户。

　　刘钧收到杨重贵攻占岚州的捷报后，万分高兴，急派人去岚州接管，让杨重贵带领本部人马返回太原，等待授奖表彰。杨重贵接到刘钧的旨意后，把 5000 军交给了接管的守城官员，自带本部 3000 人马，与佘赛花、杨洪、王守义、程万保、赵红霞及 18 条汉子带领杨家军连夜启程，往太原赶路。

　　杨重贵他们回到太原时，刘钧已抢先一步到了太原，向父皇刘崇详细报告了杨重贵和他的杨家军连克三城的经过。刘崇听了欣喜若狂，大赞杨重贵，果然是一条汉子，麟州出土匪，也出人才。刘崇想来想去，虽然提拔杨重贵当了保卫指挥使，但是总觉得杨重贵来太原时间短，又年轻，还小于他儿子十几岁，是他的孙子辈。让这样一个河西的有着在麟州当土匪经历的人做身旁的护卫军头领，有些放心不下。在他看来，杨宏信父子就是麟州的山大王，地道的土匪，既没有后汉的正式任命，也没有后周的委任，杨宏信自封了一个刺史，尽管为老百姓办了一些好事情，可是，毕竟是一个自生自产的地方土匪。刘崇考虑来考虑去，终于想出了一条使用杨重贵的万全之策。他把他的计划详细地对儿子刘钧讲了，刘钧听了大吃一惊，反问父皇：

"这样做行吗？"

"行，这是对人才最好的使用。"刘崇坚定地说。

"就怕杨重贵不同意。"刘钧担心地说。

"他不同意？不会的。杨重贵这小子千里路上来投北汉，为的是什么？为的是显示他杨家是报国忠臣。他能连续夺得三城，有勇有谋是一回事情，主要靠的是有一颗忠君爱国的赤心。谁是他值得忠于的君？就是我刘家，就是咱父子俩，谁是他爱的国？就是我北汉王朝。爹看出来了，杨重贵这小子是个忠臣，为了使诚上加诚，爱国再爱国，必须这么做。"刘崇得意地说，"爹就这么决定了，对你来说也是一件好事情。"

刘崇对儿子刘钧说："马上传杨重贵进宫见驾，父皇亲自对他讲。"

刘钧只得按照父皇的旨意办，马上叫公差人员传杨重贵进宫来参见皇上。不一会儿，杨重贵独自一人来到皇宫，也就是刘崇的中军帐。

杨重贵参见皇上，跪下磕头。

"起来说话。"刘崇让杨重贵站起，也不给让座。旁边坐着刘钧，还有一些其他臣子。刘崇看着杨重贵，上下打量着，不住地自言自语："不错，不错，是一块好料。"他越是这样好奇地看杨重贵，杨重贵越是感到不自在，他心里想，刘崇这是怎么啦，也不问他攻克三城的事情，一个劲儿地盯着看自己，到底葫芦里卖的什么药？

好一阵子，刘崇才开口："杨重贵，你今年多少岁了？"

"21岁。"杨重贵急忙回答。

"弟兄几个？"刘崇问。

"两个。我为大。家里还有一个兄弟。"杨重贵补充说。

"你兄弟叫什么名字？年龄多大？"刘崇又问。

"杨重训，今年19岁。"杨重贵答，心里在想，皇上问这些问题要干啥呢？

"听说你媳妇也很能打仗，是吗？"刘崇又在追问。

"是，三次收复忻州、代州、岚州的战斗都参加了。"杨重贵老实地回答着。

"给你当这个保卫指挥使官，还满意吗？"刘崇双目盯住杨重贵问。

"皇上，我一百个满意。"杨重贵赶紧说。

"有一个满意就行了。"刘崇提高声音说，"有一件事情和你商量一下，希望你答应我。"

"皇上，有什么事，尽管下旨，我杨重贵决不推托。"杨重贵以为刘崇对他哪一件事情做得不满意，是故意这样问他。

"那好，你从今天起，不再姓杨。"刘崇肯定地说。

"不姓杨？那姓什么？"杨重贵暗吃一惊。

"改姓刘，刘崇的刘——"刘崇故意把刘字拉长声音。

"这？"杨重贵不知如何回答。

"以后不必称我为皇上，叫皇爷爷。"刘崇把最想说的话讲出来了，"叫我儿子刘钧为父。能办到吗？"刘崇的目光上下盯扫着杨重贵。

"这……我……"杨重贵脑袋嗡地响了起来。意外，太意外了，他怎么也想不到刘崇会叫他改姓刘，还要认他为爷爷，认其儿子为父。刘崇到底为什么要这样做，杨重贵一时想不开来，找不到答案。

"你好好想一想，不着急回答我。下去吧，想好了，明天再来见我。"刘崇摆了摆手，意思叫杨重贵下去。

杨重贵从刘崇的宫殿出来，直接回到自己的家中，把刘崇叫他认其儿子刘钧为父的事情向佘赛花说了，佘赛花也是丈二和尚摸不着头脑。他又派人叫来杨洪、王守义、程万保、赵红霞，说明情况，大家一听，大为震惊。刘崇到底想干啥？真的是要他给其儿子刘钧当儿子吗？还是另有别的图谋。经过一番考虑，他觉得刘崇可能对他不放心，是想通过让他给刘家做儿子来考验他的忠诚。杨重贵的猜想是正确的。刘崇的真正目的就是要把杨重贵和杨家军捆绑到刘氏的战场上，为刘家打江山和巩固政权而卖命尽力。

"对啊，就是这个目的。这个老家伙，心眼够狠毒，把咱当成他刘家的私有工具，为刘家服服帖帖效忠。"佘赛花直言地说，"改姓刘，这不是把咱老杨家的名声糟践了吗？那咱的大郎、二郎姓啥？还有肚子里的三郎出世后姓啥？难道也改姓刘？"

"其他人改不改姓，刘崇没有提。但是，我改姓是必须的了，刘崇明确提出，要我认他儿子为父。我想可能就是称刘钧义父。"杨重贵推断着说。

"既然是义父，就没有必要改姓，姓刘意味着彻底成为刘家的人了。"杨洪说，"刘崇老谋深算，他看到杨家军连续打了三次胜仗，攻克三座城池，为了便于从根本上掌控杨家军，才出此奸诈之策。刘崇既然提出来，就不能拒绝，如果拒绝了，不但我们在北汉生存不下去，而且还会被当作对手遭到暗算，甚至是公开地驱逐。后果不堪设想。我以为此事先答应下来，从长计议。刘崇让给两天的时间回答，实际上是在考验你，观察你，如果你存异心，他会立刻动手，什么事情都会做出来。"

"对呀，你现在马上返回皇宫，答应刘崇，免得夜长梦多，让老家伙起疑心，还以为咱杨家军要造反不成。"佘赛花着急地说，"刘崇的确用心狠毒，不愧是北汉的开国皇帝，为了笼络人心，收买良才，什么手段都能使出来。"

"好，我现在就动身返回皇宫。"杨重贵喝了一碗水，趁着天气还尚早，独自一人赶到皇宫。刘崇果然还没有走，在与他儿子刘钧，以及几个大臣商量如何使用杨重贵，如果杨重贵不听从的话，那就剥夺保卫指挥使，当作一般士兵，到适当时候驱赶算了。杨重贵的马上来见，出乎刘钧的意料。

"皇爷、皇父在上，接受晚辈一拜。"杨重贵深深地趴到地下，向刘崇、刘钧父子一连磕了三个响头。

"好好好，孙儿起来入座。"刘崇大喜，忙叫人给了杨重贵一把椅子让坐下，然后笑哈哈地说，"咱如今是一家人了，不必多礼。这样吧，把你的名字也改叫刘继业。我的外孙叫刘继恩、孙子叫刘继元，你叫刘继业最为合适。"

"感谢皇爷给孙儿赐名。"杨重贵忙又是一个深深的磕头。

杨重贵改姓了，也改名了。刘继业成为刘崇、刘钧家族的一员正式列入北汉王朝政权的名单。杨家军也随之改为了刘家军。好在刘崇、刘钧没有提及所有杨家军的姓杨人改姓改名的事情。

杨重贵成为刘崇的孙子，当了刘钧的义子，是杨重贵内心很不情愿的，有违杨重贵的道德良心。然而从大局出发，为了光复汉室天下，保家卫国，为了麟州6万父老乡亲的归宿，他只能选择改姓改名，充当刘崇的孙子、刘钧的义子。

从杨重贵给刘崇当孙子、给刘钧当干儿子改姓改名就可以看出，杨重贵是以国家为重，以人民至上，自己甘愿受屈辱。在没有征得父亲的同意下，在给北汉王朝取得赫赫战功的凯旋歌声中，杨重贵以一种特殊的方式投入了刘氏集团的怀抱，对于刘崇而言，也许他这样做就是为了收拢人心，网罗贤才，为其政治目的服务。至于别人愿意不愿意做他刘家的孙子，他是不会考虑的。

刘继业这个名字的出现，很快在北汉朝里朝外传了开来，也传到了后周一些人的耳朵里。刘崇收杨重贵为孙子后，一连几天让杨重贵吃住在他身旁。这一天，刘崇上朝，带着杨重贵：

"刘继业接旨！"刘崇大叫一声，让新收的孙子听候接旨。

杨重贵慌忙跪地接旨。

"朕封你生身父亲杨宏信为麟州刺史，你可即刻派人专程到麟州送委任书。"

"谢过皇爷爷。"杨重贵心中大喜，接过委任书。

刘崇把杨重贵收为自己的孙子，这才放下了心，正式下旨委任杨宏信为麟州刺史。这是一笔生意，不容对方讨价的生意。刘崇是既捆绑了杨重贵和他的杨家军，又收回了麟州，还得到了一大片土地和6万人口。

杨重贵回到家中，忙派了两位得力的士兵，连夜启程，带着刘崇的圣旨和委任书，往麟州赶路。他不知自己是高兴还是郁闷、生气，各种滋味都塞堵在胸口，一言难尽。刘继业，这个名字从今以后要伴着自己的生涯让别人一直叫下去。杨家军由此改为刘家军，屈辱啊！杨重贵打发走了去麟州送圣旨的人，一头栽到床头伤心地哭了起来："爹啊！娘啊！孩儿改姓刘了，不叫重贵，儿改名叫刘继业了，给北汉皇帝当孙子了。爹啊！娘啊！儿不是为高攀刘崇这个皇帝，也不是为了荣华富贵，儿是为了咱麟州6万百姓啊！"

这一夜，杨重贵哭得很伤心，只有他媳妇佘赛花知道。

这一夜，有两个骑马的北汉士兵风驰电掣般地向河西麟州方向狂奔——

杨宏信的心脏病一天比一天严重，有时候就进入昏迷状态。他醒过来时，就让杨重训、张平贵和几个公差人员扶着他到山头转，放心不下麟州城的防务。他更放心不下的是西城打的那两口井，只打了一丈五尺深，何年何月才能打下去。还有派人到太原打听大儿子杨重贵他们的下落，快10天过去了，没有任何消息。他不知道自己还能活多久，还能不能看到麟州城归北汉的那一天。快60岁的人了，已是有孙子的老人了，自己现在倒下也值了。可是，他最为牵挂的是麟州6万父老乡亲的归宿问题，他不能把麟州交给后周。他心头的这颗疙瘩解不开，想着麟州的未来，想着他的儿孙们能不能了解他的未竟心愿。

杨宏信大口大口喘着气，站到西城墙旁，双腿颤抖着。轻风中的白胡子飘逸着，他将过来将过去，对身旁的二儿子说："重训，给爹拿来一碗酒，爹酒瘾犯了。喝了酒，长精神，死不了，咳……"

"爹，老中医说了，千万不能喝，酒是发热的，刺激心脏。"杨重训劝着爹说，"爹不要操心太多了，估计走太原的人与大哥他们取得了联系，一定会尽快传回有关大哥他们的消息。"

"刘崇是一个聪明人，他对麟州的情况熟悉。咳……爹想你大哥他们一定会把麟州面临的处境告知刘崇。爹做不做北汉的刺史是次要的，让麟州百姓有个归宿才是大事。咳……"杨宏信又是一阵干咳，气喘得肩膀都抖动起来，但是，他仍然坚持自己站着说话，不要人扶着他。干咳了一会儿，杨宏信手指北面的草垛山说："那里的粮草还有多少，够不够人吃一年？马吃半年？自从那次战斗掩藏的500士兵损失后，再派士兵没有？"

"爹，你忘了，这事我给你说过，已派孔愣头、孔愣子二将军在草垛山、麻堰沟各带着500人潜伏着，作为策应城内的后备军。"杨重训对爹说，"这是我大哥过去交代过的。草垛山、麻堰沟战略地位重要，是保障麟州城的重要阵地，丢不得。"杨重训手指着草垛山说，"爹放心，草垛山存的粮食足够城里所有军民吃一年。"

"这爹就放心啦，你大哥的那个'麟州十条'中还提到，把农户集中起来开荒种田，这事你能不能做？咳……"杨宏信对着二儿子杨重训说，说完又咳嗽起来。

"爹说的是大伙凑合在一起开荒种田，这事情实际上这两年咱一直做着。"杨重训认真地说着，"一家一户，人力分散，我按大哥交代的，把附近村的农户编了队，每50户一队，集中劳力开荒种田，产的粮食大家按人口分。"

"好，这就好。大家开荒种田，大家分粮吃。让那些没有劳力的户也能分到粮食。咳……"杨宏信对此事十分满意,嘴角露出笑意。他对他治理的麟州充满了希望,那就是让老百姓吃好、喝好、穿好、住好,还能到学堂读书,唯一担忧的是麟州的归宿问题。想到这个问题,他就着急得胸脯疼痛。

太阳露出了云层,给麟州投下一片金光。盛夏的塞上高原,绿色与荒凉同时崛起。尽管杨宏信提倡和动员老百姓植树几年了,可是北部地区风沙太大,造林的成活率很低。杨宏信望着窟野河对面的沙丘,不免发出一声一声的感叹。治理一个地方可不容易啊!何况是一个国家,为了争夺地盘,争夺谁是皇帝,相互之间打得你死我活,他搞不清楚国家为什么会陷入战乱状态,长时间让老百姓不得安宁。

一些士兵看到刺史来巡城,凑了过来跟他说话。

"杨刺史,咱山上的这两口井何时才能打到山底?"

"快了,再坚持两年,一定会挖下去的。咳……"杨宏信对士兵说着说着就咳嗽起来。

"咱们城里办学堂,能不能叫我们参军的人也识字。"又一个士兵问杨宏信。

"你……你们想识字,学文化?"杨宏信感到有些惊讶,想不到这个当兵的小伙子还想读书,他怎么回答他的问题呢?他看了一眼二儿子杨重训,意思是让二儿子杨重训来回答。

"可以。让队伍里识字的人给你们统一教,除过练武、值班、巡查外,每人每天识一个字,一年还能识 365 个字。"杨重训答应着士兵们。

"好,那我们学习两年就是识字的人了。"那士兵高兴地拍起手来。

太阳悬挂到天空正中,头顶的跑马云一块接一块飘过蓝天。杨宏信正在和杨重训、张平贵、士兵们交谈得热烈,突然有人大喊起来:

"快,烽火台报警的火点着了!"

"快快快,赶快鸣锣击鼓,做好防城!"

杨宏信向窟野河对岸再次望去,见有无数人马在晃动。又是后周军,做好打仗准备。杨宏信急令鸣锣击鼓,提醒军民。霎时间,城墙上到处竖起各种彩旗,张平贵与士兵们都已经进入自己防守的阵地,做好了打击后周军的准备。杨重训要扶着爹返回家中,杨宏信不听,硬是到了刺史府,布置守城的事情。

大约过了半个时辰，窟野河对面的人马过了河，直朝麟州打来。这些人马果然是后周的，他们是从河东代州、岚州败退逃过河西的后周军。这些残兵败将，过了黄河，来到麟州、府州、榆州境内，所到之处，见财物就抢，见年轻男子就抓去当兵。他们在河东遭到了杨家军的沉重打击，对杨家人是仇恨在心。他们得知杨家军就是出自麟州的杨宏信家族，大为恼火，把恨全部记在杨宏信头上，发誓要报河东丢城失地之仇。

来的后周军是打散的几股散兵组成，有六七千人。他们对麟州的地形不熟悉，从西面往上攻时，被高高的悬崖峭壁挡住，不得前进半步。后周军又绕到南面，踏着荒野山路攻城。带头的将领让士兵在山下骂战，骂的话实在难听。

"杨宏信老贼，你儿子杨重贵在河东夺走了老子们的城，抢走了老子们的地，今天这笔账就得你来还……"

"杨宏信，你个千刀万剐的匹夫，快快开门投降，交出所有财宝，免你一死，否则，踏破城池，杀得老幼不留……"

"啥杨家军，全是假的，全是一些占山为王的土匪……"

骂得实在难听，守城士兵听得真真切切，又不好给杨宏信报告。但是，有一条消息必须报告，那就是从后周军的嘴里得到了杨重贵的下落，杨重贵当了北汉的将军，而且还立了功，打出了杨家军的威风。士兵们急忙把这一消息告知了杨宏信。杨宏信听了，高兴万分，不顾左右阻拦，来到南门城头，自己要亲自听后周军还要骂些啥。

"杨宏信，你儿子杨重贵在北汉逞好汉，为刘崇、刘钧父子卖命，你却躲到麟州当土匪。老子们今天抓住你，碎尸万段，以报河东被你儿子杨重贵夺城掠地之仇。"后周军一个劲儿地边骂边开始从南门攻城。

杨宏信挣扎着身子，站到城头，手指着后周军大声说道："后周军的将领和士兵听着，我杨宏信是堂堂正正的七尺男子，虽为麟州之主，但没有抢过老百姓一粒粮食，几年没有征收老百姓的粮税，这样的人怎么就成了土匪了呢？至于我儿子投汉，这是他的选择。我儿杨重贵的投奔是正确的。后周自从建国以来，多次挑起战争，灭了后汉，更是横行霸道，企图称霸华夏。这次你们在河东吃了败仗，是必然的。你们蛮横无理，来攻打我麟州有何道理。咳……"杨宏信说完就咳嗽起来。

后周军的将领和士兵听了，恼羞成怒，不再回骂，一齐向南门城墙 500 多步的地段冲了过来。他们有的放箭，有的扔石头，一鼓作气便冲到城墙根下。掩藏在城墙里的士兵见机会到了，一起登上墙头，举起石块投了下去，砸得后周军个个头破血流，喊爹叫娘。杨宏信又命令弓箭手一阵猛射，后周军倒下一大片，退出 200 步外。稍休息了一会儿，后周军又重整队形，以马军在前，步兵在后，第二次发起攻击。杨宏信急命杨重训、张平贵带领马队，从南门杀出，退敌于城外。

　　杨重训、张平贵组织了 400 多马队，分成两路，打开南门，朝后周军冲了过来。马军与马军相遇，刀枪齐举，寒光凛凛，喊声震地。两军厮杀一起，把那些怕死而掉头逃命的后周军骑兵追赶到了悬崖边，大部分掉下去跌死，步兵见马军败退，大喊一声，扭头向山下乱滚去，城内的杨家步兵趁机追出，朝山下逃命的后周军用乱石一阵猛砸。后周军一直退到山底下的窟野河西岸，回头望去，一个个惊得丢魂失魄，杨家军果然勇猛，在河东丢失三城，就是遭到杨家军的骑兵冲击。

　　后周大约还有 3000 多人，站到山底下，准备着从北门绕过，到东门进攻。正在调拨人马时，突然，从草垛山、麻塌沟飞出两支人马，也不答话，领兵的前面举着杨家大旗，直扑后周军。后周军遭到南北前后夹击，方阵大乱，都抢着过河逃命。后周军又损失一阵，死伤上千人，只留下 2000 多人逃过河西，向西面的沙丘而去。

　　杨宏信打退后周军，又得知大儿子杨重贵在北汉领兵打败了后周军建立了功绩，很是兴奋，忍不住又喝酒。众人劝不住，只得让他喝了两口。不想只两口酒，加重了他的心脏病，又一次昏迷过去。杨重训忙叫众人把爹抬回到家中，用湿毛巾擦头，揉胸。好一阵子，杨宏信才醒过来，高喊："拿刀来，杀贼！"

　　"爹，后周军已经逃过了河西，你就放心休息几天吧，好好地养病。我想，到太原的人一定和大哥他们取得了联系，马上就会带回来消息。"杨重训劝导着爹，安排好城池防务，又命石匠去西城打井。到了第二天，杨重训叫爹在家一定要好好休息，自己到了刺史府替爹安排好当天的事务后，准备带着几位公差人员到草垛山、麻塌沟巡查，顺便慰问孔愣头、孔愣子兄弟和士兵。昨天的战斗，两支伏兵，给后周军突然打击，立了功劳，他得去感谢士兵们。杨重训等一共 10 人，都骑着马，从南门出来，沿着土道向山下走去。他们来到山下，已是太阳升起一竿高的时分。他们拐了一个小弯，正要向北面的草垛山赶路，猛然，从窟野河的下游西岸飞奔而来上百骑马队，离他们大概有几十步远时，大声喊道：

"前面行走的可是杨家人，请把马留下，再给爷们白银 300 两，否则，杀上去，鸡犬不留。"

"你们是什么人？"杨重训扭转马头，横刀立马，与 10 位随行人员一字摆开。

"老子们是后周军。老子们的财物、粮食、白银，都被北汉的杨家军夺走了。冤有头，债有主，今天我们是专程来麟州讨债的。"

"胡说，你们在河东搜刮了老百姓的多少财物，今天被北汉打败，是上天注定。你们跑到麟州来撒野，是找错了门。"杨重训一边做好打的准备，一边派一名随行赶快上山报告张平贵派骑兵来增援，干掉这股散兵。

后周的散兵见杨重训人马少，仗着人多，一齐围了过来。他们此行的目的就是要财物，不是来攻打麟州，因而为头的又大声说："爷们打了十几年仗，也打够了，想回家种地，也回不去，没有路费。听说那个自封刺史的杨宏信，山上积存的粮食够 1 万人吃 10 年，白银储存 10 多间库房。爷们多不要，每人要 3 两白银，100 人正好是 300 两。这个数字不算多吧！"

"后周军的士兵们听着，我山上的粮食、白银是老百姓的，谁也不能白拿一粒一两。你们要路费，就该到后周的地方府衙去借。我这里归北汉所管，不能给你们。"杨重训向后周军的士兵解释，心想，这些家伙还有几分人性，可能确实也是手无分文，回不了家。

"别哄爷们，麟州是几不管的地方，北汉才建立几天，怎么就归刘崇老儿了。爷们清清楚楚，麟州土豪杨宏信占山为王，既不属后周所管，也不归灭亡的后汉所辖，至于北汉，那更管不着麟州了。说白了，杨宏信就是麟州的山大王，我们今天来就是路过吃他一顿饭，喝一碗酒。这个要求不过分吧？"

"这？"杨重训被这些后周的散兵讲得动了心，他们真的是走投无路了，从这里回到中原地带，骑上快马也得走 20 多天，他们一路上吃什么，喝什么，只能抢老百姓。杨重训看了看身边的随行人员，对那个领头的像将军的人说，"如果你们真的还没有吃早饭，请你们就在此处等着，我保证在一个时辰内给你们送下白面馒头和烧酒，放开肚子吃一顿，如果你们是打麟州的主意，实话告诉你们，仅凭你们这百十号人马，要攻克我麟州，那是白白送死。"

"好好好，爷们相信你，赶快叫山上给我们送来吃的喝的，爷们昨天晚上还没有吃饭。"那个带头的将军滚鞍下马，坐到地上。其他人一起下马，少气无力地躺在路边。

杨重训又派一人急上山传信，不要派兵下来，赶快做 100 个人的饭菜，再加酒两罐送下山，打发这些后周军吃了喝了快走。

随行的人员催马加鞭上山报信。

杨重训不敢下马，以防人少中了对方的奸计。

过了半个时辰，果然山上送来白面馒头，外加两罐酒。这些后周的散兵见了，抢着吃喝。他们确实是饿了，两天没有吃饭了。他们吃饱喝足后，又提出要讨路费的事情，这回不说要 300 两白银，只说要 30 两白银，以防一路讨不到饭，好花银子买得吃。杨重训觉得他们讲得不无道理，于是，又派人上山取了 30 两白银，交给后周军为头的："这回你们满意了吧？我杨家不是土匪，是为老百姓办实事。请转告你们的郭威，让他别再派兵侵犯我麟州。"

"好，够意思。再见了。"后周军为头的说着上马，招呼着所有散兵上马过了河西，朝南面的沙丘而去。

杨重训叫后周军的散兵折腾了一上午，带着随行人员赶中午时分到达草垛山，孔愣头见他来巡查，赶快烧火做饭，招呼他们一行。杨重训一行利用做饭的空隙，到库房看了储存的粮食，还有给马备用的干草，感到非常满意。他询问了士兵的生活和平时的值班安排，也很满意。

"我们潜伏的 500 人马'三三三'制轮换地值班，一批值班 4 个时辰，另两批休息，12 时辰值班，从不间断。只要一发现敌人，马上可以投入战斗。"孔愣头说。

杨重训又安慰了士兵们，吃了饭，察看了一回地形，又到麻堰沟看望了孔愣子和士兵们，带着随行赶天黑的时候返回麟州城。他回到家还没有来得及坐下，爹的病又加重了，不时昏迷，连人也认不出来。他赶快叫人请老中医来，给爹扎了几针，爹又苏醒过来。

"咳……到太……太原送信的人回……回来没有？"杨宏信躺在炕头，醒过来的第一句话就是问有关太原的情况，"刘……刘崇怎么还不派人来……来接管麟州。爹……爹这个刺史还是……是自封的哇……"说完，又一次闭上眼睛。

就在杨宏信进入昏迷状态，忽而醒来、忽而又昏过去的紧急关头，杨重训老婆王香兰的贴身丫鬟跑来报信：

"二公子，二少爷，夫人生孩子啦！"

"什么？真的？"杨重训又惊又喜，"生了一个什么？"

"带把的。小子。"

"好好好！"杨重训一连说了三个好。他这一叫，又把昏迷中的杨宏信唤醒过来。

"爹，香兰生了，给爹生了一个孙小子。"杨重训高兴地对爹报喜。

"香……香兰生了，咳……好，杨光宸出生了。"杨宏信激动地抬起手捋了一下胡子，又放下手，瞪着眼睛，看着房顶，长叹一声，"爹不是匪，咱杨家不是匪，只等北汉接……接管。"杨宏信一会儿又闭上眼睛，一会儿又睁开了。

杨重训是喜忧交加，老婆生下儿子，是喜，给杨家又增了人口，增添了延续香火的后代；而老父亲眼见的病情加重，不知能坚持多久。爹万一有个三长两短，麟州的事情全压在了他头上。他是心里焦急啊！他能理解此时此刻爹的心思，那就是多么渴望北汉王朝给他一个正式的任命，也叫别人看看他是堂堂正正的麟州刺史，不是自封的草头王。爹的为人，他最了解。爹这一辈子，为人忠勇，济贫扶穷，赢得百姓爱戴。爹做这个麟州王也是出于一片爱国爱民的忠心。

"爹，你醒醒。"杨重训趴到爹耳朵旁，低低地喊着。

"叔，你不能走，我——"张平贵的一句话没有说出来。

杨宏信又一次苏醒过来："我要……要看一眼杨光宸孙子。"

"快，把小杨光宸抱来。"杨重训急叫丫鬟去抱刚生下的杨光宸。

丫鬟急忙跑到杨重训住的地方，向王香兰说明情况，抱着杨光宸赶到杨宏信的病房。

"爹，看小杨光扆，胖乎乎的。"杨重训接过小杨光扆让爹看。

杨宏信那颗依然还在跳动的心在一种巨大的力量推动下，做着失常状态的颤抖。杨宏信凭借着一种毅力在与死神做斗争。他不想马上死去，就这样匆匆忙忙扔下麟州百姓而去，他也实在不忍心撒手未成事的孙子而离开这个动荡的尘世。他不怕死，也确实不想死。尤其是麟州的归属问题还没有解决，这是让他最放心不下的一件事情。北汉的刘氏天下兴起，他高兴，可是，刘氏既得了天下，为啥还不派人来接管麟州？还有大儿子杨重贵已经投奔了北汉刘崇，就该捎封家书回家报信。杨家军在河东打出了威名，连后周军都闻风丧胆，而杨重贵连个啥消息也不给家中报告一声。这到底为啥啊？

杨宏信咬着牙，攥紧拳头，鼓着气，使心脏不至于马上停止跳动。杨宏信尽最大的努力，抖动着右手，用手掌轻轻地抚摸了一下杨光扆的小嫩脸，嘴唇颤抖着发出几个字："长……长大后又是杨……杨家的一条汉子。咳……"说完，右手离开了小杨光扆的脸，双目又一次地闭上，昏迷了过去。

不过，杨宏信的失常心律还在微微地跳动着，鼻孔不时有粗气喘出，涨得脸腮通红。

老中医对地下站着的杨宏信老婆刘慧娇低低地说："准备后事吧，杨刺史恐怕过不了今晚上。"

杨重训听到了老中医的话，双眼淌出了泪，忙吩咐家人和公差人员准备棺木和寿衣。

也许是老中医的话刺激了杨宏信的神经，杨宏信又一次醒了过来："谁说我要死，我要杀……杀贼，我要见北汉刘崇……咳……"

"爹……"杨重训忍住悲伤，叫丫鬟抱走小杨光扆，自己亲手把爹搂在怀里。

正在杨宏信处于生命的最后关头，门外撞进报信的士兵："山下灯火通明，不知是何方人马，可能要发起对麟州的攻击。"

"狗日的，在这个时候来攻城。让士兵们做战斗准备，我马上就到。"杨重训听了，又气又急，真是祸福一起来。杨重训是顾了爹，顾不了防敌打仗，顾了防敌打仗，又顾不了爹的最后咽气，他不知如何是好。

"平贵兄，快叫王守成、所有的杨家汉子，还有 12 名石匠，全都到刺史府集中。"杨重训部署完，自己搂住爹不放。外面不时传来人们的喊叫声。在外面的大喊声中，杨宏信两次苏醒过来，而且出奇得惊人，挣脱二儿子的怀里，挥手喊道："杀……杀贼，拿我的大刀来！"

杨宏信想起来，怎奈双腿失去知觉，不听使唤，他问二儿子："是后周……周军又来抢粮吗？不要……不要给。杀……杀贼！"他说着说着大喊一声，猛地站起，"快拿大刀来！"他向前跨了一步，双唇一噘，又向后一仰，"北汉啊！北汉啊！"随着喊声一口鲜血喷了出来。接着重重地仰面倒在炕头。

"爹，你醒醒！"

"爹，你不能这样就走了！"

"叔，我还等你给我说媳妇哇——"张平贵哭出了声。

不管杨重训以及其他人怎么呼唤，杨宏信再也没有醒过来，带着喜悦与遗憾、愤怒与未了的心愿走完了最后的一段历程。

杨重训见爹死了，含着巨大的悲伤叫母亲和其他人处理后事，自己和张平贵赶忙来到刺史府，调动人马，加强城防。12名石匠闻讯赶到了，个个手里提着长把子铁锤，袒胸露臂，做好了厮杀的准备。王守成也到了，等待着厮杀。杨重训做好布防后，首先赶到西城墙，向山下俯视，只见灯火通明，人喊马嘶，不见有人攻城。

原来，山下来的是后周军的防务黄河渡口的兵，大约有3000多人，他们也是断了粮，来麟州城讨要粮的。如果杨宏信给他送粮食，就不动武，若是不给，就硬攻上山抢粮。由于这些士兵对地形不熟悉，不敢贸然夜晚攻城，只是在山下大喊，把要粮的话传递到山上。

杨重训明白了后周军的来意，哪有这么来要粮讨粮的，分明是要动武抢粮。杨重训叫大家一刻也不要放松，等待天亮后准备与攻城的后周军拼杀。他交代完军务后，忙返回来料理爹的后事。这时候，守城的士兵抓到两个自称是太原来的重要使者，直接押到杨重训家中。杨重训一看，大吃一惊，这不是大哥杨重贵手下的18条汉子里的两位吗！

"二少爷，二将军，我们是奉了杨将军的命令，赶来转送皇上的圣旨，刘崇已封杨公为麟州刺史。"说完拿出圣旨和任命书，交到杨重训手里。

杨重训看了圣旨和任命书，对着爹的遗体痛哭起来：

"爹，刘崇正式封你为麟州刺史了，听到了吗？爹！呜——"杨重训哭得很伤心，其他人也难过地哭起来。

杨宏信像睡着一样，口吐的鲜血染红了发白的胡子。不管他的二儿子杨重训和其他人再三呼唤，他永远也听不到了，永远也不会再有苏醒过来的机会。他的心脏经过多次的扩张后发挥到最大的功能，只能使他的生命定格在 59 岁。

一张北汉皇帝的任命书，来的时间只差了那么一个时辰，想看最后一眼的人终究没有看到，带着缺憾与悲愤而驾鹤西去。

有两位杨家军汉子进门对杨重训说：

"天空中有一颗星拖着光芒缓缓地由东方的天空坠落向西边的天空——"

杨重训和其他人相信这是真的。这就是属于麟州王杨宏信的那一颗星。

后人有诗赞杨宏信一生：

天降草龙杨宏信，
立志报国无有门；
济贫扶困为百姓，
自封刺史守孤城；
治理麟州称豪雄，
醉酒当歌乐无穷；
青山奇峰埋忠魂，
丹心一片照后人。

第九章　血染刺史府

　　麟州王杨宏信带着未了的夙愿去世了。他的死对麟州大地而言是一个巨大的损失。杨宏信的葬礼极其简单，因山下有后周军的围攻，他的遗体被装进棺木后埋葬在城东门三里外的山头。这里埋葬着历次阵亡的士兵和贫民，杨宏信与这些士兵、贫民安葬于一块墓地。这是杨重训的安排。"爹一生爱兵爱民，让他永远和兵和民在另一个世界一起饮酒、放歌、畅谈天下大事……"

　　杨宏信的死刺激醒了那些来麟州围城抢粮的后周军，他们在杨宏信出殡的三天里并没有攻城，反而还派人送纸上山祭奠。杨重训接受了后周军的善意。安葬了爹后，他目前有两件当紧的事情要处理：

　　一是如何使后周军的讨粮队伍退去；

　　二是要把爹病逝的消息派人送到太原告诉大哥和北汉王朝。

　　这两件事情都逼在眼前。他先写了一封给大哥的信，把爹没有来得及看到任命书就逝去的消息全都讲了。他让大哥派来的那两条汉子带着信，赶快绕道东山，不分昼夜，想办法一定渡过黄河，赶到太原，把信交给大哥，并口头再传达家里发生的情况。两条汉子装好信，带了路费盘缠，骑了两匹快马，走了东门，飞马而去。

　　杨重训集中精力来处理后周军要粮一事。后周军知道杨宏信后事处理完了，他们开始了催粮要粮，还提出了要1000两白银。杨重训觉得这次后周的防河驻军来讨粮，虽然大队人马出动，出言有些不逊，但是，还没有趁爹去世而攻城，所以答应给他们10石米，20两白银。而后周军嫌数量少，提出至少要100石米，200两白银。为此，双方谈判人员来回在山上山下往返跑了几趟。最后，杨重训考虑到山上的安全，从长计议，只好做出让步，

290

付小米 50 石，白银 50 两，总算应付走了后周军。

不过，后周军留下了狠话，他们吃得没有粮了，还要来麟州城讨。要么，杨重训带领麟州百姓归顺后周；否则，只要后周军在黄河沿线驻扎一天，就得向麟州讨粮要钱。那些后周军的士兵说，他们收的是保护费、安全费……

杨重训与后周的恩恩怨怨由此拉开了序幕！

杨宏信给他的二儿子留下了一份资产，也留下了一种未竟的事业，那就是如何处理好与北汉、后周的关系。杨宏信生前有言，要归顺北汉，成为北汉的臣子，盼望能成为北汉授封的正式刺史。可惜他就差那么半个时辰，没等看到北汉发的任命书而闭上了双目。杨重训要继承爹的遗志，把爹未了的心愿变为现实。他必须牢记爹的教导，把麟州完整地交给北汉，像大哥杨重贵一样，能够成为北汉的将军。他把全部的希望寄托在那两个往太原送信的汉子身上。爹走了，主心骨也失去了。大哥、大嫂、杨洪兄又不在身旁，除了家里的事和娘、妻子商量外，能打仗的人只有张平贵、王守成、孔愣头、孔愣子和 30 多位杨家军汉子、12 名石匠。麟州的事情、国家的事情，他得依靠大家来承担。麟州 6 万百姓啊，吃的，穿的，住的……他得一样一样地过问。而后周军得三天两头来滋扰，如何对付。如果北汉早日接管了麟州，派大军来驻防，后周军休想在麟州再胡作非为。他期盼北汉早日收归麟州。

农历六月的尽头，塞上高原依旧火热。这天清早吃过饭，杨重训带着几个公差人员，骑马到连谷县、银城县巡视了三天，对两县的工作甚是满意。回到麟州后，他把 12 名石匠叫到一起，专门就打井的事情进行商量。打井工程不能停，这关乎着山上万人的吃水问题。可是，练兵练武也不能停。12 名石匠，不只是技术过硬的石匠，也是武艺高强的汉子。杨宏信生前就看中了这 12 名石匠，让他们忙完打井的事情，挤时间练武。

对，让咱打井，不含糊；叫咱打仗，决不后退。

……

杨重训又到潜伏于草垛山、麻堰沟的孔愣头、孔愣子两支伏兵巡查了一遍，见士兵整天练兵，严守纪律，常年掩藏，才算是放下了心。杨重训回到家中，累得上气不接下气，妻子还在月子里，小胖儿子杨光扆一天比一天长得好看，他心里乐得笑。当了爹，就是不一样，多了一份喜悦，多了一份责任。看完他的孩子，他又到娘住的房子来看娘和两个侄子大郎、二郎。自从大哥大嫂走后，两个侄子就与娘住在一起，又叫专人照料。两个侄子都很聪明，会说话，会蹦跳，给杨家带来欢乐。自从爹走了这半个月，娘的心事重重，又是思念爹，又是惦记着大哥大嫂他们，身体也一天不如一天。杨重训每天不得不来看望娘和两个侄子一回。

时间在一天一天过去。

秋日到了。太原方面还没有派人送信来。

杨重训心里实在是静不下来。

北汉到底还要不要麟州？

杨重训在刺史府的小院走过来走过去。

有一件事情让杨重训高兴，那就是从庄稼的成色看，今年有九成丰收。整个东山梁的粮田，丰收在望。杨重训对着种田的雇工说：

"走，到庄稼地里看一看。"杨重训叫了张平贵和几位公差，骑着马，手提大刀，一起到东山周围察看庄稼。他们一行十多人，都骑着马，沿着土路边走边看，果然庄稼长得好，谷子长得有两筷子高，糜子吐出穗，高粱长势喜人。今年没有大旱，雨水多，庄稼长得快。杨重训他们从这块地走到另一块地，又从另一块地走到那一块地。看完东山自家种的地后，他们又来到其他村子察看老乡家的庄稼。老乡见到是杨宏信的二少爷来了，忙亲热地问长问短。老百姓关注的两件事，是杨重训所关注的：今年的收成，麟州归顺北汉有没有希望。杨重训一一地给老乡解答着。他们向东走了20多里后，掉转头朝南面的大山疾驰，大约走了40多里路，他们停住马，又察看老乡们的庄稼地。这里的庄稼也一样，长势喜人，有些庄稼已经开始泛黄，走向成熟。他们下了山，沿着窟野河继续南行，突然见迎面跑来十多个老人、妇女，边跑边哭。杨重训勒马问道：

"老乡，前面发生了什么事情？"

"快，有当兵的抢东西，还抢女人。"一位老太太哭泣着说。

"狗日的，又是后周军这伙强盗作恶。"杨重训、张平贵带着大家快马朝一个村子赶来。还没进村，看到到处是散兵抢粮、抢牛、抢猪、抢鸡……追得鸡飞狗跳，喊声不断。有十几个散兵手里持着刀枪，押着十多个年轻女人，要往他们的驻地去。那些女人不走，散兵们就用枪杆子打、刀背砍，女人哭成一团，他们男人和孩子在一边挣命地哭……

杨重训招呼了一声随行人员，催马舞刀赶了过来：

"快快放人，休等爷动手。"杨重训刀尖指着一个散兵厉声大喊。

"你们是什么人？多管爷们的闲事？"那些散兵说，竟敢有人来阻拦他们，一齐舞刀持枪向杨重训他们围了过来。

"爷是麟州刺史杨重训，这是麟州所管辖的地盘，老百姓是麟州的子民，光天化日之下，动手抢人，又抢良家妇女，还有没有王法？"杨重训用刀逼着一个散兵说。

"哈……爷们以为是哪一路好汉，原来是麟州的山大王。杨宏信那小子早已死了，怎么又出来一个自封的刺史。爷们是后周的堂堂军人，岂怕你一个山贼不成。"那散兵真有些功夫，口出狂言，举刀向杨重训砍了下来。

杨重训把刀一架，"咔嚓"一声，挡了回去，顺势朝那散兵虚砍一刀，那小子躲了过去，却被杨重训的刀砍去了戴着的头盔，吓得"啊呀"一声，仰面倒地。另两个散兵不服气，一齐持枪向杨重训刺来，杨重训来了个飞刀转身，双手举起，横着朝两支枪砍了过来。这个动作，看得人惊呆了，只见刀横削过去，两个散兵的两支枪断成两截，两个散兵惊得倒退了好几步。其他解押妇女们的散兵被张平贵追过来，举起铁棍，一阵猛揍，吓得掉头就跑。杨重训用刀尖指住那两个散兵大声喊：

"还不快滚！当心爷后悔了，一刀宰了你。"

那三个散兵求饶着也掉头逃命去了。

村里其他的抢粮、抢牛、抢猪、抢鸡的散兵，听到有人阻挡他们的好事，有的不服气，来与杨重训见个高低。杨重训、张平贵对那些来挑事的散兵也不答话，见面就打，吓得散兵们目瞪口呆，不敢靠前。有一个散兵仗着力大，舞刀向张平贵劈了下来，张平贵用铁棍挡住刀，紧接着又猛砸一棍，砸到了散兵的左肩，那散兵"啊呀"一声，扑倒在地，疼得打滚。那些正准备抢到粮食、牛、猪、羊、鸡的散兵要走，被突然杀出来的10多人拦住交战，让放下财物，实在是不死心。当他们知道来人是麟州城的杨家军后，个个胆战心惊，又气又怕又恨：

"杨家军的好汉听着，麟州早晚是后周的，你们不要再多管闲事。老子们不与你们计较，你们也不必挡我们的粮路、财路、钱路。我们是当兵吃粮，驻防到麟州两年多了，上面不给一两的军饷，让我们这些士兵吃啥？上次老子们围山，因为杨宏信死了处理后事，我们留了情面。今天，你杨家军跑到乡下阻拦后周军筹粮筹款是何道理？"一个后周军振振有词地对杨重训说。

"有你们这样筹粮筹钱的吗？明明是公开抢劫，还抢良家妇女，天理不容，王法难容。难道后周的王法允许当兵的出来抢劫老百姓的财物吗？"杨重训大声斥责。

"好，既然你说我们是抢劫，我们就不抢，我们所有的吃饭口粮、开支银两全由你杨家来支付。"那散兵反倒咬一口，又要杨重训出钱粮。

杨重训感到这些散兵说得不是没有一点道理，后周朝廷和地方政权都不给这些当兵的发放粮食、军饷，那么，他们只能有一条路：抢老百姓的钱财。

"你们先把抢得老百姓的粮食、牛、羊归还，至于你们的军粮，由麟州府衙可以支付一部分。"杨重训只能这样做。

"好，一言为定。"

"爷们是为粮食，不是认人。"

……

又一场后周军抢粮的风波平息了。

杨重训说话算数，从草垛山的存粮中支出20石小米、10石黄豆（黑豆）。

"后周军到处抢粮抢物，我们能支付得起吗？"杨重训的妻子王香兰对杨重训说，"后周军抢老百姓粮食的事，有些咱看到了，可以忍一忍，从咱的存粮中支付，而那些咱看不见抢粮的事该怎么办？老百姓照样不是遭殃？"

杨重训犯难了，要彻底阻止后周抢劫老百姓的粮食、牛、羊、财物，只有一条办法，那就是把后周军彻底赶出麟州境内。可是，凭麟州现有兵力是赶不走后周军的，后周军在黄河渡口往少说也驻有5000人左右，还有分布在各地的散兵，加起来不下8000人。全麟州城的防务只有4000人，如果与后周军打起来，得不到北汉军的支持，不但不能取胜，还会丢失了麟州。杨重训把自己的担忧告诉王香兰：

"不知道北汉王朝怎么想的，如果长此下去，麟州百姓遭殃的日子永难结束。大哥、大嫂他们不知收到信没有？赶快想办法来接管麟州。"

"北汉只给了爹一张任命书，不派一兵一卒，也不给支付银两，这怎么能打过后周军。"王香兰抱着孩子说。

"后周军的目的很明确，就是想把麟州夺走，而北汉刘崇、刘钧父子又因太原以南战事紧张，根本忙得顾不来管麟州。"杨重训在地下擦着大刀说。

……

两口子说了一会儿，话题又扯到办学堂的事上来。王香兰说："自从大嫂走后，就我一人与另一个先生上课。我坐月子了，只留下那个先生上课。现在兵荒马乱的，念书识字的孩子也不安心，至于识字的大人根本就不来。"

"那就再请一个先生吧，学堂不能停。老百姓全是文盲，好多事情就不好办。"杨重训继续说，"学堂要办下去，不只是麟州城内的，各地农村的学堂也要坚持办下去。"

天色已晚，两口子吃了晚饭，杨重训叫王香兰哄着小孩早点睡，自己再去刺史府处理日常公务。杨重训来到刺史府，早有一些公差人员在等候，他们把白天发生的一些事情报告了杨重训，杨重训听后表示满意。不过，令他放心不下的还是西城山头的打井工程。12个石匠分班作业，现在已打井两丈有余。每往下挖一寸，石匠们头晕、呕吐，要到地表缓一阵子才能下去再干。石匠们一直不明白，为啥井内就胸闷得慌，出气困难。照这样下去，人出气会越来越困难。

杨重训听了石匠们的反映，感到这是一个大问题。有什么办法能让井下的石匠出气不困难呢？大家认为是动了土地爷和山神爷的元气，二位神仙故意给人们打井带来障碍。忠实的石匠们坚信是打井惊动了土地爷和山神爷，要祈祷土地爷和山神爷宽恕麟州城的百姓，能使他们打井成功，引水上山。

杨重训同意石匠们提出的建议，连夜杀了一口猪，备办煨香、纸，到西城山头两口井旁祭奠土地爷、山神爷。杨重训带头下跪，对着天空的星光，一连磕了三个头，然后点着香火，朝井口投进去，口里念念有词：

"土地爷、山神爷各路诸神开恩，我麟州城百姓多少年来下山挑河里的水吃，因路途遥远，又遇匪患贼兵围城，更是吃水困难。自我杨家父子上山以来，主政麟州事务，立志要打两孔井直通山底，以便把窟野河之水取之山上，解决城内数万千百姓的吃水困难。"

"呼哉！天地明镜，土地开恩，山神开恩，保我打井石匠不患疾病。今我打井石匠呼吸困难，不能打井长久，还望土地、山神二神保佑，保佑我打井任务早日完工！"

杨重训求祷完，又站起鞠了三个躬，对天长叹："我麟州何时才能结束战乱，还百姓一个安宁。"杨重训说完，沿着石墙，手摸着石墙，向一旁的蛇耳则弯走来。大家跟在他的后面，也不作声，一步一步缓缓地走着。巡查的值班士兵看到了杨重训他们，打过招呼后走开。月亮升起来，不一会儿，斜挂到半空，给大地投下碎银般的光亮。杨重训的目光盯住蛇耳则弯石岩下的一处光亮，出奇地喊了一声：

"看，那是什么？"

"有什么啊？是月亮投下的影子。"

"不对，是一块闪光的银子。"

"也不是，我看是夜光虫发出的光。"

……

大家好奇地议论着，在杨重训的带头下，踏着陡峭的石层，手攀着绝壁，朝亮光处走着。快到亮光处了，他们几乎都听到了有轻微的"滴答滴答"之声。

"水，啊，是水声！"

"不错，是石岩下流出的水。"

"真的是水啊！"

大家一起围住石岩，用手掌接向下"滴答"的水珠。

杨重训激动得几乎跳起来，在这山顶的半山腰，怎么可能流出泉水来呢？这不是做梦吧？难道土地爷、山神爷真的显灵了吗？

大家一齐狂喊起来，确信是土地爷、山神爷显灵，来解救麟州的百姓。杨重训把掬着的水抹到脸腮上，感到凉飕飕的。这的确是水哇，是石岩下的石缝里挤出的水。他用舌头舔了几滴，感到甜滋滋的。不是做梦，是真的石岩下流出的水。这地方，他来西城时也经过好几次，怎么就没有发现有水，今晚为什么就看到了泉水流出，这准是土地爷、山神爷被感动了，来解救麟州百姓。

杨重训马上叫人回家取爆竹，再抬两罐酒，在西城与打井的石匠、巡查人员一起庆贺一番。

不一会儿，爆竹、美酒拿来了，大家高兴地在山头放炮，惊动得城内老乡们起来跑到西城看热闹，当老乡们得知是蛇耳则弯石岩下流出了清泉，都一个个狂奔呼喊起来。有的人甚至高喊土地爷万岁！山神爷万岁！

人们坚信是土地爷、山神爷开恩引来的清泉。

这一夜，麟州城山头上又是喊，又是跳，又是饮酒放歌，一直闹腾到天亮才停止下来。这是老乡们经历了一次一次的战乱后又难得的一次狂欢。是为了水，为了给土地爷、山神爷表达谢恩之心情。

当太阳升起后，杨重训他们才真正看清楚了，石岩下流出来的清泉流的速度很慢，他拿喝过酒的罐去接水，看接一罐水需要多少时辰。石岩下的清泉距离打的石井大约有 150 步。从地形上看，石井的最底层要低于石岩下的泉眼。大家相信是土地爷、山神爷的功能和作用，甚至认为是山下的河神爷感动了送来的神水。其实是打井引发的地质内部结构发生变化挤压出的水。整个麟州城的地形是东高西低，呈一个缓慢的梯子形倾斜着，当石匠们打井达到两丈有余后，周围高处的地质内的水就由高处向低处渗出。蛇耳则弯石岩的水正是受高处地质结构挤压排放出的泉水。

杨重训他们又走到两孔井旁，自己要亲自到井底观察一番，看里面是否也有泉水流出。两名石匠用筐子把杨重训吊下去，杨重训到了正在打的井下，抬头向外看去，天空只有磨盘那么大，他用手去摸凿下的井壁，发现湿漉漉的，原来井里的石壁也开始往出渗水。他大声叫唤着：

"井里也有水啦！感恩土地爷、山神爷！"

他又用手摸井底，发现碎石也潮湿，有水珠在下面往出滚动。太神奇了。这不是土地爷、山神爷的威力还能是谁的力量，杨重训一手拿起铁锤，一手把着铁凿，对准脚底的石层凿开来。"咔嚓——咔嚓——"石头很坚硬，若不是因有水的潮湿，都能冒出火星来。

外面的人大叫："杨刺史快上来吧，在里面时间长了喘不过气来。"不管外面的石匠和公差人员怎么呼叫，杨重训就是不听劝阻，拼命干活儿。又干了一阵子，杨重训感到胸闷气沉，出气困难，不停地深呼吸。他额头不时地冒着汗，浑身也湿淋淋的，实在憋不住气了，急叫上面的石匠把他用筐子吊上来。

杨重训出来地面，脸涨得通红，蹲到地下，软得少气无力。这到底是怎么一回事呢？他这才相信石匠们说的话，到了井下憋得人喘不过气来。土地爷、山神爷都敬了，怎么还会出现这样的情况呢？大家又议论起来，如果人下去井内继续发生出气困难的情况，这井何年何月才能打到山下。杨重训找不到井里人喘气困难的原因，只能归咎于对土地爷、山神爷的祈祷还不够忠诚。于是，他叫公差人员在井口一丈远处，垒起一个石台，上面放着木斗，放进去小米，把点着的煨香插进去，以表示对土地爷、山神爷的绝对忠诚，以确保打井石匠的生命安全。

求助于神的保佑是千百年来老百姓朴素的感情寄托，他们相信在这个世界上到处都有神灵的存在，神灵监视着人们的一举一动。像麟州城开启从高山往河底打井这么大的工程，至少要惊动土地爷、山神爷、河神爷这样三方面的诸神。杨重训相信神的存在，相信人是不能违背神的旨意。杨重训的思想感情是纯洁的，只是精神世界多了神文化的内涵。他又求祷了诸神一阵后，吃了公差人员送来的早饭，再次与另一名石匠下到井里，干了一会儿，胸脯又胀开了，胀得大口大口喘气，简直像一块大石头压在胸口一样，他实在没力气了，只好又被筐子吊了上来。

怎么办呢？石匠也是爹娘给的肉身啊！他们怎么能经得住喘气困难的折磨。杨重训再次跪到神灵面前求祷。他心里在想，难道各位诸神能让山上来了泉水，就不能排除井里出气困难吗？神啊神，可怜可怜麟州百姓啊！杨重训心里反复地念叨着。整个上午，杨重训反复出进于石井四次，每次下去不到半个时辰的一半就闷得发慌被吊了上来。大哥杨重贵制订的计划，爹生前的遗愿，麟州城百姓的幸福，何时才能实现。他真想自己变化成一个神仙，把窟野河水点化地引上山来，解决人畜吃水困难，还能浇灌粮田。他希望他的梦想能够在一天之内变为现实，造福于麟州城山上的老百姓。可是，他终究是人，他不是神。为什么神能办到的事情而人却办不到？人与神的区别到底在哪里？杨重训的思想又被神的铁索捆缚住了。俯视着山下奔腾不息的窟野河水，他想入非非，想尽了一切办法，怎样才能完成打井工程，把河水引上山来。

中午到了，公差人员催促他回家吃饭，石匠们又提醒他不要累坏身体，打井的事情就交给他们吧。不管怎样，自从打井以来，山上的石岩挤出了泉水，虽然泉水太少太少，可毕竟是山上看到的水。杨重训回家时，抱着石岩滴出的少半罐清泉水，总算眉脸上挂着笑容。

　　杨重贵得到了爹死的消息，悲痛不已。爹死得太不是时候了，连看一眼北汉给他发的麟州刺史任命书都来不及。"爹啊，您死得太委屈了，一生的为国，一生的为民，把最后一滴血都奉献给了故乡的老百姓。"杨重贵手拿着二弟给他的回信，反复看了几遍。现在爹走了，麟州的全部事务压在了二弟杨重训一个人头上，又面临着后周军的威胁。怎么办呢？杨重贵想来想去，赶快奏明刘崇、刘钧父子，把情况说明，让二弟接任麟州刺史，不知皇上会不会准奏。

　　已经是改变身份的杨重贵，趁着天色尚早，赶快离开自己的住地，独自一个人来先找刘钧。刘钧见是义子刘继业找他，忙问发生了什么事情，杨重贵把情况说了一遍，说麟州不能没有主事人，他建议让他的二弟杨重训为麟州刺史。刘钧听了，拿不定主意，带着他来见刘崇。

　　刘崇今天下朝晚，接待完最后一批臣子后，见儿子刘钧带着义孙刘继业来见，很是高兴。刘钧让刘继业先说，杨重贵急忙下跪，把爹杨宏信病亡、麟州危急的情况复说一遍，并提议让二弟杨重训接替麟州刺史，为北汉镇守麟州。刘崇听了皱了一下眉头说：

　　"令尊走得太匆忙了，朕让他做麟州刺史，他怎么连朕的任命书也不看一眼，就撒手人寰。可惜，可惜啊！"刘崇表现出一副难过的样子说，"孙子啊，当今正是用人之际，朕听从你的奏章，批准杨重训接任麟州刺史。"

　　"感谢皇爷爷，我替二弟谢过皇爷爷。"杨重贵十分感激刘崇任命他二弟杨重训为麟州刺史。

　　刘崇即刻下达圣旨，写好任命书，交给刘继业，派专人送到麟州，让杨重训好好镇守麟州。

　　杨重贵接过圣旨和任命书，觉得还有一件重要的事情要奏明刘崇。

　　"皇爷爷，孙儿还有一个建议，不知该不该说。"

　　"说吧，都是一家人，别客气。"刘崇说。

　　"皇爷爷，以臣之见，麟州地处长城与黄河交汇处，附近州城府州、榆州皆为后周所得，麟州处在后周军围攻之中，麟州地广人稀，兵力不足，仅有三四千人马很难坚守，可再派一员大将，带兵5000至1万，与二弟共同镇守，以防万一。"

刘崇听了这个新接收的义孙的话，心里很是不耐烦："这小子，给一想要二。难道朕还不了解麟州那个地方？"刘崇心里不满意，但是没有表露出来。他让刘继业站起来说话。杨重贵站起来继续说：

"麟州有6万百姓，百万亩耕田，牛羊甚多，又生产煤炭，后周是志在必得，如不派重兵防守，早晚会落到后周之手。"杨重贵把话说到了这个份上，希望刘崇能够听取他的建议。

"你说的我全知道。当下正是用人之际，太原南面战事紧张，后周军有10万之众企图北上，图谋太原。朕想过了，后周军的重点进攻不在河西的麟州，最多郭威派三五千人马虚张声势，骚扰一下。"刘崇安慰着杨重贵说，"孙儿不必担心，只要打败了后周军在太原以南泽州、潞州一带的进攻，麟州那边就平安无事。快去吧，给你二弟把朕的任命书早点儿送到，让他接管麟州，治理麟州。朕是喜欢人才的，更是喜欢你杨家军、杨家将的，要不然，怎么会把你收为皇孙呢？"

刘崇不再说了，做出了打发杨重贵走的架势，起身退朝。

杨重贵带着一半喜悦一半担忧离开刘崇的中军帐，回到住地后把情况向佘赛花、杨洪、程万保、赵红霞说一遍，佘赛花听了也很着急说：

"只给一个空头任命书，顶个啥用，麟州当务之急，是要派增援部队，与二弟共守麟州，把后周军赶出麟州。"

"是哇，我也是这么对刘崇讲的，可他就是不听，认为只要把太原守住了，把泽州、潞州的后周军打败，围攻麟州的后周军会不战而退。"杨重贵气愤地说。

"这不可能。麟州与潞州、泽州相隔近2000里，完全是两个战场，一个在黄河东的南边，一个在黄河西的北边，后周把麟州、府州、榆州等塞上高原城池当作他们的战略要地，是绝对不会轻易放弃对麟州的进攻的。"佘赛花愤愤不平地说，"麟州对于后周来说十分重要，北汉得了麟州，如果重兵把府州、榆州拿下，沿黄土高原南下，绕过潼关，直逼中原，打到后周的后院。后周郭威不是傻瓜，不会只顾进攻太原，而放弃了得麟州，过了黄

300

河，直接南下，在太原北向太原发起进攻。两面作战，同时进发，历来是后周军的做法。刘崇不向麟州派兵，是战略上的失策。"

"你说得很对，我也是这么想的，麟州太重要了，北汉必须派重兵驰援，否则，后果不堪设想。"杨重贵大声地说，"我明天再去见刘崇，说明利害关系。"杨重贵边说边叫来18条汉子的另两位，让他们连夜启程，不分昼夜，带上刘崇的圣旨和任命书，赶回麟州，交给他二弟杨重训，并一再叮嘱，不管沿途遇到什么困难，也要克服，一定要渡过黄河，平安到达麟州。两条汉子听了，深感责任重大，准备连夜出发。杨重贵又对二位汉子交代，到了麟州后，就不必返回太原了，留在二弟身边听候调遣，共守麟州。二位汉子听令后连夜而去。

杨重贵、佘赛花送走了两位送圣旨、任命书的好汉，与杨洪、王守义、程万保、赵红霞共商解救麟州的办法。佘赛花身怀有孕，再过一月又面临着生孩子，说话时大口大口喘气，背靠到床头，支撑着发胖的身体。杨重贵把自己的担心和刘崇不发兵麟州的事情又说了一遍，杨洪也着急地说：

"刘崇不发兵，讲了他的理由，看似有一定道理，实际上是一个借口，他不是认识不到麟州的重要性，也并不是识别不了后周军的整个战略意图。他不派兵麟州，另有考虑，那就是让咱杨家自己想办法，打退后周军。现在仅有二弟杨重训、王香兰、张平贵、王守成、孔愣头、孔愣子他们守家，兵不过几千，如何对付了后周军的轮番进攻。"杨洪手按着腰刀，在地下急得团团转。

"要不然这样，我带本部3000兵，偷偷地离开太原，回师麟州，与二弟杨重训共守麟州。"杨洪说。

"不可。这样大动作的调兵，刘崇、刘钧父子马上就知道，不但回不到麟州，还会引来刘崇、刘钧父子的猜疑，还说我们不听指挥，图谋不轨，甚至带来内乱，让后周趁机袭击。"杨重贵动情地说，"最好的办法还是说服刘崇、刘钧父子派兵增援麟州，或者调遣靠近河西麟州的岚州守军也行。岚州守军有5000左右，如果增援麟州，两天就可以渡过黄河。"

"刘崇、刘钧父子会同意吗？他们正在思考着在太原以南与后周军的大决战，根本不会向麟州派一兵一卒。"佘赛花吃力地说着，"可惜我不能行走了，不然的话，我以回麟州、府州探亲为名，带上其他16条汉子回麟州，与二弟一起镇守麟州。"

"即使你身体方便，那也不行，派兵麟州必须得到刘崇、刘钧父子同意。"杨重贵扶着佘赛花坐下说，"麟州是咱的老家，万一有个三长两短，不仅老百姓遭殃，后周军以此为由，偷渡黄河，占领岚州一带后，从北面威胁太原。"

"要么我夫妻俩带上 2000 兵回趟麟州。"程万保大声说。

"那也不行，2000 兵怎么能带出去。"杨重贵说。

"是哇，这么简单的道理，难道刘崇、刘钧不懂。"杨洪站到地下急得团团转。

"我再去面见一次刘崇，把利害关系讲清楚。"杨重贵最后说。

第二天，杨重贵直接去见刘崇，刘崇叫公差人员回告刘继业，自己公务忙，过两天再见。杨重贵十分着急，只好去见刘钧，刘钧还是那句老话，派兵麟州是大事，必须父皇说了才行。杨重贵没有办法，一连找了刘崇三天，刘崇每次以公务忙，不见他。到了第五天，不等杨重贵再去拜见刘崇，刘崇传来口谕，要刘继业速见他。

杨重贵赶到刘崇的宫殿，还没等开口说话，刘崇就下达圣旨说："刘继业听令，朕命你带领本部人马，今天出发，赶往泽州，参加阻击后周军北上太原的战役。"

"这？"杨重贵吃了一惊说，"我妻佘赛花身孕在身，即将临产，恐难以出征，还望皇爷准她不参加此次出征。"

"好，既然皇孙媳妇有孕在身，就不出征了，其他人一律同行，兵发泽州，与后周军展开生死大战。如果此战不能取胜，后周军就会又一次兵临太原城下，威胁我北汉政权。"刘崇又调遣其他将领，全都让今夜连夜出发，不得有误，并且又加一句话，"朕亲自出征，各路大军依次跟进，到泽州会合。"

刘崇下达了出征泽州的圣旨，谁也违抗不得。刘钧想替刘继业求情，派兵麟州，可是父皇圣旨下达，说也白说。杨重贵和各众将走后，刘钧对父皇说：

"刘继业请分兵增援麟州，不是没有一点道理。万一麟州丢失，刘继业、佘赛花、杨洪、王守义、程万保、赵红霞等杨家的旧部人马，就会不安心南征，还有后周就会渡过黄河，直取岚州，重新夺取代州、忻州，在北部构成对太原的威胁。"刘钧对父皇请谏。

"钧儿，你是真不懂还是假不懂。难道为父还不知道增兵麟州的重要作用？你呀，对事情的分析，只知其一，不知其二。为父对麟州太了解了。麟州归我北汉，好比在后周的肩膀上插了一刀。河西秦地，现归后周，只有麟州杨宏信生前投靠后汉，以大汉为正统，沿袭下来，誓将麟州交归我北汉。此种爱国精神可赞，忠诚之心可鉴，是值得弘扬的。可是，皇儿想过没有，我北汉从名义上接管了麟州，麟州尚可存在，后周会把杨宏信的继承人他的第二子杨重训当成是土匪，不当一回事情，最多驻军去骚扰一下要粮要钱，或者虚打一下。后周这样做，是本意上也想收编杨家这股地方势力，而不愿逼得他们走投无路，彻底死心归我北汉，决一死战。还有后周目前的进攻重心在太原以南的泽州、潞州一带，而不是绕道西北，从麟州渡河，偷袭太原。刘继业刚投我北汉，为父还要考验他的忠贞。这次为父调他出兵泽州，是经过多方面考虑的，我儿不必担心。"

"父皇，为儿就怕后周军这回是分兵两路，有真的攻占麟州之目的，从麟州渡河，偷袭夺回岚州、代州、忻州等诸城，直接威胁太原北大门。"刘钧又具体地说，"杨重训是继业儿的亲兄弟，他带的几千人没有经过正规训练的地方武装，是很难对抗后周军的大部队的。继业儿的两个儿子大郎、二郎年幼，还在麟州由杨重训夫妇抚养着，就怕继业出兵泽州也是精力不集中，打不了胜仗。"

"错，皇儿的分析太武断了。咱刘家不出兵麟州，麟州反而守得住，咱要是出兵，少了不解决问题，解不了麟州之危，多了兵力不够。"刘崇紧皱着眉头说，"后周郭威多疑，咱要是真的分兵麟州，郭威也会派一支重兵从河西出高原，拼命夺取麟州，即使他不渡河，不夺取岚州、代州、忻州，也从战略上胜算了一筹，毕竟他从咱刘家手里夺走了麟州，使河西整个土地归了后周，再无后顾之忧。郭威的野心是从正面战场攻打太原，绝对不会舍近求远，绕道麟州。为父如果猜得没有错的话，郭威真要是夺得了麟州，就会很满足，不侵犯我河东，以黄河为界，与我北汉各占半壁江山。哈哈哈……果真是这样的话，丢失一个麟州又算什么呢？"

"父皇，这样麟州的百姓可要遭殃了。"刘钧着急地说。

"钧儿，你怎么总是想问题想得太简单化了呢？麟州城只住着几千百姓，再就是杨家看门护院的几千守军，加起来也不足万人，而麟州城外的其他地方住着五万多老百姓，后周军常年在那里骚扰，也没见杀多少老百姓，把老百姓杀绝了，后周那些人吃啥喝啥？谁给他纳税，谁给他们交粮？后周军杀的老百姓是与杨家军一起守城的那些人。后周的郭威、柴荣父子没有那么傻。"刘崇内心的真话终于讲出来了，"如果后周军愿意退出泽州的话，咱就把麟州交给后周，一城换一城，何乐而不为。"

　　"父皇，杨家兄弟两个可不这么想，他们一心想的是把麟州交归咱北汉，为咱北汉死守麟州。"刘钧失意地说。

　　"是啊，这就是忠诚做事情。为父正是看准了杨家将杨重贵的忠诚，又勇猛，才想办法让他拜你为义父的。对这样的忠勇之士，只能是利用，死死地把他们捆绑住，不得有半点儿疏忽。"刘崇继续说，"为父不出兵麟州有着多方面的考虑，如果杨重训造化大，是条汉子，能抵挡住后周军的进攻，他就是杨家军的名将，也是咱北汉的勇士，如果他守不住，甚至战死了，那就成全了他，留一个忠诚报国的美名，留给后人赞美吧！唉，为父也是没有办法才出此下策哇！"

　　刘崇父子的这一番对话，把刘崇的奸诈、狡猾、残忍之本性勾勒得淋漓尽致。

　　刘崇甚至认为，北汉派兵进驻麟州，是主动向后周挑战，引火烧身，但是放弃麟州，又觉得实在可惜，白白把一片得来的地方送给了后周。杨家父子据守麟州，从名义上把麟州收归北汉，也是一种管理办法，反正自己不出钱，不出粮，不出一兵一卒，还有河西这么一个州城，也是一件大好事。所以，刘崇对麟州的政策是放权，放手，放人。所谓放权，麟州的刺史由杨家人自己当，所辖三个县的知县由杨家自己任命；放手，即大小事宜均由麟州自行处理；放人，一切人事任命北汉王朝概不插手。麟州就是一块独立的王国，只给杨重训发一张任命书就完事了。在刘崇的眼里，麟州有没有并不重要，是杨家把这片土地给北汉争回来，这反而加剧了北汉与后周的矛盾。可是，完全不管麟州、放弃麟州，他得一个昏君之名，甚至是卖国求荣之名。总之，杨家给他刘氏王朝拿回一块烫手的鸡骨头。吃之无味，弃之可惜。这个杨家军、杨家将啊！也太忠实于北汉了。

刘崇对儿子刘钧说："好在继业、佘赛花、杨洪等杨家的主要能作战的将领在咱手里。皇儿，知道吗，当今天下大乱，各方势力争战，掠夺城池重要，而争夺人才、贤才、良才更重要。有了人，就有了城池；有了人，没有城池，可以夺得城池；如果没有人，有了城池也守不住，为父就是看中了继业的才能、武艺，才想办法逼他做你的义子的。在杨家将与麟州两个方面，为父是宁愿要继业、杨家将，也不要麟州。有了继业，还可以夺城攻城，取得城池。这个道理，皇儿一定要明确。自古以来，得人才者得天下，失人才者失天下。"

"父皇，既然这样，为何不派继业带兵过河西支援麟州，反把他调到泽州作战。"刘钧不明地问。

"这正是为父的用人之道。继业虽然是忠诚，可是，他人在北汉，心在麟州。像他这样的人，只能留在为父身边作战，听候调遣，绝不能远离父皇，让回麟州。如果他回麟州胜了，自然会得胜归来；如果他不胜，结局只有两种：要么战死尽忠，要么反投靠后周成为我们的敌人。如果是前者，死了太可惜，如果是后者，那就太可怕。因而，父皇不派刘继业回河西增援麟州是有深层考虑。为父要的是活的杨家将变成刘家将，而不是要他们尽忠当忠良。至于杨重训，为父没有见过他，但从其坚守麟州来看，是一个忠臣，也是一员战将。对于他的使用，只能是任由他发展了，而不是派兵增援解围。麟州之危解不得，只要后周存在一天，麟州就危急一天，除非，咱刘家从名义上也不要这块地方。唉，为父对麟州的处理也为难哇！"刘崇又对儿子讲了一番不出兵麟州的大道理。总之，麟州在他的心目中，可有可无，不愿因麟州之争再从黄河以西的北部引发与后周的大规模冲突。

刘钧听了父皇的一番话，也就认可了对麟州不派兵的做法。刘崇要刘钧留守太原，自己亲自带领各路大军当日晚上出发，赶到泽州，与后周军作战。

杨重贵的本部3000军马早于刘崇启程半日。赶天黑的时候，大军来到清徐。杨重贵是心事重重，既牵挂着麟州的防务，为二弟着急，又思念着老家的母亲，还有两个孩子。他最担心的是麟州的安危，刘崇不派兵麟州，自有其道理，也许刘崇的看法是对的，后周军进攻的重点在泽州、潞州、临州一带，而不是塞上高原的麟州。大军驻下后，士兵们架锅做饭，杨重贵与杨洪、王守义、程万保、赵红霞等商量明天的进军事务。他有些想不明白，刘崇为啥要把自己收为他儿子刘钧的义子，真的是特别喜欢自己吗？那他喜欢自己的什么呢？是武艺，还是人品、忠诚。这些日子来，刘崇对他过于的偏爱，把他由一个普通的士兵提拔成保卫指挥使，还要他改姓刘、名字也改，成为刘家的一员。这种过分的偏爱反引起他的不安。他从一些朝廷官员的目光中可以读出，一部分人对他做刘钧的义子表示嫉妒，甚至是恼怒："这个河西蛮子，打了几次胜仗，竟然连姓也卖给了刘家，名字也改了。这样的人还能算是忠臣吗？"

杨重贵心里有着巨大的委屈，忠实于刘氏父子，他可以做到，可是让他改姓改名，做刘钧的干儿子，所谓义子，事出无奈啊！从麟州出发，千里来投北汉，为的就是为北汉效力，为麟州的命运着想，让他想不到的是刘崇做出了如此过分的决定，把他的杨姓都改了。他是背着父母改的姓，去做人家的义子。这不是他的愿望。可是，他不这样做，很可能招来杀身之祸，还会连累了佘赛花、杨洪、王守义、程万保、赵红霞和16条杨家军的汉子，甚至还会给千里之外的麟州百姓带来难以料到的后果。

刘崇是凶狠毒辣的。他如果得不到自己，就会把自己推向绝地。为了国家，也为了麟州的前途，为了保全杨家所有人的性命，他只好认了，认刘钧为义父，把杨重贵改为刘继业。

杨重贵的内心承受着巨大的压力。在外界看来，他是刘崇最看得起的红人。他成为刘家的人，不仅北汉朝廷所有的官员知道，连同普通士兵也晓得，甚至后周的敌军也了解。杨重贵做了刘钧的干儿子，把自己卖给了刘钧。有些难听的话，他可以听不见，但并不能阻止别人去议论。这次到晋南征战，刘崇把他当作其中的一支人马，表面上是器重他，实际上是不准他回河西增援麟州，把他死死地捆绑到刘氏政权的战场上。

杨重贵正和杨洪、王守义、程万保、赵红霞和16条汉子商量明天的进军事项，突然，有刘崇派的人送来口信，要他与刘崇的御林军一并同行，不得擅自贸然进军。杨重贵接到刘崇的口信，又与杨洪等商量，只能等刘崇的御林军到了，跟着进发。

第二天早上，刘崇带的御林军到了，急传刘继业见驾，刘继业参见，刘崇下令，让在他前面带路，作为御林军的一部分先行，保持三里的距离，保护刘崇出征。刘继业领命，与杨洪、王守义、程万保、赵红霞一起，带领本部人马，与刘崇的御林军保持距离同行。刘崇的御林军浩浩荡荡，不分昼夜，督战各路人马与泽州汇合，与后周军展开决战。

后周军来势凶猛，取了临州、泽州、潞州后，兵分三路，每路约4万人马，由一员大将带领，企图兵分三路直扑太原，消灭北汉王朝。刘崇听得探马报告后，也兵分三路，分头迎战，一定要把后周军阻挡在临州、泽州、潞州以南。刘崇带的各路人马也有10多万人，中间这一路由他自己带领，直取泽州。其余两路由张元徽、代州防御使李存瑰带领。刘崇带的中间这一路，打头阵的是刘继业。刘继业领本部人马到达泽州城三里停下，等待刘崇下达进攻命令。不一会儿，刘崇的御林军赶到，急令刘继业攻城。刘继业出马带领3000人马直扑城下，早有城里的探马告诉了城中的守军。城中守军看到刘崇自带御林军来夺城，急忙报告也是刚到不久的郭威。郭威听后，趁着北汉军立足未稳，从东、南、北三门而出，分三路向北汉军直扑过来。两军主将还未答话，士兵首先绞杀在一起，一场混战开始。

北汉军刚到，人困马乏，在后周军三路人马的直接冲击下，阵脚大乱，士兵开始后撤，刘崇想止也止不住。郭威指挥中间这一路，躲开刘继业等，直扑阵中的刘崇。刘崇见了，在左右的护卫下，急速后退。刘继业见刘崇撤退，大喊一声，挥起大刀，带领杨洪、王守义、程万保、赵红霞等本部人马，转身朝郭威猛杀过来。郭威眼看要追上刘崇，活捉刘崇，不料自己的军马大乱起来，只见北汉的一支人马从自己背后穿插过来，直扑向自己。郭威看见，大吃一惊，弃了刘崇，转身带着十余骑向城中奔逃。刘继业紧追郭威不放，眼见得郭威快要冲过吊桥，进入城内，急取弓搭箭，一箭射去。郭威的后背中了一箭，翻身落马，幸亏被左右人员救起进了城。郭威并没有生命危险，后背被护镜挡住，才逃脱一死。后周军见郭威逃进了城，也开始大乱，各自夺路，分开逃入城中。北汉军见后周军退了，也没有马上围城，离五里扎营。

刘崇大加赞赏了刘继业、杨洪、王守义、程万保、赵红霞等，亲自给他赏银500两，奖赏士兵。第二天，刘崇指挥攻城，后周军不出城，只在城门楼和城墙放箭、扔石头。刘崇攻不进去，急得召见刘继业，问有什么办法可突破城防。刘继业对刘崇说：

"泽州城墙，护城河水深，易守难攻，非一日可取。若要攻破城池，只能是等后周军防备松懈时，突然发起攻击，方能取得成功。可是，后周军日夜提防，很难有机会攻进城中。"

刘崇听了刘继业的话，也觉得攻破泽州太难了。后周军如果三月两月不出城，如此奈何。刘崇心里明白，自己的军队带的粮食只能维持一月有余，到时候攻不下城，只能不战自退。刘崇犯难起来。

郭威中箭后，逃回城中，只伤了一层皮肉，并无大碍。他了解是谁向他放的箭，方知是刘钧的义子——刘继业。他恨透了杨重贵，这个麟州王杨宏信的大儿子投靠了北汉，还做了刘钧的干儿子，实在是可恶，他誓死要报一箭之仇。一连五天，郭威命令守城的将士不准出城，只是放箭，扔石头，与北汉军互相骂仗。

"刘崇老贼，让一卖姓改名的奴才放冷箭，算啥英雄好汉，有本事出来拼上 300 回合。"

"姓杨的卖姓之徒听着，麟州本是后周之地，后周不夺麟州，是因你家镇守自己治理，不想你奴才背家卖姓，投靠北汉，还算啥杨家军……"

河西杨重贵本无能，只会放箭是狗熊；
麟州杨重贵不要脸，改姓改名投北汉。

郭威命士兵编成顺口溜辱骂杨重贵，杨重贵在城下听到了，气得怒火万丈，他令士兵拼力攻城，几次都被城里放的箭和石头打了回来。刘崇见攻城不下，急得直咳嗽。怎么办，不能白白地丢失三城。原来这三城，本是后周占领，刘崇趁后周防备不严，派三路大军夺得。可是，夺了三城不到两月，又被后周夺去。刘崇不甘心把夺到的三城这么白白地让后周夺走。他想利用刘继业来夺取三城，把后周赶到黄河以南，确保太原万无一失。刘崇的这个战略计划是很完美的，可惜他的对手后周太强大。双方在泽州、临州、潞州三城打打停停，相持一个多月，不见胜败。

泽州、临州、潞州三城久攻不下，刘崇有些着急。刘崇又命刘继业带领本部人马发起对泽州的进攻。王守义、程万保、赵红霞首先冲到城下吊桥，被城上的乱箭石头打得不能攻破城门。王守义冲在前面，因战马被乱箭射中跌下马来，又让乱石砸得阵亡。杨重贵急令退军，收葬王守义。杨重贵失了王守义非常痛心，感到过河东以来，连失郭玉方、李俊、王守义，损失太大。

郭威其实也很有野心，在夺得三城后，继续北上，攻克太原，彻底消灭北汉，横扫北方。可是，郭威遇到了高手，刘崇多了一支杨家军，又出了杨家将，差一点儿要了他的命。郭威想来想去，想出了一条阴险的计划，他命令坚守临州的侄子柴荣渡过黄河，向塞上高原进发，攻占麟州，从麟州渡河，攻克岚州，从北面直扑太原，端掉刘崇的老窝。

柴荣接到郭威的旨意后，以退兵返回中原为掩护，带领 3 万大军渡过黄河，昼夜兼程，向麟州扑来。

杨重训在日日夜夜盼望着太原方面来的消息，盼望大哥杨重贵给他的回信，盼望北汉刘崇给他任命为麟州刺史的任命书，盼望着北汉派大军来增援麟州，盼望北汉朝廷能正式接管麟州……这么多的盼望他一个也盼不到，而三天两头来的是后周军的骚扰，不是要粮，就是要钱，他对后周军是硬打不成，软了不行。后周军把他当成要粮要钱的粮库银库。

秋收开始后，杨重训又分出一半兵力，去收割庄稼，不能把到嘴的粮食丢了。他每天要到地里走一回，还要到西城去井下打井。收秋是季节性的，不能耽搁，打井是长期的任务，更不能放松，虽然井里出气困难，但是，打井的工程不能停下来，一天两班作业，来回轮流地干。今年丰收在望，粮食增产是注定了，后周军要粮要钱也频繁了。今天一帮士兵走了，明天又一批士兵来了。杨重训真想与后周进行一场决战，彻底把后周军赶出麟州，只是因兵力不足，不敢轻举妄动，一再忍耐下来。

收割完糜子，接着开始收割谷子，黑豆、高粱也收割在即。面对丰收，杨重训当然是喜上眉梢，手提着谷穗，喜得开口大笑："好谷穗，沉甸甸的，一亩足可以产 400 斤。是啊，有了粮食，老百姓就有饭吃，家家户户不必闹粮荒。"杨重训走在田野里，看着收秋的老乡们，心里充满了喜悦。然而，一想到后周军的骚扰，又犯愁起来。他正在东山 5 里外的谷子地里与士兵们割谷子，突然后周军的 500 多人骑马跑来了，他们一个个手里握着镰刀，领头的见杨重训就说："杨刺史，今天我们不是来向你要粮，而是替你割谷子，谷子割好后，我们直接去打粮食，免得你从库房里往出拿好粮食。哈哈哈……"

"你们……你们这些强盗，竟敢到地里抢庄稼？"杨重训大骂着。

"嘿嘿嘿……听见了吗？我们叫你杨刺史呢？连你大哥杨重贵都背叛了杨家，改为刘姓，给刘钧当干儿子，你还替北汉卖命，死守麟州。刘崇、刘钧父子早把你踢出去了。古人说得好，识时务者为俊杰……"后周军领头的对杨重训讥讽说，"大丈夫生于乱世，能屈能伸，放着光明大道你不走，偏要过独木桥。"

"住嘴，不允许污蔑北汉，不允许污蔑我大哥。我大哥改姓刘自有道理，不必说三道四。刘崇、刘钧创建的北汉是合法的国家，不像你们后周，趁人之危，夺人江山，祸害百姓。"杨重训斥责抢收庄稼的后周军。

"你错了。我太祖郭威，爱民如子，减免老百姓粮税，严管国家公差人员，实行土地改革，你怎么不知道。别占据麟州，不问天下世事，只记住跟着北汉人跑。北汉现在自己难保，根本顾不了麟州，你快快投后周，才是唯一出路，否则，早晚自身难保，灾祸临身。"后周军为头的开始劝说杨重训反水投后周。

"胡说。"杨重训大声说道，"后周表面上向老百姓让步，实际上更加重了老百姓的苛捐杂税。还有，你们这些当兵的，到处抢劫老百姓，搞得地方不得安宁。请问抢收老百姓的粮食也是减轻老百姓的负担吗？你们在我麟州抢了多少粮食，多少牛羊，多少银钱，你们心里最清楚。"

……

后周军为头的与杨重训争吵了一会儿，指使带的士兵开始抢收谷子，杨重训让自己的士兵制止的话，只能是引发双方一场混战。他实在是不愿看到战争再次爆发，只好强忍了。双方士兵各自抢收谷子，不时地发生争吵。

后周军抢割的谷子是杨重训家种的，也是属于麟州府衙直接经营的农场种植的谷子。杨家的土地就是麟州府的，杨家的庄稼都是归麟州府衙的。因而后周军知道这些情况后，专门来抢收杨家的谷子。在后周军的眼里，杨家与麟州府公私不分，就该抢，就该白拿。反正，从杨宏信起，杨家就是土匪，官方吃土匪，吃得有理，吃得应该，吃得合法，这就是后周军对杨家的基本态度。后周军最不能容忍的是杨家投靠后汉，后汉灭亡后，又投北汉，要把麟州白白送给北汉王朝，这是后周绝对不允许的。

……

整个秋收的日子里，后周军与杨家军一起争着抢收庄稼，杨重训做出了让步，不与公开作战。只要对方不发动对麟州的侵犯，杨重训是不会主动进攻后周军的。杨重训的底线就是后周军不侵犯麟州城，允许他的军队存在，不在麟州各地祸害老百姓。

杨重训一边在对付后周，一边在等待着太原方面给他送来的任命书和增派兵力。

又是一个深秋的清晨，杨重训起床后还没有来得及吃早饭，从太原来了两位送信的人，这两人正是杨重贵手下的两条汉子。杨重训高兴万分，终于等到了太原来人。

杨重训拿到了刘崇任命他为麟州刺史的任命书，又听了两条汉子传达的杨重贵的口信，要他加紧练兵，做好保卫麟州的准备，不要把麟州的希望寄托在北汉的增兵上。目前，太原南线战事紧张，北汉顾不得增兵麟州……

杨重训双手拿着刘崇给的任命书，感到沉沉的，刚才的高兴劲儿一下子没有了。不给增兵，只给权力，这事如何是好。杨重训在地下急得团团转。秋收马上要结束了，后周军还会对他怎样，很难预料。后周军已经把话说得再明白不过了，那就是不只是要他出粮出钱，还要把麟州送给后周，投靠后周。当务之急，就得听大哥杨重贵的话，加快练兵，对，还要征兵，准备与后周军决战……

一场征兵、练兵的活动在麟州展开了。

经过半个月的征兵，杨重训共征新兵2000多人，加上原来的士兵，总兵力达5000多人。新征的兵集中训练，由张平贵、王守成、孔愣头、孔愣子给教棍棒、刀、枪、锤、箭的使用方法。杨重训又从各营抽调出300名精干士兵，由杨家军汉子和6名石匠集中训练，组成一支敢死队。5000兵力，又进行了重重部署，草垛山留1000兵坚守，麻堰沟留1000兵潜伏，其余3000兵分布东、西、南、北四面防守，300名敢死队员护守刺史府，作为机动兵力，随时援助各个城门。杨重训做好防务后，又派两名精干士兵，带着自己的亲笔信，直接送太原的刘崇、刘钧父子，陈述镇守麟州的重要性，希望派兵增援麟州，他又给大哥杨重贵带去口信，说服刘崇、刘钧父子增兵驰援麟州。办完这件事后，秋粮入库，杨重训把精力集中到练兵、打井上来。

对于西城山上的打井，杨重训认为虽然进度不快，可也不能停下来，只要坚持，总有一天会打到山下，一定能取水上山。对于蛇耳则弯出现的泉水，他原抱有很大希望，但是泉水太小，一日流的水不够 5 个人饮用。杯水车薪，不解决实际问题。他只能把解决吃水的问题寄托于西城的打井上来。

深秋的塞上高原，早晨已经来临。南飞的大雁已经走了。杨重训一直等待着太原方面的援军。他有一种预感，后周发起对麟州城的进攻只是时间的问题，也可能是半个月，也许会在三天之内爆发。他发现后周军这些日子不停地在山下跑来跑去，像是要有什么新的军事行动。果然，这天上午，正在刺史府处理日常事务的杨重训接到后周军送来的一封最后通牒，限杨重训三天投降，交出麟州城，所属军马，接受后周的改编。

"狗日的，欺人太甚。"杨重训没有回信，而是捎口信给来使，回复后周军驻麟州的最高将领，誓死不投降，与后周决一死战。来使得口信走了以后，杨重训叫张平贵、王守成和自己的媳妇王香兰等守城士兵，提高警惕，昼夜巡逻，刀不离人，人不离刀，吃饭送到城墙吃，做好打仗准备。杨重训又动员城里的青壮劳力，也集中起来，与军队一同作战，防守城池。同时，让各家各户马上下山到河里担水，备足 10 天至 15 天的吃水，以防后周军围城，断了水源。安排好这些事情后，杨重训回到家对母亲刘慧娇交代，让她们一定照料好大哥大嫂的两个儿子大郎、二郎，还有他的儿子杨光宸。

"这次与后周军作战，不同过去，这次我杨家是公开投了北汉，受北汉封赏，后周一定是恨透了，势必夺城，驱赶我杨家过黄河。"杨重训把麟州的处境对母亲说了。

"咱不能走，咱走了，麟州的老百姓怎么办，还有粮食、财物、牛羊怎么办？不能白白送给后周。"王香兰坚决支持丈夫坚守麟州的主张，"咱麟州也有几千人马，后周军在麟州的驻军加散兵，也不过就是几千人。凭借麟州的天险，看后周军还能拔咱几根毛。"

"你说得很对。我也是这么想的，只要咱能坚持守半个月，大哥、大嫂他们一定会回来支援的，再说北汉也不能不管，也会派大军驰援麟州。"杨重训很有信心地说，"这几年来，后周多次进兵麟州，都没有得手，这回也一定会空手而去。"

杨重训抱起大郎问："怕打仗吗？"

"不怕！叔叔，我长大也要去打仗！"大郎从杨重训的怀抱挣脱，从地下捡起一把笤帚，对准门外喊着，"杀！杀！杀！"

"有种，像条汉子，不愧是我杨家的后代。"杨重训高兴地笑起来。

已经会走路、说话的二郎，好像也能听懂大人在说什么，看见哥哥拿起笤帚喊杀，自己也举起两只小手喊："杀！杀！杀！"

"好，我杨家后继有人，从明年开始，就给大郎、二郎教字、练武。"杨重训抱起二郎，亲了一口脸蛋，"想你爹和娘吗？"

"想，一直在想……我去找我爹我娘……"二郎天真地说。

"你爹你娘在很远很远的地方打仗，等打完了仗，叔叔送你去找你爹你娘。"杨重训心情很复杂地哄着小侄子。他放下二郎，又从母亲的怀里接过开始会咧嘴笑的儿子杨光宸，抚摸着脸蛋说：

"光光，快快长哇，长大也当刺史，替爹守城，专打那些欺负老百姓的坏人。"杨重训又亲了一口儿子，把孩子递给母亲，对媳妇王香兰说：

"这些日子就多劳累你了，一日三餐，又是照料孩子，又是教书，又是练兵，等安静下来，我带上你到南乡的大山里转转，看看黄河。"杨重训又安慰着媳妇王香兰。

"你不用给我说好听的，家里的事情，孩子的事情，你就尽管放心，集中精力，做好防城事务。这些日子来，后周军频繁地来要粮抢粮，我看是专门挑起事端，想一口吃掉这片土地。你身上的担子重。12名石匠毕竟是没有经过严格训练，他们是好石匠，可是，打仗不一定能发挥大的作用。还有从太原回来的两条汉子，虽然多次打过仗，可也没领过兵，当过将军。你好好对他们讲，要练好武功，会使各种武器，还能领兵，当一个将军，守城的事全靠张平贵、我二哥他们。"王香兰替丈夫操着心，捏两把汗，想着为丈夫分担压力。

……

杨重训与家庭成员的沟通、交流，实际上是做家庭成员的思想动员备战会，要全家人有足够的思想准备。他想得很多，有些事情也无法对母亲说清楚。总之，一句话，大战在即，家人也得做好准备上战场，万一后周军突破城墙，攻了进来，全城的百姓也都要参战，誓与麟州共存亡。

三天后，大清早，阴云密布，天黑沉沉的。后周军由柴荣亲率的 3 万大军赶到麟州。他们一到麟州，就分东西南北，把麟州城包围起来。柴荣听从部下的意见，先围住城，不急于进攻，而是截断城里的水源，使城内城外彻底中断，老百姓出不了城，也进不了城。城内 3000 守军与 3 万大军对抗，力量悬殊。草垛山、麻堰沟的两处孔愣头、孔愣子兄弟俩的伏兵试图冲击，解城内之危，怎奈兵力太少，与后周军拼了一上午，士兵伤亡过半。柴荣对杨重训的用兵很是佩服，两翼埋有伏兵，可惜兵力太少了，2000 兵力如何冲击 3 万大军。再说孔愣头、孔愣子弟兄俩武艺平常。柴荣一连围了三天城，第四天，他把城内士兵的家属亲人捆绑来，向城内一起喊话，叫士兵们放弃杨家，投奔后周，否则就当场斩杀家属亲人。城内有的士兵看到亲人被杀，实在没有办法，弃城出逃。

　　杨重训想止住士兵出逃也没办法，他也不愿看到那些新兵的家属、亲人被后周军杀害。3000 兵有三分之二因家属、亲人被后周作为人质而弃城出逃。柴荣见进攻的机会到了，一声令下，四面齐攻，波浪式地冲锋，一波被打退了，又一波接着冲了上来，反复进攻。后周军几次突破城墙，被杨重训、张平贵、王守成带的 300 敢死队打退。城墙上双方士兵死尸堆积，血流如水，染红了整个城墙。后周军依仗人多，很快占领了北门，又利用北门，向高处的东城发起猛烈进攻。西城墙距离长，守城士兵已经伤亡过半，一个士兵要守住二十几步长的地段，瞻前顾不了后，好在 12 位石匠集中守西城，他们手持铁锤，奋力拼杀，打退了后周军一次又一次的进攻。从东城墙进攻的后周军占据有利地形，几次冲进城来，被杨家军的 30 多条汉子带领的一批大刀队死命打出去。东城战斗打得异常激烈。南门离刺史府最近，是柴荣亲自进攻的重点。杨重训、张平贵、王守成带的 300 敢死队，死守着南门和南城墙。柴荣骑马在城外大声喊话：

　　"杨重训听着，你没有出路可逃，只有一条投降之路，保你全家性命和全城百姓性命。否则，顽抗到底，打破城池，杀得鸡犬不留。"

　　"柴荣匹夫，我麟州乃北汉疆土，岂容你贼军践踏。有本事，咱单个较量，决一雌雄，别拿老百姓说事。"杨重训大声骂道。

　　"好，你以为我不敢与你决斗，你出来，我与你拼 100 回合。"柴荣挺枪耀马，挑战杨重训出城。

杨重训认为与其在城内死守挨打，不如出城与柴荣决一高低，趁势打退后周军。杨重训骑上马，手提大刀，带着张平贵、王守成和300敢死队冲出城来，摆开阵势。

　　柴荣见了，催动战马，直朝杨重训扑过来。刀枪齐举，寒光闪闪，两人在狭仄的南门城外荒滩上大战了100余回合，不分胜负。柴荣见是冲击城的机会到了，向后一招手，大队人马冲杀过来，杨重训大刀一舞，身后的张平贵和300敢死队迎面而上。双方混战在一起，杀得昏天黑地，沙土飞扬，鲜血四溅，不少人中刀中枪，步兵与步兵厮打成一团，相互摔跤，把对方的耳朵都咬掉了。尽管杨重训与亲近的马队、敢死队把柴荣带的人马挡在了南门外，可是，西城由于城墙过长，12石匠苦苦死战，还是又一次被后周军大队士兵突破。12石匠且战且退，一直退到快离南城的百十步之远。与此同时，东门的杨家军汉子也战死，东门也被后周军突破，剩余的士兵死死血战，也向南城刺史府撤退。

　　杨重训见西城、东城已被后周军占领，急令张平贵、王守成率剩余的敢死队向城内撤退，柴荣率军紧追不放，一直把东、西、南、北的杨家军围困在刺史府。杨重训清点人马，3000士兵除了1000多弃城而走外，死伤2000多人，能战的只有700多人。大家拥挤在一个小院子内，想展开兵力决战也不可能。此时，后周军又采取了攻心战术，把全城的老百姓搜捕集中起来，推到刺史府的四周，不停地喊话，让杨重训放下武器，赶快投降。否则，每延长半个时辰，就砍杀20个老百姓。

　　杨重训打开小院大门，张平贵、王守成带着剩余的100多敢死队和杨家军汉子又冲了出来，后周军看见，急用弓箭手乱箭射杀。这一阵乱射，又有50名敢死队队员死伤，柴荣反躲开，让弓箭手乱射杨重训。杨重训身旁的敢死队急忙用身体护住杨重训。院内的士兵全都再次冲出来，又与后周军厮杀在一起。一座刺史府，被热血飞溅地染了一层又一层。一番厮杀过后，双方又停下来。杨重训再次看身边的士兵，总共不到100人，而后周军在付出伤亡5000多人的代价后，终于把杨重训不到100人的队伍挤压到刺史府。

　　柴荣杀红了眼，但是，他有他的政治目的，那就是不能杀死杨重训，要活捉杨重训，让杨重训这个麟州最大土匪、土豪杨宏信的二儿子来继续担任后周麟州的刺史。如果杨重训答应，就让杨重训和他的100多人活下去，如果不答应，全部消灭。

杨重训似乎看出了柴荣的用心，让大家不要怕，继续战斗，等待北汉的援军到来。杨重训埋伏于草垛山、麻堰沟的两支伏兵也不堪一击，2000人马，怎么只打一仗就全部散了，这也太无能了。他在这样想着，突然，后周军大喊起来，后面遭到不明身份军队的袭击，而且直攻打上山，冲进了南门，柴荣大吃一惊，止不住士兵乱跑，慌忙叫向东门撤退。杨重训带领100多兵力趁势追杀，把后周军赶出城内。

原来，正是潜伏在草垛山、麻堰沟那两支被打散的孔愣头、孔愣子兄弟的部队。他们在后周军忙于攻城的空隙，又偷偷地把生存的1000多士兵集合起来，等待机会，给后周军致命一击。在后周军攻破城门，把杨重训、张平贵、王守成等100多人包围在刺史府时，他们如猛虎上山一样，从屁股后给后周军猛插一刀，后周军不知来了多少援兵，自相踩踏，慌乱中急退出城中，聚集在东面的山头上。

杨重训集中兵力防守东门，马上派两个士兵骑两匹快马，去太原见刘崇发兵。后周军似乎明白过来，见进城的援军并不多，说明不是太原的北汉兵，又集中兵力把城包围起来。杨重训打发走第一批求救兵的人后，还是不放心，又派了两名得力的士兵，骑匹快马，冲杀出南门，到河东的岚州求救派兵。

柴荣让围城的后周军做了短暂的休息，吃饱肚子后，只隔了一个夜晚，又开始从四面猛烈攻城，城墙上到处在厮杀，到处死人，到处流血，到处喊声震天。经过一上午的血战，后周军又从西城突击进来。紧接着东门被打开，后周军两面冲进城，按照柴荣的打法，首先把城内的老百姓再次扣押起来，作为人质，要挟杨重训投降。此时，杨重训手下的敢死队也只有30多人，新增援的1000多士兵又死伤三分之二，已失去抵抗能力。杨重训等凭借刺史府，作为最后一道屏障，与后周军对峙着。

杨重训的母亲、妻子王香兰、两个侄子大郎、二郎、儿子杨光宸都被后周军扣押在老百姓群里。王元魁一家也被押来。柴荣逼使杨重训投降，每隔不到半个时辰又开始杀害二三十名老百姓。柴荣让老百姓指认杨重训的家属，谁不指认，就杀谁。老百姓无奈，只好把杨重训的母亲、妻子、侄儿、儿子都给指认出来。

柴荣得到了杨重训的家属、亲人，冲着杨重训哈哈大笑：

"姓杨的，两条路，任选一条，是死是活由你。你可以不怕死，威武地死去，表现出忠诚的风骨，可你的母亲、妻子、儿子，还有杨重贵的两个年幼的孩子，他们都是无辜的，死去连我都觉得可惜。难道你就不为他们的生命和麟州几千老百姓着想吗？"柴荣手挥宝剑，指着杨重训大声说，"给你半个时辰的考虑时间，不要指望刘崇、刘钧父子还有你兄杨重贵派兵来救你，他们还在太原南线泽州、潞州作战，连自己也顾不了。好好想一想吧，后周不会亏待你。"

杨重训见母亲、妻子、儿子、两个侄儿、岳父一家都被后周军抓住，刀架到脖子上，几乎气得要死过去。拼杀只有死，还要连累家人和百姓；投降，可以生存，也能保全家人和百姓，可是千古骂名、背汉投周之罪责，全要由他来承担。他不知道如何是好。有4名石匠见状，不愿投降，一齐头撞到刺史府墙壁，脑浆流出，英勇献身。还有10多名敢死队士兵手持刀冲向后周军，被乱箭射死，其余100多人，等待着杨重训的最后决断。

柴荣杀害百姓来逼使杨重训赶快投降，他已看出杨重训内心复杂矛盾的心情，只是不杀杨重训的亲属、亲人，不停地拿老百姓当人质，加以杀害。

"杨重训，留给你的时间不多了，死与活，由你抉择。我再说一句，别指望刘崇、刘钧父子救你，他们还盼不得你死，把麟州交给后周，作为讨价要临州、泽州、潞州的砝码。别傻了，自古英雄择主而生，非你不忠，此乃天意。归顺后周，立马封你为真正的刺史，统领麟州、府州、榆州各路人马。"柴荣加速做杨重训的攻心战。

怎么办？杨重训身边的士兵不停地有人用头撞击刺史府墙壁死去，又有士兵放下武器，跑到后周军一边。面对杨重训的两难，孔愣头、孔愣子两弟兄又冲了出来，拼力厮杀，而后两人身负重伤，撞到刺史府墙壁而亡。后人写诗赞孔愣头、孔愣子兄弟俩：

落草天台自为王，

杀富济贫走江洋；

投归杨家成正果，

尽忠救主写春秋。

杨重训被这种悲壮的场面撕裂着肝肺，他把大刀朝空中一舞，又投掷到地下，仰天长呼，双膝跪地，面向东面的太原方向，连连大声感叹："北汉啊北汉，非我杨重训不忠，实乃兵力不足，被后周破城，要挟百姓，逼杨某投后周。不是杨某不力战，后周大军围城数日，城内缺水，粮食恐荒，坚持战斗到底，只能是连累百姓和杨某亲人……"

杨重训说完，又冲着柴荣说道："我投降有五个条件。"

"好，说出来，哪五条？"柴荣见杨重训要投降了，惊喜若狂，感慨万千。

杨重训站起来，拍掉身上的沙尘，抹了把眉脸上的血迹，不卑不亢地说道：

"第一条，降周不降郭，只做后周的臣，不做郭氏的奴；

"第二条，送我两个侄子离开麟州到太原寻找我大哥大嫂；

"第三条，释放所有关押的老百姓，抚恤死难的士兵和亲人；

"第四条，不准后周士兵在麟州到处任意抢劫百姓财物和调戏良家妇女；

"第五条，两年内不征收老百姓的粮税。

"以上五条必须都答应，若有一条不存，杨某愿与家人一起自尽，以报效北汉。"

柴荣听了，思考了一下，然后双手合拍，笑着答道：

"行，上述五条，我代太祖准允。"柴荣认为，后周天下是姓郭的，投后周等于投郭家，杨重训只是碍于脸面，给自己寻了一条退路，至于其余四条，都无关紧要。既然杨重训投归了后周，就不能杀害他的亲属，他的两个侄子送太原的其兄杨重贵也是人之常情。

杨重训投靠后周了。麟州也随之被后周接管，柴荣代郭威给杨重训发了担任麟州刺史的任命书。杨重训哪里知道，他曾第一次派人到太原求救兵，派的人知道刘崇、杨重贵在泽州作战后，又赶到泽州，当面见到刘崇、杨重贵说明情况，刘崇给岚州刺史写了一道密旨，让杨重训派的人送去，请岚州发兵增援麟州。岚州刺史看了刘崇的密旨后，只带 2000 士兵，到黄河东岸，只敲锣打鼓，齐声喊冲啊，过河啊，实际上按兵不动，连一兵一卒也没有过河。

刘崇出卖了杨重训。

杨重训永远也不会知道。因为他是忠臣，是忠良。忠臣与忠良的背主更让人感到痛心。杨重训背了背叛北汉的罪名，成为了与他大哥杨重贵对立阵营的对手。历史就是一个好开玩笑的狂士，让杨家亲兄弟俩走到不同的敌对势力集团，各为其主。

鲜血染红了刺史府，也染红了麟州。流传下千古佳话，任由后人评说。

第十章　夹缝中生存

　　王元魁当爷爷了，倒背着双手，走到院子里，步子踏得青石板响。那神气，叫老婆张莲英看得都发笑。儿媳李美蝉给他生了一个孙小子，使他活得更有精神。杨宏信活着时，他把杨宏信当成是竞争对手，杨宏信死后，对手没有了，他还是活得不顺心，总感到这麟州城头有人与他争老大。儿媳李美蝉给他生下孙小子后，他突然间醒悟过来，不再与他人争这争那了，感到活得明白过来了。人哇，活着就为吃穿；争功，争名，争利，都是一场空。后周军打破麟州城，把麟州城收归后周后，王元魁是看到眼里，记在心里，对于后周军打破城池的一些做法，他是敢怒不敢言。三十年河东，三十年河西。过去无人管的麟州，如今归了后周，王元魁心里总是七上八下的。他知道大儿子王守义投奔的是北汉，北汉与后周是死对头。他这个北汉军的家属是不能背叛儿子的。对于女婿杨重训的投归后周，他是有看法没办法。既然女婿是投周不投郭，那就只能这样在后周的管辖下求生存了。王元魁也不想当麟州城的最大员外了，因为他不能与女婿杨重训较劲。杨重训是麟州最大的官儿，杨家是麟州势力最大的地方土豪，王元魁没有理由与女婿杨重训比谁是老大，他开始过他的安稳日子。

　　不过，王元魁也有不如意的事情。那就是二儿子王守成还没有成家。孙寡妇给二儿子王守成介绍了两个对象，都被王守成拒绝了。为此，王元魁急得站在院子内跳，甚至扬言，如果二儿子王守成再不订婚成家，他就从西城墙头跳下去。王元魁催促二儿子王守成成家立业，老婆张莲英也唠叨着让二儿子王守成早日完婚。可是，王守成不听爹娘劝说，整天忙于公务，跟着杨重训镇守麟州。

　　麟州归了后周，表面上战事平息下来，可是，土匪、散兵偷袭麟州的事还是不断发生。麟州城的防务一刻也没有松弛。杨重训带着张平贵、王守成等将领每天都在巡城，严防土匪、散兵作乱。麟州城归了后周，只是一个名义上的管辖，并没有给麟州派一兵一卒，也没有给划拨一两银子、一斤粮草，反而加重了麟州百姓的负担。后周的催粮官、收税官，三天两头来到麟州，不是要银子，就是要粮草，搞得杨重训左右为难。麟州城的储备银子、粮食支付不起后周的庞大开支，把后周要的银子、粮食摊派到每个家庭，那样又加重了老百姓的负担。可是，不向老百姓要银子要粮食，又有何办法呢？

王守成理解杨重训，按年龄讲，他是杨重训的妻哥，他得为杨重训减轻压力。他把后周征收银子、粮草的事回家对爹说了，希望爹带头出银子、出粮草，为官府出力。

"爹，昨天，后周又来人，增要白银 1000 两，粮食 200 担，布匹 30 卷，咱家就多出一些，减轻官府的压力。"王守成对着坐在椅子上喝酒的爹说，"咱家带头拿出白银 50 两。行不？爹。"

"50 两？这是银子，不是城墙上的石头。"王元魁双手发抖，气得把酒杯摔到地上又捡起来，自己倒了一杯酒喝，骂道，"该死的后周，骗我麟州老百姓，当初收归麟州时说得天花乱坠，说要让麟州老百姓过上太平日子，这倒好，还不到两个月，天天来要银子要粮，把我麟州当成银库、粮库了。该死的后周南蛮子。不给，老子不给，看他们能把我这个老头怎么样。"

"爹，你得为重训想一想，他这个刺史不好当。后周的那些催银催粮的人整天蹲在刺史府不走，还威胁若是不交银子、粮食，就拿麟州百姓当人质，男的抓去当兵，女的带走做妓女。"王守成对爹说着实情，"后周这次催银催粮的人来了上百人，若不给，他们就会进老百姓的家里抢。"

"土匪，流氓，无赖！"王元魁一个人喝着闷酒，一边喝，一边骂，老婆张莲英夺下他手里的酒杯说：

"少喝两杯吧，60 岁的人了，还当是年轻时候。实在不行，就先交上十两银子、一担粮食。"

"一两也不交，一粒也不给。后周的嘴是万人坑，填不饱，垫不平。今天交了，明天还要。咱能交得起？"王元魁右手用力捏碎酒杯，扔到地下，端起酒罐，猛喝一口，"告诉重训，退出后周，不做后周的官，再当他的自由刺史。"

"爹，这不是想当就当，想退就退的。河西的大片地方都让后周占了，后周已经在塞北一带建立了各级管理机构，长期派军队驻扎。如果麟州宣布退出后周所管辖，后周的军队会马上来围攻。"王守成向爹说明着退出后周所产生的后果，"这样又给麟州带来战争，带来灾难。这是麟州老百姓所不愿看到的。"

"那就只能做后周的奴隶，任由宰割。"王元魁一个劲儿地举起酒罐喝酒，"这世事，穷人富人都没法子活了。天底下没有一个讲理的地方。"王元魁正在边喝酒边骂着，只见儿媳李美蝉抱着孙子从门外进来，急忙放下酒罐，紧走两步，从儿媳手里接过孙子抱着，眉脸上泛起笑意，逗着孙子说，"让你爹带兵回来，把那些后周的催银催粮官和驻军，赶尽杀绝，让爷爷带着你过两天舒心日子。哈哈哈……"王元魁忍不住复杂的感情，哈哈大笑起来，"杀后周，杀后周！要太平，要太平！"

"爹，你醉了。"王守成从爹手里接过侄子，交给嫂子，又对爹说，"先忍一忍吧，拿出十两银子和一担粮食，也让重训好给后周那些人有一个交代。"王守成知道爹是嘴头上硬，事到如今，不出银子、粮食也不行。他忙出了家门，到刺史府见了杨重训，说明自家带头交银子、粮食。杨重训也无奈，派了几个公差人员，让王守成带着到王家取银子、粮食。

不一会儿，王守成带着几名公差来到自家，王元魁嘴上不停地骂，但是也没有制止老婆张莲英给交十两银子。公差人员到粮库装了一担粮食后，匆匆忙忙离开王家。王元魁追出门外，手指着南面，不停地反复大骂："不得好死的南蛮子。"

王元魁家带头交了银子、粮食，给那些中小型的富户和土豪、生意人带了头，他们也骂骂咧咧，很不情愿地交出了一部分银子、粮食，连那些多数的穷苦人，也转借、卖了家中所有值钱的物件交出一些银子。做豆腐的李二怀也把做了一个月的豆腐积攒的一两银子交了。麟州城一片哭爹骂娘声，骂后周早日垮台，让老百姓过上安宁日子。

不想，第一轮交银子、纳粮还没有过去三天，新的一轮交银子、纳粮活动又来了。催粮催银子官说，河东后周军与北汉军交战紧张，需要加大税收，支撑战争。面对又一批来催粮催银子的后周官，杨重训是实在无力再做通老百姓的工作，收回一两白银和一斗粮食。杨重训一气之下，带着王守成、张平贵来到西城，看了看仍在打井的石匠，然后朝老丈人王元魁家而来。王元魁正在家中哄逗孙子玩，见是女婿杨重训带着二儿子王守成和张平贵等一行人来自家，喜得展开眉头。这位女婿刺史，尽管住得离他家近，可一年也来不了几回，吃不了几顿饭。今天，这是麟州归后周后女婿第一次来他家。王元魁看着女婿后面跟的一群人，感到有一种荣耀感，他忙叫老婆张莲英叫家人烧火做饭，好生招待女婿等刺史府的一行人。

"你还认我这个老丈人？说吧，是不是来要银子要粮食的？"王元魁直接把话捅出来，"银子没有，粮食也没有，要老命有一条。"

"爹，把话扯哪里去了。"王守成忙向爹解释，"我们是到西城巡山回来路过咱家看看。"

"岳父大人，你说对了，我不装着藏着，是来征收银子和粮食。"杨重训也把话说明白，"后周催粮催银官要得急，我没办法，只能先从自家和岳父大人这里做起。我这个刺史不好当，不当也不行。为了麟州老百姓，我只能挨着骂这么做。"杨重训显得无可奈何。

"你要真是为了麟州老百姓，就赶快重振军威，与后周脱离关系，镇守麟州。"王元魁跺着脚，手指南边，大骂起来，"不得好死的南蛮子，害得我麟州百姓不得安宁。"

王元魁在骂，张莲英招呼家人赶快烧火做饭，招待女婿和刺史府的一行人。王元魁毕竟是员外，家有存粮，全家人两年也吃不完。一年四季，不管春夏秋冬，放着腌猪肉。今天女婿来了，王元魁是心里高兴，嘴头上生气。老婆张莲英理解他的心思。他心里明白，女婿是无事不会来登门的。当然，登门也不完全是为了让他带头交银交粮，恐怕最重要的还是给他这个老丈人脸面，让全麟州城人知道他有一个做刺史的女婿。这种荣耀感不是用银子能买来的。

"上酒，炒几个菜，今天啥也不说了，只说喝酒。"王元魁亲自到院子内的库房抱了两罐酒，让所有的人都坐到椅子上喝酒，喝好了再吃饭，"我王元魁过得是不如前两年了，但是，日子还是过得下去的。我是当爷爷的人了，啥世事也看开了。庶民百姓，不与官府争，只管种田、做生意。"王元魁又叫家人快去亲家李二怀家买上十多斤豆腐，美美地炒一个鸡蛋炒豆腐，多喝几杯。

一家人都忙起来，连杨重训也不闲着，亲自打开酒盖，给各位倒酒。

张平贵从踏进王元魁家院子的那一刻，就觉得神情紧张。当他见到李美蝉抱着孩子时，急避开目光，假装没有看见李美蝉。李美蝉似乎不以为然，抱着个孩子，故意在众人面前出出进进，以显示嫁到王家生了儿子的荣耀。她越是在众人面前走来走去，张平贵是越发心里不安。自从后周军破城孔愣头、孔愣子兄弟俩撞墙战死后，守护麟州的重任就落在了杨重训、张平贵、王守成三人等剩余杨家军汉子们身上。张平贵忠诚于杨家，日日夜夜守护着杨家大院、刺史府等几个重要建筑，每天还要到处巡山查哨。孙寡妇又给他提了几次亲，也只是逗他，并不给他动真的。他搞不清孙寡妇到底操的是啥心。不管怎样，讨不过老婆，可在杨家日子过得顺心。自从杨重训归后周后，张平贵能看出来，杨重训对后周敕封的这个刺史并不满意，尤其是对后周经常来征收税银和军粮，杨重训是恨透了。今天杨重训带着他和王守成等人巡山，实际上是发泄对后周的不满，杨重训带着他和王守成巡山是有考虑的，为的是加强城防，一旦与后周变脸，准备厮杀。张平贵深明杨重训的巡山用意。如果不是杨重训带着他走进王元魁家的大院，他是没有机会走进这个院子的，他也不可能看到李美蝉。如今的李美蝉可是王家的少夫人，已是做母亲的人了。张平贵是彻底死了那份当初的恋情。他也不会再酒醉后跑到东门外李二怀家的篱笆墙下发傻张望。他如今是杨家刺史府的将军，手下带着1000多号兵。山上能征善战的人从杨重贵走后，剩余的人不多了，尽管他张平贵不是数一数二的汉子，可也是麟州城的一员战将。他要为杨家安危着想，为麟州的老百姓着想。

张平贵避开李美蝉的目光，假装着没有看见。他手持着铁棍，一刻也不离杨重训。王元魁看见了，觉得张平贵有些面熟。怎么这么一个人，紧跟在女婿身后半步不离。这是在自家，又不是出席鸿门宴，何必把气氛搞得紧张。

"张将军，我认识你，你不是当年在东门洞守城收取保护费的好汉吗？如今做了杨家刺史府的将军，你可知道，这刺史是我的女婿，到了我家，就是到了自家，用不着紧张。"王元魁走到张平贵面前，双手用力夺铁棍，不料动都动不了，反惊出一身冷汗，"好功夫，果然有真本领！我女婿用人用得好。"王元魁首先倒了一杯酒端到张平贵面前，"来，我先敬张将军一杯。"

"我戒酒了。"张平贵推开酒杯，躲在杨重训的身后。

"这是啥话，戒啥酒。武人好酒，文人好字。这是古人定下的。堂堂七尺男儿，不喝酒，瞎做了一回男人。"王元魁追着张平贵，非要张平贵喝酒不行。

"平贵哥，那你就接住酒杯吧。"杨重训替张平贵接住酒杯，递到张平贵面前，"喝吧，别和自己过意不去。"

"杨刺史，我真的戒酒了。我不敢再喝酒了。"张平贵难为情地推托着。

"不敢喝？有啥不敢喝？"杨重训话出口，猛然明白过来，张平贵还在为当初酒醉后到李二怀家篱笆墙耍酒疯的事而惩罚自己，"过去的事了，你还记在心上。今天你只喝三杯，肯定醉不了。"

"三杯？"张平贵抿了抿嘴，被酒馋得直流口水。

"对，三杯。保准没事。"杨重训把酒杯又一次递到张平贵面前。

张平贵一手握铁棍，一手接过酒杯，"咕咚"一口，香得不停地抿嘴唇。好久没有喝酒了，一口下肚，浑身发热，全身是劲儿，心窝子火呼呼的。他喝了一杯，双眼盯住酒罐。王元魁看得明白，急又亲自倒了一杯递到张平贵面前说：

"这才像条汉子，你为杨家风里来雨里去，喝两杯酒算个啥。"王元魁见张平贵喝了第一杯，心里特别高兴，女婿手下有这样忠勇的汉子，让他一百个放心。

张平贵喝了第一杯酒，也就想喝第二杯酒，他又从王元魁手里接过酒杯，痛快地饮了，把空酒杯还给王元魁，高兴得不由得喊起来："好酒，好酒，过瘾，过瘾。"张平贵第二杯酒下肚后，觉得浑身飘起来，胆子也大多了，忍不住从王元魁手中夺过酒杯，自己倒满了酒说，"这第三杯我也喝了。咱有言在先，只喝三杯。"张平贵又一口饮了第三杯，把酒杯还给王元魁，急闪到杨重训背后。

"好样的。张将军今天给老夫面子。接下来就都是自家人，自个儿端酒喝。"王元魁说话时面对着杨重训，意思是让女婿自己端酒喝，不能由他这个老丈人敬酒。

杨重训心里明白，拿起酒杯，倒满酒，先向老丈人敬过来："岳父大人，接下来就由愚婿给你敬了。"杨重训把酒杯递到王元魁面前。

王元魁接住酒杯，用舌尖舔了舔酒笑说："这酒果然不错，是咱地道的麟州酒。我喝了几十年酒了，喝得最多的是咱麟州酒。今儿大家都放开酒量喝，不要怕醉。"王元魁喝了女婿敬来的第一杯酒，感到十分的荣耀。今天他才感到做岳父大人的自豪。女婿是麟州刺史，谁还敢小瞧他。他是麟州城有地位、有身份、有威望的人，是说一不二的人，是让众人抬举的人。王元魁喝了第一杯酒后，自己倒了第二杯，对着众人笑说："这第二杯酒也不用谁敬了，还是我自个儿来。"王元魁喝了第二杯，又自己倒起第三杯，也一口喝了，举起酒杯，让酒杯朝地说，"看清了吗，这叫一口清。"他专门看着张平贵说，"张将军，这才叫喝酒，一点儿不留。明白吗？"

"明白，王员外，我刚才也是喝得一点儿不留。"张平贵的酒瘾发作了，不停地抿嘴。他的这一变化，逃不过王元魁的眼睛："张将军，你已经喝了三杯，就放开酒量喝吧。我看你到底有多大的酒量。"

"这？"张平贵看看杨重训，急得直挠耳朵。

"喝吧，能喝多少喝多少。反正不要酒醉，不要误了半夜巡山。"杨重训对张平贵说。

"我一喝酒就不由自己了，还是不喝了。"张平贵嘴上这么说，眼睛却盯住王元魁手里的酒杯。

王元魁一看张平贵就是爱酒的汉子，只是怕饮酒过度醉了误事，才不敢多喝。今天既然女婿和二儿子把大家带到自家，这是给他面子，他要大家一定喝好吃好。王元魁看着张平贵酒馋的样子，让大家一齐动手喝酒，然后又倒了一杯递到张平贵面前："喝吧，喝了才是有福之人。多少天不喝了吧？今天好好解解馋。"

张平贵接过酒杯一口喝了，觉得还是不过瘾，他看着酒罐，双眼冒火花，止不住口水，猛地单手提起酒罐，也不管众人有没有喝，大口大口喝起来："痛快，好酒，过瘾！"张平贵一口气把一罐酒喝得留下少半罐，惊得众人都发呆了。

"平贵兄，不能喝了。"杨重训急从张平贵手里夺下酒罐，叫众人扶张平贵走。

张平贵喝了半罐酒后，先是力大无比，单手举起铁棍，朝空中舞了一圈，大喝一声："后周那些将军算个球，老子与他们拼300回合。想当年老子在东城门当守护的时候，单手能托起城门。"张平贵挤开众人，站到地下，冲着杨重训发喊，"杨……杨刺史，给后周的银子……粮食不用交了。干脆反……反了，把后周的催粮官赶走，不再受后周管辖，咱宣布……独立，你当国王，我们都做大……大将军。"

"平贵兄，你醉了，不敢瞎说。"杨重训急忙制止张平贵乱说。可是，张平贵酒劲儿上来了，哪里听得进去，一个劲儿地大骂：

"后周……这伙毛贼，跑到北方杨家的地盘来逞能。不行，老子不服。反了，反了，建立咱麟州国，痛痛快快和老百姓过日子。"张平贵骂骂咧咧，身子摇晃着，还没等众人喝酒，先醉了发酒疯。王元魁见张平贵真的醉了，感到有些难堪，万一张平贵闯出乱子来，大家脸上都不好看。

"快，扶张将军回家。"王元魁急叫众人扶张平贵走。

张平贵不要众人扶，也不走，看着一边的李美蝉，直愣愣地瞪了两眼，提着铁棍，推开众人，也不管杨重训阻拦，夺门而出，跑出院子，竟直朝东门而来。杨重训等众人紧跟在他身后追。张平贵到了李二怀家的篱笆墙下，借着月光，站立着不动，直朝里看。杨重训心里明白，张平贵还在惦记着当年的李美蝉。唉，男人哇，怎么爱上一个女人就永远也忘不了呢？

杨重训、王守成等众人夺下张平贵手中的铁棍，大家一起动手，拉的拉，推的推，才把张平贵拖着离开李二怀家的篱笆墙。叫张平贵这么一闹，把李二怀和老婆崔彩梅吓得躲在院子不敢出来，直呼救人。张平贵被众人推拥着回到刺史府，已是半夜时分，他的酒劲儿减了一半，躺到刺史府的床上呼呼大睡。杨重训见张平贵睡着了，叫王守成回家去休息，留他和两个公差人员照看张平贵，其余人各自回家睡觉，好明早起来忙公务。

杨重训打发走了众人，这才坐到椅子打起盹来。他原本带大家到老丈人家吃喝一顿，让大家开开胃口，不想叫张平贵一闹，谁也没喝酒，也没吃饭。他担心张平贵再醒来闹事，只好坐到地下的椅子上，陪着张平贵。张平贵睡了一会儿，翻了一个身，挥舞着拳头，说着似醉而非醉的梦话："拿铁棍来，我与南蛮子拼300回合，直杀到开封城……"

张平贵醉得不轻，又翻了一个身，再次说起梦话："美蝉……你怎么不告诉我，就嫁王守义了。我……我等着你……"

唉，我的平贵兄哇，太固执了，为了一个女人，直到今天还没有忘记。杨重训叫两个公差人员睡去，自己守着张平贵。两个公差人员走后，张平贵的梦话一直没有停止，一会儿骂后周，一会儿呼喊李美蝉的名字，搞得杨重训无法入睡。直到了下半夜，天快亮的时候，张平贵停止了说梦话，呼呼地睡着了。张平贵睡着了，杨重训也上了另一张床，和衣躺下，闭目睡着了。

张平贵酒醒后，杨重训早已醒来在地下帮公差人员收拾地下的脏物。张平贵跳下床，见自己睡在刺史府，感到万分羞愧，为自己的酒后失态而自责："我就说我不能喝，可王员外——你老丈人非要我喝酒不行，这——"

"快去吃早饭吧，不用自责了，以后喝酒少喝一点儿。"杨重训安慰着张平贵，"酒这东西，喝进去多了，可不由人，神仙也能喝醉，不要说人了。"

"杨刺史，我昨晚没有胡闹吧？"张平贵问杨重训，他也记不清他往李二怀家跑，也不知道说了一些啥话。

"没有，别提了。让孙寡妇给你介绍一位嫂夫人吧。免得酒后往人家家里跑。再出现这种事情，叫别人知道，可要笑掉大牙。"杨重训走到张平贵面前，压低声音说，"忘了吧，把那个女人忘了吧，别装在心上折磨自己。"

"我……我一喝酒就想她，就想往她家的篱笆墙下跑。"张平贵红着脸说，"我是不是昨晚又跑到李家篱笆墙下？"

"你还好意思问。幸亏是半夜，要是大白天，让好多人看了，还不闹得全城人知道。"杨重训把铁棍交给张平贵说，"男子汉大丈夫，不能为了一个女人而失态。给你一个任务，一定让孙寡妇给你介绍一个媳妇。我看你不是害酒瘾的病，你是害想女人的相思病。"

"这……"张平贵低头不语，忙提着铁棍出了刺史府，路过一家粥铺，买了一碗喝，朝自己的兵营而来。张平贵为昨晚的酒后失态而羞愧，他今天要好好地表现一番，以弥补昨晚的过失。他以为自己兵营的士兵不知道自己酒醉的事情，其实他晚上没有回兵营睡，大家都猜着八九分，他一定是被人请起喝酒。他是带着酒气走进兵营的，一进院子，就大声呼喊，让大家集合，马上训练，然后去分头巡山，防止土匪和散兵偷袭山城。士兵们见他头发散乱，满脸的酒气，只得听从命令，开始训练。张平贵的酒劲儿还有三分没有散去，他舞动铁棍，迈开双脚，摆出一副决斗的架势，朝着士兵们训话：

"弟兄们，今日天下不太平，我杨家军要时刻保持警惕，天天坚持练兵。后周的南蛮子三天两头来催要银子、粮食，我麟州又不专门产银子粮食，以我看，杨刺史早晚要与南蛮子决裂，因此，我们要准备打仗，不但要打小仗，还要打大仗。"张平贵理着散乱的头发，用带子往紧勒了勒袄襟，比画着铁棍说，"麟州城能不能守得住，全靠弟兄们。这年头，有钱不如有兵，有兵就能称王。大家说对不对？"

"对，我们反了吧，不再给后周南蛮子交银纳粮。麟州是咱麟州百姓的，凭啥后周南蛮子派几个人来手指一划，就划到后周了。"

"对，反了算了。迟反不如早反。咱反了河东投北汉。"

"对，投北汉去，那才是正统的国家。"

"……"

让张平贵一忽悠，众士兵跟着叫嚷起来，放了一通说反后周的大话。张平贵带的士兵共有 2500 人，负责保卫刺史府和巡山守城的重任。杨家军剩余的 30 多条汉子也编在张平贵的手下，是麟州城最得力的一支部队。张平贵不敢喝酒，并不仅仅是因为怕酒后去找李美蝉，更担心的是酒后误了防城大事，让土匪、散兵偷袭城池。在他看来，归没归后周都一个样，麟州就是一个独立王国，是杨家说了算，凭啥后周郭家的人来指手画脚。后周的人几乎天天催粮催银，逼得杨重训不知所措，张平贵是捂着一肚子火，恨不得把那些后周的官差一个个缚了剐了，包了人肉饺子吃。

张平贵训练兵不到半个时辰，让三个小头目分兵三路，分别去巡山，自己又带着 30 多条汉子，到山头各处巡查。他路过东城区与西城区的接合部时，正好与上街买菜的孙寡妇相遇。孙寡妇见到张平贵，分外高兴，用身子挡住张平贵的去路，满脸堆笑说：

"哎哟，好些天不见张将军，原来是带兵巡山哇。喂，还想媳妇吗？是不是有了新的心上人？"孙寡妇也不管众人，只当是她一个人与张平贵在一起，拦住张平贵就直接地问，"是不是把我忘了？走，咱去找杨刺史评评理。"

"我……我没有忘记你。你快走，叫别人看见多不好。"张平贵躲闪着孙寡妇。

"有啥不好？你占老娘的便宜就好？"孙寡妇双手拽住张平贵的铁棍说，"男子汉做事敢作敢当。自你把我欺负后，我就带下了疼病。我问你，是不是还在想着李美蝉那个妖精？我告诉你，那可是王守义将军的媳妇。你早点儿死了心吧，别瞎打主意，想得半夜睡不着觉。"

"你扯到哪儿去了，我与李美蝉没有任何关系。"张平贵争着说，"别老是揭人的短。"

"谁揭你的短了？你的生性，我还不清楚，喝上两杯酒，东南西北都搞不清楚。你说，是不是又在打李美蝉的主意？哼，我要给王元魁去告你的状，说你依仗权力，自以为是将军，强霸他的儿媳妇。"孙寡妇提高声音喊起来，惊吓得张平贵直求告：

"姑奶奶，你别闹了，我又没有得罪你，你为啥老是缠住我不放。"张平贵往开推着孙寡妇。

"哎哟，疼死我啦。"孙寡妇趁张平贵推她，就往后一仰，跌倒在地，故意放开嗓门叫唤，"你敢打我，我不活了。"孙寡妇双手搂住张平贵的腿，眉脸紧靠张平贵的大腿，紧紧贴住张平贵不松开，"你打死我吧，反正我老了，也没人要了。你占了我的身子，搞坏我的名声，我死也是你的人。"

"你——"张平贵叫孙寡妇这么一闹，是一点儿办法也没有。他又不敢动手去打，只好任由孙寡妇纠缠不放。跟在张平贵身后的30多条汉子，都心里明白，张将军是遇到了老相好，有本事也施展不开，大家有的笑，有的说闲话，有的看热闹，看这位将军如何摆脱孙寡妇。

"放开张将军，要不，就抬着把你扔下山沟底喂了狼。"有的士兵替张平贵解围。

"哪有这么脸皮厚的女人，半路上拦住抢男人。是不是等野汉等不及了？"

"再胡搅蛮缠，就扒了你的裤子。哈哈哈……"

众军汉看不下去，为张平贵抱打不平。张平贵明知在孙寡妇手里犯短，急忙制止众军汉不要乱说，用好言相劝孙寡妇放开自己。他压低声音，头靠着孙寡妇的耳朵说："快，放开，有啥话，我晚上到你家去说，叫士兵们看见多不好。我求你了。"

"这才是人说的话。好，你说话算数。你要是今晚上不来，我真的去给王元魁告你半夜强奸他儿媳妇。"孙寡妇松了手，拍打着自己身上的黄土站起来，对那些讥笑她的军汉咒，"有啥好看的，没见过女人吧？知道吗？女人缠男人，是男人的福。你们想享这福气，还没有资格。嘿嘿……"

孙寡妇是真的生气了，她当着张平贵的面，脱下一只鞋，举起来扔向嘲笑她的军汉。那军汉急躲开，孙寡妇又脱下一只，猛力地投过来，打准了军汉的肩膀，引逗得众军汉大笑不止，齐声喊：

"哎哟，好一双光脚丫，白萝卜片哇！哈哈哈！"众军汉一起哄，搞得孙寡妇进退两难，急忙捡起两只鞋穿上，瞪了张平贵一眼说：

"你说话算数，我饶了你这一回。"说完，挤着眉，朝众军汉吐了吐舌头，躲开众军汉，急急忙忙走了。

张平贵叫孙寡妇这么一折腾，是又羞又气又笑，又得意，心里是说不来的一种感受。他红着脸对众军汉说："男人嘛，谁遇上这样的女人，也对付不了。你们不要看笑话，不信，你们试一试。这女人哇，爱上男人的话，一是缠，二是骂，三是闹，四是哭……"

"哈哈哈……张将军真是有福人，我怎么就碰不着这样的女人哇。嘿，看那双脚，水嫩嫩的，多吸人。哈……"军汉乐得笑。

张平贵又与大家说笑了一阵，急忙去西城巡山。此时，已是半前晌，太阳慢慢升起在天空正中。

王元魁觉得这几天大儿媳妇李美蝉神态有些不对劲儿，吃饭少，说话少，愁眉苦脸的，没有一点儿笑容。他晚上问过老婆张莲英，是不是大儿媳妇想守义了。老婆回答说可能是，他也并不在意。大儿子守义走了好长日子了，年轻女人想男人也是正常的。王元魁有一件事不明白，令他心里感到不安，那就是张平贵等人来他家喝酒那天晚上，张平贵被他劝得喝酒后，用一种非同常人的目光，盯着他的大儿媳妇李美蝉。那是一道什么样的目光，凭他的直觉，是张平贵借酒醉用贼一样的目光在不怀好意看他的大儿媳妇。不好，这小子起了淫心，见色生邪，不安好心。好在张平贵没有醉倒他家，反跑到李二怀家的篱笆墙下耍酒疯。酒哇，神仙也出不了够。

三天过去了，王元魁老是心里七上八下想着张平贵来他家喝酒这件事。

张平贵是镇守麟州城的将军，是女婿杨重训看重的红人，他不便为张平贵看了一眼大儿媳妇李美蝉而产生对张平贵的不满，但是，他要提防着张平贵和像张平贵这种酒后撒酒疯的男人。大儿子守义走了这么长时间，大儿媳妇走去外面，能不被他人关注吗？王元魁为大儿媳妇操心，想着想着，就想起了大儿子守义来。守义投了北汉，跟着杨重贵与后周军作战，一定建了不少功绩。大儿子哇，有出息，舍弃怀孕的媳妇，千里之外能不想家吗？正是晌午，外面太阳红红的，王元魁对老婆张莲英说：

"守义这孩子，走了这么长时间，也不给家里捎封书信。"

"外面乱哄哄的，到处打仗，守义哪能捎回信来。"张莲英抱着孙子说，"这该死的后周南蛮子，占了麟州，又去占河东。这仗啥时才能打完。我这些日子，老是左眼皮跳，梦见守义满脸是血来见我。我真担心……"

"别瞎想，守义武功好，又跟着杨重贵，还有那帮杨家弟兄，不会有啥事的。"王元魁为老婆解心里的忧愁，"好男儿志在四方。家贫出孝子，国乱出忠臣。当下天下大乱，群雄并举，正是出英雄的时机。守义又读过书，跟了北汉刘氏，一定会大有发展。再说家里还有守成，在杨府做事，官居将军，跟着杨重训，也错不了。将来会受到国家的重用。"

"啥重用不重用的，后周的官不好当。你没有见女婿整天为筹粮筹银犯愁吗？"张莲英接过王元魁的话题说，"昨天香兰回来还对我说，为了筹银，女婿把她的嫁妆也卖了。该死的后周南蛮子，逼得老百姓活不下去。"张莲英亲了一口孙子的脸蛋又说，"这年头，天天打仗，闹得人心惶惶，庄稼人没法种田，生意人不能做生意。我看咱的印染坊迟早也要关门。听说了吗，后周派来催银催粮人，不只是逼着女婿交银交粮，还直接闯进老百姓家搜刮银子和粮食。"

"有这事？"王元魁吃了一惊，叹气骂起来，"这帮南蛮子，太无礼了，他们的胃口是越来越大，是要把麟州老百姓活活逼死吃掉。"王元魁拿起地下桌子上的酒杯，倒了一杯酒喝，说，"我这酒看来以后也喝不成了。我这大半辈子，就这么一点儿嗜好，每天离不开酒。"

"你也快不用喝酒了，看那天张平贵喝成啥样子，跑到李二怀家撒野。多亏了重训他们，要不然还不知要闯出啥乱子。"张莲英紧紧地抱着孙子，话题又转到张平贵那一双色色的眼光上来，"喝酒没有一点儿好处，看张平贵喝的，连看人都是贼处处的，不怀好意。"

"别提了，过去的事情就过去了，他不就是多看了美蝉一眼吗？男人遇到酒，见到女人，都一个样，色迷心窍。"王元魁解释着说。

"那你天天喝，也色迷心窍，见女人就呆看？呸，老不正经的。"张莲英瞪了老头子一眼，噘起了嘴唇。

"你扯到哪里了。哈哈……我例外，我是喝出来的，永远不会酒醉，更不会像张平贵那样，醉了就乱跑乱撞。"王元魁笑着又喝了一杯说，"我是看透这世事了，衙门朝南开，皇帝轮流做。自从盘古开天辟地以来，到了有了正式的国家，谁的本事大谁就是皇帝。抢到天下的是王，抢不到天下的是贼。这后周与北汉打仗，何年何月结束，谁胜谁负，世事难料。按理说，做皇帝，建国家，顺民心，可这后周就是不服，还有那一个个的这国那国，他们是一心要把国家搞乱，逼得老百姓走投无路。我今天还能在家抱孙子喝酒，这还要感谢咱王家交了杨家这门亲，要不是女婿重训韬光养晦，委曲求全，应对后周，咱还能有今天？早被后周灭了。"王元魁说到此处，又倒了一杯酒喝，说，"香兰那孩子也会做事，文武全才，在家里服侍杨重训的老母和照料孩子，在外面又是山城的一员战将，让杨家老老小小，上上下下都喜欢。"

"你喝多了，东拉西扯的，别喝了。咱的三个孩子，哪个不是文武双全，都像你一样，做酒鬼，还提啥报效国家，建功立业。香兰这两年苦没少吃，照看孩子，服侍老人，打打杀杀，风风火火，忙得连到咱家吃顿饭的工夫都没有。"张莲英夺下老汉手里的酒杯，把孙子递到老汉手里，瞪了老汉一眼说，"过两天，叫香兰回家走一趟，休息两天，别整天练兵呀巡城呀，这些练兵打仗的事让重训、守成、张平贵他们去做。"

张莲英收拾了酒罐、酒杯，让老汉抱着孙子上炕休息。王元魁抱着孙子正准备上炕，突然门外响起脚步声、喊声，还没等老两口反应过来，只见双扇门朝里"砰"地推开，大儿媳李美蝉不停地喊："救命！救命！"李美蝉刚闯进家里，身后追来十几个后周的催银催粮人，嘴里说着不干净的话。

"嘻，把这娘们儿抓住，可当作100两白银。"

"对，这才是真银子，老子们收了。"

"……"

第十章 夹缝中生存

333

十几个男人一齐拥进家里，有的动手拉住李美蝉，用绳子缚住双手，拖着就走。

"放开，青天白日，进家抢人，是谁家定的王法。"王元魁把孙子交给老婆，疯了般地拦住后周的人，不准带走大儿媳妇。

"老东西，看你还是有钱的富户，老子们才一直没有进你的家门搜银子要粮食，别以为你是刺史的老丈人，老子们急了，连杨重训家都敢抄。"带头的后周催粮官手拿腰刀指着王元魁骂，"你以为老子们愿意抢？不抢，前方打仗的将士吃喝啥？"

王元魁拦不住后周催粮催银官，一直追到门外。后周催粮催银官带着李美蝉走到院子，留下一句狠话："两天之内，交粮食10担，白银200两，来赎人。否则，就把这女人押走送妓院。"

王元魁疯了般地大喊救人。张莲英抱的小孩见娘被人带走了，吓得大哭起来。

后周的十几个催粮催银的人押着李美蝉出了王家院子，朝他们的临时住所客栈而来，刚走到西大街与东城的接壤处，只见张平贵骑着马带着20多个巡城的迎面而来。李美蝉看了，急放声大喊："平贵哥，快救我！"

张平贵见后周的催粮催银的人捆缚着李美蝉，知是发生了什么事情，举起铁棍，指挥手下人拦住去路，大叫"放人"。

"张将军，你少管闲事，我们是奉朝廷之命来麟州催要军粮银子。王元魁是麟州城的头号财主，我们只好让他带头。不是弟兄们与这女人过意不去，事出无奈，才出此下策。"后周催粮催银官向张平贵解释。

"胡说，赶快放人，再敢狡辩，张爷手中的铁棍可不认人。"张平贵用铁棍扎住一个押李美蝉的后周人大声说，"滚，再不滚，一铁棍戳了你的脑瓜盖。"张平贵看着李美蝉，心里怪难受，双手一用力，铁棍戳到了又一个后周人的左肩膀，那人"妈呀"一声，栽倒在地，疼得打滚。张平贵跳下马来，解开李美蝉双手的绳索，又用铁棍指着后周的人大骂："这里是麟州，是杨家的地盘，你等何处毛贼，也敢在此作乱。今日这笔账且记下，再敢进老百姓家里抢人抢粮，统统地杀了。"

"你……你反了？你敢对抗后周国？"后周催粮催银官大喊。

"反了又怎么着？"张平贵叫两个士兵送李美蝉回家，自己带着一行人

334

把后周的十几个人驱赶着来到刺史府。快晌午了，公差人员还在忙碌，杨重训见张平贵怒冲冲地押着后周催粮催银官一行人，问明情况，严厉斥责后周催粮催银官一行人。

"朝廷摊派的军粮银子，我麟州百姓已经交了不少。再要实在是难以支付。再者说，即使要粮要银子，也由我麟州刺史府发公告告知百姓，让百姓自愿地交粮交银子。你等不经我刺史府批准，擅自进百姓家中不但抢粮抢银子，还光天化日之下，进家抢女人做人质，这是谁家定的王法。"杨重训气愤地对后周催粮催银的人说，"像今天这种事情，让全麟州的老百姓知道了，不但筹集不到一粒粮食，还会逼反老百姓，脱离后周。"

后周的催粮催银子的人被杨重训说得一个个面红耳赤，只好认错，退出刺史府。杨重训带上张平贵、王守成等一行人，急忙向老丈人家赶来，以安抚老丈人一家人。不一会儿，杨重训、张平贵、王守成来到了王元魁家，见李美蝉还在神魂不定，抽泣啼哭。王元魁见女婿来了，冲着杨重训大声喊："你当的啥刺史，我的家都被后周的人抢了，你还在为他们卖命。这世道还让人活吗？"王元魁看着大儿媳妇啼哭，气愤难平，"啥催粮催银官，简直是一群土匪，进家抢良家妇女，你还不把那伙人抓起来。"

"岳父大人，你息怒。后周的人不能抓，抓了会惹出更大麻烦的。"杨重训安抚着老丈人，请他不要太难过，"以后派几个士兵专门给你看守门户，再也不会发生这样的事件。是愚婿失职，才让嫂子遭此惊吓，事情已经过去了，就不必记在心上。"

"这是耻辱，能不记在心上吗？"王元魁是既心疼大儿媳妇，又思念大儿子，急得在地下打转，他看着一旁的张平贵，不知说啥为好。多亏了张平贵来得及时，要不然大儿媳妇就遭大祸了。王元魁一时转忧为喜，急叫家人烧火做饭，好好款待女婿和张平贵一行人。

不一会儿，家人炒了两个菜端上来，王元魁亲自倒了一杯酒端到张平贵面前："张将军，老夫今天有礼了，这杯酒是给你的壮胆酒。你救了美蝉，我全家人记着你。"

张平贵不敢接酒杯，推让着，看着王元魁，瞧瞧杨重训，再斜一眼李美蝉，实在不好意思喝这杯酒："王员外，心意我领了，我是真的不能喝酒。算命先生说了，我犯怕酒命。只要一沾酒，就非醉不可。"

"那就再醉一回。男子汉，大丈夫，不喝酒，还算啥英雄好汉。白活一回人。"王元魁是真心给张平贵敬酒，虽然说上次张平贵酒后失态，但是，比起后周的人进家抢大儿媳妇、污辱大儿媳妇又算什么。王元魁对张平贵说："我会治酒醉。喝了酒，心里不要胡思乱想，只当喝白开水，保准不会酒醉。"

"平贵兄，既然是我岳父的一番美意，你就喝了这杯酒吧。"杨重训也劝说着张平贵喝酒。

"那只喝这一杯。"张平贵一手提着铁棍，一手接过酒杯，"咕咚"一声，饮了下去，美得心窝热乎乎的。真痛快啊，酒哇，真是好东西，只要喝上一杯，就想喝第二杯，第三杯……张平贵第一杯下肚后，看着杨重训，想表达自己的想法。杨重训早已明白，知道张平贵是还想继续喝。杨重训从张平贵手中接过酒杯倒满酒，端到张平贵面前："这第二杯酒还是请平贵兄喝了。这些日子来，巡山巡城的任务重，平贵兄不分白天晚上，带着弟兄们，城里城外，跑出跑进，上山跳沟，没少吃苦，这杯酒是给平贵兄的压惊酒、洗尘酒、解乏酒……"

杨重训话说到这个份上，张平贵还能说啥，接住酒杯一口喝了，还又自己抹了一把嘴唇："真香哇，好酒，好酒。"

杨重训正要给张平贵敬第三杯酒，突然，李美蝉走了进来，从杨重训手中夺过酒杯，倒了满满一杯酒，双手端到张平贵面前："平贵哥，这杯酒是我敬你的。"

"这？"张平贵看着王元魁和杨重训等众人，迟迟不敢接酒杯。他没有想到李美蝉会给他敬酒。

"别犹豫了，张将军就喝了吧。"王元魁见大儿媳给张平贵敬酒，明白是啥意思，打劝张平贵接酒杯。

张平贵不好再推，接过李美蝉手中的酒杯，又一口喝了第三杯。李美蝉给张平贵敬了酒，感到浑身轻松了许多，又接连给公爹王元魁、妹夫杨重训、兄弟王守成等众人敬了一轮酒。接着王守成又给大家敬了一轮酒，又下来杨重训给众人敬一轮酒。你也敬，他也敬，喝得张平贵身子轻飘飘起来，他急忙凑到杨重训耳朵叨咕了两句，提着铁棍跑出门外。杨重训听懂了张平贵说的是啥意思，忙向老丈人和众人说：

"我有紧急公务与平贵兄一起办，你等众人继续喝酒吃饭。"说完赶快走出院子，追上张平贵。张平贵是见酒就醉的人，今天又多喝了几杯，心窝子像火苗往起蹿一样，人也像跟上了鬼，双腿不由自己控制，走出王元魁的院子，一手提铁棍，一手拖着杨重训，直朝东门外而来。不一会儿，张平贵拉着杨重训到了李二怀家的篱笆墙下，这才松了杨重训的手。他好像眼前根本没有杨重训一样，站到篱笆墙下，一动不动，望着李二怀家的房子。

杨重训被张平贵的举止惊得发傻了："平贵兄，你这是为何？"杨重训推了推张平贵，推不动，又揪着张平贵的祆襟，还是揪不动。这时候，正是吃晌午饭的时候，前来李二怀家买豆腐的人不少，人们看见张平贵站在李二怀家篱笆墙下向院子窥望，都感到吃惊，但是又不敢与张平贵搭话。大多数人是认识张平贵和刺史杨重训的，见两人站到篱笆墙下鬼鬼祟祟，只好假装没有看见。正在卖豆腐的李二怀、崔彩梅夫妇看见张平贵又来到他家篱笆墙外探望，慌张得不知怎样对付。这次来了不只张平贵一个人，还有刺史杨重训。两口子隔门张望，气都不敢出。"唉，几年过去了，张平贵还在打我家李美蝉的主意。这个当年守护东城门的汉子，也太死心眼了。有胆量到王元魁家找我的女儿去。"李二怀心里七上八下地乱想。

张平贵迎着扑面而来的初秋的风，双目死死地盯住李二怀的三间房子，他要寻找当年的李美蝉，寻找到那个叫他丢魂的美人儿。不管杨重训怎样推拉他，他就是站着不动，他心里只有一个人，那就是李美蝉。可是，李美蝉明明在婆家，刚才还给他敬酒，他怎么会跑到这里来找人呢？

杨重训是喝酒的，也酒醉过，但是，像张平贵这种酒后表现出来的举动他怎么也不能理解。杨重训只是觉得张平贵太注重感情了，当初一定在这个篱笆墙下与李美蝉有过难舍难离的行为，要不然，也不会酒后多次往这里跑，跑来就站着傻看。杨重训作为刺史，只好陪着张平贵也站着。那些到李二怀家买豆腐人中的胆大者，见一个将军与刺史站在贫民院墙下东张西望，感到实在不解，有的人竟大声问：

"杨刺史，你与张将军站到篱笆下干啥呢？是不是东门外要扩建兵营，要征地哇？"

"肯定是，看准了李二怀家这块宝地。"

"嘻，可能是看中啥别的宝贝了。"

"是，这东门外有吸引人的吸魂土。"

"……"

听着人们的言论，杨重训脸腮发烧，他再次拉张平贵走，张平贵大口大口地喘着气，死死地站到原地不动。突然，张平贵身子摇晃了一下，栽倒地下，压倒一段篱笆墙。这"呼啦啦"一声响，惊得李二怀、崔彩梅两口子跑了出来。他们不知说啥好，又不敢指责张平贵，也不敢埋怨刺史，只是急得在院子内打转。买豆腐的人过来围了一群，又是一阵议论纷纷。

"一定是喝了酒，来这里撒酒疯。"

"不像，大白天喝啥酒，喝酒也不会醉倒在别人院墙下。"

"还是将军呢，就像一个疯子，太阳红红的，瞎撞到这里干啥？"

"不是刺史府征地用吗，没看见刺史在跟前吗？"

"呸，一个酒鬼，让这样的人当将军，镇守山城，早晚要出大事的。"

"……"

张平贵摔倒地下的一瞬间，酒醒了过来。他急站起来，提上铁棍，在杨重训的拖拉下，赶紧离开李二怀家，朝自己住的兵营而去。一路上，杨重训一句话也没说，直到了张平贵的兵营，杨重训才撒了手，苦笑了笑说：

"醒了？"

"醒了。"

"看到啥了？"

"看到……不，啥也没看到。"

"还想去吗？"

"不想了。"

"有出息了，长本事了，喝酒就往人家老百姓家里跑。丢人不丢人？"

"丢……丢尽了。我就说嘛，我不能喝酒。喝酒——"

"喝酒就想女人？想女人就往东门外跑？啥毛病？还是将军呢。兄弟警告你，别再想李美蝉了，她是做孩子妈的人了，她丈夫王守义可是我哥哥手下的爱将。"杨重训与张平贵对了一阵子话，见张平贵完全酒醒了，捂住嘴笑说，"啥毛病，有本事自己出去搂回一个媳妇来，不要喝上两杯酒，就跑东门外站到篱笆下练腿功。"

"嘿嘿，我再也不喝酒了。"张平贵自己打了自己一耳光，向杨重训表态，"我再喝酒就不是人。"

"不是不能喝酒，而是喝了酒，不生邪念，不乱人性，不到处乱跑，不胡思乱想。"杨重训一本正经地对张平贵说，"今天好好休息，明天开始继续练兵巡山，我现在去对付后周那些催粮催银的人。"杨重训说完离开张平贵的兵营。

孙寡妇一连三晚上等张平贵来。她等啊等啊，苦等了整整三个晚上，也没有见张平贵的人影。她忍不住把枕头扔到地下，骂起来张平贵："这个挨刀子的叫驴，心里还有没有我，他以为姑奶奶真的给他介绍黄花大闺女。呸，休想，占了姑奶奶的便宜，还想当正人君子。"孙寡妇自暴自弃，跳下炕，把枕头捡起放到炕头，在油灯下走到门旁，拉开一扇门，探头向外张望着天空。满天的星星，映照得大地明晃晃的，她理了理头发，拍了拍肩膀，走出院子，隔着土墙头，向西城望去，只见有人影走动。她想那一定是张平贵带的人巡山。"张平贵，你个该死的，你怎么就记着李美蝉那娘们儿，人家早就出嫁了，你还傻想着。你是嫌我年龄大，还是嫌长得丑。我不老，我还不到 40 岁。想当年，姑奶奶可是麟州城第一美人。"孙寡妇又在害着单相思，张望了一会儿西城的夜景，又走回房子上炕睡下，睡下不到一会儿，再次爬起来，跳下炕，跑出院子，抬头仰望天空，像一个傻子似的，手指着天空数星星：一颗、两颗、三颗、四颗、五颗、六颗……

孙寡妇数啊数啊，突然蹲到地下，双手捂住眉脸，放声哭起来："我好命苦哇，若是第一个男人在，我的孩子也有 20 岁。唔……我好命苦哇……"孙寡妇哭得很伤心，哭了好一阵子，感到心情好多了，忽然抹了一把脸，舌头一展，"嘿"地笑出声，"姑奶奶才不想那些野男人嘿，男人哇，没有一个好东西，都是没良心的鬼，看见别人的女人比自己的老婆好，吃着碗里的，还想锅里的……"这么一想，他对张平贵的思念也就淡化了，"该死的，既然你不喜欢姑奶奶，姑奶奶还爱你个啥。一个 30 岁的男人，连女人也不敢睡，还算啥将军……"

孙寡妇是胡盘算过来胡盘算过去。一会儿回到房子里，一会儿又跑出院子，只要墙头外有脚步声，她就静下来听，看是不是有人来敲她的门。墙头外的脚步声响，她听习惯了，那是一种过路的人匆匆行走而留下的脚步声，与她无缘。不过，曾经有一种脚步声，响得叫她心花怒放，眉开眼跳。但是，那种有节奏的脚步声没有多久，就再也不响了。那是一个追逐她的年轻男人的脚步声，可惜，只响过两个晚上，再也不响了。灯光下，她看清他的影子和高大的身躯，那是一副像公牛一样的身体，碰撞得她几乎死过去……据说，那公牛一样的男人是一位军汉，在守护麟州城的一次战斗中死了。

孙寡妇不想再去思念那头公牛，她只想着张平贵那铁板一样的体魄。然而，张平贵似乎对她不感兴趣。是嫌她是寡妇吗？女人都是人，李美蝉不也是一个女人吗？凭啥勾住了张平贵的魂。孙寡妇是思前想后睡不着觉，借着星光，走出栅栏门，沿着土墙外的大道朝西城与东城的接合部走来。她要看看夜色下的军人的兵营。那土炕上睡着一个个刚换班下来的军汉。他们都是一头头的公牛，都是张平贵的兵。孙寡妇放快脚步，看着不远处的那一片房子，心里热乎乎的。多美的夜晚啊！初秋的塞上高原，不冷不热，晚风吹拂，卷动着孙寡妇的头发和衣襟。到了，到了，孙寡妇还没有走到兵营门口，只听一声大喊：

"谁？"

孙寡妇不言语。

"谁？快说，不说，老子就放箭。"

"是我，走路的。"孙寡妇忙答应着。

"半夜三更的，走路的到兵营看什么。"两个站哨的士兵听是女人的声音，一齐跑了过来，一看果真是一个女人，摆弄着刀大声说，"快走，这里不准停留。"

"我走，我走。"孙寡妇看着两个士兵，只是说走，却不动脚步，她仿佛看见了那早已感受过又很快失去的公牛军汉的躯体，想到此，双眼一闪，淌出两串泪珠，抽泣起来，"唔……"

"哭啥，还不快走。"士兵大声喊道。

"唔……唔……"孙寡妇索性哭得更厉害了，惊动得兵营里又跑出一群军汉来。有的提着裤子拿着刀，大喊着"杀贼"。

孙寡妇见好多军汉围着自己，有一种荣耀感。她不走，也不哭了："我是路过这里的，我不是贼。你们还不认识我吗？我是张将军的相好的。"孙寡妇把张平贵这张牌打出来，与军汉逗笑取乐。

"胡说，你这个疯女人，再不走，就乱刀剁了你。"一个士兵拿腰刀指着孙寡妇说，"我认识你，你不就是能言会说的孙寡妇吗？不是专门给男人介绍女人吗？"

"哎哟，这位弟兄，你可说对了，既然知道我是谁，还凶神恶煞似的，这是活吃人吗。"孙寡妇拍着胸脯，有意放高声音，招引更多的军汉跑来围观。

一时间，兵营里睡觉的军汉都起来跑出院子，不知发生了什么事情。有的军汉以为发生了土匪围城事件，舞刀持枪跑出来，闹出一场虚惊。孙寡妇反乐得"嘻嘻"地笑。众军汉拿她也没办法，又不敢强硬拉她走，只好以善言相劝，让她赶快离开兵营。

"不走，我就不走，我要找你们张将军评理，我路过这里有啥错。不行，我一个寡妇人家，哪一点儿错了。"孙寡妇还是没有闹够，她是见不到张平贵不甘心。她索性坐到地下，假装生气。

"你这个老女人，不要给脸不要脸。"一个头目见孙寡妇耍开了赖皮，急中生智，大声喊，"弟兄们，上，这个女人是自己送上门来的。今晚上玩儿一个痛快，动手！"

话音刚落，四个军汉上来，高高地抬起孙寡妇，就往营房走。孙寡妇一见这些军汉来真的，吓得慌了神，忙挣脱四个军汉，挤开人群，挣命地跑。

"哈哈……"

"嘻嘻……"

孙寡妇刚跑出兵营不到百步远，迎面被一队巡夜的军汉拦住。

"是你？"正在巡夜的张平贵被迎面而来的孙寡妇撞得吃了一惊。

"你这是跑啥呢？"

"是你？你这个该死的，你的弟兄们欺负我。唔……"孙寡妇一看是张平贵带的士兵巡夜，马上脸一变说，"我路过这里，你的弟兄们把我当成贼，要处罚我五两银子。唔，我哪有银子，我一个女人家，到哪里去偷银子。"孙寡妇双手抱住了张平贵的腿，"你给我五两银子，我交给你的弟兄们。"

"这？"张平贵以为孙寡妇说的是真的，对追赶孙寡妇的士兵说，"不要处罚她了，她家没有银子。"

众士兵见孙寡妇抱住张平贵的双腿，又有张平贵说情，也就当真，不再提处罚银子的事。但是，士兵们对孙寡妇耍赖纠缠张平贵，心里很是生气，上来两个士兵，架起孙寡妇推开来，大声斥责："你再纠缠张将军，就把你抬着扔下悬崖。还不快走。"

孙寡妇见这些士兵软硬都不吃，只好又扑过来用头顶了一下张平贵，表明她与张平贵的特殊关系，然后喃喃地骂着朝自己的房子而去。孙寡妇回到家，觉得心情畅快多了，不仅与兵营的军汉笑逗了一阵子，还遇着了张平贵。她用头碰张平贵的那一瞬间，能感觉出来，张平贵是对她有情有义的。不是她想讹诈五两银子，实是那些军汉开玩笑太过分了，竟抬起她真的往军营里走。"呸，把姑奶奶当啥了，想占姑奶奶的便宜。臭军汉。"孙寡妇总算闹够了，舀了一碗水喝，平息下来，正准备上炕睡觉，突然又听见墙外传来脚步声，接着又听到有推栅栏的声音。不好，有夜猫子进院了。孙寡妇溜下炕沿，拿起顶门棍，透过窗口向外张望，走进几个人来。有贼抢劫，不是来占她便宜的野男人。

那些人进了院子，赶直走到门旁敲门，还高声地大喊："开门，我们是来吃夜饭的后周催粮催银官差。别害怕。"

孙寡妇听了，长出了一口气，一句难听的话没有骂出来："半夜三更，哪有饭吃，到街上的饭馆去。"

"饭馆早关门了。我们渴得睡不着，想寻杯酒喝，暖暖身子。"门外又传进话来。

"睡了，既是后周的催粮催银的官差，就到刺史府去讨饭吃。跑到老百姓家里干啥。"孙寡妇硬着头皮顶。

"给脸不要的，再不开门，爷们就拿石头砸。"

"不开。我家没有水做饭，要吃饭，还要下河里挑水。"孙寡妇打定主意不开门，心想这些人若知道她一个人，必生歹心，她这回可要真的吃大亏了。她找着理由不开门。她真盼望张平贵的巡夜人员赶到她家来。

后周的四个催粮催银的人叫不开门，就用刀枪乱扎窗口，差一点伤着了孙寡妇。怎么办。孙寡妇急得直冒汗，怎样才能把这四个家伙支走。那些人好像听房子里只有女人说话，就又大声喊："叫你家男主人说话，再不开门，给爷们做饭吃，就把你家男人抓去充军。"那些人放开胆子说开了脏话，"是不是屋里藏着野男人？"

"放屁，老娘的男人是镇守麟州城的军爷，一会儿就巡夜回来。你等再不滚，我就到刺史府找杨刺史和张将军、王将军，把你们这些后周的贼赶尽杀绝。"孙寡妇明白再僵持下去，没有好结果，她索性豁出了身子，打开双扇门，跑出外面，冲出栅栏，放声大喊，"后周的催粮催银官半夜闯民宅哇！救命哇！"

孙寡妇这么一闹，后周的那四个催粮催银的人真被镇住了。他们的确是饿了，想到老百姓家要饭吃，是无意撞到了孙寡妇的门上。孙寡妇的喊声，惊动了巡夜的一队士兵，他们一起朝孙寡妇家跑过来，围住了后周的四位催粮催银的人。那四人只好说明情况，求得宽饶。孙寡妇见解危了，又摇身一变脸，对巡夜的士兵说：

"我家真的没有米面了，要不然还不给这四位弟兄做饭吃，他们也够可怜的，千里路来催粮催银，连一顿饭也吃不上。"孙寡妇这么一说，那四人感激不尽，说着道歉话退出了孙寡妇的院子，消失在夜色里。巡夜的士兵也走了，小院恢复了宁静。孙寡妇闭上栅栏，站到院子当中，遥望天空的星星越来越少了。黎明快来到了山城。院子外的大道上越来越多的脚步声响起，这是赶早班开饭馆的人们和到山下挑水的人们的脚步声。孙寡妇已经听习惯了。

一个夜晚就这么过去了。孙寡妇的确感到有些累了。她也不再去想张平贵和那些军汉，也不为后周的催粮催银人而操心。一个人的日子，就这么一个晚上接一个晚上熬，何时才是一个头哇。孙寡妇实在是有些累了，爬上炕，和衣躺到被褥上，呼呼地睡起来。她心里踏实，安稳，因为白天马上到来，太阳从东方升起，要照遍山城。她睡着了，睡的姿势特别的好看。别看她快40岁了，睡着的样子，脸蛋的两个酒窝凸现，就像一个18岁的大姑娘。那两片薄薄的唇，闭紧后似合住的窗扇，微微地抖动着。也许是早晨到来了，她上炕睡觉时也没有关门，放放心心地睡，头一斜就睡着了。她睡着时，那双大脚还露在外面，伴随着呼吸的一收一缩而轻轻地抽动。她做梦了，梦见自己的衣服被人解开来，被一个像熟人又似陌生的男子欣赏着。这是怎么一回事呢？真的是梦吗？她揉了揉眼睛，这才看清了那张熟悉的面孔。是他，就是他，该死的军汉，该死的军汉，该死的张平贵。怎么偏偏是在梦中呢？为啥不能回到现实的生活中来。

孙寡妇急得大叫一声，"呼"地坐起来，猛用力揉眼，看见自己光着身子。这是梦吗？她急穿上衣服，走出院子，只见太阳满城地红了。

孙寡妇不停步，一直来到张平贵的兵营，她要问张平贵，他是不是趁自己睡熟，进了自己的家。孙寡妇走到兵营大门口，被两个站哨的士兵拦住，她说明来意，士兵告诉她，说张将军一早就带着一部分士兵去巡山了。孙寡妇很失意，又朝刺史府来。她来到刺史府问守大门的士兵，问张平贵来过没有，士兵告诉她说没有，她又说要见杨刺史，士兵说杨刺史也不在，出去了解民情去了。

孙寡妇又碰了钉子，觉得回去家里无聊，就来到南门外，找王香兰。王香兰最近把自己带的一队兵驻扎到南门外，建立了临时兵营，以防有土匪和散兵袭城。孙寡妇在街头买了一碗粥喝，摇晃着身子往王香兰的兵营闯，被几个守门的士兵拦住。她嚷着非要见王香兰，否则，就站到大门口不走。早有士兵通报王香兰，说有一女人来兵营大门口撒野，王香兰疾走出来一看是孙寡妇，让放孙寡妇进来。

"香兰，我找你没啥事，我在家闷得慌，就是想和你说两句话。"孙寡妇抢先说，"你这些守门的军汉，说啥也不让我进来，我又不是来胡闹事。"

孙寡妇跟着王香兰进了兵营，见有的士兵拿被褥在外面晒，有的士兵洗衣服，有的练武，走走停停，东张西望，感到好奇。

"没来过哇，没啥好看的，这些士兵够苦的，衣服烂了，还要自己缝。"王香兰对孙寡妇说，"养兵千日，用兵一时，士兵们天天练，两个月就得换衣服。"

"香兰，收女兵不？我来给弟兄们缝被缝衣服。"孙寡妇高兴地说，"我可是会缝衣服。"

"兵营里不收女兵。"王香兰明快地说。

"那你不是女的？"孙寡妇说。

"我？哈哈哈……"王香兰张嘴大笑，"你真会揭短。"

一旁的一个士兵说："她是将军，是女将军，是麟州城唯一的女将军，你和将军比？"

"怎么不能比？我也能当将军。"孙寡妇争辩着说。

"你？你会舞刀还是使枪，你会骑马射箭吗？"又一个士兵说。

"我不会，我可以学。不要瞧不起人，我能到山下河里挑着一担水，不休息挑上山来。我还能一手举起30斤重的铁锅，我还能到地里劳动背玉米秆，我还会……"孙寡妇还要说下去，被香兰的话打断了：

"大姐，我知道你有这些本事，只是兵营里除过我是女的，再没有第二个女的，你来了多有不便。再说守城打仗的事，还是由男人们做吧，咱麟州现在的确不招女兵，等以后需要女兵，我第一个批准你到兵营。"王香兰给孙寡妇反复解释着。

"要不，我给你当洗衣、做饭的？"孙寡妇还是不死心，想让王香兰答应她，"你一个女的，我来给你做个伴，你身边也好有人照顾。"

"大姐，不是我不收你，军营里有规矩，不准招女兵进军营。"王香兰还是不答应。其实王香兰是有多方面考虑的，兵营是不允许招收女兵，也不准士兵带女眷，为的是叫士兵们少一些牵挂，集中精力守城。现在形势不停地变化，至后周收归麟州后，不断来催粮催银，也到处抓丁，扩充兵源，说不定哪一天麟州的兵还被抽调到河东作战。再说孙寡妇快40岁的人了，又是一个寡妇，平时就无拘无束惯了，她到了兵营，说不定闹出许多笑话来。"大姐，你要是在家一个人待不住，可以有时间来兵营找我说说话，可这当兵的事你就不要为难小妹了，这事确实不行，就是我丈夫这个刺史说了也不行。家有家规，军营有军营的纪律。你要是实在待在家闷得发慌，就到饭馆找一份差事，去当服务人员。"

"我不去，不去。"孙寡妇一听让她去饭馆，马上变了脸，"我才不去伺候那些人，看他们眉高眼低。大姐我除了到兵营，我哪儿也不去，就当我的红娘，说成一门亲事，还挣五两银子。"孙寡妇见王香兰不收她，就摆开了自己的功绩。"你和杨刺史当初成婚，还是我当的红娘，你大哥守义与李美蝉成亲，也是我说合成的……往少说，我每一个月至少往成说一桩亲事，说成一桩亲事，就有五两银子。说实话，我想到兵营，不是为了来捞银子，我就是来凑个热闹，替弟兄们洗洗衣服，晒晒被褥，缝补衣裳……"孙寡妇说着说着，话题转回到兵营的事上来。

王香兰觉得孙寡妇这个女人最大的优点正如她自己说的，就是一个专门给他人介绍对象的红娘，天生的靠这一手来挣钱吃饭，让她进兵营是万万不能的。俗话说，寡妇门前是非多。这寡妇进了兵营，整天与一群军汉在一起，还不知道要搞出多少是非来。王香兰手拉着孙寡妇的手，一直走到自己住的单身房子，给孙寡妇倒了碗煮过的河水，难为情地说："凑合着喝两口吧，士兵们天天喝这水。"

"我不嫌。城里的人都是喝的河水，习惯了。"孙寡妇喝了两口水，放下碗，理了理头发说，"我真的羡慕你，文武全才，吟诗舞刀，样样精通，你爹娘真是有福人，生了你们三兄妹，个个是英雄，杨家交了你王家这门亲，真是交对了。如今守护山城，除过你家丈夫杨刺史和张平贵，就是守成和你了。杨家是离不开你王家。"孙寡妇说到高兴处，给王香兰戴高帽子，"杨重训这个刺史，还不是全靠你这个老婆来当家，没有你，他能安稳地睡着觉？自从你王家和杨家交亲以来，每年刺史府不知道收你王家的多少粮和银子。别人不知道，我是瞒不过的。不过，女婿花老丈人的银子，也是天经地义的。嘻——"

"大姐，话不能这么说，王家交粮出银，是给国家的，可不是给杨家的。后周的人天天催粮催银，不给支付一部分，能躲得过去吗？"王香兰觉得孙寡妇的话扯得太远了，超出了一个寡妇应考虑的范围。刺史府的事情，只有丈夫和刺史府的公差人员来管。当然，孙寡妇也可能是出于对麟州老百姓着想，多管这些府衙的事情。总之，王香兰认为孙寡妇人不错，正直，话多，也没有啥不好的坏毛病，只是不能招收她进兵营。

孙寡妇还想和王香兰多聊一会儿，门上进来一个士兵报告，巡山的时间到了，请王将军出发。孙寡妇只好告别王香兰，出了兵营，朝自家走来。此时，已是快半前晌了，孙寡妇鼻子一酸，挤出两串眼泪……

杨重训这几天一直为给后周筹粮筹银而犯愁。后周催粮催银的人向他提出，本月麟州共向国库交粮200担，白银1000两，如果交不出，后周的催粮催银人就挨家挨户，直接向老百姓要粮要银。谁家若是抗拒不交，男的抓去充军当兵，女的带走卖入妓院。后周催粮催银人扬言，只限三天时间，不准城里所有的住户出城。后周的使者还威胁杨重训，如果三天交不上所要的粮食、白银，就把杨重训的刺史撤了，带领麟州本部所有人马过河东与北

346

汉军作战，麟州由后周朝廷再派刺史和军队来接管。

杨重训接到了后周使者的最后通牒，召集张平贵、王守成、王香兰等人商协，又派人到连谷县通知知县李如平、银城知县张君禄，赶来麟州一同商议如何给后周交纳粮款。张平贵听了，跳起来骂娘，还是一句老话：

"干脆反了，把所有几拨后周催粮催款的人缚了，送到河东交北汉处理，我们正式宣布脱离后周，投奔北汉。"

"我看可行，反正与后周迟早要撕破脸。后周的肚子是无底洞，有多少粮食和银子也填不饱。再这样下去，老百姓逼得都会逃离麟州。"王守成发表着自己的看法，"迟反不如早反，后周除了向麟州要粮款外，还能给麟州带来什么。再说，我哥守义跟着杨重贵将军在北汉与后周军作战，我麟州反投后周支持后周与北汉开战，这样下去，终不是长久之策，一家人不能各扶其主。"

"说得有道理，后周只是名义上的管理麟州，是把麟州当作粮库银库来反复敲诈，给老百姓带不来一点儿好处。"连谷知县李如平说，"当前，还是扩大招兵，抓紧练兵，做好与后周开战的准备，再派人到太原与北汉取得联系，让北汉收归麟州，派重兵来接管。"

"我也是这么想的，摆脱后周的束缚，投靠北汉。北汉不能不要麟州。咱麟州这么一块战略要地，对北汉西进征讨有着重要作用。也不知北汉皇帝是怎么想的，放着麟州不取，与后周在南面厮杀不休。"银城知县张君禄也讲着自己的看法。

"北汉不接管麟州，肯定还有其他想法。眼下这种局面，又回到了当初，麟州除了给后周交纳粮食银子而外，实际上还是谁也不管的独立区域。这样长久下去，老百姓就会把我们真的当成是山大王、土匪，这对麟州未来的发展是有害而无益的。"王香兰手持着大刀边擦边说，"我不同意与后周公开脱钩闹翻脸，先表面上应付着他们，等待与北汉取得联系，得到北汉的认可，特别是得到北汉军事上的援助，再与后周彻底变脸也不迟。如果现在反了，马上会招引来后周大军的围剿，那时，麟州守不住，还是被后周占领，老百姓的日子过得更苦。"

杨重训听了大家的发言，觉得各有道理："既然北汉现在不接收麟州，公开反后周也就失去意义。反对一方，必须投靠一方，不管北汉是怎样想的，不接受麟州就是一种战略上的失策，我哥他们为北汉作战，为的是巩固北汉政权，扩大北汉的疆土，让老百姓过上好日子，而北汉明知道麟州被后周占据，也不来征讨夺回，这是不可思议的。当初我投靠后周，事出无奈。如今后周把战火燃烧得越来越大，在太原以南攻打北汉，北汉可能是出于南北战事紧张，才放手不管麟州。这让我麟州百姓两难，反后周不能，投北汉无望，只能在二者交战中求得生存。"

"要我说，宣布独立，建立麟州国，杨刺史当国王，我们都当臣子、将军。"张平贵举着铁棍骂起来，"反不能与后周变脸，投不能向北汉称臣，像这种老鼠钻到风箱里的日子，两头受气，何时才是一个尽头。我是这么想的，趁后周与北汉大战，我麟州与黄龙山的杨三毛他们合兵一处，举起反旗，占领秦北地区，逐步向塞外扩大地盘，建立麟州国，然后统一华夏。"

"好你一个张平贵，喝酒不行，论谋略，讲兵法，倒还有一套。你的胆子不小，想当国王。"杨重训两只眼睛盯住张平贵看了好久，长出了一口气说，"可惜你小时候没有读书，你要熟读史书，还真要成当今的诸葛孔明和曹孟德。你觉得麟州的兵和黄龙山杨三毛他们的兵马合在一起，能战过后周的兵马吗？你有多少胜算？你在哪里建国都？老百姓会拥护吗？还有你为什么要自立为国？政治目的是什么？有经济基础支撑吗？"

"这？"张平贵被杨重训问得答不上来，"反正我是不能接受这种两头不管只要粮银的日子。打又不能打，合又合不在一起，就这样窝囊过日子，还不把人闷死气死。"张平贵不言语了。

"大家说的反后周投北汉，我反复想过多次了，只因北汉态度不明朗，我无法下此决心。眼下，我们只能与后周周旋，等与北汉取得联系，再公开与后周脱离。"杨重训对后周使者提出的要粮200担、白银1000两，讲了自己的对策，"我们先筹粮50担、白银200两，交与后周的催粮催银官，其余的拖欠下来。如果他们真的进老百姓家中抢，就派士兵把他们抓起来，定他们一条抢劫乡民罪，公开斩杀两个为首的，给后周那些人看一看，也让他们收敛一下，不要欺人太甚。"

"好，就这么办。要我看，给后周那些人交上10担粮、20两白银足够了。要不，贿赂贿赂后周当头的。"李如平向杨重训说，"给后周催银催粮的那些个人上一点好处，就说今年夏田作物受旱灾，颗粒不收，让朝廷免收皇粮国税。"

"这倒也是个办法，只能是缓解一下困难。"杨重训说。

大家议论了一番如何对付后周催粮催银的人后，话题又扯到练兵上来。提到了练兵，王香兰抢先说：

"孙寡妇找过我，要投军当女兵，我拒绝了。麟州地广人少，招收男兵都很困难，如收女兵就更是艰难了。再说，守城攻城，打仗的事情，自古以来是男人的事情，女人还要在家里照料老人、种田。"王香兰把不能招收女兵的理由讲了一遍，引起大家更多的话题。

"我看可以招收少数女兵，只负责巡山，不去打仗。"王守成接住妹子的话说，"孙寡妇一个人待在家没事干，可以投军，只是年龄大了，也不是舞刀弄棒的料。"

杨重训听了两人有关招收女兵的事情，目光转向张平贵，张平贵急忙避开杨重训的目光，低头不语。杨重训笑了笑说："女兵就不用招了，可动员妇女组成犒军队，隔十天或二十天，进兵营给士兵们洗衣服、缝补衣服。大家看行不行？"

"行，这有啥不行的。"王香兰带头表态。

"这个方法好，士兵们的衣服可以自己洗，可这缝衣服的活儿士兵们做不了，让妇女犒军队去做，太好了。"王守成又说着自己的看法。

"平贵兄，你的意见呢？"杨重训又征求张平贵的意见。

"我……我没意见，我是粗人……"张平贵话没有说完，杨重训接住话题说：

"你担心女人进了兵营，士兵们慌了神，会出乱子。对不对？"杨重训接着说，"向士兵们讲明纪律，妇女们是给他们来缝补衣服的，要尊重妇女，不准借机起歹心，惹是非。"

张平贵听王香兰讲孙寡妇要当女兵，先是吃了一惊，接着心静下来，觉得孙寡妇有远见，是个有头脑的女人。他明白杨重训看他的意思，那是提醒他，不要在女人问题上再犯老毛病。

大家又讨论了一会儿，一致认为可先招少量的女兵，最多不超 50 名，编到王香兰的兵营，待训练好后，专门负责巡查城里的安全秩序。招收女兵的事情定好后，杨重训又提出两件经常提到的事情，一件是解决城里老百姓的吃水难问题，提到了吃水，就又提起西城打两孔水井的事。杨重训说：

"常年到山下河里挑水吃，终究不是办法。多少年了，城里人祖祖辈辈挑河水吃，这局面何时才能改变，取决于打井的进度。现在两孔井平均打下四丈多深，要往河底打，按照现在的进度，还需要两年时间。打井现在遇到的困难是，越往下起吊沙土的困难越大，还有人闷得喘不上气来。"杨重训看着时间不早了，离开椅子，对大家说，"我们都到打井现场看一看，出一出主意，看有啥办法提高打井的速度。"

杨重训前面出了院子，大家跟着离开刺史府，一行人沿着沙土街道，向西城而来。到了西城，大家直接来到井旁，向里张望，只听见里面传来凿石的声音，上面的人用绳子拴着筐子往上吊凿下的石块。一筐子石块，需要四个人来牵动，才能牵上石块来。筐子在半空中晃动，石块掉下去，时有砸伤下面的石匠。这项打井的工程从杨宏信手上开始，已经打了好长时间，还在继续坚持。杨重训把这叫造福引水工程，一定要干到底，给麟州老百姓有一个满意的交代。杨重训探头向里面喊："弟兄们，我来看你们啦！"

"杨刺史，你放心，我们一定要打井到河底，把水引上山。"里面的石匠们受到鼓舞，向上面的杨重训回话。

杨重训很激动，说他要坐在筐子里，吊下去亲自看看石匠们凿石头。大家劝阻他说危险，不要下去了。下去一回，上来很不方便。但是，杨重训不听，一定要下去亲自感受一番打井的体验。最后，大家只好让杨重训坐到筐子里，用绳子系住筐子，慢慢地往下沉下去。用了一会儿工夫，杨重训终于下到了打井的地方。石匠们见杨刺史下来了，很受鼓舞，激动得流出眼泪。

"杨刺史，下面的石头坚硬，铁凿碰上去，能发出火光来。不过，只要时间长，就一定能挖到河底。"

"对，我们有信心，肯定能挖到山下，取水上山。"

"不过，就是感觉到胸闷，出气困难。"

"……"

杨重训与四个石匠一一握手，不知用怎样的语言安慰大家。他又拿起铁凿，果然石头坚硬，发出"当当"的响声，而且发出火光。杨重训叫大家一定要注意安全，累了就休息，不要太过分消耗体力。

一会儿，上面的人把杨重训从筐子里吊上来。杨重训满头大汗，闷得发慌，不住气地吐痰。他真正体验到了打井的艰难。石匠们长年这样玩命地干，随时都有倒下去的可能。他要大家每一个时辰换一班，这样好缩短在地下作业的时间。杨重训又探头望了望井内，抬头远眺着西边河对岸的沙丘、石岩、荒坡，感到无比的激动。父亲和大哥定下的伟业，他一定要实现，把河水直接从井里引上来，解决山城上世世代代吃水的困难。太阳到了天空正中，秋天的白日时间已经短了，他还想带着大家看看城防工事，突然，有两个人跑来，口里大声喊着："河东来信啦！"

杨重训接过信一看，信封左下边写着大哥杨重贵的名字。"我大哥来信了。"杨重训激动地撕开信封，看了下去。他看着看着，脸色变得发白了。

"信里怎么说，出啥事情了？"

"对，发生啥事了？"

杨重训看着王香兰，用深沉的眸子看了眼，压低嗓子说："你哥哥守义阵亡了。"

"啥？不可能。"王香兰一把夺过信，急往下看，看着看着，王香兰失声痛哭起来，"哥啊，你怎么就扔下全家人走了哇！可恶的后周贼，我王家与郭家有不共戴天之仇。杀后周，灭后周……唔……"王香兰哭得很伤心。

杨重贵的来信，同时提到早先阵亡的郭玉方和李俊。这是杨重贵在信中提到的主要内容，还有关于麟州收归北汉的问题。杨重贵在信中说，刘崇父子对麟州的收归态度不明，不知安的何居心，让杨重训做好麟州防务……

王守义、郭玉方、李俊等重要将领的阵亡，极大地刺伤了杨重训，也刺伤了张平贵、王守成、王香兰。尤其是王守义的逝去，对王守成、王香兰兄妹俩刺激很大。加上在守麟州城阵亡的孔愣头、孔愣子兄弟俩，先后有五位重要将领亡故了，这对于杨重训来说，是一个沉重的打击。

杨重训从王香兰手中要回信装好，带头向东南方向三鞠躬，对阵亡的王守义、郭玉方、李俊等人表示哀悼。大家深深地弯着腰，淌着眼泪，抽泣着，站到西城顶上，遥望东南。鞠躬完后，杨重训带着大家回到刺史府，他不知道如何向老丈人王元魁告知王守义阵亡的不幸消息，他要王守成和媳妇王香兰先不要告诉爹娘，等适当时候再告知。王元魁对大儿子王守义的投北汉，寄予着无限的厚望，希望大儿子功成名就，为王家光宗耀祖，如今王守义阵亡了，扔下妻子和孩子，这对王元魁、张莲英夫妇是致命的打击。

"你俩先回爹娘家吃饭，不要告诉老人守义兄的事，等过上一阶段，我去给说。"杨重训对王守成、王香兰两兄妹说，"这事能拖一天算一天，说早了，就怕二位老人承受不了，还有美蝉嫂子，对她来说，更是晴天霹雳。一定不能让他们知道。"

"我明白，你放心吧。"王守成对大哥的阵亡，心如刀绞，原以为大哥会取得功名，想不到走得这么快，死在了后周军的乱箭之下，杀兄之仇，非报不可。

"我知道，可是掩藏了今天，明天该怎么办，总不能长期向父母掩藏大哥阵亡的不幸。唔——"王香兰哭起来。

"你不要哭了。快回去看父母，这些日子你也没有去看望父母。"杨重训哄着妻子，要她不要悲伤，挺起胸来，先以大局为重，"眼下，我们首先应对后周催粮催银的，练兵守城，做好与后周翻脸的准备。王守义、郭玉方、孔愣头、孔愣子等将领都是死在后周手里的，还有杨家军的几十条好汉，都是为后周军所害。我麟州与后周有深仇大恨，但是，为了麟州百姓，我们只能暂时委曲求全，在人家手下，谋求生存。"

"杨刺史，我还是那句老话，迟反不如早反，后周是我杨家的敌人，不可能与我们和好。后周要麟州就是为的征粮收银，啥时把我们弟兄放在眼里。"张平贵红着眼，举起铁棍比画着，"北汉刘崇老小子也不知怎想的，白给麟州还不要，难道要后周长期占领麟州不成？后周军杀害了我麟州那么多人，此仇必须报，不能就这样完了。"

"怎么报？与后周脱离，宣布开战？仅凭麟州的兵力能支撑几天？我不是不想，在没有得到北汉的承认下，公开与后周叫板，等于白白送死。"杨重训还是坚持着自己的看法，"投汉反周，是长久之策，为了这一目标，当下只能屈服于后周，等待时机。说得直白一些，若是现在公开反后周，与后周对抗，我们打不过后周军，可以脱围过河东，投奔北汉，可是，麟州的几万老百姓怎么办？我们的老人孩子怎么办？"

"那要拖到何年何月。"王守成接着杨重训的话说，"当前正是后周与北汉交战之际，我们不如招兵买马，壮大队伍，组织各路义兵，在后周的背后发动进攻，狠插一刀，也许打败后周军，使北汉大军趁机杀过河西来。"

"刘崇父子没有这个魄力，他们连麟州收归都犹豫不定，哪还有灭掉后周的雄心。"杨重训打断王守成的话说，"不早了，暂不提这事了，你俩赶快回家，看望二位老人。"

按照杨重训的吩咐，王守成、王香兰兄妹俩忍住悲痛，赶回王家大院，拜见爹娘。王元魁见二儿子回家来，又见女儿也回来了，非常高兴，虽然生活在一座山城，可是，二儿子守成和女儿忙公务、练兵、巡山，很少回家过夜、吃饭。

"你两个回来啦，心里还有这个家？"王元魁嘴上生气，心里高兴。

"是哇，好些天你俩也不回来吃一顿饭。今天娘亲自给你俩做面条吃。"张莲英喜得手忙脚乱，赶快叫家人烧火。

"爹、娘，我和二哥不是忙公务吗，最近后周来了不少催粮催银的人，搞得城里不得安宁，又有土匪、散兵作乱，所以，巡山巡城的任务重，才不能回来看二老。"王香兰掩饰着内心的痛苦，强装笑容说。

"哎，说得也是。过两天，把我的外孙小杨光宸抱回来住上两天，娘和你爹都想这个外孙。"张莲英乐得笑着说。

"行。我一定抱着杨光宸来看望爹娘。"王香兰说着说着不由得心一软，眼泪挤了出来。

"孩子，你这是怎么啦？"张莲英看见女儿淌眼泪，大吃一惊问，"怎回事？"

"没有啥，是我练兵，让沙子飞溅入眼睛。过一会儿就好了。"王香兰揉了揉眼睛说，"爹，你最近还喝酒吗？"王香兰转身对抱着孙子的爹说。

"喝，这不是正喝酒，你俩回来了。"王元魁把孙子放到地下，拿起桌子上放的酒罐往酒杯倒了一杯，喝了一口说，"爹这一辈子，就这么一点儿爱好，离开酒活不成。哈哈哈……"

"少喝两杯吧，喝多了伤身体。"王香兰说。

"对，爹，以后少喝几杯，不要天天喝。"王守成也劝着爹。

"少喝不了哇。一天不喝就犯酒瘾，舌头涩得展不开。"王元魁今天看见二儿子守成、女儿回家吃饭，精神倍增，接连喝了三杯酒，又抱起孙子亲了口脸蛋，看着一旁站着的儿媳李美蝉，心头一阵发热，"唉，如果你哥也能回来探一次家，该有多好。"

"爹——"王香兰一听爹提起了大哥守义，忙转话题，"这些日子可忙了，天天练兵，天天巡山巡城……对啦，重训今天与我们一起商定，还要准备招收女兵。"

"是吗？"王元魁又喝了一杯酒，乐得一抹嘴唇，"招收女兵好，女兵也能打仗。你不是女的吗？还当将军呢。哈……"王元魁又是一阵大笑。

"那我也报名当女兵。"李美蝉忙抢着说，"啥时报名，我算一个。"

"行。嫂子——"王香兰停了一下说，"像有孩子的年轻女人，招收的数量会少一些。因为有孩子拖累大，会影响练兵。招收女兵不超 50 人，主要任务是巡山巡城。"

"我也能巡山巡城。"李美蝉乐得抱住王香兰，"妹子，你就把嫂子收了吧。"

"我一个人说了不算，这要重训和大家商量后定。"王香兰见嫂子李美蝉缠着自己要当女兵，心里更是不好受。嫂子没有大哥，从此守寡。王香兰看着嫂子，抱起自己的侄子，拍着孩子的屁股，强装笑容说，"等我侄子长大了，也报名当兵。"

"对，全家都当兵，就留下我和你娘两个老东西守家。哈哈哈……"王元魁喜得合不拢嘴，不停地自斟自饮，"不知你哥哥啥时能回来，这仗何时能打完。该死的后周，霸占了咱麟州，还又向河东用兵。"王元魁边饮边说，也不知是喜还是忧。他看守成、香兰，就想起大儿子守义。

"爹，不提我哥的事，等打完仗就回来了。"王香兰压着心头的悲愤，劝说爹少饮酒，不要伤了身体。

过了一会儿，面和好了，张莲英到厨房切面条，与家人一起做饭。这一顿饭全家人一起边吃边说，话题还是离不开有关麟州的归属问题、王守义何时回家。全家人只有王守成和妹子王香兰知道大哥王守义阵亡了，其他谁也不知道。吃过饭后，王守成和王香兰说还要练兵、巡山去，让嫂子照顾好孩子，叫二位老人在家多休息。

王守成和王香兰走后，王元魁不知怎的，老是觉得右眼皮跳个不停，感到非常奇怪。他对老婆说："我这右眼皮一跳，肯定要发生啥事情，会不会是有土匪要来抢咱家，或者是后周那伙人又来捣乱。"

"不会吧，右眼皮跳是来财来银子预兆。"张莲英替老汉解释说，"俗话说，右眼皮跳来财，左眼皮跳来祸。"

"不对，我记得是右眼跳来祸，左眼跳来财。"王元魁对自己的右眼皮跳感到不安。大白天的，不管是右眼皮还是左眼皮，不停地跳总不是好兆头。他担心的是后周的人又进家抢粮抢银子，并没有去考虑大儿子王守义早已阵亡的事情。王元魁不喝酒了，感到酒劲儿涌上了脑门，他出来院子，见太阳西斜，红红的一个火球，吊到半空。他望着东南方向，不由得去想大儿子。猛然间他身体一晃，浑身冒出一身汗，差一点儿摔倒。他想起吃饭时，女儿提到大儿子就转移话题，而二儿子一言不发。不好，他俩一定是有啥话掩藏着，要不然，也不会一起相跟着回家吃饭。王元魁扭头对老婆和大儿媳说："你们在家照看孩子，我到刺史府转一转，想和女婿说两句话。"说完出了院子，朝刺史府走来。

王元魁到了刺史府，只有女婿杨重训一班公差人员在，女儿王香兰、二儿子王守成还有张平贵都出去巡山巡城去了。杨重训见老丈人跑到刺史府，吃了一惊，平日里老丈人是从来不到刺史府的。他今天是怎么啦？难道王守成、王香兰兄妹俩守不住话，把王守义阵亡的信告诉了老人？杨重训看老丈人的眉脸，除了有喝酒后涨得通红的肤色，再看不出啥来。这说明王守成、王香兰兄妹俩并没有告诉老丈人实情，他让老丈人坐下，亲自倒了一碗水让喝。

"重训，你给我说，啥时脱离后周，回归北汉？"王元魁找话题说。

"这……这要看北汉与后周交战何时结束，眼下还不是时候。"杨重训如实对老丈人说。

"与后周，迟脱离不如早脱离，当初投后周，是后周军突破城，逼在眉睫，不得而已。如果让后周继续管理麟州，老百姓会被沉重的征收粮草银子逼得走投无路，不是逃走，就是饿死。"王元魁喝了一口水，话题一转问，"有守义你哥的消息吗？你哥重贵怎样了？"

"没……没有，估计是在前方与后周军作战。"杨重训无法掩饰实情，支支吾吾说。

"到底是有还是没有，我这右眼从中午吃饭开始到现在一直跳不停，心里也闷得发慌。我总觉发生了什么事情。"王元魁看着女婿脸色铁青，说话拖泥带水，觉得不妙，紧追不放，"你说，是不是北汉在前方打了败仗，还是你哥他们出兵不利。"

"爹——"杨重训再也忍不下去，讲出了实情，"我大哥派人送来信，说郭玉方、李俊他们阵亡。"

"他们？还有谁？"王元魁急得直追问。

"还有守义大哥，也遇难了。"杨重训终于说出口。

王元魁听了，身子晃了几晃，差一点摔到地下。杨重训急忙扶住。

"我的儿子哇——我的儿子哇——"王元魁大喊大叫着，公差人员一齐劝说着王元魁。

王元魁没有掉眼泪，咬齿咬得咯咯响，他才明白了二儿子和女儿中午回家吃饭的原因。王元魁喊叫了一会儿，发疯似的跑出刺史府，往自家跑。杨重训和公差员人后面追，一直追到王家。王元魁不停地喊"儿子——守义——"，早惊动了老婆和大儿媳。她们从杨重训口中得知守义阵亡的消息，差一点儿气得昏过去。

一连三天，王元魁一家都沉浸在悲痛之中。第四天后，王元魁像换了一个人，不喝酒，也不喝水，只是坐到院子内的石板上发傻。又过了半个月，收秋开始，王元魁得病了，卧炕不起，每天不说一句话。进入了冬季的头一天，王元魁就断了气，合上了双眼，只留下一句话："杀贼，报仇。"

王元魁走了，用棺材埋在了城东山的五里外的一座山头，与杨宏信的坟墓相隔只有二里。

麟州城被一场大雪覆盖得严严实实，一时间把真实的容颜掩盖起来。

第十一章　雁门关悲歌

历史翻过了厚厚一页。

公元954年2月22日，后周太祖郭威病逝，世宗柴荣即位。

公元954年11月20日，北汉世祖刘崇病故，其子刘钧登基。

历史再翻过一页。

公元959年，后周世宗柴荣病死，只有7岁的儿子恭帝继位。这给后周的灭亡埋下了祸根。时隔不到一年，一位名叫赵匡胤的将军，在今河南省开封东北的一个叫陈桥驿的地方发动兵变，史称"陈桥兵变"。赵匡胤的兵变成功了，很快回师占领开封，黄袍加身，把7岁的恭帝赶下台，自己登基，宣布年号为建隆，创建北宋王朝。

后周的灭亡，宣布了黄河以西地区的行政区域也随之划入了北宋的版图。麟州也自然被北宋大军占领，纳入了北宋的统治范围。麟州的统治者由后周变为北宋，而麟州的地方官刺史杨重训也卷入北宋的阵营。他投降后周事出无奈，在给后周当刺史的日子里，他度日如年，精神痛苦，尽最大的努力治理麟州，为老百姓办事。在给后周当刺史的时间内，他坚持麟州城打井取水工程不动摇，开垦粮田，实行农场化管理，兴办学堂，大搞植树造林，修路……

杨重训站到麟州的西城墙下，面向东南望去，思绪滚滚，感情复杂。北宋大军所到之处，势如破竹，容不得抵抗，说破城进城，宣布新的任命。他还是刺史，做北宋的刺史，继续领导麟州的子民打井、开荒、种田、办学、植树、修路……

杨重训真是哭笑不得。在不到6年的时间里，他做北汉的刺史，做后周的刺史，做北宋的刺史。王朝换了，政权换了，皇帝的姓名也换了，国号也换了，唯有他没换，他还是他，做他的刺史。他的良心与道德的天平随着一次一次改朝换代而受到重挫，他不敢想象，为了老百姓和为了生存，为了国家的前途命运，他这个小人物只能捆绑在历史滚动的车轮上沉重地向前推进。他已经不属于他自己，他属于这个大变局的时代和社会，他属于麟州老百姓，他得要为麟州的老百姓尽职尽责。三个王朝，后周灭亡了，北汉还在，北宋又兴起了。他有时候不由得不去想，如果再能回到北汉该有多好，与大哥、大嫂他们在一起为北汉效力。可是，新起的北宋太强大了，几乎平定了中国的南方，大有灭北汉之势。北汉还能面对北宋撑多久，他无法断言。

杨重训在困惑和苦思中尽着自己的职责。那就是他事实上如今已经是北宋的臣子，北宋的麟州刺史。这就是现实。他得处理好与北宋上层与同僚的关系，还要处理妥当与河东北汉的关系。因为他不能直接与北汉发生军事冲突，那样的话，就是与大哥、大嫂、杨洪兄他们为敌。一家人，坐上了两只船，这是为什么啊？杨重训寻找不到准确的答案。他渴望北宋与北汉能和睦相处，不发生战争，成为友好的邻邦，大家共同治理国家，为老百姓服务。杨重训想得有些天真，他不是刘钧，也不是赵匡胤，他只是一个麟州的刺史。赵匡胤让他继续当北宋麟州的刺史有自己的考虑。也许在赵匡胤看来，一个麟州的刺史，只要听他的话，为朝廷效力，为老百姓办事，让谁当都一样。后周王朝必须灭掉，但是，后周地方上的大大小小的官员不一定统统杀掉和更换。赵匡胤有他的用人之道。

杨重训做着北宋的麟州刺史，总觉得像缺少了什么，有人在指着他的后脑勺骂。自古以来，忠臣不投二主，他是换了三主啊！北汉、后周、北宋。杨重训想做一生忠于一个王朝君主的忠臣，然而，他没有做到。加之父亲最早投靠后汉，他杨家是换了四朝之主啊！这对赤胆忠诚的杨重训而言，每一次换主都是一次下油锅煎熬。痛苦啊！悲伤啊！无奈啊！

杨重训对着头顶的苍天放声大喊。他现在能做到的就是为麟州的老百姓办实事，踏踏实实尽职尽责，不要卷入国家与国家的军事冲突……

杨重训在麟州以打井为目标艰难地忙碌着……

历史的页码不停地翻动着。

宋太祖赵匡胤打下北宋江山执政16年后，带着中国还未统一的遗憾而驾崩了。关于他的死，有各种传言，永远是后人争论的谜。首先，北汉政权还在，北汉刘崇的孙子刘继元做了皇帝，还在支撑着北汉王朝。还有北方的辽国，也是赵匡胤临死前的一块心病。赵匡胤一生，特别是他执政的 16 年里，东讨西打，南征北伐，消灭了南方各个势力，灭掉了五代时期的九国，只留下一个北汉。他死后，他的同母兄弟赵光义即位，称宋太宗。赵光义接过其兄赵匡胤的权力棒后，继续完成统一中国的大业，那就是集中兵力北伐，向北汉、辽国大规模地发动战争。

北汉王朝是一块硬骨头。后周的郭威、柴荣没有攻克，反而先被北宋灭掉了；赵匡胤生前也对北汉用过几次兵，但是，没有取得任何胜利，自己却走了。赵光义要完成哥哥未完成的事业，把宝剑指向了北汉：

出发，兵发太原！

第一次围攻太原，北宋失利了；

第二次攻打太原，北宋又没有取胜；

第三次再攻太原，北宋还是没有攻克。

赵光义急了，难道北汉王朝是铁打的，为什么三次用兵都不能取胜，这最后一个十国的封建帝国如此坚固，到底有什么力量支撑着这个占地面积最小的王朝？

左右大臣向赵光义详细分析和陈述了不能攻克太原、消灭北汉的四条理由：

一、北汉王朝联盟辽国，有辽国支援做后盾。

二、北汉虽然土地面积小，但是地处太原盆地，东有太行山，西有吕梁山两道屏障，西面还有一条黄河，北有雁门关、恒山山脉，地理位置十分险要。

三、北汉自认为是中国的正统王朝，是继西汉刘邦以来的汉室宗亲，是传统中国汉文化的主要执政者和继承者，老百姓认可大汉文化。

四、北汉王朝有杨家军，即杨家将作为主要战将，向全军推广杨家刀法、枪法、箭法，有杨家将杨重贵这样的保国忠勇之将。

上述四条，每一条都是北宋不能取胜的理由。北汉的疆土与辽国的疆土连成一片，又得到辽国军事、物资方面的支持，与北汉作战，同时也是对辽国宣战。这个小小的北汉，也太会建都了，选择了太原，四面是山，四面是天险，每次进军，都要付出沉重的代价，难怪后周郭威、柴荣不能灭掉北汉。特别从刘崇创建北汉以来，经历了刘钧、刘继恩的统治后，到刘继元这里，在他们所领导下的区域内，大汉文化可以说深入老百姓的灵魂深处，老百姓大都认可刘家三代人的统治的合理性、合法性。也就是说刘氏王朝取得了民心。对于杨家军、杨家将给北汉做支撑，这一条也十分重要。当年后周郭威、柴荣不能攻克太原，就是遭到了以杨重贵为首的杨家军的重创。太祖赵匡胤取太原无功而返，也是受到了杨家军的反击。

四条啊，条条都是北宋不能攻下北汉的理由，也是硬条件。赵光义决定亲征。拿不下太原，消灭不了北汉，意味着中国还没有统一。他下决心一定要攻克太原，一定要把北汉王朝在华夏的版图上抹掉。他兵分三路，从东、西、南三面进攻北汉，每一路由 5 万马步军组成，边打边进，步步为营，稳扎稳打，扫清外围州城，三路大军会合于太原城下。这是一个很完美的作战计划，但是，实施起来却很难。每一路大军推进，马步军兵种混合，粮草物资跟进，浩浩荡荡，日行不到 20 里。

公元 979 年夏，即北汉广运六年。

赵光义的北宋 15 万大军合围太原的外围战役打响。

首先是东线一路的进军速度慢，马队和运粮车被高高的太行山峦阻挡，不时有人跌入峡谷，死于深渊。加之，又有北汉的少数打游击的伏兵设陷，大军在狭仄的崇山峻岭中不得不停下来，与北汉军捉迷藏。东线的进军速度缓慢，自身伤亡于悬崖者为数不少。

西线的一路大军有黄河天险阻挡，不得不停下来找老乡要船要船夫。5 万大军，仅凭十几条船，要渡多少天。加之，船只都被河东的北汉军抢走，北宋军只得到 10 只小船摆渡，先头的部队刚运到河东，就被北汉军乱箭射杀身亡。渡河战役严重受阻。领头的将军急得对天长叹，想不出好办法。最后，只好请木匠打造船只，集中一次可以渡 3000~5000 士兵，才陆续抢渡到河东，向吕梁山推进。

南路是北汉严防得最要紧的地方。北汉刘继元派刘继业带领 2 万马步军，出太原城南 100 里的地方设伏，专等北宋军的到来。北宋原本在后周军手里夺得潞州、泽州、临州，因而比较顺利地越过大山进入了盆地，直接发兵太原。可是，他们在太原南遭到了刘继业大军的伏击，损失惨重，只好停下来，等待另两路大军兵临太原城下，逼刘继业退兵救城时再进攻。南路是由赵光义亲自指挥的。他得知是杨重贵挫败了他的主力后，大加震惊，杨重贵、杨家将果然名不虚传。

由于东线、西线的两路大军攻打到了太原城下，刘继元不得不叫刘继业回师太原，坚守太原。刘继业留下少数兵力迷惑赵光义，带大部人马连夜启程回到太原，打退了北宋军第一次对太原的围困。不几日，赵光义指挥的三路大军又同时兵临太原城，从四周把太原围困起来。太原东山是北宋军志在必得的战略要地，仗打得十分残酷。刘继业和佘赛花、杨洪、程万保、赵红霞夫妇等杨家军汉子，只好分开来，各带一支人马抗击北宋军。

刘继业防守的东门，也就是东山一线。

佘赛花防守的南门，也就是汾河南岸一带。

杨洪防守北门。

程万保、赵红霞夫妇防守西门。

此时的佘赛花，已是 7 个孩子的母亲，她到太原近 30 年，又生下了三郎、四郎、五郎、六郎、七郎。七个儿子，最小的也有 18 岁，弟兄七个，分别编到各部队参战，作为杨家将的主力战将。

杨家军、杨家将成了太原保卫战的主力。

赵光义发起了对太原的总攻，双方的兵力悬殊，每次北宋军冲到城墙下，又被北汉军打得退下来。总攻了三天三夜，北宋军始终攻不下城来。赵光义想出一个办法，采取长久围城的办法，逼城里闹粮荒，军民不战而逃，趁机攻克太原。此计执行了半个月，城里一点粮食也不缺，没有一兵一卒和一个老百姓跑出城来。

有谋士对赵光义说："太原城储存粮食甚多，足可以支撑 30 万军民吃半年，我方战线拉得太长，粮食支撑不了一个月，如果长久对峙下去，对我军不利。"

"那如此奈何？"赵光义吃惊地问，"北汉太原城哪来的那么多粮食？"

"皇上有所不知，太原周围盆地，地广土肥，盛产粮食，又有河西麟州、府州一带的乡民往河东贩运粮食，因而太原可谓是兵精粮足。"谋士向赵光义说，"比如麟州生产的小米、黄豆一类粮食大部分贩运到河西，流入太原城的百姓家里，也有一部分成为军粮。"

"有这等事？我大宋地域产的粮食怎么能流入北汉的市场呢？"赵光义有些生气了。

"皇上，据臣所了解，刘继元的义弟刘继业也就是杨重贵，是现任麟州刺史杨重训的亲哥哥。杨重训当我大宋刺史这么多年，一直与北汉暗中来往，兄弟俩关系密切，杨重训通过杨重贵，把大批的粮食换成太原产的布匹、丝绸、白银，储藏起来。"谋士进一步说。

"这还了得。听说杨重训为官清廉，治理麟州有方，怎么可以背着朕这样干呢？"赵光义动怒了。

"其实这也是一件好事情，可以加快两地的贸易往来。只是我北宋大批的粮食进入了北汉的市场，反倒支持了北汉王朝。"

"那对杨重训怎么处理？"赵光义问。

"这要看太原的战况如何？如果兵败了，拿杨重训问罪；假如我方胜了，杨重贵能够投降北宋，那还要重奖杨重训。"谋士说。

"哈哈哈……朕明白了。"

一定要攻克太原，让刘继元、刘继业投降。赵光义下了最后的决心。

赵光义的数十万大军把太原围得水泄不通。刘继元在城中急得心如火燎，坐卧不安。面对北宋的攻势，他失去了信心，只是表面强打精神支撑着。北汉创建近 30 年，先是与后周争地盘，打了几年仗，北宋建立以来，北宋平定了南方各地后，把矛盾对准了北汉。刘继元是一个政治上精明的人，他已看到北宋的作战意图，那就是把北汉王朝灭掉，建立统一的北宋帝国。"赵光义啊，你的胃口也太大了，占据了华夏百分之九十五以上的土地，怎么还不能让北汉这么小的一片土地生存呢？"刘继元带着几个亲信，来回穿梭于太原东、西、南、北四门巡查作战情况，他看到刘继业的杨家将、杨家军作战勇猛，信心十足，不由得掠过一丝的欣慰，如果守城的人都像刘继业那样苦战、力战的话，太原城也许能守得住，北汉帝国也不会被北宋灭掉。可惜，能征善战的将军太少了，偌大的一个太原城，仅凭杨家将、杨家军是很难守住的。北宋大军把城围住，采取围而不攻战术，目的就是想把城内的军民困得自己投降。好一个赵光义哇，也太用心良苦了。

刘继元是一个书呆子，弄文采还行，打仗使不上作用。何况他是皇帝，根本就不会打仗。看到北宋大军围城，心中早已失去了主张，幸亏有刘继业、佘赛花、杨洪、程万保、赵红霞夫妇，以及刘继业的七个儿子作战，才挡住了北宋攻进城来。他已经做好了最坏的打算，实在守不住城，就打开城门，投降北宋，以减轻城内军民的伤亡。这倒也是一条明智之路，只是北汉30年的基业毁于一旦，自己由人上之人变成阶下囚。刘继元心里甚至想，如果赵光义答应他的条件，他倒愿意开门投降，当大宋的臣子，为老百姓办一些事情。刘继元只是没有对左右的亲信讲出来，更没有敢对力战的刘继业他们讲。

其实，刘继元内心的想法，早已被那些心腹臣子猜探出来，他们都不到万不得已的危急关头，不愿首先把话讲明，落一个投降不忠的骂名。城破投降，可不是一件简单的事情。刘继元难以下最后的决心，臣子们也在犹豫不定，只有杨家将一帮人在坚守城，阻挡宋军进城。

北宋大军在城外不进攻，北汉的军当然不会主动出城迎战，双方相持对峙着。刘继业要带军主动迎战退敌，被刘继元阻止了。

"贤弟，北宋军不进攻，咱就不必出城挑战，等北宋军粮草用完，自然就退兵了。"刘继元对刘继业说，"战，只能两败俱伤；和，则双方俱赢。不知北宋军还能坚持多久，北宋灭了其他各国，正在以得胜之师向咱进兵，论双方实力，咱北汉不是北宋的对手。"

"皇兄，以愚弟观察，北宋军最多只能维持一个月的粮草，等过了一个月，我率军出城破敌，北宋军会大乱，不战而退，太原可保万无一失。"

"若是北宋大军的粮草运到呢？把城围上三个月怎么办？咱城中的粮食也只能维持三个月。"刘继元着急地说，"要做好最坏的打算。"

"啥打算？"刘继业吃惊地问刘继元。

"留一条后路，不要与北宋军硬拼，以免死伤士兵，造成不必要的损失。"刘继元长叹一声，"改朝换代，天地轮回，是历史发展的必然规律啊！"

"皇兄，你这是啥意思？"刘继业惊讶地追问刘继元。

"没有别的意思，实在守不住了太原，就不要抵抗，打开城门，迎接北宋军入城，免得生灵涂炭，死伤将士。"刘继元说完又是一声长叹。

"皇兄，不可，万万不可。我城中兵力尚有10万，与北宋军差不多，只要我军主动出城，绕到背后，城内城外里外夹击，一定可退北宋军。其次，据我观察，北宋军确实粮草支撑不了一个月，到那时，我军突然从城中杀出，北宋军必然人心恐慌，大败而退。"刘继业动情地说，"皇爷爷创建北汉政权30余年，治理北汉，使老百姓过上好的日子。今我北汉有12州，兵精粮足，地肥水清，资源丰富，足可以独立建国，成就一番伟业，怎么能屈膝投降他国……"

"贤弟只知其一，不知其二。北宋从宋太祖赵匡胤发动'陈桥兵变'以来，推翻了后周，消灭了我北汉的强敌，始终受到老百姓的拥护。赵匡胤能顺利地平定南方，说明他顺应天时、地利、人和，符合社会发展进化规律。宋，即顺，大顺啊！顺民意啊！今我北汉仅有12州之力，如何抗衡大宋全国之势。贤弟啊，改朝，不可阻挡；换代，亦不可强抗。做帝王者，是人；做平民者，也是人。在人类社会中，人的生存权利是平等的。皇兄是看透了这个社会，皇帝并不好当，受来自各方面的制衡，好话坏话都得听，大事小事都得管。这当皇帝就是给大家当家，给大家办事，给老百姓造福。国家一旦发生了什么事，都要皇帝来承担。像今日北宋大军兵临城下，太原危在旦夕，皇兄是战是降，都很难抉择，战失败了，战死了，后人有说真君，忠于国家，也有骂昏君，无能，该死。打开城门投降了，又有两种评价，有说出卖国家，无能的昏君；有言聪明之举，投降得好。任何事情，要当代人和后人都说好是不可能的。北宋能灭掉其他各国，特别是后周那样强大的国家，自然也会灭掉我北汉。贤弟要想得开来，思想上有准备。"刘继元坦诚地向刘继业讲了一番闷在心底的话。他已经做好了开门迎接北宋军入城的准备。

"不行，不能投降！"刘继业听了，双眼发黑，长叹一声，无言可说。他翻身上马，带着随行战将，还有大郎、二郎、三郎等，到别的城门巡查，以防北宋军趁势攻入城内。城里乱成了一锅粥，有战者，有降者，双方都发表意见，争论不休。赵光义见城内北汉军不主动出来迎战，知是围城发挥了作用，趁势写了许多劝降书，用弓箭射入城中。城里的士兵和老百姓看到了，更是乱哄哄的，谈论着是降还是战的话题。

刘继元看到了赵光义写的劝降书，更是坚定投降的决心。一些文官主张降，武官主张打，双方争执不下。刘继元心中有他的考虑，他得等到恰当的时间，合适的机会，再做出开门投降的决定，他要抬高他的身价。一个皇帝投降，是有条件的，也是有价码的，不能就这么匆匆忙忙地开门屈膝投降，下跪称别人为君。他内心十分高兴，刘继业的不愿投降和武将们的主张战，正是他讨价还价的条件。刘继元亲笔写了愿意投降为臣的投降书，派人送到北宋营中。

赵光义看了刘继元的投降书，高兴得哈哈大笑说："刘继元果然是聪明之人，很有心机，投降还要讲价码。好吧，满足他的要求，等待他开门投降。"北宋军围住城，虚张声势，摆出一副打的样子，只是不真的进攻，等待城内奇迹发生，北汉军打开城门，出城投降。

城内守城的大部分将士失去了守城的信心，只等刘继元的一声令下，打开城门，迎接北宋军的入城。唯有刘继业和他的妻子佘赛花，族叔杨洪、程万保、赵红霞夫妇还有七个儿子，愤愤不平，手持武器，分成几股，巡查守城情况，时刻准备着与北宋军决战。

"不能降，北汉创建 30 年的基业，不能毁于一旦，投降北宋，如何面对太原百姓和 12 州的老百姓。"

"是哇，北宋军支撑不了几天，粮草吃完，必退兵无疑。此时降北宋，等于是自取灭亡。哪有皇帝先降的道理。"

"赵光义有啥能耐，不就是凭借他哥哥赵匡胤打下的家底吗？降不得，降了会给后人留下骂名，既不忠，又不孝，是千古罪人。"

"坚守太原，保卫太原，打出我杨家军的威风来！"

……

大郎、二郎、三郎、四郎、五郎、六郎、七郎弟兄七个，人人怒气冲天，手持武器，骑在马上，各带本部人马，随时等候父亲一声令下，杀出城去，与北宋军决一死战。刘继业看着七个儿子和众将领的请战激情，十分感动。他就弄不明白，刘继元为何要寻找一条投降的路子，现在城内还有 10 万大军，论兵力不比北宋军少多少，为何不能再坚持两个月，等北宋军退出。刘继元对他讲的这番话，他不是不懂，只是觉得一个国家就这样被别人消灭了，于心不忍。刘崇打下的江山，只延续到第三代，就要被毁灭，刘继元如何能对得起祖宗。刘氏的王朝啊，刘氏的江山啊，就这样在一片混乱的战争中结束了。刘继业觉得自己既然改姓为刘 30 年，就是刘家的人，上对得起刘崇，下对得起百姓，不能做亡国之君，亡国之将，亡国之奴。"可耻啊！无能啊！"刘继业大声地对着苍天呐喊。

刘继元对于刘继业表现出来的忠诚，十分感动和满意。皇爷爷当年收了这么一个皇孙值得，有后眼。刘继业没有辜负刘家，屡立战功，为北汉王朝的延续立下了汗马功劳，不愧为河西麟州出来的一位汉子。刘继业等武将的主张战，也使北宋赵光义看到了北汉军队的实力强大，不是我刘继元打不过你赵光义，而是我刘继元是明智的皇帝，看重了北宋王朝，看重了赵光义是一代真君，才把自己的江山交给赵光义。刘继元心里充满了提高身价的自信心。

又过了三天，刘继元觉得把自己的身价抬高到了适当位置，才给赵光义派人传来口信，今天打开城门，迎接太宗和北宋大军入城。

赵光义听了，高兴得只是哈哈大笑："进城！"

随着赵光义的一声令下，北宋大军从东门、南门同时入城。北汉一班文官跪拜于道路两旁，迎接赵光义骑着马带的大队人马入城。

赵光义直接到了刘继元的宝殿，接受刘继元等一班文武大臣的投降。各路将领都来投降，唯有刘继业的杨家将一个人也没有来。

"刘继业呢？"赵光义大声问。

"他在家中，不来参拜。"

"我亲自去叫他。"刘继元着急地说。

"等一等。既然他不愿来，那我就登门去请他。"赵光义笑着说。

"好，我陪皇上一起去，他一定会降的。"刘继元有点儿得意地说。

赵光义在刘继元的带领下，不顾众人劝阻，直接来到刘继业的家中。守大门的几个儿子看见刘继元已降，带着北宋的皇帝亲自上门来了，急忙给父亲报告。赵光义走到前面，走进了刘继业住的房子，大声说道：

"刘将军，赵光义特来登门求见。"

刘继业先在床头躺着生闷气，听得儿子来报，已下床整衣，正要开门出去，赵光义和刘继元抢先进来了。

"我……"刘继业听得赵光义叫他刘将军，不知如何回话是好，他不答话，走出院子面向正北，跪下大声抽泣说道，"世祖啊，皇孙不才，没能协助皇兄守住北汉江山，痛心啊！世祖啊，别怪皇孙无能不忠啊，实是我北汉江山气数已尽……呜……"

刘继业边说边磕头边哭。

赵光义看见这种情景，为刘继业的真情和忠心所感动，急忙亲手扶起刘继业："刘将军之忠心，天地可鉴，赵光义也是为天下老百姓着想，当年才跟随兄长陈桥起兵。"

　　"贤弟，太宗可是爱惜英才哇，还不快快拜过。"刘继元劝说着刘继业。

　　刘继业这才擦了眼泪，又跪下向赵光义连磕三头，表示愿意为臣，做北宋的臣民。

　　赵光义大喜，又急忙扶起刘继业，并面对着刘继元当场宣布：刘继业从今以后，恢复杨姓名业。

　　"杨业贤弟，恭贺你。"刘继元马上讨好杨业。

　　"谢过太宗。"杨业又是一个站着的鞠躬礼。

　　"杨将军，朕封你为左领军卫大将军。"赵光义被杨业的忠心感动，又因为杨业毕竟没有力主太原决战而减少北宋军的伤亡，马上封了杨业大将军之职。

　　"圣上，臣刚投宋，未立寸功，何敢任大将军之职，杨业实属不敢，待日后建功后再不迟。"杨业虔诚地说。

　　"不，赵光义此番顺利取太原，杨将军没有主张死战，就是最大的功劳，授此职当之无愧。"赵光义亲手握着杨业的手走出院子，一直回到刘继元的宝殿，下令安抚军民，治疗受伤人员，厚葬双方阵亡将士，休整几日，班师回朝。

　　至此，北方除了辽国外，其他势力已全部扫平。赵光义灭掉北汉，不只是得到了杨业和其他杨家将一批将领，还给予刘继元委以重任，凡是太原投降官员，论功行赏，根据才能，一一重用，取得了民心民意。

　　杨业归北宋了。

　　从此，杨家将出现在北宋抗辽的各个战场，屡建奇功。

　　赵光义班师回到开封，庆贺取得灭掉北汉的胜利。他觉得授杨业为左领军卫大将军还不够表达他的爱才之心，又加封杨业为郑州防御使。并在开封、郑州两地专门修了杨府，供杨家居住。杨家此时是大家庭，杨业、佘赛花的 7 个儿子，大都成婚，有的生了孩子。还有跟随杨业从麟州出来的十几条好汉，也成家有了孩子。杨氏家族，人口旺盛，人才济济，赵光义好不喜欢。

平定了南方，又灭掉了北方的北汉，赵光义可谓是春风得意，精神焕发。不过，也有让赵光义担忧之处，那就是北方的辽国自从北汉灭亡之后，侵扰北宋地境，大有攻克雁门关之势。赵光义不想去征，那么派谁去镇守雁门关一带呢？赵光义想来想去，认为杨业是最佳人选。

杨业到雁门关抗辽有四个优势：

一是杨业是北方人，熟悉雁门关一带的风土人情；

二是杨业是刘崇、刘钧、刘继元旧部，曾与后周在雁门关一带作过战，对那一带的地形熟悉；

三是杨业忠勇可靠，手下的杨家将个个能征善战；

四是辽国曾与北汉有交往，两国之间建立联盟，今北汉灭亡，辽国必然震惊，由杨业担任出征主将最为合适。

赵光义传令杨业，把他的旨意讲明，杨业高兴领命。

赵光义又大声宣布："朕再封你为代州知州兼任三交驻泊兵马部署，全权负责那一代防务。"

杨业带兵2万人，辞了赵光义，携带了佘赛花、杨洪、程万保、赵红霞、七个儿子等杨家将同时开赴雁门关。不数日，杨业大军到达代州，接管知州一职，安抚百姓，把军队按马军、步兵分开驻扎，派探子到雁门关一带侦探，以防辽军抢先入关。

公元980年3月，辽景宗起大军10万，直发塞北，兵指雁门关，来势汹汹。赵光义听得辽邦起兵10万，恐杨业兵少难以抵挡，又派一支部队由潘美带领，一起到雁门关，与杨业共同抗辽，确保雁门关万无一失。

潘美达到后，与杨业商量，由杨业亲自带领5000骑兵，绕道雁门关以北纵深，采取大包抄的战略战术，从辽军背后袭击辽兵。杨业根据商量的计划，率军绕到雁门以北200里的地方，突然向辽军背后发起攻击，辽军不及防备，死者无数，望风而逃。辽驸马侍中萧咄李，挥刀战杨业，不到十个回合，被杨业杀死马下，辽军马步军都指挥使李重海急忙来抢尸，又被杨业指挥的重兵团团围住，最后李重海走投无路，叫北宋军活捉当了俘虏。杨业和潘美两支大军乘胜追击，打败辽军，辽军残部逃回辽国。

杨业在雁门关以少胜多，5000骑兵与潘美打退辽军10万的消息传回开封，赵光义听了手舞足蹈，大摆宴席，招待文臣武将和杨业在开封的其他家人，他又下圣旨一道：提拔杨业为云州观察使，而且继续兼任代州知州、郑州防御使，并赏杨业美酒 10 罐，放假一月，专程回麟州探亲。

杨业接到赵光义提拔的圣旨和专人送来的美酒后，十分高兴，把酒赏赐了有功将士，安排好雁门关防务，带领 500 亲兵，与佘赛花、杨洪、程万保、赵红霞夫妇，七个儿子等将领一起骑马回河西探亲。

一行 500 骑，浩浩荡荡，急速前行，只两天一夜的工夫，就赶到了黄河的东岸的保德州。河对岸是府州。杨业和佘赛花商定，先到府州看佘赛花的亲人，尽管佘赛花的父母已去世，但是，还有其他亲人尚在。佘赛花一定要路过府州看望其他亲人。他们在保德州住了一夜，没有惊动地方官员，第二天连人带马坐船渡过黄河，直奔孤山佘德扆家。佘家只留下佘赛花的哥哥一家，也有七八口子人。佘赛花见到长兄，很是高兴，讲明离别 30 多年的经历，兄妹俩各走过了人生最艰难的历程。杨业在佘家吃了一顿饭，又到已故岳父岳母坟上烧了一回纸，然后告别了佘家，带着一行人马往麟州赶。他们路过七星庙山下，杨业问佘赛花：

"还记得当年七星庙定亲的事吗？"

"怎么不记得，你用闪门计捉弄我。"佘赛花抹着轻风吹乱的头发说，"时间过得真快啊，不知不觉就 30 多年过去了。"

杨业对着身后的大郎、二郎、三郎、四郎、五郎、六郎、七郎说："爹要不是用闪门计制服你娘，哪有你们的今天，哈哈哈……"

杨业心情激动，与佘赛花一起给孩子们讲述他俩当年的浪漫故事。

正是春夏之交，塞上高原天气变暖，百草吐绿，一支人马，走得不紧不慢，有说有笑，偶遇到一个村庄，杨业就让下马牵着走，不能给老百姓带来一种不好的影响，更不能惊动老百姓。沿途的老百姓知是杨家军、杨家将回来了，争着跑到村头围看，杨业和佘赛花、杨洪、程万保、赵红霞夫妇，七个儿子等将领招手向老百姓致谢。

中午时分，一行人到达了麟州城山底下，从原来的老路牵马上山。山上早有人看到山下一队人马，忙报告了杨重训，杨重训想现在会有谁的人马来山上呢？辽军不可能这么快就打到麟州来，有可能是其他州的人马路过此处。杨重训带着张平贵、王守成、王香兰等几名公差人员急出府衙，出了南门，看看到底是何方人马。

不一会儿，杨业、佘赛花、杨洪、程万保、赵红霞他们上山了。杨重训离远就看见是大哥、大嫂、杨洪兄他们，忙跑步过来迎接。兄弟俩见面，激动得一句话也不会说，两个抱住，都泪流满面。

一家人团聚了。战争把一家人分割开来，又卷入不同的阵营，战争又把一家人凝聚，回归到同一个政治集团。杨业把30年前投奔太原投靠刘崇门下被改姓改名的经过向杨重训讲述着，又把太原丢失回到北宋阵营详细说了一遍。杨重训听了心里很是伤心，也把自大哥、大嫂他们走后父亲去世、无奈投靠后周、后周又灭亡而投归北宋的过程讲了一番。杨重训说：

"五年前娘也病故了，我一直做北汉的刺史直到给北宋做麟州的刺史，想不到我兄弟俩又同时给北宋做事。"

"是啊，有些事情是由不得我们主宰的。北宋崛起是必然的，后周、北汉的灭亡也是必然的。这就是改朝换代的历史进化规律。有的人在这一进化规律中淘汰了、消失了，有的人站立了起来。我们兄弟俩算是幸运者，能够30年后同为北宋王朝做事，也是历史的选择。"杨业喝着家乡的麟州酒，一直处于兴奋状态。不管过去的经历如何曲折，弟兄俩总算见面了，麟州的战火也停止了，老百姓过上了安宁的日子。

吃过中午饭后，杨业、佘赛花、杨洪、程万保、赵红霞他们也不休息，要到城头四处看看，特别是看西城的打水井。杨重训感慨地说："没有啥看头，水井挖到五丈余深后，人再也下不去了，下去就晕得发昏，支持不了一阵子，所以，打井的目标没有实现，实在是对不住大哥。"

"怎么会头晕呢？"杨业不明白，说话间他们相跟着来到西城，走到井口旁，探头朝里看去，黑洞洞的，深不见底，"你问过老乡们了吗？是什么原因使人到井底头晕呢？"

"问过了，大部分人还是认为触动了山神爷、土地爷、河神爷等诸神，因而是神灵不让打井取水。"杨重训接着说，"不过死了的老中医生前对我说，往山下打井，人到洞里面出气困难，引发头晕，是因洞里缺少空气。他还说，空气里流动着气体，因地面的气压低流不进去洞底而导致人出气困难，人呼吸全靠空气中的一种气体来维持生命。"

"原来是这么回事情。这么说打井宣告失败。"杨业长叹一声，"花了那么大代价，前功尽弃，太可惜了。"杨业捡起一块小石头投进洞里，马上传来"嗡"的一声响，似乎有水的声音传出，他好奇地问，"井底有水？"

"对，有水，是从蛇耳则弯石泉流出来的泉水又流到里面。不过，水不多，一天最多流出两桶水。"杨重训说，"是打井引发山上的水向低处流动而形成的泉水。"

"山上有了泉水？好事哇。不管水多少，总算没有白打井。如果井挖得更深，山上就会挤压出更多的泉水。"杨业高兴地说。

"是这个道理。可是，人再也下不到井里，出气太困难了，只好停止挖井。"杨重训对杨业和大家介绍着。

看着山下奔腾的窟野河水，杨业仿佛看见河水通过山下的石井，又由人工抽提的木桶把河水引上了山。这是他多年的愿望，也是他当初制定"麟州十条"中的其中一条。也就是说，挖井取水的工程到此为止画上了句号，永远成为一种不可能实现的梦想。他当初设想着，如果挖井成功，不仅引水上山解决人畜吃水困难，还可以灌溉粮田，增产粮食。这是一件多么美好的事情啊！太可惜了。他又捡起一块石头投入井里，还是传来"嗡"的一声，一个黑洞对着天空在倾诉着设计者和挖井者的夙愿。

空喜一场啊！山上缺水，山下水资源白白浪费，要是能把山下的河水引上山，那将会发生怎样的情景哇。杨业拍了掌自己的胸脯感叹地说："我想，再过几百年、上千年，我们的后代和未来人，一定有智慧、有能力会使河水倒流上山来。"

"那样的话，我们的后代和未来人岂不成了神仙？"杨重训接住杨业的话说，"果真有那么一天，我们今天的打井也是值得，给后人留下一些教训和经验。"

"我们的后代和未来人成不了神仙，但是，他们会变得比神仙更聪明，更有智慧，他们会利用未来掌握的文化知识，解决我们今天解决不了的问题。"杨业深情地说。

"是的，大哥。未来社会的发展的难题和一切自然社会现象，都会在文化知识发展的过程中得到解决。"杨重训茅塞顿开，大哥居然说出了这样的新名词。

"我也是听太原的一些文化人和郑州的文化人说的，他们说人类最终解决自然社会的谜底只有依靠科学与技术。啥是科学与技术呢？我也弄不明白。我猜想，就像老百姓种庄稼一样，往上施肥料就是简单的一种农业科学与技术。你们说对不对？"杨业问大家。

"对。庄稼一枝花，全靠肥当家。要想打井下山，光靠咱用凿和铁锤是不行的，要是能用一种神奇的工具，一下子扎进井里直通河底，让河水直接就能流上来，那该有多好。"佘赛花也插话说，"我在坐船过黄河时就想，要是能修一条长渠，把黄河水引到府州和麟州的山头，那老百姓还不是家家户户过上了神仙的日子。"

"哈哈哈……想得真美，把天上的天河（银河）水直接引到麟州山头，那不更少力省事。"杨洪也被逗乐了。

"可以肯定地说，这样的社会一定会到来。那是一个什么样的社会呢？人不但能引河水上山，还可以两肩长出翅膀直飞天空，双脚踢开地门，进入阎王爷的地府与阎王爷碰酒杯……哈哈哈……"大郎高兴地发表着自己的意见和设想。

……

一家人各自发表着对未来社会的看法，都是因为打井取水引发的。一家人又在山头别处转了一圈，回到刺史府。杨业又提议，第二天给爹和娘去上坟烧纸，给阵亡的郭玉方、李俊、王守义、孔愣头、孔愣子等人祭拜。佘赛花、杨洪、杨重训、王香兰、张平贵、程万保夫妇等表示同意，整个下午大家忙顾准备烧纸、点的煨香、贡品。晚上吃过饭，杨业说："要缩短在家的休假期，最多住5天，不能住一个月，圣上对自己信任、宽宏，自己不能就摆开功劳，防止辽军趁机偷袭。"

"对，咱不能住一个月，有5天足够了，万一辽军真的入侵，如何了得。"佘赛花说，"明天上了坟，后天，外后天休息一天，就返回云州。"

"好，就这么定了。外后天再休息一天，准时返云州。"杨业对七个儿子说，"大郎、二郎生在麟州，三郎、四郎、五郎、六郎、七郎生在太原，你们弟兄七个既是麟州人，也是太原人。"逗得大家都笑了。

一夜全家人又是一番扯家事、国事后方才入睡。

第二天吃过早饭，全家人来到杨宏信和老伴儿的坟墓前，下跪烧纸，杨业头靠坟堆，痛哭流涕，悲叹忧思，向父母请罪："儿不孝，30年未回家，父母临终也未能见最后一面，实是因战事紧张，身不由己。儿背刘归赵，弃汉投宋，也是因刘继元也投宋主，儿不得不降。儿知道一臣不从二主，大丈夫宁愿战死，也不投靠外邦。今宋室兴起，北汉已亡，宋乃继秦以来，作为正统的国家之主，统一华夏，为民造福，儿不得不顺天时，应地利，附人和，为大宋朝尽力尽忠。想父母在天有灵，一定理解儿的苦衷，称赞儿的选择。"

杨业说罢，又磕一头，然后站起，又给其他历次作战的阵亡士兵下跪烧纸。普通的坟茔，埋葬着无数保家卫国的英雄。没有他们的死，就没有杨业的生。杨业让7个儿子一齐跪下，向那些有名的无名的英雄烧纸磕头，表达深深的哀思。为了麟州，为了麟州百姓，从建立新秦堡以来，数千人阵亡，那些姓名都没留下的人，永远地埋在了荒山野岭之中。杨业抓起一把坟头的黄土，向空中扬去，黄土化作黄尘随风而去。

"父亲啊，你为麟州而生，又为麟州而战而患病，死得荣光、伟岸，永远活在孩儿的心中，也永远活在麟州百姓历史记忆的长河里。父亲啊，你的英灵长存，你的忠魂永远游荡在麟州大地的青山绿水之间……"

杨业带着全家人绕着一个一个的坟头转了几回，然后缓缓地离别坟墓，往家中走来。

第二天，杨业提出要到窟野河两岸看看老乡们搞春耕生产，杨重训说这个建议好。杨业建议不要相随的人太多，有20人足矣。全家人只挑了杨业、佘赛花、杨洪、杨重训、王香兰、王守成、程万保、赵红霞以及七个儿子还有杨重训的儿子杨光宸，另带了几名士兵，其余士兵在山上自由活动。

杨业他们一行都骑着马，下了山，沿着窟野河上游的东岸一直往上走。一路上，到处堆满了煤炭，连老百姓垒的厕所都是炭。杨业看着满地的煤炭，不免又产生情感，在太原30年，老百姓烧的就是从忻州、吕梁山运来的煤炭。这是目前燃料中最好的一种，广泛运用于民间烧火做饭，在一些地方早已用到冶炼铜、铁等生产。杨业捡起一块煤炭，用手抚摸着，双手沾上黑黑的粉，他若有所思地说："在这个世界上，不知哪里还生产着煤炭，据我所知，河东的云州、代州、岚州、忻州一代都出产煤炭，还有郑州的黄河以北地区……这黑炭要是黑金的话该有多好，我麟州就成了生产黑金的地方。"

"哥，煤炭烧火做饭就是好，比柴草强多了。这种燃料燃烧起来，火旺，热度高，燃烧的时间长，特别是摆火塔，到了晚上，放射的火光，比月亮还明亮，比太阳还赤红。"杨重训也捡起一块煤炭说，"这煤炭不知是啥成分构成的，一定有黑火药的成分。"

"对，一定有黑色的火药，不然的话，怎么能燃烧着呢？为啥石头燃烧不着？又为啥没有黑颜色，这煤炭里一定有黑色的宝贝。"佘赛花也说，"府州孤山的深沟里也到处有黑炭，对，煤炭，除了烧火做饭、取暖，再就是垒猪圈、垒墙用……"

"啥东西才能容易燃烧？火药。火药又为啥能燃烧，因为火药里有一种极易燃烧的物质。这种物质是肉眼看不到的，煤炭作为一种燃料，里面一定有多种很小很小的物质，这种物质会产生火，产生热，产生光……"三郎兴致勃勃地说。

"你怎么知道的？"佘赛花问。

"娘，我在太原生活了这么多年，接触过不少奇人异士，他们能知天有多高，地有多厚，还能计算出天气变化。像煤炭里有几种物质，会产生热，会发光，这已是小儿科了。那些奇人还说，煤炭不只是会产热，发光，里面还有一种有毒的东西，可以在晚上人睡觉时，毒气钻到人的鼻孔里，会把人毒死。"杨三郎继续神秘地说着。

"啥叫毒气？"

"连毒气也不知道。就是煤炭燃烧时冒出的一种含有毒质的气体，可以毒死人。"杨三郎说。

"对，煤炭里的气体是毒死人。咱麟州也听说发生过此事。"杨重训接住说，"煤炭是好东西，不然的话，老百姓烧火做饭需要多少燃柴、树枝。"

"若是办一个煤炭加工厂，在煤炭里直接提炼出黑金来那该有多好。哈哈哈……"杨业大笑着说，相信后人一定会从煤炭里取出黄金白银，取出更值钱的东西。

……

他们边走边说，话题始终围绕着煤炭的用途。他们来到一个村子，见许多老乡在河堤栽树，就走过去帮助老乡种植起树来。老乡们种植的是柳树，还有一种常见的水桐树。老乡们见是杨家将回来了，都围过来问长问短，问太原的城墙有多高，房子有多大，街道有多宽，卖货的商铺有多少家……老乡们还问太原的女人穿的衣服跟麟州的女人穿的衣服一样不一样，太原街道上坐轿的人多还是骑马的人多，太原人吃的小米是不是麟州产的小米，太原人喝麟州的酒吗？

老乡们知道杨业父子在太原生活、打仗，一定知道许多事情。太原，是老乡们期盼的大城市，一个人能活一辈子，走一回太原，看看太原街道坐轿骑马的人，死了也值。太原就是他们向往的天堂。听说北汉刘钧、刘继元在太原生活了二三十年，天天吃的是白面，顿顿喝的是酒，还能到晋祠拜谒……

太原好啊，到过太原的人就是有本事的人，见过大世面的人。何况杨业在太原生活了30年，有5个儿子是出生在太原，还个个能文能武，杀敌立功。"麟州人行哇，厉害哇！杨家人给咱麟州争了光。"老乡们直来直去地说，"北汉凭啥在太原坐天下30年，不就是有杨家将、杨家军保卫着吗！如今，杨家将、杨家军归顺了北宋，北宋的江山一定又是铜底铁边邦，赵家坐皇帝千年不变。"

"是哇，听说了，刚这几天从河东传来消息，杨家将在雁门关以北打了大胜仗，还把辽邦的驸马给杀了。打得辽军退出雁门关，退出云州。咱麟州的杨家有人才，出英雄……"

老乡们一个劲儿夸赞杨业一家人，杨业感动地安慰老乡们说："杨家能够打胜仗，全是老百姓支持的结果，没有老百姓的支持，哪能取得胜利。"杨业一连栽了六株柳树，然后要继续到上游去看看，老乡们说："不行，吃上一顿饭再走。"杨业只好在老乡家吃了一顿黄米捞饭就酸菜。老乡们拿来麟州酒，杨业坚决不喝，谢别了老乡们，又到一个村子看了一番，赶天黑时分回到麟州。

到了第三天，离回云州的日子只留一天，杨业又到东门外他当年种植的三棵松树旁，亲自下到山下挑着河水浇了一次水，感慨地说："但愿百年后，这三株松树长成大树留给后人。"

到了第四天，杨业告别了兄弟杨重训一家，与佘赛花，杨洪，程万保、赵红霞夫妇，七个儿子带着500士兵准备下山，突然，张平贵手提铁棍拦住杨业的马说，他也跟着投宋，到云州去，杨业劝说张平贵，人老了，就在家乡安度晚年。杨业经过一番劝说，张平贵只好让开马，不提走了。踏上返云州的路。一路上大家有说有笑，交谈着回故乡麟州的感受。他们过了黄河，走了一天，天色已晚，来到一个叫韩家楼的村子住下。半夜里，突然人喊狗叫，老百姓都穿上衣服跑出院子大喊："土匪来了，土匪进村，抢人哇！"

杨业和全家人赶紧起来，500士兵也披挂上马，手持武器，冲出院子，火光中，果然见一大群人，约有二三百人，持刀舞棒，进老百姓的家中抢粮、抢牛、抢羊，有的年轻女人也被赶出家，集中到一起，哭声不绝。

"狗日的，杀！"杨业骑着马，与佘赛花、杨洪、程万保、赵红霞夫妇，七个儿子等500士兵一起向土匪包抄过来。土匪见了，大惊大叫，也不知这是从哪里来的一队人马，多管闲事，为头的土匪不服气地问："何方人马，敢阻挡爷爷的生财之道。"

"狗日的，深更半夜，进老百姓的家中抢粮抢人，还有理过问。看刀！"杨业探头朝土匪头砍下来，土匪头子拿刀只招架了两个回合，跳出圈外，喊了一声撤，所有的土匪吓得一个个跟着逃走了。

杨业安抚了百姓，又把土匪追了一阵返回韩家楼，与老乡们告别。又走了半天，中午时分来到一个叫义井的村子，只见村头的一株大榆树上绑着一个十几岁的孩子，长得眉清目秀，一群人围住看热闹，杨业觉得奇怪，就下马走过去问是怎么一回事情。原来，这孩子家贫，饿得发慌了，进人家中偷东西吃，被主人发现了，捆到树上受罚。

"是这么一回事情，"杨业叫把孩子放了，自掏钱买的两碗米饭叫男孩吃。这男孩吃了，伏地磕头感谢。

"家中还有什么人？"杨业问。

"啥人也没有，爹娘都饿死了，姐姐嫁人了，就我一个。"男孩老实地说。

"跟我当兵去，愿意不？"杨业抚摸着男孩头说。

"愿意，愿意。"男孩又伏地磕头。

"好，今天就走。"杨业让男孩骑上一匹马。男孩不敢，说他就步走。

"干脆把他收为义子，做一个八郎正好。"佘赛花笑着说。

"好！好！好！小家伙，给我杨业当儿子愿意不？"杨业兴冲冲地问。

"你就是杨业？"男孩惊奇地问。

"是，我就是杨业，怎么，你见过我？"

"没有，我听别人说杨业可厉害了，打得辽军 10 万人马都逃走了。"男孩高兴地说，"我愿意。"他急忙又跪下，给杨业磕了一个头，喊了一声："爹——"

"哎，给你起个小名叫八虎。"杨业叫八虎——见过佘赛花、杨洪、程万保、赵红霞夫妇和 7 个哥哥等人，然后让八虎上了马，一路向云州进发。

至此，关于杨业的七个儿子与一个义子有"七狼八虎"之说在民间广为流传。

公元 986 年 6 月下旬，北宋大军与辽军大战于燕州、云州一带，双方大军成犬牙之状，胜负不分。为了打败辽军，赵光义派三路大军同时向北开进。各路大军攻克云州、朔州、应州、寰州。西路军潘美为主将，杨业为副主将，蔚州刺史王侁、顺州团练使刘文裕为护军。

然而，东路主将曹彬带的部队在战略要地岐沟关中了辽军埋伏，损失惨重，失去了再进兵的机会，逼使其他两路军不得不撤退。这是一次战略上的大撤退，虽然是遭到了辽军的伏击。赵光义认为，丢失一两座城池不要紧，关键是不能把老百姓扔掉。因而，赵光义做出决定，大军撤退时，必须把所有的老百姓撤到雁门关内。

云州、朔州、应州、寰州四州百姓，总共 10 万多人，扶老携小，往雁门关内大撤退。

潘美、杨业、王侁、刘文裕担任了此次掩护老百姓撤退的主力部队。10 万多老百姓，日行不到 10 里，后有辽数十万大军的追击。潘美、杨业、王侁、刘文裕且战且走。辽军在后面紧追不放，发誓要消灭北宋军，抢夺回老百姓。辽军非常清楚，夺了城池，没有老百姓，一座空城，大军如何生存。对于宋军搞的大移民、大迁家、大撤退，辽军气急败坏，这分明不是北宋军败走了，而是来北方争夺老百姓，把城市、农村都腾空，把辽军困死。

辽军主将耶律斜轸，命令各路人马，一定要追上北宋军，把老百姓抢回来。

表面上看，这次战役的大撤退是因东路军丢掉了战略要地岐沟关，实际上是赵光义搞的人口内迁的战略大转移。按照赵光义的设想，要把塞外高原一些城镇的老百姓分批次迁到太原、开封、郑州一些城市，把塞上高原变成荒无人烟的不毛之地，把辽军困死、饿死、冻死在塞北高原。

潘美、杨业、王侁、刘文裕他们接受了这个任务，各带领本部人马在老百姓的后面阻挡辽军。开始，潘美、王侁、刘文裕三人还按原计划撤退，老百姓在前，他们在后，逐步撤退，后辽军不断猛攻，三人发生了动摇，按照每日行10里的路程，这要20多天才能退到雁门关之内。在他们看来，带上老百姓撤退，就是一种负担，说不定被辽军追上歼灭，自身难保。他们三人商定，各带着本部人马到雁门关的陈家谷一带设防，让杨业一支人马断后，阻挡辽军，等老百姓过了雁门关后，辽军追兵到了，伏兵趁机杀出，既可掩护老百姓撤退，又可打退辽军。他们三人把这个计划说给杨业，杨业一听，知道他们三人是不愿意在后面阻挡辽军，但是，又争不过他们，只好答应，但是，他提出一条："如果老百姓过了雁门关，我的人马到陈家谷后，你们一定要等待着接我。"三人答应后，各带领本部人马，扔下老百姓，快速撤向了雁门关。

杨业一支人马，有8000余人，数量上不多，也不少。这次他从开封带兵开赴塞外时，把妻子佘赛花、族叔杨洪等年纪大的杨家将留在了开封，只带了程万保、赵红霞夫妇、八个儿子远征。他给八个儿子分别起了大名：

大郎——杨延昭；

二郎——杨延玉；

三郎——杨延浦；

四郎——杨延训；

五郎——杨延瑰；

六郎——杨延贵；

七郎——杨延彬；

八郎（八虎）——杨延辉。

八个儿子，各自掌握着本部人马，跟随着杨业作为掩护老百姓撤退的主力部队。辽军从北面正面五里宽的战线在后追赶，杨业只好把八个儿子分开来，呈扇形边打边撤。老百姓走的速度太慢了，有拿粮食的，有带衣服被褥的，还有赶着牛、驴、骡、马、猪、羊、狗、猫的……老年人走不动，年轻人扶着走，小孩子哭叫，闹着不走……几十里的场面，一支老少男女混杂的队伍，哭声阵阵，喊声不绝，行动缓慢，急得杨业父子不知如何是好。如果扔了百姓，不但辜负了圣上，也对不起老百姓。辽军追上来，杨业指挥部下死战不退，双方混战在一起，各自伤亡惨重。辽军的目标既是要消灭北宋军，也要把老百姓夺回来。双方打得十分激烈。辽军尽管人多，但是，兵力不可能全部展开，只能投入与北宋军相当的兵力决战。杨业打退了尾追的辽军一次又一次的追击，掩护着老百姓向雁门关内撤退。

杨业心中只有一个目标，只要老百姓过了雁门关，撤退的任务就完成了，因而他无论如何也要把老百姓护送到雁门关内。为了阻挡辽军的追击，杨业趁辽军追得拉开一段距离，派一部分部队在道路的两旁设伏，等辽军到了，一起冲杀出来，给辽军以重创。他不停地设伏，有效地打击了辽军的追击，可是，辽军经过一次又一次的设伏打击后，变得狡猾起来，他们不走道路，专找道路两旁的沙丘、土包绕着走，这样就与杨业的伏兵相遇了，双方又是一场混战。

走了 10 多天后，老百姓才走了 100 多里，离雁门关还有 100 多里。杨业几乎每天要与辽军作战两次，又饥又渴又困，不得不停下来休息一会儿，喂饱马，再走。有时候还不等得上马，辽兵就又追来了，杨业只好上马应战，抵抗辽军。黄土大道，尘土飞扬，男男女女，跌跌撞撞，好不悲凉。杨业望着老百姓奔逃的情景，忍不住心头一酸，双眼流出了泪。老百姓舍家，远去他乡，是一件非常痛苦的事情。但是，这是圣上的旨意，这是战争逼得不得不做出这样的选择。离乡背井，抛弃家门，谁愿意啊！老百姓对赵光义做出的这样的大迁家决策，不一定都拥护，有的不想离开家，走着走着，就偷偷地抱着自己年龄不大的孩子离开人群，各自逃走了。有的人带着病体行走，疾病加重，倒在了路途，全家人哭成一片……

此情此景，一幕一幕，刺激着杨业。这是一场兵力不对等的战争，也是拖着沉重包袱的战争。一切为了老百姓，又害苦了老百姓。谁之过啊！杨业对着蓝天一声一声地长叹。一阵一阵的夏风吹起，吹起了黄尘沙土。一条通往关内的大道，挤满了本不愿离开家门的老百姓。老百姓无奈啊！他们是战争的附属品，也是战争的支撑者。没有他们种田产粮，哪有战争的狼烟四起。他们的孩子一个个被卷到战争的旋涡，用鲜血和生命推动着战争这部机器高速运转。杨业走到老百姓中间，下马帮一个女人把孩子扶到母亲的背后，艰难地向前一步一步地走着。一位 60 多岁的老人牵着一头牛，牛背上骑着一个七八岁的孙子，一摇一晃地朝南走去；一对盲人手握着手，相互搀扶着边走边哼着小调；一个孕妇腆着肚子，拄着一根棍子，在一群女人里吃力走着；一个瘸子，拖着腿，一步一晃艰难地朝南行走……

老百姓在前面走，前后拉了几十里，后有辽军 10 多万奋力追击，杨业的不到 1 万人马拼命抵挡。每次与辽军交战，双方都有士兵阵亡、受伤，阵亡的士兵来不及掩埋，成了野狼野狗的美餐。双方的士兵，像疯了一样，几乎是天天厮杀。

杨业走到最后，把凡是能带走的伤员一并跟着老百姓向南撤退。辽军得到一座座空城，非常恼火，发誓要把老百姓抢回来，因而辽军的骑兵躲开杨业的部队，直插到老百姓前面，驱赶着老百姓往北返。杨业发现了，带领骑兵猛追向北，又从辽军手里抢回老百姓往南走。老百姓失去了方向，反复被争夺，忽朝南，忽朝北，不停地变化着行走的方向。杨业的部队人数越来越少，十天过后，减员 4000 人，总兵力剩下不到 4000 人，抵挡着后面的数十万大军。战争到了非常艰难的阶段，杨业不得不抽出一部分兵力协助老百姓加快速度，尽快越过雁门关，向内地安全的地方落脚。

辽军知道是杨业在后面阻挡他们南行的道路，把数十万老百姓迁走后，十分气愤。当初杨业在北汉，是辽军的盟友，双方签有战略同盟，曾一起共同抗击后周。如今，杨业归顺了北宋，多次率军与辽军作战，占领塞北几座城池。这次杨业与他的同伙又是战城池，又是迁走老百姓，辽军是把杨业当作最凶狠的敌人。辽朝廷下令追赶的各路人马，一定要把杨业的部队消灭在雁门关以外，即使活捉不了杨业，也拿到杨业的首级。

活捉杨业者，赏黄金万两，一般将领可提拔为大将军。辽军耶律斜轸、萧挞凛等将领一个个接到辽朝廷萧太后的指令后，奋力向前冲锋，把活捉杨业当作追击北宋军的主要目标。

对于辽军的追击，杨业是有准备的。他感到失望的是潘美、王侁、刘文裕等不能与他一起在后面掩护老百姓撤退。到雁门关陈家谷埋伏，阻挡辽军，虽然是一条良好的计策，可不能有效阻止辽军的追击。仅凭他本部的一支人马，显得力量单薄，孤军难撑。杨业是且战且退，顾了老百姓，就不能自己先退，如果自己也像潘美、王侁、刘文裕他们一样，撤到雁门关，那数十万老百姓等于交给了辽军。他要完成赵光义交给他们的老百姓南迁战略目标，那么牺牲自己也要把老百姓安全掩护撤退到雁门关内。

一路上，杨业和士兵只能靠带的极少的干粮充饥，渴了就喝路边的沟水。有时连水也找不到，人困马乏，只能嚼树叶解渴。太阳火毒，没有云彩，天又不下雨，大地干燥，到处是尘土飞扬。老百姓有的走不动，只能留在路边，任由辽军追赶来抢走了。白天还好一些，到了夜晚，天黑不能行走，而辽军追来，杨业被逼夜战，死命抵抗。夜风阵阵，喊声阵阵，哭声阵阵，整个雁门关外大地在抖动。前面行走的老百姓进入了雁门关，后面的老百姓仍然在辽军的追击中奔逃。有的老百姓实在走不动了，就撞到路旁的大树身自尽了，有的孕妇生下了小孩，也只好痛苦地向南爬行。他们的目的只有一个，到雁门关内，到新的地方安家去，去另一个陌生的地方再建立属于他们的家。杨业借助着暂时打仗停下来的空隙，利用晚间夜幕的掩护，走到老百姓中间，给他们鼓劲儿：

"老乡们，再坚持两天，再走三四十里，我们就到了雁门关，只要我们到了雁门关，辽军就奈何不了我们，朝廷已在雁门关伏下重兵接应我们入关。"

"好，杨将军，我们死也要死到雁门关内。"

"决不当辽军的俘虏，决不把粮食留给辽军。"

"到雁门关内，建立我们的新家园！"

……

老百姓的激情又被杨业激发起来，杨业很是高兴，吃着老百姓烧烤的玉米面饼，就着凉水，与老百姓拉家常。

"杨将军，听说你是河西麟州人，在太原生活了 30 年。"有的老百姓问杨业。

"对，我了解太原，熟悉太原，我们进雁门关后，就离太原不远了，想在太原安家的，可以留在太原，由朝廷拨银两，统一建新房。如果有的老乡还想返回原来的塞北老家，等咱北宋的大军彻底打败辽军，把辽军赶出塞北，咱们还可以再迁回到塞北老家。"杨业给大家讲着未来的生活美景。

"那啥时才能打败辽军？"有的老百姓问。

"快了，等把大家掩护送到雁门关内，咱大宋的各路大军再出塞与辽军决战，一定能把入侵的辽军打败！"杨业鼓舞着大家说，"咱大宋的军队人数比辽军多，士兵打仗勇敢，又有咱老百姓的支持，一定会重新打回咱们的老家。"

……

夜色下，杨业与老百姓交谈着，讲战争，讲撤退，讲安家，讲未来，讲未来的胜利和老百姓过上好的日子。

半夜了，不时有小孩啼哭，有亲人患病死了，哭声一阵一阵传来，揪人心肝。杨家父子走到老百姓群里安抚大家，然后，埋锅造饭，做得吃了，又趁着星光，向南进发。天亮后，辽军大队人马又追了上来，杨家父子和程万保、赵红霞夫妇率兵奋力抵抗。辽军来势凶猛，全是马队，呈扇形直扑宋军，杨业与八个儿子和程万保赵红霞夫妇拼命反击，怎奈辽军众多，前面的倒下了，后面的追了上来，双方马军交织在一起，杀得黄尘大起，连谁是谁也分辨不出来。决战中，杨大郎首先负伤，又被辽军乱枪刺死，二郎也受了重伤，跌下马来，被乱马踩死。离雁门关越来越近，杨业想只要把老百姓护送到雁门关，就有盼了，潘美、王侁、刘文裕的三支伏兵就会杀出，给辽军以重创。他且战且走，两个儿子已亡，让他痛心。辽军紧追不放，不时用弓箭从背后乱射，士兵中箭伤亡者甚多。有的士兵中箭后掉下地，用双手抱住辽军马军的马蹄子，直到被马踩死，手都不松开。有的士兵与辽军滚成一团，用嘴咬掉辽军的耳朵、鼻子……

战斗打得相当残酷。"坚持，坚持到雁门关就是胜利！"杨业大声吼叫着，挥刀奋力厮杀着。辽军追兵越来越多。前面的老百姓已经到达了雁门关，潘美、王侁、刘文裕三人见老百姓到了，以为护送老百姓入关的任务就完成了，下令撤军，把埋伏的部队全部撤走，护送先到达的老百姓进了雁门关。

杨业和他的剩余六个儿子和程万保、赵红霞夫妇拼死抵抗，一步一步艰难地向雁门关撤退。最后一批老百姓大约离雁门关还有 10 里路，也就是说如果走得慢，还需要一天的时间，老百姓才能全部撤退到关内。辽军眼看到老百姓都撤进了雁门关，疯了般地对杨家军发起一轮接一轮的进攻。杨业手下的兵已不足千人，混战中三郎、四郎又中箭而亡，五郎受了重伤不能再战，与老百姓一道向南撤退。

又是一天过去了，快到雁门关了，杨业手下的士兵只留下二三百人，而辽军分多路围了上来。又是一场混战，八郎受伤被俘，七郎中箭奋力逃脱，老将程万保、赵红霞夫妇战死，只有杨业、六郎和二三百士兵掩护最后一批百姓来到雁门关。老百姓进入了关内，而杨业和六郎等士兵被辽军包围，杨业和六郎左冲右撞，浑身是血，不得突围，杨业指望雁门关伏兵杀出，而他没想到潘美、王侁、刘文裕早已把伏兵撤走进关了。杨业感到非常的绝望，又转身杀入辽军阵内，一连杀死几百辽军。此时，辽军见关内无有伏兵杀出，马上重整队形，里外几十层，向杨业和六郎包围过来。杨业令六郎不要恋战，马上冲出去，向关内撤退，把潘美、王侁、刘文裕撤走伏兵，致使杨家全军覆没的情况报告圣上。

杨六郎听从父命，挥起大刀，带领数十骑，大喊一声，朝雁门关方向猛攻过来。辽军一齐举刀舞枪阻拦，杨六郎舞动大刀，一阵乱砍，杀开一条血路，朝雁门关突围而去。

杨业见八个儿子死的死，伤的伤，脱险的脱险，又见大批老百姓撤进了关内，心头如释重负，与只剩下的几十骑士兵，再次地与辽军死战。他且战且退，杀开一条血路，往雁门关的陈家谷方向突围，此时他身后只留下几骑，又叫辽军一阵箭射，只留下他独自一骑，又肩中两箭。他催马前行，冲到路旁一树林，跌下马来，又被辽将耶律奚底射了一箭，倒地不能站立。辽军一拥而上，围了过来，杨业坐着舞刀，打得辽军不敢近身。辽军发怒，近距离瞄准他的双胳膊猛射，直到杨业抬不起双胳膊，大刀掉到地下，才一齐围过来，把受重伤的杨业绑住。

杨业被俘，迅速传遍辽军各营，也传到了北宋的军营，以及附近村子的老百姓。

辽军庆贺俘获北宋大将杨业的胜利。虽然辽军没有阻挡住数十万老百姓的南迁，但是消灭了杨家军8000人和生俘了杨业，也是一个很大的胜利。耶律斜轸、耶律奚底、萧挞凛等辽将，轮番来见杨业，劝杨业投降辽军，必当重用。

"杨业，当初你投北汉，建功立业，刘家一家三代人没有亏待你。我大辽国与北汉世代友好，你今被俘投辽，就是重回北汉。"

"胡说，我投北宋，是因北汉灭亡，北汉亡主刘继元先已投北宋。今我北宋国强民富，兵精粮足，汝等辽邦，多次侵犯边疆，骚扰百姓，实是强盗行为。我杨业被俘，死而无憾，何必多言。"杨业大骂辽军侵犯北宋边疆，害苦百姓。

……

辽军给杨业端来好酒好肉，杨业拒绝食用。辽军又劝杨业投降，许诺做大将军，遭到杨业唾弃。

"我乃堂堂七尺之躯，北宋将军，岂有降辽邦之理。你们别打我杨业的主意了，送我上路。我生为大宋，死为大宋，休再多言。杨业忍着剧烈的疼痛，决定以死报效大宋，报效国家。"

一连三天，杨业滴水不进，面南而坐，直至饥渴死，身子也没有倒下。

杨业绝食而死，又迅速传遍辽军各营，辽军将领深为杨业的忠勇而敬佩。

杨业绝食而死于辽军营内的消息也很快传回了开封，宋太宗赵光义听了后，很是悲伤，厚待杨家幸存人员，对临阵出逃、见死不救的潘美、王侁、刘文裕停职罢官，流放外地。

后人有诗赞杨业：

七星庙里定终身，
麟州城头论古今；
横刀立马走太原，
忧民报国投北汉；
雁门关前献忠心，
英雄气概贯长虹；
大宋江山千秋传，
不见将军征战还。

第十二章　黄河东流去

　　杨重训向北宋朝廷连奏两章，要自己的儿子杨光宸接替自己的麟州刺史一职，主要理由有两条：一是儿子杨光宸能文能武，有胜任麟州刺史的德才；二是自己年纪已高，又患了疾病，不宜继续在任。

　　奏章报送北宋朝廷已经有三个月之余，迟迟不见批复。杨重训心里着急，叫来张平贵、王守成和自己的老婆王香兰等老将商议：

　　"朝廷迟迟不批复，我又重病缠身，如此奈何。咳……"杨重训躺在炕头被褥上，侧着身子，望着各位说，"如今北方辽邦暂不侵犯，正是养兵蓄锐，恢复建设的好时机。我麟州经历战乱，老百姓负担沉重，需要三年五年发展生产，种田养殖。咳……"

　　"你就少操一些心吧，杨光宸大了，接任后有能力治理麟州。"王香兰从一旁扶着杨重训说，"雁门关一战，我杨家死的死，伤的伤，太宗看到我杨家屡建奇功的分上，必定批准杨光宸任麟州刺史。"

　　"我还是放心不下。我杨家为北宋打江山、保江山立下了汗马功劳，可是，那是大哥重贵和大嫂还有侄子们立下的功劳，我坐镇麟州30余年，身无寸功，就怕太宗不予批准。咳……"

　　"没有功劳，也有苦劳，这些年来，麟州每年向国家交纳粮食十担、白银数百两。这不是功劳是啥？杨光宸接替麟州一职，顺民意合民心。"张平贵一手捋着白胡须，一手提着铁棍说，"麟州的刺史不是谁都能当的，如果朝廷再派一个刺史来，娘的，我第一个站出来反对。"

　　"不敢乱说，朝廷不早批复，自有道理，我们只好等着，把麟州的事情做好。咳……"杨重训坐直身子，喝了一口水说，"趁辽邦暂不侵犯之机，还要扩大招兵、练兵，修建工事，构筑城墙……咳……还有打井的事也要继续。咳……"

"你放心吧，我已安排兵力往高加固城墙，打井的事一直没有停，估计已有十余丈深。"王守成对杨重训说，"为了纪念历次阵亡的杨家将士和其他人员，把纪念室暂设在刺史府，好让后代知道杨家将士的事迹。"

"好，就这样定了。大哥在雁门关死得冤，其他几个侄子英勇战死，一定要设灵堂，好好纪念。咳……"杨重训是三个月前得到大哥杨重贵等将领战死在雁门关陈家谷的。大哥的死，对于他是沉重的打击，加重了他的疾病。杨家后继有人，不能就这么倒下去。他一定要推荐儿子杨光扆做麟州刺史，如果战事再起，让杨光扆领兵到前线作战。杨重训推荐儿子杨光扆当麟州刺史，是有长远考虑的，"朝廷一旦批准杨光扆接任麟州刺史，不但要好好治理麟州，还要做好到前线与敌作战的准备。咳……我杨家不是怂包，是杀不完，打不垮的。快叫杨光扆来。咳……"

"孩子正在练兵场练兵，就不要叫了。反正让杨光扆接替麟州一职是早晚的事，你不要过分担心。"王香兰扶着杨重训说，"杨光扆已是成家有孩子的人了，有能力治理好麟州，你就放心养病，安度晚年。"

"我放心不下哇，辽邦一天不灭，北方一天不得安宁。麟州的刺史不好当，处在长城线上，随时要做好打仗的准备。咳……"杨重训挣扎着身子，要下地走动。王香兰和王守成扶他下地，走了几步，又坐到椅子上。杨重训一手捂住腹，咬着牙，不停地咳嗽。"我不能死，我要看着杨光扆接位。咳……如果我等不上这一天，你们一定要辅佐杨光扆，镇守麟州，治理麟州，把杨家血脉传承下去。咳……"

"你这扯到哪里了，不要再说泄气的话，阎王爷还不到时候请你去。想得开些，想一想大哥他们，你要咬紧牙，活下去。"王香兰为丈夫鼓气。

"我知道自己的病，是不治之症，活不了几天。咳……我最放心不下的是麟州百姓的吃水，多少年了，一直下山挑河水喝。咳……打井工程，30多年了，还没有完成，我死也闭不上眼。咳……还有……"杨重训看着张平贵说，"你过来，让我摸一摸你的手。咳……"

张平贵走到杨重训面前，伸出右手，杨重训抓住张平贵的手，声音颤抖着："平贵兄，30年过去了，我杨家对不住你。让你一人，单身过了一辈子，如今你60岁的人了，还是一人。我……咳……我杨重训有愧老兄哇。

386

咳……"

"杨刺史，不能这么说，是我命不好，注定是打光棍儿的命。我不后悔，跟着杨家三代人能干到底，我死了也值。"张平贵眼泪"唰"地流出来，握住杨重训的手，"杨刺史放心，侄子杨光宸继任后，只要我不死，我会赤胆忠心，肝脑涂地，誓死效忠杨家，镇守麟州。"

"平贵兄，有你这句话，我就放心了，你是麟州的功臣，是杨家的虎将。这么多年来，你风风雨雨，上山下山，拒强敌，剿土匪，吃了不少苦。咳……我杨重训这辈子欠你的情，下辈子一定补上。"

"杨刺史，说哪儿了，我张平贵一介武夫，来到杨家前，只是一个草寇。自从到了杨家，脱胎换骨，走上正道。我这一辈子值，跟了杨家，不后悔。只要我还有一口气，我会永远报效杨家，为麟州的老百姓守好家，看好门户。"张平贵说着一只腿跪下，向杨重训磕了一个头，又站起来大声说，"侄子杨光宸做了刺史，谁敢出来反对，我第一个不答应。如有外来者侵犯麟州，我的铁棍不会放过。"

杨重训见张平贵给自己磕头，非常激动。杨家有这样的忠勇之将，何愁麟州日后安危。杨重训不停地捂腰、按胸，咳嗽得一阵比一阵厉害："快，快叫杨光宸来，一起扶我到山上看看。"

王香兰知道丈夫的心思，急叫公差到练兵场叫杨光宸回来。公差走不一会儿，杨光宸沾着一身泥土，急匆匆地赶回见爹："爹，你又下地了，好好地在炕头养病。"

"我一天不合眼，一天也待不住。咳……"杨重训强支撑着身体，走了两步，"你看，爹不是挺好吗。咳……扶我到山上看看，我要看城墙，看长城，看打井，看老百姓的住房……咳……"

"爹，你不用去，让孩儿代替去看。"杨光宸个子高高的，高过爹半个脑袋，长方脸，浓眉，厚唇，高鼻梁，标准的高原汉子。从小读书，练习武功，在兵营里长大。他一再拖婚，不早结婚，直到了28岁才成家，现在他已经有一个孩子。杨光宸到了16岁，就独自带一队人马巡山，镇守城门，胆略过人。杨重训对他这位独生子很是满意，寄予了无限的厚望。

"爹放心不下，还是想出去看看。咳……"杨重训不听劝阻，披了一件长衣，在老婆、儿子、张平贵、王守成等众人搀扶下出了刺史府，边走边看，直接向西城走来。西城崖壁陡峭，易守难攻，但也是来敌偷袭的地方。西城住的老百姓多，又在常年打井，始终是杨重训的一块心病。大约走了半个时辰，杨重训走走停停，咳嗽着来到西城山顶。深秋的塞上景色，河滩里的庄稼已经收割，但是，秸秆仍在，草叶已黄，呈现出橙黄色的景观，给塞上高原平添了绚丽的风景。天空湛蓝，有淡淡的云朵飘逸，描摹得天空分外好看。远处，天地连成一片，仿佛天盖在大地上。杨重训仰头望着远方，深呼吸着空气，心里热血沸腾。30多年了，从他爹杨宏信从南乡来上山，杨家两代人镇守麟州，风风雨雨，坎坎坷坷，走了过来。如今，他就要把麟州的大印交给杨家的第三代人。杨重训手指奇峰叠嶂，荒坡野岭，感慨万千：

"我们栽树植树了30多年，还是不见森林。往后，栽树的事情不能停下来。每年春秋两季，组织老百姓，种植松柏树……咳……一代人倒下去，再一代人接着栽。还有打井工程，这是一件大事，不能半途而废。咳……"杨重训走到井旁，探头细听，听里面有凿石传来的声音，点头满意。他对儿子杨光宸说："你要经常下井体验，看看石匠们怎样打井。打井很危险，弄不好就会死人的。咳……你爷爷在世的时候，就开始了打井，这么多年过去了，井还没有打成，麟州的老百姓吃不上井里提上来的水。遗憾啊！咳……"杨重训双手捂着胸脯，咳嗽不停。

"爹，回去吧，我记住你的话了。造林不停，打井不停，练兵不停，种田不停，修城墙不停，办学堂不停……"杨光宸认真地复述着爹这些日子来一直对他叮嘱的几件大事情。

"记住就好。要听你平贵叔的话，听你守成舅舅的话。凡事要谨慎，三思而行。咳……不要独往独来。老百姓的，没有小事，都是大事。一件事处理不好，就会惹出祸来。咳……"杨重训不想回家，他想多看看外面的景色，看看麟州城的全貌。

太阳西斜，秋风乍起，几分凉意，掠过杨重训和众人的全身。南来的大雁，已向南飞去，鸣啼着秋曲，从高空飞过，留下对北方的思恋。杨重训抬头仰视，看着大雁排成的人字队形，无比地激动。"光儿，记住，人就像这南飞的大雁，不管行走多远，都要有整齐的队形。咳……"

"爹，你想得太多了。我明白。草枯留根，雁过留声。人是要有前进的方向，整齐的队形。"杨光宸知道这是爹在给他做后事交代，心里一阵难过，不由双眼泪下，掉到地面的沙石上。

杨重训还想继续说下去，只见两个公差跑来，其中一个手里举着公函大声喊：

"杨刺史，朝廷来公差送批文来啦！"

杨重训听到喊声，急忙走了两步，向公差手中接过公函看下去，喜得连声"圣上万岁、圣上万岁！""太宗批准我的辞呈和荐贤奏章。杨光宸，还不下跪接旨。咳——"

杨光宸听了，喜出望外，急双腿跪地，从爹手中接过公函一看，原来是皇上批准他为西镇供奉官，监麟州军马、代刺史职。杨光宸磕头谢恩，高喊万岁。众人也高兴地举手高呼，跳了起来。

"快回刺史府，正式举行刺史交接仪式，布告于民。咳——"杨重训强挺起胸，在张平贵和儿子杨光宸等人的搀扶下，往刺史府赶。

太阳快西沉的时候，杨重训、杨光宸父子等众人都到了刺史府。按照杨光宸的交代，新旧刺史交接仪式要隆重一些，搞得有声有色。通知连谷知县和银城知县已来不及，把各兵营在山上的大小头目都叫来，在刺史府院内举行轰轰烈烈、热热闹闹的场面。杨重训还特意说，要摆一个大的煤炭火塔，映照天空，象征着麟州城未来的光明前景。大家都按照杨重训、杨光宸父子的吩咐，各忙各的。为节约银两，不吃饭，不吃肉，凡参会人员可以喝酒，以表庆贺。

夜幕降临了，晚霞横空密布在夜色之中，放射出万道金光。杨重训手指着晚霞对儿子说："这是福光，是好兆头。千年难得一见。看来，大宋的江山一定会巩固延续长久。咳……"杨重训忍住咳嗽，满脸笑容，招呼凡来参加会议的人。

饮酒开始，每人一杯。杨重训说："平贵兄例外，可以放开酒量畅饮。"

张平贵说："我已经禁酒多年，不再喝酒。"

杨重训亲自斟了一杯酒，递到张平贵面前："今天不同往日，我儿杨光宸继任，老将军要开怀畅饮，不必介意。咳……"

张平贵接过酒杯，看见参加庆祝会的来了不少女性，又在人群中发现了已经头发苍白的李美蝉，心血来潮，猛一口干了。

"好，这才是英雄好汉。"杨重训又给张平贵斟了一杯说，"这第二杯酒长寿酒，祝老兄健康长寿，永远年轻。"

张平贵又喝了第二杯酒，心里美滋滋的，探头寻找想寻的人。

杨重训让儿子杨光宸给张平贵敬第三杯酒，杨光宸斟满第三杯酒给张平贵敬过来："老叔，请，你是杨家的福将。"

张平贵接过酒杯再次干了，多年的酒瘾被刺激起来。他亲自动手，一连又自斟自饮了三杯，喜得大声发话："祝贺侄子当刺史。老夫不才，愿为杨家效力，直至倒下。"说着一口干了一杯。

"痛快，这才像当年的张将军。咳……"杨重训今晚是特别的高兴，把刺史位子交给儿子，自己的任务就完成了，即使马上去见阎王，他也不后悔。

张平贵喝得喉咙发热了，不由自己控制性子，老毛病又犯了。他发现了李美蝉后，目光不住地盯着李美蝉。李美蝉是作为杨家的亲戚受邀请来的，当她看见张平贵喝酒时，也把目光投向张平贵。她挤开人群，走到张平贵面前，拿起酒杯，倒了满满一杯，认真地说："我敬张将军一杯，不过，今晚可不能醉了。"

"好，好，好！"张平贵喜得心花怒放，想不到李美蝉主动给他敬酒，"好香哇，你——你还记着我？"

"怎么不记得，喝酒后往我娘家篱笆外站着不动的张将军，我还能忘了。嘻——"李美蝉笑得"扑哧"一声，自己倒了一杯，与张平贵碰了碰酒杯说，"这第二杯酒是人情酒，我李美蝉欠张兄的，下辈子一定补上。"

张平贵又喝了李美蝉倒的第二杯酒，身子摇晃起来，看了看李美蝉，急向杨重训说："我……我醉了，我想到外面巡山，想到东城外……东城外篱笆墙下看美人……"张平贵说着推开李美蝉，挤出人群，摇摇晃晃，出了院子。

"快，杨光宸，去搀扶你平贵大叔。咳……"杨重训有些后悔，没有料到张平贵这么多年了，还记着当年的那段情。

杨光宸追出门外，紧跟在张平贵后面。不一会儿，李美蝉也追了出来，大声喊：

"我在这里，你又到东门外干啥？"

张平贵头也不抬，借着星光，大步地往东门外走。杨光宸和李美蝉紧追后面。一会儿，张平贵手提铁棍，来到李二怀家的篱笆墙下，傻愣愣地朝里看着。杨光宸不停地叫："大叔，你醒醒。"

李美蝉被搞糊涂了，她明明与张平贵一起喝酒，而张平贵酒醉了还要往她娘家的篱笆墙下跑。这个张平贵，到底是怎么回事。酒醉的人也不至于傻到这个程度，不忘当年，不忘旧情，不忘往事。难道这就是痴恋，这就是爱情，这就是酒醉，这就是爱得死去活来……

李美蝉拽住张平贵的衣服揪了揪："平贵兄，走吧，别想过去了，我们都老了。下一辈子我一定嫁给你。你别再这样发呆了。"

张平贵喘着气，一言不发，双眼死死地盯住院子内。李美蝉高声地朝院子内喊："娘——爹——我是美蝉，快开栅栏。"

已经年纪很高的李二怀、崔彩梅夫妇听女儿叫，忙走出院子，见墙外有三个人影，急开了栅栏，让三人进来。可是，张平贵说啥也不进院子。

"进来吧，这么多年，张将军还没有踏进我李家的院子，累了，又站了好长时间。唉，男人啊，都是痴情的种子。"李二怀手拉着张平贵进了院子。

"张将军还想喝酒，我家还藏了一罐酒，今晚让张将军和杨少爷喝个够。"崔彩梅高兴地说。

"娘，杨少爷现在是刺史了，今晚刺史府正举行庆祝酒宴。"李美蝉转忧为喜，纠正娘的说法，"从今以后杨少爷就是当今皇上新任命的麟州刺史。"

"好好好，杨刺史好。"李二怀让着杨光宸前面走。

张平贵经过一番折腾，酒劲儿有点儿减轻，头脑也清醒多了，用手抹了一把头额，猛发现自己跑到李二怀家院子内来，惊出一身冷汗："这是怎么回事，我怎么跑到这里来了？"

"嘿嘿……酒这东西，是还原剂，是专门把老年人还原成年轻人的良药。"李美蝉推了张平贵一把，"怎么样，又回到年轻时代转了一圈？看见啥了？看见我被王家用大花轿抬出门，进了王家大院，是不是？"

"不是……是……"张平贵满脸发热，激动得说不出话来。他看着杨光宸也跟着他，很是为难，扭头就要走。

"进家坐一会儿，少不了你的酒。"崔彩梅对张平贵说，"我家美蝉一直记着你。"

张平贵不好意思地进了李二怀的房子，与杨光宸一同坐到地下的两把凳子上，看着家里的陈设，感到好奇。这个小院，把他多少次酒醉后吸引来。

崔彩梅拿酒招待杨光宸、张平贵，被两人拒绝了。杨光宸急站起来，拉着张平贵就要走："好多人还等着我俩，我得赶快回去。"

李二怀、崔彩梅两口子也没有再挽留，送杨光宸、张平贵和女儿美蝉出了院子。

三人相跟着回到刺史府，大家都在等着他们，问有啥急事，走了这么长时间。杨光宸找了一个话题，躲开大家的提问，让没有喝酒的人继续喝酒。外面的火塔通红，火光映照得半个城发亮。虽然每人只限喝一杯，但是，大家喝得也高兴，有的人相互之间猜着拳，比谁能喝水。看着众人热闹的场面，杨重训捂着胸，借此说了一番话：

"各位父老乡亲、将士们，我杨家自从进住麟州以来，到如今已经历三代，与麟州百姓同生死，共患难，共饮一条河水，结下了恩情。咳……我杨重训人已老了，把麟州交给儿子，希望各位乡亲、将士，像支持我一样支持杨光宸，共治麟州，共守麟州，造福麟州百姓……咳……"杨重训还想说下去，怎奈咳嗽不止，只好停下来，让杨光宸接着讲。杨光宸明白爹的话意，举起空酒杯，倒了一杯酒，大声说道：

"我杨光宸不才，受父亲推荐，皇上恩准，出任麟州刺史，备感荣幸。我一定不辜负父老乡亲和将士们的厚望，与各位旧部公差人员，兢兢业业，任劳任怨，办好麟州的事情。在我任麟州刺史期间，我一定打井下山，解决吃水难的问题，绿化荒山，广种粮田，兴修道路，发展繁荣集市，要让所有的孩子入学堂读书……"杨光宸做着表态发言，引来一阵欢呼声：

"拥护杨家！"

"永远高举杨家爱国忠勇大旗！"

"誓死捍卫杨家，治理太平麟州！"

"……"

众人的呼喊，杨重训听到后高兴得举起双手，杨光宸更是精神饱满，接连向没有喝酒的乡亲和将士敬酒。他为杨家赢得如此声誉而自豪。看到这一切，他不由得想到他的爷爷杨宏信，想到那些战死的各位前辈。他斟满一杯酒，倒在地下，以敬忠魂……

整个一个晚上，为了庆祝杨家第三代人杨光宸接任刺史，山上乡民和将士从刺史府聚会完，又举着火把，到南门、东门、西城游行。喊声阵阵，口号洪亮，响彻夜空。方圆十几里的百姓看到了，也各自在村子摆火塔，集会表示庆贺。

直到了东方微白，集会游行才结束。

过了三天，天气越来越凉，杨重训的病情加重，一天不如一天，躺在炕头不起。杨重训又接到宋太宗圣旨，任他为宿州刺史，即刻上任。然而，杨重训重病在身，不能赴任。杨光宸守到爹面前，看着咳嗽不止的爹，心如刀绞。杨重训叫杨光宸快把张平贵、王守成等人叫来，他有后事交代。不一会儿，张平贵、王守成等人到了，杨重训吃力地抬起右手向空中指了指，又向地下指了指，然后瞪着一双眼睛，咳嗽了两声，头向后一歪，一口痰没有咳出来，双腿一蹬，咽气了。

杨重训走完了最后的一程，离开了人世。

按照旧的传统，杨重训的遗体在家只放了两天，到第三天就安葬了。城东山五里处杨宏信的坟墓旁又多了一座坟茔。杨光宸披麻戴孝，安葬了爹，开始了繁重的治理麟州工程。爷爷的夙愿，父亲的期望，全落在了他的头上。麟州的匪患如今没有了，散兵也不见了，街市上欺男霸女的事情也少见了，这是麟州30多年来出现的社会秩序最好时期，然而，老百姓的吃饭问题仍然没有解决，乡村之间的道路大多数未修通，孩子们读书难的问题无法解决，吃水难不仅仅是麟州城，不少乡村也面临同样的困境……还有老百姓世世代代求医治病难的问题始终解决不了。老百姓对国家摊派的皇粮国税还是感到过于沉重，希望在原有数量的基础上减轻三分之一。摆在杨光宸面前的是一大堆问题。杨光宸已经两天两夜坐在刺史府不回家了，吃饭都是家人送来。他在处理着一大堆积留的案件和一些重大事情，尤其是今年的皇粮国税，到底按照朝廷下达的指标如数完成，还是打折扣积留一部分，还给老百姓。他感到不知怎样做为好。若按照朝廷下达的指标完成，老百姓有意见，有的人家甚至粮食吃不到明年春天就断粮了，要是不依照朝廷的下达指标交纳，就要向朝廷上奏，专门让减轻粮税。这样的话，朝廷会同意吗？若朝廷不答应，不予准奏，怪罪下来，就会背负着对抗朝廷违抗圣旨的罪名。

赵光义当皇上执政以来，从不允许分派地方的皇粮国税减免，违者就要撤职查办，重者偷税，就被斩首示众。

杨光宸眉头的皱纹越陷越深。夜很晚了，他喝了一碗水，没有睡意，让守夜的公差人员把两位老将军张平贵、王守成叫来，想听听他俩的意见。

"朝廷让我一挑三职，我是深感责任重大。麟州防务的事全靠二位老将。只是这皇粮国税交不上来，朝廷要怪罪。"杨光宸把自己的难处说给了刺史府的张平贵、王守成听，"老百姓让减少国税，这到底怎么办？"

"少交国税吧，给老百姓多留一些口粮。要不然老百姓过不了的，就会闹事。"王守成说，"向朝廷上奏，说明实情。"

"对，不一定如数上交国税，先保证老百姓的吃粮。"张平贵大声说着。

杨光宸拿起一封朝廷今天派人送来的一封公函说："看看，北方的辽邦又用兵进犯了，国税肯定是不能减少，只能增加。一旦打仗，老百姓的负担就加重。"杨光宸放下公函，在地下急得团团转，"麟州身处塞上高原，地瘦人稀，朝廷是知道的，而下达皇粮国税指标，与南方的产粮区一样，这太不公平了。"

"向皇上奏明实情，减少税收。"王守成说着自己的看法，"如今乡下人口流动大，不少人耕地租给他人，粮食产量低，如果按照朝廷下达的指标，肯定是难以完成。就照老百姓说的，减少三分之一国税。"

"不交又怎样？难道皇上就不讲理？"张平贵发开了脾气，"当初后周就是逼得多交粮食税银，结果怎么样？逼得老百姓当土匪造反。"

"是这么个理，可这能向皇上奏吗？今日大宋的皇粮国税，比起当年后周来少多了，可是，老百姓还是感到压力大。"杨光宸揉了揉发红的眼睛说，"我看这样，先减二成收，如果朝廷不准，再想办法。"

"行。就这样。总不能逼得老百姓卖儿卖女。大宋朝要巩固，先要取得民心。怎样才能取得民心，首先是减少老百姓上交的皇粮国税。"王守成说。

"要我看，咱麟州不交皇粮国税又怎样？难道皇上还把咱麟州送给辽邦。"张平贵发起了脾气。

"不敢乱说。作为朝廷管辖的区域，上交皇粮国税，天经地义，不可违背。"杨光宸让张平贵坐下，最后拍板说，"这事就这么定了，老百姓上交的皇粮国税，统一少收二成。"杨光宸皱了皱眉头转了话题说，"辽又大举用兵，麟州的防务还要加强，现有马步军3000，是有些少了，再考虑扩大征召步兵1500人，马军500。"

"这件事就交给我来做，保证赶明年春季完成招兵任务。"张平贵拍着胸脯说。

"你一个人行吗？"杨光宸惊讶地问张平贵。

"没问题。不过，还是一个粮草、布匹问题，新招2000人，肯定要吃饭、住宿、穿衣，这银两、粮食哪里来？还不是要老百姓付吗？"张平贵又急起来，"干脆把上交的皇粮国税扣下来，作为扩大招兵的军需开支。"

"这可使不得，朝廷是不会准奏的。这笔开支我们只能自己想办法。"杨光宸坚决反对动用上交朝廷的皇粮国税来作为军需开支用。

"我看也可以，军需开支，招兵买马，本是国家大事，由朝廷来统一支付开支也是合情合理的。"王守成理了理头发说，"要不然这样，上奏朝廷，两年不收麟州的皇粮国税，自供自给。"

"这倒是一个主意，就怕朝廷不准奏。"杨光宸端起碗喝了口水，"我写一个奏折，奏明圣上，看能否批准。如果批准了，那是麟州老百姓的福。"

三人又拉了一顿加高城墙、扩建街道、活跃集市、办好学堂、多建药铺等民生的事情，已是头鸡叫的时分。杨光宸叫张平贵、王守成就在刺史府一同与他过夜，明天接着各办各的事情。三人在一个房间睡下后，张平贵怎么也睡不着，翻过身来，折过身去，搞得杨光宸、王守成也睡不着。

"老叔，你是不是犯酒瘾了？"杨光宸问张平贵。

"不是，就是舌头有点儿涩。"

"是犯人瘾了。"王守成说。

"啥人瘾？"杨光宸反问。

"嘿，一定是害想女人瘾了。"王守成笑说。

"瞎说，谁犯想女人瘾了。"张平贵伸出手拍了一掌王守成笑说，"我看是你犯病了，一辈子没讨老婆。"

"我没有讨老婆也不像你，酒醉后胡跳乱窜，往东城门撞。哈……"王守成哈哈大笑着。

"别揭我的短处，那是过去的事了。现在喝醉肯定不会乱跑。"张平贵肯定着说。

"不跑，我才不信。是不是最近又往孙寡妇房子里跑？别以为他人不知道。嘿……"王守成裹着被子坐起来说。

"嘿，老球了，哪还有那心事。"张平贵也用被子裹着身子坐起来，不住地"嘿嘿"地笑，"也真难为孙寡妇了，从20多岁守寡到60岁，成全了好多男女的好事，自己却孤身一人。这个女人哇，我佩服。"

"这倒是说了一句真话。那时候，孙寡妇到你的兵营给士兵洗衣服，缝衣服，你就没有动过心？"王守成问。

"没有。"张平贵认真地说。

"真的没有？"王守成反问。

"是真的没有。"张平贵肯定地说，"我是喜欢——"

"你是喜欢我嫂子，对不对？你这个酒鬼。啥毛病，老了还不死心。"王守成伸出掌拍了拍张平贵的脑袋笑说，"这就是命，你和我一样，当和尚的命，别再想女人了。"

"你们这一辈子，真不容易，孤独一人，熬了过来，我杨家对不起二位。"杨光宸也拿被子裹住身子坐起来，借外面射进的月光，与二位拉起男人打光棍儿和女人当寡妇的事来，"战争使多少男人丧失生命，又使多少女人变为寡妇。这战争何时才有个结束。我杨家在雁门关一战，阵亡五位男子，使五位女人成了寡妇。"

"是啊，我当光棍儿算不了啥，比我大哥守义好多了。大哥阵亡快30年了，我嫂子带着侄子一直守到今天。"王守成发着感叹。

"还有阵亡的郭玉方、李俊、程万保、赵红霞、孔愣头、孔愣子等一个个的杨家军好汉，他们中间好多人没有讨老婆，死在了战场。我们能活到今天，算走了天大的运气。"张平贵列举着杨家军阵亡的人名字，变得脸色铁青，在斜射进的月光照射下，十分的难看。

"辽邦又要发动战争，还不知道再倒下多少人。我麟州要做好准备，一旦辽兵入侵，给予迎头痛击。"王守成搂得被子越来越紧。秋风在外面刮起，三人在房子里话题越说越多，后来又扯到了男人打光棍儿上来。

"我是习惯了，多少年了，一个人吃饱，全家吃好。男人嘛，就是要多为国家分担忧愁。儿女情长的事，提得起，放得下。"张平贵不好意思在王守成的面前提他和李美蝉的往事，叹了一口气说，"过去的事情了，过就过去了，想也是白想，瞎想。"

"这么说，你还在想着当年东门外站到篱笆犯傻的事情。老哥哥，你就彻底死了那份心思。我嫂子守寡 30 年不容易，从 18 岁守到 48 岁。我王家与杨家交亲以来，也算对得起杨家。"王守成是杨光宸的二舅，他变得严肃起来，对杨光宸说，"二舅这大半辈子过独身生活，不后悔，先是跟着你爷爷打打杀杀，后又跟着你爹近 30 年镇守麟州，风风雨雨，啥也经历过，啥也见过。国家的事，朝廷的事，说来说去还是老百姓的事。如今咱麟州安定了，老百姓有自己的地种，有自己的房子住，二舅看着高兴。你杨家不简单，三代镇守麟州，为老百姓造福，二舅还有啥怨言，死了也值。"

"二舅，难为你了，这么多年，你为了杨家跑前跑后，从一个小伙子变成白发人，我心里实在难过。还有大舅当年的阵亡，外甥一直铭记心上。我一定铭记爷爷和爹的教诲，治理好麟州，管理好麟州，上对得起朝廷，下对得起黎民百姓，做一个好官。"杨光宸面对两位老将军，在夜色覆盖的刺史府立下誓言。

杨光宸这么一叫王守成为二舅，王守成反不好意思起来，也不再与张平贵谈打光棍儿、做寡妇的事情。他摆开了二舅的谱，对杨光宸说："大半夜了，饿得睡不着，也不请二舅和张大叔喝两杯。"

"好好好，我这里还正放着一罐酒，本是想藏着再遇到啥喜事喝。"杨光宸说着穿上衣服，点着油灯。张平贵、王守成也乐得穿上衣服，跳下炕寻酒杯。

"不过，我把丑话说前头，就这一罐酒，喝完就没了，老老实实睡。"杨光宸对张平贵、王守成说。

"放心，保准不喝第二罐，也不会喝了耍酒疯。"王守成又以舅舅的身份对杨光宸说，"反正不用我掏钱，只喝一罐。请大外甥不必担心。"

"我少喝两杯，仅限三杯。我怕人老了，喝多了拿不住，再闹笑话。嘿……"张平贵抿着嘴说。

三人说着，合拿一个酒杯，平分得一人一杯。正要开始喝，杨光宸脸色一沉，提议说先给历次阵亡的前辈和将士敬酒。三人同时端着酒杯，开门来到院子外，对着圆圆的明月和星星，向地下泼洒下酒，一齐说道：

"阵亡的各位将士，我们这里有礼了，请在天庭和地府关照杨家的事情，让老百姓过上好日子。"三人说完跪在地下，每人磕了仨头，起来走回房子，倒酒喝。张平贵已向杨光宸、王守成说了，自己只喝三杯，以免再次酒后失态。

王守成说："不会的，人上年纪喝酒，与年轻时喝酒不一样。喝酒喝的是度量，还有心思。俗语说，酒不醉人人自醉。只要自己不想醉，喝多少酒都不会醉。"王守成说这话是叫张平贵多喝两杯，解一解心闷。

"对，喝酒就是喝的度量。一般情况下，只要心里没啥烦心事，肯定不会酒醉，也不会搞出啥乱子。"杨光宸带头喝了一杯，打劝张平贵多喝几杯，"大叔就是真醉了想跑，我和二舅也不会让你跑。放心吧，大不了醉了，我们三人一起去巡夜赏月。哈……"

张平贵见杨光宸高兴地大笑，也就放开了胆子，自己倒酒喝。三人一连各喝了十多杯，都酒劲儿上来了，张平贵提出去巡夜，不到东门外，到南门外走一走。

"好，到南门外，出去数天上有多少颗星星。"杨光宸说着，一手拽着张平贵，一手拽着王守成，也不喝酒了，直走出院子，朝南门外来。

到了南门，守城的士兵看见是刺史和两位老将军，吓得忙打开城门让出去。三人来到一片开阔地上，东拉西扯，话题越说越多。不过，有一点儿是不再谈男人打光棍儿和女人当寡妇的事情。

杨光宸说："就招 2000 军马。"

张平贵说："对，一个也不少。"

王守成说："再招 500 名女兵。"

杨光宸说："行，我批准了。"

张平贵说："让女兵洗衣服。"

"……"

68 岁的孙寡妇走起路来，依然像刮三级风，步子迈得快，踏得稳。自从给兵营洗衣服、缝衣服开始，她每天还与过去一样，有说有笑，早上去了兵营，晚上回家，这差事一干就是 30 多年，与士兵们整天在一起，结下了情。她还在兵营收下五个干儿子，逢人便夸。孙寡妇是越活越年轻。最使她快活的还是给别人当红娘，每年至少往成说合亲事十桩，几乎是每月一桩。

孙寡妇成了兵营的公差人员，也成了杨家和王家的常客。

今天的天气晴朗，太阳光暖烘烘的。孙寡妇昨天晚上从兵营回家时就对张平贵说了，她要请个假，今天就不去兵营了。孙寡妇早晨吃过饭，梳洗打扮了一番，扭着微胖的腰，走出院子，朝王守成家的大院而来。多少年来，每次到王家，她总要唠叨起三件事：

一是给王守成提亲说媳妇；

二是给王守义的遗子王生堂说亲；

三是鼓动李美蝉改嫁。

孙寡妇感到难堪的是王守成是一个性格古怪的犟驴。从18岁开始到48岁，她给提亲了30年，都没有看准一个媳妇。为这事，王守成的母亲张莲英气得卧炕不起，疾病缠身，长年煮草药吃。王守成是一个孝子，既孝母亲，又敬嫂子，还把侄子王生堂抚养成人。为此，连杨光宸都夸赞他二舅王守成是一个好人，老实人。孙寡妇对王守成的不娶媳妇感到不解。天下还有这样的男人，这又是一个张平贵，老光棍儿。

孙寡妇走进王家大院，赶直来到张莲英住的房子。她见张莲英在炕上背靠着铺盖仰躺着，双手一握问了一声好："老姐姐，今天的草药吃了没有？"

"吃了，这草药神，连着吃了一个月，就是效果好。"张莲英招呼孙寡妇坐到炕头，让家人给端了一碗水，与孙寡妇拉起家常来，"你今天没去兵营？"

"没有去。老了，走不动了，想休息两天。"孙寡妇说，"那些当兵的军汉，可费衣服哩，两个月往烂穿一套新衣，他们整天训练，爬坡登山，上树打斗，我一天给他们忙缝衣服都缝不过来。"

"兵营不是有女兵，叫那些女兵给男兵洗衣服、缝衣服。"张莲英手拿一串珠子数着说，"养上几十个女兵，不是为好看，让她们干活。"

"是呀，全靠她们给男兵洗衣服、缝衣服，我一个哪能忙得过来。"孙寡妇又说，"你家外甥杨光宸刺史说了，又要招女兵。依我看，他还不如给他二舅找一个女兵当媳妇。嘻……"孙寡妇笑着说。

"唉，守成这孩子，说上就是不听。自从他哥哥守义阵亡后，他就不提婚事。这不，一晃30年过了，快50岁的人了，还是一个光棍儿。"张莲英长出一口气，握住孙寡妇的手说，"妹子，你再好好劝劝守成，让他在兵营选一个女人，娶回家过日子。还有我那孙子生堂，也30岁的人了，向他二叔学，也不要媳妇。难道我王家代代要出光棍儿、出寡妇。"张莲英说到此处，鼻子一酸，抽泣哭了，"我命苦哇，老头子走后，这个家留给了我，我是顾了前，顾不了后。妹子，这个家往后还怎么过呀？"

"老姐姐，你不用愁。生堂孙子的婚事，包在我身上，赶今年冬天过老年，我一定给孙子说成一门亲事。"孙寡妇这么一说，张莲英不哭了，又搓捻着串珠说：

"我也想开了，咱做女人的当寡妇是命，男人打光棍儿也是命。唉，你说我家大儿媳美蝉，这么多年了，把儿子都抚养大了，自己还一个人守着寡，帮我维持着这个家。"

"是哇，也难为美蝉了，自从过了王家门，守义投军走了，怀上生堂，小夫妻俩没有过了半年，从此阴阳两界。这该死的后周，害了守义，苦了美蝉。"孙寡妇边说边给张莲英捶起背来。

"好好，你真是长得菩萨心，比我的亲妹子也亲。我这腰哇，坐得时间长了，就发酸困。尤其到了晚上睡不着，我就叫美蝉给我捶背，还真管用。"张莲英斜着身子，让孙寡妇给她不紧不慢地捶背。

"老姐姐，你今年多少岁了？"孙寡妇问。

"70岁了，整整70岁。"张莲英答。

"比我大两岁。"孙寡妇突然"扑哧"一笑问，"我老姐夫走后，想不想男人？"

"想啥呢？想，不想，习惯了。嘻……"张莲英被逗得笑了，"你想吗？"

"我不想，我才不稀罕男人，整天在兵营里，与男人搅在一起。嘿……"孙寡妇说。

"不会吧？你还在缠着张平贵？那是一个有情没爱的傻瓜。纠缠了我家美蝉多少年。"张莲英假装生气，"那号男人，你还往心里装。"

"哎哟，老姐姐，我才不稀罕那个老军汉，就会使铁棍，人也像铁棍。像木偶似的，除了撒酒疯，就知道练兵、巡山、打仗……"孙寡妇嘴上这么说，而心里提起张平贵就来神了，似丢了魂一样的，"咱做女人的，知道做女人的难处，你看你家大儿媳美蝉，这么多年了，年轻轻的，守活寡，多苦命。"孙寡妇不紧不慢给张莲英捶着背，笑嘻嘻地说，"老姐姐，干脆叫美蝉找个男人，趁还不老，过两天日子。"

"哎哟哟，这哪能成呢，自古以来，孔夫子留下，好女不嫁二男。再说生堂都30岁了，她一个快50岁的女人，还嫁啥老汉。"张莲英听孙寡妇要给大儿媳李美蝉找男人，脸沉下来接着说，"不行，不行，丢人，丢人。"

"有啥不行的，允许男人娶三妻四妾，为啥不让女人改嫁呢。美蝉这30多年，过得太苦了。"

"苦也不行，天底下哪有女人死了老汉再嫁的。再说我家守义可是为投军当兵而死的，是北汉的功臣，也是杨家军的一条好汉。这事万万做不得。"张莲英是坚决反对，一口一个不答应。

"我看兵营里也有50岁的老兵，老姐姐要是同意的话，我给美蝉说，就嫁个兵营里的军汉，痛痛快快活几天。"孙寡妇想说服张莲英，要李美蝉找一个军汉。

"就是我同意，美蝉也不会同意，30年过来了，头发都白了，还找老汉，让人家知道指着后脑勺骂。"张莲英叹了口气说，"美蝉命不好，是守寡的命。我家香兰也要从今开始守寡。重训也才50岁，扔下香兰和全家人。唉——"

"香兰命比美蝉好多了，还与杨刺史生活了30年，生下杨光宸这样的儿子，也不白做一回女人。再说你家香兰能文能武，是麟州城的女将军，谁不敬佩。"孙寡妇夸赞着王香兰，张莲英觉得脸上有光，一时高兴，手中的珠子捻转得更快了。

"香兰这孩子，天生的男人性格，从十多岁开始识字练武，不比她的两个哥哥差，嫁杨家，算她命好，只是重训这孩子走得有些早了，这个时候扔下了香兰。"张莲英说起了女儿，浑身就来精神，"好几天了，这孩子也不来看看我，又在忙练兵巡山，是不是又要打仗哇？"

"可能是，听说辽兵又要入侵，正在招兵。"孙寡妇把听到的招兵消息告诉张莲英，"还要招女兵，让女兵也守城打仗。"

"这杨家就是出女兵女将，杨重贵的媳妇佘赛花就是一员女将，结婚后就跟着杨重贵过河东投军打仗。"张莲英在赞着杨家的女将，也在炫耀着女儿，"我家香兰嫁了杨重训，也是天配的一对儿，夫妻俩共守麟州30多年。如今刚刚过上太平日子，这战事又起，挨刀子的辽邦，不好好在北方草地养羊放马，跑到关（塞内）内做啥？"

孙寡妇又把话题往美蝉身上引："美蝉小时候若是读书练功，也是一员女将，能作文，能打仗，样样都行，可惜遇到两个做豆腐的父母。唉，我是真的想给美蝉找一个男人，让美蝉轻轻松松活两天。"

"别再说了，美蝉找男人不由她，也不由我，得由王家、李家两家家族的人说了算，还有杨家的人要同意，朝廷也要允许。一个女人家，老汉死了，怎么可以再嫁男人。这不乱套了，破坏了规矩，辱没孔圣人、孟圣人。"张莲英越说越反对，把大儿媳嫁男人与遵守国家的王法以及维护孔圣人、孟圣人的尊严联系起来，"这种败坏家风的事万万不行。"

"那美蝉要是偷偷地在外嫁野男人怎么办？"孙寡妇大胆地直问张莲英。

"这？她敢？她连与张平贵见面的勇气也没有，别说是偷野汉了。美蝉不是那种女人。这么多年了，我还不知道她的为人。老实，胆小，不惹事，是贤孝的儿媳。"张莲英反夸赞起她的大儿媳美蝉来。在她看来，这都是孙寡妇这个老女人自己想男人想疯了，瞎把自己的想法和心思往她家儿媳妇身上拉。"大妹子，你不会是现在还想男人吧？是不是想张平贵想得睡不着觉，晚上睡下一个人瞎盘算，才想出一个坏主意，让我家美蝉找男人。老实说，你和张平贵睡过觉没有？还有你年轻的时候勾引过几个野男人？为啥一生不嫁老汉？是不是觉得家里的男人不如野男人好？"

"哎呀呀，我的老姐姐，你可别冤枉好人。我不嫁男人自有原因，与嫁多少个野男人没有关系。我与张平贵的事情嘛，你愿意怎么说就怎么说，反正那个扛铁棍子军汉惹我心发麻。我与他的事情也不是啥秘密，反正就那么一回事情，都老了，睡在一起又能做啥。"孙寡妇一提张平贵，就软下来，也不嘴硬，承认有一段与张平贵的私情。

"那个军汉不是比你小10岁吗，才58岁，还是一头牛。打仗厉害，喝酒怂包，喝上三杯就找女人。没出息。"张莲英又说开了张平贵的短处，"多少年了，这老小子一直打我家美蝉的主意。还将军呢。现在又是我外甥杨光宸的红人，重臣。唉，男人哇，连女人的骨头硬也没有。"

"老姐姐，话可不能这么说，麟州城的防务还全靠男人们，咱女人能打仗？能巡山？"孙寡妇说着夸开了兵营里的那些军汉们，"他们一个个像老虎，能吃，也能干。下山担水，担上一担不喘气就上山了。咱女人行吗？"孙寡妇话到此，又扯到给王守义的儿子王生堂说媳妇，"唉，你孙子生堂都30岁的人了，到啥时才订婚？这孩子，也受他叔叔守成的影响，想打光棍儿？"

"大妹子，生堂的媳妇，就靠你了，你刚才说不是保证一个月给生堂说合成媳妇吗。我给你银子。"张莲英提到给他孙子生堂说媳妇，马上心静下来，求情孙寡妇。在她眼里，孙寡妇就是给男女说亲的活神仙，只要孙寡妇出面，没有不成的婚。"要多少银子，你说？"

"不多，一直没有涨价。"孙寡妇伸出右手的五个指头，"五两。不心疼吧？"

"大妹子，你说哪儿话，五两银子，我出。"张莲英说着爬到下炕角的柜子旁，取出五两碎银，递到孙寡妇手里，"只要你给生堂说成称心的媳妇，老姐姐还会给你赏银。"

孙寡妇拿到了银子，高兴得眉飞眼跳，今天她没有白到王家大院来，还没说成亲事，先拿到五两银子。孙寡妇又与张莲英唠叨了一阵子，正准备走，突然门外响起脚步声：

"娘，我来看你啦。"随着话音，门朝里开了，跟着进来王香兰和她的儿媳妇，还有8岁的孙子杨琪。

"哎哟，你们一家三代来看我。"张莲英见女儿香兰、外孙媳妇、外曾孙来看自己，高兴得溜下炕，过来就捂杨琪的脸，"又长高了，上学堂了。好好好。"

"姥姥好，我给你鞠躬。"王香兰的儿媳马秀爱是王香兰兵营里的女兵，也是经孙寡妇说合给杨光宸的。不过，马秀爱在女兵营只是练一般武器，没有武功，平时就到男兵营与其他女兵一道，给男兵洗衣服、缝衣服。与杨光宸结婚后，离开了女兵营，在家帮着王香兰料理家务。马秀爱带着儿子杨琪，跟着婆婆一起来看姥姥，她把一篮子鸡蛋放下，问寒问暖张莲英，以表达做外孙媳妇的一片孝心。

"读啥书？琪，曾姥姥这里没好吃的，也没好玩的。曾姥姥这就给你做饭吃。"张莲英见到女儿香兰带着儿媳、孙子来看望自己，有一种荣耀感。若是孙子生堂早结婚 10 年，她也有曾孙子了，一家四世同堂，可上报朝廷挂牌匾，光宗耀祖。

"王将军，你还有空来走娘家，生了一个好儿子，当咱麟州的第三任刺史。"孙寡妇急忙夸赞着王香兰，讨好这位刚成为寡妇的刺史母亲。

"孙婶，你又是在说媒提亲吧？是不是给我侄子生堂当红娘。你若是给生堂说成媳妇，我赏你五两银子。"王香兰对孙寡妇说。

"哎哟，不敢，我已拿了你娘的五两银子，再不敢多拿半两银子。我会尽力，在一个月内给生堂说个媳妇。"孙寡妇向王香兰说，"不过，要找一个有地位、有资产的员外人家的女儿，我不敢保证。"

"只要是正经人家的女孩就行，不一定非要门当户对，找啥员外人家。"张莲英抢在女儿王香兰前面说，"不过，年龄不能太大，不要超过 18 岁。"

"好好好，肯定不会超过 18 岁，咱麟州城哪有 20 多岁的姑娘。20 多岁的姑娘还没有嫁人，一定是有毛病。放心，老姐姐，自古以来，男大女小，必定福到。生堂 30 岁了，最好找一个 16 岁的姑娘，我推算过了，男的比女的小 14 岁，正合适，肯定是幸福美满，白头到老。"孙寡妇几句话说得张莲英心花怒放，高兴得也不觉得腰疼了，忙招呼家人给女儿一家三口做饭。

孙寡妇扯了几句，正准备走，门上走进来王生堂，看到家里来了姑妈一家人和孙寡妇，想扭头到自己的房间去。

"生堂，奶奶正要叫你呢，回来，不能再由你的性子了，我请你孙奶奶给你说媳妇。"张莲英叫住孙子，直接把说媳妇的事提出来。

"奶奶，我不想要媳妇。"王生堂站到地下说。

"瞎说，不能由你。"张莲英拍了孙子一掌，"奶奶还要等着要曾孙子呢。你看看，杨琪都 8 岁了，你还打光棍儿，向你二叔学。"

"生堂，听奶奶的话，找个姑娘成家。"王香兰也打劝侄儿。

"不，我就想投军，为我爹报仇。"王生堂气呼呼地说。

"报啥仇？后周早就灭亡了，连北汉也不存在了。现在是大宋的天下，要说有仇，那也是国仇，抗击辽邦。"王香兰对侄儿的选择表示支持，可是，这么多年来，母亲一直不让生堂投军。

"投啥军？你爹投军阵亡了。为了啥？为北汉，可北汉灭亡了。咱家有你叔叔一个投军就够了，只要奶奶活着，你别想投军。唔……"说到此，张莲英鼻子一抽，哭出声，"我的守义儿啊，你死得冤枉哇——"

"奶奶，我不投军了，你别哭。"王生堂见奶奶哭起来，也就不敢再提投军的事。为他投军的事，奶奶不知哭了多少次。"不投军了，我这就去咱家的印染厂，好好经营。"说着王生堂出了门外。

孙寡妇为张莲英而伤心。孙子是奶奶的心头肉。张莲英看着孙子长了这么大，一天也不想让孙子离开。孙寡妇又劝说了张莲英几句："老姐姐，你别难过了，只要生堂娶过媳妇，他就不会再说投军的事。大宋朝兵多将多，也不在生堂一个，你可千万不要哭伤身子。"孙寡妇的嘴，不愧是能言善语，这么一说，张莲英也就不哭了，搂着外曾重孙杨琪笑起来。

"多乖的孩子，才8岁，就懂得来看曾姥姥。"张莲英又对女儿香兰说，"你也不小了，当奶奶的人了，还一天打打杀杀，为杨家的事操心。你这大半辈子，为了杨重训，连一天好日子也没有过。"

"娘，你说啥呢。杨家的事，是国事，不是杨家一家人的事。雁门关一战，杨家死的死，伤的伤，逃的逃，我在家能闲着坐住吗？"王香兰是腰刀不离身，冲着娘说，"眼下辽邦又要犯境，麟州又在招新兵，新兵来了，就要训练。不然，说不定辽兵来了，怎么守城？"王香兰虽然快50岁了，但是精神十足，每天坚持练武。自从丈夫杨重训病逝后，身上的担子更重了，她得为儿子杨光宸分担忧愁。对于侄儿王生堂投军一事，她不反对，但也不主张投军。王家得留一条根，不能都投军上战场。二哥王守成投军镇守麟州，一辈子不娶妻生子，她不能把侄儿也带到战场。王香兰有自己的难处。

"让杨琪长大后投军杀敌。"马秀爱对姥姥说，"杨琪像他爷爷，爱读书，爱舞刀，将来也是一条杨家的好汉。"

几个女人正说着，门外传来李美蝉的喊声："娘，我爹娘来看你啦。"说着门开了，走进李美蝉和她的爹娘。

"哎哟，一年也不见二位亲家来走一回，今天怎有空来哇？"张莲英忙招呼李二怀、崔彩梅上炕，让家人给端水喝。

孙寡妇一见李二怀两口子也来了，不好意思再待下去，转身就要走，被王香兰一把拦住：

"孙婶，今天你就在我娘家吃中午饭，人多，凑个热闹。"

王香兰这么一让，孙寡妇也就不提走了，她忙帮着王家人做饭。张莲英拦住孙寡妇笑说："哪能让大妹子干家务活，你是当红娘、动嘴皮子的，就不要动手动脚了。"

　　孙寡妇闲不住，就把话题往给生堂说媳妇的事上扯："今儿是王家、李家的人聚会，我也凑个热闹。生堂这孩子的媳妇，包在我身上了。这么大的一个麟州城，还给生堂找不来一个媳妇？嘻，不出一个月，肯定搞定，让老姐姐和美蝉都放心。"

　　李美蝉一听说孙寡妇给她儿子提亲，十分高兴，又见香兰带着儿媳妇、孙子也来了，更是喜上加喜，忙说："今天中午喝酒，为老娘的70岁生日提前祝寿。"

　　李美蝉这么一说，王香兰也跟着说："好，给娘提前祝寿。"

　　"那我可要放开酒量喝两杯。"孙寡妇一听说喝酒，为张莲英提前祝70岁生日，喜得不住地抿嘴。

　　"那我去叫杨琪爹，让他也来喝两杯，给姥姥提前祝寿。"马秀爱插话说。

　　"不用了。杨光宸事多，这几天正和张平贵和你二舅忙招兵、练兵，还忙于上交国家皇粮国税的事，就不给他添麻烦了。"王香兰制止着儿媳妇叫儿子来一起吃饭喝酒。

　　家人在忙做饭炒菜，李美蝉急抱出一罐酒，让大家围坐在地下的圆桌，边说话边喝酒。李美蝉是王家大儿媳妇，是理所当然的主人，她给众人每人倒了一杯酒，首先端起杯，面向婆婆说："这第一杯酒先敬你老，祝你高寿，身体健康！"

　　张莲英满脸喜气，接过酒杯，向李二怀、崔彩梅夫妇俩让了一下，也就不再相推，一口干了一杯说："好些日子没有喝酒了，这酒是准备孙子生堂订婚喝的，今天就拿出来大家喝了吧。"

　　李美蝉又斟满第二杯酒，双手端着敬到爹面前："爹，这酒是放了好几年的酒，你品尝一下。"

　　李二怀是一个过日子仔细的人，也没有多余银子买酒喝，他接过女儿手中的酒杯，分三次才把一杯酒喝完说："果然是好酒，好酒。"

　　李美蝉又给亲娘端来一杯酒，她娘只是抿了抿放下酒杯说："孩子，你是知道的，娘这一辈子也没有喝两杯酒。今天在王家能喝到你端的酒，就心满意足了。"崔彩梅是的确不喝酒，李美蝉也就没有再劝说让娘喝。孙寡妇见崔彩梅不喝酒，端起崔彩梅放的酒杯笑说：

"老姐姐不喝，我代喝了。哪有女儿敬的酒不喝的道理。"孙寡妇"吱溜"一下，把一杯酒喝了，将空酒杯还给李美蝉。

王香兰虽然是女将军，可是叫李美蝉嫂子，是一辈人。接下来就轮上了给孙寡妇敬。孙寡妇看给自己敬酒了，身子一直，对着李美蝉笑说："当年要不是我这一张嘴，你还不一定进了王家大院，早被张平贵抢走了。嘻……"

孙寡妇说着自己主动接过酒杯喝了，逗得李美蝉有些不好意思："那我谢过孙婶。"李美蝉又斟了一杯给孙寡妇敬过来，"这第二杯酒，我是替我儿子生堂敬的，还望孙婶费神，给我家生堂介绍一个好姑娘。"

"没嘛哒，我说了，这事我包了。"孙寡妇又喝了酒。

接下来是给王香兰、马秀爱俩人敬酒，因为李美蝉大，所以，王香兰和马秀爱都主动地喝了酒。

整个中午，王家的午饭是在喝酒过程中进行的。李美蝉说："只限一罐酒，这是刺史府的规定。谁也不能醉。"

孙寡妇借着三分酒意笑说："不让喝算了，留着给张平贵喝。"

李美蝉听了脸就红起来，其他人是哭笑不得，都说，别再提过去的陈年旧事了。人都老了，谁还没有年轻过。

孙寡妇又笑说："对，还是年轻人好，我一定给生堂介绍一个好姑娘，还要给杨琪晚辈说合一个好媳妇，让王家、杨家两家子子孙孙一代一代传下去。"

经过两个月的忙碌，杨光宸终于完成了上交皇粮国税的任务。不过，他向朝廷上了奏折，只交了总任务的三分之一，所剩三分之一得到了朝廷的减免。杨光宸大喜，其二舅王守成、老将军张平贵也高兴地大叫快拿酒来，以表庆祝。三人说着就叫公差人员抱来一罐酒，在刺史府的大厅喝起来。

杨光宸说："圣上开了龙恩，为咱麟州减免了 500 担粮、700 两银，老百姓喜欢，明年的口粮往夏粮入库等不成问题。"

"太宗了解下边情况，为老百姓着想，不愧为英明之主。"王守成喝了一杯酒说，"要是今后每年能减少收皇粮国税，老百姓的日子会过得更加好。"

张平贵端着酒杯，犹犹豫豫，看着杨光宸，迟迟不好意思喝酒："我就不喝了吧，喝了又怕——"

"又怕跑东城门外？跑就跑吧，今天是大喜的日子，值得庆贺。"杨光宸笑着说，"老叔这辈子忘不了跑东城门外，也是性情中人，有情，有义，是真正的男子汉。"

"喝吧，喝了想跑，我陪你一起往东城跑。哈哈哈……"王守成笑着说。

杨光宸、王守成两人一煽呼，张平贵乐得捋着胡子边笑边一口喝了一杯酒："哇，真香哇。"

三人你一杯，他一杯，我一杯，相互之间碰着杯喝，不知不觉就把一罐酒喝完了。杨光宸说：

"只限一罐酒，今天是我请二舅和张将军，不沾公家一文银。"杨光宸叫公差人员抱走空酒罐，看太阳西沉，天气还早，就又说起练兵的事来，"新兵招回来，要好好练，一旦有战事，也能拉出来上战场。"

"对，这你就放心，包在我俩身上，三个月，对，三个月一定把新兵训练成能打仗的兵。"张平贵借着酒劲儿，把铁棍举起来，"多年不打仗了，手还真痒。嘿嘿……"

"有老将军打的仗，太宗已下圣旨，在全国招兵，正调集北方各路人马，准备与辽邦决战。我们只要一接到朝廷圣旨，随时准备出征。"杨光宸看着王守成和张平贵，感慨万千地说，"可惜，我杨家年青一代战将后继无人，出征挂帅，还依仗二舅和张将军。"

"这你放心，我张平贵一定会以死报效国家，拼着老命也上战场。"张平贵拍着胸脯说。

"依我看，杨家年青一代正在成长。雁门关一战，虽说杨重贵老将军战死，其余将领有的阵亡，杨家八大弟兄有死有伤，但是他们的后代一定有文武将才，他们配偶中女将辈出，只要朝廷下一道圣旨，他们就会领兵出征。"王守成继续说，"麟州城杨家将也后继有人，只要抓紧训练，有外侵三千五千人马是攻不进城的。有外甥在，杨字大旗就会在麟州城头高高飘扬。"

"对，有贤侄挂帅，有杨家军在，外侵就休想打麟州的主意。"张平贵跺着脚说，"当年后周入侵，没有占了便宜，一旦辽邦袭来，也叫他有来无回。"

杨光宸接着话说："我是这样想的，把现有男兵分成两营，二位各带一营，抓紧训练，女营由我母亲亲自训练，作为后备军。咱麟州如今只有男兵4000人，加上500女兵，也就4500人，要做好打大仗的准备。"

"行，我同意。"王守成说。

"我也同意。就这么办。"张平贵说着说着酒劲儿上来了，忙向杨光宸说，"贤侄，我……我的老毛病犯了，我得到外面散散心。"

"真的老毛病犯了？"杨光宸有点儿不信。

"真的，想撒尿，想走路，想……"张平贵头冒着汗说。

"还想到东门外看……"王守成一句话留了半句，"啥毛病，快60岁的人了，还想那事。改不了的坏毛病，再也不和你喝酒。"王守成一把拉住张平贵的左手说，"走，我陪着你去。"

"我也去。"杨光宸说着跟着两人离开刺史府。

张平贵在前面走着，没有朝东门来，而是向西城方向走。走到快离孙寡妇的房子几十步远，张平贵放慢了脚步。王守成有些奇怪，问张平贵说：

"不去东城门外了？"

"不去了，我再也不去了。我向你嫂子保证过，喝酒后不再到她家院子外耍酒疯。"张平贵用衣袖擦着头上的汗，如实向王守成说。

"是心里话，只是我想到……"张平贵停下话来。

"想啥？"杨光宸好奇地问张平贵，"老叔想啥尽快说。"

"是不是打女兵的鬼主意？"王守成问。

"没有，没有。"张平贵忙说。

"真的没有？"王守成紧追不放，"那孙寡妇是怎么跑到男兵营房洗衣的？"

"这你也知道？"张平贵又惊出一身汗，"是她自己跑到男兵营房的，我可没有勾搭她。"

"你以为你做得神不知鬼不觉。男兵营、女兵营都知道，只是不在你面前说。说实话，你真的看上孙寡妇？她可比你大 10 岁。"

"没有，我和她只是一般的相好，是她黏糊我。不信，咱这就到她家问。"张平贵说着带着杨光宸、王守成来到了孙寡妇的院墙外停住步，"她就住在这里。"

"好啊，在大街面上，挺方便的。嘿嘿……"王守成压低嗓子说。

"看不出老叔真是风流哇，还与孙寡妇有交情。"杨光宸饶有风趣地说，"老叔真有这心思，何不与孙寡妇结为鸳鸯呢？这是好事。男人嘛，总不能……"杨光宸话到此处止住了，他不好意思在他二舅王守成面前说出来，他心里一阵酸痛，为张平贵和他二舅两个光棍儿感到难过。张平贵不讨老婆，自有他的原因，可是他二舅终身不娶女人他想不通。凭姥爷的影响和家资，二舅年轻时不是娶不过媳妇。二舅这大半辈子过得好心酸。杨光宸把一肚子话装到肚里，只是对张平贵说："其实孙寡妇为人挺不错，有嘴没心，人正直，老叔若是愿意的话，就主动一些，咱这就进孙寡妇的房子，把话说明。"

"不不不……我不是那个意思，我只是觉得她人心眼好，做老婆嘛，没有想过。"张平贵结巴着说。

三人站到孙寡妇的院墙外边说边往里瞭。太阳已经完全沉到河对岸的山峦，夜幕覆盖着全城。冬日的麟州，冷风随着黑夜的到来刮起。张平贵被西北风一吹，酒完全醒过来。他也搞不清楚，自己为啥要往孙寡妇的院墙外跑，他想快步离开，被王守成一把拉住："既然来了，就进去见见面，又不是小孩子。"

"算了，算球了。到打水井看看。"张平贵说。

"真不想进去坐一坐？"杨光宸问张平贵。

"真的不想，过去的事情了，让一阵风过去吧。"张平贵认真地说。

"谁在院墙叩咕哇？"三人正说着，不料院子内房子里的孙寡妇听见了，边问边走出来，隔墙喊话，惊得张平贵恨不得有个老鼠洞钻进去。

"是我，张平贵。"王守成替张平贵回答，说着就往栅栏门推。院墙是土墙，本不算高，里外的人都能看清对方的上半身。借着月光，孙寡妇看清是张平贵、王守成、杨光宸三位，又惊又喜，急忙跑出来，首先讨好杨光宸：

"杨刺史，不嫌弃的话，到我的房子看看。"孙寡妇走出栅栏门，往进让着杨光宸、王守成。她有意冷落张平贵，不与搭话。

三人相跟着进了院子，又走进房子，这才借助油灯看清，这是一排三间房子，里面的陈设简单。杨光宸不再提给张平贵说亲的事，随便问了几句生活方面的话，做出走的样子。王守成看着张平贵，只见张平贵满脸通红，说不上话来，心里明白了两人一定有说不清的瓜葛，也支吾开话题。张平贵原引杨光宸、王守成来孙寡妇房子，全凭的是酒劲儿，酒劲儿过去了，也就后悔了，恨不得马上就走。

孙寡妇见是麟州最大的三位官来自己的房舍，喜出望外，她猜是张平贵酒后引来杨光宸、王守成，假装生气张平贵，心里却乐得开花。三人要走，她急了，好不容易一齐相跟着进来三位男人，怎么能让走了。她找话题说："杨刺史，今年的国税银，我一文也没少交。不是说朝廷减免三分之一成吗？"

"怎么会呢？你全交了？"杨光宸问。

"对，全交了。收银的说，我一个人就全交了，不少交。"孙寡妇如实说。

"有这事，我回去派人去查。"杨光宸认真地说。

"算了，算了。我只是随便说，总共才交半两银子，不多不多。"孙寡妇满脸含笑说，"明年交国税银，我带头交五两，为国家做贡献，支持办学堂、修路。"

"好哇，你有这觉悟，该表彰你。"孙寡妇几句话说得杨光宸高兴起来，也叫王守成不敢小看她：

"所有的人都像你，朝廷摊派的税银就能超额完成。"王守成夸赞孙寡妇好。

一旁的张平贵只是摆弄着铁棍，傻愣愣地听杨光宸、王守成与孙寡妇说话。他不知为啥，也说不清楚为啥，此时此刻就想快点儿离开这里，免得夜长梦多，谁知道孙寡妇还会做出一些啥事来。

"我这有酒，给你们炒两个菜，喝几杯。"孙寡妇殷勤地说，"杨刺史来寒舍视察，是我的荣幸。我不是那种小气鬼。"

"不必了，我们到西城打井旁看看。"杨光宸说着走出门外，张平贵、王守成也急跟着出了院子，不管孙寡妇怎么挽留，三人一齐拒绝，出了栅栏，朝西走来。

孙寡妇看着三人的影子，吐了一团："呸，嫌老娘的酒不香，白给喝不喝。能啥哩。"孙寡妇失意地关上了栅栏门。

杨光宸、张平贵、王守成三人回头望见孙寡妇关上了栅栏门，听不清她嘴里说些啥，相互又瞅了一下，觉得没有给孙寡妇面子，各自心里有着想法。杨光宸、王守成本是被张平贵带到孙寡妇家的，本也与孙寡妇无任何私下往来，只是出于张平贵的脸面，才踏进了孙寡妇的家门。他俩此时想的已经不是孙寡妇，而是麟州城上万人的吃水。这已是多少年的老话题，天天起来议论，天天得不到解决。三人来到打井旁，打井的人都已下班回家，杨光宸探头望着里面的黑洞，一言不发。王守成也看了看井口，长出了一口气。张平贵捡了一块小石头，投进井里，一会儿传来石头敲击石壁的响声。

"30多年了，贤侄还没出生就开始了打井，到今天还没有打下去。唉——"张平贵用铁棍戳着地皮说，"何年何月才能打下去，对得起你爷爷，对得起麟州全城百姓。"

"是哇，我有愧哇，"张平贵的一句话，刺痛了杨光宸的心，两口水井打不下去，叫杨光宸日夜不安，"老叔说得对，如果在我任职期间打不通井，我杨光宸上对不起祖宗，下对不住百姓，将来死了又有何颜面去见我爷爷、我爹。"杨光宸离开井旁，走到城墙根，背靠着城墙，双胳膊伸开，又托住城墙的石头，长叹一声，"我杨家进住麟州城30余载，与百姓同吃窟野河之水到今，三代为官，不贪不腐，赢得了百姓的拥护，也为国家和百姓做事不少。现在，北疆战事又起，老百姓又面临着一场灾难，而繁重的生产建设不能不搞。为官一任，造福一方，我杨光宸从父辈手中接过麟州重任，决心与麟州百姓风雨同舟，共患于难，为百姓做事。"杨光宸仰头望着满天的星斗，浑身像着了火。寒风吹来，他感觉不到冷。他好像听见城头人喊马嘶，战鼓齐鸣，一阵一阵掠过夜空，在他的胸脯卷起巨浪。

突然，一队巡夜的士兵走来，发现了杨光宸、张平贵、王守成，大声斥责问是谁，当巡夜的士兵走到面前，认出是麟州城的三位高官时，忙弓腰作揖。杨光宸对巡夜的士兵很满意，鼓舞了他们一番，士兵又到别处巡夜去了。杨光宸、张平贵、王守成三人在西城墙相跟着边说边走过来走过去，看着夜景下的麟州城，被点缀满天的星空覆盖着，他们的话题又转到训练士兵上。

"抓紧训练，随时准备拉出去，参加反击辽邦入侵。"杨光宸不停地用手抚摸着城墙的石头，望着北面不远处的边墙烽火台，"大秦统治了31年，就完蛋了。边墙烽火台，要很好利用，有人长期放哨瞭望。"

"早已派人轮流放哨，一旦发现敌情，随时点火报信。"张平贵说，"草垛山、麻堰沟两处还安排伏兵吗？当年你爷爷在的时候，为抗击后周军，曾派两支部队埋伏，作为应接。"

"可以派少数兵埋伏，作为疑兵。"王守成接住说，"兵不厌诈，各埋伏100士兵，多带鼓具，虚张声势，分散围城攻敌力量。"

"好，就这么办。明天就安排。"杨光宸刚说完，又一队巡夜兵走来，离远就大声喝问：

"什么人？在此干什么？"士兵们围过来一看是杨光宸、张平贵、王守成三人，忙向他们汇报巡夜情况。杨光宸对士兵的巡夜精神很感动，也为张平贵、王守成的精心安排而高兴。杨光宸他们又夸赞了一番巡夜士兵，离开西城，往各自的住处去了。

第二天，杨光宸早早就到了刺史府。不一会儿，张平贵、王守成也到了，杨光宸的母亲王香兰也全副武装，披甲戴盔，来到刺史府。杨光宸见母亲这身打扮，感到有些吃惊。

"娘，你就不要参加训练了，有我和平贵大叔、二舅就行了。"

"光儿，现在外面形势变化难测，辽邦大军犯境，麟州要早做准备。"王香兰手提大刀说，"女兵营的女兵，从今天起，由我来带队训练。"

"那娘要注意休息，不要累着身体。"杨光宸对母亲亲自带头参与练兵，很是感动，母亲毕竟是快50岁的人了。

王香兰说完，带着两名女兵，扭身就往练兵场去了。

张平贵、王守成也到各自负责的兵营去训练。

杨光宸安排母亲、张平贵、王守成训练士兵去后，又忙开公务来。到了半前响时分，杨光宸刚开门，想到外面呼吸一下新鲜空气，突然，有两个朝廷派来的公差人员急急忙忙闯进刺史府：

"杨光宸接旨!"

杨光宸急跪下,双手接过圣旨,谢毕,站起来看下去。原来宋太宗派遣杨家女将佘赛花挂帅北征,宋太宗要杨家老家老营麟州同时派兵会聚雁门关,驰援佘赛花北征。

杨光宸看毕,忙叫公差人员招待朝廷公差,急传母亲王香兰和老将张平贵、二舅王守成到刺史府议事,并通知数十名军事头目以及男兵营、女兵营各派五人参加紧急会议。

不一会儿,大家都赶到了刺史府,杨光宸传达了皇上圣旨,与大家商议出兵之策。杨光宸感到形势危急,连婶娘佘赛花都挂帅出征,一定是战事紧张。还有就是杨家经雁门关一战,男将伤亡惨重。不知其他逃脱的弟兄怎样了。杨光宸分析了一番形势后说:"婶娘挂帅,一定是不得而已,既是朝廷旨意,我麟州必须出兵,过河东,赴雁门关,与婶娘率领的杨家主力军会合,与辽邦决一高低。"

"好哇,终于等到了这一天。我去!"张平贵舞动铁棍,大声喊,"为死去的杨重贵兄报仇,杀辽邦。"

"我也去,誓与辽邦决一死战。"王守成卷起袖筒高喊。

"我也去!"

"我算一个!"

"……"

众人喊成一片,声音从刺史府传出。

杨光宸正要说话,母亲王香兰开口先说了:"我看是这样,兵分两支,男兵由张平贵兄带领,出兵3000,只留1000军守城;女兵由我带队,全部女兵一齐出征。守城由杨光宸与二哥负责。除过今天,准备三日后两支人马同时出发东进。"

"好,太好了!"

"就这样,我同意!"

"杀辽邦!"

"战必胜!"

"两路杨家军会合雁门关,一定能够打败辽邦!"

"……"

整个一天，刺史府内人员出出进进，忙忙碌碌，在遣兵调将，安排出征。杨光宸又叫公差人员写了告示，贴出街头，告知百姓，杨家军远征，希望得到百姓的支持。告示贴出，全城轰动，不少人又报名投军，妻送夫，母送儿，有数百名男子报了名。也有上百名女子报名加入杨家军。

　　杨光宸很是高兴，就按照母亲王香兰的建议，男营由张平贵挂帅，女营由母亲王香兰挂帅，选定良辰吉日，准时出发。

　　第一天过去了，到了第二天新兵报名的多，杨光宸只好收下。他对新兵说："大家还没有来得及训练，是不能马上开赴前线投入战斗，需要在老营训练三个月。"

　　"不行，我练过武功，可以直接上战场杀敌。"

　　"我也会武功，要直接开赴前线！"

　　"……"

　　后经杨光宸、张平贵、王守成反复做工作，选定了新招的男兵 200 人编入男营，开赴雁门关。张平贵从男兵营选出杨姓的 100 名士兵，组成先锋队，也就是敢死队，竖起十面写着"杨"字的大旗。王香兰的女兵营总共有女兵 800 人，也选出 30 多名杨姓女兵，作为敢死队，选定日子一同出兵。到了第三天，离出兵之日只一天了，大清早，天气寒冷，男女士兵分成两支，已在练兵场上做着最后一次的练兵，张平贵正给士兵教棍法，只见孙寡妇急急忙忙跑来，手里拿着一根木棍，站到士兵队列，跟着练棍，引得男兵哄然大笑。张平贵看见，又羞又气又急，忙走到孙寡妇面前说：

　　"你来凑啥热闹，队伍明天就要出发。"

　　"我也投军，到雁门关打仗。"孙寡妇抢着说。

　　"你不行，你——"

　　"我怎么不行，那么多女兵行，我为啥不行。"孙寡妇争辩着。

　　"那你该到女营去，跑来男营做啥？"张平贵劝说着孙寡妇。

　　"我不去女营，我就在男营。"

　　"你不会打仗，你年纪大了。"

　　"我会给你和士兵洗衣服。"孙寡妇坚持要去。

　　"洗衣服也不行，这是纪律。"

　　"啥纪律，我就要在男营。"

"……"

张平贵说服不了孙寡妇，叫两名士兵赶快去女练兵场叫王香兰，亲自说服孙寡妇到女营。过了一会儿，王香兰来了，见孙寡妇站到男兵队列，好言相劝：

"婶，你真要投军，也只能到女营，在男营行走不便。"经过王香兰一番劝说，孙寡妇只好同意到女兵营。但是，孙寡妇走出队列，回头又对张平贵说："到了前线，我有时间会到男营看你。"

"好好好……"

"好好好……"

"哈……"

孙寡妇的话引得士兵们大笑不止。

到了第四天，也就是离过年两天了，张平贵、王香兰带着两支由男兵和女兵组成的杨家军出发了。临出发前，王守义的儿子王生堂也跑来投军，说他要到战场杀敌，张平贵批准了。两支人马，男兵在前，女兵在后，离开麟州城，浩浩荡荡，沿着结冰的窟野河，向东进发。杨光宸和守城的数十名士兵直送到南乡的黄河西岸，望着张平贵、母亲王香兰坐船过了黄河。流漓的黄河，承载着一船一船的杨家军，到了河东，奔赴雁门关抗辽前线。

杨光宸等回到麟州城时，王守成告诉杨光宸，他嫂子李美蝉离家出走当道姑了，祈祷神灵保佑杨家军东征顺利。杨光宸听了，登上城的最高处，远眺着东方升起的太阳，面部庄重，双手合拢，祝福杨家军东征早日凯旋。

2020 年 6 月至 12 月第一稿

2021 年 1 月至 8 月第二稿

2021 年 9 月至 2022 年 2 月第三稿

2023 年 7 月第四稿改定

后　记

　　长篇历史小说《杨家城》，从 2020 年 6 月写第 1 稿到 2023 年 7 月第 4 稿改定，历时 3 年多，总算可以付印出版了。借此机会，我对扶持本书写作出版的神木市杨家城保护建设领导小组指挥部的总指挥张凌云、副总指挥马乐斌等同志表示真诚的谢意；对为本书提出史实方面意见和建议的史学专家焦拖义、高越等先生表示真诚的谢意；对在文学艺术方面提出意见和建议的作家梦野、项世荣、北城等朋友表达真诚的谢意；特别是对责任编辑中国文联出版社的卞正兰女士为本书的编辑出版所付出的努力表达真诚的谢意。这是中国文联出版社出版我的第四本书，我也借此机会对中国文联出版社再次表示感谢！

　　《杨家城》这部 40 多万字的历史题材小说，到底描写了一些什么？揭示了一些什么？赞美了一些什么？批评了一些什么？又告诉读者一些什么？还是由读者去感悟评析吧！

作者

2023 年 7 月 24 日于北京家中